Die Libelle

Die Libelle

Es tanzt die schöne Libelle
Wohl auf des Baches Welle;
Sie tanzt daher, sie tanzt dahin,
Die schimmernde, flimmernde Gauklerin.
Gar mancher junge Käfertor
Bewundert ihr Kleid von blauem Flor,
Bewundert des Leibchens Emaille
Und auch die schlanke Taille.

* * *

O daß ich nie gesehen hätt
Die Wasserfliege, die blaue Kokett
Mit ihrer feinen Taille –
Die schöne, falsche Canaille!

Heinrich Heine

John le Carré

Die Libelle

Roman

Aus dem Englischen
von Werner Peterich

Kiepenheuer & Witsch

Für David und J. B. Greenway,
Julia, Alice und Sadie –
für gemeinsam und in Freundschaft
Erlebtes

Titel der Originalausgabe
The Little Drummer Girl

Aus dem Englischen von Werner Peterich

Schutzumschlag: Hannes Jähn, Köln
Satz: Compusatz GmbH, München
Druck- und Bindearbeiten: May & Co, Darmstadt
ISBN 3-462-01575-3

Vorwort

Viele Palästinenser und Israelis haben mir beim Schreiben dieses Buches geholfen. Von den Israelis möchte ich besonders meine Freunde Yuval Elizur und seine Frau Judy von Ma'ariv erwähnen, die das Manuskript lasen, mich bei meinen Einschätzungen ließen, auch wenn sie noch so falsch waren, und mich auf einige gravierende Schnitzer aufmerksam machten, die ich gern vergessen möchte. Andere Israelis – insbesondere gewisse ehemalige und noch aktive Angehörige der Geheimdienst-Bruderschaft – verdienen ihres Rates und ihrer Hilfe wegen gleichfalls meinen Dank. Auch sie verlangten keinerlei Zusicherungen von mir und tasteten meine Unabhängigkeit in keiner Weise an. Mit besonderer Dankbarkeit denke ich dabei an General Shlomo Gazit, ehemals Chef des Militärischen Geheimdienstes und jetzt Präsident der Ben Gurion-Universität des Negev in Beer Sheva; er wird für mich immer der aufgeklärte israelische Offizier und Gelehrte seiner Generation sein. Es gibt aber auch noch andere, die ich hier nicht namentlich erwähnen darf. Dem Bürgermeister von Jerusalem, Teddy Kollek, gebührt mein Dank für seine Gastfreundschaft in Mishkenot Shàanim; das gleiche gilt für die legendären Mr. und Mrs. Vester vom American Colony Hotel, Jerusalem, und den Besitzern und Angestellten des Commodore Hotels, Beirut, die, unter unmöglichen Umständen alles möglich gemacht haben; und Abu Said Abu Rish, dem Doyen der Beiruter Journalisten, der mir großzügig seinen Rat hat zuteil werden lassen, obwohl er von meinen Absichten keine Ahnung hatte. Von den Palästinensern sind einige tot, andere in Gefangenschaft und der Rest vermutlich zum größten Teil heimatlos und vertrieben. Die jungen Kämpfer, die sich in der oberen Wohnung in Sidon um mich gekümmert und im Mandarinen-Hain mit mir geplaudert haben; die Bomben-müden, aber unbezwinglichen Flüchtlinge in

den Lagern von Rashidiyeh und Nabitiyeh; nach allem, was ich höre, unterscheidet sich ihr Schicksal kaum von dem ihrer erdachten Gegenstücke in der vorliegenden Geschichte.
Mein Gastgeber in Sidon, der palästinensische Militärkommandant Salah Ta'amari, verdient ein eigenes Buch, und ich hoffe, er schreibt es eines Tages. Möge vorläufig dies Buch seinen Mut verkünden. Ich danke ihm und seinen Helfern, daß sie mir das palästinensische Herz gezeigt haben.
Lt. Col. John Gaff, G. M., machte mich mit den banalen Schrecken selbstgebastelter Bomben vertraut und sorgte dafür, daß ich nicht versehentlich ein Rezept zu ihrer Herstellung lieferte. Mr. Jeremy Cornwallis von der Firma Alan Day Ltd., Finchley, war so nett, einen professionellen Blick auf meinen roten Mercedes zu werfen.

John le Carré, Juli 1982

Teil I

Die Vorbereitung

Kapitel 1

Den Beweis brachte der Anschlag in Bad Godesberg, obwohl die deutschen Behörden das nun weiß Gott nicht wissen konnten. Vor Bad Godesberg war zunehmend Verdacht aufgekommen, sehr viel sogar. Aber die ausgesprochen überlegene Planung – im Gegensatz zu der minderwertigen Qualität der Bombe – ließ den Verdacht zur Gewißheit werden. Früher oder später, heißt es im Gewerbe, hinterläßt jeder seine Signatur. Ärgerlich ist nur, das lange Warten.

Die Bombe explodierte viel später als vorgesehen, wahrscheinlich gut zwölf Stunden später – am Montagmorgen um acht Uhr sechsundzwanzig. Mehrere stehengebliebene Armbanduhren, die den Opfern gehörten, bestätigten den Zeitpunkt. Wie bei den Vorläufern in den letzten paar Monaten hatte es keine Warnung gegeben. Aber das war auch nicht beabsichtigt. Der israelische Beauftragte für Waffenbeschaffung, der sich auf Reisen in Düsseldorf aufhielt, war mit seinem Auto ohne Vorwarnung in die Luft gesprengt worden, und auch die Organisatoren eines jüdisch-orthodoxen Kongresses in Amsterdam wurden nicht vor der Bombe gewarnt, die man ihnen in einem Buch versteckt, geschickt hatte, wobei die Ehrenvorsitzende zerfetzt wurde, während ihre Assistentin verbrannte. Das gleiche galt für die Mülleimerbombe, die vor einer israelischen Bank in Zürich zwei Passanten verstümmelt hatte. Nur bei der Stockholmer Bombe hatte es eine Warnung gegeben, und da stellte sich heraus, daß es sich um eine ganz andere Gruppe handelte, die mit der Serie überhaupt nichts zu tun hatte.

Um acht Uhr fünfundzwanzig war die Drosselstraße in Bad Godesberg eine von Diplomaten bewohnte, baumbestandene Nebenstraße gewesen wie viele andere, von der politischen Bonner Hektik so weit weg, wie man es erwarten kann, wenn man sich nicht weiter als fünfzehn Autominuten entfernt. Es war eine neue, jedoch keineswegs kahle Straße mit üppigen, verschwiegenen Gärten, Dienstbotenzimmern über den Garagen und schmiedeeisernen Sicherheitsgittern vor den Butzenglas-Fenstern. Das Wetter im Rheinland hat den größten Teil des Jahres etwas von der schweißtreibenden Wärme des Dschungels; die Vegetation – wie die Zahl der Botschaftsangehörigen – wächst dort fast so schnell, wie die Deutschen ihre Straßen bauen, und noch etwas rascher, als sie ihre Karten herstellen. Aus diesem Grunde waren die Vorderseiten einiger Häuser bereits halb von dichtgepflanzten Koniferen verdunkelt, die, wenn sie jemals die ihnen zustehende Größe erreichen, vermutlich das ganze Viertel in ein Grimmsches Märchendunkel tauchen werden. Diese Bäume nun erwiesen sich als erstaunlich wirksamer Schutz gegen die Druckwelle, und schon wenige Tage nach dem Anschlag verkaufte ein Gartencenter in der Gegend sie als Spezialität.

Eine ganze Reihe von Häusern hat ein ausgesprochen nationalistisches Aussehen. Die gleich um die Ecke der Drosselstraße liegende Residenz des norwegischen Botschafters zum Beispiel ist ein schmuckloses rotes Backsteinbauernhaus, das geradewegs aus dem Börsenmakler-Umland Oslos hierherverpflanzt zu sein scheint. Das ägyptische Konsulat weiter oben auf der anderen Seite strahlt das verlorene Air einer Villa aus Alexandria aus, die einst bessere Zeiten gesehen hat. Trauervolle arabische Musik dringt nach draußen, und vor ihren Fenstern sind für alle Ewigkeit gegen das Anbranden der nordafrikanischen Hitze die Rolläden heruntergelassen. Es war Mitte Mai, der Tag hatte wunderschön mit sich gemeinsam im leichten Wind wiegenden Blüten und frischem Laub begonnen. Die Magnolienblüte war gerade vorüber, und die traurigen weißen Blütenblätter, die zum größten Teil bereits abgefallen waren, hatten hinterher die Trümmer geziert. Bei so viel Grün drang vom Rauschen des Pendlerverkehrs auf der Autostraße kaum etwas herüber. Der auffälligste Laut bis zur Explosion war noch das Lärmen der Vögel, zu denen ein paar dicke Tauben gehörten; sie hatten eine Vorliebe für jene blaßblaue Glyzine, die der ganze Stolz des australischen Militär-Attachés war. Einen Kilometer weiter im

Süden machten von hier aus unsichtbare Lastkähne auf dem Rhein einen behäbigen, tuckernden Laut, den die Bewohner aber nur wahrnehmen, wenn er einmal aussetzt. Kurz, es war ein Morgen, ganz dazu angetan, einem deutlich zu machen, daß Bad Godesberg trotz aller Katastrophen, über die man in den ernsten und überängstlichen westdeutschen Zeitungen las – Wirtschaftsflaute, Geldentwertung, Pleiten und Arbeitslosigkeit, all die üblichen und anscheinend unheilbaren Leiden einer kräftig prosperierenden kapitalistischen Wirtschaft –, ein solider und anständiger Ort war, wo man durchaus leben konnte, und Bonn nicht halb so schlimm, wie es immer hingestellt wurde.

Je nach Nationalität und Rang, waren einige Ehemänner bereits ins Büro gefahren. Doch Diplomaten sind alles mögliche – nur dem Klischee des Diplomaten entsprechen sie nicht. Ein schwermütiger skandinavischer Botschaftsrat zum Beispiel lag noch im Bett und litt unter einem durch eheliche Überbeanspruchung hervorgerufenen Katzenjammer. Ein südamerikanischer Geschäftsträger, angetan mit Haarnetz und seidenem chinesischem Morgenmantel, Ausbeute einer Tour durch Peking, lehnte aus dem Fenster und gab seinem philippinischen Fahrer Anweisungen für den Einkauf. Der italienische Botschaftsrat rasierte sich, war aber dabei nackt. Er liebte es, sich nach dem Bad, aber vor der täglichen Morgengymnastik zu rasieren. Seine vollständig angekleidete Frau war bereits unten und machte ihrer verstockten Tochter Vorhaltungen, am Abend zuvor zu spät nach Hause gekommen zu sein – ein Wortwechsel, zu dem es fast an jedem Morgen der Woche kam. Ein Gesandter von der Elfenbeinküste telefonierte auf der Auslandsleitung und setzte seine Vorgesetzten über seine jüngsten Versuche in Kenntnis, dem zunehmend widerwilligen deutschen Minister Entwicklungshilfe abzuluchsen. Als die Leitung plötzlich tot war, glaubten die Herren in Abidschan, er habe einfach aufgelegt, und schickten ihm ein ätzendes Telegramm, in dem sie nachfragten, ob er vorhabe, seinen Abschied einzureichen. Der israelische Arbeits-Attaché war bereits seit einer Stunde fort. Er fühlte sich in Bonn nicht wohl, und soweit ihm möglich war, arbeitete er gern zu den Jerusalemer Bürozeiten. So nahm es seinen Lauf, und eine Menge ziemlich billiger Nationalitätenwitze fand eine Bestätigung in Wirklichkeit und Tod.

Irgendwo steckt in jedem Bombenattentat auch ein Wunder; in diesem Fall sorgte der amerikanische Schulbus dafür, der gerade gekommen und mit den meisten schulpflichtigen Kindern des Diplomatenviertels wieder abgefahren war, die sich jeden Tag auf dem Wendekreis keine fünzig Meter vom Epizentrum entfernt einfanden. Wie durch eine gnädige Fügung hatte an diesem Montag morgen keines der Kinder seine Hausaufgaben vergessen, keines verschlafen oder eine unüberwindliche Abneigung gegen die Schule bekundet. Die Heckscheiben zersprangen, der Fahrer fuhr in Schlangenlinie über den Rinnstein, eine kleine Französin verlor ein Auge, doch im großen und ganzen kamen die Kinder mit heiler Haut davon, was hinterher als Erlösung empfunden wurde. Denn auch das gehört zu solchen Bombenanschlägen oder zumindest zu dem, was unmittelbar danach geschieht: ein allgemeines hemmungsloses Bedürfnis, die Lebenden zu feiern, statt Zeit damit zu vergeuden, die Toten zu betrauern. Der eigentliche Kummer in solchen Fällen kommt später, wenn der Schock sich gelegt hat, gewöhnlich nach ein paar Stunden, aber gelegentlich auch früher.
Der Krach der Explosion selbst war etwas, woran die Leute sich nicht erinnerten, jedenfalls nicht diejenigen, die in der Nähe waren. Auf dem anderen Rheinufer, in Königswinter, wollten sie einen ganzen Krieg gehört haben, gingen mit schlotternden Gliedern und halb taub umher und grinsten sich wie Komplizen beim Überleben an. Diese verfluchten Diplomaten, versicherten sie einander, was war da schon zu erwarten? Man sollte sie allesamt nach Berlin verfrachten, wo sie unsere Steuergelder in Frieden ausgeben können! Nur die in der Nähe hörten zunächst überhaupt nichts. Das einzige, was sie sagen konnten – sofern sie überhaupt etwas sagen konnten –, war, daß die Straße sich geneigt oder ein Schornstein auf der anderen Seite sich lautlos vom Dach gehoben habe oder daß die Druckwelle durch ihr Haus gerast sei, wie sie ihre Haut gespannt, sie angefallen, zu Boden geworfen, die Blumen aus der Vase gerissen und die Vase gegen die Wand geworfen habe. Woran sie sich allerdings erinnerten, das war das Klirren zersplitternden Glases, das zaghaft-fegende Geräusch von jungem Laub, das auf die Straße fiel. Und das Wimmern von Menschen, die zu große Angst hatten zu schreien. So daß sie sich offensichtlich nicht so sehr des Krachs

bewußt waren als vielmehr der Tatsache, daß der Schock sie ihrer natürlichen Sinneswahrnehmungen beraubt hatte. Nicht wenige Zeugen berichteten auch vom Lärm des Küchenradios beim französischen Botschaftsrat, das laut das Kochrezept des Tages hinausplärrte. Eine Ehefrau, die sich für besonders vernünftig hielt, wollte von der Polizei wissen, ob es möglich sei, daß sich die Lautstärke des Radios durch die Druckwelle erhöht habe. Bei einer Explosion, erwiderten die Beamten behutsam, als sie sie in eine Wolldecke gehüllt fortführten, sei alles möglich, doch in diesem Falle gäbe es eine andere Erklärung. Da die Fensterscheiben beim französischen Botschaftsrat alle herausgedrückt worden seien und niemand im Haus in der Verfassung gewesen sei, das Radio abzustellen, habe nichts es davon abhalten können, einfach auf die Straße hinauszureden. Aber sie verstand es überhaupt nicht.
Die Presse war selbstverständlich bald zur Stelle und zerrte an den Absperrungen; die ersten überschwenglichen Berichte töteten acht und verwundeten dreißig und schoben die Schuld auf eine sonst nicht ernst zu nehmende rechts-extremistische deutsche Organisation namens ›Nibelungen 5‹, die aus zwei geistig zurückgebliebenen Halbwüchsigen und einem verrückten alten Mann bestand, der nicht einmal imstande gewesen wäre, einen Luftballon so weit aufzublasen, daß er platzte. Bis Mittag war die Presse gezwungen, die Zahl der Toten auf fünf zu reduzieren (darunter ein Israeli), die der ernstlich Verwundeten auf vier und zwölf andere, die aus diesem oder jedem Grund ins Krankenhaus eingeliefert worden waren; jetzt war von den italienischen Roten Brigaden die Rede, wofür es jedoch nicht den geringsten Anhaltspunkt gab. Am nächsten Tag vollzogen die Zeitungen nochmals eine Kehrtwendung und schoben den Anschlag dem Schwarzen September in die Schuhe. Noch einen Tag später bekannte sich eine Gruppe, die sich Palästinensische Agonie nannte, zu der Gewalttat – eine Organisation, die sich überzeugend auch zur Urheberschaft der vorangegangenen Bombenanschläge bekannt hatte. Der Name Palästinensische Agonie blieb haften, selbst wenn es sich dabei weniger um einen Namen für die Attentäter handelte als um eine Erklärung für ihr Handeln. Und da erfüllte er auch seinen Zweck, wurde er doch, wie nicht anders zu erwarten war, für die Überschrift so manch eines gedankenschweren Leitartikels aufgegriffen.

Unter den Nicht-Juden, die den Tod fanden, war eine sizilianische Köchin der Italiener, der andere der philippinische Chauffeur. Zu den vier Verwundeten gehörte die Frau des israelischen Arbeits-Attachés, in dessen Haus die Bombe explodiert war. Sie verlor ein Bein. Bei dem getöteten Israeli handelte es sich um ihren kleinen Sohn Gabriel. Doch das Opfer, auf das man es abgesehen hatte, war nicht darunter. Das war vielmehr ein Onkel der verwundeten Frau des Arbeits-Attachés, der zu Besuch aus Tel Aviv in Godesberg war: ein Talmud-Gelehrter, der wegen seiner falkenhaften Ansichten hinsichtlich der Rechte der Palästinenser auf der West-Bank mäßig gefeiert wurde. Er glaubte mit einem Wort, sie hätten überhaupt keine Rechte, und verkündete das laut und häufig ohne jede Rücksicht auf die Ansichten seiner Nichte, der Frau des Arbeits-Attachés, die zur ungebundenen, freien israelischen Linken gehörte und deren Kibbuz-Erziehung sie nicht auf den hemmungslosen Luxus des Diplomatendaseins vorbereitet hatte.

Hätte Gabriel im Schulbus gesessen, wäre er gerettet worden, doch Gabriel hatte sich an diesem wie an so vielen anderen Tagen nicht wohl gefühlt. Er war ein wirres, überaktives Kind, das bis zu diesem Tag als Störenfried in der Straße gegolten hatte, besonders während der Zeit der Mittagsruhe. Allerdings war er, wie seine Mutter, musikalisch begabt gewesen, und jetzt war es das Natürlichste von der Welt, daß kein Mensch in der Straße sich an ein Kind erinnern konnte, das man inniger geliebt hätte. Ein rechtsstehendes deutsches Boulevardblatt, das vor pro-jüdischer Einstellung nur so troff, nannte ihn den ›Engel Gabriel‹, ein Titel, der – was die Redakteure freilich nicht wußten – beiden Religionen bekannt ist, und brachte eine ganze Woche lang völlig aus der Luft gegriffene Geschichten über Gabriels heiligmäßiges Leben. Die seriösen Zeitungen waren nicht frei von Anklängen an diese Einstellung. Das Christentum, so erklärte ein Star-Kolumnist – und zitierte damit Disraeli, ohne seine Quelle preiszugeben –, sei die Vollendung des Judentums, oder es sei gar nichts. So war Gabriel ebensosehr ein christlicher wie ein jüdischer Märtyrer; und besorgten Deutschen war dank dieser Erkenntnis viel wohler in ihrer Haut. Ohne, daß dazu aufgerufen worden wäre, wurden von den Lesern Tausende von Mark gespendet, die irgendwie ausgegeben werden mußten. Es war die Rede davon, ein Gabriel-Denkmal zu errichten; von den anderen Toten wurde kaum gesprochen. Der jüdischen Tradition gemäß wurde der beklagenswert kleine Sarg Gabriels sofort nach Israel geflogen, um dort beigesetzt zu werden; seine Mutter, die noch nicht reisefähig war, blieb in Bonn, bis ihr Mann sie begleiten und sie gemeinsam in Jerusalem Schiwah sitzen konnten.

Am frühen Nachmittag des Tages, an dem die Explosion sich ereignet hatte, traf ein Sechs-Mann-Team israelischer Experten aus Tel Aviv ein. Auf deutscher Seite war der umstrittene Dr. Alexis aus dem Innenministerium im weitesten Sinne mit der Untersuchung beauftragt und fuhr pflichtgemäß zum Flugplatz, um die Israelis abzuholen. Alexis war ein kluger, gerissener Bursche, der sein Leben lang darunter gelitten hatte, zehn Zentimeter kleiner zu sein als die meisten seiner Mitmenschen. Aber vielleicht zum Ausgleich für diesen Nachteil war er – sowohl im Privatleben als auch im Beruf – von einer gewissen Unbesonnenheit, und es wurden ihm leicht strittige Dinge angehängt. Er war sowohl Jurist als auch Sicherheitsbeamter und dazu jemand, der um die Macht spielte, ein Typ, wie ihn die Deutschen heutzutage häufig hervorbringen, ein Mann mit gepfefferten liberalen Überzeugungen, die der sozialliberalen Koalition nicht immer willkommen waren und die er zu ihrem Leidwesen auch noch liebend gern im Fernsehen von sich gab. Sein Vater, davon ging man allgemein aus, war in der Nazizeit irgendwie im Widerstand gegen Hitler gewesen, und dieses Mäntelchen war in diesen veränderten Zeiten etwas, in das der unstete Sohn nicht so recht hineinpaßte. Ganz gewiß gab es in Bonns Glaspalästen jedenfalls Leute, die ihm die für seine Aufgabe nötige Solidität absprachen; daß er sich vor kurzem hatte scheiden lassen – wobei beunruhigenderweise zutage gekommen war, daß er eine um zwanzig Jahre jüngere Geliebte hatte –, war nicht gerade dazu angetan gewesen, ihre Ansichten über ihn zu heben.

Wäre irgend jemand sonst angekommen, Alexis hätte sich nicht die Mühe gemacht, zum Flugplatz zu fahren – in der Presse sollte nicht über die Sache berichtet werden –, aber die Beziehungen zwischen Israel und der Bundesrepublik hatten gerade einen Tiefstand erreicht, und so beugte er sich dem Druck des Ministeriums und fuhr hin. Ganz gegen seine Wünsche koppelte man ihn in letzter Minute mit einem etwas schwerfälligen schlesischen Polizeibeamten aus Hamburg zusammen, einem erklärten Konservativen und Zauderer, der sich auf dem Gebiet der ›Studenten-Überwachung‹ in den siebziger Jahren einen Namen gemacht hatte und als großer Fachmann für Unruhestifter und Bombenleger galt. Ein weiterer Vorwand war, daß er den Israelis sicher sehr genehm wäre; doch wie jedermann sonst wußte auch Alexis, daß er hauptsächlich als Gegengewicht zu seiner Person fungierte. Aber wichtiger war bei den im Augenblick angespannten Beziehungen vielleicht, daß sowohl Alexis als auch der Schlesier ›unbelastet‹ waren – keiner von beiden war alt genug, um auch nur im entferntesten für das verantwortlich zu sein, was die Deutschen bekümmert ihre unbewältigte Vergangenheit nennen. Was immer den Juden heute angetan wurde, Alexis und sein unerwünschter schlesischer Kollege hatten es gestern nicht getan; und Alexis senior auch nicht, falls es noch weiterer Bestätigung bedurfte. Die Presse hob all dies auf Alexis' behutsame Anweisung hin deutlich hervor. Nur in einem Leitartikel hieß es, solange die Israelis wahllos weiterhin Palästinenserdörfer und -lager bombardierten – wobei nicht nur ein Kind getötet werde, sondern jedesmal Dutzende –, müßten sie eben auf diese Art barbarischer Vergeltung gefaßt sein. Gleich am nächsten Tag erschien eine glühende, wenn auch etwas verworrene Erwiderung des Pressereferenten der israelischen Botschaft. Seit 1961, so schrieb er, sei der Staat Israel ständig das Angriffsziel des arabischen Terrorismus. Die Israelis würden nirgends auf der Welt auch nicht einen einzigen Palästinenser umbringen, wenn man sie nur in Ruhe ließe. Gabriel habe nur aus einem einzigen Grund den Tod gefunden: weil er Jude war. Die Deutschen täten gut daran, sich zu erinnern, daß Gabriel damit nicht allein stehe. Falls sie den Holocaust vergessen hätten – vielleicht erinnerten sie sich an die Olympischen Spiele vor zehn Jahren in München?

Der Redakteur beendete die Korrespondenz und nahm sich einen Tag frei.

Die anonyme Maschine der israelischen Luftwaffe aus Tel Aviv landete am äußersten Ende des Flugfeldes, auf Zoll- und Paßformalitäten wurde verzichtet, und die Zusammenarbeit, die Tag und Nacht durchging, begann sofort. Alexis hatte strikte Anweisungen erhalten, den Israelis nichts abzuschlagen, doch dieser Befehl war überflüssig: Er war Philosemit, und das war allgemein bekannt. Er hatte Tel Aviv den obligatorischen ›Liaison‹-Besuch abgestattet und war mit gebeugtem Haupt in der Holocaust-Gedenkstätte photographiert worden. Und was den schwerfälligen Schlesier betrifft – nun, wie er nicht müde wurde, jedem zu versichern, der ihm zuhören wollte, seien sie schließlich alle hinter demselben Feind her, oder etwa nicht? Womit er offensichtlich die Roten meinte. – Wenn auch die Ergebnisse einer ganzen Reihe von Ermittlungen noch ausstanden, war es der gemeinsamen Untersuchungskommission am vierten Tag gelungen, ein überzeugendes vorläufiges Bild dessen zusammenzusetzen, war sich ereignet hatte.

Zunächst einmal konnte man übereinstimmend davon ausgehen, daß für das Haus, welches das Ziel des Anschlags gewesen war, keine besonderen Sicherheitsvorkehrungen getroffen worden waren, diese nach der zwischen der Botschaft und den Bonner Sicherheitsbehörden geschlossenen Vereinbarung aber auch nicht vorgesehen waren. Das Haus des israelischen Botschafters drei Straßen weiter wurde rund um die Uhr bewacht. Ein grünes Polizeiauto stand davor Wache; ein Metallzaun lief um das Gründstück herum; und jeweils zwei Sicherheitsbeamte, die viel zu jung waren, als daß sie die Ironie der Geschichte, die ihr Hiersein bedeutete, in irgendeiner Weise hätten anfechten können, patrouillierten pflichtschuldigst mit Maschinenpistolen bewaffnet durch den Garten. Für den Botschafter gab es außerdem einen kugelsicheren Wagen und eine Motorrad-Eskorte der Polizei. Er war schließlich Botschafter und Jude zugleich; infolgedessen hieß es, bei ihm doppelt gut achtzugeben. Dagegen ein einfacher Arbeits-Attaché, nun, das war doch wohl etwas anderes, und man soll nicht übertreiben. Sein Haus fiel unter den allgemeinen Schutz der Streifenwagen, die im Diplomatenviertel patrouillierten, und man konnte nichts weiter sagen, als daß das Haus eines Israelis selbstverständlich Gegenstand besonderer Wachsamkeit sei, wie die Fahrtenbücher der Polizei bewiesen. Als weitere Vorsichtsmaßnahme würden die Namen der israelischen Botschaftsangestellten nicht in den offiziellen diplomatischen Listen geführt, aus Angst, man könne zu irgendwelchen impulsiven

Taten ermutigen; schließlich war Israel im Augenblick nicht ganz leicht zu verknusen. Politisch gesehen.

Kurz nach acht an besagtem Montagmorgen schloß der Arbeits-Attaché seine Garage auf und untersuchte wie üblich die Radkappen sowie – mit Hilfe eines an einem Besenstiel befestigten Spiegels, den man ihm eigens zu diesem Zweck gegeben hatte – den Unterboden seines Autos. Das wurde von dem Onkel seiner Frau, der mit ihm fuhr, bestätigt. Der Arbeits-Attaché sah auch unter den Fahrersitz, ehe er den Zündschlüssel umdrehte. Diese Vorsichtsmaßregeln waren für alle im Ausland tätigen israelischen Beamten verbindlich eingeführt worden, seit die Bombenattentate angefangen hatten. Er wußte wie alle seine Kollegen, daß es nur etwa vierzig Sekunden dauert, eine gewöhnliche und handelsübliche Radkappe mit Sprengstoff zu füllen, und daß es noch weniger Zeit erfordert, eine Haftbombe unter dem Benzintank zu plazieren. Wie alle seine Kollegen wußte er auch – und das war ihm seit seinem verspäteten Eintritt in den diplomatischen Dienst eingebleut worden –, daß viele Leute ihn mit Freuden in die Luft jagen würden. Froh, daß das Auto in Ordnung war, sagte er seiner Frau und seinem Sohn auf Wiedersehen und fuhr zur Arbeit.

Hinzu kommt noch, daß das Au-pair-Mädchen der Familie, eine über jeden Verdacht erhabene junge Schwedin namens Elke, gemeinsam mit ihrem gleichfalls über jeden Verdacht erhabenen deutschen Freund Wolf, der gerade Urlaub von der Bundeswehr hatte, in den Westerwald gefahren war, um dort eine Woche Urlaub zu machen. Wolf hatte Elke am Sonntagnachmittag mit seinem VW-Kabrio abgeholt, und jeder, der am Haus vorüberkam oder sonst zusah, hätte sehen können, wie sie zum Weggehen gekleidet aus der Vordertür kam, dem kleinen Gabriel einen Abschiedskuß gab und sich fröhlich winkend vom Arbeits-Attaché verabschiedete, der an der Tür stehenblieb, um ihr nachzusehen, während seine Frau, die mit Leidenschaft frisches Gemüse zog, im Garten hinter dem Haus weiterarbeitete. Elke war seit einem Jahr oder noch länger bei der Familie und nach den Worten des Arbeits-Attachés ein beliebtes Mitglied des Haushalts.

Diese beiden Umstände – die Abwesenheit des beliebten Au-pair-Mädchens sowie das Fehlen eines besonderen polizeilichen Schutzes – hatten das Attentat möglich gemacht. Und daß es erfolgreich hatte verlaufen können, lag an der verhängnisvollen Gutmütigkeit des Arbeits-Attachés selbst.

Am selben Sonntagabend klingelte es um sechs Uhr – also zwei Stunden nach Elkes Abfahrt –, während der Arbeits-Attaché sich in einem religiösen Disput mit seinem Gast herumschlug und seine Frau wehmütig deutschen Boden bearbeitete, an der Haustür. Einmal. Wie immer spähte der Arbeits-Attaché durch das Guckloch, ehe er aufmachte. Und wie immer griff er, während er hinausspähte, nach seinem Dienstrevolver, obwohl ihm nach den örtlichen Bestimmungen das Tragen von Schußwaffen untersagt war. Doch alles, was er durch die kleine Linse sah, war ein etwa ein- oder zweiundzwanzigjähriges blondes, recht zartes und freundlich aussehendes Mädchen, das neben einem ziemlich abgenutzten grauen Koffer mit den Anhängern einer skandinavischen Fluggesellschaft am Griff vor der Tür stand. Ein Taxi – oder war es eine private Limousine? – wartete hinter ihr auf der Straße; er konnte den Motor laufen hören. Ganz fraglos. Er meinte sogar, sich an das Stottern einer falsch eingestellten Zündung zu erinnern, doch das war später, als er sich an Strohhalme klammerte. So wie er sie beschrieb, war sie ein wirklich nettes Mädchen: ätherisch und sportlich zugleich und mit Sommersprossen um die Nase. Anstelle der üblichen langweiligen Uniform von Jeans und Bluse trug sie ein schlichtes blaues, bis zum Hals zugeknöpftes Kleid und ein seidenes Kopftuch, weiß oder cremefarben, das ihr goldenes Haar vorteilhaft zur Geltung brachte und – wie er beim ersten, herzzerreißenden Gespräch bereitwillig gestand – seinem einfachen Sinn für Anstand schmeichelte. Er legte daher seinen Dienstrevolver wieder in die oberste Kommodenschublade in der Halle, nahm die Sicherheitskette ab und sah sie strahlend an, weil sie bezaubernd war und er selbst schüchtern und riesengroß.

All dies immer noch bei der ersten Vernehmung. Der talmudische Onkel sah und hörte nichts und war als Zeuge völlig unergiebig. Von dem Augenblick an, da er allein gelassen und die Zimmertür zugemacht worden war, scheint er sich ganz im Einklang mit der selbstauferlegten Lebensregel, niemals seine Zeit zu verschwenden, in einen Kommentar der Mischna vertieft zu haben.

Das Mädchen sprach englisch mit Akzent: einem skandinavischen, keinem französischen oder südländischen; sie probierten alle möglichen Akzente bei ihm aus, doch weiter einengen als bis auf Skandinavisch konnten sie es nicht. Zuerst fragte sie, ob Elke zu Hause sei, wobei sie sie nicht Elke nannte, sondern ›Ucki‹, ein Kosename, den nur ihre engsten Freunde gebrauchten. Der Arbeits-Attaché erklärte ihr, sie sei vor zwei Stunden in Urlaub gefahren; wie schade, ob er helfen könne? Das Mädchen gab sich leicht enttäuscht und sagte, sie werde ein andermal vorbeischauen. Sie sei gerade aus Schweden eingetroffen und habe Elkes Mutter versprochen, Elke diesen Koffer mit Kleidern und Schallplatten zu bringen. Das mit den Platten war ein besonders raffiniertes Detail, da Elke ganz wild auf Pop-Musik war. Inzwischen hatte der Arbeits-Attaché es sich nicht nehmen lassen, sie hereinzubitten, und in seiner Einfalt sogar den Koffer über die Schwelle getragen, etwas, was er sich sein Leben lang nicht verzeihen würde. Ja, selbstverständlich habe er die vielen Ermahnungen gelesen, niemals Pakete von Dritten anzunehmen; jawohl, er wisse genau, daß Koffer beißen könnten. Aber hier handelte es sich um Elkes Freundin Katrin aus ihrer Heimatstadt in Schweden, die den Koffer am selben Tag von Elkes Mutter bekommen hatte! Der Koffer sei ein wenig schwerer gewesen, als er angenommen hatte, doch das hatte er auf die Platten geschoben. Als er Katrin gegenüber fürsorglich bemerkte, der Koffer müsse ja ihren gesamten Gepäckbonus beansprucht haben, erklärte sie, Elkes Mutter habe sie eigens mit dem Auto auf den Stockholmer Flugplatz gebracht, um das Übergewicht zu bezahlen. Es war ein Koffer mit festen Wänden, wie er bemerkte, und er sei nicht nur schwer gewesen, sondern habe sich auch fest gepackt angefühlt. Nein – bewegt habe sich beim Anheben nichts, da sei er ganz sicher. Ein brauner Anhänger, ein Fragment, war erhalten geblieben.
Er hatte dem Mädchen einen Kaffee angeboten, doch sie hatte abgelehnt und erklärt, sie dürfe ihren Fahrer nicht warten lassen. Nicht Taxi. *Fahrer.* Diesen Punkt hatten die Ermittlungsbeamten fast zu Tode geritten. Er hatte sie gefragt, was sie denn in Deutschland mache, und sie hatte erwidert, sie hoffe, sich als Theologiestudentin an der Universität Bonn einschreiben zu können. Aufgeregt hatte er nach einem Schreibblock gesucht, dann nach einem Blei-

stift, und sie aufgefordert, ihren Namen und ihre Adresse zu hinterlassen; sie hatte ihm jedoch beides zurückgegeben und lächelnd gesagt: »Sagen Sie nur, ›Katrin‹ war hier, dann weiß sie schon Bescheid.« Sie wohne im evangelischen Mädchenwohnheim, erklärte sie, doch das nur für kurze Zeit, denn sie sehe sich nach einem Zimmer um. (Ein solches Wohnheim gibt es in Bonn; noch ein raffiniertes, auf Genauigkeit verweisendes Detail.) Sobald Elke aus dem Urlaub zurück sei, sagte sie, werde sie wieder vorbeikommen. Vielleicht könnten sie ihren Geburtstag zusammen feiern. Das hoffe sie. Wirklich. Der Arbeits-Attaché schlug vor, sie könnten ja eine Party für Elke und ihre Freunde geben, vielleicht ein Käse-Fondue, das er selbst vorbereiten könne. Denn meine Frau – wie er hinterher immer wieder rührend wiederholte – ist eine Kibbuznik, Sir, und hat mit der feinen Küche nicht viel im Sinn.
Hier etwa begann von der Straße her das Hupen des Wagens oder Taxis. Lage etwa mittleres C., mehrere kurze helle Töne, drei ungefähr. Sie schüttelten sich die Hand, und sie gab ihm den Schlüssel. Dabei bemerkte der Arbeits-Attaché zum erstenmal, daß sie weiße Baumwollhandschuhe trug, doch sei sie die Art Mädchen gewesen und der Tag stickig, wenn man einen schweren Koffer schleppt. Infolgedessen weder die Handschrift noch Fingerabdrükke auf dem Block, und auf Koffer und Schlüssel auch nicht. Die ganze Begegnung hatte, wie der arme Mann hinterher schätzte, fünf Minuten gedauert. Länger nicht, wegen des Fahrers. Der Arbeits-Attaché hatte ihr nachgesehen, wie sie den Gartenweg hinunterging – eine hübsche Art zu gehen, sexy, ohne bewußt aufreizend zu sein. Er hatte die Tür geschlossen, gewissenhaft die Sicherheitskette wieder vorgelegt und dann den Koffer in Elkes Zimmer getragen, das im Erdgeschoß lag, und ihn auf das Fußende des Bettes gelegt, wobei er fürsorglich noch daran gedacht hatte, ihn flach hinzulegen, weil das besser für die Kleider und die Platten sei. Den Schlüssel hatte er obendrauf gelegt. Seine Frau, die im Garten unverdrossen harte Erde mit der Hacke bearbeitete, hatte nichts gehört, und als sie später hereingekommen war, um sich zu den beiden Männern zu setzen, hatte ihr Mann vergessen, ihr davon zu erzählen.
Hier kam es zu einer kleinen und sehr menschlichen Richtigstellung.

Vergessen? fragten die israelischen Ermittler ungläubig. Wie es denn möglich sei, solche häuslichen Umstände, bei denen es um eine Freundin von Elke aus Schweden ging, einfach zu *vergessen?* Wo der Koffer doch auf dem Bett gelegen habe?

Der Arbeits-Attaché brach abermals zusammen und gab zu, nein, vergessen habe er die Sache eigentlich nicht.

Dann was? fragten sie.

Es sei mehr . . . es sah so aus . . . als ob er – auf seine einsame, innere Weise – zu dem Schluß gekommen sei, gesellschaftliche Dinge hätten im Grunde aufgehört, seine Frau im geringsten zu interessieren, Sir. Ihr einziger Wunsch sei es, in ihren Kibbuz zurückzukehren und frei und ohne das alberne diplomatische Getue mit Menschen zu verkehren. Anders ausgedrückt – nun, das Mädchen war so hübsch, Sir – nun, vielleicht täte er besser daran, sie für sich zu behalten. Und was den Koffer betrifft, nun, meine Frau geht nie in Elkes Zimmer, verstehen Sie – ging, meine ich –, Elke kümmert sich selbst um ihr Zimmer.

Und der Talmud-Gelehrte, der Onkel Ihrer Frau?

Dem hatte der Arbeits-Attaché auch nichts gesagt. Von beiden bestätigt.

Sie schrieben es kommentarlos hin: *sie für sich zu behalten.*

Wie ein Geisterzug, der plötzlich von den Gleisen verschwindet, hatte damit der Gang der Ereignisse ein Ende. Elke, der Wolf tapfer zur Seite stand, wurde nach Bonn zurückgeholt und kannte keine Katrin. Elkes Privatleben wurde durchforstet, doch das brauchte seine Zeit. Ihre Mutter hatte weder einen Koffer geschickt, noch wäre sie im Traum darauf gekommen, so etwas zu tun – was die Musik betreffe, so habe sie etwas gegen den schlechten Geschmack ihrer Tochter, erzählte sie der schwedischen Polizei; nie würde sie auf den Gedanken kommen, sie darin auch noch zu bestärken. Wolf kehrte untröstlich zu seiner Einheit zurück und wurde ermüdenden, aber richtungslosen Verhören des militärischen Abwehrdienstes unterworfen. Ein Taxichauffeur meldete sich nicht, obgleich ihn Polizei und Presse in ganz Deutschland aufforderten, sich zu melden, und ihm *in absentia* eine Menge Geld für seine Geschichte

geboten wurde. In den Passagierlisten, Computern und Datenbänken der anderen deutschen Flugplätze, von Köln ganz zu schweigen, fand sich keine passende Reisende aus Schweden oder sonstwoher. Beim Arbeits-Attaché klingelte es nicht beim Anblick von Fahndungsfotos der bekannten und unbekannten Terroristinnen samt dem Troß der ›Halb-Illegalen‹; dabei war er fast wahnsinnig vor Kummer und hätte jedem geholfen, um nur irgend etwas zu tun, und sei es nur, um selbst das Gefühl zu haben, zu etwas nutze zu sein. Er konnte sich weder daran erinnern, was für Schuhe das Mädchen angehabt, noch, ob sie Lippenstift, Parfüm oder Mascara benutzt habe, ob ihr Haar gebleicht gewesen sei oder sie womöglich gar eine Perücke getragen habe. Wie komme er, so ließ er durchblikken – er, der von seiner Ausbildung her Wirtschaftswissenschaftler sei, in jeder Beziehung sonst ein treu- und warmherziger Bursche, der verheiratet sei und sich außer für Israel und die Familie nur noch für Brahms interessierte –, wie komme er dazu, etwas vom Haarfärben zu verstehen?
Jawohl, daran erinnere er sich: sie habe gute Beine und einen sehr weißen Hals gehabt. Und lange Ärmel, ja; sonst wären ihm ihre Arme aufgefallen. Jawohl, einen Petticoat oder ähnliches; sonst hätte er bei dem Sonnenlicht hinter ihr draußen wohl die Körperumrisse wahrgenommen. Einen BH? – Vielleicht nicht. Sie habe einen kleinen Busen gehabt und sehr gut ohne auskommen können. Lebende Modelle wurden für ihn angezogen. Er muß sich hundert verschiedene blaue Kleider angesehen haben, die alle möglichen Kaufhäuser aus ganz Deutschland schickten, aber er konnte sich um alles auf der Welt nicht daran erinnern, ob Kragen und Ärmelbündchen von anderer Farbe gewesen waren; so groß seine innere Qual auch war, sie half seinem Gedächtnis nicht auf die Sprünge. Je mehr sie ihn fragten, desto mehr vergaß er. Die üblichen Zufallszeugen bestätigten zwar Teile seiner Aussage, hatten aber nichts von Belang hinzuzufügen. Den Polizeistreifen war der Zwischenfall vollkommen entgangen; vermutlich war die Übergabe der Bombe zeitlich darauf abgestimmt gewesen. Der Koffer hätte von zwanzig verschiedenen Marken sein können. Beim Wagen oder Taxi hatte es sich um einen Opel gehandelt, oder um einen Ford; er war grau gewesen, nicht besonders sauber und weder alt noch neu. Bonner

Nummernschild? Nein, aus Siegburg. Ja, mit Taxizeichen auf dem Dach. Nein, ein Schiebedach, und jemand hatte Musik herauskommen hören, doch welches Programm, konnte nicht festgestellt werden. Jawohl, eine Antenne. Nein, keine. Beim Fahrer hatte es sich um einen Nordeuropäer gehandelt, möglicherweise auch um einen Türken. So was hatten Türken schon getan.

Glattrasiert, aber mit Lippenbart und dunklem Haar. Nein, blond. Leicht gebaut; könnte eine als Mann verkleidete Frau gewesen sein. Jemand war sicher, daß an der Heckscheibe ein kleiner Schornsteinfeger gebaumelt hatte. Könnte aber auch ein Aufkleber gewesen sein. Jawohl, ein Aufkleber. Jemand behauptete, der Fahrer habe einen Anorak getragen. Möglicherweise aber auch einen Pullover. An diesem toten Punkt schien die Gruppe der israelischen Experten in eine Art kollektiven Komas zu verfallen. Sie wurden lethargisch, kamen spät und gingen früh und verbrachten viel Zeit in ihrer Botschaft, wo sie offenbar neue Anweisungen erhielten. Tage vergingen, und Alexis kam zu dem Schluß, daß sie auf etwas warteten. Die Zeit totschlugen, aber doch irgendwie da waren. Unter Dampf standen und sich doch in Geduld faßten, so wie es Alexis viel zu oft selbst ging. Er besaß einen ungewöhnlich guten Riecher, solche Dinge lange vor seinen Kollegen zu erkennen. Wenn er versuchte, sich in Juden hineinzuversetzen, meinte er, in einem erlauchten Vakuum zu leben. Am dritten Tag stieß ein breitgesichtiger älterer Mann, der sich Schulmann nannte, zu dem Ermittlungsteam; begleitet wurde er von einem sehr dünnen Assistenten, der höchstens halb so alt war wie er. Alexis sah in ihnen einen jüdischen Caesar und seinen Cassius.

Das Eintreffen von Schulmann und seinem Adlatus bedeutete für den guten Alexis eine nicht geringe Befreiung von der aufgestauten Wut über seine eigene Ermittlung und von der Lästigkeit, überall den schlesischen Polizeibeamten auf den Fersen zu haben, der zunehmend das Verhalten eines Nachfolgers statt dem eines Assistenten an den Tag legte. Als erstes fiel ihm bei Schulmann auf, daß er die Temperatur der israelischen Expertengruppe augenblicklich ansteigen ließ. Bis zu Schulmanns Eintreffen hatten die sechs Männer den Eindruck gemacht, als fehlte ihnen etwas. Sie waren höflich gewesen, hatten keinen Alkohol getrunken, hatten ihre Netze ausgespannt und untereinander den dunkeläugigen orientalischen Zusammenhalt einer Kampfgruppe bewahrt. Ihre Selbstbeherrschung konnte Außenstehende ganz schön aus der Fassung bringen, und als der umständliche Schlesier bei einem schnellen Mittagessen in der Kantine auf den Gedanken verfiel, Witze über koscheres Essen zu machen, sich herablassend über die Schönheiten ihrer Heimat auszulassen, und sich dann auch noch gestattete, sehr abfällig über die Qualität israelischen Weins zu sprechen, nahmen sie diese Huldigung mit einer Höflichkeit auf, von der Alexis wußte, daß sie sie Blut kostete. Selbst als er fortfuhr, über die Wiederbelebung der jüdischen Kultur in Deutschland sowie die geschickte Art zu reden, mit der die neuen Juden die Grundstückspreise in Frankfurt und Berlin in die Höhe getrieben hätten, hielten sie ihre Zunge noch im Zaum, obwohl die finanziellen Machenschaften von Schtetel-Juden, die dem Ruf nach Israel nicht gefolgt waren, sie insgeheim genauso abstießen wie die Plumpheit ihrer Gastgeber. Dann jedoch, als Schulmann da war, wurde plötzlich alles auf ganz andere Weise klar. Er war der Anführer, auf den sie gewartet hatten: Schulmann aus Jerusalem, dessen Ankunft ein paar Stunden im voraus durch einen verwirrten Anruf von der Zentrale in Köln angekündigt worden war.

»Sie schicken einen besonderen Spezialisten. Der wird sich schon bei Ihnen melden.«

»Spezialist für was?« hatte Alexis wissen wollen, der es sich – ganz untypisch für einen Deutschen – zur Regel gemacht hatte, etwas gegen Leute mit besonderen Qualifikationen zu haben.

Keine Auskunft. Doch dann war er da – für Alexis' Empfinden kein Spezialist, sondern der breitstirnige, betriebsame Veteran einer jeden Schlacht seit den Thermopylen, zwischen vierzig und neunzig Jahren alt, vierschrötig, slawisch und kräftig und weit mehr Europäer als Hebräer, mit mächtigem Brustkorb, dem weitausgreifenden Schritt eines Ringers und der Begabung, jeden zu beruhigen; und dazu dieser quirlige Gehilfe, der überhaupt nicht erwähnt worden war. Vielleicht doch kein Cassius, sondern eher der Urtyp des dostojewskischen Studenten: halb verhungert und im Kampf

mit den Dämonen. Wenn Schulmann lächelte, durchzogen Runzeln sein Gesicht, in Jahrhunderten von Wasser eingegraben, das immer dieselben Felsrinnen heruntergeflossen war; und die Augen waren schmal zusammengekniffen wie die eines Chinesen. Dann, lange nach ihm, lächelte auch sein Adlatus und gab echogleich irgendeine verdrehte tiefe Bedeutung wieder. Wenn Schulmann jemand begrüßte, kam sein ganzer rechter Arm wie ein seitlicher Schwinger auf einen zugeschossen, so schnell, daß – falls man ihn nicht vorher abfing –, einem die Puste wegblieb. Bei dem Adlatus hingen dagegen die Arme an der Seite herunter, als ob er sich nicht traute, sie allein loszulassen. Wenn Schulmann redete, feuerte er sich widersprechende Gedanken wie eine breitgestreute Geschoßgarbe ab, um dann abzuwarten, welche ankamen und welche zu ihm zurückkehrten. Die Stimme des Adlatus folgte ihnen wie Bahrenträger, die mitfühlend die Gefallenen einsammeln.
»Ich bin Schulmann. Freut mich, Sie kennenzulernen, Dr. Alexis«, sagte Schulmann in einem fröhlichen Englisch mit Akzent.
Nur Schulmann.
Kein Vorname, kein Rang, kein akademischer Titel, weder Aufgabenbereich noch Beruf. Und der Student hatte überhaupt keinen Namen, zumindest nicht für Deutsche. Kein Name, kein unverbindliches Geplauder und kein Lächeln. Ein Anführer, das war Schulmann, wie Alexis ihn sah; ein Hoffnungsbringer, ein Preßlufthammer, ein Aufgabenbewältiger ganz besonderer Art; ein angeblicher Spezialist, der ein Zimmer für sich allein brauchte und auch noch am selben Tag bekam – dafür sorgte schon der Adlatus. Bald hörte man Schulmann unablässig hinter geschlossenen Türen reden; sein Ton hatte etwas von einem Anwalt von außerhalb, der ihre bisher geleistete Arbeit genau unter die Lupe nahm und bewertete. Man brauchte kein Hebraist zu sein, um die Warums und Wiesos, die Wanns und Warum-nichts herauszuhören. Ein Improvisator, dachte Alexis: selber ein geborener Stadtguerilla. Wenn er schwieg, hörte Alexis das auch und fragte sich, was, zum Teufel, er denn plötzlich so Interessantes las, daß sein Mundwerk aufhörte zu arbeiten. Oder beteten sie? – War so was bei ihnen denkbar? Es sei denn natürlich, der Adlatus war an der Reihe, etwas zu sagen; in diesem Fall würde Alexis nicht das kleinste Gewisper mitbekom-

men, denn im Beisein von Deutschen besaß seine Stimme genauso wenig Volumen wie sein Körper.
Mehr als alles andere bekam Alexis jedoch Schulmanns Drängen mit. Er war so etwas wie ein wandelndes Ultimatum, jemand, der den Druck, unter dem er selbst stand, an seine Mitarbeiter weitergab und der ihren Bemühungen etwas fast unerträglich Verzweifeltes gab. Wir können es schaffen, aber wir können auch scheitern, sagte er in der lebhaften Phantasie von Alexis. Wir sind zu lange zu spät gekommen. Schulmann war ihr Impresario, ihr Manager, ihr General – alles in einem –, aber er seinerseits erhielt auch eine Menge Befehle. So jedenfalls sah Alexis ihn und lag damit gar nicht mal so falsch. Er erkannte es an der harten und fragenden Art, wie Schulmanns Männer ihn ansahen, nicht wegen irgendwelcher Einzelheiten ihrer Arbeit, sondern in Hinblick auf den Fortschritt, den man erzielte – nützt das was? –, ist das ein Schritt in die richtige Richtung? Er erkannte es an Schulmanns Art, wie er gewohnheitsmäßig den Jackenärmel zurückschob, wenn er den linken Unterarm packte und dann das Handgelenk herumriß, als gehöre es jemand anderm, bis das Ziffernblatt seiner alten Stahluhr ihn anstarrte. Also ist Schulmann auch eine Frist gesetzt worden, dachte Alexis: auch unter *ihm* tickt eine Zeitbombe; der Adlatus hat sie in der Aktenmappe.
Das Zusammenspiel zwischen den beiden Männern faszinierte Alexis, war in seinem Streß eine willkommene Ablenkung für ihn. Als Schulmann einen Gang durch die Drosselstraße unternahm und in den gefährlichen Trümmern des in die Luft gesprengten Hauses stand, klagend den Arm hochwarf, seine Uhr betrachtete und so außer sich zu sein schien, als ob es sein eigenes Haus gewesen wäre, hielt sich der Adlatus in seinem Schatten wie sein Gewissen, die knochigen Hände entschlossen an die Hüften gepreßt, während er seinen Herrn und Meister mit dem geflüsterten Ernst seiner Überzeugungen zurückzuhalten schien. Als Schulmann den Arbeits-Attaché zu einem letzten Gespräch zu sich bat und die Unterredung zwischen ihnen, die durch die Zwischenwand ohnehin halb zu verstehen war, sich zu einem Schreien steigerte und dann zu einem Gemurmel wie im Beichtstuhl wurde, war es der Adlatus, der den gebrochenen Mann aus dem Zimmer führte und persönlich wieder

der Obhut seiner Botschaft anvertraute. Auf diese Weise bestätigte sich eine Theorie, mit der Alexis von Anfang an geliebäugelt hatte, doch die zu verfolgen Köln ihm auf jeden Fall strikt untersagt hatte. Alles deutete darauf hin. Die eifernde, introvertierte Ehefrau, die nur von ihrer heiligen Erde träumte; das erschreckende Schuldbewußtsein des Arbeits-Attachés; das absurd übertriebene Getue, mit dem er das Mädchen Katrin empfangen und sich in Elkes Abwesenheit geradezu zu deren stellvertretendem Bruder hochstilisiert hatte; sein merkwürdiges Eingeständnis, er habe zwar Elkes Zimmer betreten, doch seine Frau würde das nie tun. Für Alexis, der sich zu seiner Zeit durchaus in ähnlichen Situationen befunden hatte und sich gerade in einer solchen befand – schuldgebeutelte Nerven, die bei jedem kleinen sexuellen Hauch vibrierten –, durchzogen diese Zeichen deutlich die gesamte Akte, und insgeheim bereitete es ihm Genugtuung, daß Schulmann sie auch gelesen hatte. Aber wenn Köln in dieser Hinsicht unerbittlich war, so gebärdete Bonn sich nahezu hysterisch. Der Arbeits-Attaché war ein öffentlicher Held: der Vater, der einen schmerzlichen Verlust erlitten hatte, der Mann einer schrecklich verstümmelten Frau. Er war das Opfer einer antisemitischen Untat auf deutschem Boden; er war ein in Bonn akkreditierter israelischer Diplomat, *per definitionem* so ehr- und achtbar wie nur jeder denkbare Jude. Wer waren denn die Deutschen, daß ausgerechnet sie, so legten sie ihm nahe zu berücksichtigen, einen solchen Mann als Ehebrecher hinstellten? Noch am selben Abend folgte der völlig aufgewühlte Arbeits-Attaché seinem Kind nach Israel, und die Nachrichtensendungen des Fernsehens brachten in ganz Deutschland eine Aufnahme, wie er mit stämmigem Rücken mühselig die Gangway hinaufstieg, während der allgegenwärtige Alexius – den Hut in der Hand – ihm mit versteinerter Hochachtung nachblickte.

Manches von dem, was Schulmann unternahm, kam Alexis erst zu Ohren, nachdem das israelische Team wieder heimgeflogen war. So kam er zum Beispiel fast, wenn auch nicht ganz, durch Zufall dahinter, daß Schulmann und sein Adlatus das Mädchen Elke unabhängig von den deutschen Ermittlern aufgesucht und sie zu nachtschlafender Zeit bewogen hatten, ihre Abreise nach Schweden zu verschieben, damit sie sich ganz aus freien Stücken und wohlbezahlt

zu einer vertraulichen Unterhaltung zu dritt bereitfinde. Sie hatten einen ganzen Nachmittag damit verbracht, sie in einem Hotelzimmer in die Mangel zu nehmen, und brachten sie dann, ganz im Gegensatz zu ihrer Sparsamkeit, wenn es um gesellschaftliche Dinge auf anderen Gebieten ging, munter mit einem Taxi zum Flughafen. All dies – so vermutete Alexis – mit dem Ziel, herauszubekommen, wer ihre *richtigen* Freunde waren und mit wem sie es trieb, wenn ihr Freund sich wieder sicher in der Obhut der Bundeswehr befand. Und woher sie das Marihuana und die Amphetamine bezog, die sie in den Trümmern ihres Zimmers gefunden hatten. Oder – was wahrscheinlicher war – von wem sie sie hatte und in wessen Armen sie gern lag und über sich und ihre Arbeitgeber redete, wenn sie wirklich angetörnt und entspannt war. Darauf kam Alexis zum Teil deshalb, weil inzwischen seine eigenen Leute ihm ihren vertraulichen Bericht über Elke gebracht hatten, und die Fragen, die er Schulmann zuschrieb, waren dieselben, die er ihr gern selbst gestellt hätte, wenn Bonn ihm nicht einen Maulkorb umgehängt und ›Hände weg‹ geschrien hätte.
Keinen Schmutz, sagten sie weiterhin. Erst mal soll Gras darüber wachsen. Und Alexis, der inzwischen ums eigene Überleben kämpfte, nahm den Hinweis auf und hielt den Mund, weil mit jedem Tag, der verging, die Aktien des Schlesiers zum Nachteil seiner eigenen stiegen.
Trotzdem hätte er gutes Geld für die Art von Antworten gegeben, die Schulmann ihr mit seinem wahnsinnigen und erbarmungslosen Drängen zwischen Blicken auf sein altmodisches Monstrum von Uhr abgeluchst hatte – für das gezeichnete Porträt des virilen arabischen Studenten oder des Junior-Attachés vom äußeren Rand des diplomatischen Dienstes zum Beispiel – oder war es ein Kubaner gewesen? –, mit reichlich Geld und den richtigen kleinen Päckchen Stoff und einer unerwarteten Bereitschaft zuzuhören. Viel später, als es längst zu spät war, um noch eine Rolle zu spielen, erfuhr Alexis auch – über den schwedischen Geheimdienst, der gleichfalls angefangen hatte, sich für Elkes Liebesleben zu interessieren –, daß Schulmann und sein Adlatus in den frühen Morgenstunden, als andere schliefen, eine Sammlung von Fotos möglicher Kandidaten zusammengebracht hatten. Und daß Elke darunter einen herausge-

pickt hatte, dem Vernehmen nach Zypriot, den sie nur mit Vornamen gekannt hatte – Marius –; er hatte von ihr verlangt, daß sie ihn französisch aussprach. Und daß sie ihnen eine entsprechende, formlose Erklärung unterschrieben hatte – ›Ja, das ist der Marius, mit dem ich geschlafen habe‹ –, die sie, wie sie ihr zu verstehen gegeben hatten, für Jerusalem brauchten. Warum mochten sie das getan haben? überlegte Alexis. Um damit irgendwie Schulmanns Frist weiter hinauszuschieben? Als Sicherheit, um daheim in der Zentrale Kredit herauszuschlagen? Alexis verstand diese Dinge. Und je mehr er darüber nachdachte, desto größer wurde das Gefühl innerer Verwandtschaft, kameradschaftlichen Einvernehmens mit Schulmann. Du und ich, wir sind vom selben Stamm, hörte er sich förmlich denken. Wir rackern uns ab, wir fühlen, wir erkennen.

Alexis spürte all dies ganz tief und mit großem Selbstbewußtsein.

Die obligatorische Schlußbesprechung fand im Vortragssaal statt, in dem der unbeholfene Schlesier den Vorsitz über dreihundert Stühle führte, von denen die meisten leer waren; auf ihnen verteilten sich jedoch die beiden Gruppen, die deutsche und die israelische, die wie die Familien bei einer Trauung zu beiden Seiten des Mittelgangs der Kirche zusammenhockten. Die Zahl der Deutschen war durch Beamte aus dem Innenministerium und einiges Stimmvieh aus dem Bundestag verstärkt worden; die Israelis hatten den Militär-Attaché aus der Botschaft dabei, doch ein paar aus ihrem Team, darunter Schulmanns ausgemergelter Adlatus, waren bereits wieder nach Tel Aviv zurückgekehrt – zumindest behaupteten das seine Kollegen. Der Rest versammelte sich um elf Uhr vormittags vor einer mit einem weißen Tuch bedeckten Tafel, auf der die verräterischen Überbleibsel der Explosion wie archäologische Funde nach einer langen Grabung ausgestellt waren, ein jedes mit einem maschinebeschrifteten Etikett versehen. Daneben konnte man an einer Pinwand die üblichen Schreckensbilder betrachten – in Farbe, um möglichst wirklichkeitsgetreu zu sein. An der Tür ein hübsches Mädchen, das allzu reizend lächelte, als es den Teilnehmern Plastikhefter mit Hintergrundmaterial überreichte. Hätte sie Bonbons oder Eis ausgeteilt, es würde Alexis nicht überrascht haben. Die Deutschen unterhielten sich lebhaft und renkten sich nach allem, einschließlich der Israelis, die ihrerseits das tiefe Schweigen jener bewahrten, für die jede vergeudete Minute ein Martyrium bedeutete, den Hals aus. Nur Alexis – dessen war er sich sicher – begriff und teilte ihre heimliche Qual, worauf immer sie auch beruhen mochte. Wir sind einfach zuviel, dachte er. Wir sind es, um die es eigentlich geht. Bis vor einer Stunde hatte er erwartet, selber den Vorsitz zu führen. Er hatte erwartet, knapp und bündig zu sagen, was zu sagen war, hatte sich insgeheim sogar schon ein munteres englisches ›*Thank you, gentlemen*‹ zurechtgelegt, um danach zu verschwinden. Doch die hohen Herren hatten ihre Entscheidungen getroffen und wollten den Schlesier zum Frühstück, Mittag- und Abendessen; Alexis wollten sie nicht, nicht einmal zum Kaffee. Infolgedessen drückte er sich, die Arme vor der Brust verschränkt, auffällig im Hintergrund herum und bekundete nach außen hin ein sorgloses Interesse, während er innerlich schäumte und versuchte, sich in die Lage der Juden hineinzuversetzen. Als alle bis auf Alexis saßen, hatte der Schlesier seinen Auftritt, und zwar mit jenem besonderen beckenbetonten Gang, den ein gewisser Typ von Deutschen nach Alexis' Erfahrung annahm, wenn er ein Rednerpult bestieg. Hinter ihm trottete ein verschüchterter junger Mann in weißem Kittel, beladen mit einem Duplikat des nunmehr berühmten abgewetzten grauen Koffers samt den Anhängern der skandinavischen Luftfahrtgesellschaft, den er wie eine Opfergabe auf das Podium legte. Als Alexis sich nach seinem Helden Schulmann umsah, entdeckte er ihn ziemlich weit hinten allein auf einem Platz neben dem Mittelgang. Er hatte Jacke und Schlips abgelegt und trug eine bequeme Hose, die wegen seines mächtigen Leibesumfangs ein wenig zu hoch über seinen unmodernen Schuhen endete. Die stählerne Armbanduhr blinkte am gebräunten Handgelenk; das Weiß seines Hemdes vor der wettergegerbten Haut verlieh ihm das wohlwollende Aussehen von jemand, der im Begriff steht, in die Ferien zu fahren. Bleib noch etwas, und ich komme mit, dachte Alexis sehnsüchtig und mußte an die wenig erfreuliche Unterredung mit den hohen Herren denken.

Der Schlesier sprach englisch, ›mit Rücksicht auf unsere israelischen Freunde‹. Doch auch, wie Alexis vermutete, mit Rücksicht auf jene seiner Anhänger, die gekommen waren, um zu begutachten, wie ihr Champion sich mache. Der Schlesier hatte den obligaten Ausbildungskurs in Subversionsbekämpfung in Washington gemacht und sprach daher das verhunzte Englisch eines Astronauten. In der Einführung ließ er sie wissen, die furchtbare Tat sei das Werk ›radikaler linker Elemente‹, und als er auf die ›übertriebene sozialistische Nachsicht der heutigen Jugend gegenüber‹ anspielte, kam von den Sitzen der Parlamentarier ein gewisses zustimmendes Stühlerücken. Nicht einmal unser geliebter Führer hätte es besser ausdrücken können, dachte Alexis, ließ sich äußerlich jedoch nichts anmerken. Aus baulichen Gründen sei die Sprengwirkung in die Höhe gegangen, sagte der Schlesier und wandte sich einer graphischen Darstellung zu, die sein Assistent hinter ihm entrollte, habe praktisch den Mittelteil des Hauses sauber herausgetrennt und das Kinderzimmer mitgerissen. Kurz gesagt ein Riesenknall, dachte Alexis erregt, warum das also nicht sagen und dann den Mund halten. Aber der Schlesier hielt nichts von Mundhalten. Nach den besten Schätzungen müsse es sich um fünf Kilo Sprengstoff gehandelt haben. Die Mutter sei mit dem Leben davongekommen, weil sie sich gerade in der Küche aufgehalten habe. Bei der Küche handele es sich um einen *Anbau*. Die plötzliche und unvermutete Verwendung eines deutschen Wortes rief – zumindest bei den Deutschsprechenden – eine eigentümliche Verlegenheit hervor.

»Was ist Anbau auf englisch?« erkundigte der Schlesier sich brummig bei seinem Assistenten, was zur Folge hatte, daß alle sich gerade hinsetzten und im Geist nach der Übersetzung suchten.

»Annexe«, rief Alexis vor den anderen und handelte sich damit ein gewisses gequältes Lachen von den Wissenden und weniger gequälte Verärgerung vom Klub der Anhänger des Schlesiers ein.

»Annexe«, wiederholte also der Schlesier in seinem besten Englisch, ging stillschweigend über die unwillkommene Hilfe hinweg und mühte sich blindlings weiter.

Im nächsten Leben werde ich Jude oder Spanier oder Eskimo oder ein radikaler Anarchist wie alle Welt auch, beschloß Alexis. Bloß nicht Deutscher – das tut man nur einmal, aus Buße, aber damit hat

sich's auch. Nur ein Deutscher bringt es fertig, ein totes jüdisches Kind als Vorwand zu benutzen, um eine Antrittsrede zu halten.
Der Schlesier redete über den Koffer. Billig und häßlich, die Art, wie vor allem Un-Personen wie Gastarbeiter und Türken sie bevorzugten. Und Sozialisten, hätte er hinzufügen können. Wer sich dafür interessiere, könne das in den Unterlagen nachlesen oder sich die übriggebliebenen Teile des Stahlrahmens auf dem Tisch ansehen. Man konnte aber auch zu dem Schluß kommen – einem Schluß, zu dem Alexis schon vor langer Zeit gekommen war –, daß sowohl Bombe als auch Koffer eine Sackgasse darstellten. Nur konnten sie sich der Rede des Schlesiers nicht entziehen, denn es war nun mal der große Tag des Schlesiers, und sein Vortrag war seine Siegerurkunde über den entthronten Gegner, Alexis, der sich immer für persönliche Freiheit eingesetzt hatte.
Vom Koffer selbst ging er zum Inhalt über. Der Sprengsatz sei mit zwei Arten von Füllmaterial in der richtigen Lage gehalten worden, Gentlemen, sagte er. Bei Füllung Nr. 1 habe es sich um alte Zeitungen gehandelt; die Untersuchungen hätten ergeben, daß es sich um Bonner Ausgaben der Springerpresse aus den letzten sechs Monaten gehandelt habe – wie passend, dachte Alexis. Bei Füllung Nr. 2 um eine zerschnittene ausrangierte Wolldecke der US Army, ähnlich jener, wie sie jetzt von meinem Kollegen, Mr. Soundso, vom staatlichen Untersuchungslabor hochgehalten wird. Während der verschüchterte Assistent eine große graue Wolldecke zur Ansicht in die Höhe hielt, ratterte der Schlesier stolz seine anderen brillanten Schlußfolgerungen herunter. Alexis hörte der Aufzählung dessen, was er bereits wußte, gelangweilt zu: das verbogene Ende des Zünders . . . winzig kleine Partikel nicht detonierten Sprengstoffs, erwiesenermaßen russisches Standard-Plastik, den Amerikanern unter der Bezeichnung C4 bekannt, den Briten unter der Bezeichnung PE und den Israelis unter der, die sie nun einmal hatten . . . die Aufzugswelle einer billigen Armbanduhr . . . die verkohlte, aber immer noch als solche erkennbare Feder einer Wäscheklammer. Mit einem Wort, dachte Alexis, klassischer Aufbau, geradewegs aus der Bombenschule. Keinerlei kompromittierendes Material, nichts, was auf irgendwelche Eitelkeit hätte schließen lassen, keinerlei Schnickschnack, der über eine in den Innenwinkel des

Deckels eingebaute kinderleichte Zündung hinausgegangen wäre. Höchstens daß die Dinger, die die Kinderchen heutzutage zusammenbastelten, einen geradezu sehnsüchtig an die guten altmodischen Terroristen der siebziger Jahre zurückdenken ließen, dachte Alexis.

Der Schlesier schien das gleichfalls zu denken, doch machte er einen schrecklichen Witz darüber: »Wir nennen so was eine Bikini-Bombe«, verkündete er stolz. »Nur das absolute Minimum. Keine Extras!«

»Und keine Verhaftungen«, rief Alexis bedenkenlos und wurde dafür mit einem bewundernden und merkwürdig wissenden Blick von Schulmann belohnt.

Seinen Assistenten brüsk übergehend, griff der Schlesier jetzt mit einem Arm in den Koffer und zog triumphierend ein Stück Weichholz heraus, auf dem die Nachbildung montiert worden war, so etwas wie der Stromkreis eines Modell-Rennautos aus mit Isolierstoff überzogenem Draht, der in zehn Stäben aus grauem Kunststoff endete. Während die Uneingeweihten sich darum scharten, um das Ding genauer in Augenschein zu nehmen, bemerkte Alexis überrascht, daß Schulmann, die Hände in den Taschen, seinen Platz verließ und zu ihnen hinüberschlenderte. Aber wozu? fragte sich Alexis im Geiste, den Blick schamlos auf ihn geheftet. Warum plötzlich so gemächlich, nachdem du doch gestern kaum Zeit gehabt hast, einen Blick auf deine verbeulte Uhr zu werfen? Alexis ließ alle Bemühungen, gleichgültig zu erscheinen, fahren und stellte sich rasch neben ihn. So bastelt man eine Bombe, erklärte der Schlesier, wenn man nach der üblichen Schablone gemacht ist und Juden in die Luft jagen will. Man kauft sich eine billige Uhr wie diese hier; man sollte sie ja nicht stehlen, sie vielmehr in einem großen Kaufhaus kaufen, möglichst zur Hauptgeschäftszeit, und außerdem noch ein paar andere Dinge erstehen, um das Erinnerungsvermögen des Verkäufers zu verwirren. Den Stundenzeiger entferne man. Dann bohre man ein Loch in das Glas, stecke eine Heftzwecke hinein, verbinde den Stromkreis mit Hilfe eines guten Klebstoffs mit dem Kopf der Heftzwecke. Dann die Batterie. Daraufhin den verbliebenen Zeiger so nahe oder so weit von der Heftzwecke entfernt einstellen, wie man will. Ganz allgemein gelte allerdings die Regel, möglichst wenig Zeit dazwischenzuschalten, um zu gewährleisten, daß die Bombe nicht entdeckt und entschärft wird. Die Uhr ziehe man auf, dann überzeuge man sich davon, daß der Minutenzeiger noch funktioniert. Er tut es. Zu demjenigen beten, von dem man annimmt, daß er einen dazu gebracht hat, den Zünder in die Sprengkapsel hineinzudrücken. In dem Augenblick, da der Minutenzeiger den Dorn der Reißzwecke berührt und der Kontakt den Stromkreis schließt, und so Gott will, geht die Bombe dann los.

Um dies Wunder zu demonstrieren, entfernte der Schlesier die unschädlich gemachte Zündung sowie die zehn Stäbe Demonstrationssprengstoff aus Plastik und ersetzte ihn durch eine kleine Glühbirne, wie man sie für Taschenlampen verwendet.

»So, und jetzt beweise ich Ihnen, wie der Stromkreis funktioniert!« rief er.

Niemand zweifelte daran, daß es klappte. Die meisten kannten so etwas in- und auswendig, doch wie dem auch sei, für einen Augenblick, so wollte es Alexis scheinen, überlief es unwillkürlich alle Umstehenden gleichzeitig, als die kleine Birne munter ihr Signal aufblinken ließ. Nur Schulmann schien ungerührt. Vielleicht hat er wirklich schon zuviel gesehen, dachte Alexis, und ist das Mitleid in ihm endgültig erloschen. Denn Schulmann achtete überhaupt nicht auf die Birne. Er blieb über den nachgebauten Zündmechanismus gebeugt stehen, setzte ein breites Lächeln auf und betrachtete ihn mit der kritischen Aufmerksamkeit eines Kenners.

Ein Parlamentarier, der zeigen wollte, wie gescheit er war, erkundigte sich, warum die Bombe nicht rechtzeitig losgegangen sei. »Diese Bombe war vierzehn Stunden im Haus«, wandte er in seidigem Englisch ein. »Ein Minutenzeiger dreht sich aber höchstens eine Stunde, ein Stundenzeiger zwölf Stunden. Wie erklärt man sich, bitte, vierzehn Stunden bei einer Bombe, die maximal nur zwölf Stunden warten kann?«

Der Schlesier hatte für jede Frage einen ganzen Vortrag bereit. Einen solchen gab er jetzt zum besten, während Schulmann, immer noch nachsichtig lächelnd, anfing, mit dicken Fingern an den Rändern des Modells leicht herumzupolken, als ob er in der Füllung darunter etwas verloren hätte. Vielleicht habe die Uhr nicht funktioniert, sagte der Schlesier. Möglicherweise habe die Autofahrt bis in die Drosselstraße den Mechanismus durcheinandergebracht. Denkbar auch, daß der Arbeits-Attaché, als er den Koffer auf Elkes Bett legte, den Stromkreis gestört habe, sagte der Schlesier. Und da es sich um eine billige Uhr gehandelt habe, sei auch vorstellbar, daß sie aufgehört habe zu gehen und dann plötzlich wieder in Gang gekommen sei. Alles war möglich, dachte Alexis, dem es nicht gelang, seinen Ärger herunterzuschlucken.

Schulmann jedoch kam mit einem anderen, einem genialeren Vorschlag.

»Oder vielleicht hat der Bombenbastler nicht genug Farbe vom Uhrzeiger runtergekratzt«, sagte er wie beiläufig, während er seine Aufmerksamkeit den Scharnieren des Koffers zuwandte. Er fischte ein altes Soldatenmesser aus der Tasche, wählte einen plumpen Dorn aus der Vielzahl der Möglichkeiten aus, schob ihn versuchsweise unter den Kopf der Reißzwecke und überzeugte sich, wie leicht es war, sie zu entfernen. »Die Leute in Ihrem Labor haben die *ganze* Farbe abgekratzt. Aber wer weiß, vielleicht war dieser Bombenbastler nicht so ein wissenschaftlicher Typ wie Ihre Techniker«, sagte er und ließ den Dorn laut einschnappen. »Nicht so fähig. Nicht so sauber in seinen Konstruktionen.«

Aber es war doch ein Mädchen, wandte Alexis heftig bei sich ein. Warum spricht Schulmann plötzlich von einem *er*, wo wir doch an ein hübsches Mädchen in einem blauen Kleid denken sollen? Zumindest für den Augenblick offenbar völlig ahnungslos, in welchem Maße er den Schlesier mitten in seiner Vorführung abgekanzelt hatte, wandte Schulmann seine Aufmerksamkeit der hausgebastelten Zündvorrichtung im Deckelinneren zu und zupfte vorsichtig an dem Ende Draht, das ins Futter hineingesteckt und mit einem Dübel in der Öffnung der Wäschekammer verbunden war.

»Gibt es da was Interessantes, Herr Schulmann?« erkundigte sich der Schlesier mit engelhafter Selbstbeherrschung. »Haben Sie vielleicht eine *Spur* entdeckt? Sagen Sie es uns, bitte. Es interessiert uns sehr.«

Schulmann überlegte sich das großzügige Angebot.

»Zuwenig Draht«, verkündete er dann, wandte sich wieder dem weißgedeckten Tisch zu und suchte unter den schauerlichen Exponaten herum. »Hier drüben haben wir die Überreste von siebenundsiebzig Zentimetern Draht.« Er fuchtelte mit einer verkohlten und aufgewickelten Drahtdocke in der Luft herum. Wie ein Strang Wolle war sie ohne Halterung aufgewickelt und wurde von einer Schlaufe um die Taille zusammengehalten. »In Ihrer Rekonstruktion sind es höchstens fünfundzwanzig Zentimeter. Warum fehlt bei Ihrer Rekonstruktion ein halber Meter Draht?«

Einen Moment herrschte betretenes Schweigen, ehe der Schlesier ein lautes, nachsichtiges Lachen ausstieß.

»Aber, Herr Schulmann – der war doch übrig, dieser Draht«, erklärte er, als müsse er einem Kind etwas erklären. »Für die Wicklung. Ganz einfacher Draht. Als der Bombenbastler seinen Apparat fertig hatte, war offensichtlich Draht übrig, und da hat er – oder sie – ihn in den Koffer geworfen. Aus Gründen der Sauberkeit; so was ist normal. Der Draht war einfach übrig. Hatte technisch überhaupt nichts zu bedeuten. Wissen Sie nicht, was *übrig* bedeutet? Sag ihm doch *übrig*.«

»Left over?« übersetzte jemand höchst überflüssigerweise. »Er hat keine Bedeutung, Mr. Schulmann. Er ist übriggeblieben.«

Der Augenblick war vorüber, die Kluft überbrückt, und als Alexis das nächstemal einen Blick von Schulmann erhaschte, stand dieser diskret an der Tür, im Begriff zu gehen, den breiten Kopf jedoch teilweise Alexis zugewandt und den Arm mit der Uhr erhoben, aber dennoch wie jemand, der eher seinen Bauch befragt als seine Uhr. Ihre Blicke trafen sich nicht ganz; trotzdem war Alexis überzeugt, daß Schulmann auf ihn wartete, wollte, daß er quer durch den Saal zu ihm kam und ihm bedeutete: *Mittagessen.* Der Schlesier redete eintönig weiter, die Zuhörer standen unentschlossen um ihn herum wie eine Traube von Fluggästen, die landen mußten. Alexis löste sich unauffällig vom Rand dieser Gruppe und ging auf Zehenspitzen rasch hinter dem davongehenden Schulmann her. Auf dem Korridor packte Schulmann ihn mit einer spontan liebevollen Geste am Arm. Auf dem Bürgersteig – es war wieder ein bezaubernder, sonniger Tag – zogen beide Männer die Jacken aus, und Alexis erinnerte sich später sehr gut, wie Schulmann die seine zusammenrollte wie einen Schlafsack, während Alexis ein Taxi heranwinkte und dem Fahrer den Namen eines italienischen Restaurants nannte, das auf einem Hügel auf der anderen Seite von Bad Godesberg lag. Frauen hatte er dorthin zwar schon ausgeführt, nie jedoch Männer, und Alexis, der Genußmensch, war sich eines ersten Mals stets bewußt.

Auf der Fahrt wechselten sie kaum ein Wort. Schulmann bewunderte die Aussicht und strahlte die Heiterkeit dessen aus, der sich seinen Sabbat verdient hatte, obwohl es erst Mitte der Woche war. Seine Maschine, so erinnerte sich Alexis, sollte Köln am frühen Abend verlassen. Wie ein Kind, das schulfrei bekommen hat, zählte Alexis die Stunden, die ihnen blieben, wobei er davon ausging, daß Schulmann keinerlei andere Verpflichtungen hatte, eine lächerliche, aber wundervolle Vermutung. Im Restaurant, hoch auf der Cäcilien-Höhe, machte der italienische Besitzer, wie vorauszusehen war, ziemliches Aufheben um Alexis, doch Schulmann bezauberte ihn dann regelrecht. Der Wirt redete ihn mit ›Herr Professor‹ an und ließ es sich nicht nehmen, einen großen Tisch am Fenster zu decken, an dem ohne weiteres sechs Personen hätten sitzen können. Unter ihnen lag die Altstadt, dahinter die Windungen des Rheins mit den braunen Hügeln und den schartigen Burgen. Alexis kannte die Landschaft zwar in- und auswendig, doch heute sah er sie mit den Augen seines neuen Freundes Schulmann zum erstenmal. Alexis bestellte zwei Whiskys. Schulmann erhob keinen Einwand. Während sie auf die Drinks warteten, blickte Schulmann bewundernd auf und sagte schließlich: »Wer weiß, wenn Wagner sich nicht den Siegfried vorgenommen hätte, ob wir dann heute nicht doch eine bessere Welt hätten.«
Im ersten Augenblick begriff Alexis nicht, wie ihm geschah. Bis zu diesem Augenblick war sein Arbeitstag ziemlich voll gewesen; er hatte einen leeren Magen und war etwas durcheinander. Schulmann sprach deutsch! Unverkennbar mit sudetendeutschem Akzent, der knarrte wie eine eingerostete Maschine, die lange nicht gelaufen ist. Und tat es überdies auch noch mit einem zerknirschten Grinsen, das zugleich ein Geständnis war und die Aufforderung, sich verschwörerisch mit ihm zusammenzutun. Alexis ließ ein leises Lachen vernehmen, Schulmann stimmte ein, der Whisky kam, und sie

tranken einander zu; freilich nicht mit der schwerfälligen deutschen Zeremonie des Sich-in-die-Augen-Sehens, Nippens und Sich-wieder-Anblickens, die Alexis stets übertrieben fand, besonders Juden gegenüber, die in deutscher Förmlichkeit instinktiv etwas Bedrohliches sahen.

»Wie ich gehört habe, bekommen Sie eine neue Aufgabe, unten in Wiesbaden«, sagte Schulmann immer noch auf deutsch, nachdem sie diese Zeremonie des Sich-miteinander-Bekanntmachens hinter sich hatten. »Irgendeinen Schreibtisch-Job. Größer, aber kleiner, wie ich höre. Es heißt, Sie brächten die Leute hier alle dazu, sich ganz klein zu fühlen. Jetzt, wo ich Sie und die Leute hier erlebt habe, überrascht mich das nicht.«

Alexis versuchte seinerseits, nicht überrascht zu sein. Über Einzelheiten einer neuen Aufgabe war noch nichts gesagt worden – nur, daß überhaupt Neues auf ihn zukomme. Selbst daß der Schlesier sein Nachfolger hier werden sollte, hatte noch geheim bleiben sollen. Alexis hatte noch gar keine Zeit gehabt, irgend jemand davon zu erzählen, nicht einmal seiner jungen Freundin, mit der er mehrmals täglich recht läppische Telefongespräche führte.

»Tja, das ist der Lauf der Dinge, nicht wahr?« meinte Schulmann weise, und das war ebensosehr für den Fluß wie für Alexis bestimmt. »Aber glauben Sie mir, in Jerusalem sitzt man auch immer auf einem wackligen Stuhl. Mal geht's den Bach rauf, mal runter. Das ist der Lauf der Dinge.« Trotzdem schien er ein bißchen enttäuscht. »Und sie soll auch eine reizende Frau sein«, fügte er noch hinzu, womit er sich abermals mit Nachdruck in die Gedanken seines Gefährten drängte. »Attraktiv, klug, treu. Vielleicht bringt sie als Frau die Leute hier dazu, sich klein zu fühlen.«

Alexis widerstand der Versuchung, das Gespräch zu benutzen, über seine eigenen Schwierigkeiten im Leben zu reden, und lenkte es statt dessen auf die Besprechung heute morgen, doch Schulmann antwortete nur vage und meinte, Techniker hätten noch nie ein Problem gelöst, und Bomben langweilten ihn. Er hatte *pastasciutta* bestellt und aß sie nach Gefangenen-Art, indem er Gabel und Löffel ganz automatisch benutzte und sich gar nicht die Mühe machte, hinunterzusehen. Alexis, der fürchtete, seinen Redefluß zu unterbrechen, hielt sich mit dem Reden zurück, so gut er konnte.

Zuerst erging Schulmann sich mit der erzählerischen Mühelosigkeit des älteren Mannes in zurückhaltend formulierten Klagen über Israels sogenannte Verbündete bei der Terroristenbekämpfung. »Im vergangenen Januar, bei einer ganz anderen Ermittlung, haben wir uns an unsere italienischen Freunde gewandt«, erklärte er in behäbigem Plauderton. »Legten ihnen ein paar schöne Beweise vor, nannten ihnen einige erstklassige Adressen. Und als nächstes hörten wir, daß sie ein paar Italiener verhaftet hatten, während die Leute, hinter denen Jerusalem her war, längst über alle Berge waren und wieder sicher in Libyen saßen, braungebrannt und ausgeruht aussahen und auf ihren nächsten Auftrag warteten. Das hatten wir nun wirklich nicht im Auge gehabt.«
Ein Mundvoll *pasta*. Die Lippen mit der Serviette abgetupft. Essen ist Brennstoff für ihn, dachte Alexis; er ißt, um kämpfen zu können. »Im März stand eine andere Sache an, und da war es haargenau das gleiche, nur, daß wir es diesmal mit Paris zu tun hatten. Gewisse Franzosen wurden zwar festgenommen, aber sonst niemand. Und gewisse Beamte kriegten auch ein dickes Lob und wurden durch uns sogar befördert. Aber die Araber ...« Er vollführte eine weit ausholende, nachsichtige Geste. »Zweckmäßig mag es schon sein. Gesunde Ölpolitik, gesunde Wirtschaft, gesunde Was-weiß-ich. Nur, gerecht ist es nicht. Und wir mögen nun mal Gerechtigkeit.« Sein Lächeln wurde breiter, stand in krassem Gegensatz zu dem dünnen Witz. »Deshalb würde ich sagen, wir haben gelernt, uns genau anzusehen, mit wem wir zusammenarbeiten. Wir sind zu dem Schluß gekommen, daß es besser ist, zuwenig zu sagen als zuviel. Jemand ist uns wohlgesonnen, hat auch einiges vorzuweisen – zum Beispiel einen guten Vater im Hintergrund wie den Ihren –, mit so jemand arbeiten wir zusammen. Äußerst behutsam, formlos, wie unter Freunden. Wenn er das, was er von uns erfährt, sinnvoll für sich verwerten kann und ihm das hilft, in seinem Beruf ein bißchen voranzukommen – uns kann es nur recht sein, wenn unsere Freunde auf ihrem Gebiet Einfluß besitzen. Aber wir erwarten auch, daß unsere Hälfte der Abmachung erfüllt wird. Wir erwarten, daß geliefert wird. Von unseren Freunden erwarten wir das besonders.«
Eindeutiger, konkreter sollte Schulmann die Voraussetzungen für

seinen Vorschlag weder an diesem Tag noch später jemals formulieren. Und was Alexis betrifft, so legte er sich überhaupt nicht fest, sondern bekundete durch sein Schweigen seine Sympathie. Und Schulmann, der so viel über ihn wußte, schien auch das zu verstehen, denn er fuhr in der Unterhaltung fort, als ob die Sache abgemacht und sie sich handelseinig geworden seien.

»Vor ein paar Jahren hat eine Handvoll Palästinenser einen Mordswirbel bei uns in Israel gemacht«, begann er, als plauderte er wieder aus dem Nähkästchen. »Normalerweise handelt es sich um Dilettanten. Burschen vom Lande, die den Helden spielen wollen. Sie kommen heimlich über die Grenze, tauchen in einem Dorf unter, lassen ihre Bomben hochgehen und versuchen, sich in Sicherheit zu bringen. Wenn wir sie beim erstenmal nicht erwischen, beim zweitenmal bestimmt – falls es überhaupt dazu kommt. Aber die Männer, von denen ich jetzt spreche, waren anders. Sie wurden geführt. Sie wußten, wie sie vorzugehen hatten. Wie man sich Denunzianten vom Hals hält und seine Spuren verwischt, seine eigenen Vorkehrungen trifft und sich selbst Befehle gibt. Beim erstenmal trafen sie einen Supermarkt in Beit Shéan. Beim zweitenmal eine Schule, dann ein paar Siedlungen und dann wieder ein Geschäft, bis es langweilig wurde. Daraufhin fingen sie an, Soldaten von uns aus dem Hinterhalt zu überfallen, die per Anhalter auf Urlaub nach Hause fuhren. Mütter und Zeitungen schrien Zeter und Mordio. Alle verlangten: ›Faßt diese Leute!‹ Wir hörten uns nach ihnen um, ließen überall an den entsprechenden Stellen durchblicken, daß wir gern Genaueres über sie erfahren würden. Wir entdeckten, daß sie von Höhlen im Jordan-Tal aus operierten. Sich dort verkrochen, von der Bevölkerung versorgt wurden. Trotzdem konnten wir sie nicht finden. Ihre Propaganda-Leute nannten sie die Helden des Kommandos Acht, aber das Kommando Acht kannten wir in- und auswendig. Kommando Acht hätte nicht mal ein Streichholz anzünden können, ohne daß wir lange genug im voraus davon erfahren hätten. Brüder, hieß es dann. Ein Familienunternehmen. Ein Informant berichtete von dreien, einer von vieren. Auf jeden Fall aber Brüder, die von Jordanien aus operierten, was wir ja schon wußten.

Wir stellten ein Team zusammen, setzten es drauf an, Leute, die wir *Sayaret* nennen, kleine Gruppen, Männer, die hart zuschlagen. Der

Anführer der Palästinenser sei ein Einzelgänger, hörten wir, jemand, der keinem Menschen außerhalb seiner Familie Vertrauen schenken wolle. Offenbar von krankhaftem Mißtrauen gegenüber arabischem Verrat erfüllt. Wir haben ihn nie gefunden. Seine beiden Brüder waren nicht so gerieben. Einer hatte eine Schwäche für ein Mädchen in Amman und lief beim Verlassen ihres Hauses in den Feuerstoß einer MP. Der zweite beging den Fehler, einen Freund in Sidon anzurufen und sich für ein Wochenende bei ihm anzusagen. Die Luftwaffe jagte seinen Wagen in die Luft, als er die Küstenstraße hinunterfuhr.«

Alexis konnte ein gewisses Lächeln der Erregung nicht unterdrükken. »Nicht genug Draht«, murmelte er, was Schulmann jedoch geflissentlich überhörte.

»Inzwischen wußten wir, wer sie waren – Bewohner der Westbank aus einem Dorf in der Nähe von Hebron, das vom Weinanbau lebte; Leute, die nach dem Krieg 67 geflohen waren. Es gab noch einen vierten Bruder, doch der war zu jung zum Kämpfen, selbst für palästinensische Begriffe. Es gab auch noch zwei Schwestern, doch eine davon war bei einem Vergeltungsangriff umgekommen, den wir südlich des Litani-Flusses fliegen mußten. So konnte von einer Armee eigentlich nicht mehr die Rede sein. Trotzdem suchten wir weiter nach unserem Mann. Wir gingen davon aus, daß er Verstärkung sammeln und wieder gegen uns losschlagen würde, aber er tat es nicht. Er hörte auf, auf diesem Gebiet etwas zu machen. Sechs Monate vergingen. Ein Jahr. Wir sagten uns: Vergessen wir ihn. Höchstwahrscheinlich haben ihn die eigenen Leute umgelegt, was normal ist. Wir hörten, die Syrer hätten ihm die Hölle heiß gemacht; möglich also, daß er nicht mehr lebte. Doch vor ein paar Monaten kam uns gerüchteweise zu Ohren, er sei nach Europa gegangen. Hierher. Habe sich ein Team zusammengestellt, ein paar Mädchen darunter, hauptsächlich Deutsche, jung.« Er trank einen Schluck, kaute ihn und schluckte dann nachdenklich. »Er führte sie sehr straff und überlegen«, fuhr er fort, als er soweit war. »Spielte den arabischen Mephisto für eine Bande von leicht zu beeindrukkenden Halbwüchsigen«, sagte er.

Während des langen Schweigens, das folgte, konnte Alexis zunächst nicht erkennen, worauf Schulmann hinauswollte. Die Sonne war hinter den braunen Hügeln hervorgekommen und schien direkt ins Fenster herein. Durch die grelle Beleuchtung war es für Alexis schwer, Schulmanns Gesichtsausdruck zu deuten. Unauffällig bewegte Alexis den Kopf zur Seite und faßte ihn noch mal genau ins Auge. Warum wurden die dunklen Augen plötzlich so milchig trüb? fragte er sich. Und lag es wirklich am Sonnenlicht, daß Schulmanns Haut bleich geworden war, dadurch wie aufgesprungen und krankhaft wie etwas Totes aussah? Doch dann, an diesem Tage, der angefüllt war mit aufschlußreichen und manchmal schmerzlichen Erkenntnissen, sah Alexis auch die Leidenschaft, die ihm bis dahin verborgen geblieben war, hier im Restaurant und auch dort unten in dem verschlafenen Kurort mit seinen wuchernd sich ausbreitenden Regierungsbauten. So, wie man manchen Männern ansieht, daß sie verliebt sind, ließ Schulmann erkennen, daß er von einem tiefen und furchteinflößenden Haß besessen war.

Schulmann flog am Abend dieses Tages ab. Der Rest seines Teams blieb noch zwei Tage länger. Eine Abschiedsfeier, mit der der Schlesier unbedingt die traditionell ausgezeichneten Beziehungen zwischen den beiden Geheimdiensten unterstreichen wollte – ein abendliches Zusammensein bei Bier und Wurst – wurde ohne jedes Aufheben von Alexis unterbunden; er wies darauf hin, daß die Bonner Regierung gerade an diesem Tag deutliche Hinweise über bevorstehende Waffenlieferungen an die Saudis hatte fallenlassen und die Gäste daher ganz gewiß nicht in der Stimmung seien zu feiern. Möglicherweise war dies seine letzte effektive Amtshandlung, denn wie Schulmann vorausgesagt hatte, wurde er einen Monat später nach Wiesbaden abgeschoben. Es ging bei dieser neuen Aufgabe um Geheimwaffen, und theoretisch gesehen handelte es sich um eine Beförderung, doch ließ der Posten seiner eigenwilligen Persönlichkeit kaum Raum, sich zu entfalten. Eine unfreundliche Zeitung, die einst zu den Anhängern des tüchtigen Mannes gezählt hatte, vermerkte säuerlich, Bonns Verlust sei für den Fernsehzuschauer ein Gewinn. Sein einziger Trost in einer Zeit, da so viele seiner deutschen Freunde ihn fallenließen wie eine heiße Kartoffel, war der herzliche handgeschriebene Glückwunsch

mit dem Poststempel Jerusalem, der ihn am ersten Tag auf seinem neuen Schreibtisch begrüßte. Unterschrieben mit »Stets Ihr Schulmann«, wurde neben den Glückwünschen noch die Hoffnung zum Ausdruck gebracht, daß man sich bei Gelegenheit privat oder von Amts wegen wiedersehen werde. Ein etwas verquältes Postskriptum deutete darauf hin, daß auch Schulmann es im Augenblick nicht gerade leicht hatte. »Ich habe das unbehagliche Gefühl, daß es mir wie Ihnen ergeht, wenn ich nicht bald ein Ergebnis liefere«, lautete es. Lächelnd warf Alexis die Karte in eine Schublade, wo jeder sie lesen konnte und zweifellos auch lesen würde. Er war sich völlig darüber im klaren, was Schulmann tat, und bewunderte ihn dafür: Er legte die harmlosen Grundlagen für ihre zukünftige Beziehung. Ein paar Wochen später, als Dr. Alexis und seine junge Freundin in aller Stille heirateten, machten ihm unter allen Geschenken Schulmanns Rosen die größte Freude und amüsierten ihn am meisten. Dabei habe ich ihm nicht einmal gesagt, daß ich heiraten würde.
Diese Rosen waren wie die Verheißung einer neuen Liebesaffäre, genau in dem Augenblick, da er eine brauchte.

Kapitel 2

Es vergingen fast acht Wochen, ehe der Mann, den Dr. Alexis als Schulmann kannte, nach Deutschland zurückkehrte. Im Laufe dieser Zeit hatten die Ermittlungen und Planungen des Jerusalemer Teams so erstaunliche Fortschritte gemacht, daß diejenigen, die sich immer noch durch die Godesberger Trümmer hindurcharbeiteten, den Fall nicht wiedererkannt hätten. Wäre es nur darum gegangen, Schuldige zu bestrafen – hätte es sich bei dem Godesberger Zwischenfall um einen Einzelfall gehandelt und nicht um den Teil einer aufeinander abgestimmten Serie –, Schulmann hätte sich kaum die Mühe gemacht, sich persönlich einzuschalten, denn er verfolgte höhere Ziele als bloße Rache, und diese Ziele hingen eng mit seinem beruflichen Überleben zusammen. Monatelang hatten seine Teams nach etwas Ausschau gehalten, was er ein Fenster nannte, groß genug, daß jemand einsteigen konnte, um den Feind im eigenen Haus unschädlich zu machen, statt ihn mit Panzern niederzuwalzen und mit Artillerie niederzukartätschen, wozu man in Jerusalem zunehmend neigte. Dank Godesberg meinten sie, ein solches Fenster gefunden zu haben. Wo die Westdeutschen sich immer noch mit vagen Spuren herumschlugen, waren Schulmanns Schreibtischstrategen bereits dabei, heimlich Verbindungen herzustellen, die so weit auseinanderlagen wie Ankara und Ost-Berlin. Alte Hasen sprachen schon von einem Spiegelbild: davon, daß in Europa Muster entstanden, wie sie einem vor zwei Jahren aus dem Mittleren Osten vertraut gewesen waren.

Schulmann kam nicht nach Bonn, sondern nach München, und auch nicht als Schulmann; weder Alexis noch sein schlesischer Nachfolger ahnten etwas von seinem Aufenthalt, und genau das hatte er beabsichtigt. Sein Name – falls er überhaupt einen hatte – lautete *Kurtz*, nur benutzte er ihn so selten, daß man es ihm verziehen hätte, hätte er ihn ganz und gar vergessen. Kurtz mit t, Kurtz wie von Abkürzung, sagten einige, und seine Feinde, Kurtz wie von Kurzschluß. Andere stellten bemühte Vergleiche mit Joseph Conrads Helden an. In Wirklichkeit war es einfach ein mährischer Name, ursprünglich *Kurz* geschrieben, bis ein britischer Polizeibeamter während der Mandatszeit in seiner großen Weisheit noch ein *t* hinzugefügt hatte – und Kurtz hatte es in seiner Weisheit beibehalten, ein scharfer kleiner Dolch, der in die Masse seiner Identität gestoßen worden war und dort als eine Art anspornender Stachel steckenblieb.

Er traf von Tel Aviv kommend über Istanbul in München ein und hatte unterwegs zweimal den Paß und dreimal das Flugzeug gewechselt. Zuvor hatte er in London eine Woche lang einiges in die Wege geleitet, dort jedoch eine ganz besonders unscheinbare Rolle gespielt. Wohin er auch kam, hatte er Dinge klargestellt und Ergebnisse überprüft, Hilfe mobilisiert, Leute überredet, sie mit Tarngeschichten und Halbwahrheiten traktiert und die Zögernden mit seiner außerordentlich rastlosen Energie und dem Ausmaß sowie der Reichweite seiner Vorausplanungen überrollt, selbst wenn er sich dabei manchmal wiederholte oder eine kleine Anweisung vergaß, die er gegeben hatte. Unser Leben ist so kurz, erklärte er mit Vorliebe augenzwinkernd, und man ist viel zu lange tot. Das war das Äußerste, was er jemals an Entschuldigung vorbrachte, und seine persönliche Lösung bestand darin, auf Schlaf zu verzichten. In Jerusalem sagten sie gern, Kurtz schlafe so schnell, wie er arbeite. Und das war schnell. Kurtz, erklärten sie einem wohl, sei ein Meister der aggressiven europäischen List. Kurtz schlage die unwahrscheinlichsten Abkürzungen ein. Kurtz bringe die Wüste zum Blühen. Kurtz schlage Haken, lüge und betrüge sogar im Gebet, doch erzwinge er damit mehr Glück, als die Juden in den letzten zweitausend Jahren gehabt hätten.

Nicht, daß sie ihn ausnahmslos liebten; dazu war er viel zu widersprüchlich und kompliziert und eine viel zu schillernde Persönlichkeit. In mancher Hinsicht hatte er zu seinen Vorgesetzten – besonders zu Misha Gavron, seinem Chef – mehr das Verhältnis des knurrend geduldeten Außenseiters als des Partners, dem man restlos vertraute. Er hatte kein festes Aufgabengebiet, wollte aber auch keins. Seine Macht stand auf ziemlich schwachen Füßen und verlagerte sich ständig, je nach dem, wen er bei seiner Suche nach brauchbarer Ergebenheit zuletzt vor den Kopf gestoßen hatte. Er war kein Sabra; ihm fehlte der elitäre Hintergrund der Kibuzzim, der Universitäten oder der Eliteregimenter, aus deren Angehörigen sich zu seinem Leidwesen zunehmend die aristokratische Spitze seines Dienstes rekrutierte. Er hatte nichts im Sinn mit ihren Vervielfältigungsapparaten, ihren Computern und ihrem wachsenden Glauben an Machtspiele amerikanischen Stils, ihrer angewandten Psychologie und ihrem Krisenmanagement. Er liebte die Diaspora und gab ihr gerade jetzt den Vorzug, da die meisten Israelis eifrig und doch voll innerer Hemmungen dabei waren, ihre Identität als Orientalen aufzupolieren. Aber Widerstände waren genau das, woran Kurtz wuchs, und Ablehnung hatte ihn zu dem gemacht, was er war. Er konnte notfalls an allen Fronten zugleich kämpfen, und was ihm freiwillig auf die eine Weise nicht gegeben wurde, nahm er sich heimlich auf die andere. Aus Liebe zu Israel. Um des Friedens willen. Um der Mäßigung willen. Und um seines verdammten Rechtes willen, seinen Schlag zu landen und zu überleben.

In welcher Phase der Jagd er auf seinen Plan gestoßen war, hätte vermutlich nicht einmal Kurtz selbst sagen können. Solche Pläne reiften tief in ihm wie ein rebellischer Impuls, der nur auf einen Anstoß wartete, brachen dann aus ihm hervor, fast ehe er sich ihrer bewußt war. War er auf seinen Plan verfallen, als das Markenzeichen des Bombenlegers bestätigt wurde? Oder während er oben auf der Cäcilien-Höhe, oberhalb von Bad Godesberg *pastasciutta* gegessen hatte und ihm aufgegangen war, als wie nützlich sich Alexis für ihn einmal erweisen könnte? Schon vorher. Lange vorher. Es muß getan werden, hatte er schon im Frühjahr nach einer besonders bedrohlichen Sitzung von Gavrons Lenkungsausschuß jedem gesagt, der es hören wollte. Wenn wir den Gegner nicht aus dem eigenen Lager heraus angreifen, lassen diese Hampelmänner in der Knesset und im Verteidigungsministerium auf der Jagd nach ihm noch die ganze Menschheit in die Luft fliegen. Einige von seinen Ermittlern schworen, es liege zeitlich noch weiter zurück, und Gavron habe vor zwölf Monaten ein ähnliches Vorhaben unterdrückt. Wie dem auch sei. Fest steht jedenfalls, daß die Vorbereitungen für das ganze Unternehmen längst liefen, ehe der junge Mann nachweislich aufgespürt worden war, selbst wenn Kurtz vor den durchdringenden Blicken von Misha Gavron beharrlich alles, was darauf hätte schließen lassen, geheimhielt und sogar seine Unterlagen frisierte, um ihn zu täuschen. Gavron heißt auf polnisch Krähe. Seine zerfledderte schwarze Erscheinung hätte zu keinem anderen Geschöpf gepaßt.

Findet den Mann, sagte Kurtz zu seinem Jerusalemer Team und begab sich auf seine undurchsichtigen Reisen. Es handelt sich um einen jungen Mann und seinen Schatten. Findet den Mann, der Schatten folgt von selbst, das ist kein Problem. Kurtz bleute es ihnen immer wieder ein, bis sie schworen, es sei nicht zum Aushalten mit ihm. Er konnte Druck genausogut ausüben wie aushalten. Zu jeder Tages- und Nachtzeit rief er an, aus den unmöglichsten Städten, und alles einzig und allein zu dem Zweck, sie seine Anwesenheit in ihrer Mitte keinen Augenblick vergessen zu lassen. Habt ihr den Mann noch nicht gefunden? Warum habt ihr den Mann noch nicht aufgestöbert? Dabei kleidete er seine Fragen immer noch in Worte, die es Gavron unmöglich machten, die Absicht dahinter zu verstehen, falls er doch Wind davon bekam; denn den Vorstoß bei Gavron hielt Kurtz bis zum letzten – und günstigsten – Augenblick zurück. Er verhängte eine Urlaubssperre, schaffte den Sabbat ab und benutzte seine eigenen mageren Ersparnisse, um seine Spesenabrechnungen nicht vor der Zeit durch die offizielle Buchhaltung laufen zu lassen. Er riß Reservisten aus der Behaglichkeit ihrer akademischen Pfründen und scheuchte sie – ohne Gehalt – zurück an ihren alten Schreibtisch, um auf diese Weise die Suche zu beschleunigen. Findet den Mann! Der junge Mann wird uns den Weg zeigen. Eines Tages wartete er aus dem Nirgendwo sogar mit einem Decknamen für ihn auf: *Yanuka,* ein freundliches aramäisches Wort für Jüngling – wörtlich Halbwüchsiger oder Grünschnabel. »Bringt mir Yanuka, und ich serviere euch diese Clowns samt dem ganzen Apparat auf einem Silberteller.«

Aber zu Gavron kein Sterbenswörtchen! Abwarten! Kein Wort an die Krähe!

Wenn schon nicht in Jerusalem, so hatte jedenfalls in der von ihm so

geliebten Diaspora die Schar seiner Helfer etwas Unheimliches. Allein in London flitzte er, ohne daß sich sein Lächeln sehr änderte, von ehrwürdigen Kunsthändlern zu Möchtegern-Filmmagnaten, von kleinen Zimmervermieterinnen im East End zu Kaufleuten aus der Bekleidungsbranche, fragwürdigen Autohändlern und angesehenen großen Firmen in der City. Ein paarmal sah man ihn auch im Theater, einmal sogar in der Provinz, allerdings immer im selben Stück, wobei er einen israelischen Diplomaten mitnahm, der sich um kulturelle Belange zu kümmern hatte; über Kultur unterhielten sie sich allerdings nicht. In Camdem Town aß er zweimal in einem bescheidenen Fernfahrerrestaurant, das von zwei Indern aus Goa betrieben wurde; in Frognal, ein paar Kilometer nordwestlich von London, inspizierte er ein abgeschiedenes viktorianisches Landhaus namens *The Acre* und erklärte, es sei ideal für seine Zwecke. Aber bitte, nur für den Fall der Fälle, erklärte er den sehr hilfsbereiten Besitzern. Sie akzeptierten diese Bedingung. Sie akzeptierten alles. Sie waren stolz darauf, daß man sich an sie wandte, es freue sie zutiefst, Israel einen Dienst zu erweisen, selbst wenn das bedeutete, für ein paar Monate in ihr Haus in Marlow überzusiedeln. Leisteten sie sich nicht in Jerusalem eine Wohnung, die sie zu jedem Passahfest Freunden und Familienangehörigen zur Verfügung stellten, nachdem diese in Eilat vierzehn Tage Sonne und Meer genossen hatten? Und überlegten sie nicht ernstlich, für immer nach Israel zu gehen – allerdings erst dann, wenn ihre Kinder dort nicht mehr im wehrpflichtigen Alter waren und die Inflationsrate sich beruhigt hatte? Andererseits konnten sie genausogut in Hampstead bleiben. Oder in Marlow. Inzwischen würden sie großzügig spenden und alles tun, was Kurtz von ihnen verlangte, nie etwas als Gegenleistung erwarten und keiner Menschenseele ein Sterbenswörtchen sagen.
In den Botschaften, Konsulaten und Gesandtschaften, die auf seinem Weg lagen, hielt sich Kurtz über die Fehden und Entwicklungen zu Hause sowie über die Fortschritte seiner Leute in anderen Teilen der Welt auf dem laufenden. Auf den Flügen brachte er seine Kenntnisse radikaler revolutionärer Literatur aller Art auf den neuesten Stand; sein ausgemergelter Adlatus, der mit richtigem Namen Shimon Litvak hieß, schleppte eine Auswahl davon in

seiner schäbigen Aktenmappe mit sich herum und drängte sie ihm in den unpassendsten Augenblicken auf. Von den ›Harten‹ nahm er sich Fanon, Guevara und Marighella vor, bei den ›Weichen‹ befaßte er sich mit Debray, Sartre und Marcuse, von den sanfteren Seelen, die hauptsächlich über die Grausamkeiten der Erziehung in der Konsumgesellschaft, die Schrecken der Religion und die verhängnisvolle geistige Verkümmerung in der kapitalistischen Kindheit schrieben, ganz zu schweigen. Daheim in Jerusalem und Tel Aviv, wo ähnliche Auseinandersetzungen nicht unbekannt waren, verhielt Kurtz sich womöglich noch unauffälliger, redete mit seinen Ermittlern, ging Rivalen aus dem Weg und wühlte sich durch erschöpfende Charakterporträts, die aus alten Unterlagen zusammengetragen und gewissenhaft auf den neuesten Stand gebracht und erweitert worden waren. Eines Tages hörte er von einem Haus – Disraelistraße 11 –, das trotz niedriger Miete niemand haben wollte, und ordnete um der noch größeren Geheimhaltung willen an, daß alle, die an dem Fall arbeiteten, diskret dorthin umzögen.

»Wie ich höre, wollen Sie uns schon verlassen«, meinte Misha Gavron am nächsten Tag skeptisch, als die beiden Männer sich bei einer Besprechung trafen, die mit der ganzen Sache nichts zu tun hatte, denn mittlerweile hatte Gavron doch etwas läuten hören, wenn er auch nicht genau wußte, was das alles zu bedeuten habe. Trotzdem ließ Kurtz sich nicht aus der Reserve locken. Noch nicht. Er berief sich auf die Unabhängigkeit der einzelnen Abteilungen und setzte ein undurchsichtiges Grinsen auf.

Bei Nummer 11 handelte es sich um eine schöne, von Arabern erbaute Villa mit einem Zitronenbaum im Vorgarten und etwa zweihundert Katzen, die von den weiblichen Beamten wie unsinnig gefüttert wurden. Was Wunder, daß die Villa ›Katzenhaus‹ genannt wurde und dem Team einen neuen Zusammenhalt gab, denn jetzt, wo die Leute vom Innendienst Wand an Wand zusammenarbeiteten, konnte es weder zu unerfreulichen Informationslücken zwischen den Spezialabteilungen noch zu undichten Stellen kommen. Außerdem wurde dadurch der Status der Operation gehoben, und darauf kam es nach Kurtz' Ansicht besonders an.

Am nächsten Tag kam der Schlag, auf den er gewartet hatte und den er noch nicht verhindern konnte. Er war furchtbar, erfüllte aber seinen Zweck. Ein junger israelischer Dichter, der zur Entgegennahme eines Literaturpreises der Universität Leiden nach Holland gereist war, wurde beim Frühstück in die Luft gejagt, und zwar durch eine Paketbombe, die am Morgen seines fünfundzwanzigsten Geburtstages in seinem Hotel abgegeben worden war. Kurtz saß am Schreibtisch, als die Nachricht eintraf, und nahm sie hin wie ein Preisboxer, der einen rechten Schwinger einsteckt: Er zuckte zusammen und schloß für einen Moment die Augen, doch nach wenigen Stunden stand er, einen Stoß Akten unter dem Arm und zwei Fassungen seines Einsatzplans in der freien Hand, in Gavrons Büro; eine Fassung war für Gavron und die andere, weit weniger fest umrissen, für Gavrons Lenkungsausschuß aus nervösen Politikern und kriegslüsternen Generälen.

Anfangs war nicht zu erfahren, was genau zwischen den beiden Männern vorging, denn weder Kurtz noch Gavron waren besonders vertrauensselig. Aber am nächsten Morgen verließ Kurtz – offenbar mit dem Segen irgendeiner höheren Stelle – seine Deckung und ließ Verstärkung antanzen. Als Mittelsmann bediente er sich dazu des eifrigen Litvak, der ein Sabra und ein Apparatschik bis in die Knochen war und der es verstand, sich unter Gavrons hochmotivierten jungen Leuten zu bewegen, die Kurtz insgeheim unbeweglich fand und mit denen umzugehen ihm unangenehm war. Das Baby dieser hastig zusammengetrommelten Familie war Oded, ein dreiundzwanzigjähriger junger Mann, der aus Litvaks eigenem Kibbuz stammte und wie er die angesehene Sayaret-Kommandoausbildung absolviert hatte. Der Großvater war ein siebzigjähriger Georgier namens Bougaschwili, kurz ›Schwili‹ genannt. Schwili hatte einen glänzenden kahlen Schädel und gebeugte Schultern und trug Hosen, die wie für einen Clown geschnitten waren – mit sehr tief sitzendem Schritt und kurzen Beinen. Ein schwarzer Homburg, den er sowohl im Haus trug wie draußen, krönte diesen sonderbaren Aufzug. Schwili hatte sein Leben als Schmuggler und Bauernfänger begonnen, Berufe, wie sie bei ihm daheim nicht ungewöhnlich waren, doch um die Mitte seines Lebens hatte er sich beruflich zu einem vielseitigen Fälscher entwickelt. Seine Meisterleistung hatte er in der Lubjanka vollbracht, wo er Papiere für seine Mithäftlinge fälschte – und zwar aus alten Ausgaben der *Prawda*, die er wieder in Papierbrei zurückverwandelte, um sein eigenes Papier daraus herzustellen. Nach seiner Entlassung hatte er sein überragendes Können auf diesem Gebiet – nicht nur als Fälscher, sondern auch als Experte, der bei angesehenen Kunstgalerien unter Vertrag stand – in den Dienst der schönen Künste gestellt und behauptete, daß er mehrmals das Vergnügen gehabt habe, Expertisen über seine eigenen Fälschungen abzugeben. Kurtz liebte Schwili, und wenn er einmal zehn Minuten erübrigen konnte, nahm er die Gelegenheit wahr, ihn in eine Eisdiele unten am Hügel auszuführen und ihm eine doppelte Portion Karameleis, Schwilis Lieblingseis, zu spendieren.

Außerdem stattete Kurtz Schwili mit den beiden unwahrscheinlichsten Helfern aus, die man sich nur vorstellen konnte. Bei dem einen – einer Litvak-Entdeckung – handelte es sich um einen Absolventen der London University namens Leon, einen Israeli, der, ohne daß er etwas dafür konnte, eine englische Kindheit verbracht hatte, denn sein Vater war ein Kibbuz-*macher* oder Geschaftlhuber, der als Vertreter einer Verkaufs-Kooperative nach Europa geschickt worden war. In London hatte Leon literarische Interessen entwikkelt, eine Zeitschrift herausgegeben und einen Roman veröffentlicht, der überhaupt nicht zur Kenntnis genommen worden war. Sein dreijähriger Wehrdienst in der israelischen Armee hatte ihn ganz elend gemacht, und nach seiner Entlassung hatte er sich in Tel Aviv verkrochen, wo er sich einer der intellektuellen Wochenschriften angeschlossen hatte, die kommen und gehen wie schöne Mädchen. Als sie einging, machte Leon die ganze Zeitschrift allein. Trotzdem erlebte er irgendwie unter den friedensbesessenen, klaustrophobischen jungen Leuten in Tel Aviv ein tiefgehendes Wiedererwachen seiner Identität als Jude und – im Zusammenhang damit – den brennenden Drang, Israel von allen seinen ehemaligen und künftigen Feinden zu befreien.

»Von jetzt an«, sagte Kurtz zu ihm, »schreibst du für mich. Eine große Leserschaft wirst du nicht haben, wohl aber eine, die das, was du schreibst, zu schätzen weiß – das bestimmt.«

Bei Schwilis zweitem Helfer neben Leon handelte es sich um eine Miß Bach, eine unaufdringliche Geschäftsfrau aus South Bend, Indiana. Von ihrer Intelligenz genauso beeindruckt wie von ihrem nichtjüdischen Aussehen, hatte Kurtz Miß Bach für sich rekrutiert, sie in allen möglichen Fertigkeiten ausgebildet und sie schließlich als Ausbilderin für Computerprogrammierung nach Damaskus geschickt. Von da an hatte die gesetzte Miß Bach jahrelang über Reichweite und Aufstellung der syrischen Radarsysteme berichtet. Endlich zurückgerufen, hatte Miß Bach sehnsüchtig davon geredet, das Grenzerleben einer Siedlerin auf der Westbank zu führen, doch der neuerliche Ruf von Kurtz hatte ihr diese Unbequemlichkeit erspart.

Schwili, Leon und Miß Bach also. Kurtz nannte das gemischte Trio seinen ›Bildungs-Kreis‹ und räumte ihm eine besonders angesehene Stellung in seiner rasch anwachsenden Privatarmee ein.

In München hatte er Administratives zu erledigen, tat das jedoch mit Verschwiegenheit und viel Fingerspitzengefühl und schaffte es, seine vorantreibende Art in die bescheidenste aller Formen zu zwängen. Er hatte dort nicht weniger als sechs Mitglieder seines neugebildeten Teams untergebracht, die in zwei völlig verschiedenen Unterkünften in weit auseinanderliegenden Stadtteilen arbeiteten. Die erste Gruppe bestand aus zwei Männern vom Außendienst. Eigentlich hätten es insgesamt fünf sein sollen, doch war Misha Gavron immer noch entschlossen, ihn am kurzen Zügel zu führen, und so waren es bis jetzt nur zwei. Sie holten Kurtz auch nicht vom Flughafen ab, sondern aus einem schummerigen Schwabinger Café, benutzten – auch das aus Gründen der Sparsamkeit – den klapprigen Lieferwagen eines Bauunternehmens, um ihn darin zu verstecken, und fuhren ihn ins Olympische Dorf, in eine der dunklen Tiefgaragen, die der Lieblingsaufenthalt von Ganoven und Prostituierten beiderlei Geschlechts sind. Das Olympische Dorf ist selbstverständlich alles andere als ein Dorf, sondern eine ein Eigenleben führende und dem Verfall preisgegebene graue Betonfestung, die mehr als irgend etwas sonst in Bayern an eine israelische Siedlung erinnert. Von einer der ausgedehnten unterirdischen Garagen brachten sie ihn über eine schmutzstarrende Treppe, die über und über mit Wandschmierereien in vielen Sprachen bedeckt war, über kleine Dachgärten in ein Duplex-Apartment, das sie für kurze Zeit

teilmöbliert gemietet hatten. Draußen sprachen sie englisch und redeten ihn mit ›Sir‹ an, doch drinnen nannten sie ihren Chef ›Marty‹ und unterhielten sich respektvoll auf hebräisch mit ihm.
Das Apartment lag im obersten Stock eines Eckgebäudes und war mit kunterbunt zusammengetragenen Beleuchtungsapparaten und ominösen Standkameras sowie Bandgeräten und Projektionsschirmen vollgestellt. Es war aufwendig mit einer offenen Teakholz-Treppe und einer rustikalen Empore ausgestattet, die laut knarrte, wenn sie zu fest darauf traten. Von der Empore ging es in ein vier mal dreieinhalb Meter großes Gästezimmer mit einem Oberlicht in der Dachschräge, das sie, wie sie ihm ausführlich erklärten, zuerst mit einer Wolldecke, dann einer Hartfaserplatte und schließlich einer mehrere Handbreit dicken Kapokschicht abgedichtet hatten, die kreuz und quer mit Streifen von Isolierband angeklebt worden war. Wände, Boden und Decke waren ähnlich gepolstert, und das Ergebnis erinnerte an eine Mischung aus moderner Priester- und Gummizelle. Die Zimmertür hatten sie zur Vorsicht mit überstrichenem Stahlblech verstärkt und darin in Kopfhöhe noch ein kleines Geviert aus mehreren Schichten verschieden starken Panzerglases eingelassen; darüber hatten sie ein Pappschild mit der Aufschrift ›Dark Room Keep Out‹ und darunter ›Dunkelkammer – Kein Eintritt‹ angebracht. Kurtz ließ einen von ihnen diesen kleinen Raum betreten, die Tür hinter sich zumachen und so laut schreien, wie er konnte. Als er nichts weiter hörte als einen heiseren, krächzenden Laut, zeigte er sich zufrieden.
Der Rest der Apartments war luftig, aber, wie das Olympische Dorf selbst, schrecklich heruntergekommen. Nach Nordwesten hatte man durch die Fenster einen verschmutzten Blick auf die Straße nach Dachau, wo sehr viele Juden im KZ umgekommen waren; die Ironie, die in diesem Anblick lag, entging keinem der Anwesenden, und zwar um so weniger, als die bayerische Polizei mit blamablem Mangel an Feingefühl ihre fliegende Einsatztruppe ausgerechnet dort in den ehemaligen Unterkünften untergebracht hatte. Mehr in der Nähe konnten sie Kurtz jene Stelle zeigen, an der vor noch nicht langer Zeit Angehörige eines palästinensischen Kommandounternehmens wie aus heiterem Himmel in die Unterkünfte der israelischen Athleten eingedrungen waren, ein paar von

den Israelis sofort getötet und den Rest zum Militärflugplatz mitgenommen hatten, wo sie auch sie umgebracht hatten. Rechts neben ihrem eigenen Apartment, so erzählten sie Kurtz, lebe eine Studenten-Wohngemeinschaft, unter ihnen im Moment niemand, da die letzte Bewohnerin sich das Leben genommen habe. Nachdem er mit schweren Schritten die ganze Wohnung allein abgegangen war und über Eingänge und Fluchtrouten nachgedacht hatte, kam Kurtz zu dem Schluß, daß er die untere Wohnung auch noch mieten müsse, und rief daher noch am selben Tag einen gewissen Rechtsanwalt in Nürnberg an und erteilte ihm den Auftrag, einen entsprechenden Vertrag abzuschließen. Die jungen Leute hatten ein saloppes, unauffälliges Aussehen angenommen, und einer von ihnen – der junge Oded – hatte sich einen Bart stehenlassen. Ihre Pässe wiesen sie als Argentinier aus, von Beruf Fotografen, was für welche, interessierte niemand. Manchmal, so berichteten sie Kurtz, sagten sie, um ihrem Haushalt den Anstrich von Normalität und Leichtlebigkeit zu geben, den Nachbarn Bescheid, sie würden eine Party feiern, bei der es spät werden könne; der einzige Beweis für diese Partys waren die pausenlose laute Musik und die leeren Flaschen im Mülleimer. Dabei hatten sie in Wirklichkeit niemand in die Wohnung hineingelassen, nur den Kurier von der anderen Gruppe: keine Gäste, keine Besucher, welcher Art auch immer. Und was Frauen anging, nun, denken wir nicht dran. Sie hätten den Gedanken an Frauen einfach aus dem Kopf verbannt, bis sie wieder zurück in Jerusalem wären.
Nachdem sie Kurtz dies und anderes berichtet und solche Verwaltungsdinge wie Fahrkarten und andere Spesen besprochen hatten und, ob es vielleicht gar keine schlechte Idee sei, Eisenringe in die gepolsterten Wände einzulassen – Kurtz war dafür –, begleiteten sie ihn auf seinen Wunsch hin auf einen Spaziergang, ein bißchen frische Luft schnappen – wie er es nannte. Sie streiften durch die amüsanten, heruntergekommenen Studentenviertel, verweilten bei einer Töpferschule, einer Schreinerschule, hielten sich bei der, wie stolz verkündet wurde, ersten Baby-Schwimmschule der Welt auf, und sie führten sich die anarchistischen Parolen zu Gemüte, mit denen die gestrichenen Türen beschmiert waren. Bis sie unvermeidlich, wie davon angezogen, vor der Tür eben jenes Unglückshauses

standen, das vor fast zehn Jahren Ziel des Überfalls auf die israelischen Sportler gewesen war, der die Welt erschüttert hatte. Eine Steintafel mit einer Inschrift in deutscher und hebräischer Sprache erinnerte an die elf Toten. Elf oder elftausend – das Gefühl der Empörung, das sie alle erfüllte, war das gleiche.

»Also vergeßt das nicht«, befahl Kurtz unnötigerweise, als sie zu dem Lieferwagen zurückkehrten.

Vom Olympischen Dorf aus brachten sie Kurtz zurück zur Stadtmitte, wo er sich mit Absicht ein wenig verlor, nach Lust und Laune herumlief, bis ihm seine Leute, die ihn nicht aus den Augen ließen, durch das verabredete Signal zu verstehen gaben, alles sei sicher, und er könne zu seiner nächsten Verabredung gehen. Der Gegensatz zwischen ihrem Quartier und dem, das er jetzt aufsuchte, hätte nicht größer sein können. Kurtz' Ziel war das oberste Stockwerk eines verschnörkelten hochgiebligen Hauses mitten im Herzen des mondänen München. Die Straße vor dem Haus war schmal, mit Kopfsteinpflaster gepflastert und teuer. Es gab hier ein Schweizer Restaurant und das Atelier eines Prominentenschneiders, der nie etwas zu verkaufen und doch ein blühendes Geschäft zu betreiben schien. Kurtz stieg über eine dunkle Treppe nach oben, und die Tür ging auf, als er den Fuß auf die oberste Stufe setzte; sie hatten ihn nämlich auf dem Bildschirm ihres kleinen Monitors die Straße herunterkommen sehen. Ohne ein Wort zu sagen, trat er ein. Diese Männer waren älter als die beiden, die ihn zuerst empfangen hatten – eher Väter als Söhne. Sie waren blaß wie Langzeit-Inhaftierte und hatten etwas Schicksalsergebenes in ihren Bewegungen, besonders wenn sie auf Socken und Zehenspitzen umeinander herumschlichen. Sie waren professionelle ortsfeste Beobachter an elektrostatischen Geräten – selbst in Jerusalem so etwas wie eine Geheimgesellschaft. Spitzengardinen hingen vorm Fenster; draußen auf der Straße war es dämmerig, und hier im Zimmer genauso; überhaupt herrschte in der ganzen Wohnung eine Atmosphäre von bedauerlicher Vernachlässigung. Zwischen den nachgemachten Biedermeier-Möbeln stand ein kunterbuntes Durcheinander von optischen und elektronischen Geräten, zu denen noch Innenantennen der verschiedensten Art kamen. Ihre gespenstischen Umrisse trugen im schwindenden Licht nicht wenig dazu bei, die vorherrschende Trauerstimmung noch zu verstärken.

Mit ernster Miene umarmte Kurtz die beiden Männer einen nach dem anderen. Dann gab der ältere der beiden, der Lenny hieß, Kurtz bei Crackers, Käse und Tee einen umfassenden Überblick über Yanukas Lebenswandel und -stil, wobei er völlig unberücksichtigt ließ, daß Kurtz nunmehr seit Wochen jede kleine Entdekkung mit ihnen geteilt hatte: Yanukas Telefongespräche – Anrufe, die er empfing, und solche, die er von zu Hause aus führte –, seine letzten Besucher, seine neuesten Mädchen. Lenny hatte ein großes Herz und war sehr gutmütig, gleichwohl jedoch von einer gewissen Scheu jenen Menschen gegenüber, die er gerade nicht observierte. Er hatte große abstehende Ohren und ein häßliches, allzu grob geschnittenes Gesicht, doch vielleicht war gerade das der Grund, warum er es den erbarmungslosen Blicken der Welt vorenthielt. Er trug seine große graue Strickweste wie einen Kettenpanzer. Bei anderen Gelegenheiten konnte Kurtz von Einzelheiten rasch genug haben, doch hegte er Lenny gegenüber große Hochachtung und schenkte allem, was er sagte, ungeteilte Aufmerksamkeit, nickte, machte beifällige Bemerkungen und setzte überhaupt die für ihn richtige Miene auf.
»Ein ganz normaler junger Mann, dieser Yanuka«, verwendete sich Lenny gleichsam für ihn. »Die Geschäftsleute bewundern ihn. Seine Freunde bewundern ihn. Er ist ein wirklich liebenswerter, populärer Bursche, Marty. Studiert, amüsiert sich gern und redet viel – ein ernsthafter Kerl mit gesunden Neigungen.« Als Kurtz ihn ansah, wurde er ein wenig verlegen. »Manchmal will es einem einfach nicht in den Kopf, daß es da auch noch die andere Seite bei ihm gibt, Marty, glaub mir.«
Kurtz versicherte Lenny, er verstehe vollkommen. Und er war immer noch dabei, als das Mansardenfenster einer gegenüber auf der anderen Straßenseite liegenden Wohnung hell wurde. Der rechteckige gelbe Schimmer ohne irgendwelche anderen erleuchteten Fenster in der Nähe hatte etwas von einem Zeichen, das Liebende sich geben. Wortlos ging einer von Lennys Männern auf Zehenspitzen zu einem Fernrohr auf einem Stativ, während ein anderer sich vor den Radioempfänger hockte und die Kopfhörer anlegte.
»Willst du ihn mal sehen, Marty?« schlug Lenny hoffnungsvoll vor. »Joshuas Lächeln verrät mir, daß er Yanuka heute abend sehr schön

reinkriegt. Wenn du zu lange wartest, zieht er uns den Vorhang vor der Nase zu. Was siehst du, Joshua? Hat Yanuka sich in Schale geworfen, um heute abend auszugehen? Mit wem spricht er am Telefon? Bestimmt mit einem Mädchen.«

Joshua sanft beiseite schiebend, brachte Kurtz seinen großen Kopf hinter dem Fernrohr in Position. Und verharrte sehr lange in dieser Stellung. Gekrümmt wie ein alter Falke, schien er kaum zu atmen, während er Yanuka betrachtete, den halbwüchsigen Grünschnabel.

»Siehst du die vielen Bücher im Hintergrund?« fragte Lenny. »Der Bursche ist ein Bücherwurm wie mein Vater.«

»Wirklich ein reizender Junge«, pflichtete Kurtz schließlich mit seinem sardonischen Lächeln bei, als er sich langsam aufrichtete. »Sieht gut aus, keine Frage.« Er nahm seinen grauen Regenmantel vom Stuhl, suchte einen Ärmel und schlüpfte geradezu zärtlich hinein. »Paß bloß auf, daß du ihm nicht deine Tochter zur Frau gibst.« Lenny guckte noch schafsköpfiger als vorher, doch Kurtz tröstete ihn rasch. »Wir sollten dir dankbar sein, Lenny. Und das sind wir auch, das versteht sich von selbst.« Und dann, als falle ihm das eben gerade ein, sagte er: »Macht weiter Aufnahmen von ihm. Von allen Seiten. Und keine Bange, Lenny. Filme sind nicht so teuer.«

Nachdem er sich händeschüttelnd nacheinander von den Männern verabschiedet hatte, ergänzte Kurtz seinen bisherigen Aufzug noch durch eine alte blaue Baskenmütze; so gegen den Ansturm der Hauptverkehrszeit gewappnet, trat er energisch auf die Straße.

Es regnete, als sie Kurtz schließlich wieder in den Lieferwagen steigen ließen, und als die drei von einem finsteren Ort zum anderen fuhren, um die Zeit bis zum Start von Kurtz' Maschine totzuschlagen, schien sich ihnen allen das unfreundliche Wetter aufs Gemüt zu legen. Oded saß am Steuer, und sein bärtiges junges Gesicht ließ in den vorübergleitenden Lichtern einen dumpfen Zorn erkennen.

»Was fährt er denn jetzt?« fragte Kurtz, obwohl er die Antwort gekannt haben mußte.

»Seit neuestem einen BMW, wie ihn reiche Leute fahren«, erwiderte Oded. »Servolenkung, Einspritzmotor, erst fünftausend Kilometer gefahren. Autos sind seine Schwäche.«

»Autos, Frauen, angenehmes Leben«, ließ sich der andere Junge vom Hintersitz her vernehmen. »Und da frag' ich mich, worin denn eigentlich seine Stärken bestehen.«
»Wieder ein Leihwagen?« wandte sich Kurtz an Oded.
»Ja, ein Leihwagen.«
»Paßt vor allem beim Auto auf«, schärfte Kurtz ihnen beiden ein. »Sobald er den Wagen an die Leihfirma zurückgibt und keinen neuen nimmt, ist das der Augenblick, über den wir sofort informiert werden müssen.« Das hatten sie so oft gehört, daß sie es schon nicht mehr hören konnten. Schon ehe sie Jerusalem verlassen hatten, war ihnen das eingetrichtert worden. Trotzdem wiederholte Kurtz es jetzt noch einmal. »Das allerwichtigste ist, zu erfahren, wann Yanuka seinen Wagen zurückgibt.«
Plötzlich hatte Oded die Schnauze voll. Vielleicht konnte er wegen seiner Jugend und seines Temperaments weniger Streß ertragen, als denen, die ihn ausgewählt hatten, klar gewesen war. Vielleicht hätte man einem so jungen Mann nicht eine Aufgabe geben sollen, bei der es vor allem darauf ankam, warten zu können. Er fuhr mit dem Lieferwagen an den Bordstein und zog die Bremse so hart in die Höhe, daß er sie fast aus der Verankerung gerissen hätte.
»Warum lassen wir ihn all dies machen?« verlangte er zu wissen. »Warum Katz und Maus mit ihm spielen? Was, wenn er nach Haus zurückkehrt und nicht wieder zum Vorschein kommt? Was dann?«
»Dann geht er uns eben durch die Lappen.«
»Dann laß ihn uns jetzt umlegen. Heute abend. Gib mir den Befehl, und ich mach's.«
Kurtz ließ ihn weiterwüten.
»Wir haben doch die Wohnung genau gegenüber, oder? Schießen wir eine Rakete über die Straße. Wäre doch nicht das erstemal. Eine russische RPG 7: Araber bringt Araber mit russischer Rakete um – warum nicht?«
Kurtz sagte immer noch nichts. Oded hätte ebensogut eine Sphinx bestürmen können.
»Warum also nicht?« wiederholte Oded mit großem Stimmaufwand.
Kurtz schonte ihn nicht, aber er verlor auch nicht die Geduld: »Weil das zu nichts *führt*, Oded, deshalb. Hast du vielleicht nie gehört,

was Misha Gavron selbst immer gesagt hat? Einen Satz, den ich persönlich mir hinter die Ohren geschrieben habe? Wenn man einen Löwen fangen will, muß man erst die Ziege anbinden. Ich frag' mich, wessen verrücktes Kampfgerede du dir angehört hast. Willst du mir allen Ernstes weismachen, daß du Yanuka abknallen willst, wo du für zehn Dollar mehr den besten Strategen kriegen kannst, den sie seit Jahren hervorgebracht haben?«

»Bad Godesberg geht auf sein Konto! Wien geht auf sein Konto, und Leiden vielleicht auch! Es werden Juden getötet, Marty! Macht das Jerusalem heutzutage nichts mehr aus? Wie viele sollen noch draufgehen, während wir unsere Spielchen spielen?« Bedächtig packte Kurtz den Kragen von Odeds Windjacke mit seinen großen Händen und schüttelte ihn zweimal; beim zweitenmal knallte Odeds Kopf schmerzhaft gegen das Fenster. Aber Kurtz entschuldigte sich nicht, und Oded beschwerte sich nicht.

»Auf *ihr* Konto, Oded. Nicht auf *seins:* auf *ihres*«, erklärte Kurtz, diesmal mit drohendem Unterton. »Bad Godesberg geht auf *ihr* Konto. Leiden geht auf *ihr* Konto. Und *sie* sind es, die wir hochgehen lassen wollen; nicht sechs unschuldige deutsche Wohnungsinhaber und einen dummen kleinen Jungen!«

»Schon gut«, sagte Oded errötend. »Laß mich in Ruhe.«

»Nichts ist gut, Oded. Yanuka hat Freunde, Oded. Verwandte. Leute, die uns bis jetzt noch nicht vorgestellt worden sind. Willst du dieses Unternehmen vielleicht für mich leiten?«

»Ich hab' gesagt – es ist gut.«

Kurtz ließ von ihm ab. Oded startete den Motor. Kurtz schlug vor, ihre interessante Tour auf den Spuren von Yanukas Lebenswandel fortzusetzen. So holperten sie eine Kopfsteinpflasterstraße hinunter, in der sein Lieblings-Nachtlokal lag, der Laden, in dem er seine Hemden und Krawatten kaufte, und der Friseur, bei dem er sich das Haar schneiden ließ, sowie die linken Buchhandlungen, in denen er mit Vorliebe schmökerte und kaufte. Und die ganze Zeit über zeigte Kurtz sich bester Laune, nickte und strahlte über alles, was er sah, so als sähe er einen alten Film, von dem er nicht genug bekommen konnte – bis sie sich auf einem Platz, der nicht weit von der Haltestelle entfernt war, wo die Busse zum Flughafen abgingen, voneinander trennten. Kurtz, der auf dem Bürgersteig stand, klopf-

te Oded liebevoll auf die Schulter, ohne sich seiner Zuneigung zu schämen, und fuhr ihm sogar mit der Hand durchs Haar.
»Hört zu, ihr beiden, zerrt nicht zu sehr am Zügel. Leistet euch irgendwo ein schönes Essen, auf meine persönliche Rechnung, einverstanden?«
Er sagte das im Ton eines Kommandeurs, den vor der Schlacht die Liebe überkommt. Und solange Misha Gavron es gestattete, fühlte er sich auch als solcher.

Der Nachtflug von München nach Berlin ist für die wenigen, die diese Maschine nehmen, eine der letzten großen nostalgischen Reisen, die man in Europa noch machen kann. Der Orient-Express, der Goldene Pfeil und der *Train Bleu* mögen der Vergangenheit angehören, eingestellt oder künstlich wieder zum Leben erweckt werden, doch für diejenigen, die ihre Erinnerungen haben, sind die sechzig Minuten Nachtflug durch den ostdeutschen Korridor in einer klapprigen Pan Am-Maschine wie die Safari eines alten Afrikaners, der seinem Laster frönt. Die Lufthansa darf diese Route nicht fliegen. Sie gehört ausschließlich den Siegern, den Besatzungsmächten der ehemaligen Reichshauptstadt, den Historikern und Insel-Suchern sowie einem von Kriegsnarben gezeichneten älteren Amerikaner, der die disziplinierte Ruhe des Profis ausstrahlt und diesen Flug fast täglich macht, seinen Lieblingsplatz ebenso kennt wie den Vornamen der Stewardeß, den er im schaurigen Deutsch der Besatzungszeit ausspricht. Es fehlt nicht viel, und man glaubt, daß er ihr gleich ein Päckchen Lucky Strikes zusteckt und eine Verabredung mit ihr hinter der Kantine trifft. Der Rumpf knarrt und hebt und senkt sich, die Lampen flackern, und man kann es kaum fassen, daß es sich nicht um eine Propellermaschine handelt. Man starrt hinaus ins verdunkelte Feindesland – um Bomben abzuwerfen, um abzuspringen? –, man hängt seinen Erinnerungen nach und bringt die Kriege durcheinander, die man mitgemacht hat: Dort unten jedenfalls ist die Welt in einem unbehaglichen Sinne noch so, wie sie war.
Kurtz war da keine Ausnahme.
Er saß an seinem Fenster und blickte an seinem Spiegelbild vorbei in

die Nacht hinaus. Wie immer, wenn er diesen Flug machte, wurde er zum Betrachter, der sein eigenes Leben an sich vorüberziehen sieht. Irgendwo dort in der Schwärze lag jene Eisenbahnstrecke, auf der der Güterzug auf seiner langsamen Fahrt aus dem Osten herangerollt war, irgendwo auch jenes Nebengleis, auf dem er mitten im Winter fünf Nächte und sechs Tage stillgelegen hatte, um die Militärtransporte vorbeizulassen, die so viel wichtiger waren als ihr Zug, und wo Kurtz und seine Mutter und die hundertachtzehn anderen Juden, die in ihren Waggon gepfercht worden waren, Schnee aßen und froren – die meisten von ihnen sich zu Tode froren. »Im nächsten Lager ist es bestimmt besser«, hatte seine Mutter ihm immer versichert, damit ihm nicht der Mut sank. Und irgendwo in dieser Schwärze hatte seine Mutter dann in einer Reihe mit anderen widerstandslos ihren Weg in den Tod angetreten. Irgendwo dort draußen auf den Feldern hatte der Sudetenjunge, der er gewesen war, gehungert und gestohlen und getötet und illusionslos gewartet, daß eine andere feindliche Welt ihn finde. Er sah das Auffanglager der Alliierten, die fremden Uniformen, die Kindergesichter, so alt und so hohl wie sein eigenes. Ein neuer Mantel, neue Schuhe und neuer Stacheldraht – und eine neue Flucht, diesmal vor seinen Rettern. Er sah sich wieder auf den Feldern, wie er sich wochenlang Richtung Süden von einem Bauernhof zum nächsten Dorf durchgeschlagen hatte, immer auf der Fluchtroute, die ihm angegeben worden war, bis nach und nach die Nächte wärmer geworden waren und nach Blumen geduftet hatten und er zum erstenmal in seinem Leben das Rauschen von Palmen im Meereswind vernommen hatte. »Hör zu, du durchgefrorener kleiner Junge«, hatten sie ihm zugewispert, »so rauschen wir in Israel. Genauso blau wie hier ist auch dort das Meer.« Er sah den abgetakelten Dampfer plump neben dem Pier schwimmen, das größte und schönste Schiff, das er je zu Gesicht bekommen hatte und das, als er an Bord ging, so schwarz war von jüdischen Köpfen, daß er sich eine Pudelmütze klaute und sie trug, bis sie den Hafen verlassen hatten. Aber sie brauchten ihn, ob er nun blond war oder nicht. An Deck gaben die Anführer ihnen in kleinen Gruppen Schießunterricht mit gestohlenen Lee Enfield-Gewehren. Haifa war noch zwei Tage entfernt, und Kurtz' Krieg hatte gerade erst begonnen.

Das Flugzeug flog eine Schleife und setzte zur Landung an. Er spürte, wie die Maschine in Schräglage ging und über die Mauer flog. Er hatte nur Handgepäck, doch wegen der Terroristen waren die Sicherheitsvorkehrungen streng, und so dauerten die Formalitäten ziemlich lange.

Shimon Litvak wartete in einem alten Ford auf dem Parkplatz. Er war von Holland hergeflogen, wo er sich in Leiden zwei Tage lang mit dem scheußlichen Anschlag beschäftigt hatte. Genauso wie Kurtz hatte er das Gefühl, kein Recht auf Schlaf zu haben.
»Die Bücherbombe wurde von einem Mädchen abgegeben«, sagte er, sobald Kurtz zu ihm ins Auto geklettert war. »Gut gewachsene Brünette. Jeans. Der Hotelportier nahm an, daß sie von der Universität war, und war überzeugt, sie sei per Rad gekommen und auch wieder weggefahren. Das ist mehr oder weniger eine Vermutung, aber zum Teil glaube ich ihm. Jemand anders sagt wiederum, sie sei auf einem Motorrad zum Hotel gebracht worden. Wie ein Geschenk mit einem Band umwickelt und die Aufschrift ›Herzlichen Glückwunsch zum Geburtstag, Mordecai‹ auf einem Zettel. Ein Plan, ein Überbringer, eine Bombe und ein Mädchen – wie gehabt.«
»Sprengstoff?«
»Russische Plastikbombe, Fetzen vom Einwickelpapier, nichts, was man weiterverfolgen könnte.«
»Irgendein Markenzeichen?«
»Eine saubere Schleife aus rotem Draht für den Stromkreis, verpackt in einer Attrappe.«
Kurtz sah ihn scharf an.
»Kein übriggebliebener Draht«, gestand Litvak. »Verkohlte Reste, gewiß, aber kein Draht, den man identifizieren könnte.« »Und auch keine Wäscheklammer?« fragte Kurtz.
»Diesmal hat er eine Mausefalle genommen. Eine hübsche kleine Mausefalle, wie man sie in jedem Haushaltwarengeschäft kaufen kann.« Er ließ den Motor an.
»Er hat auch schon Mausefallen benutzt«, sagte Kurtz.
»Ja, Mausefallen, Wäscheklammern, alte Beduinendecken, Sprengstoffe, von denen man nicht feststellen kann, wo sie herkommen,

billige Uhren mit nur einem Zeiger und billige Mädchen. Und ist der stümperhafteste Bombenbastler, den man sich vorstellen kann, selbst für einen Araber«, sagte Litvak, der schlampige Arbeit genauso haßte wie den Gegner, der dafür verantwortlich war. »Wieviel Zeit hat er Ihnen zugestanden?«

Kurtz tat so, als verstünde er nicht. »*Mir* zugestanden? Wer soll mir was zugestanden haben?«

»Wieviel gibt er Ihnen? Einen Monat? Zwei Monate? Was ist abgemacht?«

Doch manchmal drückte Kurtz sich vor präzisen Antworten. »Eindeutig ist, daß nicht wenige in Jerusalem lieber gegen die Windmühlen im Libanon anrennen würden, als ihren Kopf zu gebrauchen, um den Gegner zu bekämpfen.«

»Schafft die Krähe es, sie zurückzuhalten? Schaffen Sie es?«

Kurtz verfiel in ein ungewohntes Schweigen, aus dem Litvak ihn nicht herausreißen wollte. Im Zentrum von West-Berlin gibt es keine Dunkelheit und an den Rändern kein Licht. Sie fuhren auf die Helligkeit zu.

»Sie haben Gadi ein dickes Kompliment gemacht«, meinte Litvak plötzlich und sah seinen Vorgesetzten von der Seite an. »So in seine Stadt zu kommen. Wenn Sie eine Reise zu ihm machen, ist das wie eine Huldigung.«

»Es ist nicht seine Stadt«, erklärte Kurtz ruhig. »Er hat sie sich geliehen. Er hat ein Stipendium, ein Handwerk, das er lernen muß, um sich ein zweites Leben aufzubauen. Das ist der einzige Grund, warum Gadi hier in Berlin ist.«

»Kann er es denn aushalten, in einem solchen Misthaufen zu leben? Selbst für eine zweite Karriere? Bringt er es nach Jerusalem fertig, *hierher* zu kommen?«

Kurtz gab keine direkte Antwort auf diese Frage, doch das erwartete Litvak auch nicht. »Gadi hat seinen Beitrag geleistet, Shimon. Kein Mensch kann ihm da das Wasser reichen, auch nicht im Verhältnis zu seinen Fähigkeiten. Er hat hart gekämpft, immer dort, wo es besonders hart zuging, und zwar meistens hinter der Front. Warum sollte er sich nicht etwas Neues aufbauen? Er hat ein Recht auf seinen Frieden.«

Doch Litvak war nicht dafür ausgebildet, eine Schlacht aufzugeben, ohne eine Schlußfolgerung daraus zu ziehen.

»Ja, warum ihn dann stören? Warum wiederaufleben lassen, was aus und vorbei ist? Wenn er einen Neuanfang macht, stören Sie ihn dabei doch nicht.«
»Weil er den Mittelbereich darstellt, Shimon.« Litvak drehte sich schnell, Erklärung suchend, zu ihm um, doch Kurtz' Gesicht war im Schatten. »Weil er das Widerstreben besitzt, das als Brücke dienen kann. Weil er nachdenkt.«
Sie fuhren an der Kaiser-Wilhelm-Gedächtniskirche vorüber und weiter durch die eisigen Feuer des Kurfürstendamms, um dann wieder in die bedrohliche Stille der dunklen Außenbezirke der Stadt einzutauchen.
»Und welchen Namen hat er sich jetzt zugelegt?« erkundigte sich Kurtz mit einem nachsichtigen Lächeln in der Stimme. »Sag mir, wie er sich nennt.«
»Becker«, erklärte Litvak knapp.
Kurtz bekundete jovial seine Enttäuschung. »Becker? Was für ein Name ist denn das? Gadi *Becker* – für einen Sabra!«
»Becker ist das deutsche Wort für die hebräische Version der deutschen Version seines Namens«, erwiderte Litvak humorlos. »Auf Bitten seiner Brötchengeber hat er ihn wieder eingedeutscht. Er ist kein Israeli mehr, er ist ein Jude.«
Kurtz ließ von seinem Lächeln nicht ab. »Und wie steht's mit Frauen bei ihm, Shimon? Wie sieht's da heute bei ihm aus?«
»Eine Nacht hier, eine dort. Nichts Dauerhaftes.«
Kurtz setzte sich bequemer hin. »Dann braucht er vielleicht etwas, was ihn ganz fordert. Und hinterher kehrt er dann zu seiner reizenden Frau Frankie in Jerusalem zurück; meiner Meinung nach hatte er sowieso kein Recht, sie sitzenzulassen.«
Sie fuhren in eine schmutzige Seitenstraße und hielten vor einem dreistöckigen Mietshaus aus unterschiedlich gefärbten Ziegelsteinen. Die Toreinfahrt mit den großen Säulen schien den Krieg überdauert zu haben. Auf einer Seite davon war in einem neonerleuchteten Schaufenster eine Auswahl biederer Damenkleider ausgestellt. Auf dem Firmenschild darüber hieß es: ›Kein Einzelverkauf – nur en gros.‹
»Drücken Sie auf die oberste Klingel«, riet Litvak. »Zweimal, Pause, ein drittes Mal, und er kommt. Sie haben ihm ein Zimmer

über dem Laden gegeben.« Kurtz kletterte aus dem Wagen. »Viel Glück, ja? Wirklich viel Glück!«

Litvak sah Kurtz nach, wie er im Sturmschritt die Straße überquerte, viel zu schnell für seinen rollenden Seemannsgang, und dann vor der schäbigen Toreinfahrt stehenblieb. Er sah ihn den dicken Arm heben, um zu klingeln, und gleich darauf die Tür aufgehen, als ob jemand dahinter gewartet hätte; was vermutlich der Fall gewesen war, wie er annahm. Er sah, wie Kurtz sich breitbeinig hinstellte und die Schultern senkte, um einen schlankeren Mann zu umarmen; er sah, wie die Arme seines Gastgebers sich in einer raschen, soldatischen Bewegung zur Begrüßung um ihn schlossen. Die Tür ging zu. Kurtz war im Haus.

Während Litvak langsam durch die Stadt zurückfuhr, starrte er alles, was er unterwegs sah, wütend an und ließ auf diese Weise seiner Eifersucht freien Lauf: Berlin, für ihn eine Stadt, die er haßte, für alle Zeit ein Erbfeind, Berlin, eine Brutstätte des Terrors, damals wie heute. Sein Ziel war eine billige Pension, in der kein Mensch zu schlafen schien, er selbst nicht ausgenommen. Fünf vor sieben war er wieder in der Seitenstraße, wo er Kurtz hatte aussteigen lassen. Er drückte auf die Klingel, wartete und hörte langsame Schritte – nur die eines Mannes. Die Tür öffnete sich, Kurtz trat dankbar hinaus in die Morgenluft und streckte sich. Er war unrasiert und hatte den Schlips abgenommen.

»Nun?« fragte Litvak, sobald sie beide im Auto saßen.

»Nun, was?«

»Was hat er gesagt? Macht er es, oder bleibt er lieber friedlich in Berlin und lernt, wie man Kleider für polnische Schicksen näht?«

Kurtz schien ehrlich überrascht. Er war mitten in jener Geste, die Alexis so fasziniert hatte, jener Geste, mit der er seine alte Armbanduhr durch Zurückschieben des linken Ärmels mit der Hand an eine Stelle brachte, daß er sie sehen konnte. Doch als er Litvaks Frage hörte, hielt er inne. »Es *machen*? Er ist israelischer Offizier, Shimon.« Dann setzte er ein so warmherziges Lächeln auf, daß der überrumpelte Litvak nicht umhin konnte, dieses Lächeln zu erwidern. »Ich muß zugeben, zuerst hat Gadi gesagt, er würde lieber weiter sein neues Handwerk in all seinen Aspekten kennenlernen. Daraufhin haben wir uns über den schönen Auftrag unterhalten, den er '63 auf der anderen Seite des Suez-Kanals durchgeführt hat. Dann sagte er mir, unser Plan würde nicht hinhauen, worauf wir uns in allen Einzelheiten über die Unbequemlichkeiten unterhalten haben, die es mit sich bringt, eine Tarnexistenz in Tripolis zu führen und dort ein Netz von außerordentlich geldgierigen libyschen Agenten zu unterhalten, was, wenn ich mich recht erinnere, Gadi drei Jahre lang getan hat. Dann sagte er: ›Holt euch einen Jüngeren‹, was aber keiner ernst genommen hat, und wir tauschten Erinnerungen über seine vielen nächtlichen Vorstöße nach Jordanien hinein aus und über den begrenzten Nutzen von Militäreinsätzen gegen Guerilla-Ziele – ein Punkt, in dem er voll und ganz meiner Meinung war. Und danach haben wir über unsere Strategie diskutiert. Sonst noch was?«

»Und die Ähnlichkeit? Reicht die aus? Seine Statur, sein Gesicht?«

»Das mit der Ähnlichkeit kommt hin«, erklärte Kurtz, und sein Gesicht zeigte wieder die alten harten Linien. »Wir arbeiten daran, und das reicht. Aber jetzt genug von ihm, Shimon, sonst bringst du mich noch dazu, ihn zu sehr zu lieben.«

Und dann ließ er seinen Ernst fahren und brach in Lachen aus, bis ihm die Tränen der Erleichterung und der Müdigkeit über die Backen liefen. Litvak lachte auch und spürte, wie sich beim Lachen seine Eifersucht legte. Diese plötzlichen, ziemlich verrückten Wetterumschwünge waren ein wesentlicher Teil von Litvaks Wesen, bei dem viele widerstreitende Faktoren eine Rolle spielten. Wie sah er sich selbst? Sein Name bedeutete ursprünglich ›Jude aus Litauen‹ und war früher herabsetzend. An einem Tag sah er sich als vierundzwanzigjährige Kibbuz-Waise ohne jeden lebenden bekannten Verwandten, an einem anderen als das Adoptivkind einer amerikanischen orthodoxen Stiftung und der israelischen Sonderkommandos. Wieder an einem anderen Tag als Gottes ergebener Polizist, der mit der Ungerechtigkeit in der Welt aufräumte.

Er spielte wunderbar Klavier.

Über das Kidnapping braucht nicht viel gesagt zu werden. Mit einem erfahrenen Team werden solche Dinge heutzutage entweder schnell oder geradezu rituell oder überhaupt nicht erledigt. Nur die mögliche Bedeutung des Fangs gab dem Ganzen etwas Nervöses. Es kam weder zu einer widerlichen Schießerei noch zu anderen Unannehmlichkeiten, sondern war nichts weiter als die reibungslose Inbesitznahme eines weinroten Mercedes und seines Fahrers auf griechischem Gebiet, rund dreißig Kilometer von der türkisch-griechischen Grenze entfernt. Litvak leitete die Einsatzgruppe und war, wie immer im Außeneinsatz, ausgezeichnet. Kurtz, der wieder in London war, um eine plötzliche Krise zu bewältigen, zu der es in Schwilis ›Bildungs-Kreis‹ gekommen war, hockte während der entscheidenden Stunden in der Israelischen Botschaft neben dem Telefon. Die beiden Münchener Agenten, die verabredungsgemäß gemeldet hatten, der Leihwagen sei an den Autoverleih zurückgegeben worden, ohne daß von einem Nachfolger die Rede gewesen wäre, folgten Yanuka zum Flughafen, und tatsächlich, das nächste, was man von ihm hörte, war, daß er drei Tage später in Beirut auftauchte, wo eine Abhörmannschaft in einem Keller im Palästinenserviertel seine fröhliche Stimme auffing, wie er seine Schwester Fatmeh begrüßte, die in einem der Büros der Revolutionäre arbeitete. Er sei für ein paar Wochen in der Stadt, um Freunde zu besuchen, sagte er; ob sie wohl einen Abend für ihn frei habe? Seine Stimme habe richtig glücklich geklungen, berichteten sie: übermütig, erregt, leidenschaftlich. Fatmeh jedoch habe sich recht kühl gegeben. Entweder, so sagten sie, sei es mit ihrer Begeisterung für ihn nicht weit her, oder aber sie wisse, daß ihr Telefon angezapft werde. Vielleicht beides. Jedenfalls war es zu keinem Treffen zwischen Bruder und Schwester gekommen.

Dann führte seine Spur nach Istanbul, wo er mit einem zypriotischen Diplomatenpaß im Hilton abstieg und sich zwei Tage lang den religiösen wie weltlichen Freuden der Stadt hingab. Die Beschatter beschrieben, wie er einen letzten ausgiebigen Schluck Islam nahm, ehe er in die christlichen Gefilde Europas zurückkehrte. Er besuchte die Moschee Solimans des Prächtigen, wo man ihn nicht weniger als dreimal beim Gebet sah, und ließ sich hinterher auf der mit Gras bewachsenen Promenade neben der Südmauer die Gucci-Schuhe auf Hochglanz bringen. Außerdem trank er dort mehrere Gläser Tee mit zwei ruhigen Männern, die fotografiert, aber hinterher niemals identifiziert wurden: eine falsche Fährte, wie sich herausstellte, und nicht der von ihnen erwartete Kontakt. Außerdem bereitete ihm der Anblick von ein paar alten Männern, die am Straßenrand abwechselnd mit einem Luftgewehr gefiederte Bolzen auf eine auf einen Pappkarton gezeichnete Zielscheibe schossen, ein ganz ungewöhnliches Vergnügen. Er wollte mitmachen, doch sie ließen ihn nicht.

In den Anlagen auf dem Sultan-Achmet-Platz saß er zwischen orange- und malvenfarbenen Blumenbeeten auf einer Bank und ließ den Blick wohlwollend auf den ihn umgebenden Kuppeln und Minaretten verweilen wie auf den Trauben von kichernden amerikanischen Touristen, besonders aber auf einer Gruppe Teenager in Shorts. Irgend etwas hielt ihn jedoch davon ab, sich an sie heranzumachen, wie er das normalerweise zu tun pflegte: mit ihnen zu plaudern und zu lachen, bis sie ihn akzeptierten. Er kaufte Straßenhändlern im Kindesalter Dias und Postkarten ab, ohne sich über ihre unerhörten Preise aufzuregen; er durchstreifte die Hagia Sophia, betrachtete mit gleichem Vergnügen die Herrlichkeiten des justinianischen Byzanz wie der ottomanischen Eroberungen und stieß angesichts der Säulen, die man den ganzen Weg von Baalbek in dem Land, das er erst vor kurzem verlassen hatte, bis hierher geschleppt hatte, einen Schrei unverhohlener Überraschung aus.

Am hingebungsvollsten versenkte er sich jedoch in die Betrachtung jenes Mosaiks, auf dem dargestellt wird, wie Augustinus und Konstantin ihre Kirche und ihre Stadt der Jungfrau Maria weihen, denn dort war er mit seinem Verbindungsmann verabredet: einem großen, bedächtigen Mann in einer Windjacke, den er sofort als Fremdenführer akzeptierte. Bis dahin hatte Yanuka derlei Anerbieten entschieden zurückgewiesen, doch irgend etwas, was dieser Mann jetzt zu ihm sagte – zweifellos etwas, was neben der Zeit und dem Ort als Erkennungszeichen verabredet worden war – überzeugte ihn sofort. Seite an Seite machten sie einen zweiten flüchtigen Rundgang durch das Innere, bewunderten pflichtschuldig die frühe freischwebende Kuppel und fuhren dann in einem alten amerikanischen Plymouth am Bosporus entlang, bis sie auf einen Parkplatz in der Nähe der Autobahn nach Ankara kamen. Der Plymouth fuhr davon, und Yanuka war wieder allein in der Welt – diesmal jedoch als Besitzer eines schönen roten Mercedes, den er in aller Gemütsruhe zum Hilton zurückfuhr und dort beim Portier als den seinen ausgab.

Yanuka fuhr an diesem Abend nicht in die Stadt – nicht einmal, um sich die Bauchtänzerinnen anzusehen, die ihn am Abend zuvor so begeistert hatten – und wurde erst am nächsten Tag in aller Herrgottsfrühe gesehen, wie er in westlicher Richtung auf der schnurgeraden Straße fuhr, auf der man über die Ebenen nach Edirne und Ipsala gelangt. Anfangs war der Tag dunstig und kühl und der Horizont nahe. In einer kleinen Stadt legte er eine Kaffeepause ein und fotografierte einen Storch, der auf der Kuppel einer Moschee sein Nest gebaut hatte. Er stieg eine kleine Anhöhe hinauf und verrichtete dort angesichts des Meeres seine Notdurft. Der Tag wurde heißer, die glanzlosen Hügel färbten sich rot und gelb, und zu seiner Linken tauchte zwischen ihnen immer wieder das Meer auf. Auf einer solchen Straße blieb seinen Verfolgern keine andere Wahl, als ihn in die Mitte zu nehmen; das heißt, ein Wagen fuhr weit voraus und ein anderer folgte ihm, wobei sie zu Gott hofften, daß er nicht plötzlich auf die Idee kam, in eine nicht gekennzeichnete Seitenstraße abzubiegen, wozu er durchaus imstande war. Doch in dieser gottverlassenen Gegend blieb ihnen keine andere Möglichkeit, denn die einzigen Zeichen von Leben auf Kilometer hinaus waren zeltende Zigeuner, ein paar junge Schafhirten und bisweilen ein mürrischer schwarzgekleideter Mann, dessen Leben davon ausgefüllt zu sein schien, das Phänomen der Bewegung zu studieren. Als er Ipsala erreichte, narrte er alle, weil er den Rechtsabbieger in die Stadt hinein vorzog, statt bis zur Grenze weiterzufahren. Hatte er etwa vor, den Wagen an jemand anderes zu übergeben? Gott bewahre! Aber was zum Teufel hatte er in einem stinkenden kleinen türkischen Grenznest zu suchen?

Die Antwort lautete: Gott. In einer schlichten Moschee am Hauptplatz, ganz am Rande der Christenheit, empfahl Yanuka sich noch einmal Allah, was, wie Litvak hinterher erbarmungslos meinte, klug von ihm war. Als er herauskam, wurde er von einem kleinen braunen Hund gebissen, der entkam, ehe er es ihm heimzahlen konnte. Auch das betrachtete man als ein gutes Omen.

Schließlich kehrte er zur Erleichterung aller auf die Hauptstraße zurück. Der Grenzübergang dort ist ein sehr feindseliger Ort.

Türken und Griechen sind sich nicht gerade grün. Das Gebiet ist wahllos auf beiden Seiten vermint; Terroristen und *contrebandiers* aller Art haben ihre illegalen Schleichwege und verfolgen ihre gesetzeswidrigen Ziele; es kommt häufig zu Schießereien, von denen jedoch weiter kein Aufhebens gemacht wird; die bulgarische Grenze verläuft nur wenige Kilometer weiter im Norden. Auf einem Schild auf der türkischen Seite steht auf englisch: »Have a Good Trip«, doch für die ausreisenden Griechen hat man kein freundliches Wort. Zuerst kommen die türkischen Hoheitszeichen, die man auf einem Anschlagbrett angebracht hatte, dann eine Brücke über einen trägen grünen Wasserlauf, dann eine nervöse kleine Schlange vor dem Büro der türkischen Paß- und Auswanderungsbehörde, die Yanuka mit Hilfe seines Diplomatenpasses zu umgehen suchte; das gelang ihm auch, trug freilich nur dazu bei, seinen eigenen Untergang zu beschleunigen. Dann folgt – eingezwängt zwischen der türkischen Polizeistation und den griechischen Wachposten – ein etwa zwanzig Schritt breiter Streifen Niemandsland, wo Yanuka sich eine Flasche zollfreien Wodka kaufte und in dem Café unter den Augen eines verträumt aussehenden, langhaarigen Burschen namens Reuven, der die letzten drei Stunden dort ein Brötchen nach dem anderen verzehrt hatte, ein Eis aß. Die letzte bombastische türkische Darbietung ist eine Bronzebüste von Kemal Atatürk, dem Visionär und *décadent*, der böse zu den feindseligen griechischen Ebenen hinüberfunkelt. Sobald Yanuka dieses Monument hinter sich hatte, sprang Reuven auf sein Motorrad und übermittelte ein aus fünf Zeichen bestehendes Funksignal an Litvak, der dreißig Kilometer weiter in Griechenland – jedoch außerhalb des Militärbereiches – an einer Stelle wartete, wo der Verkehr wegen Straßenarbeiten auf Schrittempo heruntergehen mußte. Dann beeilte er sich, um den Spaß mitzuerleben.

Sie benutzten ein Mädchen, was in Anbetracht von Yanukas nachgewiesenen Neigungen nur vernünftig war, und staffierten sie mit einer Gitarre aus; es war ein hübsches Detail, denn heutzutage ist ja eine Gitarre ein Freibrief für jedes Mädchen, auch wenn sie nicht darauf spielen kann. Die Gitarre ist die Uniform einer gewissen seelenvollen Friedfertigkeit, wie sie kürzlich an einem anderen Ort genau beobachten konnten. Sie hatten sich den Mund fusselig darüber geredet, ob sie ein blondes oder ein brünettes Mädchen nehmen sollten, da sie seine Vorliebe für Blondinen kannten, ihnen aber auch klar war, daß er stets bereit war, eine Ausnahme zu machen. Zuletzt entschieden sie sich für das dunkelhaarige Mädchen, und zwar weil sie einen ansprechenden Rücken und einen aufreizenden Gang hatte, und postierten sie dort, wo die Straßenarbeiten zu Ende waren. Die Baustelle war ein Gottesgeschenk. Daran glaubten sie fest. Einige von ihnen glaubten sogar, daß Gott – der jüdische – und nicht Kurtz oder Litvak bei all ihrem Glück die Hand im Spiel hatte.

Der erste Teil der Strecke war asphaltiert; er ging ohne Warnung in groben blauen Schotter über, der so groß wie Golfbälle, aber sehr viel schartiger war. Dann kam die Holzbarriere mit einer Reihe gelb aufblinkender Warnlichter darauf; dort betrug die Geschwindigkeitsbeschränkung zehn Stundenkilometer, doch nur ein Irrer wäre schneller gefahren. Hinter der Holzabsperrung kam dann das Mädchen, das auf dem Fußweg ging. Geh einfach weiter, sagten sie; nicht rumhängen, sondern immer mit dem linken Daumen nach vorn zeigen. Ihre einzige Sorge war, daß, weil das Mädchen so hübsch war, sie bei dem falschen Mann landete, ehe Yanuka erschien, um sie sich zu holen. Besonders hilfreich war, wie sich an der Stelle der spärliche Verkehr vorübergehend durch eine Spurgabelung teilte. Zwischen der nach Osten und der nach Westen führenden Fahrbahn erstreckte sich ein etwa fünfzig Schritt breiter Ödlandstreifen mit Bauhütten, Traktoren und allem möglichen Gerät darauf. Sie hätten dort ein ganzes Regiment verstecken können, ohne daß eine Menschenseele etwas gemerkt hätte. Nicht, daß sie Regimentsstärke gehabt hätten. Die Einsatzgruppe bestand aus sieben Leuten, Shimon Litvak und der Lockvogel eingeschlossen. Gavron, die Krähe, hatte keinen Penny mehr lockermachen wollen. Die anderen fünf waren leichtgekleidete junge Leute in sommerlichem Aufzug und Turnschuhen, Typen, die den ganzen Tag lang ihre Fingernägel betrachten können, ohne daß jemand auf den Gedanken käme, sie zu fragen, warum sie nicht redeten. Die dann wie Hechte blitzschnell losschießen können, ehe sie wieder zu ihren lethargischen Betrachtungen zurückkehren.

Es war inzwischen später Vormittag; die Sonne stand hoch, die Luft war voller Staub. Der übrige Verkehr bestand aus grauen, mit irgendwelchem Lehm oder Ton beladenen Lastern. Der blitzende weinrote Mercedes – nicht mehr neu, aber immer noch sehr schmuck – fiel in dieser Gesellschaft auf wie ein Hochzeitswagen, der zwischen Müllautos eingezwängt daherkommt. Mit dreißig Stundenkilometern traf er auf den blauen Schotter, was natürlich viel zu schnell war, bremste dann ab, sobald die Schottersteine gegen das Schutzblech prasselten. Mit zwanzig fuhr er auf die Barriere zu, ging dann auf fünfzehn und gleich darauf sogar auf zehn herunter, und als er langsam an dem Mädchen vorbeifuhr, sah jeder, wie Yanuka den Kopf drehte, um sich zu überzeugen, ob sie von vorn genauso gut aussah wie von hinten. Das tat sie. Nachdenklich fuhr er noch etwa fünfzig Schritt weiter, bis er den Asphalt erreichte, und Litvak war einen furchtbaren Augenblick lang überzeugt, auf seinen Ersatzplan zurückgreifen zu müssen, ein wesentlich aufwendigeres Unternehmen, das eine zweite Einsatzgruppe sowie hundert Kilometer weiter einen vorgetäuschten Verkehrsunfall bedeutet hätte. Doch die Lüsternheit oder die Natur oder was uns sonst zum Narren macht, setzte sich durch. Yanuka fuhr an den Straßenrand, ließ das automatische Seitenfenster herunter, steckte den hübschen jungen Kopf hinaus und sah voller Lebenslust zu, wie das Mädchen genüßlich im Sonnenlicht auf ihn zukam. Als sie neben ihm stehenblieb, fragte er sie, ob sie vorhabe, den ganzen Weg bis nach Kalifornien zu laufen. Und sie antwortete – ebenfalls auf englisch –, sie wolle so ungefähr nach Saloniki – er auch? Wie das Mädchen berichtete, antwortete er: »So ungefähr, wie Sie möchten«, doch von den anderen hatte keiner es mitbekommen, und so gehörte das hinterher zu den Dingen, über die man sich nach jedem Einsatz streitet. Yanuka selbst bestritt entschieden, überhaupt etwas gesagt zu haben; folglich ist es denkbar, daß das Mädchen ihren Triumph ein wenig ausschmücken wollte. Ihre Augen, ja, überhaupt ihr ganzes Gesicht war außerordentlich reizvoll, und ihre trägen, aufreizenden Bewegungen nahmen seine ganze Aufmerksamkeit gefangen. Was konnte ein braver junger Araber nach zwei Wochen erneuter strenger politischer Schulung in den Bergen des südlichen Libanons mehr verlangen als diese bestrickende, jeans-bekleidete Vision aus dem Harem?

Es muß noch hinzugefügt werden, daß Yanuka schlank und eine außerordentlich flotte Erscheinung war, mit feinen semitischen Zügen, die zu den ihren paßten, und daß eine ansteckende Fröhlichkeit von ihm ausging. Folglich kam es zu jener Art von gegenseitigem Beriechen, wie es sie von einem Augenblick auf den anderen zwischen zwei körperlich attraktiven Menschen geben kann, die sich dabei quasi spiegelbildlich beim Liebesspiel mit dem anderen sehen. Das Mädchen setzte die Gitarre ab, nahm mit schlangenhaften Bewegungen den Rucksack vom Rücken und ließ ihn dankbar zu Boden fallen. Die Wirkung dieser Geste des Sich-Ausziehens, hatte Litvak ins Feld geführt, zwinge Yanuka einfach dazu, eines von zwei Dingen zu tun: entweder die hintere Tür von innen zu öffnen oder auszusteigen und den Kofferraum von hinten aufzuschließen. Jedenfalls biete er in beiden Fällen die Gelegenheit zum Angriff. Bei manchen Mercedes-Modellen läßt sich der Kofferraum selbstverständlich von innen öffnen, bei diesem jedoch nicht. Das wußte Litvak. Genauso, wie er sicher wußte, daß der Kofferraum abgesperrt war; und daß es keinen Sinn hatte, ihm das Mädchen schon auf der türkischen Seite der Grenze anzubieten, weil Yanuka – so gut seine Papiere auch sein mochten und nach arabischen Maßstäben auch so angesehen wurden – bestimmt nicht so dumm war, das Passieren der Grenze dadurch zu gefährden, daß er Gepäck an Bord nahm, dessen Inhalt er nicht kannte.
Auf jeden Fall tat er das, was nach Meinung aller am wünschenswertesten war. Statt einfach mit dem Arm nach hinten zu reichen und eine Tür mit der Hand zu öffnen, was er hätte tun können, entschloß er sich – vielleicht, um Eindruck zu machen –, das zentrale Öffnungssystem zu betätigen, wodurch nicht nur eine, sondern alle vier Türen entriegelt wurden. Das Mädchen machte den hinteren Wagenschlag, dem sie am nächsten stand, auf und schob, während sie draußen blieb, Gitarre und Rucksack auf den Rücksitz. Als sie die Tür wieder geschlossen und sich träge auf den Weg nach vorn begeben hatte, als wolle sie auf dem Beifahrersitz Platz nehmen, setzte ein Mann schon Yanuka die Pistole an die Schläfe, während Litvak selbst, der zum Umpusten zart aussah, auf dem Rücksitz kniete und Yanukas Kopf mit mörderischem und gut geschultem Griff gepackt hielt und ihm die Droge verabreichte, die, wie man

ihm ernstlich versichert hatte, am besten auf Yanukas durch medizinische Unterlagen bekannte Konstitution abgestimmt war: Man war wegen des Asthmas, das er als Heranwachsender hatte, beunruhigt gewesen.
Am beeindruckendsten empfanden hinterher alle die Lautlosigkeit, mit der sich alles abspielte. Selbst während er noch darauf wartete, daß die Droge wirkte, hörte Litvak trotz des vorüberrauschenden Verkehrs deutlich, wie eine Sonnenbrille zerbrach, und einen schrecklichen Augenblick lang fürchtete er, es sei Yanukas Genick, was alles kaputtgemacht hätte. Zuerst dachten sie, Yanuka habe es fertiggebracht, die falschen Nummernschilder und Papiere für seine Weiterfahrt zu vergessen oder verschwinden zu lassen, doch dann fanden sie sie zu ihrer Freude säuberlich in sein elegantes Handköfferchen verstaut unter einer Reihe handgenähter Seidenhemden und grellfarbiger Krawatten, die sie sich samt und sonders ebenso für ihre eigenen Zwecke aneignen mußten wie seine schöne goldene Cellini-Uhr, das goldene Gliederarmband und das vergoldete Amulett, das Yanuka mit Vorliebe über dem Herzen trug und von dem man annahm, daß es ein Geschenk seiner geliebten Schwester Fatmeh war. Ein weiterer Glücksfall bei dem Unternehmen – nicht ihr Verdienst, sondern ganz allein Yanukas – war die Tatsache, daß der Zielwagen sehr dunkel getönte Fenster hatte, die das gewöhnliche Volk daran hindern sollten zu sehen, was sich im Wageninneren abspielte. Das war eine der vielen Einzelheiten, die bewiesen, daß Yanuka das Opfer seines eigenen üppigen Lebensstils wurde. Den Wagen danach wie durch Zauberhand nach Westen und hinterher nach Süden zu bringen, bereitete keinerlei Kopfzerbrechen; wahrscheinlich hätten sie ganz normal damit weiterfahren können, ohne daß irgendeinem Menschen etwas aufgefallen wäre. Doch um ganz sicherzugehen, hatten sie einen Laster gemietet, der angeblich Bienen an einen neuen Standort bringen sollte. In dieser Gegend gibt es einen recht ansehnlichen Bienenhandel, wie Litvak sinnvoll bedachte, und selbst der neugierigste Polizist überlegt es sich zweimal, ehe er seine Nase in so einen Wagen steckt.
Das einzige, was nicht vorgesehen war, war der Hundebiß: was war, wenn der Köter Tollwut hatte? Irgendwo kauften sie ein Serum und gaben ihm für alle Fälle eine Spritze.

Nun, da Yanuka vorübergehend aus dem Verkehr gezogen war, ging es vor allem darum sicherzustellen, daß kein Mensch – weder in Damaskus noch anderswo – die Lücke merkte. Sie wußten bereits, daß er von Natur aus unabhängig und sorglos war. Sie wußten, daß er sich viel darauf zugute tat, ja, geradezu einen Kult daraus gemacht hatte, das Unlogische zu tun, daß er berühmt dafür war, seine Pläne von einem Augenblick auf den anderen zu ändern, und zwar teils aus Laune und teils, weil er mit gutem Grund glaubte, das sei die beste Art, seine Spur zu verwischen. Sie wußten, daß er seit neuestem eine Vorliebe für griechische Dinge hatte und die bewiesene Angewohnheit, unterwegs kleine Abstecher zu machen, um Antiquitäten aufzustöbern. Auf seiner letzten Fahrt war er bis nach Epidaurus in den Süden hinuntergefahren, ohne zuvor auch nur irgendeine Erlaubnis dafür einzuholen – hatte also ohne jeden ersichtlichen Grund einen großen Bogen geschlagen, der ihn von seiner eigentlichen Route weit weg geführt hatte. Diese unberechenbaren Angewohnheiten hatten es in der Vergangenheit sehr schwer gemacht, ihn zu fangen. Konnte man sie jedoch gegen ihn verwenden, wie jetzt, war das nach Litvaks kühler Einschätzung unbezahlbar, denn die eigene Seite konnte ihn dadurch genausowenig im Auge behalten wie die Gegner. Die Einsatzgruppe bekam ihn zu fassen und ließ ihn von der Bildfläche verschwinden. Das Team wartete. Und an keiner der Stellen, wo sie sich einschalten und abhören konnten, läutete eine Alarmglocke, gab es das geringste Anzeichen von Unruhe. Falls Yanukas Auftraggeber überhaupt eine Vorstellung von ihm hatten – zu diesem Schluß kam Shimon Litvak nach vorsichtiger Einschätzung –, dann sahen sie ihn als einen jungen Mann im Vollbesitz seiner geistigen wie körperlichen Kräfte, der eine kleine Spritztour machte, um etwas zu erleben und – wer weiß? – neue Soldaten für die große Sache zu gewinnen.
Damit konnte die Fiktion, wie sie jetzt unter sich sagten, beginnen. Ob sie auch enden konnte – ob die Zeit nach Kurtz' alter Stahluhr auch reichte, daß sie richtig in Gang kam –, stand auf einem ganz anderen Blatt. Auf Kurtz wurde zweifacher Druck ausgeübt: erstens – so simpel war das – mußte er Fortschritte vorweisen können, oder Misha Gavron machte ihm den Laden dicht; und zweitens war da noch Gavrons Drohung, falls kein Fortschritt gemacht werde,

sei es ihm nicht länger möglich, den immer lauter werdenden Ruf nach einer militärischen Lösung zurückzuhalten. Davor hatte Kurtz Angst.

»Sie reden mir ins Gewissen wie die Engländer!« hatte Gavron, die Krähe, ihn während einer ihrer häufigen Auseinandersetzungen angeschrien. »Sehen Sie sich doch mal an, was *die* alles auf dem Kerbholz haben!«

»Dann sollten wir vielleicht auch die Engländer bombardieren«, meinte Kurtz mit einem wütenden Lächeln.

Doch daß das Thema Engländer aufgekommen war, konnte inzwischen kein Zufall mehr sein; denn ironischerweise hatte Kurtz ausgerechnet auf England ein Auge geworfen, um sich zu retten.

Kapitel 3

Joseph und Charlie wurden einander auf der Insel Mykonos förmlich vorgestellt, an einem Strand mit zwei Tavernen, bei einem späten Mittagessen in der zweiten Augusthälfte und etwa um die Zeit, wenn die griechische Sonne am erbarmungslosesten herabbrennt. Oder im Rahmen bedeutenderer politischer Ereignisse: vier Wochen nachdem israelische Flugzeuge das überfüllte Palästinenserviertel von Beirut bombardiert hatten, um, wie es hinterher hieß, die palästinensische Führung zu zerschlagen, obwohl sich keine Anführer unter den mehreren hundert Toten befanden – es sei denn, es handelte sich um die Anführer von morgen, denn es waren viele Kinder darunter.

»Charlie, sag Joseph guten Tag«, sagte jemand aufgeregt, und damit war es geschehen.

Dennoch benahmen sich beide, als ob die Vorstellung gar nicht stattgefunden hätte: sie, indem sie ihr revolutionäres Stirnrunzeln aufsetzte und wie ein englisches Schulmädchen die Hand zu einem zugleich verworfen und hochanständig anmutenden Händeschütteln ausstreckte, und er, indem er sie seltsamerweise ohne besondere Absicht mit einem gelassenen und abschätzenden Blick bedachte.

»Tag, Charlie.« So war eigentlich er es und nicht Charlie, der guten Tag sagte.

Ihr fiel auf, daß er die affektierte Art von Offizieren hatte, unmittelbar vorm Sprechen die Lippen zu spitzen. Seine Stimme klang ausländisch und sehr beherrscht und hatte etwas entmutigend Sanftes – Charlie war sich mehr all dessen bewußt, was vorenthalten als was gegeben wurde. Seine Haltung ihr gegenüber war also das Gegenteil von Aggressivität.

Eigentlich hieß sie Charmian, war jedoch allen unter dem Namen

›Charlie‹ oder auch die ›Rote Charlie‹ bekannt, eine Anspielung auf ihre Haarfarbe wie auch auf ihre irgendwie verrückten radikalen Einstellungen, die ihre Art waren, die Menschheit zu lieben und mit den Ungerechtigkeiten in der Welt zurechtzukommen. Sie war die Außenseiterin in einer Gruppe von lebenslustigen jungen englischen Schauspielern, die alle demselben Ensemble angehörten, in einem baufälligen Bauernhaus schliefen, das einen Kilometer weiter landeinwärts lag, und die wie eine buntscheckige, eng zusammengehörende Familie, die nie auseinanderbrach, zum Strand herunterkamen. Wie sie zu dem Bauernhaus, ja, wie sie überhaupt auf die Insel gekommen waren, das war für sie alle ein Wunder, obwohl Wunder für sie als Schauspieler keineswegs überraschend waren. Ihr Wohltäter war eine große Londoner Firma, die wie aus heiterem Himmel auf die Idee gekommen war, den gütigen Engel für ihre Wanderbühne zu spielen. Nachdem ihre Tournee durch die Provinz zu Ende gewesen war, hatte der aus einem halben Dutzend Leuten bestehende Kern des Ensembles zu seinem Erstaunen festgestellt, daß man sie auf Kosten des Unternehmens Urlaub machen und sich erholen ließ. Eine Chartermaschine hatte sie nach Griechenland verfrachtet, das Bauernhaus hatte zum Empfang bereitgestanden, und die Frage des Taschengeldes war durch eine bescheidene Verlängerung ihrer Verträge geregelt worden. Zu freundlich, zu großzügig, zu plötzlich und zu lange her. Nur ein Pack von Faschistenschweinen – das war einhellig ihre freudige Meinung gewesen, als sie die Einladungen erhalten hatten – konnte so entwaffnend menschenfreundlich handeln. Danach hatten sie vergessen, wie sie hierhergekommen waren, bis der eine oder andere von ihnen verschlafen das Glas hob, verdrossen und halbherzig den Namen des Unternehmens murmelte und einen Toast ausbrachte.

Charlie war nicht das hübscheste von den Mädchen, ganz und gar nicht, obwohl ihre Sinnlichkeit ebenso durchschimmerte wie ihr unverbesserlicher guter Wille, den sie bei aller Radikalität nie ganz verhehlen konnte. Lucy war zwar dumm, sah aber hinreißend aus, während Charlie nach den üblichen Normen eher hausbacken wirkte: *moche*, mit langer kräftiger Nase und nicht mehr ganz taufrischem Gesicht, das im einen Augenblick kindlich und im nächsten so alt und verhärmt aussehen konnte, daß man sich unwill-

kürlich fragte, was für böse Erfahrungen sie in ihrem bisherigen Leben gemacht haben mochte und was noch aus ihr werden sollte. Manchmal war sie das Findelkind der Gruppe, manchmal ihre Mutter, diejenige, die das Geld zählte und wußte, wo das Mückenschutzmittel oder Heftpflaster für aufgeschnittene Füße lag. In dieser wie in all ihren anderen Rollen war sie unter ihnen die mit dem weitesten Herzen, überhaupt die fähigste. Gelegentlich war sie aber auch ihr gutes Gewissen, schrie sie an wegen irgendeines echten oder eingebildeten Verbrechens wie Chauvi-Verhalten, Sexismus oder westliche Gleichgültigkeit. Das Recht dazu war ihr durch ihre Herkunft gegeben, denn Charlie war die einzige von ihnen, die aus einem guten Stall kam, wie sie gern sagten: Internat und Tochter eines Börsenmaklers, selbst wenn der arme Mann – wie sie nie müde wurde, ihnen zu erzählen – seine Tage hinter Gittern beendet hatte, weil er Kunden betrogen hatte. Aber die Herkunft bricht immer wieder durch, egal, was geschieht.
Und schließlich war sie auch unbestritten ihre Hauptdarstellerin. Wenn es Abend wurde und die Familie sich in ihren Strohhüten und bauschenden Strandkleidern kleine Stücke vorspielte, war es Charlie – sofern sie Lust hatte mitzumachen –, die das am besten machte. Wenn sie beschlossen, sich gegenseitig etwas vorzusingen, war es Charlie, die ein bißchen zu gut für ihre Stimmen Gitarre spielte; Charlie, die die Protestlieder kannte und sie in einem zornigen, männlichen Stil vortrug. Bei anderen Gelegenheiten räkelten sie sich in mürrischem Zusammensein, rauchten Haschisch und tranken Retsina, der halbe Liter für dreißig Drachmen. Alle bis auf Charlie, die dann ein wenig abseits von ihnen lag wie jemand, der schon vor langer Zeit so viel gehascht und getrunken hatte, wie er brauchte. »Wartet nur, bis meine Revolution kommt«, pflegte sie sie dann mit schläfriger Stimme zu warnen. »Ich scheuch' euch Kindsköpfe allesamt noch vorm Frühstück raus zum Rübenziehen.« Dann taten sie so, als bekämen sie es mit der Angst, und fragten: »Wo soll's denn losgehen, Chas? Wo rollt der erste Kopf?« – »In Rickmansworth«, antwortete sie dann unweigerlich und hackte damit auf ihrer sturmbewegten Kindheit in dem vornehmen Vorort herum. »Dann fahren wir all ihre Scheiß-Jaguars in ihre Scheiß-Swimmingpools.« Daraufhin stießen sie wieder klagende

Angstlaute aus, obwohl sie genau wußten, daß Charlie selbst eine Schwäche für schnelle Autos hatte.
Aber sie liebten sie. Das war keine Frage. Und Charlie erwiderte ihre Liebe, sosehr sie es auch abstritt.
Joseph, wie sie ihn nannten, gehörte dagegen überhaupt nicht zu ihrer Familie, nicht einmal – wie Charlie – am Rande. Er besaß eine Selbstgenügsamkeit, die für schwächere Naturen geradezu so etwas wie Mut darstellte. Er hatte keine Freunde, beklagte sich aber nicht deswegen, war der Fremde, der niemand brauchte, nicht einmal sie. Bloß ein Handtuch, ein Buch, eine Wasserflasche und sein eigener kleiner Schützengraben im Sand. Charlie allein wußte, daß er eine Erscheinung war.

Sie bekam ihn auf der Insel zum erstenmal an dem Vormittag nach ihrer Riesenauseinandersetzung mit Alastair zu Gesicht, die sie nach Punkten klar verloren hatte. Irgendwo in Charlie gab es eine entscheidende Schwäche, die sie mit tödlicher Sicherheit auf *machos* hereinfallen ließ, und der augenblickliche *macho* war ein baumlanger, betrunkener Schotte, der innerhalb der Familie ›Long Al‹ genannte wurde, dauernd Drohungen ausstieß und ungenau den Anarchisten Bakunin zitierte. Wie Charlie war er rothaarig und hellhäutig und hatte harte blaue Augen. Wenn sie gemeinsam schimmernd aus dem Wasser stiegen, waren sie in ihrer Umgebung wie Menschen einer anderen Rasse, und der hitzige Ausdruck auf ihren Gesichtern tat kund, daß sie sich dessen bewußt waren. Wenn sie sich von einem Augenblick auf den anderen Hand in Hand und ohne den anderen ein Wort zu sagen, aufmachten, um sich ins Bauernhaus zurückzuziehen, empfand man die Heftigkeit ihrer Begierde wie einen stechenden Schmerz, den man gespürt, aber nur selten mit einem anderen geteilt hatte. Aber wenn sie sich – wie gestern abend – stritten, legte sich ihr Haß so bedrückend auf zartere Seelen wie Willy und Pauly, daß diese sich verdrückten, bis der Sturm vorüber war. Und bei dieser Gelegenheit hatte auch Charlie das getan: sie hatte sich in eine Ecke des Dachbodens verkrochen, um dort ihre Wunden zu lecken. Als sie jedoch Punkt sechs wach geworden war, hatte sie beschlossen, erst einmal allein baden zu gehen und hinterher in den Ort zu laufen und sich dort ein Frühstück und eine englischsprachige Zeitung zu gönnen. Und gerade als sie sich ihre *Herald Tribune* kaufte, kam es zu der Erscheinung: der klare Fall eines übersinnlichen Phänomens.

Er war der Mann im roten Blazer. Er stand in diesem Augenblick unmittelbar hinter ihr und kaufte sich, ohne sie auch nur im geringsten zu beachten, ein Taschenbuch. Diesmal freilich nicht im roten Blazer, sondern in T-Shirt, Shorts und Sandalen. Und doch war es ohne jeden Zweifel derselbe Mann, dasselbe kurzgeschnittene, an den Spitzen angegraute Haar, das in der Stirnmitte zu einer Teufelsspitze auslief; derselbe höfliche Blick aus braunen Augen, voller Achtung vor den Leidenschaften anderer Leute, mit dem er sie einen halben Tag lang wie ein trübes Licht aus der ersten Reihe des Parketts im Barrie Theatre von Nottingham angestarrt hatte: erst bei der Matinee, dann auch noch während der Abendvorstellung – Augen nur für Charlie, von der er sich nicht die kleinste Geste hatte entgehen lassen. Ein Gesicht, das die Zeit weder hart noch weich gemacht hatte, sondern das endgültig schien wie auf einem Stich. Ein Gesicht, das für Charlies Begriffe im Gegensatz zu den vielen Masken eines Schauspielers nur eine starke und beständige Wirklichkeit verriet.

Sie hatte die Heilige Johanna gespielt und war über den Dauphin fast wahnsinnig geworden, der wer weiß wie eingebildet war und bei jeder Szene versuchte, sie einfach an die Wand zu spielen. Deshalb war ihr erst bei der dramatischen Schlußszene bewußt geworden, daß er mitten unter den Schulkindern in der ersten Reihe des halbleeren Zuschauerraums saß. Wäre die Beleuchtung nicht so schwach gewesen, hätte sie ihn wahrscheinlich nicht einmal dann bemerkt, nur war ihre Beleuchtungsanlage in Derby hängengeblieben und mußte noch nachgeschickt werden, und so gab es nicht das übliche blendende Licht, das ihr normalerweise den Blick aufs Publikum verwehrte. Zuerst hatte sie ihn für einen Lehrer gehalten, doch als die Schüler hinausgegangen waren, hatte er sich nicht von seinem Platz gerührt, sondern dagesessen und gelesen – den Text oder vielleicht auch die Einführung, wie sie annahm. Und als der Vorhang zur Abendvorstellung in die Höhe gegangen war, hatte er noch auf demselben Platz in der Mitte gesessen, sie wieder mit diesem friedlichen und nichts verratenden Blick verfolgt wie zuvor, und als der letzte Vorhang fiel, hatte sie das geärgert, weil er ihn ihr entzog.

Ein paar Tage später, in York – sie hatte ihn schon vergessen –, hätte sie schwören mögen, ihn wieder gesehen zu haben, doch war sie sich nicht ganz sicher gewesen; dazu war die Bühnenbeleuchtung zu gut gewesen, hatte sie den Lichtschleier nicht durchdringen lassen. Der Fremde war diesmal auch nicht zwischen den Vorstellungen auf seinem Platz sitzen geblieben. Trotzdem hätte sie schwören mögen, daß es dasselbe Gesicht *war*, erste Reihe Parkett, genau in der Mitte, das da hingerissen zu ihr hinaufstarrte, und auch derselbe rote Blazer. War er ein Kritiker? Ein Produzent? Ein Agent? Ein Filmregisseur? Oder vielleicht von der großen Londoner Firma, die vom Arts Council die Patenschaft für ihre Truppe übernommen hatte? Doch für einen reinen Finanzprofi, der überprüfte, ob die Investition sich für seine Firma auch lohnte, war er zu hager und zu wachsam in seiner Unbeweglichkeit. Und was Kritiker, Agenten und so weiter betraf, so war es schon ein Wunder, wenn sie einen ganzen Akt über blieben – ganz zu schweigen von zwei aufeinanderfolgenden Vorstellungen. Als sie ihn dann ein drittes Mal kurz vor dem Abflug in den Urlaub, ja, nach der letzten Vorstellung ihrer Tournee, nahe am Bühneneingang des kleinen East End-Theaters stehen sah – oder stehen zu sehen glaubte –, hätte nicht viel gefehlt, und sie wäre auf ihn zugegangen und hätte ihn gefragt, was er hier zu suchen habe – ob er ein angehender Ripper oder Autogrammjäger oder einfach ein normaler Lustmolch sei wie wir anderen auch. Nur sein betont rechtschaffenes Aussehen hatte sie davon abgehalten.

Als sie ihn daher jetzt wiedersah – wie er kaum einen Schritt hinter ihr stand, sich ihrer Anwesenheit anscheinend nicht bewußt war und mit demselben ernsten Interesse, das er vor nur wenigen Tagen ihr hatte zuteil werden lassen, die Buchauslage betrachtete – stürzte sie das in allergrößte Aufregung. Sie drehte sich nach ihm um, sie begegnete seinem völlig ruhig bleibenden Blick, und eine Sekunde starrte sie ihn weit eindringlicher an, als er sie jemals angestarrt hatte. Sie hatte dabei den Vorteil, eine dunkle Sonnenbrille zu tragen, die sie aufgesetzt hatte, um ihr blaues Auge zu verbergen.

Aus der Nähe gesehen, schien er älter, als sie gedacht hatte, viel ausgemergelter und markanter. Sie fand, er müsse sich mal richtig ausschlafen, und überlegte, ob er aufgrund des Fluges unter der Zeitverschiebung litt, denn seine Augenränder hatten etwas Müdes und Erschlafftes. Er jedoch verriet nicht das kleinste Zeichen von Wiedererkennen oder Erregung. Charlie steckte die *Herald Tribune* heftig wieder in den Ständer und machte, daß sie in die Geborgenheit einer Taverne unten am Strand zurückkam.

Ich bin verrückt, dachte sie, und hob zitternd die Kaffeetasse an die Lippen. Ich bilde mir das alles ein. Das ist sein Doppelgänger. Ich hätte nicht diesen Scheiß-Muntermacher nehmen sollen, den Lucy mir zum Aufmöbeln gegeben hat, nachdem Long Al mich fertiggemacht hatte. Irgendwo hatte sie gelesen, das Gefühl des *déjà vu* sei die Folge einer Kommunikationsstörung zwischen Auge und Gehirn. Aber als sie die Straße in die Richtung hinunterblickte, aus der sie gerade gekommen war, saß er leibhaftig da, für Auge und Verstand gleichermaßen wahrnehmbar, und zwar in der nächsten Taverne etwas weiter oben, trug eine weiße Golfkappe mit Schirm, die er sich des Schattens wegen tief über die Augen gezogen hatte, und las in seinem englischen Taschenbuch: *Conversations with Allende* von Debray. Erst gestern hatte sie selbst damit geliebäugelt, sich das Buch zu kaufen.

Er ist gekommen, um sich meine Seele zu holen, dachte sie, als sie flott an ihm vorbeiflanierte, um zu zeigen, daß sie immun sei. Aber wann um alles auf der Welt hab' ich sie ihm denn jemals versprochen?

Und tatsächlich, am Nachmittag bezog er seinen Posten am Strand, keine zwanzig Meter von der Stelle entfernt, wo die Familie ihr Lager aufgeschlagen hatte. Er trug eine sittsame schwarze Mönchsbadehose mit langen Beinen und hatte eine Aluminium-Feldflasche dabei, aus der er sich ab und zu einen kleinen Schluck genehmigte, als ob die nächste Oase einen ganzen Tagesmarsch entfernt sei. Kein einziges Mal blickte er zu ihnen herüber, kümmerte sich nicht im geringsten um sie, sondern las im Schatten seiner ziemlich weit geschnittenen Golfkappe seinen Debray. Und ließ sich doch keine

einzige ihrer Bewegungen entgehen – da war sie sich ganz sicher, wenn auch nur aufgrund der Art, wie er regungslos den schönen Kopf geneigt hielt. Es gab so viele Strände auf Mykonos, aber ausgerechnet ihren hatte er sich aussuchen müssen. Und von allen Plätzen an ihrem Strand hatte er sich ausgerechnet auf der einzigen hochgelegenen Stelle zwischen den Dünen niedergelassen, von der aus man alles mitbekam, ob sie nun schwimmen ging oder Al eine neue Flasche Retsina aus der Taverne holte. Von seinem Horst aus konnte er sie mühelos im Auge behalten, während sie keinerlei Möglichkeit hatte, ihn von dort wegzulocken. Wenn sie es Long Al sagte, hieß das, sich der Lächerlichkeit und Schlimmerem auszusetzen, und sie hatte nicht im mindesten die Absicht, Al die Chance zu geben – auf die er sich mit Freuden stürzen würde –, sie erneut wegen ihrer Phantastereien mit Hohn und Spott zu überhäufen. Und wenn sie es einem von den anderen anvertraute, könnte sie es genausogut gleich Al erzählen: er würde es noch am selben Tag erfahren. Es blieb ihr nichts anderes übrig, als ihr Geheimnis für sich zu behalten, und genau das nahm sie sich vor.
Folglich tat sie nichts und er auch nicht; trotzdem wußte sie, daß er wartete; sie spürte förmlich die Geduld und die Selbstzucht, mit der er die Stunden zählte. Selbst als er sich ausstreckte und wie tot dalag, schien eine geheimnisvolle Wachsamkeit von seinem geschmeidigen braunen Körper auszugehen, die ihr von der Sonne zugetragen wurde. Manchmal schien die Spannung in ihm unerträglich; dann sprang er auf, nahm die Kappe ab und schlenderte ernst seine Düne hinunter wie ein Eingeborener ohne Speer und machte lautlos einen Kopfsprung, bei dem das Wasser kaum aufspritzte. Sie wartete – und wartete immer noch. Kein Zweifel, er mußte ertrunken sein. Bis er schließlich, nachdem sie ihn endgültig aufgegeben hatte, weit draußen in der Bucht auftauchte und gemächlich im Freistil crawlend weiterschwamm, als hätte er noch Kilometer vor sich; sein kurzgeschnittenes schwarzes Haar schimmerte wie das Fell einer Robbe. Zwar flitzten Motorboote hin und her, doch er kümmerte sich nicht um sie. Da waren auch Mädchen, doch drehte er sich nie nach einer um – darauf achtete sie ganz besonders. Und nach dem Schwimmen wieder die langsame methodische Abfolge von Freiübungen, bis er sich schließlich die Golfkappe tief ins Gesicht zog und sich wieder Allende und Debray zuwandte.

Wessen Geschöpf ist er? überlegte sie hilflos. Wer schreibt ihm seinen Text und gibt ihm die Bühnenanweisungen? Denn für sie stand er auf der Bühne wie sie für ihn in England. Er gehörte zu einem Ensemble, genau wie sie. In der sengenden Sonne, die zwischen Himmel und Sand zitterte, konnte sie minutenlang aufgerichtet seinen glatten reifen Körper beobachten und benutzte ihn als Ziel ihrer erregten Spekulationen. Du zu mir, dachte sie; ich zu dir; diese Kindsköpfe kapieren das nicht. Aber als es Zeit war, Mittag zu essen, und sie alle hintereinander an seiner Sandburg vorbei zur Taverne vorübergingen, ärgerte sich Charlie, als sie sah, daß Lucy Robert losließ, mit den Hüften wackelte und ihm zuwinkte wie eine Nutte.

»Ist er nicht *sagenhaft*?« sagte Lucy laut. »*Den* würde ich jederzeit vernaschen.«

»Ich auch«, erklärte Willy, noch lauter. »Meinst du nicht auch, Pauly?«

Doch er beachtete sie nicht. Am Nachmittag nahm Al sie ins Bauernhaus mit, wo sie hemmungslos und lieblos miteinander schliefen. Als sie am frühen Abend an den Strand zurückkehrten und er nicht mehr da war, war sie unglücklich, weil sie ihrem heimlichen Geliebten untreu gewesen war. Sie überlegte, ob sie wohl die Nachtlokale nach ihm abklappern sollte. Da es ihr nicht gelungen war, tagsüber mit ihm in Kontakt zu kommen, kam sie zu dem Schluß, daß er ein ausgiebiges Nachtleben führen müsse.

Am nächsten Morgen wollte sie nicht an den Strand. In der Nacht hatte die Stärke ihrer Fixierung sie erst belustigt und ihr dann Angst gemacht, und beim Aufwachen war sie entschlossen, Schluß damit zu machen. Neben der unförmigen Masse des schlafenden Al liegend hatte sie sich eingebildet, bis über beide Ohren in jemand verliebt zu sein, mit dem sie nie ein Wort gewechselt hatte, hatte ihn auf alle möglichen phantasievollen Arten genommen und Al fallenlassen, um für immer mit dem Unbekannten fortzulaufen. Mit sechzehn mochten solche Albernheiten zulässig sein; mit sechsundzwanzig waren sie unanständig. Al sitzenzulassen war eine Sache; das mußte ohnehin geschehen, je früher, desto besser. Aber einem

Traum in einer weißen Golfkappe nachzujagen, war doch etwas anderes, selbst im Urlaub auf Mykonos. Folglich tat sie dasselbe wie gestern, doch diesmal tauchte er – zu ihrer Enttäuschung – weder im Buchladen hinter ihr auf, noch trank er in der Taverne nebenan Kaffee; auch tauchte sein Spiegelbild beim Schaufensterbummel unten am Hafen nicht in einem der Boutiquefenster auf, wie sie immer wieder hoffte. Als sie sich zum Mittagessen in der Taverne wieder zur Familie gesellte, erfuhr sie, daß sie ihn während ihrer Abwesenheit Joseph getauft hatten.

Daran war nichts Besonderes; die Familie gab jedem einen Namen, der ihr auffiel, gewöhnlich Namen aus Theaterstücken oder Filmen, und der Gruppencodex verlangte, daß er – fand er Billigung – allgemein verwendet wurde. Ihr Bosola aus der *Herzogin von Malfi* zum Beispiel war ein schwedischer Großreeder mit fahrigen Bewegungen und verstohlenen Blicken für Mädchen, ihre Ophelia ein Gebirge von einer Frankfurter Hausfrau, die eine rosageblümte Badehaube und sonst kaum etwas trug. Joseph jedoch, erklärten sie jetzt, solle diesen Namen wegen seines semitischen Aussehens bekommen und wegen des buntgestreiften Bademantels, den er über der schwarzen Badehose trug, wenn er mit weitausholenden Schritten an ihren Strand kam oder ihn verließ. Joseph aber auch wegen seiner überheblichen Haltung den übrigen Sterblichen gegenüber und weil er den Eindruck hervorkehre, daß er zum Nachteil anderer, weniger Begünstigter auserwählt sei. Joseph, der von seinen Brüdern Verachtete, abseits mit seiner Feldflasche und seinem Buch.

Charlie machte an ihrem Platz am Tisch weiter ein grimmiges Gesicht, als sie sich immer rücksichtsloser etwas aneigneten, was sie insgeheim als ihr Eigentum betrachtet hatte. Alastair, der sich jedesmal bedroht fühlte, sobald jemand ohne seinen Segen gepriesen wurde, war gerade dabei, sich aus Roberts Krug einzuschenken.

»Joseph, dieser Arsch!« verkündete er mutig. »Eine gottverdammte Schwuchtel ist er, genauso wie Willy und Pauly. Und er ist auf Männerfang aus, glaubt mir. Der mit seinen Schlafzimmeraugen. Dem würd' ich gern mal die Fresse polieren. Und tu's auch noch.«

Doch Charlie hatte Alastair an diesem Tag bereits bis obenhin satt und war es leid, faschistische Leibsklavin und Erdmutter zugleich für ihn zu spielen. Für gewöhnlich war sie nicht so schneidend wie jetzt, aber ihre wachsende Abneigung Alastair gegenüber lag im Widerstreit mit ihren Schuldgefühlen wegen Joseph.

»Wenn er schwul ist, warum sollte er dann hier auf Männerfang gehen, du Schwachkopf?« fragte sie wütend, fuhr zu ihm herum und verzerrte häßlich den Mund. »Zwei Scheiß-Strände weiter kann er doch nach Herzenslust unter allen *Queens* von Griechenland wählen. Und du auch!«

Als Anerkennung für diesen höchst unvorsichtigen Ratschlag versetzte Alastair ihr eine schallende Ohrfeige, so daß sich eine Seite ihres Gesichts erst weiß und dann scharlachrot färbte.

Sie trieben ihr Spiel der Mutmaßungen bis in den Nachmittag hinein weiter. Joseph war ein Voyeur; er war ein Schleicher, ein Spanner, ein Mörder, ein Schnüffler, ein Fummel-Designer, ein Tory. Wie gewöhnlich blieb es jedoch Alastair überlassen, mit dem endgültigen Ritterschlag aufzuwarten: »Ein Scheiß-Wichser ist er!« blubberte er voller Verachtung aus einem Mundwinkel heraus; dann saugte er vernehmlich die Luft durch die Vorderzähne ein, um zu unterstreichen, was für ein toller Beobachter er doch sei.

Doch Joseph selber verhielt sich diesen Beleidigungen gegenüber so gleichgültig, wie es sich auch Charlie gewünscht hätte; er tat das so sehr, daß sie am späten Nachmittag, als die Sonne und der Hasch alle – wieder bis auf Charlie – fast bis zum Stumpfsinn benebelt hatten, zu dem Schluß kamen, er sei *cool*, was für sie das größte Kompliment war. Und auch bei diesem dramatischen Wandel war es wieder Alastair, der das Rudel anführte. Joseph lasse sich weder von ihnen vergraulen noch anmachen – von Lucy nicht und von den beiden *lover-boys* auch nicht. Ergo *cool*, wie Alastair selbst. Joseph habe sein Territorium, und sein ganzes Verhalten verkünde: kein Mensch sitzt mir im Nacken, hier habe ich mein Lager aufgeschlagen. *Cool.* Bakunin hätte ihm höchstes Lob gezollt.

»Er ist *cool*, und ich liebe ihn«, zu diesem Schluß kam Alastair, während er Lucy liebkosend bis hinunter zum Gummizug des Bikinis über den seidigen Rücken strich und dann wieder von oben anfing. »Wäre er eine Frau, ich wüßte genau, was ich mit ihm machen würde, oder, Luce?«

Gleich darauf erhob Lucy sich und war damit in der Hitze der einzige Mensch, der auf dem flirrenden Strand aufrecht stand. »Wer behauptet denn, ich kann ihn nicht anmachen?« sagte sie und stieg aus ihrem Badeanzug.

Nun war Lucy blond, breithüftig und verführerisch wie ein Apfel. Sie spielte Animierdamen, Nutten und Jungen-Hauptrollen, doch ihre Spezialität waren mannstolle Teenager, und sie verstand es, einen Mann allein durch ihren Augenaufschlag rumzukriegen. Sie verknotete locker einen weißen Bademantel unter den Brüsten, hob einen Weinkrug samt Plastikbecher auf und schritt – den Krug auf dem Kopf –, hüftschwenkend und die Oberschenkel schön zur Geltung bringend, zum Fuß der Düne hinüber, nach Kräften bemüht, satirisch eine griechische Göttin à la Hollywood darzustellen. Nachdem sie die kleine Anhöhe zu ihm hinaufgestiegen war, ließ sie sich neben ihm auf ein Knie nieder, schenkte von hoch oben den Wein ein und ließ dabei den Bademantel aufgehen. Dann reichte sie ihm den Becher und beschloß, ihn auf französisch anzureden, soweit ihre Kenntnisse dieser Sprache das erlaubten.

»Aimez-vous?« fragte Lucy.

Joseph gab durch nichts zu erkennen, daß er sie bemerkt hatte. Er blätterte um, beobachtete darauf ihren Schatten, und erst dann wälzte er sich auf die Seite, betrachtete sie kritisch mit seinen dunklen Augen unter dem Schatten seiner Golfkappe, nahm den Becher an und trank ihr mit ernster Miene zu, während zwanzig Schritt weiter ihr Fan-Club klatschte oder albern zustimmende Laute ausstieß wie die Abgeordneten im Unterhaus.

»Du mußt Hera sein«, sagte Joseph zu Lucy mit genausoviel Gefühl, als ob er eine Landkarte studierte. Das war der Augenblick, als sie die dramatische Entdeckung machte: Er hatte diese Narben! Lucy konnte kaum an sich halten. Am reizvollsten von allen war ein säuberliches Bohrloch von der Größe eines Fünf-Pence-Stückes, wie einer von den Einschußloch-Aufklebern, die Pauly und Willy an ihrem Mini-Morris hatten, nur befand dieses hier sich auf der linken Seite seines Bauches! Aus der Ferne konnte man die Narbe nicht erkennen, doch als sie sie berührte, fühlte sie sich glatt und hart an.

»Und du bist Joseph«, erwiderte Lucy ein wenig verwirrt, denn sie hatte keine Ahnung, wer Hera war.

Wieder wehte Applaus über den Sand herüber, als Alastair sein Glas hob und ihm zuprostete: »Joseph! Mr. Joseph, Sir! Viel Glück, und ihre neidischen Brüder zum Arsch!«
»Kommen Sie doch rüber zu uns, Mr. Joseph!« rief Robert, worauf Charlie ihm wütend über den Mund fuhr, er solle doch die Klappe halten.
Doch Joseph kam nicht zu ihnen herüber. Er hob den Becher, und Charlie wollte es in ihrer rasenden Phantasie vorkommen, als trinke er insbesondere ihr zu; doch wie wollte sie das bei einer Entfernung von zwanzig Schritt so genau feststellen, wenn ein Mann einer ganzen Gruppe zutrank? Dann wandte er sich wieder seinem Buch zu. Nicht, daß er sie vor den Kopf stieß; er habe weder positiv noch negativ reagiert, wie Lucy es hinterher ausdrückte, sondern habe sich bloß wieder auf den Bauch gewälzt und weitergelesen, und – du meine Güte! – es sei *wirklich* die Narbe von einer Kugel; die *Ausschuß*narbe, groß wie von einer MP, habe er auf dem Rücken! Während Lucy sich nicht von diesem Anblick losreißen konnte, ging ihr auf, daß es sich nicht nur um eine einzelne Wunde handelte, sondern um eine ganze Menge: die Arme seien unten am Ellbogen ganz vernarbt; hinten am Bizeps kleine Inseln von haarloser und unnatürlicher Haut; und das Rückgrat geradezu *durchgescheuert*, sagte sie – »als ob jemand ihn mit glühender Stahlwolle bearbeitet hätte« –, wer weiß, vielleicht hatte ihn sogar jemand kielgeholt? Lucy blieb noch ein Weilchen, tat so, als werfe sie über seine Schulter einen Blick in sein Buch, während er umblätterte, doch in Wirklichkeit wollte sie ihm gern mal über das Rückgrat streichen, denn abgesehen davon, daß es narbig war, war es auch noch behaart und lag tief zwischen zwei Muskelwülsten: ein Rückgrat, wie sie es besonders gern hatte. Aber sie tat es nicht, denn, erklärte sie Charlie hinterher, wenn sie ihn einmal gestreichelt hätte, wisse sie nicht, ob sie es dann jemals wieder tun dürfe. Sie habe sich gefragt – erklärte Lucy in einer seltenen Aufwallung von Bescheidenheit –, ob sie nicht zumindest erst mal anklopfen solle; ein Satz, der Charlie hinterher nicht mehr aus dem Sinn ging. Lucy hatte überlegt, ob sie nicht seine Feldflasche ausgießen und mit Wein füllen sollte, doch habe er am Wein kaum genippt, und vielleicht trank er Wasser lieber? Schließlich hatte sie sich den Weinkrug wieder auf den Kopf

gesetzt und war lässig tänzelnd zur Familie zurückgekehrt, wo sie ziemlich atemlos Bericht erstattete, bis sie bei irgend jemand – auf dem Schoß einschlief. Joseph galt fortan *cooler* denn je.

Der Vorfall, durch den die beiden förmlich miteinander bekannt gemacht wurden, ereignete sich am nächsten Nachmittag, und den Anstoß dazu gab Alastair. Long Al sollte abreisen. Sein Agent hatte ihm ein Telegramm geschickt, und das war schon ein Wunder an sich. Bis zu diesem Tag hatte man nicht ohne Grund angenommen, daß sein Agent diese kostspielige Form der Kommunikation einfach nicht kenne. Das Telegramm war morgens um zehn mit einer Lambretta zum Bauernhaus hinausgekommen und dann von Pauly und Willy, die sich einen langen Morgen im Bett gegönnt hatten, zum Strand hinuntergebracht worden. Es enthielt ein Angebot, was mit ›möglicherweise größere Filmrolle‹ umschrieben war, und das wieder war eine große Sache innerhalb der Familie, denn Alastair hatte nur den einen Ehrgeiz, die Hauptrolle in großen, aufwendigen Filmen zu spielen oder, wie sie es nannten, das Kinopublikum so weit zu bringen, daß es Rotz und Wasser weinte. »Ich bin einfach zu stark für sie«, erklärte er jedesmal, wenn er sich im Filmgewerbe eine Absage holte. »Er muß sich eine Besetzung suchen, die es mit mir aufnehmen kann, und das weiß das Schwein natürlich.« Daher freuten sie sich alle für Alastair, als das Telegramm kam, insgeheim aber noch mehr für sich selbst, denn mit seiner Gewalttätigkeit begann er sie ganz krank zu machen. Vor allem aber machte es sie Charlies wegen ganz krank, die mittlerweile am ganzen Körper mit blauen Flecken übersät war, so daß sie schon um ihren Aufenthalt auf der Insel fürchteten. Nur Charlie war über die Aussicht, daß er abreiste, ganz durcheinander, wenn sie auch vor allem um ihrer selbst willen traurig war. Wie die anderen, hatte sie tagelang gewünscht, daß er endgültig aus ihrem Leben verschwand. Doch jetzt, wo ihre Gebete durch das Telegramm erhört worden waren, bedrückten sie Schuldgefühle und Angst davor, daß wieder einmal eines ihrer Leben zu Ende war.

Die Familie begleitete Alastair hinunter zum Büro der Olympic Airways in der Stadt, sobald es nach der Siesta wieder aufmachte, um dafür zu sorgen, daß er auch wirklich einen Platz in der nächsten Morgenmaschine nach Athen bekam. Charlie ging zwar auch mit,

war aber weiß und schwindlig und hielt die Arme vor der Brust verschränkt, als ob sie fröre.
»Ihr könnt Gift darauf nehmen, daß die Maschine ausgebucht ist«, warnte sie sie. »Bestimmt müssen wir es noch wochenlang mit dem Scheißkerl aushalten.«
Aber sie sollte sich irren. Es war nicht nur ein Platz für Long Al frei, sondern schon vor drei Tagen per Telex auf seinen vollen Namen *reserviert* und die Buchung gestern bestätigt worden. Diese Entdeckung nahm ihnen alle noch verbliebenen Zweifel. Long Al sollte ganz groß herauskommen. So etwas war noch keinem von ihnen jemals passiert. Daneben verblaßte sogar die Menschenfreundlichkeit ihrer Gönner. Ein *Agent* – und dazu auch noch Als Agent, nach einhelliger Meinung der größte Banause auf dem gesamten Viehmarkt – reservierte per Telex so etwas wie Flugtickets für ihn!
»Dem kürz' ich seine Kommission, verlaßt euch drauf«, erklärte Al ihnen bei etlichen Ouzos, während sie auf den Bus warteten, der sie an ihren Strand zurückbringen sollte. »Ich lass' mir doch nicht für den Rest meines Lebens von einem solchen Parasiten zehn Prozent abknöpfen! Das könnt ihr mir glauben!«
Ein strohblonder Hippie, ein verrückter Typ, der sich ihnen manchmal anschloß, erinnerte sie daran, daß alles Eigentum Diebstahl sei.
Ganz anders als Alastair machte Charlie, die sich nach ihm sehnte, ein finsteres Gesicht und trank überhaupt nichts. »Al«, flüsterte sie einmal und griff nach seiner Hand. Aber Long Al war im Erfolg nicht zartfühlender als im Mißerfolg oder in der Liebe, und Charlie hatte an diesem Morgen als Beweis eine aufgeplatzte Lippe, die sie immer wieder gedankenverloren mit den Fingerspitzen abtastete.
Am Strand setzte er seinen Monolog genauso unerbittlich fort, wie die Sonne weiter herabsengte. Er werde erst einmal feststellen müssen, ob er mit dem Regisseur auch einverstanden sei, bevor er unterschreibe, verkündete er.
»Keine alten englischen Tunten für mich, nein, vielen Dank, Mädchen; und was das Drehbuch betrifft, ich bin auf keinen Fall einer von ihren gelehrigen Laien-Schauspielern, der einfach auf seinem Arsch rumsitzt und die Textzeilen, die ihm zugeworfen werden, runterleiert wie ein Papagei. *Du* kennst mich, Charlie. Und wenn

sie mich kennenlernen wollen, so, wie ich wirklich bin, dann fangen sie besser gleich damit an, Charlie-Baby, sonst kommt es zwischen ihnen und mir zu einem erbitterten Kampf, bei dem kein Pardon gegeben wird, das werden die schon noch merken.«
In der Taverne setzte sich Long Al, damit auch keiner vergaß, wer hier den Ton angab, ans Kopfende, und das war der Augenblick, als sie merkten, daß er seinen Paß und seine Brieftasche samt Kreditkarte der Barclay-Bank und sein Flugticket sowie fast alles sonst verloren hatte, was ein guter Anarchist vernünftigerweise als den überflüssigen Plunder unserer Sklavengesellschaft bezeichnete.

Zunächst einmal kapierte der Rest der Familie nicht, worum es ging, doch das passierte dem Rest der Familie häufiger. Sie dachten nur, es braue sich wieder einer von den unbegreiflichen Krächen zwischen Alastair und Charlie zusammen. Alastair hatte sie am Handgelenk gepackt und drückte es ihr mit Gewalt gegen die Schulter, und Charlie schnitt Grimassen, während er sie, das Gesicht dicht vor ihrem, unflätigst beschimpfte. Sie stieß einen unterdrückten Schmerzensschrei aus, und in dem Schweigen, das unmittelbar folgte, begriffen sie, was er ihr seit einiger Zeit auf die eine oder andere Weise vorgeworfen hatte.
»Ich hab' dir doch gesagt, du sollst die Sachen in deine Scheiß-Tasche stecken, du blöde Kuh. Sie haben doch dagelegen, *auf* der Theke in der Ticket-Verkaufsstelle. Und ich hab's dir aufgetragen, hab's dir gesagt, ja, dir *befohlen*: ›Nimm sie an dich und steck sie in deine Schultertasche, Charlie!‹ Denn die *boys*, wenn sie nicht gerade dreckige kleine Tunten mit einer dreckigen Phantasie sind wie Willy und Pauly, sind nämlich keine Handtaschenträger, Darling, stimmt's nicht, Darling? Wo bist du also hin, und wo hast du sie hin, Mädchen, wo? Damit hältst du einen Mann wie mich nicht davon ab, seinem Schicksal entgegenzufliegen, glaub mir! Damit kannst du einen Scheiß-Chauvi nicht bremsen, und wenn du noch so eifersüchtig bist, daß mich armes Schwein das Glück getroffen hat. Ich muß zu Hause nämlich *arbeiten*, mein Täubchen, muß gewisse *Hochburgen* einnehmen und so.«
Gerade als ihr Streit auf dem Höhepunkt war, hatte Joseph seinen

Auftritt. Von woher eigentlich, schien keiner zu wissen – jemand sei einfach unauffällig ins Licht getreten, wie Pauly es ausdrückte. Soweit sich hinterher feststellen ließ, trat er von links auf – oder in anderen Worten vom Strand her. Jedenfalls stand er plötzlich da, in seinem bunten Bademantel und die Golfkappe ins Gesicht gezogen, hielt in der Hand Alastairs Paß, Alastairs Brieftasche und Alastairs nagelneues Flugticket, die er offenbar alle unten am Fuß der Taverntreppe vom Sand aufgehoben hatte. Ausdruckslos und höchstens ein wenig verdattert betrachtete er die Szene zwischen den streitenden Liebenden und wartete wie ein vornehmer Bote, bis er ihre Aufmerksamkeit erregte. Dann legte er seine Funde auf den Tisch, einen nach dem anderen. Kein Laut plötzlich in der ganzen Taverne, außer dem leisen Knall, den es jedesmal gab, als er sie nacheinander auf den Tisch fallen ließ. Schließlich sprach er.

»Entschuldigt, aber ich hab' so eine Ahnung, als ob jemand dies hier bald vermissen könnte. Eigentlich sollte man ja ohne diese Sachen im Leben auskommen, finde ich, aber ich fürchte, das könnte zu beträchtlichen Schwierigkeiten führen.«

Keiner außer Lucy hatte seine Stimme bisher gehört, und Lucy war zu bedudelt gewesen, um die Betonung oder irgend etwas sonst daran zu bemerken. Folglich hatten sie keine Ahnung von seinem tadellosen, wenn auch etwas umständlichen Englisch gehabt, aus dem auch noch der letzte kleine ausländische Knitter herausgebügelt war. Hätten sie eine Ahnung davon gehabt, sie hätten ihn bestimmt nachgeäfft. Erst waren sie verwundert, dann lachten sie, dann waren sie dankbar. Sie baten ihn, sich zu ihnen zu setzen. Joseph wehrte ab, und sie gerieten ins Kreischen. Er war Mark Anton vor der lärmenden Menge: Sie brachten ihn dazu, sich zu setzen. Er betrachtete sie eingehend; sein Blick erfaßte Charlie, wanderte dann weiter und kehrte zu Charlie zurück. Schließlich streckte er mit einwilligendem Lächeln die Waffen. »Nun, wenn ihr unbedingt wollt«, sagte er. Lucy, die ja schon eine alte Freundin von ihm war, umarmte ihn. Pauly und Willy teilten sich in die Honneurs. Jedes Familienmitglied war nacheinander seinem klaren Blick ausgesetzt, und plötzlich begegneten Charlies harte blaue Augen Josephs braunen, stand Charlies wütende Verwirrung gegen Josephs vollkommene Gefaßtheit, die nicht den geringsten

Triumph durchschimmern ließ – von der nur sie allein wußte, daß sie eine Maske war, hinter der er ganz andere Gedanken und Beweggründe verbarg.

»Tag, Charlie, wie geht's?« sagte er ruhig, und sie gaben sich die Hand.

Kurzes Schweigen wie auf der Bühne, dann – als wäre es endlich aus der Gefangenschaft entlassen und schwinge sich zum erstenmal zu freiem Flug auf – ein breites Lächeln, jung wie das eines Schuljungen und doppelt so ansteckend. »Und ich hab' gedacht, Charlie sei ein Jungenname«, wandte er ein.

»Ich bin aber ein Mädchen«, sagte Charlie, und alle einschließlich Charlie lachten, ehe sich sein strahlendes Lächeln ebenso plötzlich wieder hinter die Linien seines Eingesperrtseins zurückzog, wie es ausgebrochen war.

Für die Tage, die der Familie noch blieben, wurde Joseph zu ihrem Maskottchen. In ihrer Erleichterung über Alastairs Abflug nahmen sie ihn von ganzem Herzen in ihrem Kreis auf. Lucy gab ihm zu verstehen, daß sie zu haben sei, doch er lehnte höflich, sogar mit Bedauern ab. Sie gab die traurige Nachricht an Pauly weiter, der sich eine womöglich noch entschiedenere Abfuhr holte: ein weiterer Beweis dafür, daß er Keuschheit geschworen hatte. Bis zu Alastairs Abflug hatte die Familie erwogen, ihr gemeinsames Leben etwas abzubauen. Ihre kleinen Ehen brachen auseinander, und frische Kombinationen retteten sie nicht; Lucy hatte den Verdacht, schwanger zu sein, doch diesen Verdacht hatte sie öfters, und das mit Grund. Die großen politischen Streitgespräche waren mangels irgendwelcher Impulse eingeschlafen, denn das Äußerste, was sie wirklich wußten, war, daß das System gegen sie war und sie gegen das System; nur läßt sich das System auf Mykonos nicht so ohne weiteres dingfest machen, zumal, wenn es einen auf seine Kosten dorthin geflogen hat. Abends im Bauernhaus hatten sie bei Brot und Tomaten, Olivenöl und Retsina angefangen, wehmütig von Regen und kalten Tagen in London zu reden und von Straßen, wo man am Sonntagmorgen den Geruch von Frühstücksspeck in der Nase hatte. Und nun unvermittelt Abtritt Alastair und Auftritt Joseph, um alles durcheinanderzubringen und eine neue Perspektive zu schaffen. Sie nahmen ihn vollkommen in Beschlag, als hätten sie nur auf ihn gewartet. Nicht zufrieden damit, ihn praktisch zu zwingen, ihnen am Strand und in der Taverne Gesellschaft zu leisten, veranstalteten sie im Bauernhaus auch noch einen Abend für ihn, einen *Josephabend*, wie sie es nannten, und Lucy in ihrer Rolle als werdende Mutter deckte den Tisch mit Papptellern, *Taramsalata*, Obst und Käse. Da sich Charlie durch Alastairs Abreise ihm gegenüber ausgeliefert vorkam und durch ihre verwirrten Gefühle verängstigt war, war sie die einzige, die sich zurückhielt.

»Er ist ein vierzig Jahre alter Schwindler, ihr Idioten. Seht ihr das denn nicht? Nein, das tut ihr nicht, oder? Ihr seid selbst solch eine Bande von ausgeflippten Schwindlern, daß ihr dazu *buchstäblich* nicht in der Lage seid!«

Sie brachte sie völlig durcheinander. Wo war denn bloß ihre alte großzügige Denkweise geblieben? Wie könne er denn ein Schwindler sein, hielten sie ihr entgegen, wo er doch überhaupt nicht behauptete, irgend etwas zu sein? Komm schon, Chas, gib ihm eine Chance! Aber sie wollte nicht. In der Taverne entwickelte sich eine natürliche Sitzordnung an dem langen Tisch, an dem Joseph auf allgemeinen Wunsch still in der Mitte den Vorsitz führte, sich voller Feingefühl einfügte, mit den Augen zuhörte und bemerkenswert wenig sagte. Charlie jedoch, sofern sie überhaupt kam, setzte sich verdrießlich oder herumalbernd so weit wie möglich von ihm entfernt hin und verachtete ihn dafür, daß er sich so zugänglich zeigte. Joseph erinnere sie an ihren Vater, vertraute sie Pauly an, und das war, wie sich später herausstellen sollte, eine dramatische Erkenntnis. Er habe genau den gleichen unheimlichen Charme; nur *unterdrückt*, Pauly, ganz einfach vollkommen unterdrückt; sie habe das auf einen Blick erkannt, doch sag nichts.

Pauly schwor, er werde nichts sagen.

Charlie nähre nur eins von ihren Vorurteilen Männern gegenüber, erklärte Pauly Joseph an diesem Abend; das sei bei ihr nicht persönlich zu nehmen, sondern politisch – ihre Scheiß-Mutter sei eine dieser hirnlosen Konformistinnen und ihr Vater ein unglaublicher Gauner, sagte er.

»Der Vater ein Gauner?« sagte Joseph mit einem Lächeln, das zu

verraten schien, diesen Typ kenne er genau. »Wie bezaubernd! Das mußt du mir unbedingt erzählen.«
Das machte Pauly und genoß das Vergnügen, Joseph ein Geheimnis anzuvertrauen. Damit war er nicht allein, denn nach dem Mittag- oder Abendessen blieben immer zwei oder drei von ihnen zusammen sitzen, um mit ihrem neuen Freund über ihr schauspielerisches Können, ihre Liebschaften oder darüber zu reden, wie sehr es mit den Lebensbedingungen für Schauspieler abwärts gehe. Wenn es ihren Vertraulichkeiten an der rechten Würze zu mangeln schien, dichteten sie noch ein bißchen dazu, bloß, um in seinen Augen nicht als Langweiler dazustehen. Joseph hörte sich das alles mit ernster Miene bis zu Ende an, nickte ernst dazu oder stieß ein kleines ernstes Lachen darüber aus; nie jedoch erteilte er ihnen irgendeinen Ratschlag oder erzählte, wie sie zu ihrer großen Überraschung und Bewunderung bald entdeckten, irgend etwas weiter: Was er anvertraut bekam, behielt er für sich. Ja, noch besser: Er versuchte nie, es ihnen mit ihren Monologen gleichzutun, sondern zog es vor, sie hinten herum durch taktvolle Fragen nach ihrer eigenen Person oder nach Charlie, die ja so häufig ihre Gedanken beschäftigte, auszuquetschen.
Selbst was für ein Landsmann er war, blieb ein Rätsel. Robert erklärte ihn aus irgendeinem Grunde zu einem Portugiesen. Jemand anders behauptete steif und fest, er sei Armenier, einer, der den Völkermord in der Türkei überlebt habe – er habe vor kurzem einen Dokumentarfilm darüber gesehen. Pauly, der Jude war, behauptete, er sei Einer Von Uns, doch das behauptete Pauly von jedem, und so kamen sie eine Zeitlang überein, daß er Araber sei, bloß, um Pauly zu ärgern.
Aber sie fragten Joseph nicht, was er war, und als sie versuchten, ihm seines Berufes wegen zuzusetzen, erwiderte er nur, er reise viel, sei aber in letzter Zeit ziemlich seßhaft geworden, was sich aus seinem Mund fast so anhörte, als habe er sich zur Ruhe gesetzt.
»Was ist das denn für eine Firma, Jose?« fragte Pauly, der mutiger war als die anderen. »Du verstehst, ich meine, für wen *arbeitest* du denn?«
Nun, er fände eigentlich, daß er gar keine richtige Firma habe, entgegnete er vorsichtig und berührte dabei nachdenklich den

Schirmrand seiner Golfkappe. Jedenfalls nicht mehr. Er lese ein bißchen, treibe ein bißchen Handel, habe in letzter Zeit ein bißchen was geerbt, und so sei er, technisch gesehen, bei sich angestellt. Ja, er sei sein eigener Angestellter, so nenne man das wohl. Sein eigener Angestellter.

Nur Charlie gab sich damit nicht zufrieden: »Dann sind wir also ein Schmarotzer, was, Jose?« fragte sie und errötete. »Wir lesen, wir treiben Handel, wir geben unser Geld aus, und von Zeit zu Zeit verpulvern wir es auf einer kleinen griechischen Sexinsel zu unserem Vergnügen? Stimmt's?«

Ohne eine Miene zu verziehen, erklärte Joseph sich mit dieser Beschreibung einverstanden. Nicht jedoch Charlie. Charlie verlor die Fassung, und ihr Temperament ging mit ihr durch.

»Ja, was *lesen* wir denn, um alles in der Welt? Mehr will ich ja gar nicht wissen? Womit treiben wir Handel? Ich darf doch wohl fragen, oder?« Sein freundliches Schweigen provozierte sie nur noch mehr. Er war für ihre Sticheleien einfach zu alt. »Bist du Buchhändler? Was für ein Gewerbe treibst du?«

Er nahm sich Zeit. Darauf verstand er sich. Seine Perioden ausgedehnten Nachdenkens waren innerhalb der Familie bereits als Josephs Drei-Minuten-Warnungen bekannt.

»Gewerbe?« wiederholte er verwirrt-nachdrücklich. »*Gewerbe*? Mag sein, daß ich alles mögliche bin, Charlie, aber ein Einbrecher bin ich nicht!«

Wütend schrie Charlie ihr Gelächter nieder und appellierte verzweifelt an die anderen: »Er kann doch nicht einfach im luftleeren Raum sitzen und *Handel* treiben, ihr Spatzengehirne! Was *macht* er? In welcher Branche ist er?« Sie ließ sich auf ihrem Stuhl zurücksinken. »Himmel«, sagte sie. »Trottel!« Und gab es auf und sah ausgelaugt und wie fünfzig aus, was sie von einem Augenblick auf den anderen schaffte.

»Meinst du nicht, es ist viel zu langweilig, lange darüber zu reden?« fragte Joseph sehr liebenswürdig, als ihr immer noch keiner zu Hilfe kam. »Ich würde sagen, Geld und Arbeit, das sind die Dinge, denen man hier auf Mykonos entfliehen möchte, findest du nicht auch, Charlie?«

»Ich meine allerdings, es ist so, als unterhielte man sich mit jemand,

der auf jede Frage von mir nur in sich reingrinst«, fauchte Charlie ihn an.
Plötzlich ging etwas in ihr vollkommen in die Brüche. Sie stand auf, stieß einen zischenden Laut aus, gab sich einen Ruck, um jede Unsicherheit zu vertreiben, und hieb mit der Faust auf den Tisch. Es war derselbe Tisch, an dem sie gesessen hatten, als Joseph wie durch ein Wunder mit Als Paß aufgekreuzt war. Die Plastik-Tischdecke geriet ins Rutschen, und eine leere Limonaden-Flasche, ihre Wespenfalle, fiel Pauly buchstäblich in den Schoß. Charlie stieß einen Schwall von Flüchen aus, was ihnen peinlich war, weil sie sich bemühten, in Josephs Gegenwart keine Schimpfworte zu gebrauchen; sie beschuldigte ihn, ein abgefeimter Lüstling zu sein, der den Strand abklappere und seine Muskeln vor Mädchen spielen lasse, die halb so alt seien wie er. Sie wollte sagen, und auf leisen Sohlen auch noch durch Nottingham und York und London herumschleichen, aber während sie redete, kamen ihr Zweifel, und sie hatte panische Angst davor, von ihnen ausgelacht zu werden, und so schluckte sie es herunter. Wieviel er von der ersten gegen ihn abgefeuerten Salve mitbekommen hatte, wußten sie nicht recht. Ihre Stimme war erstickt und wütend, und sie hatte ihren Fischmarkt-Ton eingesetzt. Wenn sie überhaupt sahen, daß sich in Josephs Gesicht etwas zeigte, dann war es die große Aufmerksamkeit, mit der er Charlie beobachtete.
»Also, was genau möchtest du wissen, Charlie?« fragte er sie nach dem üblichen nachdenklichen Abwarten.
»Erst einmal wirst du ja wohl einen Namen haben, oder?«
»Ihr habt mir einen gegeben. Joseph.«
»Und wie heißt du richtig?«
Bestürztes Schweigen hatte sich über das ganze Restaurant gelegt, und selbst diejenigen, die Charlie vorbehaltlos liebten wie Willy und Pauly, fanden, daß ihre Treue zu ihr über Gebühr auf die Probe gestellt wurde.
»Richthoven«, erwiderte er schließlich, als ob er aus einer ganzen Reihe von Möglichkeiten wählte. »Wie der Flieger, nur mit *v*: Richthoven«, wiederholte er geradezu genüßlich, als finde er Geschmack an der Vorstellung. »Macht mich das jetzt zu einem anderen Menschen? Wenn ich so ein verruchter Kerl bin, wie du meinst, warum solltest du mir dann jetzt glauben?«

»Richthoven – *und*? Wie heißt du mit Vornamen?«
Wieder eine Pause, ehe er sich entschloß.
»Peter. Aber Joseph ist mir lieber. Wo ich wohne? In Wien. Aber ich reise viel. Willst du meine Adresse? Ich geb' sie dir. Leider wirst du mich nicht im Telefonbuch finden.«
»Du bist also Österreicher.«
»Charlie. Bitte. Sagen wir, ich bin eine Promenadenmischung mit europäischem und nahöstlichen Einschlag. Stellt dich das zufrieden?«
Mittlerweile ging die Gruppe unter peinlich berührtem Gemurmel zu Joseph über: »Aber, Charlie, um Himmels willen – laß doch, Chas, du stehst nicht auf dem Trafalger Square, Chas, ehrlich.«
Doch Charlie blieb nichts anderes übrig, als weiterzumachen. Sie warf den Arm über den Tisch und schnippte mit den Fingern sehr laut vor Josephs Nase. Einmal und dann noch einmal, so daß mittlerweile jeder Kellner und jeder Gast in der Taverne sich umgedreht hatte und beobachtete, was dort los war.
»Deinen Paß, bitte! Los, schick ihn mal rüber. Erst hast du Als für ihn aufgetrieben, jetzt laß uns deinen sehen. Geburtstag, Augenfarbe, Staatsangehörigkeit. Gib schon her!«
Erst blickte er auf ihre ausgestreckten Finger herunter, die in diesem Winkel etwas häßlich Zudringliches hatten. Dann hinauf in ihr gerötetes Gesicht, wie um sich zu vergewissern, worauf sie eigentlich hinauswollte. Schließlich lächelte er, und für Charlie war dieses Lächeln wie ein leichter, gemächlicher Tanz auf der Oberfläche eines tiefen Geheimnisses, der sie mit seinen Anmaßungen und Auslassungen verspottete.
»Tut mir leid, Charlie. Ich finde, wir Bastarde haben eine tiefsitzende – ich würde sagen, eine historisch bedingte – Abneigung dagegen, unsere Identität durch ein Stück Papier definieren zu lassen. Aber als jemand, der so progressiv ist wie du, verstehst du doch meine Einstellung?«
Er nahm ihre Hand in die seine und schob sie – nachdem er die Finger vorsichtig mit der anderen Hand in die Handfläche gebogen hatte – zurück auf ihre Seite.

Charlie und Joseph traten ihre Reise durch Griechenland in der Woche darauf an. Wie andere erfolgreiche Anträge war auch dies einer, der genaugenommen nie gemacht wurde. Sie löste sich vollständig von der Gruppe, und machte es sich zur Gewohnheit, schon früh in die Stadt hinunterzugehen, solange es noch kühl war, und den Tag in zwei oder drei Tavernen zu vertrödeln, griechischen Kaffee zu trinken und ihren Text von *Wie es euch gefällt* zu lernen, mit dem sie im Herbst im Westen Englands auf Tournee gehen sollte. Als sie merkte, daß sie angestarrt wurde, blickte sie auf, und da stand, direkt gegenüber auf der anderen Straßenseite, Joseph, war gerade eben aus der Pension getreten, in der er, wie sie entdeckt hatte, wohnte: Richthoven, Peter, Zimmer 18, allein. Es war, wie sie sich hinterher einredete, reiner Zufall, daß sie sich genau zu der Stunde, da er herauskommen mußte, um zum Strand hinunterzugehen, ausgerechnet diese Taverne ausgesucht und sich dort niedergelassen hatte. Als er sie sah, kam er herüber und setzte sich neben sie.
»Hau ab!« sagte sie.
Lächelnd bestellte er sich einen Kaffee. »Ich fürchte, ab und zu sind deine Freunde etwas schwer zu verknusen«, gestand er. »Es bleibt einem nichts anderes übrig, als in der Namenlosigkeit der Menge unterzutauchen.«
»Das kann man wohl sagen«, erklärte Charlie.
Er sah nach, was sie las, und ehe sie sich's versah, unterhielten sie sich angeregt über die Rolle der Rosalinde, gingen sie praktisch Szene für Szene durch; nur, daß Joseph beide Teile der Unterhaltung bestritt. »Sie ist so viele Menschen in einer Gestalt, würde ich sagen. Wenn man verfolgt, wie sie sich im Lauf des Stückes entfaltet, hat man das Gefühl, es mit einer Person zu tun zu haben, in der ein ganzes Regiment widerstreitender Charaktere stecken. Sie ist gut, sie ist klug, ist irgendwie verloren, sie begreift zuviel, verspürt sogar etwas wie eine Verpflichtung der Gesellschaft gegenüber. Ich würde sagen, daß dir diese Rolle wie auf den Leib geschrieben ist, Charlie.«
Sie konnte nicht anders. »Jemals in Nottingham gewesen, Jose?« wollte sie wissen und starrte ihn offen an, gab sich nicht die Mühe zu lächeln.
»Nottingham? Ich fürchte, nein. Sollte ich das? Ist Nottingham etwas, was man gesehen haben muß? Warum fragst du?«

In ihren Lippen kribbelte es. »Ach, nur, daß ich letzten Monat dort gespielt habe. Ich hoffte, du hättest mich vielleicht gesehen.«
»Wie wahnsinnig interessant! Worin hätte ich dich sehen sollen? In was für einem Stück?«
»In der *Heiligen Johanna*. Shaws *Heiliger Johanna*. Ich habe die Johanna gespielt.«
»Aber das ist eines meiner Lieblingsstücke! Es vergeht bestimmt kein Jahr, ohne daß ich nicht die Einleitung zur *Heiligen Johanna* lese. Spielst du sie wieder? Vielleicht bietet sich mir nochmals die Gelegenheit.«
»In York haben wir auch gespielt«, sagte sie, ohne ihn aus den Augen zu lassen.
»Wirklich? Dann seid ihr also damit auf Tournee gegangen. Wie schön.«
»Ja, nicht wahr? Bist du auf deinen Reisen nicht mal nach York gekommen?«
»Ach, leider bin ich nie weiter nach Norden raufgekommen als nach Hampstead, London. Aber ich habe gehört, daß York sehr schön ist.«
»Ach, York ist phantastisch. Besonders das Münster.«
Sie starrte ihn weiter an, solange sie es aushielt, das Gesicht in der ersten Reihe Parkett. Sie forschte in seinen dunklen Augen und in der glatten Haut, die sie umgab, nach dem kleinsten Zucken von Komplizenschaft, Lachen, doch alles blieb unbewegt, verriet nichts.
Er leidet unter Gedächtnisschwund, zu diesem Schluß kam sie. Oder ich. Du meine Güte!
Er lud sie nicht zum Frühstück ein; sie hätte bestimmt abgelehnt. Er rief einfach nach dem Kellner und fragte auf griechisch, welcher Fisch heute frisch sei. Tat das mit Autorität, weil er wußte, daß sie gern Fisch aß, hielt den Arm in die Höhe gereckt wie ein Dirigent, der Einhalt gebietet. Schickte den Kellner dann fort und redete weiter mit ihr übers Theater, als wäre es das Selbstverständlichste auf der Welt, um neun Uhr morgens an einem Sommertag Fisch zu essen und Wein zu trinken – obwohl er für sich selbst Coca-Cola bestellte. Er wußte, worüber er redete. Mochte er auch nicht weiter oben im Norden gewesen sein, so besaß er doch eine eingehende

Kenntnis der Londoner Theaterwelt, etwas, was er sonst keinem der Gruppe enthüllt hatte. Und während er redete, befiel sie das verunsichernde Gefühl, das sie von Anfang an bei ihm gehabt hatte: daß seine äußere Erscheinung wie auch sein Aufenthalt hier ein Vorwand waren – er hatte die Aufgabe, eine Bresche zu schlagen, durch die er sein anderes, sein durch und durch diebisches Wesen wie durch Zauberhand hinauslassen konnte. Sie fragte ihn, ob er oft nach London komme. Er beteuerte, nach Wien sei London die einzige Stadt in der Welt, die es lohne.

»Wenn sich die kleinste Gelegenheit ergibt – pack' ich sie beim Schopfe«, erklärte er. Manchmal machte selbst das Englisch, das er sprach, den Eindruck, als habe er es sich auf unredliche Weise angeeignet. Sie dachte an gestohlene Stunden nächtlichen Lesens in einem Buch mit Redewendungen – soundso viele idiomatische Wendungen, die pro Woche zu lernen waren.

»Wir haben die *Heilige Johanna* aber auch in London aufgeführt – gerade erst, weißt du –, so vor ein paar Wochen.«

»Im West-End? Aber das ist ja jammerschade, Charlie! Warum hab' ich nur nichts davon gelesen? Warum bin ich nicht sofort hingegangen?«

»Im *East*-End«, berichtigte sie ihn mit umdüsterter Miene.

Am nächsten Tag trafen sie sich in einer anderen Taverne wieder, ob zufällig, konnte sie nicht sagen, instinktiv zweifelte sie daran – und diesmal fragte er sie beiläufig, wann sie glaube, daß die Proben für *Wie es euch gefällt* losgehen würde, und sie antwortete, ohne über etwas anderes als über Alltägliches plaudern zu wollen, nicht vor Oktober, was – da sie ihr Theater kenne – bedeuten könne, selbst dann noch nicht; im übrigen sehe es so aus, als würde ohnehin nur eine Drei-Wochen-Tournee daraus. Das Arts Council habe letztes Jahr ihr Budget überzogen, erklärte sie, und jetzt sei die Rede davon, daß sie ihnen die Zuschüsse für die Tournee vielleicht ganz strichen. Um Eindruck auf ihn zu machen, schmückte sie das Ganze noch ein wenig aus.

»Ich meine, verstehst du, sie hatten geschworen, unser Stück wäre das letzte, dem sie die Unterstützung entziehen würden, und wir haben ja auch noch diese phantastische Rückenstärkung durch die Kritik im *Guardian* bekommen, und abgesehen davon, die ganze

Geschichte kostet den Steuerzahler nur rund ein Dreihundertstel dessen, was man für einen Panzer bezahlen muß – aber was will man machen?«

Ja, was sie denn bis dahin vorhabe? Joseph fragte das hinreißend desinteressiert. Und merkwürdig – sie dachte hinterher viel darüber nach –, weil er behauptete, sie nicht als Heilige Johanna gesehen zu haben, schien es jetzt das selbstverständlichste von der Welt, daß sie es sich nun schuldig waren, das, was ihnen entgangen war, durch anderes wiedergutzumachen.

Charlie antwortete unbekümmert, daß sie vermutlich als Bardame die Runde durch die Theater mache. Als Kellnerin arbeite. Ihre Wohnung neu streiche. Warum?

Joseph gab sich schrecklich bekümmert. »Aber, Charlie, das ist doch nichts für dich. Bei deinem Talent verdienst du doch wohl was Besseres, als Bardame zu spielen? Wie steht's denn mit Unterrichten oder mit Politik, berufsmäßig, meine ich? Wäre das denn nicht interessanter für dich?«

Da sie nervös war, lachte sie ziemlich verletzend über seinen Mangel an Weltkenntnis. »In England? Bei der Arbeitslosigkeit, die wir haben? Na, das schmink dir mal ab. Wer will mir denn fünftausend pro Jahr zahlen, um die vorhandene Ordnung umzustürzen? Ich gelte als *subversiv*, verdammt noch mal!«

Er lächelte. Er schien überrascht und nicht recht überzeugt. Mit seinem Lachen machte er ihr höflich Vorhaltungen. »Aber nein, Charlie, komm! Was *bedeutet* das?«

Darauf eingestellt, sich zu ärgern, hielt sie – den Kopf wie ein Hindernis vorgestreckt – wieder sein Starren aus.

»Es bedeutet, daß sich jeder, wenn er mich sieht, sagt: ›Hände weg!‹«

»Aber wem gegenüber bist du denn subversiv?« wandte er ernst ein. »Du kommst mir wie ein stinknormaler Mensch vor, wirklich!«

Was immer sie an diesem Tag auch glauben mochte, sie hatte instinktiv das unbehagliche Gefühl, er sei drauf und dran, sie in der Auseinandersetzung zu überflügeln. Aus Selbstschutz zog sie sich daher auf eine plötzliche Mattigkeit im Verhalten zurück.

»Laß mich doch in Ruhe, Jose, ja?« legte sie ihm müde nahe. »Wir sind hier auf einer griechischen Insel, stimmt's? Machen Urlaub, ja?

Du läßt die Finger von meiner Politik und ich sie von deinem Paß, einverstanden?«
Der Hinweis genügte. Sie war überrascht und beeindruckt von der Macht, die sie in diesem Augenblick über ihn hatte; dabei hatte sie gefürchtet, überhaupt keine zu haben. Die Getränke kamen, und als er seine Limonade trank, fragte er Charlie, ob sie während ihres Aufenthaltes hier schon viele griechische Altertümer gesehen habe. Diese Frage verriet ein ganz allgemeines Interesse, und Charlie ging in entsprechend unbekümmertem Ton darauf ein. Sie sei für einen Tag mit Long Al nach Delos gefahren, um sich den Apollon-Tempel dort anzusehen, sagte sie; aber weiter habe sie in der Beziehung nichts unternommen. Sie vermied es, ihm zu erzählen, daß Alastair sich an diesem Tag auf dem Schiff so hatte vollaufen lassen, daß er streitsüchtig geworden war und daß es überhaupt ein verlorener Tag gewesen war und sie hinterher ganze Stunden in den Papierwarenhandlungen der Stadt verbracht hatte, um in Fremdenführern über das wenige nachzulesen, was sie gesehen hatte. Nur hatte sie sehr zutreffend den Verdacht, daß er das ohnehin wußte. Aber erst als er die Sprache auf ihr Rückflug-Ticket nach England brachte, begann sie, eine taktische Absicht hinter seiner Neugier zu wittern. Joseph fragte, ob er es sehen könne, und sie fischte es darauf mit einem gleichgültigen Achselzucken aus der Tasche. Er nahm es, blätterte es durch und vertiefte sich ernsthaft in die Einzelheiten.
»Tja, damit könntest du ja genausogut von Saloniki aus fliegen«, verkündete er schließlich. »Warum läßt du mich nicht einfach einen Freund von mir anrufen, der bei einem Reisebüro arbeitet, damit er das Ticket umschreibt? Dann könnten wir zusammen reisen«, erklärte er, als wäre das die Lösung, auf die sie beide ausgewesen wären.
Sie sagte überhaupt nichts. In ihrem Inneren lag jeder Teil ihres Wesens mit dem anderen im Widerstreit: Das Kind kämpfte gegen die Mutter, die Nutte gegen die Nonne. Ihre Sachen fühlten sich rauh auf der Haut an, und der Rücken brannte; trotzdem hatte sie immer noch nichts dazu zu sagen.
»Ich muß heute in einer Woche in Saloniki sein«, erklärte er. »Wir könnten uns in Athen einen Leihwagen nehmen, Delphi mitnehmen und für ein paar Tage nach Norden fahren – warum nicht?« Ihr

Schweigen machte ihm überhaupt nichts aus. »Wenn wir es richtig planen, dürften uns die Touristenströme nicht allzusehr stören, falls es das ist, was du fürchtest. Und wenn wir nach Saloniki kommen, nimmst du die Maschine nach London. Wir könnten uns auch beim Fahren abwechseln, wenn du gern möchtest. Ich hab' von allen Seiten gehört, was für eine gute Autofahrerin du bist. Und selbstverständlich würdest du mein Gast sein.«

»Selbstverständlich«, sagte sie.

»Warum also nicht?«

Sie dachte an all die Gründe, die sie sich genau für diesen Augenblick oder einen ähnlichen zurechtgelegt hatte und die sie vorbringen könnte, an all die markigen Sätze, auf die sie zurückgriff, wenn ältere Männer sich an sie heranmachten. Sie dachte an Alastair, daran, wie langweilig es mit ihm überall war außer im Bett und in jüngster Zeit sogar dort. An das neue Kapitel in ihrem Leben, das sie sich selbst versprochen hatte. Sie dachte an den freudlosen Weg, auf dem sie jeden Penny umdrehen und für Kollegen einspringen mußte und der sie erwartete, wenn sie ohne irgendwelche Ersparnisse nach England zurückkehrte; Joseph hatte sie zufällig oder hellsichtig daran erinnert. Sie blickte ihn wieder von der Seite an und entdeckte nirgends auch nur das geringste, was man als inständiges Bitten auslegen konnte: *warum nicht?* – und damit hatte sich's. Sie dachte an seinen glatten und kraftvollen Körper, wie er einsam durchs Wasser eine Furche zog: *warum nicht?* Sie dachte daran, wie seine Hand sie gestreift hatte, dachte an den ängstlichen Ton des Erkennens in seiner Stimme: ›*Tag, Charlie*‹ – und das bezaubernde Lächeln, das sie seither kaum jemals wieder bei ihm gesehen hatte. Und sie dachte daran, wie oft es ihr durch den Kopf gegangen war, daß, *wenn* er jemals alle Hemmungen fahrenließ, der Knall ohrenbetäubend sein würde, und schließlich war es ja das gewesen, wie sie sich sagte, was sie vor allem zu ihm hingezogen hatte.

»Aber die anderen dürfen nichts davon erfahren«, brummte sie, den Kopf über ihr Glas gebeugt. »Das mußt du irgendwie deichseln. Die würden sich sonst ausschütten vor Lachen.«

Daraufhin erklärte er munter, er werde morgen früh abreisen und alles in die Wege leiten: »Und natürlich, wenn du deine Freunde wirklich im dunkeln lassen willst . . .«

Ja, das wolle sie, verdammt noch mal!
Dann, sagte Joseph im selben praktischen Tonfall, schlage er folgendes vor. Ob er den Plan im voraus vorbereitet hatte oder ob das nur seine Art zu denken war, vermochte sie nicht zu sagen. So oder so, sie war dankbar für seine Präzision, wenn ihr auch hinterher aufging, daß sie damit gerechnet hatte.
»Du fährst zusammen mit deinen Freunden nach Piräus. Das Schiff legt dort normalerweise am späten Nachmittag an; könnte aber sein, daß es in dieser Woche durch Streiks später wird als sonst. Kurz bevor das Schiff in den Hafen einläuft, sagst du ihnen dann, du hättest vor, dich noch für ein paar Tage allein auf dem Festland umzusehen. Einer dieser spontanen Entschlüsse, für die du berühmt bist. Bind es ihnen nicht zu früh auf die Nase, sonst versuchen sie die ganze Überfahrt über, es dir auszureden. Und sag ihnen nicht zuviel, das ist ein Zeichen für ein schlechtes Gewissen«, fügte er noch mit der Autorität dessen hinzu, der mal eins hatte.
»Und was ist, wenn ich pleite bin?« sagte sie, ehe sie Zeit hatte, darüber nachzudenken, denn wie gewöhnlich hatte Alastair nicht nur von seinem, sondern auch noch von ihrem Geld gelebt. Trotzdem hätte sie sich die Zunge abbeißen mögen; hätte er ihr in diesem Augenblick Geld angeboten, sie hätte es ihm ins Gesicht geschleudert. Doch das schien er zu spüren.
»Wissen *sie* denn, daß du pleite bist?«
»Natürlich wissen sie das nicht.«
»Dann, würde ich meinen, haut das mit deiner Tarngeschichte hin.« Und als ob damit alles klar sei, ließ er ihr Flugticket in der Innentasche seiner Jacke verschwinden.
Hey, gib das zurück! schrie sie plötzlich wie wachgerüttelt – allerdings nicht wirklich, wenn sie es auch fast getan hätte.
»Sobald du deine Freunde abgehängt hast, nimm ein Taxi zum Koloktroni-Platz.« Er buchstabierte das für sie. »Die Fahrt kostet dich so an die zweihundert Drachmen.« Er wartete, um zu erfahren, ob das ein Problem war, doch das war es offenbar nicht; sie hatte noch achthundert, was sie ihm freilich nicht sagte. Er wiederholte den Namen des Platzes noch einmal und vergewisserte sich, daß sie ihn sich fest eingeprägt hatte. Es war eine wahre Wonne, sich seiner militärischen Tüchtigkeit unterzuordnen. Gleich hinter dem

Platz, so sagte er, sei ein Straßenrestaurant. Er nannte ihr auch den Namen – Diogenes – und gestattete sich einen humoristischen Schlenker: ein schöner Name, sagte er, einer der besten in der ganzen Geschichte; die Welt brauche mehr von seiner Art und weniger Alexanders. Er werde im Diogenes warten. Nicht draußen, sondern drin im Gastzimmer, wo es kühl und intim sei. Wiederhol noch mal, Charlie: *Diogenes*. Unsinnigerweise tat sie es widerstandslos.

»Direkt neben dem Diogenes liegt das Hotel Paris. Sollte ich zufällig aufgehalten werden, laß ich eine Nachricht für dich an der Hotelrezeption zurück. Frag nach Mr. Larkos. Larkos ist ein guter Freund von mir. Wenn du irgendwas brauchst, Geld oder was auch immer, zeig ihm dies hier, und er wird es dir geben.« Er reichte ihr eine Visitenkarte. »Kannst du das alles behalten? Aber selbstverständlich, du bist ja schließlich Schauspielerin. Du kannst Worte, Gesten, Zahlen, Farben behalten — alles.«

Richthoven-Export, las sie, und darunter eine Wiener Postfachnummer.

Sie kam an einem Kiosk vorüber, fühlte sich wunderbar, ja geradezu gefährlich lebendig und kaufte ihrer Scheiß-Mutter eine geklöppelte Tischdecke und für ihren Neffen Kevin, der ihr so auf die Nerven gehen konnte, eine griechische Mütze mit Troddel daran. Das vollbracht, suchte sie ein Dutzend Postkarten aus, von denen sie die meisten an den alten Ned Quilly, ihren nutzlosen Londoner Agenten, adressierte und mit lustigen Botschaften vollschrieb, die ihn vor den affektierten Damen in seinem Büro in Verlegenheit bringen sollten. »Ned, Ned«, schrieb sie auf einer, »bewahr all Deine Glieder für mich auf«, und auf einer anderen: »Ned, Ned, kann eine gefallene Frau noch tiefer sinken?« Aber bei einer weiteren beschloß sie dann doch, ihrer Phantasie Zügel anzulegen und ihm mitzuteilen, daß sie daran denke, ihre Rückkehr etwas hinauszuschieben, damit sie auf dem Festland noch was zu sehen bekomme. »Es wird Zeit, daß Deine Chas ihre Kenntnisse in Kulturgeschichte ein wenig aufpoliert, Ned«, erklärte sie und ignorierte damit Josephs Anweisung, nicht zuviel zu sagen. Als sie sich anschickte, über die Straße zu gehen und die Ansichtskarten einzustecken, hatte Charlie das Gefühl, beobachtet zu werden, doch als sie herumfuhr und sich dabei selbst vormachte, daß sie Joseph treffen würde, sah sie nur den strohblonden Hippie-Jungen wieder, dem es gefiel, der Familie nachzuschleichen, und der bei Alastairs Abreise dabeigewesen war. Er schlenderte wie benebelt hinter ihr den Bürgersteig entlang und ließ die Arme baumeln wie ein Affe. Als er sie sah, hob er langsam mit einer Geste wie Christus die Hand zum Gruß. Lachend winkte sie zurück. Der verrückte Hund muß einen schlechten Trip gehabt haben und kommt nicht wieder auf den Boden, dachte sie nachsichtig, als sie die Karten nacheinander in den Briefkasten warf. Vielleicht sollte ich seinetwegen was unternehmen.

Die letzte Karte war an Alastair gerichtet, voll von verlogenem Gefühl, doch sie las sie nicht noch einmal durch. Manchmal, besonders in Augenblicken der Unsicherheit oder Veränderung oder wenn sie im Begriff stand, etwas zu wagen, gefiel sie sich in der Überzeugung, ihr lieber, hoffnungsloser, dem Alkohol ergebener Ned Quilley, der beim nächsten Geburtstag hundertvierzig wurde, sei der einzige Mann, den sie jemals wirklich geliebt habe.

Kapitel 4

Kurtz und Litvak statteten Ned Quilley in seinem Büro in Soho um die Mittagsstunde eines trüben, verregneten Freitags einen Besuch ab – einen zwanglosen Besuch, bei dem es letztlich jedoch um handfeste Geschäfte ging –, als sie hörten, daß die Joseph-Charlie-Angelegenheit den gewünschten Verlauf nahm. Sie waren der Verzweiflung nahe: Seit der Leidener Bombe spürten sie jede Stunde am Tag Gavrons krächzenden Atem im Nacken; im Kopf hörten sie nur noch das erbarmungslose Ticken von Kurtz' verbeulter Uhr. Dennoch, von außen betrachtet waren sie nichts als zwei weitere ehrerbietige, sehr gegensätzliche aus Mitteleuropa stammende Amerikaner in brandneuen Burberrys. Der eine war korpulent und kräftig und hatte einen rollenden Seemannsgang fast wie ein alter Kapitän, der andere war schmächtig und jung und eher unauffällig und trug stets ein nichtssagendes Lächeln zur Schau. Sie gaben sich als Gold und Karman von der Firma GK Creations, Inc., aus, und ihr noch in letzter Minute gedrucktes Briefpapier hatte wie zum Beweis, daß es mit ihnen seine Richtigkeit habe, ein blau-goldenes Monogramm, das wie eine Krawattennadel aus den dreißiger Jahren aussah. Sie hatten den Termin von der Botschaft aus, dem Vernehmen nach jedoch aus New York, abgemacht, und zwar persönlich mit einer von Ned Quilleys Damen, und hielten ihn pünktlich ein wie die eifrigen Show-Business-Manager, die sie nicht waren.

»Wir sind Gold und Karman«, sagte Kurtz Punkt zwei Minuten vor zwölf zu Quilleys ältlicher Empfangsdame, Mrs. Longmore, als sie geradenwegs von der Straße kommend vor sie traten. »Wir haben eine Verabredung mit Mr. Quilley, um zwölf. – Nein, vielen Dank, wir wollen uns nicht erst setzen. Haben wir übrigens das Vergnügen gehabt, mit Ihnen am Telefon zu sprechen?«

Nein, das hätten sie nicht, erklärte Mrs. Longmor in einem Ton, als mache sie gute Miene zum Spiel von zwei Verrückten. Termine seien die Domäne von Mrs. Ellis, einer ganz anderen Dame.

»Gewiß doch«, sagte Kurtz unverzagt.

Auf diese Weise gingen sie oft in solchen Fällen vor: irgendwie offiziell, wobei der stämmige Kurtz den Takt schlug und der überschlanke Litvak mit seinem schwelenden vertraulichen Lächeln leise hinter ihm tönte.

Die Treppe zu Ned Quilleys Büro hinauf war steil und hatte keinen Teppich, und die meisten amerikanischen Gentlemen machten nach Mrs. Longmores mehr als fünfzigjähriger Erfahrung auf diesem Posten ein paar dumme Bemerkungen darüber und blieben auf dem Treppenabsatz stehen, um wieder zu Atem zu kommen. Nicht so jedoch Gold, und Karman auch nicht. Diese beiden sprangen, als sie ihnen durch ihr Fenster nachsah, behende die Stufen hinauf und waren im Nu ihren Blicken entschwunden, als ob sie noch nie einen Fahrstuhl gesehen hätten. Das muß am Jogging liegen, dachte sie, als sie sich wieder an ihre Strickerei für vier Pfund die Stunde machte. Machten sie das nicht neuerdings alle in New York? Um den Central Park herumrennen, die Ärmsten, und den Lustmördern und den Hunden ausweichen? Sie hatte gehört, daß eine Menge dabei zu Tode gekommen war.

»Sir, wir sind Gold und Karman«, sagte Kurtz ein zweitesmal, als der kleine Ned Quilley ihnen munter die Tür aufmachte. »Ich bin Gold.« Seine große Rechte war schon in der des armen alten Ned gelandet, ehe dieser auch nur eine Chance hatte, sich zu bewegen. »Mr. Quilley, Sir – Ned – es ist uns wirklich eine Ehre, Sie kennenzulernen. Sie genießen einen sehr, sehr guten Ruf in der Branche.«

»Und ich bin Karman, Sir«, sagte Litvak unaufdringlich, doch nicht weniger hochachtungsvoll, und linste Kurtz über die Schulter. Doch Litvak war kein Händeschüttler: das hatte Kurtz für sie beide erledigt.

»Aber, mein lieber Mann«, wies Ned das mit seinem abwehrenden altväterischen Charme von sich, »du meine Güte, für *mich* ist es eine Ehre, nicht für *Sie*.« Mit diesen Worten führte er sie sofort an das breite Schiebefenster, das legendäre Quilley-Fenster aus der Zeit seines Vaters, vor dem man der Tradition entsprechend Platz nahm, auf den Markt von Soho blickte, den Sherry des alten Quilley kostete und die Welt unter sich vorüberziehen ließ, während man nette kleine Abmachungen traf, die sich für den alten Quilley und die Schauspieler, die er vertrat, lohnten. Denn Ned Quilley war selbst mit sechzig immer noch so etwas wie der Sohn. Er wünschte nichts mehr, als daß der angenehme Lebensstil seines Vaters weitergeführt wurde. Er war eine empfindsame kleine Seele, weißhaarig und seiner Kleidung nach so etwas wie ein *élegant*, wie man das häufig bei Theaterleuten erlebt. Er hatte einen pfiffigen Ausdruck in den Augen, rosige Wangen und ein Verhalten, als sei er aufgeregt und zögerlich zugleich.

»Zu naß für die Nutten, fürchte ich«, erklärte er und wedelte kühn mit der gepflegten Hand in Richtung Fenster. Unbekümmertheit war nach Neds Meinung das, worum es im Leben ging. »In der Regel haben wir um diese Jahreszeit sonst kein schlechtes Angebot. Große, Schwarze, Gelbe, jede Form und Größe, die man sich vorstellen kann. Eine alte Schnepfe haben wir da, die arbeitet hier schon länger als ich. Mein Vater pflegte ihr zu Weihnachten immer ein Pfund zu geben. Nur würd' sie heutzutage wohl nicht mehr viel für ein Pfund bekommen, fürchte ich. O nein, wahrhaftig nicht.«

Während sie pflichtschuldig lachten, holte Ned eine Karaffe mit Sherry aus seinem geliebten Bücherschrank mit den kassettierten Türen, schnupperte übertrieben am Stöpsel und schenkte dann, während sie zusahen, drei Kristallgläser bis zur Hälfte voll. Ihre Wachsamkeit war etwas, das er sofort spürte. Er hatte das Gefühl, sie taxierten ihn, taxierten die Möbel, das Büro. Und ein schrecklicher Gedanke schoß ihm durch den Kopf – ein Gedanke, der ihn irgendwie beunruhigt hatte, seit er ihren Brief erhalten hatte.

»Sagen Sie, Sie haben doch nicht etwa vor, mich aufzukaufen oder irgend etwas Schreckliches, nicht wahr?« erkundigte er sich nervös. Kurtz ließ ein lautes, tröstliches Lachen vernehmen. »Ned, Sie können ganz sicher sein – aufkaufen wollen wir Sie bestimmt nicht.« Auch Litvak lachte.

»Nun ja, Gott sei Dank!« erklärte Ned mit ernster Mine und reichte ihnen die Gläser. »Heutzutage wird nämlich *jeder* aufgekauft, wissen Sie? Da kommen alle möglichen Leute, die ich überhaupt nicht kenne, und bieten mir am Telefon Geld. All die kleinen, alteingesessenen Firmen – solide Häuser –, die mir nichts dir nichts geschluckt werden. Schrecklich. Aber erst mal: *cheers*! Viel Glück! Und willkommen!« erklärte er und schüttelte immer noch mißbilligend den Kopf.

Neds Rituale des Courmachens gingen weiter. Er erkundigte sich, wo sie abgestiegen seien – im Connaught, sagte Kurtz, und, Ned, sie fänden es ganz wunderbar, fühlten sich dort wie zu Hause, vom ersten Augenblick an. Was übrigens der Wahrheit entsprach; sie waren mit Absicht dort abgestiegen, und Misha Gavron bekam bestimmt den Veitstanz, wenn er die Rechnung sah. Ned fragte, ob sie denn auch Gelegenheit hätten, sich zu amüsieren, und Kurtz erwiderte aus tiefstem Herzen, sie genössen jeden Augenblick in London. Morgen würden sie nach München weiterfliegen.

»Nach München? Du meine Güte, was wollen Sie denn *dort?*« fragte Ned und spielte sein Alter für sie aus, spielte den anachronistischen Dandy, der keine Ahnung hat, was in der Welt gespielt wurde. »Ihr Amerikaner macht wirklich nichts halb, das muß ich schon sagen!«

»Ko-Produktions-Geld!«, erwiderte Kurtz, als ob damit alles gesagt sei.

»Und zwar eine ganze Menge«, sagte Litvak mit einer Stimme, die ebenso sanft war wie sein Lächeln. »Der deutsche Markt ist heute nicht zu verachten. Das ganz, ganz große Geschäft, Mr. Quilley.«

»Oh, davon bin ich überzeugt. Ja, ich habe davon gehört«, sagte Ned entrüstet. »Sie stellen einen großen Machtfaktor da, das muß man zugeben. In allem. Der Krieg ist längst vergessen und ganz weit unter den Teppich gekehrt.«

Anscheinend unter dem geheimnisvollen Zwang, etwas Unsinniges zu tun, schickte Ned sich an, ihnen Sherry nachzuschenken, und tat so, als habe er nicht bemerkt, daß die Gläser buchstäblich unberührt waren. Dann kicherte er und stellte die Karaffe wieder hin. Es war eine Schiffskaraffe, achtzehntes Jahrhundert, mit breiter Standfläche, damit sie bei bewegter See nicht vom Tisch rutschte. Häufig legte Ned Ausländern gegenüber Wert darauf, das zu erklären, um es ihnen behaglich zu machen. Doch diesmal hielt ihn irgend etwas an ihrer spürbaren Wachsamkeit davon ab, und so gab es statt dessen nur eine kleine Pause; die Stühle knarrten. Draußen vorm Fenster hatte der Regen sich zu Nebelschwaden verdichtet.

»Ned«, sagte Kurtz und wählte genau den richtigen Augenblick für seinen Auftritt, »Ned, ich möchte Ihnen ein bißchen erzählen, wer wir sind, warum wir Ihnen geschrieben haben und warum wir Ihre wertvolle Zeit stehlen.«

»Bitte, mein Lieber, nur zu! Es ist mir ein Vergnügen«, sagte Ned, kam sich plötzlich wie jemand ganz anderes vor, schlug die kurzen Beine übereinander und setzte ein aufmerksames Lächeln auf, während Kurtz geschickt in seine Überzeugungsmasche einstieg.

Mit seinem breiten, zurückgekämmten Haaransatz hielt Ned ihn für einen Ungarn; er hätte aber genausogut Tscheche sein oder irgendwo sonst aus der Gegend stammen können. Er sprach mit volltönender, natürlich lauter Stimme und einem mitteleuropäischen Akzent, den der Atlantik noch nicht aufgeweicht hatte. Dabei redete er genauso rasch und geläufig wie der Werbefunk, und seine leuchtenden schmalen Augen schienen auf alles zu hören, was er sagte, während sein rechter Unterarm alles mit kleinen, entschiedenen Schlägen in Stücke hackte. Er, Gold, sei der Jurist des Unternehmens, erklärte Kurtz; Karman hingegen widme sich mehr dem Kreativen und komme vom Schriftstellerischen und der Agenten- und Produzententätigkeit her, vornehmlich in Kanada und dem Mittleren Westen. Vor kurzem hätten sie auch in New York ein Büro aufgemacht, und woran sie im Augenblick besonders interessiert seien, sei unabhängige Programmgestaltung fürs Fernsehen.

»Unsere schöpferische Rolle, Ned, beschränkt sich zu neunzig Prozent darauf, ein Konzept zu finden, das sowohl für die Sender als auch für die Geldgeber annehmbar ist. Das Konzept, nun, das verkaufen wir an die Geldgeber, und die Produktion überlassen wir den Produzenten. Das wär's.«

Er hatte ausgeredet, mit einer abwesenden Geste einen Blick auf die Uhr geworfen, und jetzt war es an Ned, etwas Intelligentes zu sagen, was er, das mußte man ihm lassen, gar nicht so schlecht machte. Er runzelte die Stirn, hielt sein Glas fast auf Armeslänge von sich und vollführte mit den Füßen absichtsvoll eine langsame Pirouette, womit er instinktiv auf Kurtz' Posse reagierte. »Aber, mein Lieber, wenn Sie *Programmgestalter* sind – was wollen Sie da von uns *Agenten?«* wandte er ein. »Ich meine, warum mich zum Lunch einladen, ja? Verstehen Sie, was ich meine? Warum mit mir Essen gehen, wenn Sie sich doch mit Programm*gestaltung* beschäftigen?«

Da brach Kurtz zu Neds Verblüffung in ein unbekümmertes und ansteckendes Lachen aus. Ned meinte, ehrlich gesagt, selbst auch ziemlich geistreich und mit den Füßen nicht schlecht gewesen zu sein; doch das war für Kurtz' Begriffe offenbar nichts. Er kniff die schmalen Augen zusammen, die breiten Schultern hoben sich, und ehe Ned sich versah, war das ganze Zimmer von seinem warmherzigen slawischen Gelächter erfüllt. Gleichzeitig zersprang sein Gesicht in tausend beunruhigende Runzeln. Bis zu diesem Augenblick war Kurtz nach Neds Einschätzung höchstens achtundvierzig gewesen. Plötzlich war er genauso alt wie er, sahen seine Stirn, seine Backen und sein Hals wie zerknülltes Papier aus, mit Falten, als hätte ihm jemand das Gesicht mit einem Messer zerschlitzt. Diese Veränderung beunruhigte Ned, und er kam sich irgendwie betrogen vor. »Eine Art menschliches trojanisches Pferd«, beschwerte er sich hinterher bei seiner Frau Marjory. »Da empfängt man einen energiegeladenen Showbusiness-Fritzen von vierzig, und plötzlich steht eine Art sechzigjähriger Kasper vor einem. Schon verdammt komisch.«

Doch diesmal war es Litvak, der die entscheidende, lang geprobte Antwort auf Neds Frage gab – die Antwort, von der alles Weitere abhing. Er beugte seinen eckigen langen Oberkörper über die Knie, öffnete die rechte Hand, streckte fächerförmig die Finger aus, umfaßte mit der Linken einen Finger, und an diesen richtete er in einer leicht gedehnten Bostoner Sprechweise, Ergebnis bienenfleißigen Bemühens zu Füßen jüdisch-amerikanischer Lehrer, das Wort.

»Mr. Quilley, Sir«, begann er so inbrünstig, als vertraue er ihm ein mystisches Geheimnis an. »Wir denken dabei an ein vollkommen originelles Projekt. So etwas hat es noch nicht gegeben, wird es hinterher auch nicht wieder geben. Wir kaufen jeweils sechzehn Stunden sehr guter Sendezeit – sagen wir im Herbst und im Winter. Wir gründen eine Matinee-Theatergruppe von Wanderschauspielern. Eine Gruppe von sehr talentierten Repertoire-Schauspielern, gemischt aus Briten und Amerikanern, mit einer großen Vielfalt an Rassen, Persönlichkeiten und zwischenmenschlichen Beziehungen. Mit dieser Truppe ziehen wir von einer Stadt zur anderen, jeder Schauspieler spielt die verschiedensten Rollen, mal Haupt-, mal Nebenrollen. Dabei sollen ihre Lebensgeschichten und Beziehungen untereinander eine hübsche Dimension eröffnen und für das Publikum einen zusätzlichen Reiz darstellen. *Live Shows* in jeder Stadt.«

Mißtrauisch blickte er auf, als ob er meinte, Quilley habe etwas gesagt, doch das hatte Quilley ausdrücklich nicht getan.

»Mr. Quilley, wir reisen mit dieser Truppe«, nahm Litvak seinen Faden wieder auf, um gleich darauf langsamer zu werden und fast innezuhalten, als seine Begeisterung zunahm. »Wir reisen in den Bussen der Truppe mit. Wir helfen beim Kulissentragen und -aufbauen. Wir, das Publikum, teilen ihre Probleme, die abscheulichen Hotels, in denen sie absteigen, beschäftigen uns mit ihren Streitereien und Liebesgeschichten. Wir, das Publikum, proben mit ihnen. Wir zittern mit ihnen bei der Premiere, lesen am nächsten Morgen die Kritiken mit ihnen, frohlocken über ihre Erfolge und trauern über die Verrisse und schreiben Briefe an ihre Angehörigen. Wir geben dem Theater zurück, was es an Abenteuer eingebüßt hat. Den Pioniergeist. Die Schauspieler-Publikum-Beziehung.«

Einen Augenblick meinte Quilley, Litvak sei fertig. Aber er wählte nur einen anderen Finger, um sich daran festzuhalten.

»Wir greifen dabei auf klassische Theaterstücke zurück, Mr. Quilley, kein Copyright, durchweg niedrige Kosten. Wir spielen auf dem flachen Land, in Scheunen, nehmen neue, ziemlich unbekannte Schauspieler und Schauspielerinnen, ab und zu einen Gaststar, um mehr Schwung reinzubringen, aber grundsätzlich fördern wir neue Talente und geben einem neuen Talent die Chance, in mindestens vier Monaten die ganze Bandbreite seines Könnens und seiner Wandlungsfähigkeit unter Beweis zu stellen, wobei das Engagement hoffentlich immer wieder verlängert werden kann. Für die Schauspieler bedeutet das, daß sie viel auf der Bühne stehen, viel Publicity haben, nette Stücke, an denen nichts auszusetzen ist, kein Schund, mal sehen, ob das geht. So sieht unser Konzept aus. Mr. Quilley, und unseren Geldgebern scheint es sehr zu gefallen.«

Dann – Quilley hatte nicht einmal Zeit, ihnen zu gratulieren, etwas, was er immer gern tat, wenn jemand ihm eine neue Idee entwickelte – stürmte Kurtz wieder auf die Bühne.

»Ned, wir möchten Ihre Charlie unter Vertrag nehmen«, verkündete er und schwenkte mit der Begeisterung eines Shakespearschen Boten, der eine Siegesmeldung überbringt, den ganzen rechten Arm in die Höhe und behielt ihn dort.

Ned wollte ganz aufgeregt etwas sagen, mußte jedoch erleben, daß Kurtz ihn gar nicht zu Wort kommen ließ.

»Ned, wir sind der Meinung, daß Ihre Charlie über sehr viel Witz, eine große Wandlungsfähigkeit und eine sehr große Bandbreite verfügt. Wenn Sie uns in ein paar ein bißchen heiklen Punkten beruhigen könnten, die es da gibt – nun ja, ich glaube, wir können ihr die Gelegenheit bieten, sich einen Platz am Theaterhimmel zu erobern, was sicherlich weder Sie noch Charlie bedauern werden.«

Und wieder setzte Ned zum Sprechen an, doch diesmal war es Litvak, der noch vor ihm loslegte: »Wir sind entschlossen, auf sie zu setzen, Mr. Quilley. Beantworten Sie uns ein paar Fragen, und Charlie hat es geschafft, zählt zu den Großen.«

Plötzlich herrschte Schweigen, und das einzige, was Ned hörte, war das Lied in seinem Herzen. Er blies die Backen auf, bemühte sich, ganz geschäftsmäßig auszusehen, und zupfte abwechselnd an seinen eleganten Manschetten. Er rückte die Rose zurecht, die Marjory ihm heute morgen mit den üblichen Ermahnungen, beim Lunch nicht zuviel zu trinken, ins Knopfloch gesteckt hatte. Freilich hätte Marjory ganz anders gedacht, hätte sie gewußt, daß die beiden Besucher keineswegs vorhatten, Ned aufzukaufen, sondern ihm vielmehr vorschlugen, ihrer geliebten Charlie zum langerwarteten Durchbruch zu verhelfen. Wenn sie *das* gewußt hätte, die alte Marge hätte alle Einschränkungen aufgehoben; ganz gewiß hätte sie das getan.

Kurtz und Litvak tranken Tee, doch in *The Ivy* nimmt man derlei Exzentrizitäten mit Gelassenheit, und Ned mußte kaum dazu überredet werden, sich eine sehr ordentliche halbe Flasche von der Weinliste auszusuchen und, da sie nun einmal darauf zu bestehen schienen, zum Räucherlachs erst einmal ein großes, beschlagenes

Glas vom Chablis des Hauses. Im Taxi, das sie nahmen, um dem Regen zu entgehen, hatte Ned angefangen, ihnen die amüsante Geschichte zu erzählen, wie er Charlie als Klientin gewonnen hatte. In *The Ivy* nahm er den Faden wieder auf.

»Ich biß gleich im ersten Augenblick bei ihr an, schluckte sie mit allem Drum und Dran. So was war mir noch nie passiert. Alter Tor, der ich war – zwar noch nicht so alt wie heute, aber immerhin ein Tor. An dem Stück selbst war nicht viel dran. Eigentlich mehr eine kleine altmodische Revue, modern aufgemotzt. Aber Charlie war hinreißend. Die *verfolgte Unschuld* – nach solchen Mädchen bin ich immer auf der Suche.« Der Ausdruck war in Wirklichkeit ein Erbe seines Vaters. »Gleich nachdem der Vorhang gefallen war, bin ich in ihre Garderobe – falls man so was Garderobe nennen will –, spulte meine Pygmalionrolle ab und nahm sie auf der Stelle unter Vertrag. Erst wollte sie mir nicht glauben. Hielt mich für einen schmutzigen alten Bock. Mußte doch tatsächlich nach Hause und Marjory zu Hilfe holen, um sie zu überreden. Ha!«

»Und was geschah danach?« erkundigte sich Kurtz höflich und reichte ihm noch etwas Roggenbrot und Butter. »Alles Jubel, Trubel, Heiterkeit?«

»Oh, keineswegs!« wehrte Ned arglos ab. »Mit ihr war es genauso wie mit vielen anderen in ihrem Alter. Kommen frisch und blauäugig und vielversprechend aus der Schauspielschule, bekommen ein paar Rollen, fangen an, sich eine Wohnung oder sonst was Dummes zu kaufen, und dann hört bei ihnen plötzlich alles auf. Zwielicht-Zeit nennen wir das. Manche stehen sie durch und schaffen es, andere nicht. *Cheers*!«

»Charlie aber wohl«, soufflierte Litvak und trank einen Schluck Tee.

»Sie gab nicht auf. Hielt durch. Leicht war es nicht, aber das ist es nie. In ihrem Fall hat es Jahre gedauert – zu viele Jahre.« Er war überrascht, als er entdeckte, wie gerührt er war. Und ihrem Gesichtsausdruck nach zu urteilen, waren sie es auch. »Wie dem auch sei – jetzt hat sie es jedenfalls geschafft, nicht wahr? Ach, wie mich das für sie freut. Wirklich. Ja, bestimmt.«

Und dann sei noch etwas merkwürdig gewesen, erzählte Ned Marjory hinterher. Vielleicht habe aber auch nur alles wieder von vorn angefangen. Er sprach von der Art und Weise, wie die beiden Männer im Verlauf des Tages die Charaktere geändert hätten. Zuerst, im Büro, sei er kaum zu Wort gekommen. In *The Ivy* jedoch hätten sie ihn ins Rampenlicht gestellt, hätten ihn aufmunternd nickend seine Verse aufsagen lassen, fast ohne je ein Wort unter sich zu wechseln. Und hinterher – nun hinterher, das sei, verflixt noch mal, etwas ganz anderes gewesen.

»Schaurige Kindheit, versteht sich«, erzählte Ned stolz. »Das ist bei vielen von den Mädchen der Fall, wie mir aufgefallen ist. Das bringt sie ja vor allem dazu, sich der Phantasie zuzuwenden. Sich nichts anmerken lassen. Gefühle verbergen. Menschen nachmachen, die glücklicher aussehen als man selbst. *Oder* noch unglücklicher. Ihnen ein bißchen was stehlen – darum geht es doch zur Hälfte bei der ganzen Schauspielerei. Elend. Diebstahl. Ich rede zuviel. Nochmals – *cheers*!«

»Schaurig in welcher Beziehung, Mr. Quilley?« fragte Litvak respektvoll wie jemand, der das ganze Problem der Schauerlichkeit untersucht. »Charlies Kindheit. Wieso schaurig, Sir?«

Ohne auf das zu achten, was er später als zunehmenden Ernst nicht nur in Litvaks Benehmen, sondern auch in Kurtz' Blick bemerkte, vertraute Ned ihnen an, was er zufällig im Verlauf von kleinen Essenseinladungen oben im *Bianchi's* erfahren hatte, wo sie ihm ihr Herz ausschüttete und wohin er sie alle ausführte. Die Mutter eine dumme Pute, sagte er. Der Vater eine Art Obergauner, ein Börsenmakler, mit dem es immer weiter bergab gegangen und der jetzt glücklicherweise tot sei, einer von diesen abgefeimten Lügnern, die sich einbilden, der liebe Gott hätte ihnen die Asse dutzendweise in den Ärmel gesteckt. Sei ins Kittchen gewandert und dort gestorben. Erschreckend.«

Wieder war es Litvak, der mit einer ganz harmlosen Zwischenfrage kam: »Im Gefängnis gestorben, haben Sie gesagt, Sir?«

»Und dort sogar begraben! Die Mutter war so verbittert, daß sie kein Geld dafür verschwenden wollte, ihn draußen anständig unter die Erde zu bringen.«

»Hat Ihnen das Charlie selbst erzählt, Sir?«

Quilley wußte nicht, was er von dieser Frage halten sollte. »Ja, wer sonst sollte es mir erzählt haben?«

»Nichts um die Richtigkeit zu bestätigen, Sir? Von unbeteiligter Seite? Bei Schauspielerinnen weiß man nie . . .«
Doch Kurtz kam ihm mit einem väterlichen Lächeln zu Hilfe. »Ned, hören Sie einfach nicht auf ihn«, riet er ihm. »Mike hat nun mal eine *sehr* mißtrauische Ader – nicht wahr, Mike?«
»Vielleicht hab' ich das wirklich«, räumte Litvak mit einer Stimme ein, die nicht lauter war als ein Seufzer.
Erst da dachte Ned daran, sie danach zu fragen, worin sie sie denn gesehen hätten, und zu seiner freudigen Überraschung stellte sich heraus, daß sie bei ihren Erkundungen wirklich sehr gründlich vorgegangen waren. So hatten sie sich nicht nur Mitschnitte von jedem einzelnen ihrer kleineren Fernsehauftritte besorgt, die sie gehabt hatte, nein, sie hatten sich sogar die Mühe gemacht, bei einem früheren Englandaufenthalt ins scheußliche Nottingham hinaufzufahren, um sie als Heilige Johanna zu sehen.
»Nun, ich muß schon sagen, Sie haben es faustdick hinter den Ohren!« rief Ned, als der Kellner die Teller abräumte und den Tisch für den Entenbraten deckte. »Wenn Sie mich angerufen hätten, ich hätte Sie persönlich hingefahren, oder Marjory. Sind Sie denn hinterher zu ihr gegangen und haben sie zum Essen ausgeführt? Nein? Nun, da laust mich doch der Affe!«
Kurtz gestattete sich ein kurzes Zögern, doch dann wurde seine Stimme sehr ernst. Er warf seinem Partner – Litvak – einen fragenden Blick zu, der ihm kaum merklich ermutigend zunickte. »Ned«, sagte er, »ehrlich gesagt hielten wir das unter den gegebenen Umständen für nicht recht angemessen.«
»Was für Umständen denn?« wollte Ned wissen, der annahm, es gehe um etwas, das mit dem Ehrenkodex von Agenten zu tun habe. »Du liebe Güte, so sind wir hier drüben doch nicht! Wenn Sie ihr ein Angebot machen wollen – tun Sie's! Dazu brauchen Sie doch nicht erst mein Einverständnis! Ich komm' schon eines Tages zu meiner Kommission, nur keine Sorge!«
Dann verstummte Ned, weil die beiden so verdammt ernste Mienen machten, wie er Marjory erzählte. Als ob sie verdorbene Austern geschluckt hätten. Mit Schale.
Litvak tupfte sich sorgfältig die Lippen ab. »Dürfte ich Ihnen eine Frage stellen, Sir?«

»Aber, mein lieber Junge, warum nicht?« sagte Ned, der überhaupt nicht mehr wußte, was er von alldem halten sollte.
»Würden Sie uns bitte – nach Ihrer eigenen Einschätzung – sagen, wie Charlie sich bei Interviews macht?«
Ned setzte das Rotweinglas ab. »Bei Interviews? Ah, falls Sie da Bedenken haben – da kann ich Sie beruhigen. Glauben Sie mir, sie gibt sich ganz natürlich. Erstklassig. Weiß genau, was die Leute von der Presse wollen, und wenn es im Bereich ihrer Möglichkeiten liegt, bekommen sie es auch von ihr. Sie ist ein regelrechtes Chamäleon. Hat in letzter Zeit zwar nicht viel Gelegenheit gehabt, interviewt zu werden, das will ich gern zugeben, doch das holt sie schnell wieder auf. Was das betrifft, brauchen Sie wirklich keine Angst zu haben.« Er nahm einen tiefen Schuck aus seinem Glas, um es auf sie wirken zu lassen. »Nein, wirklich nicht.«
Doch Litvak schien nicht, wie Ned gehofft hatte, ein Stein vom Herzen gefallen zu sein. Mißbilligend und besorgt schürzte er die Lippen wie zu einem Kuß und fing an, mit seinen langen Fingern Krumen auf dem Tischtuch zusammenzufegen. So daß Ned sich veranlaßt sah, den Kopf zu senken und auf die Seite zu legen, um ihn aus seinem Trübsinn herauszuholen: »Aber mein lieber Freund«, protestierte er unsicher. »Machen Sie doch nicht so ein Gesicht! Was soll denn daran auszusetzen sein, daß sie sich bei Interviews gut macht? Mädchen, die so was jedesmal verpatzen, laufen genug herum! Wenn es *das* ist, was Sie suchen, davon kann ich Ihnen jede Menge liefern.«
Doch damit konnte er Litvaks Wohlwollen nicht gewinnen. Seine einzige Reaktion bestand darin, daß er flüchtig den Blick zu Kurtz hob, als wollte er sagen ›Ihr Zeuge‹, um ihn gleich darauf wieder aufs Tischtuch zu senken. »Ein reines Zwei-Personen-Stück«, sagte Ned hinterher kläglich zu Marjory. »Man hatte das Gefühl, sie könnten im Handumdrehen die Rollen tauschen.«
»Ned«, sagte Kurtz, »wenn wir Ihre Charlie für dieses Projekt unter Vertrag nehmen, dann wird sie wahnsinnig viel im Scheinwerferlicht der Öffentlichkeit stehen, das kann ich Ihnen flüstern. Wenn sie erstmal dabei ist, dann wird sie mit ihrem ganzen Leben konfrontiert werden. Nicht nur mit ihrem Liebesleben, ihrer Familie, ihrem Geschmack, ihren Lieblings-Pop-Stars und Lieblings-

Dichtern. Und nicht nur mit der Geschichte ihres Vaters. Sondern auch mit Religion, ihren Einstellungen und Meinungen.«

»Auch ihren politischen Einstellungen«, flüsterte Litvak und schob eine letzte Krume auf den kleinen Haufen. Ned verging daraufhin leicht, aber unmißverständlich ein wenig der Appetit, so daß er Messer und Gabel hinlegte, während Kurtz nicht zu bremsen war: »Ned, bei den Geldgebern, die sich für unser Projekt interessieren, handelt es sich um Amerikaner – schlichte Gemüter aus dem Mittleren Westen. Tugendhafter geht's gar nicht. Sie haben zuviel Geld, undankbare Kinder, zweiten Wohnsitz in Florida und gesunde Wertvorstellungen. Vor allem letzteres – gesunde Wertvorstellungen. Und die soll unsere Produktion widerspiegeln, von vorn bis hinten. Wir können ein bißchen darüber lachen und ein bißchen darüber weinen, aber so ist nun mal die Wirklichkeit, das ist das Fernsehen und außerdem das, wo das Geld steckt . . .«

»Und es ist Amerika«, hauchte Litvak patriotisch seinen Krumen zu.

»Ned, wir wollen Ihnen gegenüber offen sein. Wir schenken Ihnen reinen Wein ein. Als wir uns schließlich entschlossen, Ihnen zu schreiben, waren wir bereit – vorausgesetzt, wir erhielten auch noch andere Zusagen, um die wir uns bemühten –, Ihre Charlie von allen Verpflichtungen freizukaufen und sie ganz groß rauszubringen. Aber wir wollen Ihnen auch nicht verhehlen, daß Karman und ich in den letzten paar Tagen in Theaterkreisen Dinge zu hören bekamen, die uns aufschreckten und uns fragen ließen, ob wir nicht im Begriff sind, eine große Dummheit zu begehen. Ihr Talent steht außer Frage – Charlie ist eine sehr, sehr begabte Schauspielerin, die bisher nur viel zuwenig gefordert worden ist, aber fleißig und entschlossen, sich durchzusetzen. Doch ob sie innerhalb unseres Gesamtprojekts *diskontierbar* ist, ob man sie bedenkenlos *herausstellen* kann – Ned, da brauchen wir von Ihnen die Zusicherung, daß an der ganzen Sache nichts Ernstes dran ist.«

Und wieder war es Litvak, der den entscheidenden Stoß führte. Er hatte sich endlich von seinen Krumen losgerissen, hatte den rechten Zeigefinger angewinkelt ans Kinn gelegt und starrte Ned durch seine schwarzgefaßte Brille bekümmert an.

»Wie wir hören, ist sie in letzter Zeit unter die Radikalen gegangen«, sagte er. »Wie wir hören, hat sie sich für ihre politischen Ansichten ganz, ganz weit vorgewagt. Militant. Wie wir hören, ist sie im Augenblick mit einem windigen Anarchisten zusammen, der irgendwie verrückt sein soll. Wir möchten selbstverständlich niemand aufgrund von läppischen Gerüchten verurteilen – aber diese Dinge sind uns nun mal zugetragen worden, Mr. Quilley, und das alles hört sich ganz so an, als ob sie Fidel Castros Mutter und Arafats Schwester zusammen und dann noch eine Hure ist.«

Ned starrte von einem zum anderen, und einen Moment lang hatte er das unheimliche Gefühl, daß ihre vier Augen von ein und demselben optischen Muskel kontrolliert wurden. Er wollte etwas sagen, doch kam er sich ganz unwirklich vor. Er überlegte, ob er den Chablis wohl doch schneller getrunken hatte, als klug gewesen war. Ihm fiel nichts weiter ein als Marjorys Lieblingsaphorismus: So etwas wie ein vorteilhaftes Geschäft gibt es im Leben nicht.

Der Schrecken, der Ned in die Glieder gefahren war, hatte etwas von der Panik der Alten und Hilflosen. Er fühlte sich der Aufgabe physisch nicht gewachsen, zu schwach dafür, zu ausgelaugt. Amerikaner brachten ihn immer ganz durcheinander; die meisten machten ihm Angst, entweder durch ihr Wissen oder durch ihre Ahnungslosigkeit oder durch beides. Aber diese beiden, die ihn ausdruckslos ansahen, während er herumzappelte und nach einer Antwort suchte, versetzten ihm einen heftigen Schrecken, der größer war als alles, was er für möglich gehalten hätte. Außerdem war er, und es nutzte gar nichts, sehr ärgerlich. Er verabscheute Klatsch. *Jeden* Klatsch. Er betrachtete Klatsch als verheerend für seinen Beruf. Er hatte erlebt, daß Klatsch Karrieren ruiniert hatte; Klatsch erboste ihn und konnte ihn fuchsteufelswild machen und dazu bringen, daß er ausfallend wurde, wenn er ihm von Leuten zugetragen wurde, die seine Gefühle nicht kannten. Wenn Ned über andere redete, tat er das offen und liebevoll, genauso, wie er vor zehn Minuten noch über Charlie geredet hatte. Verflixt, er liebte das Mädchen. Einen Moment dachte er sogar daran, Kurtz das anzudeuten, ein für Ned wirklich kühner Schritt; und dieser Gedanke mußte sich flüchtig auch auf seinem Gesicht gezeigt haben, denn er meinte zu erkennen, daß Litvak schon anfing, das Gesagte zu bedauern, und im Begriff war, ein wenig davon zurückzunehmen –

und daß Kurtz' außerordentlich bewegliches Gesicht sich zu einer Art ›Na-na-Ned‹-Lächeln verzog. Aber wie immer hielt ihn unheilbare Höflichkeit zurück. Er war ihr Gast. Außerdem waren sie Ausländer und hatten völlig andere Normen. Und er mußte auch – widerstrebend – zugeben, daß sie schließlich einen Auftrag hatten, den sie ausführen, Geldgeber, auf deren Eigenheiten sie Rücksicht nehmen mußten, und daß sie in einer gewissen, schrecklichen Hinsicht sogar recht hatten und er, Ned, entweder ihren Verdacht entkräften mußte, oder aber er riskierte, daß das ganze Geschäft in die Brüche ging und damit alle seine Hoffnungen für Charlie zum Teufel waren. Denn da war noch etwas, was Ned mit seiner fatalen Vernünftigkeit auch nicht übersehen durfte – nämlich, daß, selbst wenn ihr Projekt sich als schrecklich entpuppen sollte, was, wie er annahm, wohl der Fall sein würde; selbst wenn Charlie jeden Vers verpatzte, den man ihr zu sprechen gab; selbst wenn sie sternhagelvoll auf die Bühne kam oder dem Regisseur Glasscherben in die Badewanne schmuggelte – etwas, woran sie nicht im Traum dachte, weil sie ihren Beruf viel zu ernst nahm –, ihre Karriere schließlich, ihr Ansehen, ja, selbst ihr Marktwert endlich jenen sehnlichst erhofften Aufstieg nehmen würde, von dem sie ernstlich nicht wieder heruntermußte.

Kurtz hatte die ganze Zeit über unbeirrt weitergeredet. »Was *raten* Sie uns, Ned«, beschwor er ihn ernst. »Wir brauchen ihre *Hilfe*. Wir möchten wissen, ob diese ganze Geschichte nicht schon am zweiten Tag platzt – der Schuß hinten rausgeht. Denn ich will Ihnen eins sagen.« Ein kurzer, kräftiger Finger zeigte auf ihn wie ein Pistolenlauf. »Kein Mensch im Staate Minnesota ist bereit, einer rot angehauchten Feindin der Demokratie – falls sie das wirklich ist – eine Viertelmillion Dollar zu zahlen. Und kein Mensch bei GK wird ihnen raten, das zu tun und damit Harakiri zu begehen.«

Um es gleich zu sagen: Ned fing sich schließlich nicht schlecht. Er entschuldigte sich für nichts. Ohne auch nur den geringsten Rückzieher zu machen, erinnerte er sie nochmals an das, was er über Charlies Kindheit gesagt hatte, und wies darauf hin, daß sie normalerweise unter diesen Umständen ganz der Jugendkriminalität hätte

verfallen oder – wie ihr Vater – im Gefängnis enden müssen. Was nun ihre politischen Aktivitäten oder Einstellungen oder wie man es sonst nennen wolle, betreffe, so sagte er, in den rund neun Jahren, die er und Marjory sie jetzt kennten, sei Charlie eine leidenschaftliche Gegnerin der Apartheid gewesen – »Nun, und daran kann doch niemand was auszusetzen haben, oder?« (obwohl sie zu denken schienen, man könne das durchaus) –, eine militante Pazifistin, Sufistin, Anti-Kernwaffen-Demonstrantin, Gegnerin von Vivisektion und – bis zu dem Augenblick, da sie selbst wieder angefangen habe zu rauchen – eine Verfechterin des Rauchverbots in Kinos und in der Untergrundbahn. Außerdem hege er nicht den geringsten Zweifel, daß Charlie, ehe der Sensenmann sie hole, noch eine ganze Menge ähnlich unterschiedlicher Angelegenheiten finden werde, denen sie ihre romantische, wenn auch kurze Unterstützung zuteil werden lasse.
»Und das alles haben Sie mit ihr durchgestanden, ohne sie fallenzulassen, Ned?« Kurtz war voller Bewunderung. »Ich muß schon sagen, das finde ich großartig von Ihnen, Ned.«
»So würde ich das bei allen machen!« erklärte Ned in einer begeisterten Aufwallung. »Was soll's, sie ist schließlich eine *Schauspielerin*. Nehmen Sie sie doch nicht so ernst. Schauspieler haben keine *Meinungen*, mein Lieber, von Schauspieler*innen* ganz zu schweigen. Sie haben Stimmungen. Marotten. Setzen sich in Positur. Haben Leidenschaften, die nur einen Tag dauern. Es ist doch weiß Gott mit der Welt nicht alles in Ordnung, verflixt noch mal. Schauspieler fliegen auf dramatische Lösungen. Wenn Sie mich fragen, sobald Sie sie erstmal drüben haben, wird sie wie neugeboren sein!«
»Nein, politisch bestimmt nicht«, erklärte Litvak leise und niederträchtig.
Unter dem hilfreichen Einfluß des Rotweins verfolgte Ned seinen kühnen Kurs noch ein paar Augenblicke weiter. Er wurde von einer Art Schwindel erfaßt. Er hörte die Worte im Kopf; wiederholte sie und fühlte sich wieder jung und vollkommen losgelöst vom eigenen Handeln. Er sprach von Schauspielern ganz allgemein und davon, daß ›das Schreckgespenst des Unwirklichen‹ sie einfach nie loslasse. Daß sie auf der Bühne sämtliche Qualen des Menschseins verkörperten und durchlitten, wenn sie jedoch nicht auf der Bühne stün-

den, hohle Gefäße seien, die darauf warteten, gefüllt zu werden. Er redete von ihrer Schüchternheit, ihrer Beschränktheit, ihrer Verwundbarkeit und ihrer Angewohnheit, diese Schwächen hinter hart und abgebrüht vertretenen Anliegen zu verstecken, die sie der Erwachsenenwelt entliehen hätten. Er sprach von ihrer Selbstbesessenheit, erklärte, daß sie sich selbst vierundzwanzig Stunden am Tag auf der Bühne sähen – beim Gebären, unterm Messer, bei der Liebe. Dann versiegte sein Redestrom, etwas, was ihm neuerdings viel zu oft passierte. Er verlor den Faden, sein Schwung verebbte. Der Weinkellner rollte den Barwagen heran, und unter den kalten und nüchternen Augen seiner Gastgeber wählte Ned verzweifelt einen Marc de Champagne aus und ließ sich vom Kellner ein großes Glas davon einschenken, ehe er ihm übertrieben entrüstet Einhalt gebot. Inzwischen hatte Litvak sich wieder so weit gefaßt, daß er erneut mit einer guten Idee aufwarten konnte. Mit langen Fingern suchte er in der Innentasche seines Jacketts herum und zog eines von jenen Notizbüchern hervor, die aussehen wie ein leeres Bild, mit einer Unterlage aus unechtem Krokodilleder und kleinen Messingblechen an den Ecken, mit denen die Zettel festgehalten werden.

»Gehen wir es doch mal der Reihe nach durch«, schlug er – mehr für Kurtz als für Ned bestimmt – sanft vor. »*Wann, wo, mit wem* und *wie lange.*« Dann zog er einen Rand, offenbar für die Daten. »Versammlungen, die sie mitgemacht hat. Demonstrationen. Bittgesuche und Protestmärsche. Alles, wo sie in der Öffentlichkeit aufgefallen sein könnte. Liegt das erst mal alles auf dem Tisch, können wir zu einer sachlich begründeten Einschränkung kommen. Entweder wir gehen das Risiko ein, oder wir machen, daß wir durch die Hintertür rauskommen. Ned, wann hat sie Ihres Wissens zum erstenmal bei so was mitgemacht?«

»Das gefällt mir«, sagte Kurtz. »Ja, die Methode hat was für sich. Und ich meine, damit werden wir auch Charlie am besten gerecht.« Er brachte es tatsächlich fertig, so zu tun, als komme Litvaks Vorschlag für ihn wie aus heiterem Himmel; dabei war er das Ergebnis stundenlanger vorbereitender Diskussionen.

So sagte ihnen Ned das auch noch. Wo er konnte, beschönigte er, was vorgegangen war, und ein- oder zweimal erzählte er auch eine kleine Lüge, doch im großen und ganzen sagte er ihnen, was er wußte. Selbstverständlich beschlichen ihn auch böse Ahnungen, doch das war erst später. Sie hätten ihn in der Situation einfach mitgerissen, so stellte er es Marjory gegenüber dar. Nicht, daß er besonders viel gewußt hätte. Das von der Anti-Apartheid und den Anti-Kernwaffen-Demonstrationen natürlich – das sei aber ohnehin allgemein bekannt. Dann waren da noch die Leute vom Theater der radikalen Reform, denen sie sich gelegentlich anschloß und die eine ziemliche Plage außerhalb der Schauspielergewerkschaft waren und Aufführungen blockierten. Und dann noch diese Verrückten von der Alternativen Aktion in Islington, einer aus fünfzehn Leuten bestehenden Splittergruppe, die sich nur lächerlich machte. Und so ein grauenhaftes Frauen-Forum, bei dem sie in der St. Pancras Town Hall aufgetreten war und wozu sie eigens Marjory mitgeschleift hatte, um ihr die Augen zu öffnen. Und dann hatte sie noch einmal vor zwei oder drei Jahren mitten in der Nacht von der Polizeiwache in Durham angerufen und Ned angefleht, zu kommen und für sie zu bürgen, damit sie rauskam, nachdem sie bei irgendeiner Anti-Nazi-Veranstaltung, auf die sie sich eingelassen hatte, verhaftet worden war.

»War das die Sache, die so viel Aufsehen erregte und bei der ihr Bild in den Zeitungen erschien, Mr. Quilley?«

»Nein, das war Reading«, sagte Ned. »Das war später.«

»Um was ging's denn in Durham?«

»Nun, genau weiß ich das auch nicht. Offen gestanden lasse ich nicht zu, daß das Thema in meiner Gegenwart diskutiert wird. Ich weiß nur, was man so aus Zufall erfährt. Ging es dabei nicht um irgendein Atomkraftwerk, das dort oben gebaut werden sollte? Ich hab's vergessen. So was vergißt man einfach. Wissen Sie, sie ist in letzter Zeit viel gemäßigter geworden, längst nicht mehr die Rakete, die zu sein sie vorgab, das kann ich Ihnen versichern. Wesentlich reifer! Oh, ja.«

»Zu sein vorgab, Ned?« meldete Kurtz wie ein Echo seine Zweifel an.

»Erzählen Sie uns von Reading, Mr. Quilley«, sagte Litvak. »Was ist dort passiert?«

»Ach, praktisch auch nichts anderes. Irgend jemand hat einen Bus

in Brand gesteckt, und folglich hat man sie alle angeklagt. Ich glaube, sie protestierten dagegen, daß den Alten die Renten gekürzt werden sollten. Oder dagegen, daß Farbige nicht mehr als Busfahrer eingesetzt werden sollten. Der Bus war natürlich leer«, beeilte er sich, noch hinzuzufügen. »*Verletzt* wurde niemand.«
»Himmel!« sagte Litvak und sah Kurtz an, dessen Befragung jetzt volltönend wurde wie ein rührseliges Gerichtsverhör.
»Ned, Sie haben eben gerade angedeutet, daß Charlie vielleicht doch ein wenig von ihren radikalen Ansichten abgekommen ist. Wollten Sie das sagen?«
»Ja, ich denke schon. Falls ihre Überzeugungen überhaupt jemals radikal gewesen sind. Das ist zwar nur ein Eindruck, aber meine Marjory meint das auch, ist sich dessen sogar sicher . . .«
»Hat Charlie Ihnen solch einen Sinneswandel anvertraut, Ned?« fiel Kurtz ihm ziemlich scharf ins Wort.
»Ich glaube, wenn sie mal eine echte Chance bekommt wie diese . . .«
Kurtz ließ ihn nicht zu Ende sprechen. »Oder Ihrer Frau?«
»Hm, nein, nicht ausdrücklich.«
»Gibt es noch jemand, dem sie sich vielleicht anvertraut hätte? Etwa diesem Anarchisten-Freund, mit dem sie geht?«
»O nein, er wäre der letzte, der so was erfahren würde.«
»Ned, gibt es außer Ihnen jemand – bitte, denken Sie genau nach: eine Freundin oder einen Freund, vielleicht eine ältere Person, einen Freund der Familie – jemand, dem Charlie einen solchen Sinneswandel anvertrauen würde? Eine Abwendung vom Radikalismus? Ned?«
»Nicht, daß ich wüßte – nein. Nein, mir fällt wirklich keiner ein. Sie ist in vieler Hinsicht verschlossen. Verschlossener, als man meinen möchte.«
Und dann geschah etwas ganz Erstaunliches. Ned lieferte Marjory später eine genaue Beschreibung dieses Vorgangs. Um dem unangenehmen und – für Neds Begriffe – geradezu bühnenreifen Kreuzfeuer der Blicke, dem er sich von beiden Augenpaaren ausgesetzt sah, zu entkommen, hatte Ned mit seinem Glas gespielt, hineingeguckt und den Marc de Champagne herumgewirbelt. Als er jetzt spürte, daß Kurtz die Sache offenbar nicht weiterverfolgte, sah er

auf und bekam gerade noch den Ausdruck offenkundiger Erleichterung auf Kurtz' Gesicht mit, die dieser Litvak gerade mitteilen wollte: Kurtz *freute* sich unverhohlen darüber, daß Charlie ihren Überzeugungen *nicht* untreu geworden war – oder, wenn sie es doch getan hatte, es jedenfalls keiner Menschenseele anvertraut hatte. Er schaute noch einmal genauer hin, doch da war der Ausdruck schon verschwunden. Nicht einmal Marjory konnte ihn hinterher davon abbringen, daß er vorher dagewesen war.

Litvak, der Juniorpartner des großen Juristen, übernahm das Kreuzverhör, knapper in den Formulierungen, gleichsam als sollte der Fall endlich abgeschlossen werden.

»Mr. Quilley, Sir, sammeln Sie in Ihrem Büro Material über Ihre einzelnen Klienten? Unterlagen?«

»Nun, Mrs. Ellis tut das, da bin ich sicher«, sagte Ned. »Irgendwo.«

»Und nimmt Mrs. Ellis diese Aufgabe schon seit längerer Zeit wahr, Sir?«

»Mein Gott, ja. Sie war schon zu meines Vaters Zeiten da.«

»Und was ist das für Material, das sie sammelt? Gagenabrechnungen – Spesen – Kommissionen, die abgezogen werden – solche Sachen? Handelt es sich bei diesen Unterlagen um reine trockene Geschäftsunterlagen?«

»Du liebe Güte, nein, sie sammelt alles und hält alles fest. Geburtstage, welche Blumen sie mögen, welche Restaurants. Einmal haben wir sogar einen alten Ballschuh darunter gefunden. Wie die Kinder heißen. Ob sie einen Hund haben. Presseausschnitte. Wirklich alles mögliche.«

»Auch persönliche Briefe?«

»Ja, selbstverständlich.«

»Handschriftliches von ihr? Die Briefe, die sie Ihnen im Laufe der Jahre geschrieben hat?«

Kurtz war das peinlich; seine slawischen Augenbrauen, die sich gequält über dem Nasenrücken zusammenschoben, verrieten es.

»Karman, ich finde, Mr. Quilley hat uns schon genug von seiner Zeit geopfert und uns von seinen Erfahrungen profitieren lassen«, sagte er schroff zu Litvak. »Falls wir noch weitere Informationen brauchen, wird Mr. Quilley sie uns bestimmt nachliefern. Besser noch: Falls Charlie bereit ist, sich mit uns über diesen Punkt auseinanderzusetzen, können wir sie direkt von ihr bekommen. Ned, es war wunderbar, Sie kennenzulernen; ich werde das nie vergessen. Vielen Dank, Sir.«

Doch so leicht sollte Litvak sich nicht abhängen lassen. Er besaß den Eigensinn des jungen Mannes: »Mr. Quilley hat doch keine Geheimnisse vor *uns*«, rief er aus. »Himmel, Mr. Gold, ich frage doch nur, was ohnehin die ganze Welt weiß und was unsere Visa-Leute in Null Komma nichts mit ihrem Computer rausfinden. Uns eilt es doch damit, das wissen Sie doch. Falls es Unterlagen gibt, eigenhändige Briefe von ihr, in denen sie es mit ihren eigenen Worten erklärt, mildernde Umstände, möglicherweise einen Sinneswandel – warum lassen wir sie uns dann nicht von Mr. Quilley zeigen? Sofern er dazu bereit ist. Wenn nicht – nun, das wäre etwas anderes«, fügte er mit einer unangenehmen Anspielung hinzu.

»Karman, ich bin ganz sicher, daß Ned nichts dagegen hat«, erklärte Kurtz streng, als ob es darum gar nicht ginge. Und schüttelte den Kopf, als werde er sich nie daran gewöhnen, wie aufdringlich die jungen Leute heutzutage waren.

Der Regen hatte aufgehört. Sie nahmen den kleinen Quilley in die Mitte und paßten ihren eigenen flotten Gang seinen unsicheren Schritten an. Er war doch ziemlich angesäuselt, war bekümmert und litt unter dem Gefühl, nicht mehr ganz nüchtern zu sein, das auch Feuchtigkeit und Abgase auf der Straße nicht vertreiben wollten. Was, zum Teufel, wollen sie? fragte er sich immer wieder. Eben noch bieten sie an, Charlie die Sterne vom Himmel zu holen, um gleich darauf Bedenken wegen ihrer albernen politischen Einstellung zu haben. Und jetzt wollten sie auch noch aus Gründen, an die er sich nicht mehr erinnerte, Einsicht in ihre *Unterlagen* haben, die eigentlich gar keine richtigen Unterlagen waren, sondern ein kunterbuntes Durcheinander zufällig aufgehobener Dinge, für das eine Angestellte zuständig war, die eigentlich längst hätte pensioniert werden müssen. Mrs. Longmore, die Empfangsdame, beobachtete ihre Ankunft, und ihrem mißbilligenden Blick entnahm Ned sofort, daß er beim Lunch des Guten zuviel getan hatte. Sollte sie ihm

doch den Buckel runterrutschen! Kurtz bestand darauf, daß er vor ihnen die Treppe hinaufging.
Während sie ihm praktisch die Pistole an die Schläfe hielten, rief er von seinem Schreibtisch aus Mrs. Ellis an und bat sie, Charlies Unterlagen ins Wartezimmer zu bringen und sie dort zu lassen.
»Sollen wir bei Ihnen klopfen, wenn wir durch sind, Mr. Quilley?« fragte Litvak wie jemand, der im Begriff steht, ein Kind auf die Welt zu bringen.
Als letztes sah er von ihnen, wie sie im Wartezimmer an dem Trommeltisch aus Rosenholz saßen, umgeben von etwa sechs von Mrs. Ellis' ziemlich abgegriffenen braunen Kartons, die aussahen, als hätte man sie aus der Zeit der deutschen Bombenangriffe herübergerettet. Die beiden Amerikaner wirkten wie zwei Steuerfahnder, die über die gleichen verdächtigen Zahlenreihen gebeugt dahockten und Bleistift und Papier neben sich liegen hatten; Gold, der Breitschultrige, hatte sogar das Jackett ausgezogen und seine verbeulte Uhr neben sich gelegt, als ob er bei seinen tückischen Rechnungen die Zeit stoppte. Danach mußte Quilley eingenickt sein. Als er um fünf aus dem Schlaf hochfuhr, war der Warteraum leer. Und als er nach Mrs. Longmore klingelte, erwiderte diese spitz, seine Gäste hätten ihn nicht stören wollen.

Ned erzählte es Marjory nicht sofort. »Ach *die*«, sagte er, als sie ihn noch am selben Abend danach fragte. »Nur ein Gespann langweiliger Programmgestalter, die auf dem Weg nach München hier Zwischenstation gemacht haben. Jedenfalls nichts, worüber man sich Sorgen zu machen brauchte.«
»Juden?«
»Ja – hm, wohl Juden, wie ich annehme. Doch, bestimmt.« Marjory nickte, als hätte sie das die ganze Zeit über gewußt. »Aber ich muß schon sagen, wirklich *nette*«, sagte Ned ein wenig hoffnungslos.
Marjory betreute in ihrer Freizeit Gefangene in den Gefängnissen, und auf Neds Flunkereien fiel sie schon lange nicht mehr herein. Aber sie wartete ihre Zeit ab. Bill Lochheim war Neds Vertreter in New York, sein einziger amerikanischer Freund. Am nächsten

Nachmittag rief Ned ihn an. Zwar hatte Loch nichts von ihnen gehört, rief aber pflichtschuldigst zurück und berichtete, was Ned bereits wußte: die Agentur GK sei neu in der Branche, solle finanziell auf soliden Füßen stehen, doch seien diese unabhängigen Agenten ein ausgesprochner Störfaktor auf dem Markt. Der Ton, in dem Loch sprach, gefiel Quilley nicht. Es klang, als sei er von jemand angespitzt worden – nicht von Quilley, der nie in seinem Leben jemand angespitzt hatte, sondern von jemand anders, einem dritten, bei dem er sich informiert hatte.

Quilley konnte sich sogar des sonderbaren Gefühls nicht erwehren, daß er und Loch auf eine merkwürdige Weise im selben Boot säßen. Mit erstaunlichem Mut rief Quilley daraufhin unter einem Vorwand die New Yorker Nummer von GK an, doch dabei stellte sich heraus, daß er an einen Telefonservice für Firmen geriet, die kein eigenes Büro in der City unterhielten: sie erteilten keine Auskünfte über ihre Kunden. Von Stund an konnte Ned an nichts weiter denken als an seine beiden Besucher und den Lunch. Hätte er ihnen doch bloß die Tür gewiesen! Er rief sogar das Münchener Hotel an, das sie erwähnt hatten, und bekam einen wenig zuvorkommenden Manager an den Apparat. Die Herren Gold und Karman seien eine Nacht geblieben, dann jedoch am nächsten Morgen unerwartet in geschäftlichen Dingen weitergereist, sagte er säuerlich – warum also erzählte er es ihm überhaupt? Überall ein wenig zuviel Information, dachte Ned. Oder zuwenig. Und überall das Gefühl, jemand an der Strippe zu haben, der das, was er tat, wider besseres Wissen tat. Ein deutscher Produzent, den Kurtz erwähnt hatte, sagte, sie seien »gute Leute, sehr respektabel, oh, *sehr* gut«. Doch als Ned fragte, ob sie kürzlich in München gewesen seien und mit welchen Projekten sie zu tun hätten, wurde der Produzent feindselig und legte praktisch den Hörer auf.

Blieben nur noch Neds Berufskollegen im Agentengeschäft. An die wandte Ned sich nur widerstrebend und ungeheuer beiläufig: er streute seine Nachforschungen breit, doch wo er auch anfragte: nichts.

»Hab' neulich zwei *schrecklich* nette Amerikaner kennengelernt«, vertraute er sich schließlich Herb Nolan von den Lomax Stars an, als er an Herbs Tisch im Garrick stehenblieb. »Waren rübergekommen, um Abschlüsse wegen irgendwelcher hochgestochenen Fernseh-Serien zu machen. Gold und noch was. Sind die Ihnen auch über den Weg gelaufen?«

Nolan lachte. »Ich bin es doch, der sie zu Ihnen geschickt hat, alter Junge. Erkundigten sich nach ein paar von *meinen* Vogelscheuchen und wollten dann alles über Ihre Charlie wissen. Ob ich meinte, daß sie auch in Amerika wirklich ankommen würde. Ich hab's ihnen gesagt, Ned. Hab's ihnen gesagt.«

»Und *was* haben Sie ihnen gesagt?«

»Daß sie uns höchstwahrscheinlich eher alle in die Luft jagen würde, hab' ich gesagt. Warum?«

Deprimiert über die Gewöhnlichkeit von Herbs Humor, fragte Ned nicht weiter. Doch am selben Abend, nachdem Marjory ihm sein unvermeidliches Geständnis entlockt hatte, war er auch bereit, seine Ängste mit ihr zu teilen.

»Sie hatten es so verflixt eilig«, sagte er. »Sie hatten zuviel Energie, selbst für Amerikaner. Wie ein Paar Polizisten sind sie über mich hergefallen. Erst der eine, dann der andere. Ein Paar Bluthunde«, fügte er den Vergleich wechselnd noch hinzu. »Ich überlege immer noch, ob ich nicht doch zur Polizei gehen sollte«, sagte er.

»Aber, Liebling«, sagte Marjory schließlich, »ich fürchte, nach dem, was du erzählt hast, *waren* sie von der Polizei.«

»Ich werde ihr schreiben«, erklärte Ned mit großer Entschiedenheit. »Ich habe nicht übel Lust, ihr zu schreiben und sie zu warnen, für alle Fälle. Wer weiß, in was sie da hineingerät.«

Doch selbst wenn er das getan hätte, wäre er zu spät gekommen. Denn keine achtundvierzig Stunden später dampfte Charlie nach Athen ab, um ihr Rendezvous mit Joseph einzuhalten.

Sie hatten es also wieder einmal geschafft; oberflächlich gesehen und verglichen mit der Hauptstoßrichtung des Unternehmens, quasi nur eine Nebenhandlung; aber eine höchst riskante, wie Kurtz noch am selben Abend als erster zugab, als er Misha Gavron bescheiden seinen Triumph meldete. Aber was hätten wir sonst machen sollen, Misha – können Sie mir das sagen? Wo sonst lag denn ein so kostbarer, über einen so langen Zeitraum gehender

Schatz an Korrespondenz, den wir uns hätten holen können? Sie seien anderen Empfängern von Charlies Briefen nachgejagt – Freunden, Freundinnen, ihrer dummen Pute von Mutter und einer ehemaligen Lehrerin; ein paarmal hätten sie sich als Vertreter einer Firma ausgegeben, die daran interessiert sei, Manuskripte und Autographen der Großen von morgen zu erwerben. Bis Kurtz mit Gavrons widerwillig erteiltem Einverständnis die ganze Sache abgeblasen hatte. Besser ein großer Schlag, hatte er erklärt, als so viele gefährliche kleine.

Außerdem brauchte Kurtz das Ungreifbare. Er mußte die Temperatur und die Struktur des Steinbruchs, in dem er arbeitete, genau fühlen. Wer war folglich besser geeignet, ihm dazu zu verhelfen, als Quilley, der sie nun schon so lange kannte und unschuldig seine Erfahrungen mit ihr gemacht hatte? So hatte Kurtz es mit seiner Entschlossenheit durchgeboxt. Und danach flog er am nächsten Morgen, wie er Quilley erzählt hatte, nach München, selbst wenn die Produktion, um die es ihm ging, ganz anders geartet war, als er ihm weisgemacht hatte. Er suchte seine beiden sicheren Wohnungen auf, er flößte seinen Leuten neuen Mut ein. Außerdem arrangierte er auch noch ein freundschaftliches Treffen mit dem guten Dr. Alexis: wieder ein ausgedehntes Mittagessen, bei dem fast nichts von Belang besprochen wurde – doch was brauchen alte Freunde mehr als einander?

Und von München aus setzte Kurtz seine Reise in südlicher Richtung fort. Er flog nach Athen.

Kapitel 5

Die Fähre legte mit zweistündiger Verspätung in Piräus an, und wenn Joseph nicht schon ihr Flugticket eingesteckt hätte – Charlie hätte ihn womöglich doch noch sitzenlassen. Vielleicht aber auch nicht, denn so verrückt sie nach außen auch wirkte, innerlich litt sie unter dem Fluch der Zuverlässigkeit, die bei den Menschen, mit denen sie verkehrte, oft reinste Verschwendung war. Einerseits hatte sie zuviel Zeit zum Nachdenken gehabt, und obwohl sie sich inzwischen zu der Überzeugung durchgerungen hatte, daß es sich bei dem Geisterzuschauer von Nottingham, York und East London entweder um einen anderen Mann gehandelt oder daß sie sich das Ganze überhaupt nur eingebildet hatte, regte sich in ihrem Inneren immer noch eine beunruhigende Stimme, die sich durch nichts zum Schweigen bringen lassen wollte. Andererseits war es bei weitem schwieriger gewesen, der Familie ihre veränderten Pläne klarzumachen, als Joseph es hingestellt hatte. Lucy war sogar in Tränen ausgebrochen und hatte ihr Geld aufnötigen wollen – »Meine letzten fünfhundert Drachmen, Chas, nimm sie, sie gehören dir!« Willy und Pauly waren betrunken am Pier vor schätzungsweise Tausenden von Zuschauern vor ihr niedergekniet – »Chas, Chas, wie kannst du uns das antun?« –, und um all dem zu entkommen, hatte sie sich durch eine grinsende Menge kämpfen und die ganze Straße hinunterrennen müssen, wobei der Riemen ihrer Schultertasche gerissen war; die Gitarre hatte sie unter dem anderen Arm hängen, und alberne Tränen der Reue liefen ihr übers Gesicht. Ihre Rettung war ausgerechnet der strohblonde Hippie aus Mykonos, der auf demselben Schiff mit ihnen herübergekommen sein mußte, wenngleich sie ihn auch nicht gesehen hatte. Er kam mit einem Taxi an ihr vorüber, las sie auf und setzte sie fünfzig Meter von ihrem Bestimmungsort wieder ab. Er stamme aus Schweden und heiße Raoul, sagte er. Sein Vater sei geschäftlich in Athen, und jetzt hoffe er, ein bißchen bei ihm lockermachen zu können. Sie war ein wenig überrascht, daß er sich plötzlich so vernünftig zeigte; Jesus erwähnte er auf der Fahrt kein einziges Mal.

Das Diogenes-Restaurant hatte eine blaue Markise. Ein aus dicker Pappe ausgeschnittener Koch forderte sie auf, einzutreten.

Tut mir leid, Jose, falsche Zeit, falscher Ort. Tut mir wirklich leid, Jose, war ein wunderschöner Traum, aber der Urlaub ist zu Ende, Chas schwirrt ab, und so bin ich bloß gekommen, um mir mein Flugticket zu holen und dann Leine zu ziehen.

Vielleicht versuchte sie es aber auch auf die einfachere Tour und machte ihm weis, ihr sei eine Rolle angeboten worden.

Sie kam sich in ihren abgetragenen Jeans und den ausgelatschten Stiefeln wie eine Schlampe vor, als sie sich zwischen den Straßentischen hindurchdrängelte, bis sie die Innentür erreicht hatte. Er ist ja bestimmt sowieso abgehauen, redete sie sich ein – wer wartet heutzutage schon zwei Stunden auf ein Mädchen, mit dem er ins Bett gehen will? – Flugticket bei der Rezeption nebenan. Vielleicht ist mir das eine Lehre, dachte sie – in stockfinsterer Nacht in Athen hinter mitteleuropäischen Strand-Beaus herzulaufen. Um alles noch schwieriger zu machen, hatte Lucy ihr gestern abend noch einige von ihren Scheiß-Pillen aufgedrängt, die sie erst recht *high* gemacht und dann hinterher ganz tief in ein schwarzes Loch hatten sacken lassen, aus dem herauszukommen sie sich noch immer abmühte. In der Regel nahm Charlie solche Sachen nicht, aber ihr Schwanken zwischen zwei Liebhabern, wie sie es sich selbst gegenüber inzwischen darstellte, hatte sie anfällig gemacht.

Sie wollte gerade das Restaurant betreten, als zwei Griechen herausgestürmt kamen und über den abgerissenen Träger ihrer Schultertasche lachten. Sie stellte sich hin, beschimpfte sie wütend und nannte sie Sexistenschweine. Zornbebend schob sie die Tür mit dem Fuß auf und trat ein. Die Luft wurde kühl, das Stimmengewirr von draußen verstummte, sie stand in einem dämmerig beleuchteten holzgetäfelten Restaurant, und dort – in seinem eigenen bißchen Dunkel saß der heilige Joseph von der Insel, der unheimliche und wohlbekannte Urheber all ihrer Schuldgefühle und des Aufruhrs in ihr, einen griechischen Kaffee neben sich und ein aufgeschlagenes Taschenbuch vor sich.

Rühr mich bloß nicht an, warnte sie ihn bei sich, als er auf sie zukam. Nimm bloß keinen Zentimeter von mir für selbstverständlich. Ich bin müde und ausgehungert, könnte sein, daß ich beiße, und dem Sex hab' ich für die nächsten zweihundert Jahre abgeschworen.

Aber er nahm nur ihre Gitarre und ihre Schultertasche mit dem abgerissenen Riemen, sonst nichts. Und er gab ihr auch nur rasch und förmlich die Hand, wie man es auf der anderen Seite des Atlantiks macht. So fiel ihr nichts anderes ein, als zu sagen: »Du hast ja ein seidenes Hemd an!« Das stimmte, es war cremefarben, mit goldenen Manschettenknöpfen, so groß wie Kronenkorken. »Herrgott, Jose. Wie läufst du denn rum?« rief sie, als sie auch noch das übrige Metall an ihm in Augenschein nahm. »Goldarmband, goldene Uhr – kaum drehe ich dir den Rücken zu, reißt du eine reiche Gönnerin auf!« Das sprudelte alles in einem teils hysterischen, teils aggressiven Ton aus ihr heraus, vielleicht hatte sie instinktiv die Absicht, ihn wegen seines Aufzugs genauso verlegen zu machen, wie sie sich wegen des ihren fühlte. – Was hab' ich denn erwartet, wie er rumläuft? fragte sie sich wütend. Vielleicht in seiner verdammten keuschen Badehose und mit seiner Feldflasche?

Aber Joseph ließ ohnehin alles ungerührt über sich ergehen.

»Charlie. Hallo. Die Fähre hatte Verspätung. Du Ärmste! Aber laß nur. Hauptsache, du bist hier.« Das jedenfalls war Joseph, wie sie ihn kannte – kein Triumph, keinerlei Überraschung, nur eine ernste biblische Begrüßung und ein gebieterisches Nicken für den Kellner. »Willst du dich erst waschen oder erst einen Whisky? Die Damentoilette ist dort drüben.«

»Einen Whisky«, sagte sie und ließ sich auf einen Stuhl ihm gegenüber fallen.

Ein gutes Restaurant, das wußte sie sofort. Eines von denen, das die Griechen für sich behalten.

»Ach, und ehe ich's vergesse.« Er griff hinter sich.

Was vergesse? dachte sie, als sie ihn, das Kinn in die Hände gestützt, ansah. Komm schon, Jose. Du hast noch nie im Leben was vergessen. Joseph brachte unter der Bank eine wollene griechische Tasche von einem auffallend schmutzigen Rot zum Vorschein, die er ihr betont beiläufig reichte.

»Da wir beide zusammen in die Welt hinausziehen, ist hier dein Notgepäck. Dein Flugticket von Saloniki nach London ist darin, wenn du möchtest, kannst du immer noch umbuchen. Außerdem etwas Geld, damit du einkaufen, weglaufen oder es dir einfach anders überlegen kannst. War's schwierig, deinen Freunden zu entkommen? Ich glaub' schon. Wer macht Leuten gern was vor, vor allem denen, die man mag?«

Er redete, als kenne er sich mit Irreführungen aus, als praktiziere er so was täglich mit Bedauern.

»Kein Fallschirm«, beschwerte sie sich und spähte in die Tasche hinein. »Danke, Jose.« Das sagte sie noch ein zweites Mal. »Sehr passend. Vielen Dank.« Aber sie hatte das Gefühl, daß sie sich selbst nicht mehr glaubte. Mußten Lucys Pillen sein, dachte sie. Die Fahrt mit dem Schiff hat mich ganz durcheinandergebracht.

»Also, wie steht's mit einem Hummer? Auf Mykonos hast du mir gesagt, Hummer wäre dein Leibgericht. Stimmt das auch? Der Koch hat für dich einen aufgehoben und wartet nur auf deinen Befehl, um ihn zu schlachten. Warum nicht?«

Das Kinn immer noch in die Handfläche gestützt, ließ Charlie ihren Humor die Oberhand gewinnen. Mit müdem Lächeln hob sie die andere Hand, ballte sie zur Faust und zeigte mit caesarischem Daumen nach unten, daß der Hummer des Todes sei.

»Sag ihnen, ich möchte, daß sie sowenig Gewalt wie möglich anwenden«, sagte sie. Dann ergriff sie eine seiner Hände und drückte sie zwischen ihren beiden, um sich für ihre trübsinnige Stimmung zu entschuldigen. Er lächelte und überließ ihr seine Hand, so daß sie damit spielen konnte. Es war eine schöne Hand mit schlanken, harten Fingern und sehr kräftigen Muskeln.

»Und den Wein, den du magst«, sagte Joseph. »Boutaris, weiß und kalt. Hast du das nicht immer gesagt?«

Ja, dachte sie und ließ seine Hand nicht aus den Augen, wie sie ihre einsame Reise zurück über den Tisch machte. Das habe ich immer gesagt. Vor zehn Jahren, als wir uns auf dieser komischen kleinen griechischen Insel trafen.

»Und nach dem Essen möchte ich Mephisto für dich spielen, dich auf einen Berg hinaufführen und dir das zweitbeste Fleckchen auf der Welt zeigen. Einverstanden? Ein Ausflug zu den Mysterien?«

»Ich will aber das beste«, sagte sie und trank ihren Whisky.
»Und ich verleihe nie erste Preise«, erwiderte er seelenruhig.
Laß mich hier raus! dachte sie. Jag den Autor zum Teufel! Gib mir ein neues Drehbuch! Sie versuchte es mit einem Party-Gambit direkt aus Rickmansworth.
»So, was hast du denn in den letzten Tagen angestellt, Jose? Natürlich abgesehen davon, daß du dich nach mir verzehrt hast.«
Er ging nicht direkt darauf ein, sondern fragte sie nach ihrer eigenen Warterei, nach der Fahrt und nach der Familie. Er lächelte, als sie von der Vorsehung in Gestalt des Hippies erzählte, der sie im Taxi mitgenommen und Jesus kein einziges Mal erwähnt hatte. Er erkundigte sich, ob sie etwas von Alastair gehört habe, und war höflich enttäuscht, als er erfuhr, daß das nicht der Fall sei. »Ach, der schreibt *nie*«, sagte sie mit einen unbekümmerten Lachen. Er fragte, was für eine Filmrolle er denn ihrer Meinung nach angeboten bekommen habe; sie vermutete, einen Spaghetti-Western, und er fand das lustig: diesen Ausdruck hatte er noch nie gehört und bestand darauf, daß sie ihm ihn erklärte. Als sie ihren Whisky ausgetrunken hatte, fand sie allmählich, daß sie vielleicht doch attraktiv für ihn war. Sie redete mit ihm über Al und war beeindruckt davon, wie sie mit eigenen Worten Raum für einen neuen Mann in ihrem Leben machte.
»Aber wie auch immer, ich hoffe nur, er hat *wirklich* Erfolg, das ist alles«, sagte sie und ließ durchblicken, daß Erfolg ihn für andere Enttäuschungen entschädigen könnte.
Doch noch während sie auf ihn zuging, überkam sie erneut das Gefühl, daß alles nicht stimmte. Dieses Gefühl hatte sie auch manchmal auf der Bühne, wenn eine Szene nicht lief: daß die Ereignisse zusammenhanglos und in hölzerner Folge abliefen, daß der Dialog zu dünn war, zu direkt. *Jetzt*, dachte sie. Sie kramte in ihrer Schultertasche, brachte ein Olivenholzkästchen zum Vorschein und reichte es ihm über den Tisch hinweg. Er nahm es, weil es ihm gereicht wurde, erkannte es jedoch nicht gleich als Geschenk. Es amüsierte sie, für einen Augenblick so etwas wie Angst, ja Argwohn in seinem Gesicht zu entdecken, als ob ein unerwarteter Umstand seine Pläne zu durchkreuzen drohe.
»Mach's schon auf«, ermunterte sie ihn.

»Aber was ist es?« Er spielte ein wenig den Clown für sie, schüttelte das Kästchen leicht und hielt es ans Ohr. »Muß ich einen Eimer Wasser bestellen?« fragte er. Aufseufzend, als ob nichts Gutes herauskommen könne, hob er den Deckel und betrachtete nachdenklich die Päckchen aus Seidenpapier, die darinsteckten. »Charlie, was ist das? Ich bin völlig durcheinander. Bring sie sofort wieder dorthin zurück, wo du sie gefunden hast.«

»Mach schon! Wickle sie aus.«

Er hob eine Hand. Sie beobachtete sie, als verharre sie unsicher über ihrem eigenen Körper, dann senkte sie sich auf das erste Päckchen nieder, eine große rosa Muschel, die Charlie am Tag seiner Abreise am Strand gefunden und aufgehoben hatte. Feierlich legte er sie auf den Tisch und holte das nächste Angebinde heraus, ein geschnitztes griechisches Eselchen *made in Taiwan*, das sie im Andenkenladen gekauft und auf dem Bauch eigenhändig mit ›Joseph‹ beschriftet hatte. Er hielt es in beiden Händen und drehte es hin und her, während er es betrachtete.

»Es ist ein Junge«, sagte sie, brachte es jedoch nicht fertig, den ernsten Ausdruck auf seinem Gesicht zu verscheuchen. »Und das hier bin ich – schmollend«, erklärte sie, als er das gerahmte Foto herausholte, das, mit Roberts Polaroid-Kamera aufgenommen, Charlies Rückenansicht mit Strohhut und Strandkleid zeigte. »Ich war gerade wütend und wollte nicht posieren. Ich dachte, du würdest das zu schätzen wissen.«

Seine Dankbarkeit schmeckte nach nüchterner Überlegung, die sie eisig berührte. Danke, aber nein, schien er zu sagen; danke, aber ein andermal. Pauly nicht, Lucy nicht, du aber auch nicht. Sie zögerte, dann sagte sie es ihm – freundlich und gütig direkt ins Gesicht. »Jose, wir brauchen das nicht unbedingt weiterzumachen, verstehst du? Ich schaff' das Flugzeug immer noch, wenn dir das lieber ist. Ich wollte dich nicht auf . . .«

»Was?«

»Ich wollte dich nicht auf ein unüberlegtes Versprechen festnageln. Das ist alles.«

»Aber es war nicht unüberlegt. Ich habe es sehr ernst gemeint.«

Jetzt war er an der Reihe. Er holte einen Packen Reiseprospekte hervor. Ohne daß er sie dazu aufgefordert hatte, kam sie herum, setzte sich neben ihn und legte ihm sorglos den Arm um die Schulter, damit sie sie gemeinsam ansehen konnten. Seine Schulter war hart wie Fels und in etwa auch so innig, trotzdem nahm sie den Arm nicht wieder weg. Delphi, Jose: fabelhaft, toll. Ihr Haar lag an seiner Wange. Sie hatte es gestern abend eigens für ihn gewaschen. Olymp: hinreißend. Meteora: nie gehört. Sie berührten sich mit der Stirn. Saloniki: *wow*. Die Hotels, in denen sie übernachten sollten, alle Zimmer vorbestellt. Sie gab ihm einen Kuß auf den Jochbogen, gleich neben dem Auge, ein flüchtiger Kuß auf ein vorüberziehendes Ziel gedrückt. Er lächelte und drückte ihr onkelhaft die Hand, bis sie fast aufhörte, sich zu fragen, was an ihm – oder ihr – es war, das ihm das Recht gab, sie kampflos, ja ohne daß sie überhaupt die Waffen gestreckt hatte, für sich zu beanspruchen; oder woher das Wiedererkennen kam – das ›Tag, Charlie‹ –, das ihre erste Begegnung zu einem Wiedersehen alter Freunde gemacht hatte und diese hier zu einer Unterhaltung über ihre Flitterwochen.

Vergiß es, dachte sie. »Du trägst nie einen roten Blazer, oder, Jose?« fragte sie, ehe sie die Frage nur richtig überlegt hatte. »Weinrot, Messingknöpfe, im Schnitt ein Hauch zwanziger Jahre?«

Langsam hob er den Kopf; er wandte sich um und erwiderte ihren Blick. »Soll das ein Witz sein?«

»Nein. Nur eine Frage ohne Hintergedanken.«

»Einen roten Blazer? Aber warum denn um Himmels willen? Möchtest du, daß ich für deine Fußballmannschaft Reklame mache oder so etwas Ähnliches?«

»Er würde dir stehen. Das ist alles.« Er wartete immer noch auf ihre Erklärung. »Ach, so sehe ich Leute eben manchmal«, sagte sie, schon auf dem Rückzug. »Wie im Theater. In meiner Phantasie. Du kennst keine Schauspielerinnen, nicht wahr? Ich staffier' die Leute aus – mit Bärten – allem möglichen. Du würdest dich wundern. Und kostümiere sie. Steck' sie in Knickerbocker. Oder Uniform. In meiner Vorstellung. Es ist eine Angewohnheit von mir.«

»Möchtest du etwa, daß ich mir für dich einen Bart stehenlasse?«

»Wenn ja, laß es mich rechtzeitig wissen.«

Er lächelte, sie erwiderte das Lächeln – noch eine Begegnung übers Rampenlicht hinweg –, sein Blick ließ von ihr ab, und sie ging auf die Toilette und funkelte sich wuterfüllt im Spiegel an, während sie versuchte, ihm auf die Schliche zu kommen. Kein Wunder, daß er diese Scheiß-Schußnarben hat, dachte sie. Das müssen Frauen gewesen sein.

Sie hatten gegessen, sie hatten sich mit der Ernsthaftigkeit von Fremden unterhalten, er hatte aus einer Krokodilleder-Brieftasche die Rechnung bezahlt, die die Hälfte der Staatsschulden betragen haben mußte, in welches Land auch immer er gehörte.
»Setzt du mich auf Spesen, Jose?« fragte sie ihn, als sie zusah, wie er die Quittung zusammenfaltete und einsteckte.
Die Frage wurde nicht beantwortet, denn Gott sei Dank brach sein vertrautes Organisationstalent plötzlich wieder durch, und es stellte sich heraus, daß sie nur noch schrecklich wenig Zeit hatten.
»Bitte, halt nach einem müden alten Opel mit eingebeulten Kotflügeln und einem zehn Jahre alten Fahrer Ausschau«, sagte er, als er sie – ihr Gepäck über dem Arm – durch einen engen Küchenkorridor trieb.
»Wird gemacht«, sagte sie.
Der Wagen wartete am Seiteneingang und hatte wie versprochen eingebeulte Kotflügel. Der Fahrer nahm ihm ihr Gepäck ab und verstaute es im Kofferraum, was sehr rasch ging. Er war sommersprossig und blond und gesund aussehend, hatte ein breites, einfältiges Grinsen aufgesetzt und sah in der Tat, wenn nicht wie zehn, so doch höchstens wie fünfzehn aus. Die heiße Nacht ließ den üblichen gemächlichen Regen niedergehen.
»Charlie, das ist Dimitri«, sagte Joseph, als er sie auf den Rücksitz verfrachtete. »Seine Mutter hat ihm heute ausnahmsweise mal erlaubt, länger aufzubleiben. Dimitri, bitte, sei so gut und bring uns zum zweitbesten Fleck auf der Welt.« Er hatte sich neben sie gesetzt. Der Motor sprang sofort an, und gleichzeitig damit begann er seinen witzigen Fremdenführermonolog. »So, Charlie, das hier ist die Heimat der modernen griechischen Demokratie, der Platz der Verfassung; versäumen Sie nicht zu bemerken, wie viele Demokraten ihre Freiheit im Freien vor den Restaurants genießen. Zu unserer Linken sehen Sie das Olympieion und das Hadrianstor. Ehe Sie auf falsche Gedanken kommen, muß ich Sie freilich darauf

aufmerksam machen, daß es sich um einen anderen Hadrian handelt als den, der Ihren berühmten Wall gebaut hat. Bei dem Athener handelt es sich um einen wesentlich phantasievolleren Mann, finden Sie nicht auch? Künstlerischer, würde ich sagen.«

»Viel künstlerischer«, sagte sie.

Nun reiß dich doch endlich zusammen, sagte sie sich zornig. Laß alle Bedenken fahren. Es ist eine Gratisreise, ein neuer toller Mann, das antike Griechenland, und es nennt sich *Spaß*. Sie fuhren langsamer. Zu ihrer Rechten sah sie kurz ein paar Ruinen, doch gleich darauf waren sie wieder hinter hohen Büschen verborgen. Sie kamen zu einem Kreisverkehr, rollten langsam einen gepflasterten Hügel hinauf und hielten dann. Joseph sprang raus, hielt ihr den Wagenschlag auf, ergriff ihre Hand und führte sie schnell, verschwörerisch fast, eine schmale Steintreppe zwischen überhängenden Bäumen hinauf.

»Wir sprechen nur im Flüsterton, und dann auch nur einen höchst komplizierten Code«, warnte er sie leise murmelnd wie auf der Bühne, und sie erwiderte etwas ähnlich Bedeutungsloses.

Sein Griff war wie ein Stromstoß. Ihre Finger schienen bei seiner Berührung zu brennen. Sie folgten einem Waldpfad, mal gepflastert, mal trockene Erde, doch die ganze Zeit über ging es bergauf. Der Mond war verschwunden, und es war sehr dunkel, doch Joseph stürmte unbeirrt vor ihr her, als wäre es hellichter Tag. Einmal ging es über eine Steinbrücke, einmal über einen wesentlich breiteren Weg, doch er war nicht der Mann, der die leichteren Pfade einschlug. Die Bäume lichteten sich, und zu ihrer Rechten sah sie die Lichter der Stadt bereits tief unter sich. Zu ihrer Linken, immer noch weit oben, stand eine Art Bergspitze schwarz vor dem orangefarbenen Horizont. Sie hörte Schritte hinter sich und Lachen, aber es waren nur zwei junge Leute, die über etwas kicherten.

»Du hast doch nichts gegen einen Fußmarsch?« fragte er sie, ohne im Tempo nachzulassen.

»Und ob!« antwortete sie.

Eine Josephs-Pause.

»Möchtest du, daß ich dich trage?«

»Ja.«

»Leider hab' ich eine Muskelzerrung im Rücken.«

»Hab' ich gesehen«, sagte sie und packte seine Hand fester.
Sie schaute wieder nach rechts und erkannte etwas, das aussah wie die Ruinen einer alten englischen Mühle, ein Bogenfenster über dem anderen und dahinter die erleuchtete Stadt. Sie schaute nach links, und die Bergspitze war zu den schwarzen rechteckigen Umrissen eines Gebäudes geworden, bei dem am einen Ende so etwas wie ein Schornstein aufzuragen schien. Dann waren sie wieder unter Bäumen mit dem ohrenbetäubenden Zirpen der Zikaden und dem Geruch der Tannen, der so stark war, daß ihre Augen anfingen zu brennen.
»Es ist ein Zelt«, flüsterte sie und bat ihn dann, einen Augenblick stehenzubleiben. »Stimmt's? Sex auf dem Süd-Paß. Wie hast du meine geheimsten Gelüste erraten?«
Aber er schritt kraftvoll vor ihr her. Sie war außer Atem, aber wenn ihr danach war, konnte sie einen ganzen Tag lang laufen; folglich mußte ihre Atemnot von etwas anderem kommen. Sie hatten einen breiten Weg erreicht. Vor ihnen standen zwei graue Gestalten in Uniform vor einer kleinen Steinhütte Wache, auf der im Inneren eines Drahtkäfigs eine Glühbirne brannte. Joseph ging auf die Männer zu, und sie hörte, wie sie leise zurückgrüßten. Die Hütte stand zwischen zwei Eisentoren. Hinter dem einen lag wieder die Stadt, jetzt ein fernes Meer blinkender Lichter; doch hinter dem anderen herrschte nur pechschwarze Dunkelheit, und in dieses Dunkel sollten sie eingelassen werden, denn sie hörte das Klirren von Schlüsseln und das Knirschen von Eisen, als der Torflügel sich langsam in den Angeln drehte. Einen Moment packte sie Panik. Was mache ich hier? Wo bin ich? Mach, daß du wegkommst, Schwachkopf, mach, daß du wegkommst! Bei den beiden Männern handelte es sich um städtische Angestellte oder Polizisten, und sie schloß aus ihrer Einfältigkeit, daß Joseph sie bestochen hatte. Sie sahen alle auf die Uhr, und als er das Handgelenk hob, sah sie einen Schimmer von seinem auffälligen cremefarbenen Hemd und den Manschettenknöpfen. Jetzt winkte Joseph sie vorwärts. Sie warf einen Blick zurück und sah zwei Mädchen unter ihr auf dem Weg stehen und heraufblicken. Er rief sie. Sie ging auf das offenstehende Tor zu. Sie spürte, wie die Polizisten sie mit den Augen auszogen, und ihr ging durch den Kopf, daß Joseph sie bis jetzt noch nie so

angesehen hatte; er hatte noch nicht den plumpen Beweis geliefert, sie zu begehren. In ihrer Unsicherheit wünschte sie nichts sehnlicher, als daß er das tun würde.

Das Tor schloß sich hinter ihr. Da waren Stufen, und nach den Stufen kam ein Weg über glatte Felsen. Sie hörte, daß er ihr riet, vorsichtig zu sein. Sie hätte gern den Arm um ihn gelegt, doch er dirigierte sie so, daß sie vor ihm herging, sagte, der Blick dürfe durch ihn nicht versperrt werden. Es geht also um einen Blick, dachte sie. Den zweitbesten Blick auf Erden. Der Felsen mußte Marmor sein, denn er glänzte selbst im Dunkeln, und ihre Ledersohlen rutschten gefährlich darauf. Einmal wäre sie ums Haar hingefallen, doch seine Hand fing sie mit einer Schnelligkeit und einer Kraft auf, mit der verglichen Al ihr schwächlich vorkommen mußte. Einmal drückte sie seinen Arm an ihre Seite, so daß seine Fingerknöchel sich gegen ihre Brust preßten. Fühl doch, forderte sie ihn verzweifelt in Gedanken auf. Die gehört mir, die erste von zweien; die linke ist ein kleines bißchen erogener als die rechte, aber wen kümmert's? Der Pfad verlief im Zickzack, das Dunkel lichtete sich und fühlte sich für sie heiß an, als hätte es die Tageshitze aufgesaugt. Unter ihr, zwischen den Bäumen, fiel die Stadt zurück wie ein entschwindender Planet; über ihr war sie sich nur des zackigen Dunkels von Türmen und Gerüsten bewußt. Der Verkehrslärm legte sich und überließ die Nacht den Zikaden.

»Jetzt geh bitte langsam.«

An seinem Ton erkannte sie, daß – was immer es sein mochte – nahe war. Wieder verlief der Pfad im Zickzack; sie kamen zu einer Holztreppe. Stufen und ein Treppenabsatz, wieder Stufen. Joseph schlug hier einen leichten Schritt an, und sie folgte seinem Beispiel, so daß sie erneut in ihrem heimlichen Tun vereint waren. Seite an Seite schritten sie durch ein breites Tor, so überwältigend groß, daß sie unwillkürlich den Kopf hob. Und als sie das tat, sah sie, wie ein roter Halbmond zwischen den Sternen herunterrutschte und seinen Platz zwischen den Säulen des Parthenons einnahm.

»Mein Gott!« flüsterte sie. Sie kam sich fehl am Platz vor und einen Augenblick lang mutterseelenallein. Langsam ging sie voran, wie jemand, der auf eine Fata Morgana zugeht, jeden Augenblick darauf gefaßt, daß sie sich in nichts auflöst, doch sie tat es nicht. Sie schritt die ganze Länge des Parthenons ab und hielt nach einer Stelle Ausschau, wo man hinaufsteigen konnte, doch an der ersten Treppe verkündete ein korrektes Schild: BETRETEN VERBOTEN! Plötzlich, aus einem unerfindlichen Grund, lief sie. Sie lief zwischen den Felsen himmelwärts auf den dunklen Rand dieser unirdischen Stadt zu und war sich nur halb bewußt, daß Joseph in seinem Seidenhemd mühelos neben ihr her trabte. Sie lachte und redete zur gleichen Zeit, sagte die Dinge, die sie, wie man ihr erzählt hatte, im Bett von sich gab – alles, was ihr in den Sinn kam. Sie hatte das Gefühl, sie könne ihren Körper hinter sich lassen und, ohne zu stürzen, in den Himmel hineinlaufen. Allmählich in Schrittempo fallend, erreichte sie die Brüstung, warf sich darauf und schaute hinunter auf die erleuchtete, vom schwarzen Meer der Attischen Ebene umgebene Insel. Sie blickte zurück und sah ihn, wie er ein paar Schritte hinter ihr stand und sie beobachtete.

»Danke«, sagte sie schließlich.

Dann ging sie zu ihm, packte seinen Kopf mit beiden Händen und küßte ihn auf den Mund mit einem Kuß, der fünf Jahre dauerte, erst ohne Zunge, dann mit Zunge, sie drehte seinen Kopf hierher und dorthin und betrachtete zwischendurch seine Züge, als gelte es, die Wirkung ihrer Mühen abzumessen, und diesmal hielten sie einander lange genug umfaßt, daß sie sich absolut sicher sein konnte: Ja, es funktioniert.

»Danke, Jose«, wiederholte sie, merkte jedoch nur, daß er sich von ihr löste. Sein Kopf entglitt ihrem Griff, seine Hände gaben ihre Arme frei und schoben sie zurück an ihre Seite. Sie stand – erstaunlich – mit leeren Händen da.

Verdattert, wütend fast starrte sie im Mondschein in sein loses Wachtposten-Gesicht. Sie ging davon aus, daß sie sie mit der Zeit alle kennengelernt hatte: die heimlichen Schwulen, die so lange blufften, bis sie anfingen zu weinen, die von dem eingebildeten Schreckgespenst der Impotenz Verfolgten zu alten Jungfrauen, die Möchtegern-Don-Juans und legendären Beschäler, die im letzten Augenblick aus Scheu oder schlechtem Gewissen einen Rückzieher machten. Und sie hatte in der Regel immer genügend aufrichtiges Zartgefühl besessen, Mutter oder Schwester oder das andere zu spielen und mit jedem von ihnen so etwas wie eine bleibende

Beziehung herzustellen. Doch in Joseph spürte sie, als sie in seine im Dunkeln liegenden Augenhöhlen hineinsah, ein Widerstreben, wie es ihr bisher noch nie begegnet war. Nicht, daß er sie nicht begehrt oder nicht gekonnt hätte. Sie war auf diesem Gebiet viel zu erfahren, als daß sie sich, was die Spannung und die Selbstsicherheit seiner Umarmung betraf, hätte irren können. Vielmehr war es so, als läge sein Ziel irgendwo jenseits von ihr und als versuche er, ihr das durch seine Zurückhaltung zu verstehen zu geben.

»Soll ich dir noch mal danken?« fragte sie.

Schweigend sah er sie einen Augenblick länger an. Dann hob er den Arm und warf im Mondlicht einen Blick auf seine goldene Uhr.

»Ich meine, da uns ohnehin schon zuwenig Zeit bleibt, sollte ich dir ein paar von den Tempeln hier zeigen. Gestattest du, daß ich dich langweile?«

In der außerordentlichen Distanz, die sich zwischen ihnen aufgetan hatte, verließ er sich darauf, daß sie ihn in seinem Keuschheitsgelübde unterstützte.

»Jose, ich möchte sie alle kennenlernen«, erklärte sie, hakte sich bei ihm unter und schob mit ihm ab wie mit einer Trophäe. »Wer hat ihn gebaut, wieviel hat er gekostet, was hat man hier angebetet, und hat es was genützt? Du darfst mich langweilen, bis daß das Leben uns scheidet.«

Sie wäre nie drauf gekommen, daß er etwa nicht alle Antworten kenne, und sie irrte sich nicht. Er hielt ihr einen Vortrag, und sie hörte ihm zu; gelassen führte er sie von Tempel zu Tempel, sie folgte ihm, hielt seinen Arm und dachte: Ich werde deine Schwester sein, deine Schülerin, was du willst. Ich werde dir Stecken und Stab sein und sagen, das warst ganz allein du, ich werde mich hinlegen und sagen, das war ganz allein ich, ich werde dir dieses Lächeln austreiben, und wenn es mich das Leben kostet.

»Nein, Charlie«, sagte er ernst, »die Propyläen sind keine Göttin, sondern der Eingang zu einem Heiligtum. Das Wort kommt von *propylon*; die Griechen gebrauchten den Plural aus Achtung vor heiligen Stätten.«

»Das hast du doch alles nur für uns auswendig gelernt, nicht wahr, Jose?«

»Selbstverständlich. Alles für dich. Warum nicht?«

»Ich könnte das. Ein Gehirn wie einen Schwamm, das hab' ich. Du würdest dich wundern. Ein Blick in die Bücher, und ich wäre im Handumdrehen deine Expertin.«
Er blieb stehen, sie mit ihm.
»Dann wiederhol es mir«, sagte er.
Zuerst glaubte sie ihm nicht, sie argwöhnte, er wolle sie auf den Arm nehmen. Doch dann packte sie ihn an den Armen, drehte ihn mit einem Ruck um und machte den gesamten Rundgang noch einmal mit ihm und wiederholte ihm alles, was er gesagt hatte.
»Na, bestanden?« Sie waren wieder ans Ende gelangt. »Bekomme ich den zweiten Preis?«
Sie wartete wieder auf eine seiner berühmten Drei-Minuten-Warnungen: »Es ist nicht der *Schrein* der Agrippa, sondern ihr Denkmal. Bis auf diesen kleinen Fehler, würde ich sagen, hast du alles vollkommen wortgetreu wiederholt. Herzlichen Glückwunsch.«
Im selben Augenblick hörte sie von weit unten ein Auto hupen, drei gezielte Signale, und sie wußte, daß dieses Hupen für ihn bestimmt war, denn er hob sofort den Kopf, nahm es in sich auf wie ein witterndes Wild, bevor er noch einmal einen Blick auf die Uhr warf. Die Kutsche hat sich in einen Kürbis zurückverwandelt, dachte sie; Zeit, daß brave Kinder zu Bett gehen und einander sagen, was, zum Teufel, sie eigentlich getrieben haben.
Sie waren bereits beim Abstieg, als Joseph stehenblieb und einen Blick auf das melancholische Dionysos-Theater warf, ein nur vom Mond und ein paar verirrten fernen Lichtern erhelltes ausgehöhltes Rund. Ein Abschiedsblick, dachte sie verwirrt, als sie ihn so regungslos als schwarze Silhouette vor den Lichtern der Stadt stehen sah.
»Irgendwo habe ich gelesen, daß ein echtes Drama niemals nur eine persönliche Aussage sein kann«, meinte er. »Romane, Gedichte ja. Aber nicht ein Drama. Ein Drama muß immer einen Bezug zur Wirklichkeit haben. Ein Drama muß etwas nützen. Glaubst du das auch?«
»In der Lehranstalt für höhere Töchter von Burton-on-Trent?« entgegnete sie lachend. »Wenn sie in einer Sonntags-Matinee für alte Leute die Helena von Troja spielen?«
»Ich meine das ernst. Sag mir, wie du darüber denkst.«
»Übers Theater?«

»Über seinen Nutzen.«
Durch seinen Ernst geriet sie aus der Fassung. Es hing zuviel von ihrer Antwort ab.
»Nun, ich finde auch«, sagte sie unbeholfen, »das Theater *sollte* etwas nützen. Es *sollte* die Menschen dazu bringen, Anteil zu nehmen und mitzufühlen. Es sollte – nun ja, das Bewußtsein der Menschen wecken.«
»Also wirklich sein? Bist du sicher?«
»Sicher bin ich sicher.«
»Nun denn«, sagte er, als ob sie ihm in dem Fall keinen Vorwurf machen dürfe.
»Nun denn«, wiederholte sie fröhlich wie ein Echo.
Wir sind wahnsinnig, zu diesem Schluß kam sie. Sind belfernde, meldepflichtige Irre, alle beide. Der Polizist grüßte sie auf ihrem Weg zurück zur Erde.

Zuerst dachte sie, er wollte ihr einen üblen Streich spielen. Bis auf den Mercedes war die Straße leer, und der Mercedes stand ganz allein darauf. Auf einer Bank nicht weit davon entfernt saß ein knutschendes Pärchen; sonst war weit und breit kein Mensch zu sehen. Der Wagen war dunkel, aber nicht schwarz. Er war dicht neben dem Grasstreifen geparkt und das Nummernschild vorn nicht zu sehen. Solange sie Auto fahren konnte, hatte sie etwas für Mercedes übriggehabt; seiner Kompaktheit nach mußte es sich um eine Sonderanfertigung handeln und mit den Antennen und Chromleisten um irgend jemands Spezialspielzeug mit sämtlichen Extras. Er hatte sie untergehakt, und erst, als sie fast neben der Fahrertür standen, ging ihr auf, daß er sich anschickte, die Tür zu öffnen. Sie sah, wie er den Schlüssel ins Schloß steckte und sämtliche vier Verriegelungen gleichzeitig hochgingen, und ehe sie sich versah, führte er sie um den Wagen herum zur Beifahrertür, und sie fragte ihn, was, zum Teufel, denn eigentlich vorgehe.
»Gefällt er dir nicht?« fragte er mit einer unwirklichen Leichtfertigkeit, die sie augenblicklich mißtrauisch machte. »Soll ich einen anderen kommen lassen? Ich dachte, du hättest eine Schwäche für schöne Autos.«

»Soll das heißen, daß es ein Leihwagen ist?«
»Nicht das, was du darunter verstehst. Aber jemand hat ihn uns für unsere Reise geliehen.«
Er hielt ihr den Schlag auf. Sie stieg nicht ein.
»Wer hat ihn dir geliehen?«
»Ein gütiger Freund.«
»Wie heißt er?«
»Charlie, nun sei doch nicht albern. Herbert. Karl. Was bedeutet schon ein Name? Würdest du die egalitären Unbequemlichkeiten eines griechischen Fiats vorziehen?«
»Wo ist mein Gepäck?«
»Im Kofferraum. Dimitri hat es dort auf meine Anweisung hin verstaut. Möchtest du nachsehen und dich überzeugen?«
»Ich fahre nicht mit dem Ding, das ist verrückt.«
Sie stieg trotzdem ein, und im Nu saß er neben ihr und ließ den Motor an. Er trug Autohandschuhe aus schwarzem Leder mit Luftlöchern auf dem Handrücken. Er mußte sie in der Tasche gehabt und beim Einsteigen übergestreift haben. Das Gold um seine Handgelenke stach leuchtend von ihnen ab. Er fuhr schnell und gewandt. Auch das mochte sie nicht – so fuhr man nicht die Autos seiner Freunde. Ihre Tür war versperrt. Er hatte sie alle wieder mit dem zentralen Verriegelungsschalter gesichert. Er hatte das Radio angemacht; es spielte wehmütige griechische Musik.
»Und wie mach' ich das Scheißfenster auf?« fragte sie.
Er drückte auf einen Knopf, und der warme Nachtwind fuhr über sie dahin und brachte den Duft von Harz mit. Doch er ließ das Fenster nur ein paar Fingerbreit herunter.
»So was machen wir öfter, nicht wahr?« fragte sie laut. »Eine von unseren kleinen Extravaganzen, ja? Damen mit doppelter Schallgeschwindigkeit an unbekannte Ziele bringen?«
Keine Antwort. Er schaute angestrengt geradeaus. Wer ist er? Bei meiner Treu – wie ihre Scheiß-Mutter sagen würde –, wer *ist* er? Das Wageninnere füllte sich mit Licht. Sie fuhr herum und sah durch die Heckscheibe knapp hundert Meter hinter ihnen zwei Scheinwerfer, die weder näher kamen noch zurückfielen.
»Sind das unsere oder ihre?« wollte sie wissen.
Sie wollte sich gerade wieder bequem hinsetzen, als ihr aufging, was

ihr sonst noch ins Auge gefallen war. Ein roter Blazer, der auf dem Rücksitz lag, Messingknöpfe wie die Messingknöpfe in Nottingham und York: und – sie hätte jede Wette gemacht – mit einem Hauch zwanziger Jahre im Schnitt.
Sie bat ihn um eine Zigarette.
»Warum siehst du nicht im Handschuhfach nach?« sagte er, ohne den Kopf zu wenden. Sie zog es auf und sah ein Päckchen Marlboro. Daneben lag ein seidener Schal und eine teure Polaroid-Sonnenbrille. Sie nahm den Schal heraus und schnupperte daran; er roch noch Herren-Toilettenwasser. Sie nahm sich eine Zigarette. Mit der behandschuhten Hand reichte Joseph ihr den glühenden Zigarettenanzünder vom Armaturenbrett.
»Dein Freund hat was für flotte Kleidung übrig, was?«
»O ja, kann man wohl sagen. Warum fragst du?«
»Ist das sein roter Blazer da auf dem Rücksitz oder deiner?«
Er warf wie beeindruckt rasch einen Blick nach hinten und wandte die Augen dann wieder der Straße zu.
»Sagen wir, er gehört ihm, aber ich habe ihn mir ausgeliehen«, erwiderte er ruhig, während das Auto beschleunigte.
»Und die Sonnenbrille hast du dir auch von ihm geliehen, oder? Die hast du wohl verdammt noch mal gebraucht, als du so tief vorm Rampenlicht gesessen hast. Fast schon auf der Bühne. Und du heißt Richthoven, stimmt's?«
»Richtig.«
»Vorname Peter, aber du ziehst vor, Joseph genannt zu werden. Lebst in Wien, treibst ein bißchen Handel, studierst ein bißchen.« Sie hielt inne, doch er sagte nichts. »In einem Postfach.« Sie ließ sich nicht beirren. »Nummer siebenhundertzweiundsechzig, Hauptpostamt. Richtig?«
Sie sah, wie er wegen ihres Gedächtnisses anerkennend leicht mit dem Kopf nickte. Die Nadel des Geschwindigkeitsmessers kletterte auf 130.
»Staatsangehörigkeit offen. Feinfühlige Promenadenmischung«, fuhr sie forsch fort. »Du hast drei Kinderchen und zwei Frauen. Alle in einem Postfach.«
»Keine Frauen. Keine Kinder.«
»Überhaupt nie? Oder nur zum gegenwärtigen Zeitpunkt keine?«

»Überhaupt keine.«
»Nicht, daß du meinst, ich hätte was dagegen, Jose. Mir wär's sogar ausgesprochen lieb. Alles, was dich in diesem Augenblick näher bestimmen könnte. Egal was. Mädchen sind so – neugierig.«
Ihr ging auf, daß sie immer noch den Schal in der Hand hielt, sie warf ihn ins Handschuhfach und klappte es mit lautem Knall zu. Die Straße war gerade, aber sehr schmal, die Nadel hatte 140 Kilometer erreicht, und sie spürte, wie Panik in ihr hochkroch und mit ihrer aufgesetzten Ruhe kämpfte.
»Wie wär's, wenn du mir mal was Nettes erzähltest? Irgendwas, um eine gewisse Person zu beruhigen?«
»Das Nette ist, daß ich dich so wenig wie möglich belogen habe und es jetzt nicht mehr lange dauert, bis du begreifen wirst, daß es viele gute Gründe gibt, bei uns zu sein.«
»Wer sind *wir*?« fragte sie scharf.
Bis eben war er ein Einzelgänger gewesen. Diese Veränderung gefiel ihr ganz und gar nicht. Sie fuhren auf eine Hauptstraße zu, doch er ging mit dem Tempo nicht herunter. Sie sah die Lichter von zwei Autos auf sie zukommen und hielt die Luft an, als er gleichzeitig auf Kupplung und Bremse trat und den Mercedes säuberlich vor ihnen einfädelte, schnell genug, daß das Auto hinter ihnen dasselbe tun konnte.
»Es geht nicht um Waffenschmuggel, oder?« fragte sie und dachte plötzlich an seine Narben. »Du führst doch als Nebengeschäft nicht irgendwo einen kleinen Krieg, oder? Ich kann nämlich Knallerei nicht ab, verstehst du. Dazu hab' ich zu empfindliche Trommelfelle.« Ihre Stimme mit der forcierten Munterkeit kam ihr ganz fremd vor.
»Nein, Charlie, es geht nicht um Waffenschmuggel.«
»›Nein, Charlie, es geht nicht um Waffenschmuggel.‹ Um weißen Sklavenhandel?«
»Nein, auch nicht um weißen Sklavenhandel.«
Auch diese Antwort äffte sie nach.
»Bleiben nur noch Drogen, nicht wahr? Denn mit *irgendwas* mußt du doch handeln, oder? Nur, Drogen liegen offen gestanden auch nicht auf meiner Linie. Long Al läßt mich sein Hasch am Körper tragen, wenn wir durch den Zoll müssen, und ich bin hinterher

noch tagelang mit den Nerven völlig fertig.« Keine Antwort. »Was Höheres, also? Edleres? Auf einem ganz anderen Niveau?« Sie streckte die Hand aus und stellte das Radio ab. »Wie wär's eigentlich, wenn du ganz einfach mal anhieltest? Du brauchst mich nicht irgendwohin zu bringen. Du kannst gleich morgen zurück nach Mykonos, wenn du willst, und meinen Ersatz aufreißen.«

»Und dich hier mutterseelenallein einfach absetzen und stehenlassen? Sei doch nicht albern.«

»Tu's!« schrie sie. *»Halt den Scheiß-Wagen an*!«

Sie hatten ein paar Verkehrsampeln überfahren und waren nach links abgebogen, und zwar so heftig, daß ihr Anschnallgurt sich straffte und alle Luft aus ihr herauspreßte. Sie stürzte sich auf das Lenkrad, doch sein Unterarm war lange vor ihr da. Er bog ein zweitesmal nach links ab, durch ein weißes Tor in eine von Azaleen und Hibiskus gesäumte Privatauffahrt. Die Auffahrt führte um eine Kurve, sie flogen herum und kamen an einer durch weißgetünchte Steine abgegrenzten Kiesfläche zum Stehen. Das zweite Auto kam hinter ihnen zum Halten und blockierte den Weg nach draußen. Sie hörte Schritte auf dem Kies. Das Haus war eine von roten Blüten überwucherte alte Villa. Im Strahl der Scheinwerfer sahen die Blüten aus wie frische Blutflecken. Unter dem Vorbau brannte ein schwaches Licht. Joseph stellte den Motor ab und steckte den Zündschlüssel in die Tasche. Er lehnte sich über Charlie und drückte die Tür für sie auf, so daß plötzlich der süßliche Duft von Hortensien und das vertraute Gezwitscher der Zikaden hereindrang. Er stieg aus, doch Charlie blieb sitzen. Keine Brise regte sich, die Luft stand, und nichts war zu hören außer den vorsichtigen Schritten von leichtfüßigen jungen Leuten, die sich um den Wagen versammelten. Dimitri, der zehnjährige Fahrer mit dem einfältigen Lächeln. Raoul, der strohblonde Jesus-Freak, der in Taxis fuhr und einen reichen schwedischen Daddy hatte. Zwei Mädchen in Jeans und Jacken, dasselbe Gespann, das ihnen auf die Akropolis hinauf gefolgt war, und – jetzt, da sie sie deutlicher sah – auch dasselbe Gespann, das sie ein paarmal auf Mykonos hatte herumstreichen sehen, als sie Schaufensterbummel machte. Als sie das dumpfe Geräusch von jemand hörte, der den Kofferraum auslud, sprang sie wütend aus dem Wagen. »Meine Gitarre!« rief sie. »Die rührt ihr nicht an, die . . .«

Aber Raoul hatte sich die Gitarre bereits unter den Arm geklemmt, und Dimitri hatte sich ihrer Schultertasche bemächtigt. Schon wollte sie auf sie zuspringen, da packten die beiden Mädchen sie am Handgelenk und an den Ellbogen und führten sie mühelos zum Vorbau hinüber.

»Wo ist dieser Scheißkerl Joseph?« kreischte sie.

Aber der Scheißkerl Joseph, der seine Aufgabe erfolgreich erledigt hatte, war schon halb die Stufen hinauf und blickte sich nicht um, wie jemand, der nach einem Unfall das Weite sucht. Als sie am Wagen vorübergingen, erkannte Charlie im Schein der Lampe vom Vorbau das Nummernschild. Es war keineswegs ein griechisches, sondern ein arabisches mit Schriftzeichen um die Nummer herum und auf dem Kofferraumdeckel gleich neben dem Mercedes-Stern im Hollywood-Stil ein Plastikschild mit den Buchstaben ›CD‹, der Abkürzung für ›Corps Diplomatique‹.

Kapitel 6

Die beiden Mädchen hatten sie zur Toilette gebracht und waren, ohne irgend etwas dabei zu finden, dageblieben, als sie sie benutzt hatte. Eine Blonde und eine Brünette, beide nicht besonders gepflegt, beide mit dem Befehl, sich der Neuen gegenüber freundlich zu verhalten. Sie trugen Schuhe mit weichen Sohlen, die Hemden hingen ihnen locker über die Jeans, und zweimal waren sie mühelos mit ihr fertig geworden, als sie auf sie losgegangen war, und als sie sie mit Flüchen überhäuft hatte, hatten sie Charlie mit der distanzierten Freundlichkeit der Gehörlosen angelächelt.

»Ich bin Rachel«, hatte die Brünette ihr während eines kurzen Waffenstillstands atemlos anvertraut. »Und das hier ist Rose. Rachel – Rose, kapiert? Wir sind die beiden *R*s.«

Rachel war die Hübsche. Sie hatte den Tonfall der Nordengländer und fröhliche Augen; und Rachels Rückseite hatte Yanuka an der Grenze anhalten lassen. Rose war groß und drahtig, hatte krusseliges helles Haar und die gute körperliche Verfassung einer Leistungssportlerin, doch wenn sie die Hände aufmachte, saßen ihre Handflächen wie Äxte auf den dünnen Gelenken.

»Es passiert dir nichts, nur keine Angst«, versicherte Rose ihr mit einem spröden Akzent, der auf Südafrika hindeutete.

Von der Toilette brachten sie sie in ein Schlafzimmer im Erdgeschoß und gaben ihr Kamm und Bürste und ein Glas Schlankheitstee ohne Milch, und sie saß auf dem Bett, trank und fluchte in rasendem Zorn, während sie versuchte, wieder richtig zu atmen. »›MITTELLOSE SCHAUSPIELERIN ENTFÜHRT‹«, brummte sie. »Womit soll man mich freikaufen, *girls*? Mit meinem überzogenen Bankkonto?« Doch sie lächelten sie nur um so liebevoller an, standen mit hängenden Armen links und rechts neben ihr herum und warteten darauf, sie die große Treppe hinaufzubringen. Als sie den ersten Treppenabsatz erreicht hatten, ging sie wieder auf sie los, diesmal mit der geballten Faust, einem weitausholenden wütenden Schwung des ganzen Arms, nur um zu erleben, daß sie sanft aufs Kreuz gelegt wurde und zum Treppenhaus-Oberlicht aus farbigem Glas hinaufschaute, in dem das Mondlicht sich wie in einem Prisma brach, so daß ein Mosaik aus blassen Gold- und Rosatönen entstand. »Ich wollte euch nur die Nase einschlagen«, erklärte sie Rachel, doch Rachel sah sie verständnislos strahlend an.

Das Haus war alt und roch nach Katze und ihrer Scheiß-Mutter. Es war mit schlechten griechischen Möbeln im Empire-Stil vollgestopft und mit verblaßten Samtportieren und Messingleuchtern zugehängt. Aber auch wenn es so sauber gewesen wäre wie ein Schweizer Krankenhaus oder voller Pfützen wie ein Schiffsdeck, es wäre nur ein anderer Wahnsinn gewesen – weder besser noch schlechter. Auf dem zweiten Treppenabsatz erinnerte ein Blumenständer sie noch einmal an ihre Mutter; sie sah sich als kleines Kind in einer Spielhose aus Cord neben ihr im Wintergarten sitzen, der mit Schuppentannen überladen war, und Erbsen palen. Trotzdem konnte sie sich ums Verrecken nicht daran erinnern, zu der Zeit oder später ein Haus mit einem Wintergarten gehabt zu haben, es sei denn, es war das erste, das sie überhaupt gehabt hatten, in Branksome bei Bournemouth, als Charlie drei Jahre alt gewesen war.

Sie kamen zu einer Doppeltür. Rachel stieß sie auf und trat beiseite: ein höhlenartiges Zimmer im Oberstock wurde für sie geöffnet, in dessen Mitte zwei Gestalten an einem Tisch saßen, die eine groß und breitschultrig, die andere gebeugt und sehr dünn, beide in verschwommene Braun- und Grautöne gekleidet und aus dieser Entfernung Phantome. Auf dem Tisch sah sie ein Durcheinander von Papieren, die durch einen von der Mitte der Zimmerdecke darauf gerichteten Strahler eine unverhältnismäßig große Bedeutung bekamen und schon aus einiger Entfernung wie ihre Zeitungsausschnitte aussahen. Rose und Rachel waren hinter ihr zurückgeblieben, so als seien sie unwürdig. Rachel versetzte ihr einen kleinen Schubs in den Rücken und sagte: »Geh nur weiter!«, und so überraschte Charlie sich dabei, wie sie die letzten sechs Meter allein zurücklegte und sich wie eine häßliche Spielzeugmaus vorkam, die man aufgezogen hatte und die jetzt von allein weiterlief. Du mußt jetzt einen Anfall kriegen, sagte sie sich. Halt den Bauch mit beiden Händen, tu so, als ob du 'ne Blinddarmentzündung hättest. Schrei! Ihr Eintreten war für die beiden Männer wie das Stichwort, gleichzeitig aufzuspringen. Der Schmächtige blieb am Tisch stehen, doch der Große kam selbstbewußt auf sie zu, die rechte Hand hielt er ihr wie eine Krebsschere entgegengestreckt, packte die ihre und schüttelte sie, ehe sie ihn daran hindern konnte.

»Charlie, wie wir uns freuen, Sie endlich heil in unserer Mitte zu haben!« trompetete Kurtz einen kurzen Wortschwall, als beglückwünschte er sie und als hätte sie Feuer und Hochwasser riskiert, um zu ihnen zu gelangen. »Charlie, *mein* Name« – er hatte ihre Hand immer noch kraftvoll umfaßt, und die Berührung ihrer beider Haut war von einer ganz anderen Intimität, als sie erwartet hatte – »*mein* Name ist Marty, ich hab' leider keinen besseren, nachdem Gott *mich* gemacht hatte, lagen noch ein paar Reste herum, daraufhin hat Er es sich überlegt und auch noch Mike hier gemacht. Ich darf also vorstellen: Mike. Mr. Richthoven da drüben, um nochmals die fremde Flagge zu benutzen, unter der er gesegelt ist – Joseph, wie Sie ihn nennen – nun, Sie haben ihn ja ohnehin selbst getauft, nicht wahr?«

Er mußte das Zimmer betreten haben, ohne daß sie es bemerkt hatte. Als sie sich umsah, war er gerade dabei, auf einem etwas abseits von allen anderen aufgestellten Klapptisch ein paar Papiere zu ordnen. Dieser Tisch war noch mit einer Extra-Leselampe ausgestattet, deren kerzenschimmerähnlicher Schein jetzt, wo er sich darüber beugte, auf seine Züge fiel.

»Jetzt könnte ich ihn Scheißkerl taufen«, sagte sie.

Sie dachte daran, auf ihn loszugehen wie vorhin auf Rachel, drei schnelle Schritte und eine Ohrfeige, bevor sie von ihnen daran gehindert würde, doch sie wußte, daß sie es nie schaffen würde, und so gab sie sich damit zufrieden, ihn statt dessen mit einem Schwall von Flüchen zu überhäufen, den Joseph mit einem Ausdruck über sich ergehen ließ, als erinnerte er sich ganz dunkel an etwas. Er hatte sich umgezogen und trug jetzt einen leichten braunen Pullover; das seidene Bandleader-Hemd und die kronenkorkengroßen goldenen Manschettenknöpfe waren verschwunden, als hätte es sie nie gegeben.

»Ich kann dir nur raten, abzuwarten und dir erst dann ein Urteil zu bilden, wenn du dir angehört hast, was diese beiden Männer dir zu sagen haben«, sagte er, ohne den Kopf zu heben und sie anzublikken, während er weiterhin mit dem Ordnen seiner Papiere beschäftigt war. »Du bist hier in guter Gesellschaft. In besserer, als du es gewohnt bist, würde ich sagen. Du hast viel zu lernen, und – wenn du Glück hast – viel zu tun. Spar dir also deine Energie auf«, riet er ihr in einem Ton, als führte er sich selbst wie abwesend eine Aktennotiz zu Gemüte. Und fuhr fort, sich mit seinen Unterlagen zu beschäftigen.

Er macht sich nichts aus mir, dachte sie bitter. Er hat seine Bürde abgesetzt, und diese Bürde war ich. Die beiden Männer am Tisch standen immer noch und warteten offenbar darauf, daß sie sich setzte, was an sich schon ein Wahnsinn war. Wahnsinn, sich einem Mädchen gegenüber höflich zu verhalten, das man gerade eben entführt hatte, Wahnsinn, sie darüber belehren zu wollen, was gut ist, Wahnsinn, sich zu Verhandlungen mit seinen Entführern hinzusetzen, nachdem man eine schöne Tasse Tee getrunken und sich ein wenig zurechtgemacht hatte. Trotzdem setzte sie sich. Kurtz und Litvak ebenfalls.

»Wer hat die Karten?« platzte sie witzig heraus und wischte sich mit den Knöcheln eine verlorene Träne ab. Sie sah eine abgenutzte braune Aktentasche zwischen den beiden auf dem Boden stehen, die jedoch nicht weit genug offenstand, um hineinblicken zu können. Ja, bei den Papieren auf dem Tisch handelte es sich in der Tat um ihre Zeitungsausschnitte, und obwohl Mike sie bereits in einen Hefter wegpackte, hatte sie keinerlei Schwierigkeit, sie als Ausschnitte über sich und ihre Karriere zu erkennen.

»Und ihr habt die Richtige, da seid ihr ganz sicher, oder?« sagte sie entschlossen und wandte sich dabei an Litvak in der irrtümlichen Annahme, da er so spindeldürr sei, müsse er auch leichter zu beeindrucken sein. Im Grunde war es ihr jedoch gleichgültig, an wen sie sich wandte, solange es ihr nur gelang, sich über Wasser zu halten. »Nur, wenn ihr hinter den drei maskierten Männern her seid, die die Bank auf der Fifty-second Street überfallen haben – die sind in die entgegengesetzte Richtung gelaufen. Ich bin nur zufällig die unschuldige Zeugin, die gerade eine Frühgeburt hatte.«

»Charlie, es besteht nicht der allergeringste Zweifel, daß wir die richtige haben«, rief Kurtz entzückt und hob beide dicken Arme gleichzeitig vom Tisch. Er sah zu Litvak hinüber, dann durchs Zimmer auf Joseph, ein wohlwollender, gleichwohl hart-berechnender Blick, und gleich darauf legte er los und sprach mit jener animalischen Kraft, mit der er im Laufe seiner ungewöhnlichen Karriere Quilley und Alexis und unzählige andere unwahrscheinliche Mitarbeiter überwältigt hatte; sprach mit demselben volltönenden europäisch-amerikanischen Akzent und denselben hackenden Bewegungen des Unterarms.

Aber Charlie war Schauspielerin, und ihr beruflicher Instinkt war nie sicherer gewesen. Weder Kurtz' Redeschwall noch ihre eigene Verblüffung über die Tatsache, daß man ihr Gewalt angetan hatte, hatten ihr vielfaseriges Wahrnehmungsvermögen in bezug auf das, was im Raum vorging, einzuschläfern vermocht. Wir stehen auf der Bühne, dachte sie; Schauspieler und Zuschauer. Als die jungen Wachen sich im Halbdunkel am Rand verteilten, hörte sie förmlich, wie die Zuspätkommenden sich auf der anderen Seite des Vorhangs auf Zehenspitzen tastend auf ihre Plätze stahlen. Das Bühnenbild erinnerte sie jetzt, als sie es prüfend betrachtete, an das Schlafzimmer eines abgesetzten Tyrannen; ihre Häscher an die Freiheitskämpfer, die ihn verjagt hatten. Hinter Kurtz, der ihr mit seiner breiten, väterlichen Stirn gegenübersaß, erkannte sie auf dem abbröckelnden Putz den schattenhaft-hellen Abriß vom Kopfende eines verschwundenen kaiserlichen Bettes. Hinter dem ausgemergelten Litvak hing – strategisch zur Lust längst verblichener Liebespaare aufgehängt – ein Spiegel mit verschnörkeltem Goldrahmen. Die nackten Dielenbretter sorgten für ein hohl klingendes bühnengerechtes Echo; das von oben kommende Licht brachte das Eingefallene im Gesicht der beiden Männer sowie das Abgerissene ihrer Partisanenuniform zur Geltung. Charlie konnte diesen Vergleich mangels Erfahrung zwar nicht anstellen, doch statt des glänzenden Madison Avenue-Anzugs trug Kurtz jetzt eine formlose Militär-Buschjacke mit dunklen Schweißflecken unter den Achseln und einer Reihe von metallisch schimmernden Kugelschreibern in der zuknöpfbaren Brusttasche, wohingegen Litvak, der Partei-Intellektuelle, ein kurzärmeliges Khaki-Hemd anhatte, aus dem seine weißen Arme wie entrindete

Stecken hervorschauten. Trotzdem brauchte sie die beiden Männer bloß genau anzusehen, um zu erkennen, daß sie etwas mit Joseph gemein hatten: Sie sind in denselben Dingen gedrillt, dachte sie; sie sind von denselben Ideen beseelt, sie handeln gleich. Kurtz' Uhr lag vor ihm auf dem Tisch. Sie erinnerte sie an Josephs Feldflasche.
Zwei französische Fenster mit Fensterläden davor gingen nach vorn hinaus. Von zwei anderen aus konnte man überblicken, was hinten vor sich ging. Die Doppeltüren zu den Fensterflügeln waren geschlossen, und wenn sie jemals daran gedacht hatte, dort rauszustürzen, so wußte sie jetzt, daß das hoffnungslos war; denn wenn die Wachen sich auch unbekümmert wie in einem Werkstatt-Theater gaben, hatte sie in ihnen – mit Grund – bereits die Wachsamkeit von Profis erkannt. Hinter den Wachen, in den äußersten Ecken der Bühne, glommen wie langsam brennende Zündschnüre vier Stangen Elektro-Insektenfrei und verströmten einen moschusartigen Geruch. Und hinter ihr Josephs kleine Leselampe – trotz allem oder vielleicht gerade deswegen das einzige behagliche Licht.

All dies hatte sie in sich aufgenommen, fast noch ehe Kurtz' volltönende Stimme anfing, den Raum mit seinen gewundenen, zwingenden Sätzen zu füllen. Wenn Charlie nicht schon vorher geahnt hatte, daß ihr eine lange Nacht bevorstand, so verriet ihr das jetzt seine unerbittlich skandierende Stimme.
»Charlie, zunächst geht es uns einmal darum, uns darzustellen und vorzustellen, und wenn auch keiner von uns hier viel von Entschuldigungen hält, möchten wir doch sagen, daß es uns leid tut. Es gibt Dinge, die müssen eben gemacht werden. Wir haben das nicht zum erstenmal gemacht, so ist es nun mal. Tut uns also leid, und jetzt nochmals: willkommen. *Hi.*«
Nachdem er lange genug innegehalten hatte, um ihr Gelegenheit zu geben, eine neuerliche Salve von Verwünschungen abzufeuern, lächelte er breit und fuhr fort.
»Charlie, ich bezweifle nicht, daß Sie viele Fragen haben, die Sie uns stellen möchten, und Sie können sicher sein, zu gegebener Zeit werden wir sie Ihnen nach bestem Wissen und Gewissen beantworten. Aber zunächst einmal lassen Sie uns Ihnen einiges Grundsätzli-

che sagen. Sie fragen, wer wir sind.« Diesmal machte er keineswegs eine Pause, denn ihm war wesentlich weniger daran gelegen zu beobachten, wie seine Worte auf sie wirkten, als daran, sie einzusetzen, um sein Vorgehen und sie auf freundliche Weise in den Griff zu bekommen. »Charlie, in allererster Linie sind wir anständige Leute, wie Joseph ja schon gesagt hat, gute Leute. Und zwar in dem Sinn, daß Sie uns, wie gute und anständige Menschen überall auf der Welt, mit Recht als nicht sektiererisch, als ungebunden bezeichnen können, und genauso wie Sie selbst sind wir tief besorgt über all das, was in der Welt in die falsche Richtung läuft. Wenn ich noch hinzufüge, daß wir israelische Staatsbürger sind, gehe ich davon aus, daß Sie deshalb nicht gleich Schaum vor den Mund bekommen, kotzen oder aus dem Fenster springen, es sei denn natürlich, Sie wären der Überzeugung, Israel sollte ins Meer gefegt, mit Napalm vernichtet oder in Geschenkverpackung der einen oder anderen äußerst wählerischen Araber-Organisation überreicht werden, die sich geschworen hat, uns auszulöschen.« Kurtz, der spürte, wie sie insgeheim zusammenzuckte, hakte sofort nach. »*Ist* das Ihre Überzeugung, Charlie?« wollte er wissen und senkte die Stimme. »Vielleicht ist es so. Warum sagen Sie uns nicht einfach, wie Sie dazu stehen? Möchten Sie auf der Stelle aufstehen? Nach Hause gehen? Ich glaube, Sie haben noch Ihr Flugticket. Wir geben Ihnen Geld. Interessiert Sie dieses Angebot?«

Eisige Stille senkte sich über Charlies Verhalten und verbarg, wie durcheinander und aufgewühlt sie innerlich war. Daß Joseph Jude war, daran hatte sie seit ihrem fehlgeschlagenen Verhör am Strand nicht gezweifelt. Aber Israel, das war eine verschwommene, abstrakte Vorstellung für sie, die sowohl ihren Beschützerinstinkt als auch ihre Feindseligkeit weckte. Sie war nie auch nur für eine Sekunde auf die Idee gekommen, daß es vor ihr aufstehen und ihr in Fleisch und Blut entgegentreten könnte.

»Was wird hier denn eigentlich gespielt?« fragte sie und schenkte Kurtz' Angebot, die Verhandlungen abzubrechen, ehe sie richtig begonnen hatten, keinerlei Beachtung. »Sind wir hier auf einem Kriegszug? Auf einer Strafexpedition? Wollen Sie mich mit Elektroschocks behandeln? Was, zum Teufel, geht hier denn eigentlich vor?«

»Je einen Israeli kennengelernt?« fragte Kurtz.
»Nicht, daß ich wüßte.«
»Haben Sie grundsätzlich irgendwelche rassischen Vorurteile Juden gegenüber? Was gegen Juden als Juden – punktum? Riechen wir für Ihre Begriffe schlecht, oder haben wir keine Tischmanieren? Sagen Sie es uns. Wir haben Verständnis für so was.«
»Seien Sie doch nicht albern.« Mit ihrer Stimme war was nicht in Ordnung – oder lag es an ihrem Ohr?
»Haben Sie das Gefühl, hier unter Feinden zu sein?«
»Himmelherrgott, wie kommen Sie darauf? Ich mein', jeder, der *mich* entführt, ist für mich ein Freund fürs Leben«, schlug sie zurück und erntete damit zu ihrer Überraschung einen Ausbruch spontanen Gelächters, in das sie alle einstimmen zu können glaubten. Das heißt, alle, bis auf Joseph, der zu sehr damit beschäftigt war, die Unterlagen vor sich auf dem Tisch zu lesen, wie sie an dem Rascheln hörte, mit dem er umblätterte.
Kurtz setzte ihr noch ein bißchen mehr zu. »Also beruhigen Sie uns ein bißchen«, forderte er sie auf und sah sie immer noch gütig strahlend an. »Lassen Sie uns vergessen, daß Sie in gewissem Sinne hier eine Gefangene sind. Darf Israel überleben, oder müssen wir hier alle unsere sieben Sachen packen, zurück in unsere Herkunftsländer und wieder von vorn anfangen? Vielleicht wäre es Ihnen lieber, wir nähmen uns ein Stück von Zentral-Afrika? Oder gingen nach Uruguay. Nicht nach Ägypten, vielen Dank; das haben wir schon mal versucht und hatten keinen Erfolg damit. Oder sollen wir uns wieder auf die Ghettos Europas und Asiens verteilen und auf das nächste Pogrom warten? Was meinen Sie, Charlie?«
»Ich möchte bloß, daß Sie die verdammten armen Araber in Ruhe lassen«, parierte sie abermals.
»Schön. Und wie genau sollen wir das tun?«
»Hört auf, ihre Flüchtlingslager zu bombardieren. Sie von ihrem Land zu vertreiben und ihre Dörfer niederzuwalzen. Und sie zu foltern.«
»Haben Sie sich jemals eine Karte des Nahen Ostens angesehen?«
»Selbstverständlich habe ich das.«
»Und als Sie sich die Karte ansahen, haben Sie da jemals den Wunsch verspürt, daß die Araber *uns* in Ruhe lassen sollten?« sagte Kurtz so gefährlich fröhlich wie zuvor.

Zu ihrer Verwirrung und Angst kam jetzt auch noch schlichte Verlegenheit, wie Kurtz wohl beabsichtigt hatte. So mit der nackten Wirklichkeit konfrontiert, kamen ihr ihre Antworten patzig vor, als säße sie wieder in der Schule. Sie kam sich vor wie eine Törin, die den Weisen predigt.

»Ich will doch bloß, daß Frieden herrscht«, sagte sie einfältig, obwohl das genaugenommen stimmte. Sie habe, wenn es gestattet sei, die redliche Vorstellung von einem Palästina, das wie durch Zauberhand jenen zurückgegeben werden solle, die daraus vertrieben worden waren, um mächtigeren europäischen Statthaltern Platz zu machen.

»Wenn Sie das so sehen, warum sehen Sie sich dann die Karte nicht noch mal an und fragen sich, was *Israel* will«, riet Kurtz ihr zufrieden und hielt inne, als wolle er eine Schweigeminute zum Gedenken an jene einlegen, die heute abend nicht in unserer Mitte sein können. Dieses Schweigen wurde immer ungewöhnlicher, je länger es andauerte, denn es war Charlie selbst, die half, es zu wahren. Charlie, die vor Minuten noch Zeter und Mordio geschrien und Gott und die Welt angerufen hatte, hatte plötzlich nichts mehr hinzuzufügen. So war es denn auch Kurtz und nicht Charlie, der schließlich den Zauber mit etwas brach, das sich wie eine vorbereitete Presseerklärung anhörte.

»Charlie, wir sind nicht hier, um auf Ihren politischen Einstellungen herumzuhacken. Sie werden es uns zu diesem frühen Zeitpunkt zwar nicht abnehmen – wie sollten Sie auch! –, aber ihre politischen Einstellungen *gefallen* uns. In jeder Beziehung. Mit allen guten Absichten und auch mit allen Widersprüchen. Wir respektieren sie, und wir brauchen sie; wir lachen durchaus nicht darüber, und ich hoffe aufrichtig, wir kommen zu gegebener Zeit dazu, offen und mit Gewinn darüber zu diskutieren. Was wir ansprechen wollen, das ist die natürliche Menschlichkeit in Ihnen – das ist alles. Wir wollen Ihr gutes, besorgtes menschliches Herz ansprechen. Ihre Gefühle. Ihren Gerechtigkeitssinn. Wir haben nicht vor, irgend etwas von Ihnen zu erwarten, was sich nicht mit Ihren starken und anständigen ethischen Anliegen vereinbaren läßt. Ihre *streitbaren* politischen Ansichten – die Namen, die Sie Ihren Überzeugungen geben – nun, die möchten wir im Moment mal hintanstellen. Aber

Ihre Überzeugungen als solche – je verwirrter sie sind, je irrationaler und je *frustrierter* –, Charlie, die achten wir vorbehaltlos. Unter dieser Voraussetzung werden Sie doch wohl noch ein bißchen bei uns bleiben und sich anhören, was wir Ihnen zu sagen haben.«
Und abermals verbarg Charlie ihre Antwort unter einer neuen Attacke: »Wenn Joseph Israeli ist«, wollte sie wissen, »wieso, zum Teufel, kommt er dann dazu, in einem großen arabischen Schlitten durch die Gegend zu kutschieren?«
Kurtz' Gesicht zersprang in jenes tiefeingekerbte, runzlige Lächeln, das Quilley auf so dramatische Weise sein Alter verraten hatte. »Den haben wir geklaut, Charlie«, erwiderte er frohgemut, und diesem Eingeständnis folgte augenblicklich eine zweite Runde Gelächter der jungen Leute, in das Charlie halb einzustimmen versucht war. »Und als *nächstes*, Charlie, möchten Sie natürlich wissen«, sagte er – und gab damit nebenher zu verstehen, daß er das Palästinenserproblem zumindest vorläufig sicher zurückgestellt sehen wollte, wie er eben schon gesagt hatte –, »was Sie hier in unserer Mitte tun und warum man Sie auf eine solche umständliche und wenig gentlemanhafte Weise hierhergeschleppt hat. Ich will es Ihnen sagen. Der Grund, warum wir das getan haben, Charlie, ist, daß wir Ihnen eine Stelle anbieten möchten. Eine Stelle als *Schauspielerin.*«

Das traf sie völlig unvorbereitet, und sein mildes Lächeln verriet, daß er sich darüber im klaren war. Er hatte ganz langsam und mit Bedacht gesprochen, gleichsam als gebe er im Fernsehen die Lottozahlen bekannt: »Die größte Rolle, die Sie bisher in Ihrem Leben gespielt haben, die schwierigste, zweifellos die gefährlichste und zweifellos auch die wichtigste Rolle. Damit meine ich nicht das Geld. Geld können Sie haben, so viel Sie wollen, kein Problem, sagen Sie nur, was Ihnen vorschwebt.« Ein kräftiger Unterarm fegte alle finanziellen Überlegungen beiseite. »Die Rolle, für die wir Sie vorgesehen haben, ist eine Kombination all Ihre Talente, Charlie, sowohl der rein menschlichen als auch der schauspielerischen. Ihre Schlagfertigkeit. Ihr ausgezeichnetes Gedächtnis. Ihre Intelligenz. Ihr Mut. Aber auch jene ganz besondere menschliche Qualität, von der ich bereits gesprochen habe. Ihre Herzensgüte. Wir haben Sie ausgewählt, Charlie. Wir haben Sie für eine Rolle vorgesehen. Dabei haben wir uns auf einem weiten Feld umgesehen, unter vielen Kandidaten aus vielen Ländern. Aber unsere Wahl ist auf *Sie* gefallen, und das ist der Grund, warum Sie hier sind. Unter Ihren Fans. Jeder hier im Raum hat Sie bei Ihrer Arbeit gesehen, jeder bewundert Sie. Damit klar ist, in was für einer Atmosphäre Sie hier sitzen. Von unserer Seite aus besteht keinerlei Feindseligkeit. Nur Zuneigung, Bewunderung und Hoffnung. Hören Sie uns bis zu Ende an. Wir möchten Sie haben. Wir brauchen Sie. Und draußen sind Menschen, die Sie womöglich noch mehr brauchen als wir.«

Seine Stimme hatte ein Gefühl der Leere hinterlassen. Sie kannte Schauspieler – nur wenige freilich –, deren Stimme genau dies fertigbrachte. Sie *war da*, durch ihre unerbittliche Güte wurde sie zur Sucht, und wenn sie aufhörte, so wie jetzt, ließ sie einen wie gestrandet zurück. Erst bekommt Al seine große Rolle, dachte sie instinktiv voll Stolz, und jetzt ich. Wie irrsinnig ihre Situation war, war ihr durchaus klar, trotzdem schaffte sie nur, sich ein aufgeregtes Grinsen zu verkneifen, das ihre Wangen zucken ließ und versuchte, hervorzubrechen.

»So also nehmen Sie Ihre Rollenbesetzungen vor, ja?« sagte sie und bemühte sich wieder um einen skeptischen Ton. »Ihnen erst eins über die Rübe geben und sie dann in Handschellen abführen? So machen Sie das wohl immer, was?«

»Charlie, wir würden niemals behaupten, daß es sich um Theater im üblichen Sinn handelt«, ging Kurtz unbeirrt darauf ein und überließ erneut ihr die Initiative.

»Eine Rolle worin dann zumindest?« sagte sie und kämpfte immer noch gegen das Grinsen an.

»Nennen Sie's Theater.«

Ihr fiel ein, was Joseph gesagt hatte, als er plötzlich so ganz ernst geworden war und abgehackt vom Theater des Wirklichen gesprochen hatte. »Es geht also um ein Stück«, meinte sie. »Warum sagen Sie das denn nicht klipp und klar.«

»In gewissem Sinn ist es ein Stück«, pflichtete Kurtz ihr bei.

»Und von wem stammt es?«

»Die Handlung bestimmen wir, Joseph schreibt den Dialog. Unter tatkräftiger Mithilfe von Ihnen.«

»Und wer sind die Zuschauer?« Mit einer Geste wies sie auf die Schatten. »Diese reizenden Vögel hier?«
Der feierliche Ernst bei Kurtz kam genauso überraschend und ehrfurchtsheischend wie die Güte. Seine Arbeiterhände fanden einander auf dem Tisch, sein Kopf neigte sich darüber, und nicht einmal der entschlossenste Skeptiker hätte abgestritten, daß das etwas sehr Überzeugendes hatte. »Charlie, da draußen gibt's Leute, die niemals das Vergnügen haben werden, das Stück aufgeführt zu sehen, ja, die nicht einmal wissen, daß es überhaupt gespielt wird, aber die Ihnen trotzdem ihr Leben lang dankbar sein werden. Unschuldige Menschen. Genau die, die Ihnen immer am Herzen gelegen haben, für die Sie versucht haben einzutreten, für die Sie auf die Straße gegangen sind und denen Sie haben helfen wollen. Bei allem, was von jetzt an geschieht, müssen Sie sich das immer vor Augen halten, sonst werden Sie uns verlieren und zweifellos auch sich selbst verlieren, das ist gar keine Frage.«
Sie versuchte, den Blick von ihm abzuwenden. Seine Beredsamkeit war zu groß, das war zuviel; sollte er sie doch an jemand anders ausprobieren.
»Wer, verdammt noch mal, sind Sie, um sagen zu können, wer unschuldig ist?« hielt sie ihm wieder entgegen und wappnete sich gegen die Flut seiner Überredungskünste.
»Sie meinen, weil wir Israelis sind, Charlie?«
»Ich meine *Sie*«, erwiderte sie und umschiffte die gefährliche Klippe.
»Ich würde Ihre Frage lieber ein bißchen umdrehen und sagen, daß unserer Ansicht nach jemand schon sehr viel Schuld auf sich geladen haben muß, ehe er es verdient zu sterben.«
»Wie zum Beispiel? Wer verdient zu sterben? Die armen Schweine, die ihr auf der Westbank umlegt? Oder die ihr im Libanon bombardiert?« Wie um alles auf der Welt waren sie nur dazu gekommen, vom Tod zu reden? fragte sie sich, noch während sie die verrückte Frage stellte. Hatte sie damit angefangen? Oder er? Egal. Er war schon dabei, seine Antwort abzuwägen.
»Nur diejenigen, die mit allem brechen, was Menschen verbindet«, erklärte Kurtz unbeirrt und mit Nachdruck. »*Die* verdienen den Tod.«

Eigensinnig rannte sie weiter gegen ihn an. »Gibt es solche Juden?«
»Juden – selbstverständlich. Und natürlich auch Israelis, nur gehören wir nicht dazu, und Gott sei Dank sind es auch nicht sie, mit denen wir uns heute herumschlagen müssen.«
Er besaß die Autorität, so zu reden. Er gab die Antworten, nach denen Kinder verlangen. Er besaß den Hintergrund, und alle im Raum wußten das, Charlie eingeschlossen: daß er nämlich ein Mann war, der nur von Dingen redete, die er selbst erfahren hatte. Wenn er Fragen stellte, wußte man, daß er selbst verhört worden war. Wenn er Befehle erteilte, wußte man, daß er den Befehlen anderer gehorcht hatte. Wenn er vom Tod sprach, war klar, daß ihm der Tod oft begegnet war, daß er ihn gestreift hatte und ihm jederzeit wiederbegegnen konnte. Und wenn er ihr wie jetzt eine Warnung zukommen ließ, hatte er offensichtlich eine Ahnung, wovon er sprach: »Verwechseln Sie unser Stück nicht mit Unterhaltung, Charlie«, sagte er ernst zu ihr. »Es geht hier nicht um irgendeinen verwunschenen Wald. Wenn die Lichter auf der Bühne ausgehen, herrscht auf der Straße draußen dunkle Nacht. Wenn die Schauspieler lachen, werden sie glücklich sein, und wenn sie weinen, dann haben sie aller Wahrscheinlichkeit nach wirklich einen schmerzlichen Verlust erlitten, der ihnen das Herz bricht. Und wenn sie verwundet werden – und das wird geschehen, Charlie –, werden sie bestimmt nicht in der Lage sein, sobald der Vorhang gefallen ist, aufzuspringen und zum letzten Bus nach Hause zu laufen. Hier wird nicht zimperlich vor den scheußlicheren Szenen weggelaufen oder krankgefeiert. Dieses Stück besteht nur aus Höhepunkten, die den ganzen Einsatz erfordern. Wenn Ihnen das gefällt, wenn Sie meinen, damit fertig zu werden – und davon sind wir überzeugt –, dann hören Sie uns bis zu Ende an. Sonst machen wir mit dem Vorsprechen lieber gleich Schluß.«
An dieser Stelle mischte sich Shimon Litvak heiser in seiner gedehnt europäisch-bostonischen Sprechweise ein, und das war wie ein von weit her kommendes, kaum wahrnehmbares Signal in einer transatlantischen Radiosendung. »Charlie ist in ihrem Leben noch vor nichts davongelaufen, Marty«, wandte er im Ton eines Jüngers ein, der seinem Herrn und Meister nachdrücklich etwas versichern will. »Das *glauben* wir nicht nur, das *wissen* wir. Das geht aus all ihren Unterlagen hervor.«

Halb hätten sie es geschafft, berichtete Kurtz später Misha Gavron, während einer der seltenen Feuerpausen in ihrer Beziehung, über diesen Punkt des Vorgehens: eine Frau, die einwilligt zuzuhören, ist eine Frau, die einwilligt, sagte er, und Gavron, die Krähe, senkte den Kopf und sträubte die schwarzen Nackenhaare über dem Kragen, als er fast lächelte.

Halb, vielleicht – und dennoch, angesichts der Zeit, die noch vor ihnen lag, hatten sie kaum einen Anfang gemacht. Zwar duldete Kurtz keine Weitschweifigkeit, doch wollte er die Sache auch nicht überstürzen. Er legte größten Wert auf bedächtiges Vorgehen, darauf, ihre Frustration zu schüren, daß sie in ihrer Ungeduld vorpreschte und ihnen vorausgaloppierte wie ein Leithengst. Keiner verstand besser als Kurtz, was es in einer schwerfällig dahintrottenden Welt bedeutete, ein quecksilbriges Wesen zu haben oder Charlies Rastlosigkeit auszunutzen. Nur wenige Minuten nach ihrem Eintreffen – sie war noch völlig verängstigt gewesen – war sie ihm schon ans Herz gewachsen: ein Vater für Josephs Geliebte. Nach wenigen weiteren Minuten hatte er ihr die Lösung für all die durcheinandergeratenen Bestandteile des bisherigen Lebens geboten. Er hatte an die Schauspielerin in ihr appelliert, an die Märtyrerin und die Abenteuerin; er hatte der Tochter geschmeichelt und die Kandidatin angestachelt. Er hatte ihr frühzeitig einen flüchtigen Blick auf die neue Familie geboten, der sie sich vielleicht anschloß, und hatte gewußt, daß sie wie die meisten Rebellen im tiefsten Inneren nur nach etwas Ausschau hielt, dem sie sich besser anpassen konnte. Vor allem aber hatte er sie dadurch, daß er ihr all dies zuteil werden ließ, reich gemacht: und das war, wie schon Charlie selbst jedem gepredigt hatte, der es hören wollte, der Anfang von Unterwürfigkeit.

»Also, Charlie, was wir vorschlagen«, sagte Kurtz mit langsamerer und freundlicherer Stimme, »was wir vorschlagen, ist ein *open-end*-Vorsprechen, bei dem wir Sie bitten, uns sehr freimütig und aufrichtig eine ganze Reihe von Fragen zu beantworten, auch wenn Sie, was den Zweck dieser Fragen betrifft, vorläufig leider noch im dunkeln tappen müssen.«

Er hielt inne, doch sie sagte nichts; mittlerweile hatte ihr Schweigen etwas von taktischer Unterwerfung.

»Wir bitten Sie, alles ganz wertfrei zu sehen, niemals zu versuchen, auf unsere Seite des Netzes herüberzukommen, niemals den Versuch zu unternehmen, uns in irgendeiner Weise zu gefallen oder entgegenzukommen. Viele Dinge, die Sie in Ihrem Leben als negativ betrachten, würden wir sicherlich anders sehen. Versuchen Sie nicht, uns das Denken abzunehmen.« Der kurz hinabschnellende Unterarm bekräftigte diese freundschaftliche Warnung. »Frage. Was geschieht – jetzt oder später –, was geschieht, falls einer von uns abspringen möchte? Charlie, lassen Sie mich versuchen, Ihnen diese Frage zu beantworten.«

»Tun Sie das, Marty«, riet sie ihm, pflanzte die Ellbogen auf den Tisch, barg das Kinn in den Händen und sah ihn lächelnd mit einem Ausdruck an, der benommene Ungläubigkeit ausdrücken sollte.

»Danke, Charlie. Also hören Sie bitte genau zu. Je nachdem, in genau welchem Augenblick Sie oder wir aussteigen möchten, und je nachdem, wieviel Sie zu diesem Zeitpunkt wissen und wie wir Sie einschätzen, werden wir eine von zwei Möglichkeiten wählen. Möglichkeit Nummer eins: Wir nehmen Ihnen ein feierliches Versprechen ab, geben Ihnen Geld und schicken Sie zurück nach England. Händeschütteln, gegenseitiges Vertrauen, gute Freunde und eine gewisse Wachsamkeit unsererseits, um sicherzugehen, daß Sie Ihre Abmachung einhalten. Können Sie mir folgen?«

Sie senkte den Blick auf den Tisch, teils, um seinem durchdringenden Blick zu entgehen, und teils, um sich ihre wachsende Erregung nicht anmerken zu lassen. Dann war noch etwas, womit Kurtz rechnete und was die meisten Geheimdienstprofis nur allzu rasch vergessen: daß für die Außenstehenden die Geheimdienstwelt als solche schon einen gewissen Reiz besitzt. Sie dreht sich nur um ihre Achse und kann schon so die schwach Verankerten in ihre Mitte ziehen.

»Möglichkeit Nummer zwei: dabei geht's schon ein bißchen härter zu, ist aber noch nicht schrecklich. Wir stellen Sie unter Quarantäne. Wir mögen Sie, aber wir fürchten, wir haben einen Punkt erreicht, wo Sie unserem Vorhaben schaden könnten, wo die Rolle, die wir Ihnen anbieten, nun, sagen wir, nicht ohne Risiko jemand anders angeboten werden kann, solange Sie frei rumlaufen und darüber plaudern könnten.«

Ohne ihn anzusehen, wußte sie, daß er sein warmherziges Lächeln aufgesetzt hatte; er wollte ihr begreiflich machen, daß solch eine Schwäche auf seiten Charlies nur menschlich wäre.

»Was wir in *dem* Fall tun könnten, Charlie«, fuhr er fort, »wäre, irgendwo ein hübsches Haus zu mieten – sagen wir, irgendwo an einem Strand, irgendwo, wo's hübsch ist – kein Problem. Wir sorgen für Gesellschaft, junge Leute, ähnlich wie die hier. Nette Leute, aber fähige. Wir zimmern irgendeinen Grund für Ihre Abwesenheit zurecht, höchstwahrscheinlich was, das gerade *in* ist und zu Ihrem Ruf, flatterhaft zu sein, paßt, etwa einen mystischen Orient-Aufenthalt.«

Seine dicken Finger hatten auf dem Tisch vor ihm seine alte Armbanduhr gefunden. Ohne sie anzublicken, hob Kurtz sie auf und legte sie zwanzig Zentimeter näher zu sich wieder hin. Da sie selbst das Bedürfnis hatte, mit den Händen etwas zu tun, ergriff Charlie einen Kugelschreiber und tat so, als kritzele sie auf dem Block herum, der vor ihr lag.

»Wenn Sie dann aus der Quarantäne entlassen werden, lassen wir Sie nicht etwa im Stich – ganz und gar nicht. Wir sehen zu, daß Sie wieder klarkommen, wir geben Ihnen einen Haufen Geld, wir bleiben in Kontakt mit Ihnen, sehen zu, daß Sie nicht in irgendeiner Weise unvorsichtig sind, und sobald es sicher ist, helfen wir Ihnen auch, Ihre Karriere und Ihre Freundschaften wiederaufzunehmen. Das ist das Schlimmste, was passieren kann, Charlie, und ich sage Ihnen das nur, weil sie irgendwie auf die verrückte Idee kommen könnten, wenn Sie uns einen Korb gäben – jetzt oder später –, wachten Sie irgendwo tot im Fluß und mit Betonschuhen an den Füßen wieder auf. So was machen wir nicht. Schon gar nicht mit Freunden.«

Sie kritzelte immer noch herum, zog einen Kreis zu und setzte säuberlich schräg einen Pfeil darauf, um ihn männlich zu machen. Sie hatte ein paar populärwissenschaftliche Bücher über Psychologie durchgeschmökert, in denen dieses Symbol verwendet worden war. Plötzlich, wie jemand, der sich ärgert, daß er unterbrochen wird, redete Joseph; doch so streng seine Stimme auch klang, sie übte eine erregende und erwärmende Wirkung auf sie aus.

»Charlie, es ist einfach nicht genug für dich, die schmollende Zeugin zu spielen. Deine eigene gefährliche Zukunft wird hier diskutiert. Hast du etwa vor, einfach dazusitzen und zuzulassen, daß sie für dich über diese Zukunft entscheiden, ohne dich zu Rate zu ziehen? Du mußt dich schon engagieren, kapiert? Komm schon, komm!«

Sie zog noch einen Kreis. Noch ein Mann. Sie hatte alles gehört, was Kurtz gesagt hatte, und auch die versteckten Andeutungen darin mitbekommen. Sie hätte ihm gleichsam im *playback* Wort für Wort alles wiederholen können, genauso wie für Joseph auf der Akropolis. Nie in ihrem Leben war sie wacher und scharfsichtiger gewesen, und doch sagte ihr jeder verschlagene Instinkt in ihr, sich nichts anmerken zu lassen und Zurückhaltung zu üben.

»Und welche Laufzeit soll das Stück haben, Marty?« fragte sie mit farbloser Stimme, als ob Joseph überhaupt nichts gesagt hätte.

Kurtz formulierte ihre Frage neu: »Nun, ich meine, Sie meinen doch in Wirklichkeit, was mit Ihnen geschieht, wenn die Spielzeit abgelaufen ist, hab' ich recht?«

Sie war großartig. Diese Widerborstigkeit! Sie warf den Kugelschreiber hin und hieb mit der Handfläche auf den Tisch. »Nein, das tu' ich nicht, verdammt noch mal! Ich meine, wie lange läuft die ganze Sache, und was ist mit meiner Herbsttournee von *Wie es euch gefällt*?«

Kurtz ließ sich keinerlei Triumph darüber anmerken, wie gelegen ihm ihr Einwand kam. »Charlie«, sagte er ernst, »Ihre Tournee mit *Wie es euch gefällt* wird davon überhaupt nicht betroffen. Selbstverständlich erwarten wir von Ihnen, daß Sie Ihr Engagement wahrnehmen – vorausgesetzt, das mit dem Zuschuß geht klar. Was die Laufzeit betrifft, so könnte Ihre Teilnahme an unserem Projekt sechs Wochen betragen, aber auch zwei Jahre, obwohl wir das wahrlich nicht hoffen. Im Moment möchten wir von Ihnen aber hören, ob Sie uns überhaupt vorsprechen wollen oder ob es Ihnen lieber ist, jedem hier gute Nacht zu sagen und nach Hause zu einem sichereren, weniger glanzvollen Leben zurückzukehren. Wie sieht's aus?«

Was er ihr da suggerierte, war ein falscher Höhepunkt. Er wollte ihr ebensosehr das Gefühl von Eroberung wie von Unterwerfung einflößen. Das Gefühl, sich ihre Bewacher selbst ausgesucht zu haben.

Sie hatte eine Baumwolljacke an, und einer der Blechknöpfe hing nur noch an einem Faden; heute morgen, als sie die Jacke anzog, hatte sie sich vorgenommen, den Knopf während der Überfahrt auf dem Schiff anzunähen, das jedoch dann in ihrer Aufregung, Joseph wiederzusehen, prompt vergessen. Jetzt nahm sie den Knopf zwischen zwei Finger und prüfte, wie fest der Faden war. Sie stand mitten auf der Bühne. Sie spürte, wie aller Augen auf sie gerichtet waren, vom Tisch her, aus den Schatten, hinter ihr. Sie spürte, wie sich ihre Körper vor Spannung reckten, auch Josephs, hörte den straffen, knackenden Laut, den Zuschauer machen, wenn man sie gepackt hat. Sie spürte, was sie wollten und ihre eigene Macht: wird sie, wird sie nicht?

»Jose?« fragte sie, ohne den Kopf zu wenden.

»Ja, Charlie?«

Noch immer wandte sie sich nicht nach ihm um, wußte aber ganz genau, daß er auf seiner im Lichtkegel der Leselampe daliegenden Insel noch gespannter auf ihre Antwort wartete als alle anderen.

»Das ist sie, oder? Unsere große romantische Rundreise durch Griechenland? Delphi, alle zweitbesten Orte?«

»Unsere Fahrt Richtung Norden wird in keiner Weise beeinträchtigt werden«, erwiderte Joseph und parodierte damit leicht Kurtz' Ausdrucksweise.

»Nicht einmal verschoben?«

»Ich würde sogar meinen, sie steht unmittelbar bevor.«

Der Faden riß, der Knopf lag auf ihrer Handfläche. Sie warf ihn auf den Tisch, verfolgte, wie er kreiselte und dann zur Ruhe kam. Kopf oder Wappen, dachte sie und wirbelte ihn umher. Sollten sie doch noch ein bißchen länger schwitzen. Sie stieß etwas Luft aus, als wollte sie sich ihre Stirnlocke aus der Stirn blasen.

»Nun ja, dann bleib' ich eben fürs Vorsprechen erst einmal da, ja?« sagte sie zu Kurtz, ohne irgend etwas anderes anzusehen als den Knopf. »Ich hab' nichts zu verlieren«, fügte sie hinzu, wünschte jedoch sogleich, sie hätte es nicht gesagt. Bisweilen tat sie für einen guten Abgang des Guten zuviel, und hinterher ärgerte sie das dann.

»Nicht, daß ich nicht ohnehin schon verloren hätte«, sagte sie.

Vorhang, dachte sie; Applaus, bitte, Joseph, und dann warten wir auf die Kritiken von morgen. Es kamen jedoch keine, und so griff sie wieder nach ihrem Kugelschreiber und zeichnete zur Abwechslung mal eine ›Frau‹ während Kurtz, vielleicht ohne sich dessen bewußt zu sein, seine Uhr an eine andere, bessere Stelle legte. Folglich konnte das Verhör nun mit Charlies freundlicher Zustimmung im Ernst beginnen.

Langsamkeit ist eines, Konzentration etwas anderes. Kurtz erlahmte auch nicht für eine Sekunde; er gestattete weder sich noch Charlie so etwas wie eine Atempause, als er ihr seinen Willen aufzwang, ihr schmeichelte und sie einlullte und wachrüttelte und sich selbst kraft seines dynamischen Einsatzes in ihrer sich entwickelnden Bühnen-Partnerschaft an sie band. Nur Gott und ein paar Leute in Jerusalem, hieß es innerhalb seiner Behörde, wüßten, wo Kurtz sein Repertoire herhatte – seine hypnotische Intensität, seine schleppende amerikanisierte Prosa, sein Fingerspitzengefühl und seine Winkeladvokatentricks. Sein zerschnittenes Gesicht, das mal Beifall zollte, sich mal betreten-ungläubig zeigte und mal die Ermutigung ausstrahlte, die sie brauchte – dieses Gesicht wurde nach und nach zu einem ganzen Publikum, so daß ihre ganze Darstellung nur noch darauf abzielte, von ihm die verzweifelt begehrte Zustimmung zu erringen und von niemand sonst. Sogar Joseph war vergessen, beiseite gelegt für ein anderes Leben.
Die ersten Fragen, die Kurtz stellte, waren mit Vorbedacht zusammenhanglos und harmlos. Es war, dachte Charlie, als ob er im Geiste ein leeres Antragsformular für die Ausstellung eines Passes vor sich hätte und Charlie, ohne daß sie sie sehen konnte, die Kästchen darin ausfüllte. Vollständiger Name Ihrer Mutter, Charlie. Geburtstag und -ort Ihres Vaters, falls Sie's wissen, Charlie. Beruf des Großvaters; nein, Charlie, väterlicherseits. Folgte aus unerfindlichen Gründen die Frage nach der letzten bekannten Adresse einer Tante mütterlicherseits, wiederum gefolgt von der Frage nach irgendeinem geheimnisvollen Detail im Werdegang ihres Vaters. Keine einzige von diesen Fragen zu Anfang hatte auch nur das geringste mit ihr zu tun, und das wollte Kurtz auch gar nicht. Charlie war wie das verbotene Thema, dem er geflissentlich aus dem Wege ging. Der Zweck dieses ganzen einleitenden fröhli-

chen Trommelfeuers bestand nicht darin, irgendwelche Information aus ihr herauszuholen, sondern darin, die instinktive Gehorsamkeit, jene ›Ja, Herr Lehrer, nein, Herr Lehrer‹-Haltung der Schule in ihr zu wecken, von der abhing, was sich später zwischen ihnen abspielen würde; und Charlie ihrerseits, bei der zunehmend die Schauspielerin angesprochen wurde, spielte, gehorchte und reagierte immer willfähriger. Hatte sie das nicht für Regisseure und Produzenten hundertmal getan – den Stoff harmloser Konversation benutzt, um ihnen ein Beispiel für die ganze Bandbreite ihres Könnens zu geben? Um so mehr Grund, das jetzt unter Kurtz' hypnotischer Ermutigung auch zu tun.

»Heidi?« wiederholte Kurtz echogleich. »*Heidi*? Das ist aber ein verdammt komischer Name für eine ältere englische Schwester, finden Sie nicht auch?«

»Nein, für Heidi nicht«, erwiderte sie strahlend und konnte einen spontanen Lacher von den jungen Zuhörern auf der anderen Seite der Beleuchtung für sich verbuchen. Heidi, weil ihre Eltern ihre Hochzeitsreise in die Schweiz gemacht hätten, wie sie erklärte – wo Heidi empfangen worden sei. »Inmitten von Edelweiß«, fügte sie aufseufzend hinzu. »In der Missionars-Stellung.«

»Aber warum denn *Charmian*?« fragte Marty, nachdem sich das Gelächter gelegt hatte.

Charlie hob die Stimme, um die sämige Sprechweise ihrer Scheiß-Mutter wiederzugeben: »Auf den Namen *Charmian* verfielen wir in der Absicht, einer reichen entfernten Verwandten dieses Namens zu schmeicheln.«

»Und hat es sich bezahlt gemacht?« fragte Kurtz und neigte den Kopf, um etwas mitzubekommen, was Litvak versuchte ihm zuzuflüstern.

»Bis jetzt noch nicht«, erklärte Charlie ausgelassen, aber immer noch im köstlichen Tonfall ihrer Mutter. »Vater hat das Zeitliche gesegnet, wissen Sie, aber Cousine Charmian muß ihm leider noch nachfolgen.«

Nur über diese und viele ähnliche harmlose Umwege näherten sie sich schrittweise dem Thema Charlie selbst.

»*Waage*«, murmelte Kurtz voller Genugtuung, als er ihr Geburtsdatum hinschrieb.

Gewissenhaft, aber ohne sich lange damit aufzuhalten, trieb er sie durch ihre frühe Kindheit – Pensionate, Häuser, Namen früherer Freunde und Ponys –, und Charlie antwortete ihm auf ihre Weise, ausführlich, manchmal humorvoll und immer bereitwillig, wobei ihr glänzendes Gedächtnis von der steten Glut seiner Aufmerksamkeit und ihrem wachsenden Bedürfnis, mit ihm zurechtzukommen, erhellt wurde. Von den Schulen und von der Kindheit war es ein natürlicher Schritt – bei dem Kurtz freilich größte Zurückhaltung zeigte – zur schmerzlichen Geschichte vom Ruin ihres Vaters, die Charlie mit stillen, aber um so rührenderen Einzelheiten vor ihnen ausbreitete, von dem schrecklichen Augenblick an, da ihr die Nachricht brutal beigebracht worden war, bis zum Trauma des Prozesses, der Verurteilung und der Einkerkerung. Ab und zu, das stimmte, geriet sie ein wenig ins Stocken; es kam auch vor, daß ihr Blick sich prüfend auf ihre Hände senkte, die so hübsch und ausdrucksvoll in dem von oben herabfallenden Licht spielten; dann kam ihr wohl eine tapfere, leicht selbstironische Bemerkung über die Lippen, die alles fortblies.

»Es wäre für uns ja alles nicht so schlimm gewesen, wenn wir zur Arbeiterklasse gehört hätten«, sagte sie einmal mit einem klugen und hoffnungslosen Lächeln. »Dann bekommt man eben seine Entlassung, man ist überflüssig, die Kräfte des Kapitals stellen sich einem in den Weg – so ist das Leben nun mal, das ist die Wirklichkeit, man weiß, woran man ist. Aber wir gehörten nun mal nicht zur Arbeiterklasse. Wir waren wir. Immer auf der Seite der Gewinner. Und plötzlich standen wir dann auf der Seite der Verlierer.«

»Schlimm«, sagte Kurtz ernst und schüttelte den mächtigen Kopf. Er ging noch einmal zurück und bohrte nach den soliden Fakten: Zeit und Ort, an dem der Prozeß stattgefunden hat, Charlie; die genaue Länge der Haftstrafe, Charlie; die Namen der Rechtsanwälte, falls sie sich an die erinnere. Das tat sie zwar nicht, doch wo immer sie konnte, gab sie ihm Auskunft, und Litvak notierte ihre Antworten ordnungsgemäß, so daß Kurtz seine ganze wohlwollende Aufmerksamkeit ihr zuwenden konnte. Alles Lachen hatte sich mittlerweile vollständig gelegt. Es war, als ob der Ton ausgefallen wäre, bis auf ihren und Martys. Kein Knarren, kein Husten, nirgendwoher ein unfreundliches Füßescharren. Noch nie in ihrem ganzen Leben, so kam es Charlie vor, hatte sie ein so aufmerksames und aufgeschlossenes Publikum gehabt. Sie haben Verständnis, dachte sie. Sie wissen, was es heißt, ein Nomadenleben zu führen; auf die eigenen Mittel zurückgeworfen zu sein, wenn die Karten gegen einen sind. Einmal gingen auf einen leisen Befehl von Joseph hin die Lichter aus, und sie warteten gemeinsam und lautlos wie bei einem Fliegerangriff in der undurchdringlichen Dunkelheit. Charlie genauso wie die anderen, bis Joseph Entwarnung gab und Kurtz seine geduldigen Fragen wiederaufnahm. Hatte Joseph wirklich etwas gehört, oder war das ihre Art, ihr zu verstehen zu geben, daß sie dazugehörte? Die Wirkung auf Charlie war in jedem Fall dieselbe; während dieser wenigen spannungsgeladenen Augenblicke war sie ihre Mitverschworene, die nicht daran dachte, sich in Sicherheit zu bringen.

Bei anderer Gelegenheit, als sie vorübergehend den Blick von Kurtz losriß, sah sie die jungen Leute auf ihrem Posten dösen: Raoul aus Schweden, den strohblonden Kopf auf die Brust gesunken und die Sohle eines dicken Laufschuhs flach gegen die Wand gedrückt; Rose aus Südafrika, gegen die Doppeltür gelehnt, die Sprinterinnenbeine von sich gestreckt und die langen Arme vor der Brust verschränkt; und Rachel, das Mädchen aus dem Norden Englands, das Gesicht von den fittichgleichen Strähnen ihrer schwarzen Haare eingerahmt, die Augen halb geschlossen, gleichwohl mit ihrem sanften sinnlichen, in Erinnerungen schwelgenden Lächeln. Doch der geringste von außen kommende Laut machte sie augenblicklich hellwach.

»Unter welcher Überschrift ließe sich das Ganze nun zusammenfassen, Charlie?« fragte Kurtz freundlich. »Ich meine, die ganze erste Zeit Ihres Lebens bis zu dem, was wir den Sündenfall nennen könnten . . .«

»Das Zeitalter der Unschuld, Marty?« schlug sie, von dem Wunsch zu helfen beseelt, vor.

»Genau. Ihr Zeitalter der Unschuld. Wie würden Sie es charakterisieren?«

»Es war die Hölle.«

»Möchten Sie ein paar Gründe nennen, warum?«

»Ich hab's in den Vororten verbracht, im Establishment – reicht das nicht?«

»Nein, das reicht nicht.«

»Ach, Marty – Sie sind so ...« Ihre erschlaffende Stimme. Der Ton inniger Verzweiflung. Kraftlose Gesten der Hände. Wie sollte sie das jemals erklären? »Für Sie ist das nichts Schlimmes, Sie sind Jude, begreifen Sie? Sie haben diese phantastischen Traditionen, die Sicherheit. Selbst wenn Sie verfolgt werden, wissen Sie noch, wer Sie sind und warum alles so ist.«

Kurtz mußte das bekümmert einräumen.

»Aber für uns – die Kinder aus den reichen englischen Vororten – kann man das vergessen. Wir hatten keine Traditionen, keinen Glauben, kein Selbstbewußtsein, gar nichts.«

»Aber Sie haben uns doch gesagt, Ihre Mutter sei katholisch gewesen.«

»Weihnachten und Ostern. Die reine Heuchelei. Wir leben schließlich in der nachchristlichen Zeit, Marty. Hat Ihnen das noch nie jemand gesagt? Wenn der Glaube schwindet, hinterläßt er ein Vakuum. In dem leben wir.«

Während sie dies sagte, bemerkte sie, daß Litvak seine glühenden Augen auf sie gerichtet hatte, und bekam eine erste Ahnung von seinem rabbinischen Zorn.

»Gingen Sie nicht zur Beichte?« fragte Kurtz.

»Das können Sie sich abschminken. Mum hatte nichts zu beichten. Darin besteht ja gerade ihre ganze Schwierigkeit. Kein Spaß, keine Sünde, gar nichts. Nichts weiter als Apathie und Angst. Angst vorm Leben, Angst vorm Tod, Angst vor den Nachbarn – *Angst.* Irgendwo draußen gab es Menschen, die echt lebten. Bloß wir nicht. Nicht in Rickmansworth. Nichts zu machen. Ich meine, Himmel – für Kinder –, ich meine *Kastrations*gerede!«

»Und Sie – keine Angst?«

»Nur davor, so zu sein wie Mum.«

»Und was ist mit der Vorstellung, die wir alle haben – vom alten England, das von seiner traditionellen Lebensweise durchdrungen ist?«

»Das können Sie vergessen.«

Kurtz lächelte und schüttelte sein weises Haupt, als wollte er sagen, man lernt doch immer noch was dazu.

»Und da haben Sie, sobald Sie die Möglichkeit dazu hatten, Ihr

Elternhaus verlassen und Zuflucht auf der Bühne und in der radikalen Politik gesucht«, faßte er zufrieden noch einmal alles zusammen. »Sie wurden zu einer politischen Exilantin auf der Bühne. Das habe ich irgendwo gelesen, in einem Interview, das Sie gegeben haben. Hat mir gefallen. Machen Sie jetzt von da aus weiter.«
Sie war wieder dabei, ihren Block vollzukritzeln – noch mehr Psychosymbole. »Ach, es gab aber auch schon davor Möglichkeiten auszubrechen«, sagte sie.
»Wie zum Beispiel?«
»Nun, *Sex*, wissen Sie«, sagte Charlie unbekümmert. »Ich meine, wir haben das Thema Sex als wesentliche Grundlage der Revolte überhaupt noch nicht berührt, oder? Und Drogen.«
»Wir haben das Thema Revolte noch nicht berührt«, sagte Kurtz.
»Nun, lassen Sie sich das von mir gesagt sein, Marty . . .«
Und das Sonderbare geschah: vielleicht der Beweis dafür, wie ein vollkommenes Publikum das Beste aus einer Schauspielerin herauszuholen und sie auf spontane, unerwartete Weise womöglich noch zu steigern vermag. Sie war im Begriff gewesen, ihnen ihre Standardnummer für die Nicht-Emanzipierten vorzuspielen. Daß die Entdeckung des eigenen Ichs ein wesentliches Vorspiel war, um sich mit der radikalen Bewegung zu identifizieren. Daß, wenn die Geschichte der neuen Revolution geschrieben werde, es sich herausstellen würde, daß ihre eigentlichen Wurzeln in den Wohnzimmern der Mittelschicht lägen, wo die *repressive Toleranz* ihre natürliche Heimat habe. Doch dann hörte sie sich zu ihrer eigenen Überraschung für Kurtz – oder war es für Joseph? – laut ihre vielen frühen Liebhaber sowie all die dummen Gründe aufzählen, die sie sich ausgedacht hatte, um mit ihnen ins Bett zu gehen. »Mir ist das unfaßlich, Marty«, betonte sie und öffnete abermals entwaffend die Hände. Ob sie das mit den Händen übertrieb? Sie fürchtete, das könnte durchaus sein, und so legte sie sie in den Schoß. »Selbst heute noch. Ich *wollte* sie gar nicht, ich *mochte* sie gar nicht, ich *ließ* sie einfach.« Die Männer, die sie sich aus Überdruß genommen hatte, egal was, nur um die schale Luft von Rickmansworth in Bewegung zu bringen, Marty. Aus Neugier. Männer, um sich ihre eigene Macht zu beweisen, Männer, um sich an anderen Männern – oder Frauen – zu rächen, an ihrer Schwester, an ihrer Scheiß-

Mutter. Männer nur aus Höflichkeit, weil sie sich einfach nicht mehr gegen ihre Hartnäckigkeit habe wehren können, Marty. Die Rollen-Besetzungs-Couchen – Himmel, Marty, Sie haben ja keine Ahnung! Männer, um die Spannung abzubauen, Männer, um Spannung aufzubauen. Männer, um etwas von ihnen zu lernen – ihre politischen Aufkleber, dazu da, um ihr im Bett zu erklären, was aus Büchern herauszuholen sie nie schaffte. Die Fünf-Minuten-Lüste, die ihr in den Händen zerbrachen wie Töpferwaren und sie einsamer zurückließen denn je. Pleiten, Pleiten, jeder einzelne von ihnen, Marty – zumindest wollte sie ihn das glauben machen. »Aber sie haben mich *frei* gemacht, verstehen Sie das nicht? Ich habe meinen *Körper* auf meine Weise eingesetzt. Selbst wenn es nicht die richtige Weise war. Das war nun mal meine *Show*.«
Kurtz nickte weise, und Litvak neben ihm ließ den Kugelschreiber übers Papier huschen. Doch insgeheim stellte sie sich vor, wie Joseph hinter ihr saß. Sah ihn vor sich, wie er von seinen Blättern aufblickte, den kräftigen Zeigefinger an die Wange legte und das ganz persönlich für ihn bestimmte Geschenk ihrer erstaunlichen Offenheit entgegennahm. Fang mich auf, gab sie ihm zu verstehen; gib mir, was die anderen mir nie haben geben können.
Dann verfiel sie in Schweigen, und ihr fröstelte dabei. Warum hatte sie das getan? Nie zuvor in ihrem Leben hatte sie diese Rolle gespielt, nicht einmal für sich selbst. Die Zeitlosigkeit der nächtlichen Stunde verfehlte ihre Wirkung auf sie nicht. Die Beleuchtung, das Zimmer oben, das Gefühl, auf Reisen zu sein, im Zug mit Fremden zu sprechen. Sie wollte schlafen. Sie hatte genug getan. Entweder sie gaben ihr die Rolle, oder aber sie schickten sie nach Hause, oder beides.
Doch Kurtz tat nichts dergleichen. Noch nicht. Vielmehr kündete er eine kurze Pause an, nahm seine Uhr, schnallte sie sich mit dem khakifarbenen Armband ans Handgelenk. Dann schlurfte er aus dem Raum und nahm Litvak mit. Sie wartete auf die Schritte hinter sich, wenn auch Joseph den Raum verließ, doch es kamen keine. Und immer noch nicht. Sie wollte den Kopf drehen, wagte es jedoch nicht. Rose brachte ihr ein Glas gesüßten Tee, ohne Milch. Rachel hatte ein paar mit Zucker bestreute Kekse wie englische Butterplätzchen. Charlie nahm einen.

»Das hast du *großartig* gemacht«, gestand sie ihr atemlos. »Wie du ihnen das mit England unter die Nase gerieben hast. Ich hab' einfach dagesessen, und es ist mir runtergegangen wie Öl, stimmt's nicht, Rose?«
»Das kann man wohl sagen«, sagte Rose.
»Ich habe nur gesagt, wie mir zumute ist«, erklärte Charlie.
»Möchtest du mal aufs Klo, meine Liebe?« fragte Rachel.
»Nein, danke. Das tu' ich nie zwischen zwei Akten.«
»Na schön«, sagte Rachel und zwinkerte verständnisvoll.
Charlie trank einen Schluck Tee und legte dabei einen Ellbogen auf die Lehne ihres Stuhls, um unauffällig einen Blick über die Schulter werfen zu können. Joseph war verschwunden und hatte seine Papiere mitgenommen.

Der Raum, in den sie sich zurückgezogen hatte, war nicht so groß, wie das Zimmer, das sie verlassen hatten, aber genauso kahl. Ein paar Feldbetten und ein Fernschreiber bildeten die ganze Einrichtung; durch eine Doppeltür ging es ins Badezimmer. Becker und Litvak setzten sich einander gegenüber auf die Betten und vertieften sich in ihre Unterlagen; den Fernschreiber bediente ein sich betont gerade haltender junger Mann namens David. Gelegentlich ratterte der Apparat los und stieß wieder ein Blatt aus, das David ernst auf einen neben sich liegenden Stapel ablegte. Sonst war nichts weiter zu hören als das Rauschen von Wasser aus dem Bad, wo Kurtz sich mit nacktem Oberkörper am Waschbecken mit Wasser bespritzte wie ein Sportler zwischen zwei Wettkämpfen.
»Sie ist wirklich ein nettes Mädchen«, rief Kurtz, als Litvak umblätterte und am Rande etwas mit einem Filzstift anstrich. »Sie ist alles, was wir uns erhofft hatten. Intelligent, einfallsreich und unterbeschäftigt.«
»Sie lügt wie gedruckt«, sagte Litvak, der immer noch las. Daß seine Bemerkung nicht für Kurtz bestimmt war, merkte man an der Art, wie er den Körper vorstreckte, und der Überheblichkeit, mit der er das sagte.
»Wer will sich denn beschweren?« wollte Kurtz wissen und klatschte sich noch mehr Wasser ins Gesicht. »Heute lügt sie für sich, und

morgen lügt sie für uns. Wir brauchen doch nicht plötzlich einen Engel.«

Plötzlich gab der Fernschreiber ein ganz anderes Geratter von sich. Becker und Litvak warfen beide hellwach einen Blick darauf, doch Kurtz schien nichts gehört zu haben. Vielleicht hatte er Wasser in den Ohren.

»Für eine Frau sind Lügen ein Schutz. Sie schützt die Wahrheit, damit schützt sie ihre Keuschheit. Für eine Frau stellen Lügen so etwas wie einen Tugendbeweis dar«, verkündete Kurtz und wusch sich immer noch.

David, der vorm Telephon saß, hielt achtunggebietend die Hand in die Höhe. »Die Botschaft in Athen, Marty«, sagte er. »Sie wollen eine Meldung aus Jerusalem durchgeben.«

Kurtz zögerte. »Sag ihnen, sie sollen loslegen«, erklärte er dann widerstrebend.

»Nur für Sie allein bestimmt«, sagte David, erhob sich und ging durch das Zimmer.

Der Fernschreiber ruckte. Kurtz warf sich sein Handtuch um den Hals und nahm auf Davids Stuhl Platz; er legte eine Diskette ein und beobachtete, wie der Klartext erschien. Der Fernschreiber hörte auf zu tickern. Kurtz las die Meldung, riß das Blatt dann von der Rolle und las sie nochmals. Dann stieß er ein zorniges Lachen aus. »Eine Botschaft von allerhöchster Stelle«, verkündete er bitter. »Die große Krähe sagt, wir sollen uns als Amerikaner ausgeben. Ist das nicht lieb? ›Sie dürfen ihr gegenüber in keiner Weise zugeben, daß Sie israelische Bürger sind, die in offiziellem oder fast offiziellem Auftrag handeln.‹ Ich könnte die Leute in Jerusalem küssen! Wie konstruktiv, wie hilfreich! Und genau zum richtigen Zeitpunkt! Misha Gavron, wie er leibt und lebt – unnachahmlich! Nie in meinem Leben habe ich für jemand gearbeitet, auf den man sich so felsenfest verlassen konnte. Kabele zurück: ›Ja, wiederhole: nein‹«, herrschte er den verdatterten jungen David an und reichte ihm das abgerissene Blatt. Dann kehrten die drei Männer gemeinsam auf die Bühne zurück.

Kapitel 7

Um seine kleine Unterhaltung mit Charlie wiederaufzunehmen, hatte Kurtz sich für einen Ton wohlwollender Endgültigkeit entschieden, als gehe es ihm nur noch darum, ein paar letzte strittige Punkte zu klären, ehe er zu anderen Dingen überging.

»Charlie, nochmals zu Ihren Eltern«, sagte er. Litvak hatte einen Ordner aus der Aktenmappe gezogen und hielt ihn so, daß Charlie nichts erkennen konnte.

»Ja, zu den Eltern«, sagte sie und griff mutig nach einer Zigarette. Kurtz ließ sich nicht zur Eile antreiben und studierte bestimmte Unterlagen, die Litvak ihm in die Hand gedrückt hatte. »Kehren wir zur Schlußphase im Leben ihres Vaters zurück, sein Zusammenbruch, die finanzielle Schande, sein Tod und so weiter. Können Sie uns noch einmal genau sagen, in welcher Reihenfolge sich das alles abspielte? Sie besuchten ein englisches Internat. Die schreckliche Nachricht kam. Von da an weiter, bitte.«

Sie begriff nicht ganz, was er wollte. »Von wo an?«

»Die Nachricht trifft ein. Von da an weiter.«

Sie zuckte die Achseln. »Ich wurde rausgeschmissen, fuhr nach Haus, dort wimmelte es von Gerichtsvollziehern; wie Ratten. Aber das hatten wir doch schon alles, Marty. Was soll denn noch sein?«

»Die Internatsleiterin ließ Sie kommen, haben Sie gesagt«, erinnerte Kurtz sie nach einer Pause. »Schön. Was hat sie also gesagt? Den genauen Wortlaut, bitte?«

»›Tut mit leid, aber ich habe die Hausmutter angewiesen, Ihre Sachen zu packen. Wiedersehn und viel Glück!‹ Soweit ich mich erinnere.«

»Ach, *daran* erinnern Sie sich?« sagte Kurtz mit trockenem Humor, lehnte sich vor und warf nochmals einen Blick in Litvaks Papiere. »Keine Moralpredigt von ihr über die Verderbtheit der

bösen Welt draußen?« fragte er immer noch lesend. »Kein ›Wirf dich nicht zu leicht weg‹ oder so? Nein? Keinerlei Erklärung, wieso und warum, als man Sie aufforderte zu gehen?«
»Das Schulgeld war ja schon seit zwei Semestern nicht mehr bezahlt worden – ist das nicht Grund genug? Für sie war das schließlich ein Geschäft, Marty. Sie mußten an ihr Bankkonto denken. Es war eine Privatschule, vergessen Sie das nicht.« Sie ließ durchblicken, daß sie müde sei. »Meinen Sie nicht, wir sollten's für heute genug sein lassen? Ich weiß auch nicht, wieso, aber ich komme mir ziemlich gerädert vor.«
»Oh, das nehme ich Ihnen nicht ab. Sie sind ausgeruht, und Sie haben Reserven. Sie sind also nach Hause. Mit der Bahn?«
»Bis nach Hause per Bahn. Und ganz allein. Mit meinem Köfferchen. Auf dem Nach-Hause-Weg.« Sie streckte sich und sah sich lächelnd im Raum um, doch Joseph hatte den Kopf abgewandt. Er schien einer anderen Musik zuzuhören.
»Sie sind also nach Hause und haben dort *was* genau vorgefunden?«
»Das totale Chaos, wie ich Ihnen schon sagte.«
»Könnten Sie dieses Chaos bitte ein bißchen genauer beschreiben?«
»Möbelwagen auf der Auffahrt. Männer in Schürzen. Mutter in Tränen aufgelöst. Mein halbes Zimmer schon ausgeräumt.«
»Und wo war Heidi?«
»Jedenfalls nicht da. Nicht vorhanden. Zählte nicht zu denen, die dabei waren.«
»Und keiner hat nach ihr geschickt? Ihre ältere Schwester, der Augapfel Ihres Vaters? Die nur zwanzig Kilometer entfernt wohnte? Warum ist denn Heidi nicht gekommen, um zu helfen?«
»Wahrscheinlich, weil sie schwanger war«, erklärte Charlie sorglos und betrachtete wieder ihre Hände. »Das ist sie normalerweise immer.«
Aber Kurtz blickte Charlie an und nahm sich eine Menge Zeit, ehe er überhaupt etwas sagte. »Wer, haben Sie gesagt, war bitte schwanger?« fragte er, als ob er nicht gehört hätte.
»Heidi.«
»Charlie, Heidi war nicht schwanger. Zu Heidis erster Schwangerschaft kam es erst im Jahr darauf.«
»Ja, gut, dann war sie eben mal nicht schwanger.«

»Warum ist sie also nicht gekommen, um der Familie ein bißchen zur Hand zu gehen?«
»Vielleicht wollte sie es nicht wissen. Sie kam jedenfalls nicht, das ist alles, woran ich mich erinnern kann. Marty, um Himmels willen, die ganze Sache ist schließlich zehn Jahre her. Ich war noch ein Kind, ein ganz anderer Mensch.«
»Wegen der Schande, was? Heidi konnte die Schande nicht ertragen. Die des Bankrotts Ihres Vaters, meine ich.«
»Was für eine Schande soll es denn sonst gegeben haben?« gab sie schnippisch zurück.
Kurtz faßte ihre Frage rhetorisch auf. Er beschäftigte sich wieder mit seinen Papieren, sah, daß Litvaks langer Finger auf etwas zeigte. »Jedenfalls ließ Heidi sich nicht blicken, und die ganze Verantwortung, mit der Familienkrise fertig zu werden, lastete auf Ihren jungen Schultern, stimmt's? Die eben sechzehnjährige Charlie, aufgerufen, die Retterin zu spielen. Ihr Intensivkurs über die Anfälligkeit des kapitalistischen Systems, wie Sie es vor noch nicht langer Zeit mal so hübsch ausgedrückt haben. ›Ein Anschauungsunterricht, den man nie wieder vergißt.‹ Sie mußten mit ansehen, wie sämtliche Fetische der Konsumgesellschaft – hübsche Möbel – hübsche Kleider – sämtliche Attribute bürgerlicher Wohlanständigkeit – praktisch vor Ihren Augen auseinandergenommen und weggeschafft wurden. Sie ganz allein. Mußten damit fertig werden. Den Haushalt auflösen. Waren unbestritten diejenige, die die Angelegenheit Ihrer rührend bourgeoisen Eltern in die Hand nahm, die von Rechts wegen der Arbeiterklasse hätten angehören sollen, aber so bedenkenlos waren, es nicht zu tun. Die sie tröstete. Die ihnen half, ihre Schande zu ertragen. Ich nehme an, es war, als ob Sie ihnen die Absolution erteilten. Verdammt schwer«, setzte er traurig hinzu. »Wahrhaftig kein Kinderspiel.« Er hielt inne, wartete darauf, daß sie etwas sagte.
Doch das tat sie nicht. Sie hielt schweigend seinem Blick stand. Sie konnte gar nicht anders. Seine tief eingekerbten Gesichtszüge verhärteten sich, besonders um die Augen herum, auf merkwürdige Weise. Trotzdem hielt sie seinem Blick stand, auf ganz besondere Art; sie hatte, noch aus der Kindheit, eine Art, ihr Gesicht gleichsam zu einem eisigen Bild erstarren zu lassen und dabei anderen Gedan-

ken nachzuhängen. Und gewann, wußte, daß sie Siegerin blieb, denn es war Kurtz, der als erster wieder das Wort ergriff, und das war der Beweis.

»Charlie, wir sind uns darüber im klaren, daß dies alles sehr schmerzlich für Sie ist; trotzdem bitten wir Sie, mit Ihren eigenen Worten fortzufahren. Da ist also der Möbelwagen. Wir sehen, daß Ihre Sachen aus dem Haus herausgeschafft werden. Was sehen wir noch?«

»Mein Pony.«

»Haben sie das auch mitgenommen?«

»Hab' ich Ihnen doch schon gesagt.

»Zusammen mit den Möbeln? Im selben Möbelwagen?«

»Nein, in einem anderen Laster. Seien Sie doch nicht albern.«

»Es waren also zwei Autos da. Beide zur selben Zeit? Oder einer nach dem anderen.«

»Das weiß ich nicht mehr.«

»Wo hielt sich Ihr Vater denn während dieser ganzen Zeit auf? Im Arbeitszimmer? Stand er am Fenster, und sah er nach, wie alles verschwand? Wie hält ein Mann sich – wenn die Schande so über ihn hereinbricht?«

»Er war im Garten.«

»Und tat dort was?«

»Er betrachtete die Rosen. Starrte sie an. Und wiederholte immer wieder, die dürfen sie nicht wegbringen. Was auch geschähe. Immer und immer wieder hat er das gesagt: ›Wenn sie meine Rosen mitnehmen, bring' ich mich um.‹«

»Und Ihre Mutter,«

»Mum war in der Küche und kochte. An was anderes konnte sie nicht denken.«

»Gas- oder Elektroherd?«

»Elektroherd.«

»Ja, habe ich mich da verhört? Hatten Sie nicht gesagt, das Elektrizitätswerk hätte den Strom abgestellt?«

»Sie hatten ihn wieder angeschlossen.«

»Und den Herd haben sie nicht abmontiert und mitgenommen?«

»Den mußten sie dalassen. Es gibt da eine gesetzliche Vorschrift: den Herd, einen Tisch und einen Stuhl für jeden, der im Haus wohnt.«

»Und Messer und Gabel?«
»Ein Besteck für jede Person.«
»Warum haben sie denn nicht einfach das Haus beschlagnahmt? Und Sie alle auf die Straße gesetzt?«
»Weil es auf Mutters Namen eingetragen war. Darauf hatte sie schon vor Jahren bestanden – daß das gemacht wurde.«
»Kluge Frau. Immerhin passierte das Ganze in Ihrem Elternhaus. Und wo, sagten Sie, hatte Ihre Internatsleiterin vom Bankrott Ihres Vaters gelesen?«
Fast hätte sie die Frage nicht mitbekommen. Für einen Moment verschwammen die Bilder vor ihrem geistigen Auge, doch dann nahmen sie wieder feste Umrisse an und lieferten ihr die Wörter, die sie brauchte: ihre Mutter mit fliederfarbenem Kopftuch über den Herd gebeugt, hektisch dabei, Arme Ritter zuzubereiten, ein Lieblingsgericht der Familie. Ihr Vater, in einem doppelreihigen Blazer, wie er grau im Gesicht und wortlos die Rosen betrachtete. Die Internatsleiterin, die Hände auf dem Rücken, wie sie ihren in Tweed gehüllten Körper vor dem nicht angezündeten Kamin in ihrem beeindruckenden Wohnzimmer wärmte.
»In der *London Gazette*«, erwiderte Charlie stumpf. »Wo über alle Pleiten berichtet wird.«
»Hatte die Anstaltsleiterin die *Gazette* abonniert?«
»Vermutlich.«
Kurtz nickte ausdauernd und bedächtig, nahm dann einen Bleistift und schrieb das eine Wort *vermutlich* auf einen vor ihm liegenden Block, und zwar so, daß Charlie es lesen konnte. »So, und nach dem Bankrott kamen dann die Anklagen wegen Betrug. Richtig so? Wollen Sie uns nicht von der Verhandlung berichten?«
»Ich habe Ihnen doch schon gesagt: Vater wollte nicht zulassen, daß wir dabei waren. Erst wollte er selbst seine Verteidigung übernehmen – den Helden spielen. Wir sollten vorn auf der ersten Bank sitzen und ihm Beifall klatschen. Als sie ihm dann aber die Beweise vorlegten, überlegte er es sich anders.«
»Wie lautete denn die Anklage?«
»Daß er seine Kunden betrogen hätte.«
»Und wieviel hat er bekommen?«
»Achtzehn Monate, ein Teil der Zeit wurde ihm erlassen. Das hab'

ich Ihnen doch schon erzählt, Marty. Habe ich doch schon alles gesagt. Was soll das?«

»Haben Sie ihn jemals im Gefängnis besucht?«

»Das hat er nicht erlaubt. Er wollte nicht, daß wir seine Schande sähen.«

»Seine Schande«, wiederholte Kurtz nachdenklich. »Seine Schande. Sein Sturz. Das ist Ihnen wirklich unter die Haut gegangen, was?«

»Würde ich Ihnen besser gefallen, wenn es das nicht getan hätte?«

»Nein, Charlie, ich glaube nicht.« Wieder machte er eine kleine Pause. »Nun ja, das hätten wir. Sie blieben also zu Hause. Gaben das Internat auf, verzichteten auf eine ordentliche Ausbildung ihres ausgezeichneten, sich gerade entwickelnden Geistes, kümmerten sich um Ihre Mutter, warteten auf die Entlassung Ihres Vaters. Stimmt's?«

»Stimmt.«

»Und sind nicht ein einziges Mal ins Gefängnis gegangen?«

»Himmel!« flüsterte sie hoffnungslos. »Warum drehen Sie mir so das Messer im Bauch rum?«

»Sind nicht einmal in die Nähe gekommen?«

»Nein!«

Sie hielt die Tränen mit einem Mut zurück, den sie bestimmt bewunderten. ›Wie hat sie nur damit fertig werden können?‹ mußten sie sich fragen. Sowohl damals wie jetzt? Warum stocherte er nur so unbarmherzig in ihren alten Wunden herum? Das Schweigen war wie eine Pause zwischen zwei Schreien. Man hörte nur das schabende Geräusch von Litvaks Kugelschreiber, der über die Seiten des Notizbuchs flog.

»Ist da was, womit du was anfangen kannst, Mike?« wandte Kurtz sich an Litvak, ohne den Blick von ihr zu wenden.

»Durchaus«, hauchte Litvak, während sein Kugelschreiber weiter übers Papier huschte. »Das beweist Mumm, da paßt eines zum anderen, daraus läßt sich was machen. Ich möchte bloß wissen, ob sie nicht irgendwo eine zu Herzen gehende Anekdote über diese Gefängnissache hat. Oder vielleicht besser noch darüber, wie er wieder rausgekommen ist – über die letzten Monate – warum nicht?«

»Charlie?« sagte Kurtz knapp und gab Litvaks Frage weiter.

Charlie bemühte sich sichtlich, darüber nachzudenken, bis ihr dann ein Einfall kam. »Nun ja, da war diese Sache mit den *Türen*«, sagte sie zweifelnd.

»Mit den Türen?« fragte Litvak. »Was für Türen?«

»Warum erzählen Sie's uns nicht?« ermunterte Kurtz sie.

Eine Pause, während Charlie eine Hand hob und sich vorsichtig mit Daumen und Zeigefinger über dem Nasenbein zwickte und dadurch tiefsten Kummer und eine leichte Migräne andeutete. Sie hatte die Geschichte schon oft erzählt, aber nie so gut wie jetzt. »Wir erwarteten ihn erst in einem Monat – er rief auch nicht an, wie sollte er auch? Wir waren umgezogen und lebten von der Wohlfahrt. Er kreuzte einfach auf, sah schlanker und jünger aus. Haare geschnitten. ›Hallo, Chas, ich bin entlassen.‹ Drückte mich an sich. Mum war oben, hatte viel zuviel Angst, um runterzukommen. Er war vollkommen unverändert. Bis auf die Sache mit den Türen. Die konnte er nicht aufmachen. Ging auf sie zu, blieb stehen, stand in Hab-acht-Stellung da, den Kopf gesenkt, und wartete darauf, daß der Aufseher ihm aufschloß.«

»Und der Aufseher – das war *sie*«, ließ Litvak sich leise neben Kurtz vernehmen. »Seine eigene Tochter. *Donner*wetter!«

»Als es das erstemal passierte, konnte ich es nicht glauben. Ich schrie ihn an: ›Mach doch die Scheiß-Tür auf!‹ Aber seine Hand weigerte sich buchstäblich.«

Litvak schrieb wie ein Besessener. Kurtz hingegen war weniger begeistert. Er hatte die Nase wieder in die Unterlagen gesteckt, und sein Gesicht ließ erkennen, daß er ernste Vorbehalte hatte. »Charlie – ich habe hier ein Interview, das Sie mal gegeben haben – der *Ipswich Gazette*, stimmt's? –, und darin erzählen Sie irgendeine Geschichte, wie Ihre Mutter und Sie gemeinsam eine Anhöhe vorm Gefängnis hinaufgestiegen sind, um zu winken, damit Ihr Vater Sie von seinem Zellenfenster aus sehen konnte. Aber nach dem, was Sie uns gerade eben erzählt haben, sind Sie nicht ein einziges Mal auch nur in die *Nähe* des Gefängnisses gekommen«

Charlie brachte es sogar fertig zu lachen – ein volltönendes Lachen, auch wenn von den Schatten kein Echo kam. »Aber, Marty, das war ein *Interview*, das ich gegeben habe«, sagte sie nachsichtig, weil er ein so ernstes Gesicht machte.

»Ja, und?«
»In Interviews motzt man die eigene Vergangenheit doch immer ein bißchen auf, um sie interessant zu machen.«
»Haben Sie das hier bei uns etwa auch gemacht?«
»Selbstverständlich nicht.«
»Quilley, Ihr Agent, hat irgendeinem Bekannten von uns vor kurzem erzählt, Ihr Vater sei im Gefängnis gestorben. Keineswegs zu Hause. Auch aufgemotzt?«
»Das hat Ned erzählt, nicht ich.«
»Richtig. Also gut. Einverstanden.«
Er klappte den Ordner zu, immer noch nicht überzeugt.
Sie konnte nicht anders. Sie drehte sich auf dem Stuhl um, wandte sich an Joseph und bat ihn indirekt, ihr aus der Klemme zu helfen.
»Wie läuft es, Jose – gut?«
»Sehr wirksam, würde ich sagen«, erwiderte er und beschäftigte sich auch weiterhin mit seinen eigenen Sachen.
»Besser als in der *Heiligen Johanna?*«
»Aber, meine liebe Charlie – dein Text ist weit besser als der von Shaw.«
Er gratuliert mir nicht, sondern tröstet mich, dachte sie bekümmert. Aber warum war er nur so streng mit ihr. So spröde? Warum gab er sich so unnahbar, nachdem er sie doch hierhergebracht hatte?
Rose aus Südafrika brachte ein Tablett mit Sandwiches. Rachel folgte ihr mit Keksen und einer Thermoskanne süßem Kaffee.
»Wird hier niemals geschlafen?« beschwerte Charlie sich und griff zu. Doch niemand hörte ihre Frage. Oder vielmehr, *weil* alle sie durchaus gehört hatten, ging keiner darauf ein.

Die leichte, die mühelose Zeit war vorbei, und jetzt kam die langerwartete gefährliche Phase, die Zeit der erhöhten Wachsamkeit vor Tagesanbruch, da ihr Kopf am klarsten und ihr Zorn am heftigsten war – mit anderen Worten die Zeit, da Charlies zurückgestellte politische Einstellung – von der Kurtz ihr versichert hatte, daß sie alle tiefste Hochachtung davor hätten – hervorgeholt und ihr Dampf gemacht werden sollte. Wieder lag alles in Kurtz' Händen und lief nach einer bestimmten Reihenfolge und festgelegten Logik ab. Frühe Einflüsse, Charlie. Daten, Orte, Menschen, Charlie: Nennen Sie uns Ihre fünf Grundsätze, von denen Sie sich leiten lassen, ihre ersten zehn Begegnungen mit der militanten Alternative. Aber Charlie war nicht mehr nach Objektivität zumute. Ihr toter Punkt war vorüber, und jetzt begann ein Gefühl des Aufbegehrens in ihr zu rumoren, wie die Munterkeit ihrer Stimme und ihre flink hin und her schießenden Blicke ihnen hätten verraten sollen. Sie hatte sie alle satt bis obenhin. War es leid, in dieser Waffenbrüderschaft auch noch hilfreich zu sein, mit verbundenen Augen von einem Raum in den anderen geführt zu werden, ohne zu wissen, was diese durchtrainierten, sie willkürlich führenden Hände an ihrem Ellbogen machten und was diese klugen Stimmen ihr ins Ohr flüsterten. Das Opfer in ihr wartete nur darauf, endlich kämpfen zu können.

»Charlie, was Sie uns jetzt sagen, ist ausschließlich, wirklich ausschließlich für die Unterlagen bestimmt«, erklärte ihr Kurtz. »Haben wir es erst mal in unseren Unterlagen festgehalten, werden wir in der Lage sein, Ihnen ein paar Schleier abzunehmen«, versicherte er ihr. Trotzdem ließ er sich nicht davon abbringen, sie noch einmal durch einen ermüdenden Katalog von Demos und Sit-ins, Protestmärschen und Besetzungen und Samstag-nachmittag-Revolutionen hindurchzuführen und sie in jedem einzelnen Fall nach dem auszufragen, was er ›die Beweggründe‹ nannte, die hinter ihren Handlungen gestanden hätten.

»Himmelherrgott, hören Sie endlich auf, uns kritisch zu beurteilen, ja?« fuhr sie ihn an. »Man kann uns nicht logisch erklären, wir verfügen nicht über besondere Informationen, wir sind nicht organisiert. . .«

»Ja, was sind Sie dann, meine Liebe?« fragte Kurtz mit heiligmäßiger Freundlichkeit.

»Und *lieb* sind wir auch nicht. Wir sind *Menschen.* Erwachsene Menschen, kapiert? Hören Sie also endlich auf, mich zu quälen!«

»Charlie, wir quälen Sie doch nicht. Niemand hier will Sie quälen.«

»Ach, ihr könnt mich alle mal!«

Sie haßte sich in dieser Stimmung. Haßte die Schroffheit, die in ihr durchbrach, wenn man sie in die Ecke trieb. Sie sah sich, wie sie furchtlos mit ihren schwachen Frauenfäusten gegen eine riesige

Holztür hämmerte, während ihre kreischende Stimme mit gefährlich unüberlegten Schlagworten kämpfte. Gleichzeitig liebte sie jedoch die leuchtenden Farben, die sich zusammen mit ihrem Zorn einstellten, das herrliche Befreit-Sein, das zerschlagene Porzellan.
»Wozu soll es gut sein, an was zu *glauben*, ehe man etwas ablehnt?« wollte sie wissen und erinnerte sich damit an eine großartige Phrase, die Long Al ihr – oder war es jemand anders gewesen – eingetrichtert hatte. »Vielleicht heißt etwas ablehnen, ja glauben. Ist das Ihnen jemals aufgegangen? Wir führen einen anderen Krieg, Marty – den wirklichen. Da steht nicht Macht gegen Macht oder Ost gegen West. Da stehen die Hungrigen gegen die Schweine, Sklaven gegen Unterdrücker. Sie glauben, Sie sind frei, nicht wahr? Aber das sind Sie nur, weil jemand anders in Ketten liegt. Sie essen, dafür muß jemand anders verhungern. Sie laufen, jemand anders steht still. Wir müssen das *Ganze* verändern.«
Einst hatte sie das geglaubt; hatte es wirklich geglaubt. Vielleicht tat sie das immer noch. Sie hatte es erkannt und sah es ganz klar vor Augen. Sie hatte damit bei Wildfremden angeklopft und beobachtet, wie sich die Feindseligkeit aus ihrem Gesicht verflüchtigte, sobald sie erst mal bis zu ihnen durchgedrungen war. Sie hatte es gefühlt und war dafür auf die Straße gegangen: für das Recht der Menschen, das Denken der Menschen zu befreien, sich gegenseitig aus dem Morast kapitalistischer und rassistischer Konditioniertheit herauszuziehen und sich einander zwanglos und brüderlich zuzuwenden. Dort draußen vermochte diese Vision an einem klaren Tag auch heute noch ihr Herz zu füllen und sie zu mutigen Taten hinzureißen, vor denen sie, wenn die Begeisterung sich nicht erfüllte, zurückgeschreckt wäre. Aber hier in diesen vier Wänden und umgeben von all diesen klugen Gesichtern war kein Raum für sie, um ihre Flügel auszubreiten.
Sie versuchte es noch einmal, mit schriller Stimme diesmal: »Wissen Sie, Marty, einer der Unterschiede, wenn man so alt ist wie Sie und so alt wie ich, liegt doch darin, daß es *uns* einfach nicht gleichgültig ist, für *wen* wir unsere Existenz aufs Spiel setzen. Aus irgendeinem Grunde sind wir nun mal nicht scharf darauf, unser Leben für eine multinationale Gesellschaft mit Sitz in Liechtenstein und Bankkonto auf den Holländischen Antillen zu opfern!« Das nun hatte sie

ganz bestimmt von Al. Sie übernahm sogar sein sarkastisches Gekrächz, um es herauszubringen. »Wir finden es einfach nicht in Ordnung, daß Menschen, die wir nicht kennen, von denen wir noch nie gehört und die wir auch nicht gewählt haben, sich anmaßen, die Welt für uns zu ruinieren. Wir lieben nun mal keine Diktatoren, so komisch das ist, egal, ob es Gruppen von Leuten sind oder Gruppen von Ländern oder Institutionen. Und wir haben auch nichts für Rüstungswettlauf, chemische Kriegführung oder irgend etwas sonst übrig, was dieses Katastrophenspiel bestimmt. Wir sind der Meinung, daß der jüdische Staat nicht unbedingt eine imperialistische amerikanische Garnison sein muß, und glauben auch nicht, daß die Araber verlauste Wilde oder dekadente Ölscheichs sind. Also lehnen wir ab. Statt bestimmte Leitbilder zu haben – oder bestimmte Vorurteile und Bindungen. Deshalb ist Ablehnung was Positives, oder? Weil es was Positives ist, diese Dinge *nicht* zu haben, kapiert?«

»Nun mal genau, Charlie, die Welt *wie* ruinieren?« fragte Kurtz, während Litvak geduldig weiterschrieb.

»Indem man sie vergiftet. Sie verbrennt. Sie mit Schadstoffen und Kolonialismus und der totalen, berechneten geistigen Knüppelung der Arbeiter verschandelt und ...« Und der andere Text fällt mir gleich wieder ein, dachte sie. »Also kommen Sie nicht, und fragen Sie mich nicht nach den Namen und Adressen meiner fünf Haupt-Gurus – einverstanden, Marty? Die hab' ich nämlich *hier drin*« – sie klopfte sich an die Brust – »und seien Sie nicht so verdammt überheblich, wenn ich Ihnen nicht die ganze beschissene Nacht lang Che Guevara zitieren kann; fragen Sie mich doch einfach, ob ich möchte, daß die Welt nicht untergeht, und ob meine Kinder ...«

»*Können* Sie Che Guevara zitieren?« fragte Kurtz interessiert.

»Moment mal«, sagte Litvak und hob eine durchscheinende Hand, während er mit der anderen wie gehetzt schrieb. »Das ist *fabelhaft*! Nur einen kleinen Moment, ja, Charlie?«

»Warum greift ihr nicht mal tief in die Tasche und schafft euch ein Scheiß-Tonbandgerät an?« fuhr Charlie ihn an. Ihre Wangen waren gerötet. »Oder klaut eins, wenn das schon auf eurer Linie liegt?«

»Weil wir keine Woche Zeit haben, die Niederschriften zu lesen«, erwiderte Kurtz, während Litvak weiterschrieb. »Das Ohr wählt aus, verstehen Sie, meine Liebe. Das tun Geräte nicht. Geräte sind unökonomisch. Können Sie Che Guevara wirklich zitieren, Charlie?« wiederholte er, während sie warteten.

»Nein, natürlich kann ich das nicht, verdammt noch mal.«

Hinter ihr – ihr kam es vor, als wäre er einen Kilometer weit weg – modifizierte Josephs körperlose Stimme sanft ihre Antwort.

»Aber sie könnte es, wenn sie ihn auswendig lernte. Sie hat ein phantastisches Gedächtnis«, versicherte er ihnen mit einem Hauch von Schöpferstolz. »Sie braucht nur was zu hören, und schon hat sie's intus. Sie könnte in einer Woche seine gesamten Schriften auswendig lernen, wenn sie wollte.«

Warum hatte er gesprochen? Versuchte er, die Wogen zu glätten? Zu warnen? Oder sich zwischen Charlie und ihre unmittelbare Vernichtung zu stellen? Aber Charlie war nicht in der Stimmung, auf seine Feinheiten einzugehen, und Kurtz und Litvak besprachen sich wieder, diesmal auf hebräisch.

»Hättet ihr was dagegen, in meiner Anwesenheit englisch zu sprechen, ihr beiden?« wollte sie wissen.

»Gleich, meine Liebe«, sagte Kurtz freundlich und redete weiter hebräisch.

Mit demselben klinischen Vorgehen – ausschließlich für unsere Unterlagen, Charlie – führte Kurtz sie übergewissenhaft durch die noch verbliebenen widersprüchlichen Artikel ihres wenig gefestigten Glaubens. Charlie fuchtelte mit den Armen herum und wütete und fuchtelte nochmals mit den Armen, sie tat es mit der wachsenden Verzweiflung der Halbgebildeten. Kurtz, der nur selten kritisierte und immer höflich blieb, warf zwischendurch einen Blick in seine Papiere, hielt inne, um sich mit Litvak zu beraten, oder notierte sich für seine eigenen undurchsichtigen Zwecke ein paar Dinge auf seinem Block. Während sie verbissen weiterirrte, kam sie selbst sich wie bei einem jener improvisierten Lehrstücke in der Schauspielschule vor und bemühte sich, in eine Rolle hineinzuschlüpfen, die ihr – je weiter sie kam – immer unverständlicher vorkam. Sie beobachtete ihre eigenen Gesten, doch die schienen mit dem, was sie sagte, nichts mehr zu tun zu haben. Sie protestierte, also war sie frei. Sie schrie, also protestierte sie. Sie lauschte ihrer Stimme, und die gehörte überhaupt niemand. Dem Bettgeflüster

mit einem längst vergessenen Liebhaber entnahm sie einen Satz von Rousseau, von irgendwo anders her holte sie sich eine Stelle von Marcuse. Sie sah, wie Kurtz sich zurücklehnte, die Augen niederschlug, nickte und den Bleistift hinlegte – also war entweder sie fertig, oder er war es. Aber sie fand, daß sie sich trotz des hervorragenden Publikums und der Erbärmlichkeit ihres Textes ganz gut gehalten hatte. Kurtz schien das gleichfalls so zu sehen. Ihr war wohler zumute, und sie hatte das Gefühl, wieder festen Boden unter den Füßen zu haben. Kurtz erging es offensichtlich ebenso.
»Charlie, ich muß Sie einfach beglückwünschen«, erklärte er. »Sie haben sich sehr ehrlich und sehr freimütig geäußert, und dafür danken wir Ihnen.«
»Das tun wir wirklich«, murmelte Litvak, der Schreiber.
»Geschenkt«, erwiderte sie und kam sich häßlich und überhitzt vor.
»Haben Sie was dagegen, wenn ich jetzt ein bißchen Struktur in das Ganze bringe«, fragte Kurtz.
»Ja, das hab' ich.«
»Wieso denn das?« sagte Kurtz, zeigte aber keinerlei Überraschung.
»Wir sind eine Alternative, deshalb. Wir sind keine Partei, wir sind nicht organisiert, wir haben kein fest umrissenes Programm. Und wir pfeifen auf jede Scheiß-Struktur.«
Sie wünschte, sie könnte irgendwie aus der verdammten Scheiße heraus. Oder daß ihr die Flucherei in dieser nüchternen Gesellschaft müheloser über die Lippen käme.
Kurtz ließ es sich trotzdem nicht nehmen, Struktur in das Ganze zu bringen, und bemühte sich betont, dabei sehr gewissenhaft vorzugehen.
»Was wir hier vor uns haben, Charlie, scheint einerseits die Grundvoraussetzung des klassischen Anarchismus zu sein, wie er vom achtzehnten Jahrhundert an bis heute gepredigt wird.«
»Ach du dickes Ei!«
»Und zwar die Ablehnung jeglicher Reglementierung. Womit wir es hier zu tun haben, das ist die Überzeugung, daß jede Regierung von Übel ist, daß folglich auch der Nationalstaat von Übel ist, das Bewußtsein, daß beide zusammen im Widerspruch zur freien Entfaltung des Individuums stehen. Sie fügen noch ein paar moderne

Einstellungen hinzu. Also etwa Ihre Ablehnung von Langeweile, Wohlstand, von dem, was man, wenn ich nicht irre, das klimatisierte Elend des westlichen Kapitalismus nennt. Sie selbst erinnern dann noch an das wahre Elend, in dem drei Viertel der Weltbevölkerung dahinvegetieren. Richtig, Charlie? Haben Sie dagegen was einzuwenden? Oder können wir uns das ›Ach du dickes Ei‹ diesmal schenken?«

Sie würdigte ihn keiner Antwort, sondern zog es vor, mit verzerrtem Gesicht ihre Fingernägel zu betrachten. Himmelherrgott – was spielten Theorien heutzutage noch für eine Rolle? wollte sie sagen. Die Ratten haben das Schiff bereits in Besitz genommen, so einfach ist das häufig. Alles andere ist narzißtischer Quatsch. Mußte es sein.

»In der heutigen Welt«, fuhr Kurtz ungerührt fort, »in der heutigen Welt haben Sie, so würde ich meinen, mehr gute Gründe, sich zu dieser Ansicht zu bekennen, als Ihre Vorväter je hatten, schon allein deshalb, weil die Nationalstaaten heutzutage mächtiger sind denn je; das gleiche gilt für die großen Gesellschaften und für die Gelegenheiten zur Reglementierung.«

Ihr ging auf, daß er sie führte, doch sah sie keinerlei Möglichkeit mehr, ihn davon abzuhalten. Er unterbrach sich, um ihr Gelegenheit zu geben, etwas dazu zu sagen, doch blieb ihr nichts anderes übrig, als das Gesicht abzuwenden und ihre wachsende Unsicherheit hinter einer Maske zorniger Ablehnung zu verbergen.

»Sie sind gegen die außer Rand und Band geratene Technik«, fuhr er gleichmütig fort. »Nun, das hat schon Huxley für Sie getan. Sie zielen darauf ab, menschliche Motive freizusetzen, die endlich einmal weder auf Konkurrenzdenken noch auf Aggression beruhen. Doch um das bewerkstelligen zu können, müssen Sie erst die Ausbeutung abschaffen. Fragt sich nur, wie.«

Wieder hielt er inne, und seine Pausen wurden für sie bedrohlicher als das, was er sagte; es waren die Pausen auf dem Weg zum Schafott.

»Hören Sie auf, so gönnerhaft zu mir zu sein, Marty. Bitte, hören Sie damit auf!«

»Nun, wenn ich Sie recht interpretiere, Charlie«, fuhr Kurtz unbeirrt freundlich fort, »ist es genau das Thema Ausbeutung, bei dem wir vom *verbalen* Anarchismus, um ihn mal so zu nennen, in den *praktizierten* Anarchismus umkippen.« Er wandte sich an Litvak, spielte ihn gegen sie aus. »Sie wollten dazu was sagen, Mike?«

»Ich wollte sagen, die Ausbeutung ist das Thema, um das sich alles dreht, Marty«, sagte Litvak leise. »Setzen Sie statt Ausbeutung *Eigentum*, und Sie haben es auf die kürzeste Formel gebracht. Zuerst gibt der Ausbeuter seinem Lohnsklaven eins mit seinem überlegenen Reichtum über den Schädel; dann unterzieht er ihn einer Gehirnwäsche, so daß er glaubt, Vermögensbildung sei ein gültiger Grund, ihn zu zerbrechen und zu zermahlen. Auf diese Weise hat er ihn doppelt geködert.«

»Großartig«, sagte Marty vergnügt. »Die Vermögensbildung ist von Übel, folglich ist Vermögen, Eigentum an sich von Übel, folglich sind diejenigen von Übel, die das Eigentum schützen, folglich gilt es – da Sie zugegebenermaßen keine Geduld mit dem demokratischen Entwicklungsprozeß haben – das Eigentum abzuschaffen und die Reichen umzubringen. Soweit einverstanden, Charlie?«

»Machen Sie sich doch nicht lächerlich! Mit so was hab' ich nichts zu tun.«

Marty schien enttäuscht. »Soll das heißen, Sie lehnen es ab, den Ausbeuterstaat abzuschaffen, Charlie? Wieso denn das? Plötzlich kleinmütig geworden?« Und, wieder zu Litvak gewandt: »Ja, Mike?«

»Der Staat ist ein Tyrann«, warf Litvak hilfreich ein. »Genau das hat Charlie gesagt. Außerdem hat sie auch noch von der *Gewalttätigkeit* des Staates, dem *Terrorismus* des Staates, der *Diktatur* des Staates gesprochen – schlechter kann ein Staat eigentlich nicht sein.« setzte Litvak noch mit einer Stimme hinzu, die irgendwie Verwunderung ausdrückte.

»Aber das bedeutet doch noch lange nicht, daß ich rumlaufe, Leute umbringe und irgendwelche Scheißbanken ausraube! Himmel! Was soll das?«

Kurtz ließ sich von ihrem Ausbruch nicht beeindrucken. »Charlie, Sie haben uns gegenüber deutlich gemacht, daß die Kräfte von Gesetz und Ordnung nichts weiter sind als die Handlanger einer falschen Autorität.«

Litvak steuerte eine Fußnote bei. »Und daß es für die Massen bei

den Gerichten keine Gerechtigkeit gibt«, gab er Kurtz zu bedenken.
»Das stimmt doch auch! Das ganze System ist ein Fehlschlag! Es ist erstarrt, es ist korrupt, es begünstigt die Besitzenden, es . . .«
»Ja, warum es dann nicht zerstören?« fragte Kurtz durchaus wohlwollend. »Warum sprengen Sie es dann nicht in die Luft und erschießen Sie nicht jeden Polizisten, der versucht, Sie daran zu hindern, oder überhaupt jeden Polizisten, der es nicht tut? Warum jagen Sie nicht die Kolonialisten und die Imperialisten in die Luft, wo immer Sie sie finden? Wo bleibt denn plötzlich die Integrität, der Sie sich so rühmen? Was ist denn schiefgelaufen?«
»Ich will überhaupt nichts in die Luft sprengen! Ich will Frieden! Ich möchte, daß die Menschen frei sind!« erklärte sie verbissen und zog sich Hals über Kopf auf das einzige zurück, was ihr Sicherheit bot.
Doch Kurtz schien sie nicht zu hören. »Sie enttäuschen mich, Charlie«, sagte er. »Plötzlich mangelt es Ihnen an Folgerichtigkeit. Sie haben durchschaut, worauf es ankommt. Weshalb gehen Sie dann jetzt nicht hin und ändern etwas daran? Warum geben Sie sich eben noch als eine Intellektuelle, die Augen und Grips genug hat zu sehen, was von den irregeleiteten Massen nicht zu durchschauen ist, und gleich darauf haben Sie nicht den Mumm, hinzugehen und zum Wohle derer, deren Herzen und Gemüter von den kapitalistischen Machthabern versklavt sind, etwas zu unternehmen – ihnen einen kleinen Dienst zu erweisen, zum Beispiel durch *Diebstahl*, zum Beispiel durch *Mord*, zum Beispiel dadurch, daß Sie *etwas in die Luft sprengen* – sagen wir mal, ein Polizeirevier. Nun kommen Sie schon, Charlie, wo bleibt das Handeln? Sie sind die Freie hier unter uns. Jetzt lassen Sie uns nicht nur Worte hören, sondern Taten sehen.«
Kurtz' ansteckende Lustigkeit hatte sich zu neuen Höhen aufgeschwungen. Die Krähenfüße an seinen Augenwinkeln waren so tief, daß sie wie schwarze Furchen in seine mitgenommene Haut eingeschnitten waren. Aber Charlie konnte *auch* kämpfen, redete ihn jetzt ganz unmittelbar an, setzte ihre Worte genauso ein, wie er es tat, erschlug ihn damit und versuchte, sich mit Gewalt an ihm vorbei einen letzten Ausweg in die Freiheit zu bahnen.

»Hören Sie, ich bin oberflächlich, kapiert, Marty? Ich bin nicht belesen, bin ungebildet und kann nicht zusammenzählen, logisch argumentieren oder analysieren. Ich habe eine zweitklassige teure Schule besucht, und ich wünsche zu Gott – und zwar mehr als alles andere auf der Welt –, ich wäre irgendwo in einem Provinznest in einer Seitenstraße zur Welt gekommen, und mein Vater hätte sich sein Geld mit seiner Hände Arbeit verdient, statt alte Damen um ihre lebenslangen Ersparnisse zu bringen! Ich habe es bis obenhin satt, einer Gehirnwäsche unterzogen zu werden, und es kotzt mich an, mir Tag für Tag fünfzehntausend Gründe anhören zu müssen, warum ich meinen Nächsten nicht von gleich zu gleich lieben soll, und ich möchte ins Bett, verdammt noch mal!«

»Wollen Sie mir etwa sagen, Sie widerriefen diese Einstellung, die Sie uns dargelegt haben, Charlie?«

»Ich *habe* keine Einstellung, die ich Ihnen dargelegt hätte.«

»Sie haben keine?«

»Nein!«

»Keine feste Einstellung, keine Verpflichtung zu handeln, bis auf die, daß Sie sich an niemand gebunden fühlen.«

»Ja.«

»*Friedlich* an niemand gebunden«, fügte Kurtz noch zufrieden hinzu. »Sie gehören also der extremen Mitte an.«

Er knöpfte die linke obere Brusttasche auf, fummelte mit den dicken Fingern darin herum und holte unter einem ganzen Haufen Krimskrams einen zusammengefalteten Zeitungsausschnitt hervor, einen ziemlich langen, der – da er ihn so gesondert aufbewahrt hatte – sich auf irgendeine Weise von denen unterscheiden mußte, die in dem Aktenordner abgeheftet waren.

»Charlie, vorhin haben Sie flüchtig erwähnt, Sie und Al hätten irgendwo unten in Dorset an einem Wochenendseminar teilgenommen«, sagte Kurtz und faltete den Zeitungsausschnitt umständlich auseinander. »›Ein Wochenendseminar über radikales Denken‹, so haben Sie es bezeichnet, glaube ich. Wir haben uns nicht eingehend damit beschäftigt, was dabei herausgekommen ist; wenn ich mich recht erinnere, sind wir über diesen Teil unserer Unterhaltung einfach hinweggegangen. Haben Sie was dagegen, wenn wir da noch etwas tiefer bohren?«

Wie jemand, der sein Gedächtnis auffrischt, las Kurtz schweigend den Zeitungsausschnitt durch und schüttelte dabei gelegentlich den Kopf, als wollte er sagen: »Na, so was.«
»Scheint gar nicht so ohne zu sein«, meinte er jovial, während er weiterlas. »Ausbildung an Gewehrattrappen. Sabotagetechniken – wobei selbstverständlich kein echter Sprengstoff benutzt wurde, sondern Plastilin. Wie man im Untergrund lebt. Überleben. Die Philosophie der Stadt-Guerilla. Selbst wie man sich um einen Gast – wider Willen – kümmert. Verstehe: ›Ingewahrsamnehmen aufmüpfiger Elemente unter wohnungsähnlichen Verhältnissen‹. Das gefällt mir. Ein schöner Euphemismus.« Er blickte über den Rand des Zeitungsausschnitts hinweg. »Handelt es sich um einen mehr oder weniger zutreffenden Artikel, oder haben wir es hier mit einer der typischen Übertreibungen der kapitalistisch-zionistischen Presse zu tun?«

Sie glaubte nicht mehr an seine guten Absichten, doch er wollte auch nicht, daß sie das tat. Kurtz' alleiniges Ziel war es, sie mit Schrecken vor ihren eigenen extremen Ansichten zu erfüllen und sie zu zwingen, sich von Positionen zurückzuziehen, die einzunehmen ihr gar nicht bewußt war. Manche Verhöre dienen nur dazu, die Wahrheit, andere, Lügen hervorzulocken. Kurtz ging es um Lügen. Seine heisere Stimme hatte daher merklich etwas Hartes bekommen, und der lustige Ausdruck auf seinem Gesicht verflüchtigte sich zusehends.
»Wollen Sie uns vielleicht ein objektiveres Bild zeichnen, Charlie?« fragte Kurtz.
»Das war Als Szene, nicht meine«, sagte sie trotzig und machte ihren ersten Rückzieher.
»Aber Sie sind zusammen hingefahren.«
»Wir hatten beide kein Geld, und so war es ein billiges Wochenende auf dem Land. Das ist alles.«
»Das ist alles«, murmelte Kurtz und überließ sie einem ausgedehnten und schuldbewußtem Schweigen, das zu schwer auf ihr lastete, als daß sie es ohne weiteres hätte beiseite schieben können.
»Es waren ja nicht nur er und ich da«, begehrte sie auf. »Da waren –

mein Gott! – zwanzig von uns. Junge Leute, Schauspieler. Manche besuchten sogar noch die Schauspielschule. Man mietete einen Bus, man haschte ein bißchen, und man spielte bis zum Morgen Wechsel-die-Bettchen. Was soll daran weiter schlimm sein?«
Kurtz hatte im Moment keine Meinung dazu, was schlimm war und was nicht.
»*Man*«, sagte er. »Aber was haben *Sie* getan? Den Bus gefahren? Wo Sie doch eine so großartige Autofahrerin sind, wie wir hören.«
»Ich habe Al begleitet. Wie ich schon sagte. Es war seine Szene, nicht meine.«
Sie hatte den Halt verloren und fiel. Sie wußte kaum, wie sie abgerutscht war oder wer ihr auf die Finger getreten hatte. Vielleicht hatte sie auch nur die Müdigkeit überwältigt, und sie hatte deshalb losgelassen. Vielleicht hatte sie das aber auch schon die ganze Zeit über gewollt.
»Und wie oft, meinen Sie, haben Sie sich so was gegönnt, Charlie? Hitzige Reden zu führen? Hasch zu rauchen? In aller Unschuld in freier Liebe zu machen, während andere sich einer Terroristenausbildung unterzogen? Sie reden, als ob es so was alle Tage gegeben hätte. Stimmt das? War so was üblich?«
»Nein, es war *nicht* üblich! Das ist aus und vorbei, und ich habe mir so was nicht *gegönnt*.«
»Möchten Sie uns sagen, wie häufig so was vorkam?«
»Es ist auch nicht häufig vorgekommen.«
»Wie oft?«
»Ein paarmal. Das ist alles. Dann bekam ich kalte Füße.«
Sie fiel, geriet ins Trudeln, und das Dunkel verdichtete sich. Überall um sie herum Luft, ohne sie freilich zu berühren.
Joseph, hol mich hier raus! Aber Joseph hatte sie ja gerade reingezogen. Sie horchte auf seine Stimme, sandte ihm mit dem Hinterkopf kleine Botschaften, aber er reagierte nicht. Kurtz sah sie unbewegt an, und sie erwiderte seinen Blick unbewegt. Sie hätte geradenwegs durch ihn hindurchgesehen, wäre sie dazu imstande gewesen; am liebsten hätte sie ihn mit ihrem trotzigen Funkeln geblendet.
»Ein paarmal«, wiederholte er nachdenklich. »Richtig, Mike?«
Litvak sah von seinen Notizen auf. »Ein paarmal«, wiederholte er echogleich.

»Wollen Sie uns denn erzählen, *warum* Sie kalte Füße bekommen haben?« fragte Kurtz.

Ohne den Blick von ihr zu lassen, griff er nach Litvaks Hefter.

»Es war eine harte Szene«, sagte sie, plötzlich leise, wegen der Wirkung.

»Hört sich so an«, sagte Kurtz und schlug den Hefter auf.

»Ich meine aber nicht politisch. Ich meine, was den Sex betrifft. Das war mir einfach zuviel. Seien Sie doch nicht so schwer von Begriff.«

Kurtz leckte sich den Daumen und blätterte eine Seite um; leckte sich den Daumen und blätterte noch eine um; flüsterte Litvak etwas zu, der daraufhin ein paar Worte hauchte – und zwar nicht auf englisch. Er klappte den bräunlichen Ordner zu und ließ ihn in die Aktenmappe gleiten. »›Ein paarmal. Das war alles. Dann bekam ich kalte Füße‹«, intonierte er nachdenklich. »Wollen Sie diese Aussage in irgendeiner Weise revidieren?«

»Warum sollte ich?«

»›Ein paarmal.‹ Richtig?«

»Warum denn nicht?«

»Ein paarmal – das heißt: zweimal, stimmt's?«

Das Licht über ihr verschwamm – oder schwamm ihr Kopf? Mit Bedacht drehte sie sich auf dem Stuhl um. Joseph saß über seinen Tisch gebeugt, viel zu beschäftigt, um auch nur aufzublicken. Sie wandte sich wieder ab und stellte fest, daß Kurtz immer noch wartete.

»Zwei- oder dreimal«, sagte sie. »Was soll das denn?«

»Und viermal? Kann ›ein paarmal‹ auch viermal bedeuten?«

»Ach, hören Sie doch auf!«

»Ich nehme an, das ist eine Sache der Linguistik. ›Ich habe meine Tante voriges Jahr ein paarmal besucht.‹ Das könnte auch viermal bedeuten. Fünfmal wäre wohl das Äußerste. Bei fünfmal redet man schon von einem halben dutzendmal.« Langsam blätterte er in seinen Unterlagen. »Wollen Sie dieses ›ein paarmal‹ revidieren und ›ein halbes dutzendmal‹ draus machen, Charlie?«

»Ich habe ›ein paarmal‹ gesagt und meine ›ein paarmal‹.«

»Zweimal?«

»Ja, zweimal.«

»Also zweimal. ›Jawohl, ich habe nur zweimal an so einem Wochenend-Seminar teilgenommen. Andere mögen an der kriegerischen Ausbildung teilgenommen haben, meine Interessen lagen auf sexuellem und gesellschaftlichem Gebiet. Mir ging es um die Erholung. Amen.‹ Gezeichnet: Charlie. Könnten Sie noch den genauen Zeitpunkt für die beiden Male angeben?«

Sie nannte ein Datum im vorigen Jahr, kurz nachdem Al und sie sich zusammengetan hatten.

»Und das andere Mal?«

»Das habe ich vergessen. Was spielt es für eine Rolle?«

»Sie hat es vergessen.« Er sprach so langsam, daß seine Stimme fast zum Stillstand kam, ohne indes etwas von ihrer Macht einzubüßen. Ihr war, als schliche sie wie ein plumpes Tier auf sie zu. »Ist es zum zweiten Mal bald nach dem ersten Mal gekommen, oder lag ein langer Zeitraum dazwischen?«

»Ich weiß es nicht mehr!«

»Sie weiß es nicht. Das erste Wochenende war ein Einführungsseminar für Anfänger, stimmt's?«

»Ja.«

»In was wurden Sie denn eingeführt?«

»Hab' ich Ihnen doch schon gesagt – in Gruppensex.«

»Keine Diskussionen, keine Seminare, keine Unterweisungen?«

»Es hat Diskussionen gegeben, doch.«

»Über welche Themen, bitte?«

»Über Grundprinzipien.«

»Von was?«

»Radikalismus – was denken Sie denn?«

»Wissen Sie noch, wer zu Ihnen gesprochen hat?«

»Eine Lesbe mit fleckigem Gesicht über *Women's Lib*. Ein Schotte über Kuba, jemand, den Al bewunderte.«

»Und bei der anderen Gelegenheit – von der Sie nicht mehr wissen, wann es war, bei der zweiten und letzten Gelegenheit –, wer hat da Vorträge gehalten?«

Keine Antwort.

»Auch vergessen?«

»Ja!«

»Das ist ungewöhnlich, nicht wahr, daß Sie sich an das erstemal genau erinnern – den Sex, die Diskussionsthemen, die Seminarleiter. Und beim zweitenmal an überhaupt nichts?«

»Nachdem ich die ganze Nacht auf war und Ihnen Ihre verrückten Fragen beantwortet habe – nein, überhaupt nicht ungewöhnlich.«

»Wohin wollen Sie?« fragte Kurtz. »Möchten Sie ins Badezimmer? Rachel, bring Charlie ins Badezimmer! Rose!«

Sie war aufgestanden. Aus den Schatten hörte sie weiche Füße auf sich zukommen.

»Ich haue ab. Nehme meine Optionen wahr. Ich will raus hier! Und zwar jetzt.«

»Ihre Optionen können Sie nur in ganz bestimmten Phasen wahrnehmen, und zwar dann, wenn Sie von uns dazu aufgefordert werden. Wenn Sie schon vergessen haben, wer beim zweiten Seminar, an dem Sie teilgenommen haben, die Diskussion geleitet hat, sagen Sie mir wenigstens, um was es dabei ging.«

Sie stand immer noch, und irgendwie machte sie das kleiner. Sie blickte sich um und sah Joseph, der sich – das Kinn aufgestützt – aus dem Lampenlicht herausgedreht hatte. Für ihre angsterfüllten Augen schien er in einer Art Mittelbereich zu schweben, Kurtz' Stimme füllte weiterhin ihren Kopf und brachte die Menschen darin zum Schweigen. Sie stützte sich mit den Händen auf den Tisch, sie beugte sich vor; sie befand sich in einer merkwürdigen Kirche, ohne Freunde, um sie zu beraten, wußte nicht, ob sie stehen oder knien sollte. Doch Kurtz' Stimme war überall, und es hätte keine Rolle gespielt, ob sie sich auf den Boden gelegt oder durch das Butzenglasfenster entschwebt oder hundert Meilen fort gewesen wäre – nirgends war man sicher vor dem betäubenden Klang dieser sie bedrängenden Stimme. Sie nahm die Hände vom Tisch, verschränkte sie hinter dem Rücken, hielt sie fest, weil sie die Gewalt über ihre Gesten verlor. Hände spielen eine Rolle. Hände sprechen. Hände handeln. Sie spürte, wie sie sich gegenseitig trösteten wie verängstigte Kinder. Kurtz fragte sie nach einer Resolution.

»Haben Sie sie nicht *unterschrieben*, Charlie?«

»Das weiß ich nicht!«

»Aber, Charlie, nach Beendigung eines solchen Seminars gehen doch immer Resolutionen herum. Es wird diskutiert. Und eine Resolution verabschiedet. Um was ging es bei dieser Resolution? Wollen Sie mir etwa im Ernst sagen, Sie *wüßten* nicht, um was es dabei ging, *wüßten* nicht, ob Sie sie unterschrieben haben oder nicht? Hätten Sie sich denn überhaupt *weigern* können, sie zu unterschreiben?«

»Nein.«

»Charlie, jetzt nehmen Sie doch mal Vernunft an. Wie kann ein Mensch von Ihrer allzu unterschätzten Intelligenz so etwas wie eine förmliche Resolution nach einem Drei-Tage-Seminar vergessen? Etwas, was man aufsetzt und formuliert – worüber man abstimmt – was angenommen wird oder nicht angenommen wird – unterzeichnet oder nicht unterzeichnet? Wie machen Sie das? Eine Resolution zu verfassen, ist doch ein mühseliger, ereignisreicher Vorgang, verdammt noch mal. Warum sind Sie plötzlich so vage, wo Sie doch, wenn es um anderes geht, von so wunderbarer Klarheit sein können?«

Es war ihr egal. Es war ihr alles so verdammt egal, daß sie sich nicht einmal die Mühe machte, ihm zu *sagen*, daß es ihr egal sei. Sie war hundemüde. Sie wollte sich wieder hinsetzen, schaffte es aber einfach nicht. Sie wollte eine Unterbrechung, wollte aufs Klo und Zeit haben, ihr Make-up aufzufrischen, wollte fünf Jahre schlafen. Es war ihr nichts geblieben als ein Restgefühl, was sich auf der Bühne schickte, und das sagte ihr, sie müsse stehenbleiben und es *durchstehen*.

Unter ihr hatte sich Kurtz ein neues Papier aus der Aktenmappe herausgefischt. Nachdem er besorgt darüber nachgedacht hatte, wandte er sich an Litvak mit der Frage: »Sie hat gesagt, zweimal, richtig?«

»Auf keinen Fall mehr als zweimal«, bestätigte Litvak. »Sie haben ihr jede Chance gegeben höherzugehen, aber sie hat sich auf zwei versteift.«

»Und wie oft war es von *uns* aus gesehen?«

»Fünfmal.«

»Wieso kommt sie dann auf zwei?«

»Sie untertreibt«, erklärte Litvak und schaffte es, noch enttäuschter dreinzublicken als sein Kollege. »Sie untertreibt um fast zweihundert Prozent.«

»Dann lügt sie«, sagte Kurtz, dem es offenbar schwerfiel, sich mit dem abzufinden, was das bedeutete.

»Das kann man wohl sagen«, sagte Litvak.

»Ich *habe* nicht gelogen. Ich hab's vergessen. Es war Al. Ich bin wegen Al mitgegangen, *das ist alles.*«

Unter den Kugelschreibern in der obersten Brusttasche seiner Buschjacke verwahrte Kurtz auch noch ein khakifarbenes Taschentuch. Jetzt holte er es heraus und fuhr sich damit merkwürdig übers Gesicht, als ob er staubwischen wollte. Am Mund endete die Bewegung, und er steckte das Taschentuch wieder in die Tasche. Dann legte er die Uhr noch mal woandershin, schob sie von der linken auf die rechte Seite, als wäre es ein Ritual, das nur für ihn allein Bedeutung hätte.

»Sie wollen sich nicht setzen?«

»Nein.«

Ihre Weigerung stimmte ihn nur noch trauriger. »Charlie, ich verstehe Sie nicht mehr. Mein Vertrauen zu Ihnen schwindet mehr und mehr.«

»Dann lassen Sie's doch schwinden, verdammt noch mal! Suchen Sie sich jemand anders, den Sie rumschubsen können! Wieso komme ich überhaupt dazu, mit irgendwelchen israelischen Halsabschneidern Gesellschaftsspiele zu spielen? Zieht doch los und jagt noch ein paar Araber mit ihrem Auto in die Luft! Laßt mich aus den Klauen! Ich hasse euch! Alle miteinander!«

Während sie dies sagte, hatte Charlie ein sonderbares Gefühl; ihr war, als hörten sie ihr nur halb zu und als konzentrierte sich die andere Hälfte ihrer Aufmerksamkeit darauf, ihre Technik zu studieren. Hätte jemand gerufen: »So, diese Passage noch einmal, Charlie. Vielleicht etwas langsamer« – sie wäre kein bißchen überrascht gewesen. Doch Kurtz war mittlerweile soweit, endlich zur Sache zu kommen, und nichts auf seines jüdischen Gottes Erde – das wußte sie inzwischen sehr wohl – konnte ihn davon abhalten.

»Charlie, ich verstehe Ihre Ausflüchte nicht«, beharrte er. Seine Stimme kam wieder in Fahrt. Sie hatte nichts von ihrer alten Eindringlichkeit verloren. »Ich begreife einfach nicht die Diskrepanzen zwischen der Charlie, die Sie uns bieten, und der Charlie, wie sie uns aus unseren Unterlagen entgegentritt. Ihr erster Besuch dieser Revolutions-Schule fand am 15. Juli vorigen Jahres statt. Es handelte sich um einen Einführungskurs für Anfänger, der ganz allgemein unter dem Thema Kolonialismus und Revolution stand. Und richtig, Sie alle fuhren mit dem Bus hin, eine Gruppe von Leuten, die alle von der Bühne waren; Alastair gehörte auch dazu. Ihr zweiter Besuch – auch wieder mit Alastair – fand einen Monat später statt; diesmal hatten Sie und Ihre Kommilitonen es mit einem sogenannten Exil-Bolivianer zu tun, der seinen Namen nicht nennen wollte; und mit einem gleichfalls namenlosen Herrn, der behauptete, für den provisorischen Flügel der IRA zu sprechen. Großzügig, wie Sie waren, haben Sie beiden Organisationen je einen Scheck über fünf Pfund ausgestellt; die Fotokopien dieser Schecks haben wir hier vorliegen.«

»Ich hab' das für Al getan. Er war pleite.«

»Zum dritten Mal fuhren Sie einen Monat später hin; bei dieser Gelegenheit haben Sie an einer leidenschaftlich geführten Diskussion über das Werk des amerikanischen Denkers Thoreau teilgenommen. Das Verdikt, zu dem die Gruppe kam – und dem Sie sich anschlossen – lautete, daß Thoreau in Sachen Militanz ein verblasener Idealist mit sehr wenig praktischem Verständnis für tatkräftiges Handeln sei – kurz gesagt: ein Trottel. Sie unterstützten dieses Verdikt nicht nur, sondern gaben sogar noch den Anstoß für eine Zusatzresolution, in der größerer Radikalismus von seiten aller Genossen gefordert wurde.«

»Doch nur wegen Al! Ich wollte, daß er mich akzeptiert, wollte Al gefallen. Am nächsten Tag hatte ich das schon vergessen!«

»Im kommenden Oktober, waren Sie und Alastair wieder da, diesmal zu einer ganz besonders passenden Schulung mit dem Thema ›Bürgerlicher Faschismus in der kapitalistischen Gesellschaft des Westens‹, und diesmal spielten Sie eine führende Rolle bei den Gruppendiskussionen, wobei Sie Ihre Genossen mit vielen tiefsinnigen Anekdoten über Ihren kriminellen Vater, Ihre kindische Mutter und Ihre repressive Erziehung ganz allgemein beglückten.«

Sie hatte aufgegeben zu protestieren. Sie hatte aufgehört nachzudenken und zu begreifen. Sie hatte absichtlich alles vor den Augen verschwimmen lassen, ein Stück Fleisch von der Mund-Innenseite zwischen die Zähne genommen und biß zaghaft darauf herum, um sich zu bestrafen. Aber sie konnte nicht aufhören zuzuhören; das ließ Martys Stimme nicht zu.

»Und zum allerletzten Mal waren Sie dann, wie Mike hier uns sagte, im Februar dieses Jahres dort, wobei Sie und Alastair eine Sitzung mit Ihrer Anwesenheit beehrten, deren Thema Sie eigensinnig verdrängt haben, bis eben jedenfalls, als Sie sich zu einer Verteufelung des Staates Israel hinreißen ließen. Diesmal ging es in der Diskussion ausschließlich um die beklagenswerte Expansion des Welt-Zionismus und seine Verzahnung mit dem amerikanischen Imperialismus. Der Hauptakteur war ein Herr, der dem Vernehmen nach die palästinensische Revolution vertrat, wenn er sich auch weigerte zu erklären, zu welchem Flügel dieser großen Bewegung er gehörte. Er weigerte sich sogar im wahrsten Sinne des Wortes, sich zu enthüllen, da er sein Gesicht hinter einer Wollmütze verbarg, die ihm das passende unheimliche Aussehen verlieh. Erinnern Sie sich immer noch nicht an diesen Redner?« Er ließ keine Zeit zu antworten. »Das Thema, über das er sprach, war sein eigenes Heldenleben als großer Kämpfer und Zionistenkiller. ›Die Pistole ist der Paß für meine Rückkehr in die Heimat‹, erklärte er. ›Wir sind keine Flüchtlinge mehr. Wir sind Revolutionäre!‹ Er löste eine gewisse Beunruhigung um sich herum aus, und ein oder zwei Stimmen – die Ihre war nicht dabei – fanden, daß er ein wenig zu weit gegangen sei.« Er hielt inne, doch sie sprach immer noch nicht. Er zog seine Uhr dichter an sich heran und lächelte sie ein wenig trübe an. »Warum erzählen Sie uns diese Dinge nicht, Charlie? Warum winden Sie sich von Fall zu Fall durch und wissen nicht, was für einen Bären Sie uns als nächstes aufbinden sollen? Habe ich Ihnen nicht versichert, daß wir darauf angewiesen sind, Ihre Vergangenheit genau zu kennen? Und daß sie uns außerordentlich gut gefällt?«

Wieder wartete er geduldig auf eine Antwort, doch vergebens. »Wir wissen, daß Ihr Vater nie ins Gefängnis gekommen ist. Daß der Gerichtsvollzieher nie bei Ihnen war und kein Mensch Ihnen Ihr Pony weggenommen hat. Der arme Mann ging aus Unachtsamkeit bankrott, eine kleine Pleite, bei der kein Mensch irgendwelchen Schaden erlitt außer ein paar Bankmanagern am Ort. Das Verfahren wurde in allen Ehren aufgehoben, wenn man das so nennt, und zwar lange vor seinem Tode; ein paar Freunde sammelten etwas Geld, und Ihre Mutter blieb ihm eine stolze, ergebene Frau. Es war auch nicht Ihres Vaters Schuld, daß Sie vorzeitig von der Schule abgingen, sondern allein Ihre eigene. Sie hatten sich – lassen Sie mich das mal so ausdrücken – in der Kleinstadt, wo das Internat lag, ein wenig zu bereitwillig mit ein paar Jungs eingelassen, was prompt den Lehrern zugetragen wurde. Folglich wurden Sie Hals über Kopf als verderbtes und potentiell gefährliches Element von der Schule gejagt und zu Ihren sträflich nachsichtigen Eltern zurückgeschickt, die Ihnen zu Ihrer großen Frustration sämtliche Übertretungen verziehen und sich nach Kräften bemühten, Ihnen alles zu glauben, was Sie ihnen erzählten. Im Laufe der Jahre haben Sie eine einleuchtende Geschichte um das Ereignis gewoben, um es ertragen zu können, und glauben sie inzwischen selber, obwohl die Erinnerung daran Ihnen insgeheim immer noch schwer zu schaffen macht und Sie viele merkwürdige Wege einschlagen läßt.« Und wieder legte er seine Uhr an einen sicheren Platz auf dem Tisch. »Wir sind Ihre Freunde, Charlie. Denken Sie etwa, wir würden Ihnen wegen so etwas je Vorwürfe machen? Glauben Sie etwa, wir verstünden nicht, daß Ihre politischen Einstellungen Ausdruck einer Suche nach Größe und nach Antworten sind, die Ihnen versagt wurden, als Sie sie am meisten brauchten? Wir sind Ihre *Freunde*, Charlie. Wir sind nicht mittelmäßig, gelangweilt, antriebslos, Vertreter des *suburbia-esthablishments* und Konformisten. Wir möchten teilhaben an dem, was Sie tun, es uns zunutze machen. Warum sitzen Sie da und führen uns an der Nase herum, wo wir doch nichts anderes von Ihnen hören wollen als die unbeschönigte, objektive Wahrheit, und zwar von Anfang bis Ende? Warum versuchen Sie, Ihren *Freunden* Knüppel zwischen die Beine zu werfen, statt uns von ganzem Herzen Vertrauen zu schenken?«

Die Wut überschwemmte sie wie eine kochende See. Sie wurde von ihr emporgehoben und gereinigt; sie spürte, wie sie anschwoll, und ergab sich ihr als ihrer einzigen echten Verbündeten. Mit der ihrem Beruf eigenen Berechnung ließ sie zu, daß sie ganz und gar davon beherrscht wurde, während sie selbst, dieses winzige gyroskopische Geschöpf tief drinnen, das es stets schaffte, nicht umzufallen, dankbar auf Zehenspitzen seitlich in den Kulissen verschwand, um von dort aus zuzusehen. Zorn ließ ihre Bestürzung aussetzen und linderte den Schmerz ihrer Bloßstellung; Zorn ließ sie wieder klare Gedanken fassen und klar sehen. Sie trat einen Schritt vor und hob die Faust, um sie auf ihn niederfahren zu lassen, doch er war ihr an

Jahren zu überlegen, zu unerschrocken und hatte schon zu viele Schläge einstecken müssen. Außerdem war da unmittelbar hinter ihr etwas, was noch erledigt werden mußte.
Gewiß, es war Kurtz gewesen, der durch seine bewußte Verlockung jenes Streichholz angerissen hatte, das dazu geführt hatte, daß sie explodierte. Und doch war es Josephs Arglist, Josephs Werben und Josephs unergründliches Schweigen, die ihre endgültige Demütigung bewirkten. Sie fuhr herum, machte zwei Schritte auf ihn zu und wartete darauf, daß jemand ihr in den Arm fiel, was jedoch keiner tat. Sie warf den Fuß hoch, stieß den Tisch um und sah zu, wie die Tischlampe in anmutigem Bogen – Gott weiß wohin – segelte, bis die Strippe zu kurz wurde und die Lampe mit einem überraschten *Plop* ausging. Sie zog die Faust zurück, wartete darauf, daß er sich verteidigte. Er tat es nicht, und so schlug sie auf ihn ein, während er so dasaß, und erwischte ihn mit aller Macht am Backenknochen. Sie überschüttete ihn mit einer Flut ihrer gemeinsten Flüche, mit denen, die sie für Long Al und das ganze unbeschriebene und schmerzliche Nichts ihres verqueren, allzu kleinen Lebens bereithielt, doch wünschte sie, er würde sich wehren oder zurückschlagen. Sie schlug ein zweites Mal zu, diesmal mit der anderen Hand, wollte sein ganzes Ich treffen und ihm ihren Stempel aufdrücken, doch seine vertrauten braunen Augen fuhren fort, sie unbeirrt zu beobachten wie Blinkfeuer am Ufer während eines Sturms. Mit halbgeballter Faust schlug sie ein drittes Mal zu und spürte, wie sie sich die Knöchel verstauchte, aber sie sah, wie ihm das Blut über die Backe lief. Sie kreischte: »Faschistenschwein!« schrie es immer wieder und spürte, daß ihr die Kraft ebenso ausging wie die Puste. Sie sah, daß Raoul, der strohblonde Hippie, an der Tür stand, und eines der Mädchen – Rose aus Süd-Afrika – vor das französische Fenster trat und die Arme ausbreitete, falls Charlie versuchen sollte, auf die Veranda zu springen, und wünschte mit allen Fasern, sie könnte verrückt werden, damit alle Mitleid mit ihr hätten; sie wünschte, sie wäre nichts weiter als eine Verrückte, die einen Tobsuchtsanfall hatte und nur darauf wartete, abgeführt zu werden, nicht jedoch eine dumme, törichte kleine radikale Schauspielerin, die mit der Zeit schwache Versionen von sich selbst erfunden, die ihren Vater und ihre Mutter verleugnet und sich

unausgegorenen Überzeugungen in die Arme geworfen hatte, von denen sich loszusagen sie jetzt nicht den Mumm hatte, und im übrigen: was hatte es denn bis jetzt gegeben, um an deren Stelle zu treten? Sie hörte wie Kurtz allen auf englisch befahl, sich nicht von der Stelle zu rühren. Sie sah, wie Joseph sich abwendete; sah, wie er ein Taschentuch aus der Tasche zog und sich damit den Mund abtupfte, ihr gegenüber genauso gleichgültig, als wäre sie eine ungezogene fünfjährige Göre. »Bastard!« schrie sie ihn nochmals an, traf ihn seitlich am Kopf mit einem wuchtigen Schlag der offenen Hand, bei dem ihr Handgelenk umknickte und die Hand vorübergehend ganz gefühllos wurde, doch inzwischen hatte sie sich völlig verausgabt, war sie mutterseelenallein und wünschte nichts weiter, als daß Joseph zurückschlug.

»Nur keine Scheu, Charlie«, riet Kurtz ihr ruhig von seinem Stuhl aus. »Sie haben ja Frantz Fanon gelesen. Gewalttätigkeit als reinigende Kraft, wissen Sie noch? Sie befreit uns von unseren Minderwertigkeitskomplexen, macht uns unerschrocken und stellt unsere Selbstachtung wieder her.«

Es gab nur einen Ausweg für sie, und so beschritt sie ihn. Sie ließ die Schultern hängen, barg das Gesicht mit dramatischer Geste in den Händen und weinte untröstlich, bis – auf ein Kopfnicken von Kurtz hin – Rachel sich vom Fenster aus näherte und ihr den Arm um die Schulter legte, etwas, wogegen Charlie sich wehrte, um es dann doch geschehen zu lassen.

»Drei Minuten, nicht länger«, rief Kurtz, als die beiden auf die Tür zugingen. »Sie zieht sich nicht um und legt auch keine neue Identität an, sondern kommt gleich wieder hierher zurück. Ich möchte, daß der Motor weiterläuft. Charlie, stehenbleiben, wo Sie sind, nur einen Moment. Warten Sie. Ich habe *stehenbleiben* gesagt!«

Charlie blieb stehen, drehte sich jedoch nicht um. Regungslos stand sie da, schauspielerte mit dem Rücken und überlegte jammervoll, ob Joseph wohl was wegen der Schmarre in seinem Gesicht unternahm.

»Das haben Sie gut gemacht, Charlie«, sagte Kurtz ohne Herablassung vom anderen Ende des Raums zu ihr. »Gratuliere! Sie haben versucht wegzutauchen, aber Sie haben sich wieder gefaßt. Sie haben gelogen, haben sich verfranzt, aber Sie sind drangeblieben, und als die Leitung unterbrochen wurde, haben Sie sich aufgeführt wie eine Furie und der ganzen Welt die Schuld an Ihren Schwierigkeiten gegeben. Wir sind stolz auf Sie. Nächstes Mal werden wir uns eine bessere Geschichte für Sie ausdenken. Beeilen Sie sich, ja? Wir haben gerade jetzt nur noch sehr, sehr wenig Zeit.«

Im Badezimmer stand Charlie da, den Kopf an die Wand gelehnt, und schluchzte, während Rachel Wasser ins Waschbecken einlaufen ließ und Rose für alle Fälle draußen wartete.

»Ich begreife nicht, wie du England auch nur eine Minute aushältst«, sagte Rachel und legte Seife und Handtuch für sie bereit. »Ich hab' das fünfzehn Jahre durchgemacht, ehe wir weggingen. Ich dachte, ich müßte sterben. Kennst du Macclesfield? Das ist der Tod. Zumindest, wenn man Jüdin ist. Dieses Klassendenken, diese Kälte und diese Heuchelei! Für mich ist das der elendigste Ort auf der ganzen Welt, dieses Macclesfield, als Jüdin, glaub mir. Ich hab' mir im Bad die Haut mit Zitronensaft abgeschrubbt, weil man mir sagte, sie sei teigig. Geh nicht ohne mich in die Nähe dieser Tür, ja, Liebes, ich müßte dich davon abhalten.«

Der Morgen graute, es war also Zeit, zu Bett zu gehen, und sie war wieder bei ihnen, und nirgends sonst wollte sie lieber sein. Sie hatten ihr ein bißchen erzählt, waren über die Geschichte hingestrichen, so wie ein Scheinwerfer über eine dunkle Einfahrt fährt und einen flüchtigen Blick auf das freigibt, was auch immer sich darin verbirgt. Stell dir vor, sagten sie – und erzählten ihr von einem vollkommenen Liebhaber, den sie nie kennengelernt hatte.

Ihr war das ziemlich egal. Sie legten Wert auf sie. Sie kannten sie durch und durch; wußten um ihre Verletzlichkeit und um ihre vielen Masken. Und wollten sie trotzdem noch. Sie hatten sie gestohlen, um sie zu retten. Nach all ihrem Sichtreibenlassen – endlich dieser gerade Kurs. Nach all ihrer Schuld und Verheimlicherei – Billigung und Vertrauen. Nach all ihren Worten – auf der anderen Seite nun Handeln, Mäßigung, Zielstebigkeit, Echtheit und aufrichtige Verpflichtung, jene Leere in ihr auszufüllen, die wie ein gelangweilter Dämon in ihr gegähnt und geschrien hatte, solange sie sich erinnern konnte. Sie war ein Federgewicht, das von einem Sturmwind um und um gewirbelt worden war, aber plötzlich – zu ihrer Überraschung und Erleichterung – waren sie es, die die Richtung des Windes bestimmten.

Sie legte sich zurück, ließ sich von ihnen tragen, von ihnen annehmen, von ihnen nehmen. Gott sei Dank, dachte sie: endlich eine Heimat. Du wirst dich selbst spielen, mehr sogar noch, sagten sie – und wann jemals hatte sie das nicht getan? Dich selbst, und dein ganzes blendendes Können ist dabei aufgerufen, sagten sie – nenn es mal so. Nennt es, wie ihr wollt, dachte sie.

Ja, ich höre zu. Ja, ich folge.

Sie hatten Joseph den Vorsitz an der Mitte des Tisches übergeben. Litvak und Kurtz saßen unbewegt wie Monde links und rechts von ihm. Josephs Gesicht war flammendrot, wo sie ihn getroffen hatte; eine Kette von kleinen Schrammen lief ihm über die linke Wange, dort, wo die Backenknochen hervorstanden. Durch die Jalousiestäbe wurden Leitern aus Frühlicht auf die Dielenbretter und den leichten Klapptisch geworfen. Sie hörten auf zu reden.

»Habe ich schon entschieden?« fragte sie ihn.

Joseph schüttelte den Kopf. Dunkle Bartstoppeln unterstrichen noch, wie eingefallen sein Gesicht war. Das von oben herabfallende Licht ließ feine Linien um seine Augen herum erkennen.

»Erklär mit das mit dem Nützen noch mal«, schlug sie vor.

Sie spürte, daß aller Interesse gespannt war wie eine straffe Saite. Litvak, die weißen Hände vor sich gefaltet, mit toten Augen, die jedoch eigentümlich zornig wurden, wenn er sie betrachtete; Kurtz, alterslos und prophetenhaft, das runzelige Gesicht mit Silberstaub bestäubt. Und rings an den Wänden immer noch die jungen Leute, andächtig und unbewegt, als ob sie sich zur ersten Kommunion anstellten.

»Sie sagen, daß du Leben retten wirst, Charlie«, erklärte Joseph mit sachlicher Stimme, aus der er auch den leisesten Hinweis auf irgendwelches Theaterspielen rigoros verbannt hatte. Erkannte sie so etwas wie Zögern in seiner Stimme? Wenn ja, unterstrich das nur noch die Bedeutung dessen, was er sagte. »Daß du Müttern ihre Kinder zurückgeben und dazu beitragen wirst, friedliebenden

Menschen Frieden zu bringen. Sie sagen, daß unschuldige Männer und Frauen am Leben bleiben werden. Durch dich.«

»Und was sagst du?«

Seine Antwort kam betont langsam. »Warum wäre ich sonst hier? Bei einem von *uns* würden wir diese Aufgabe ein Opfer nennen, ein Sühneopfer fürs Leben. Da es aber um dich geht – nun ja, vielleicht ist es gar nicht so anders.«

»Wo wirst du sein?«

»Wir werden dir so nahe sein, wie es geht.«

»Ich habe dich gemeint. Dich ganz persönlich. Dich, Joseph.«

»Natürlich werde ich in deiner Nähe sein. Das ist meine Arbeit.«

Und nichts als meine Arbeit – das war es, was er eigentlich sagte; nicht einmal Charlie konnte die Botschaft mißverstehen.

»Joseph wird die ganze Zeit über in deiner Nähe sein, Charlie«, ließ Kurtz sich leise vernehmen. »Joseph ist ein sehr, sehr guter Agent. Joseph, sag ihr bitte, wie es um den Zeitfaktor bestellt ist.«

»Wir haben nur sehr wenig Zeit«, sagte Joseph. »Jede Stunde zählt.«

Kurtz lächelte immer noch, schien darauf zu warten, daß er noch mehr sagte. Aber Joseph hatte dem nichts mehr hinzuzufügen.

Sie hatte ja gesagt, mußte ja gesagt haben. Oder zumindest zur nächsten Phase, denn sie spürte, wie alle rings um sie kaum merklich erleichtert aufatmeten; doch dann kam zu ihrer Enttäuschung nichts mehr. In der exaltierten Verfassung, in der sie sich befand, hatte sie sich vorgestellt, daß ihr ganzes Publikum in Applaus ausbrechen würde: der erschöpfte Mike das Gesicht in die spinnenhaften Hände sinken und seinen Tränen, ohne sich zu schämen, freien Lauf lassen würde; Marty sie wie ein alter Mann, als der er sich auch entpuppt hatte, mit den dicken Händen an den Schultern packen – mein Kind, meine Tochter! – und sein stachliges Gesicht an ihre Wange drücken würde; die jungen Leute, ihre Fans auf leisen Sohlen, nicht mehr abzuhalten sein würden, auf sie zuzustürzen und sie zu berühren. Und Joseph sie an die Brust ziehen würde. Doch auf der Bühne der Taten machte man das anscheinend nicht. Kurtz und Litvak waren damit beschäftigt, ihre Papiere zusammenzulegen und ihre Aktenmappen zu schließen. Joseph besprach sich mit Dimitri und Rose aus Südafrika. Raoul räumte das, was vom

Tee und von den Keksen übriggeblieben war, fort, und nur Rachel schien sich Gedanken darüber zu machen, was jetzt aus der Neuangeworbenen werden sollte. Sie berührte Charlie am Arm und führte sie zum Treppenhaus, damit sie sich erst einmal schön hinlegte, wie sie es ausdrückte. Sie hatte die Tür noch nicht erreicht, da rief Joseph sie leise beim Namen. Gedankenverloren und neugierig zugleich starrte er sie an.

»Dann also gute Nacht«, wiederholte er, als wären diese Worte ein Rätsel für ihn.

»Dir auch, gute Nacht«, wünschte Charlie ihm mit einem mitgenommenen Lächeln, das den letzten Vorhang hätte bedeuten sollen. Doch das tat es nicht. Als Charlie Rachel den Korridor hinunter folgte, überraschte sie sich dabei, wie sie im Londoner Klub ihres Vaters, auf dem Weg zu dem auch Damen offenstehenden Anbau war, um dort Mittag zu essen. Sie blieb stehen, sah sich um und versuchte, die Ursache dieser Halluzination zu erkennen. Dann hörte sie sie: das rastlose Tickern eines verborgenen Fernschreibers, der die letzten Marktpreise ausspuckte. Offensichtlich kam es hinter einer halbgeschlossenen Tür hervor. Doch Rachel trieb sie daran vorbei, ehe sie es herausfinden konnte.

Die drei Männer waren wieder im Besprechungszimmer; das Geratter des Kodierungs-Apparates hatte sie dorthin gerufen wie ein Hornsignal. Während Becker und Litvak zusahen, hockte Kurtz sich an den Tisch und entzifferte mit dem Ausdruck fassungslosen Unglaubens das neueste, unerwartete, dringende und ausschließlich für ihn persönlich bestimmte Telegramm aus Jerusalem. Hinter ihm stehend, konnten sie sehen, wie der dunkle Schweißfleck sich auf seinem Hemd ausbreitete wie eine Blutlache. Der Funker war fort, von Kurtz hinausgeschickt, sobald der von Jerusalem kodierte Text ausgedruckt wurde. Sonst herrschte im Haus tiefstes Schweigen. Falls Vögel sangen oder Autos vorüberfuhren, hörten sie es nicht. Sie hatten nur Ohren für das Stop und Start des Druckers.

»Ich hab' dich nie besser in Form gesehen, Gadi«, erklärte Kurtz, dem nie etwas genug sein konnte. Er sprach englisch, die Sprache, in der auch Gavrons Text abgefaßt war. »Meisterhaft, genial, trifft den Nagel auf den Kopf.« Er riß ein Blatt ab und wartete auf den Ausdruck des nächsten. »Wirklich genauso, wie ein hilflos treiben-

des Mädchen sich seinen Retter wünschen könnte. Stimmt's, Shimon?« Wieder ratterte der Apparat los.
»Ein paar von unseren Kollegen in Jerusalem – Mr. Gavron, um nur einen zu nennen – waren sehr skeptisch, weil meine Wahl ausgerechnet auf dich gefallen ist. Mr. Litvak hier übrigens auch. Ich nicht. Ich hatte volles Vertrauen.« Einen milden Fluch murmelnd, riß er das zweite Blatt heraus. »Dieser Gadi, er ist der beste, den ich je gehabt hab', habe ich ihnen gesagt«, fuhr er fort. »Das Herz eines Löwen und der Kopf eines Dichters – genau das waren meine Worte. Ein Leben der Gewalt hat ihn nicht abgestumpft, hab' ich gesagt. Wie macht sie sich, Gadi?«
Er drehte sogar den Kopf und legte ihn auf die Seite, um zu sehen, wie Becker antwortete.
»Hast du es nicht gemerkt?« sagte Becker.
Wenn Kurtz es gemerkt hatte, so sagte er es jedenfalls im Augenblick nicht. Als die Nachricht durch war, fuhr er in seinem Drehstuhl ganz herum, hielt die Blätter gerade vor sich hin, um das Licht der Tischlampe darauffallen zu lassen, das ihm über die Schulter schien. Doch merkwürdigerweise war es Litvak, der als erster sprach – Litvak, der sich mit einem ebenso verkrampften wie schrillen Ausbruch von Ungeduld Luft machte, der seine beiden Kollegen völlig überraschte. »Sie haben wieder eine Bombe gelegt«, entfuhr es ihm. »Sagen Sie's uns! Wo diesmal? Und wie viele von uns haben sie diesmal umgebracht?«
Bedächtig schüttelte Kurtz den Kopf und lächelte zum erstenmal, seit die Meldung hereingekommen war.
»Eine Bombe vielleicht, Shimon. Aber es ist keiner dabei umgekommen. Noch nicht.«
»Gib's ihm doch einfach zu lesen«, sagte Becker. »Laß ihn doch nicht zappeln.«
Doch Kurtz zog es vor, ihn noch ein wenig länger im dunkeln zu lassen. »Misha Gavron grüßt uns und schickt noch drei weitere Meldungen«, sagte er. »Meldung Nummer eins: Gewisse Anlagen im Libanon werden morgen beschossen werden, doch die Betreffenden werden unsere Angriffsziele mit Sicherheit auslassen. Meldung Nummer zwei« – er warf die Blätter beiseite – »Meldung zwei ist ein Befehl, der in Qualität und Durchblick dem Befehl ähnlich

ist, den wir gestern abend erhalten haben. Wir haben den prächtigen Dr. Alexis fallen zu lassen, am liebsten schon vorgestern. Keinerlei weiteren Kontakt. Misha Gavron hat seine Unterlagen gewissen neunmalklugen Psychologen übergeben, die ihn für vollkommen verrückt erklärt haben.«

Litvak wollte wieder Einspruch erheben. Vielleicht reagierte er so auf extreme Übermüdung. Vielleicht aber auch auf die Hitze, denn die Nacht war sehr heiß geworden. Immer noch lächelnd, redete Kurtz sanft auf ihn ein und holte ihn wieder zurück auf die Erde.

»Beruhige dich, Shimon. Unser prächtiger Chef macht nur ein bißchen in Politik, das ist alles. Sollte Alexis die Seite wechseln, und es kommt zu einem Skandal, der die Beziehungen unseres Landes mit einem bitter benötigten Verbündeten beeinträchtigt, bekommt Marty Kurtz was auf die Finger. Bleibt Alexis aber auf unserer Seite, hält den Mund und tut, was wir ihm sagen, fällt der ganze Ruhm auf Misha Gavron. Ihr wißt ja, wie Misha mit mir umgeht. Ich bin sein Jude.«

»Und die dritte Meldung?« fragte Becker.

»Unser großer Meister rät uns, keine Zeit zu verlieren. Die kläffende Meute ist ihm dicht auf den Fersen, sagt er. Womit er selbstverständlich meint: *uns* auf den Fersen.«

Auf Kurtz' Vorschlag hin ging Litvak hinaus, um seine Zahnbürste einzupacken. Als er mit Becker allein war, stieß Kurtz dankbar einen Seufzer der Erleichterung aus, gab sich plötzlich viel lockerer, trat an das niedrige Rollbett, nahm einen französischen Paß in die Hand, schlug ihn auf, vertiefte sich in die Personalangaben und prägte sie sich fest ein. »Du bist die Gewähr für unseren Erfolg, Gadi«, meinte er, während er noch las. »Irgendwelche Lücken, Sonderwünsche – du läßt es mich wissen, hörst du?«

Becker hörte.

»Unsere Leute haben mir berichtet, ihr hättet da oben auf der Akropolis ein schönes Paar abgegeben. Wie ein Liebespaar im Film, sagen sie.«

»Sag ihnen, ich ließe danken.«

Mit einer alten, fettigen Haarbürste stellte Kurtz sich vor den Spiegel und machte sich daran, sich einen Scheitel zu ziehen.

»Einen Fall wie diesen, bei dem ein Mädchen mitspielt, überlass' ich

ganz dem Gutdünken des Einsatzleiters«, meinte er nachdenklich, während er sich mit seinem Haar abmühte. »Manchmal macht es sich bezahlt, Distanz zu wahren, manchmal . . .« Er warf die Haarbürste in einen offenen Kulturbeutel.
»In diesem Fall macht's die Distanz«, sagte Becker.
Die Tür ging auf. Litvak, zum Weggehen angezogen, eine Aktenmappe unterm Arm, wartete ungeduldig auf die Gesellschaft seines Herrn und Meisters.
»Wir sind schon spät dran«, sagte er mit einem unfreundlichen Blick auf Becker.

Und doch war Charlie trotz aller Manipulation von ihrer Seite zu nichts gezwungen worden – zumindest nicht nach Kurtz' Begriffen. Darauf hatte er von Anfang an allergrößten Wert gelegt. Ohne eine dauerhafte sittliche Grundlage, so erklärte er, sei ihr Plan nicht durchzuführen. Gewiß, in den Anfangsphasen war versuchsweise schon mal von Druckausüben, Beherrschung, sogar von sexuell Hörigmachen durch einen weniger von Skrupeln geplagten Apoll als Becker die Rede gewesen; davon, Charlie ein paar Nächte unter sie zerbrechenden Umständen einzusperren, ehe man ihr eine freundschaftliche Hand entgegenstreckte. Gavrons neunmalkluge Psychologen waren, nachdem sie ihr Dossier gelesen hatten, mit allen möglichen albernen Vorschlägen gekommen, darunter einigen, die schlicht brutal genannt werden mußten. Doch Kurtz' bewährtes Einsatzdenken hatte schließlich die Oberhand gegenüber Jerusalems immer größer werdendem Expertenheer behalten. Freiwillige kämpften härter und länger, hatte er ins Feld geführt. Freiwillige fänden selbst Mittel und Wege, um sich zu überzeugen. Und außerdem, wenn man einer Dame einen Heiratsantrag mache, sei es ratsam, sie vorher nicht zu vergewaltigen.
Andere – darunter Litvak – hatten sich laut für ein israelisches Mädchen starkgemacht, das man mit einem *background* ähnlich dem Charlies ausstatten könne. Litvak war – wie andere auch – verbissen gegen die Vorstellung gewesen, sich in irgendeiner Weise auf die Loyalität einer Nichtjüdin, dazu noch einer Engländerin, verlassen zu müssen. Kurtz hatte nicht minder leidenschaftlich

widersprochen. Er liebte die Natürlichkeit bei Charlie und war scharf auf das Original, nicht auf die Imitation. Ihre ideologische Schlagseite störte ihn nicht im geringsten; je näher sie am Ertrinken sei, sagte er, desto größer wäre ihre Freude, an Bord genommen zu werden.

Noch eine andere Denkrichtung – denn das Team arbeitete durchaus demokratisch, wenn man von Kurtz' naturgegebener Tyrannei einmal absah – hatte ein längeres und langsamer vorgehendes Umwerben befürwortet, das Yanukas Entführung vorausgehen und mit einem geraden, nüchternen Angebot enden sollte, wie es bei der Anwerbung von Geheimdienstmitarbeitern üblich war. Doch auch diesen Vorschlag hatte Kurtz abgewürgt, noch ehe er richtig laut geworden war. Eine Frau von Charlies Temperament treffe ihre Entscheidungen nicht nach Stunden müßigen Überlegens, schrie er – Kurtz selbst übrigens auch nicht. Es sei besser zu komprimieren! Besser gründlich nachzuforschen und alles bis ins kleinste Detail hinein vorzubereiten, um sie dann mit einem gewaltigen Vorstoß im Sturm zu nehmen! Nachdem Becker sie sich angesehen hatte, hatte er zugestimmt: eine impulsive Rekrutierung sei das beste.

Aber was machen wir, wenn sie nein sagt, verdammt noch mal? hatten sie gezetert: Gavron, die Krähe, war auch darunter. Alles so sorgsam eingefädelt zu haben, um dann vorm Altar einen Korb zu bekommen!

In dem Falle, Misha, mein Freund, sagte Kurtz, werden wir etwas Zeit und Geld verschwendet und ein paar Gebete umsonst gesprochen haben. An dieser Ansicht hielt er durch dick und dünn fest; selbst wenn er im engsten privaten Kreis – zu dem seine Frau und gelegentlich Becker gehörten – gestand, sich auf ein Teufelsspiel eingelassen zu haben. Aber auch hier setzte er vielleicht auf die Kokotte. Kurtz hatte sein Auge auf Charlie geworfen, seit sie zum erstenmal bei dem Wochenendseminar aufgetaucht war. Er hatte ihr ein Etikett aufgeklebt, hatte Erkundigungen über sie eingezogen und sich in Gedanken von allen Seiten mit ihr beschäftigt. Man sucht sich sein Werkzeug zusammen, man hält nach Aufgaben Ausschau, man improvisiert, pflegte er zu sagen. Man paßt eine Operation den Dingen an, die einem zur Verfügung stehen.

Aber wozu sie erst nach Griechenland schleppen, Marty? Und alle anderen mit ihr? Machen wir denn in Wohlfahrt, daß wir plötzlich unsere kostbaren Geheimfonds mit vollen Händen für entwurzelte linke englische Schauspieler ausgeben?

Doch Kurtz blieb stur. Er verlangte von Anfang an, daß nicht kleinlich vorgegangen werde, weil er wußte, daß man ihm hinterher ohnehin tausend Abstriche machen würde. Da Charlies Odyssee in Griechenland beginnen sollte, darauf bestand er, müsse sie schon vor der Zeit nach Griechenland gebracht werden, wo die fremde Umgebung und das Besondere ihrer Situation es ihr leichtermachen würden, sich von heimatlichen Bindungen zu befreien. Soll die Sonne sie weich machen. Und da Alastair sie nie allein losziehen lassen würde – warum ihn nicht mitkommen lassen, um ihn dann im psychologisch richtigen Moment zu entfernen und sie einer weiteren Stütze zu berauben. Und da alle Schauspieler Familien bilden – und sich nicht sicher fühlen, wenn sie nicht den Schutz der Herde haben – und da sich keine andere zwanglose Methode bot, um das Paar ins Ausland zu locken . . . So ging es weiter, ein Argument barg schon das nächste in sich, bis die Fiktion die einzige Logik war und die Fiktion ein Netz, in dem jeder sich verstrickte, der versuchte sie wegzufegen.

Was das Entfernen Alastairs betraf, so lieferte es noch am selben Tag ein amüsantes Postskriptum zu all ihren bisherigen Planungen. Zu besagter Szene kam es – ausgerechnet! – im Privatbüro des armen Ned Quilley. Charlie lag noch in tiefem Schlaf, und Ned gönnte sich einen kleinen Muntermacher vor den schweren Anforderungen des Mittagessens. Er zog gerade den Stopfen aus seiner Karaffe, als ihn eine Flut saftiger, schottisch-breit hervorgestoßener Flüche aus Mrs. Longmores Kabäuschen unten aufschreckte – ein Redeschwall, der mit der Forderung endete, sie solle ›den alten Bock aus seinem Schuppen rausrufen, sonst steige ich selbst hinauf und schnapp' ihn mir‹. Quilley überlegte noch, wer von seinen herumzigeunernden Klienten sich dafür entschieden haben könnte, seinen Nervenzusammenbruch auf schottisch zu inszenieren, und das auch noch vor dem Lunch, trat dann zierlich auf Zehenspitzen an die Tür und legte das Ohr an das Paneel. Aber er erkannte die Stimme nicht. Gleich darauf polterten Schritte die Treppe herauf, wurde die Tür aufgerissen, und vor ihm stand die schwankende

Gestalt von Long Al, die ihm von seinen gelegentlichen Vorstößen in Charlies Garderobe bekannt war, in denen Alastair während seiner eigenen sich lang hinziehenden Zeiten des Müßiggangs bei einer Flasche auf seine Freundin zu warten pflegte, wenn diese auf der Bühne stand. Alastair war verdreckt, hatte einen Drei-Tage-Bart und war stockbetrunken. Quilley versuchte in untadeligem Englisch zu erfahren, was dieses ungeheuerliche Benehmen zu bedeuten habe, doch das hätte er sich sparen können. Außerdem hatte er im Laufe seines Berufslebens eine ganze Reihe solcher Szenen erlebt und wußte daher aus Erfahrung, daß man nichts Besseres tun konnte, als so wenig wie möglich zu sagen.

»Sie widerliche alte Tunte«, begann Alastair immer noch recht zivil und hielt Quilley einen zitternden Zeigefinger direkt unter die Nase. »Sie hundsgemeine, intrigante alte Schwuchtel. Ich werde Ihnen Ihren blöden Hals umdrehen.«

»Aber weshalb denn, mein Bester?« sagte Quilley. »Warum?«

»Ich ruf' die Polizei, Mr. Ned!« ließ Mrs. Longmore sich entrüstet von unten vernehmen. »Ich wähle *neun-neun-neun* – sofort!«

»Entweder, Sie setzen sich jetzt und erklären, was das Ganze zu bedeuten hat«, erklärte Quilley streng, »oder Mrs. Longmore ruft die Polizei.«

»Ich wähle!« rief Mrs. Longmore, die dies bei Gelegenheit früher schon getan hatte.

Alastair setzte sich.

»Na, also«, sagte Quilley mit allem ihm zu Gebote stehenden Nachdruck. »Wie wär's mit einem kleinen schwarzen Kaffee, während Sie mir erzählen, was ich getan habe, um Sie so in Rage zu bringen.«

Die Liste war lang; einen hundsgemeinen Streich habe er – Quilley – ihm gespielt. Und zwar um Charlies willen. Zu behaupten, eine Filmgesellschaft zu sein, die es gar nicht gab. Seinen – Alastairs – Agenten zu überreden, Telegramme nach Mykonos zu schicken. Sich dazu herzugeben, mit ausgebufften Freunden in Hollywood unter einer Decke zu stecken. Bezahlte Flugtickets, bloß, um ihn vor seiner Clique lächerlich, ja, zur Schnecke zu machen! Bloß, damit er die Finger von Charlie ließ.

Nach und nach dröselte Quilley die Geschichte auf. Eine Filmgesellschaft aus Hollywood, die sich *Pan Talent Celestial* nannte, habe von Kalifornien aus seinen Agenten angerufen, erklärt, ihr Hauptdarsteller sei erkrankt, daher wollten sie sofort Probeaufnahmen von Alastair machen. Sie seien bereit, alles zu bezahlen, was nötig sei, um ihn herzuholen, und als sie hörten, er sei in Griechenland, hätten sie dafür gesorgt, daß ein von der Bank als gedeckt erklärter Scheck über tausend Dollar im Büro seines Agenten abgegeben wurde. Alastair sei mit qualmenden Socken aus dem Urlaub zurückgekommen und habe danach eine geschlagene Woche lang wie auf Kohlen gesessen, doch sei es nicht zu Probeaufnahmen gekommen. *Halten Sie sich weiterhin bereit*, habe es in den Telegrammen geheißen. Alles per Telegramm, wohlgemerkt. *Verhandlungen schweben.* Am neunten Tag sei Alastair, inzwischen halb wahnsinnig, aufgefordert worden, sich in den Shepperton Studios einzufingen. Fragen Sie nach einem gewissen Pete Vyschinsky, Studio D.

Kein Vyschinsky weit und breit. Kein Pete.

Alastairs Agent hatte die Nummer in Hollywood angerufen, wo ihm von der Telefonistin mitgeteilt worden war, *Pan Talent Celestial* habe dichtgemacht. Alastairs Agent rief andere Agenten an; keiner hatte je von *Pan Talent Celestial* gehört. Schicksal! Alastair konnte zwei und zwei genausogut zusammenzählen wie jeder andere auch, und im Laufe einer zwei Tage währenden Sauftour zu Lasten seiner tausend Dollar Spesen war Alastair zu dem Schluß gekommen, der einzige Mensch, der ein Motiv habe und zu einem so miesen Trick imstande sei, sei Ned Quilley, in Agenten- und Schauspielerkreisen unter dem Namen ›Jammerlappen Quilley‹ bekannt, der nie aus seiner Abneigung gegen Alastair oder aus seiner Überzeugung ein Hehl gemacht habe, daß Alastair der schlechte Einfluß sei, der hinter Charlies verblasenen politischen Ansichten stehe. Aus diesem Grund war er nun höchstpersönlich vorbeigekommen, um Quilley den Hals umzudrehen. Nach ein paar Tassen Kaffee fing er jedoch an, seiner unsterblichen Bewunderung für seinen Gastgeber Ausdruck zu verleihen, und Quilley trug Mrs. Longmore auf, ihm ein Taxi zu bestellen.

Am Abend desselben Tages saßen die Quilleys beim gemeinsamen Aperitif vorm Abendessen im Garten – sie hatten erst vor kurzem für anständige Gartenmöbel tief in die Tasche gegriffen; Gußeisen, aber gegossen in den Original-Gußformen aus der Zeit vor der Jahrhundertwende –, und Marjory, die ernst seiner Geschichte gelauscht hatte, brach zu seinem großen Ärger in Lachen aus.

»Oh, dieses durchtriebene Frauenzimmer«, sagte sie. »Sie muß irgendeinen betuchten Liebhaber gefunden haben, um sich von Alastair freikaufen zu können!«

Dann sah sie Quilleys Gesicht. Wurzellose amerikanische Filmgesellschaft. Telefonnummern, bei denen keiner mehr rangeht. Filmemacher, die nirgends aufzuspüren sind. Und all das im Bannkreis Charlies. Und ihres Ned.

»Es ist noch viel schlimmer«, erklärte Quilley kläglich.

»Was denn, Liebling?«

»Sie haben all ihre Briefe gestohlen.«

»*Was* haben sie getan?«

All ihre handschriftlichen Briefe, sagte Quilley. Die sie in den letzten fünf Jahren oder über einen noch längeren Zeitraum geschrieben habe. All ihre geschwätzigen, peinlich-persönlichen *billets-doux*, geschrieben, wenn sie auf Tournee oder einsam gewesen war. Kleine Köstlichkeiten. Porträtzeichnungen von Regisseuren und Ensemblemitgliedern. Die süßen kleinen Zeichnungen, die sie mit Vorliebe hinkritzelte, wenn sie glücklich war. Futsch. Einfach aus den Unterlagen entwendet. Von diesen gräßlichen Amerikanern, die partout nichts hatten trinken wollen – Karman und seinem schrecklichen Kumpel. Mrs. Longmore mache einen Riesenaufstand deswegen, und Mrs. Ellis sei es schlecht geworden.

»Denen würde ich aber einen bitterbösen Brief schreiben«, riet Marjory.

Aber wozu? fragte Quilley sich kleinlaut. Und überhaupt – an welche Adresse denn?

»Besprich das mit Brian«, schlug sie vor.

Schön, Brian war schließlich sein Anwalt; und wozu war ein Anwalt da?

Nachdem sie wieder hineingegangen waren, schenkte Quilley sich erstmal einen tüchtigen Schluck ein und stellte den Fernseher an, nur, um die ersten Abendnachrichten mit Filmausschnitten von den letzten scheußlichen Bombenangriffen irgendwo serviert zu bekommen. Krankenwagen, ausländische Polizisten, die Verletzte wegkarrten. Doch Quilley war nicht in der Stimmung für derlei frivole Ablenkungen. Sie hatten Charlies Unterlagen regelrecht *geplündert*, sagte er sich immer wieder. Die Unterlagen einer *Klientin*, verflixt noch mal. In *meinem* Büro! Und der Sohn des alten Quilley sitzt daneben und hält sein Mittagsschläfchen, während sie das tun. So aufs Kreuz gelegt hatte man ihn schon seit Jahren nicht mehr!

Kapitel 8

Falls sie geträumt hatte, konnte sie sich beim Aufwachen nicht mehr daran erinnern. Oder vielleicht erging es ihr wie Adam, sie wachte auf und stellte fest, daß der Traum Wirklichkeit war, denn das erste, was sie sah, war ein Glas frischen Orangensafts neben ihrem Bett, und das zweite Joseph, der zielstrebig im Zimmer hin und her lief, Schränke aufriß und die Vorhänge zurückzog, um den Sonnenschein hereinzulassen. Charlie stellte sich schlafend und beobachtete ihn durch halbgeschlossene Augen, so wie sie ihn auch am Strand beobachtet hatte. Die Linie seines Rückens mit den Narben. Der erste helle Anflug des Alters, der seine sonst schwarzen Schläfen melierte. Wieder das Seidenhemd mit den goldenen Klunkern.

»Wie spät haben wir es denn?« fragte sie.

»Drei Uhr.« Er zerrte einmal am Vorhang. »Drei Uhr *nachmittags*. Du hast lange genug geschlafen. Wir müssen los.«

Und eine goldene Halskette mit dem Medaillon unterm Hemd.

»Was macht der Mund?«

»Ach, ich werde wohl nie wieder singen können.« Er ging zu einem alten bemalten Kleiderschrank und holte einen blauen Kaftan heraus, den er über den Stuhl legte. Sie sah keinerlei Spuren auf seinem Gesicht, nur dunkle Ringe unter den Augen, die Müdigkeit verrieten. Er ist aufgeblieben, dachte sie, und ihr fiel ein, wie vertieft er in die Papiere auf seinem Tisch gewesen war; er hat seine Hausaufgaben gemacht.

»Du erinnerst dich noch an unsere Unterhaltung, ehe du heute morgen zu Bett gingst, Charlie? Wenn du aufstehst, möchte ich dich bitten, dieses Kleid anzuziehen und auch die neue Unterwäsche, die du hier in dieser Schachtel findest. Am liebsten sehe ich dich heute in Blau und das Haar lang und offen – keine Knoten.«

»Zöpfe.«

Er überging die Berichtigung. »Diese Kleider sind ein Geschenk von mir für dich; und es ist mir ein Vergnügen, dich zu beraten, was du anziehst und wie du aussehen sollst. Setz dich bitte auf und sieh dir das Zimmer gründlich an.«
Sie war nackt. Sie zog sich die Bettdecke bis unters Kinn und setzte sich vorsichtig auf. Vor einer Woche, am Strand, hätte er ihren Körper nach Herzenslust betrachten können. Doch das war vor einer Woche gewesen.
»Präg dir alles genau ein, alles um dich herum. Wir sind ein heimliches Liebespaar, und wir haben hier die Nacht verbracht. Es geschah alles, wie es geschah. In Athen trafen wir uns wieder, kamen hier in dieses Haus und fanden es leer vor. Kein Marty, kein Mike, niemand – nur wir.«
»Und wer bist du?«
»Wir haben den Wagen geparkt, wo wir ihn geparkt haben. Als wir ankamen, brannte die Lampe im Eingang. Ich schloß die Vordertür auf, und zusammen sind wir Hand in Hand die breite Treppe raufgelaufen.«
»Und was ist mit dem Gepäck?«
»Zwei Stück. Meine Reisetasche, deine Schultertasche. Ich habe beide getragen.«
»Aber wie hast du dann meine Hand gehalten?«
Sie dachte, sie übertrumpfte ihn mit ihren Mutmaßungen, doch er freute sich über ihre Genauigkeit.
»Die Schultertasche mit dem gerissenen Henkel hatte ich mir unter den rechten Arm geklemmt. Den Griff meiner Tasche hatte ich in der rechten Hand. Ich lief an deiner rechten Seite, meine Linke war frei. Das Zimmer haben wir genau so vorgefunden, wie es jetzt ist, alles war vorbereitet. Wir waren kaum durch die Tür, da sind wir uns schon in die Arme gefallen. Wir konnten unsere Begierde keine Sekunde länger zügeln.«
Mit zwei Schritten war er am Bett, suchte unter den auf dem Boden durcheinanderliegenden Bettüchern, bis er ihre Bluse fand, die er ihr hinhielt, damit sie sie ansah. Sie war an jedem Knopfloch eingerissen; zwei Knöpfe fehlten.
»Unsere Raserei«, erklärte er mit einer Entschiedenheit, als ob Raserei das Normalste von der Welt sei. »Ist Raserei das richtige Wort?«

»Eines davon.«
»Dann also Raserei.«
Er warf die Bluse beiseite und gestattete sich ein knappes Lächeln.
»Möchtest du Kaffee?«
»Kaffee wäre phantastisch.«
»Brot? Joghurt? Oliven?«
»Nur Kaffee.« Er war schon an der Tür, als sie mit lauterer Stimme hinter ihm herrief: »Tut mir leid, daß ich dir eine gelangt hab', Jose. Du hättest zu einem von diesen israelischen Gegenschlägen ausholen und mich zu Boden strecken sollen, ehe ich mich versah.«
Die Tür schloß sich, und sie hörte ihn den Korridor hinuntergehen. Sie fragte sich, ob er wohl je wiederkommen würde. Mit einem Gefühl der Unwirklichkeit stieg sie munter aus dem Bett. Eine Pantomime, dachte sie – Goldhaar im Bärenhaus. Die Beweise ihrer imaginären Orgie lagen überall um sie verstreut: eine Wodkaflasche, noch dreiviertel voll, schwamm im Sektkühler. Zwei benutzte Gläser. Eine Schale mit Obst, zwei Teller samt Apfelschalen und Traubenkernen. Der rote Blazer über eine Stuhllehne gehängt. Die elegante schwarze Ledertasche mit Seitentaschen, wie sie zur Männlichkeitsausstattung eines jeden leitenden Angestellten gehört. An der Tür hing ein kurzer Kimono, wie ein Karateanzug geschnitten, *Hermes de Paris* – gehörte ihm ebenfalls, schwere schwarze Seide. Im Badezimmer ihr eigener Schulmädchen-Schwammbeutel gegen seinen kalbsledernen Kulturbeutel gelehnt. Zwei Handtücher lagen da, sie benutzte das trockene. Als sie sich den blauen Kaftan genauer ansah, stellte sich heraus, daß er recht hübsch war: schwere Baumwolle mit hohem, züchtigem Stehkragen, das Seidenpapier des Ladens steckte noch darin: *Zelide, Rome and London.* Die Unterwäsche war teures Nuttenzeug: schwarz, genau ihre Größe. Auf dem Boden eine funkelnagelneue Schultertasche aus Leder sowie ein Paar schicke, flache Sandalen. Sie probierte eine an. Paßte. Sie zog sich an und bürstete sich das Haar aus, als Joseph mit einem Tablett mit Kaffee zurückkam. Er konnte schwerfällig sein und so leicht und behende, daß man meinen konnte, der *Soundtrack* wäre abhanden gekommen. Er war jemand, der über eine ganze Skala von geheimen Listen verfügte.

»Du siehst exzellent aus, würde ich sagen«, bemerkte er und stellte das Tablett auf dem Tisch ab.
»Exzellent?«
»Wunderschön. Bezaubernd. Strahlend. Hast du die Orchideen gesehen?«
Sie hatte sie nicht gesehen, doch sah sie jetzt, und ihr Magen verkrampfte sich wie auf der Akropolis: ein Stengel aus Gold und Rostrot mit einem kleinen weißen Umschlag, der gegen die Vase gelehnt war. Absichtlich bürstete sie erst ihr Haar zu Ende, griff erst dann nach dem kleinen Umschlag und trug ihn zur Chaiselongue, auf die sie sich setzte. Joseph blieb stehen. Sie hob die Umschlagklappe hoch und zog eine schlichte Karte heraus, auf der die Worte standen: ›Ich liebe Dich‹, mit abfallenden, unenglischen Schriftzügen geschrieben und der vertrauten Unterschrift: ›M.‹
»Nun? Woran erinnert dich das?«
»Du weißt verdammt gut, woran mich das erinnert«, sagte sie schnippisch, als ihr – viel zu spät – die Verbindung aufging.
»Dann sag's mir.«
»Nottingham, Barrie Theatre. York, das Phoenix. Stratford East, das Cockpit. Und du vorn in der ersten Reihe, wie du Glubschaugen nach mir machst.«
»Dieselbe Handschrift?«
»Dieselbe Handschrift, derselbe Text, die gleichen Blumen.«
»Du kennst mich als Michel. ›M‹ für Michel.« Er machte seine elegante schwarze Reisetasche auf und packte rasch seine Kleider ein. »Ich bin alles, was du dir jemals ersehnt hast«, sagte er, ohne sie auch nur anzublicken. »Wenn du deinen Auftrag erfüllen willst, genügt es nicht, daß du dich nur daran erinnerst; du mußt es glauben, mußt es fühlen und davon träumen. Wir bauen eine neue Wirklichkeit auf, eine bessere.«
Sie legte die Karte beiseite, schenkte sich Kaffee ein und tat das angesichts seiner Eile mit betonter Langsamkeit.
»Wer sagt, daß es eine bessere ist?« fragte sie.
»Du hast zwar deinen Urlaub zusammen mit Alastair auf Mykonos verbracht, aber im tiefsten Herzensgrund hast du verzweifelt auf mich, Michel, gewartet.« Er schoß ins Bad hinüber und kehrte mit seinem Kulturbeutel zurück. »Nicht auf Joseph – auf Michel. So-

bald die Ferien vorüber waren, hast du gemacht, daß du nach Athen kamst. Auf dem Schiff hast du deinen Freunden weisgemacht, du wolltest ein paar Tage allein sein. Eine Lüge. Du hattest eine Verabredung mit Michel. Nicht mit Joseph – mit Michel.« Er warf den Kulturbeutel in die Reisetasche. »Du hast ein Taxi genommen und bist in das Restaurant gefahren, wo du mich trafst. Michel. In meinem seidenen Hemd. Mit der goldenen Uhr. Hummer wurde bestellt. Alles, was du gesehen hast. Ich hatte Prospekte mitgebracht, um sie dir zu zeigen. Wir haben gegessen, was wir gegessen haben, redeten über aufregende süße Nichtigkeiten, wie eben ein heimliches Liebespaar, das sich nach langer Zeit wiedersieht.« Er nahm die schwarze Kimonojacke vom Haken an der Tür. »Ich habe ein großzügiges Trinkgeld gegeben und, wie du ja bemerkt hast, die Rechnung eingesteckt. Dann habe ich dich zur Akropolis hinaufgefahren, eine verbotene Fahrt, einzigartig. Ein besonderes Taxi, mein eigenes, wartete. Den Fahrer redete ich mit Dimitri an . . .«
Sie unterbrach ihn. »Das war also der einzige Grund, warum du mich zur Akropolis hinaufgebracht hast«, erklärte sie nachdrücklich.

»Nicht *ich* habe dich hinaufgebracht – Michel. Michel ist stolz auf seine Sprachkenntnisse und sein Können als Verführer. Er liebt große, romantische Gesten, plötzliche Sprünge. Er ist dein Zauberer.«

»Ich mag aber keine Zauberer.«

»Außerdem interessiert er sich, wie du ja bemerkt hast, ehrlich, wenn auch oberflächlich für Archäologie.«

»Und wer hat mich geküßt?«

Sorgfältig legte er die Kimonojacke zusammen und verstaute sie in der Tasche. Er war der erste Mann, den sie kannte, der eine Tasche zu packen verstand.

»Der mehr praktische Grund für die Tatsache, daß er dich zur Akropolis hinaufgebracht hat, bestand darin, unauffällig den Mercedes zu übernehmen, den er aus bestimmten Gründen nicht während der Hauptverkehrszeit in die Stadt hinunterbringen wollte. Du stellst wegen des Mercedes keine Fragen; für dich gehört das zu dem Zauber, mit mir zusammenzusein, genauso, wie du bei allem, was wir tun, eine gewisse Heimlichkeit akzeptierst. Du akzeptierst

alles. Bitte, beeil dich! Wir müssen noch weit fahren und viel miteinander reden.«
»Und was ist mit dir?« fragte sie. »Bist du auch in mich verliebt, oder ist für dich alles nur Spiel?«
Während sie noch darauf wartete, daß er antwortete, sah sie ihn in ihrer Vorstellung, wie er tatsächlich zur Seite trat, um den Pfeil unbeschadet an sich vorbei auf die im Schatten stehende Gestalt Michels zufliegen zu lassen.
»Du liebst Michel, du glaubst, daß Michel dich liebt.«
»Aber stimmt das?«
»Er behauptet, dich zu lieben, und gibt dir ja auch greifbare Beweise dafür. Was kann ein Mann mehr tun, um dich zu überzeugen; schließlich kannst du dich doch nicht in seinem Kopf einnisten.«
Er drehte wieder seine Runden im Zimmer und schob Sachen hin und her. Jetzt blieb er vor der Karte stehen, die zusammen mit den Orchideen gekommen war.
»Wessen Haus ist das?« fragte sie.
»Auf solche Fragen gebe ich nie eine Antwort. Mein Leben ist ein Rätsel für dich. Das ist so gewesen, seit wir uns kennengelernt haben, und ich möchte, daß es so bleibt.« Er nahm die Karte und reichte sie ihr. »Verwahr die jetzt in deiner neuen Handtasche. Von jetzt an erwarte ich, daß du diese kleinen Erinnerungen an mich liebevoll aufhebst. Sieh mal hier!«
Er hatte die Wodkaflasche halb aus dem Sektkühler herausgehoben. »Da ich ein Mann bin, trinke ich selbstverständlich mehr als du. Trinken bekommt mir nicht; ich bekomme Kopfschmerzen vom Alkohol, und gelegentlich wird mir sogar schlecht davon. Aber wenn schon, dann mag ich Wodka.« Er ließ die Flasche in den Kühler zurücksinken. »Was dich betrifft, so bekommst du ein kleines Gläschen, denn schließlich bin ich nicht von vorgestern, aber grundsätzlich habe ich was dagegen, daß Frauen trinken.« Er hob einen schmutzigen Teller hoch und zeigte ihn ihr. »Ich nasche gern – esse gern Schokolade, Kekse und Obst. Besonders Obst. Trauben, aber es müssen grüne sein, wie sie auch in meinem Heimatdorf wachsen. Was hat Charlie also gestern abend gegessen?«
»Gar nichts. Nicht nach so was. Ich rauche immer nur meine Post-Koitus-Zigarette.«

»Nur erlaube ich leider nicht, daß im Schlafzimmer geraucht wird. Im Restaurant in Athen habe ich es geduldet, denn schließlich bin ich ein aufgeklärter, moderner Mann. Sogar im Mercedes darfst du gelegentlich eine rauchen. Aber im Schlafzimmer: nie. Wenn du nachts Durst hast, trinkst du Wasser aus dem Wasserhahn.« Er zog den roten Blazer über. »Ist dir aufgefallen, wie der Wasserhahn gegluckert hat?«

»Nein.«

»Dann hat er nicht gegluckert. Manchmal tut er das, manchmal nicht.«

»Er ist Araber, nicht wahr?« sagte sie und ließ ihn immer noch nicht aus den Augen. »Er ist der Prototyp eines arabischen Chauvis. Und ihr habt seinen Wagen geklaut.«

Er machte den Verschluß zu. Richtete sich auf, sah sie einen Augenblick an, teils berechnend und teils – sie konnte nicht gegen dieses Gefühl an – zurückweisend.

»Oh, er ist mehr als nur ein Araber, würde ich sagen. Er ist mehr als nur ein Chauvi. Er hat *überhaupt* nichts Gewöhnliches, schon gar nicht in deinen Augen. Geh bitte rüber zum Bett.« Er wartete, während sie das tat, und beobachtete sie gespannt. »Fühl unter mein Kopfkissen! Langsam – Vorsicht! Ich schlafe auf der rechten Seite. So.«

Tastend, wie befohlen, ließ sie die Hand unter das kalte Kissen gleiten und stellte sich dabei das Gewicht von Josephs schlafendem Kopf vor, wie er es zusammendrückte.

»Hast du sie? Ich hab' gesagt: vorsichtig!«

Ja, Jose, sie hatte sie gefunden.

»Hol sie behutsam heraus. Sie ist nicht gesichert. Michel hat nicht die Gewohnheit zu warnen, ehe er schießt. Die Pistole ist wie ein Kind für uns. Sie teilt jedes Bett mit uns. Wir nennen sie ›unser Kind‹. Selbst, wenn wir uns leidenschaftlich lieben – dieses Kissen berühren wir nie, und wir vergessen keinen Augenblick, was darunterliegt. So leben wir. Siehst du jetzt, daß bei mir nichts gewöhnlich ist?«

Sie betrachtete sie, wie sie da so glatt auf ihrer Handfläche lag. Klein. Braun und wohlproportioniert.

»Bist du jemals mit so einer Pistole umgegangen?« fragte Joseph.

»Schon oft.«
»Wo? Und gegen wen?«
»Auf der Bühne. Abend für Abend.«
Sie reichte sie ihm und sah zu, wie er sie genauso selbstverständlich in den Blazer steckte, als verstaue er seine Brieftasche. Sie folgte ihm nach unten. Das Haus war leer und unerwartet kalt. Der Mercedes wartete draußen im Vorhof. Zuerst wollte sie nur fort: irgendwohin, nur raus hier, auf die offene Straße, und nur wir beide allein. Die Pistole hatte ihr Angst gemacht, und sie brauchte Bewegung. Doch als er den Motor anließ und der Wagen langsam die Auffahrt hinunterrollte, ließ irgend etwas sie den Kopf drehen und zurückblicken auf den abbröckelnden gelben Putz, die roten Blumen, die Fenster mit den geschlossenen Läden und die roten Ziegel. Zu spät ging ihr auf, wie schön das alles war, wie willkommenheißend ausgerechnet in dem Augenblick, da sie wieder fortfuhr. Es ist das Haus meiner Jugend, beschloß sie: einer der vielen Jugenden, die ich nie gehabt habe. Es ist das Haus, aus dem mich nie jemand herausholte, um mich zu heiraten; Charlie nicht in Blau, sondern in Weiß, meine Scheiß-Mutter in Tränen aufgelöst. Ade, all dies!
»Existieren *wir* eigentlich auch?« fragte sie ihn, als sie sich in den abendlichen Verkehr einreihten. »Oder tun das bloß die beiden anderen?«
Wieder die Drei-Minuten-Warnung, ehe er antwortete.
»Selbstverständlich existieren wir. Warum nicht?« Dann das bezaubernde Lächeln, das Lächeln, für das sie sich hätte in Ketten legen lassen. »Wir sind Berkeleyaner, verstehst du. Wenn wir nicht existieren – wie könnten denn sie existieren?«
Was ist ein Berkeleyaner? überlegte sie. Aber sie war zu stolz zu fragen.

Nach der Quartzuhr am Armaturenbrett hatte Joseph zwanzig Minuten hindurch kaum ein Wort gesprochen. Trotzdem hatte sie gespürt, wie er sich entspannte; oder vielmehr, wie er sich methodisch auf den Angriff vorbereitete.
»So, Charlie«, sagte er plötzlich. »Bist du jetzt bereit?«
Jose, ich bin bereit.

»Am sechsundzwanzigsten Juni, einem Freitag, spielst du im Barrie Theatre, Nottingham, die Heilige Johanna. Eigentlich gehörst du gar nicht zum Ensemble, sondern bist in letzter Minute dazugestoßen, um für eine Schauspielerin einzuspringen, die ihren Vertrag nicht eingehalten hat. Die Situation ist folgende: Du kommst spät im Theater an, die Beleuchtung wird noch ausprobiert, du hast den ganzen Tag über geprobt, und zwei Ensemblemitglieder haben die Grippe. Soweit alles klar in deiner Erinnerung?«

»Klar und lebendig.«

Argwöhnisch gegenüber ihrer Sorglosigkeit, warf er ihr einen fragenden Blick zu, fand offenbar jedoch nichts, wogegen er hätte Einwände erheben können. Es war früher Abend. Die Dämmerung senkte sich rasch nieder, doch Josephs Konzentration hatte die Unmittelbarkeit von Sonnenlicht. Er ist in seinem Element, dachte sie; das hier kann er am besten im Leben; dieser unerbittliche Schwung ist die Erklärung für das, was bisher noch fehlte.

»Kurz vor Beginn der Vorstellung wird am Bühneneingang ein Stengel gold-brauner Orchideen für dich abgegeben. Dazu ein an Johanna adressierter Umschlag: ›Johanna, ich liebe Dich unendlich.‹«

»Kein Bühneneingang.«

»Es gibt einen Hintereingang für Bühnenmaterial. Dein Verehrer – wer immer es war – klingelte und drückte dem Hausverwalter, einem Mr. Lemon, die Orchideen zusammen mit einer Fünf-Pfund-Note in die Hand. Das reichliche Trinkgeld machte entsprechend Eindruck auf Mr. Lemon, so daß er versprach, sie dir augenblicklich zu bringen – hat er das getan?«

»Unangemeldet in die Garderoben von Schauspielerinnen zu platzen, ist Lemons Glanznummer.«

»Also schön. Nun sag mir, was du machtest, als du die Orchideen bekamst.«

Sie zögerte. »Die Unterschrift lautete ›M‹.«

»*M* stimmt. Was hast du getan?«

»Nichts.«

»Unsinn.«

Das kränkte sie: »Was sollte ich denn tun? Mir blieben doch kaum zehn Sekunden, ehe ich auf die Bühne mußte.«

Ein mit Müll beladener Lastwagen kam auf der falschen Straßenseite auf sie zugebraust. Überwältigend ungerührt lenkte Joseph den Mercedes auf den unbefestigten Randstreifen und beschleunigte, um von der Böschung wegzukommen. »Du hast also die Orchideen, die ein Vermögen gekostet haben müssen, einfach in den Papierkorb geschmissen und bist achselzuckend auf die Bühne. Das hast du toll gemacht! Herzlichen Glückwunsch!«
»Ich hab' sie in Wasser gestellt.«
»Und worein hast du das Wasser getan?«
Die unerwartete Frage schärfte ihre Erinnerung. »In einen Farbtopf. Vormittags dient das Barrie nämlich als Kunstschule.«
»Du hast ein Gefäß gefunden, es mit Wasser gefüllt, die Orchideen ins Wasser gestellt. Gut. Und was für Gefühle haben dich dabei bewegt? Warst du beeindruckt? Aufgeregt?«
Irgendwie bekam sie seine Frage in den falschen Hals. »Ich habe einfach weitergespielt«, sagte sie und kicherte, ohne daß sie es wollte. »Wartete einfach ab, wer aufkreuzen würde.«
Sie waren an einer Ampel stehengeblieben. Die Stille schuf ein neues Vertrautsein.
»Und das ›Ich liebe Dich‹?« wollte er wissen.
»Das ist doch Theater, oder? Jeder liebt jeden, allerdings, zwischendurch hat mir das ›unendlich‹ gefallen. Das verriet Klasse.«
Es wurde grün, und sie fuhren weiter.
»Und du hast nicht daran gedacht, dir das Publikum anzusehen, ob da jemand war, den du erkanntest?«
»Dazu war keine Zeit.«
»Und in der Pause?«
»In der Pause habe ich rausgelinst, aber niemand entdeckt, den ich kannte.«
»Und nach der Vorstellung, was hast du da gemacht?«
»Da bin ich in meine Garderobe zurückgekehrt, hab' mich umgezogen, ein bißchen getrödelt. Dachte: hol's doch der Geier; und bin nach Hause.»
»Nach Hause – das heißt, ins *Astral Commercial Hotel* in der Nähe vom Bahnhof.«
Sie hatte es sich längst abgewöhnt, noch über irgend etwas erstaunt zu sein, was er sagte. »Ja, das *Astral Commercial and Private Hotel*«, stimmte sie zu. »In der Nähe vom Bahnhof.«

»Und die Orchideen?«
»Hab' ich mit ins Hotel genommen.«
»Aber den Hausverwalter, Mr. Lemon, hast du nicht nach einer Beschreibung des Überbringers gefragt?«
»Das habe ich erst am nächsten Tag getan. Am selben Abend nicht mehr, nein.«
»Und was für eine Antwort hast du von Lemon bekommen, als du ihn fragtest?«
»Er sagte, ein Ausländer, aber was Solides. Ich erkundigte mich, wie alt etwa; er feixte und sagte, genau passend. Ich zerbrach mir den Kopf, ob ich einen Ausländer mit dem Anfangsbuchstaben *M* kannte, aber es fiel mir keiner ein.«
»In deiner ganzen privaten Menagerie kein einziger Ausländer mit dem Anfangsbuchstaben *M*? Da enttäuschst du mich aber.«
»Kein einziger.«
Beide lächelten flüchtig, sahen sich dabei aber nicht an.
»So, Charlie, damit kommen wir zum zweiten Tag; eine Samstags-Matinee mit nachfolgender Abendvorstellung, wie üblich ...«
»Und du warst da, nicht wahr, mein Lieber? Genau in der Mitte der ersten Reihe, in deinem hübschen roten Blazer, umgeben von lauter ungewaschenen Schulkindern, die dauernd husteten und aufs Klo wollten.«
Da ihr leichtfertiger Ton ihn irritierte, wandte er seine Aufmerksamkeit eine Zeitlang ganz der Straße zu, und als er seine Fragen wieder aufnahm, hatten die etwas so Ernstes, daß sich seine Augenbrauen zusammenschoben wie bei einem stirnrunzelnden Lehrer.
»Mir wäre es lieb, wenn du mir mal genau die Gefühle beschreiben würdest, die dich bewegten, Charlie. Es ist Nachmittag. Der Zuschauerraum ist wegen der kümmerlichen Vorhänge halb in Tageslicht getaucht; wir haben weniger das Gefühl, im Theater zu sitzen als in einem großen Klassenzimmer, würde ich sagen. Ich sitze in der ersten Reihe; ich sehe durchaus ausländisch aus, benehme mich irgendwie auch wie ein Ausländer und trage ausländische Kleidung; inmitten der Kinder eine außerordentlich auffällige Erscheinung. Du hast Lemons Beschreibung, und außerdem lasse ich dich keinen Moment aus den Augen. Kommt dir nicht irgendwann der Verdacht, ich könnte dir die Orchideen geschickt haben, könnte der

sonderbare Fremde sein, der mit *M* unterschreibt und behauptet, dich unendlich zu lieben?«

»Selbstverständlich habe ich das getan. Ich wußte Bescheid.«

»Wieso? Hast du bei Lemon nachgefragt?«

»Das brauchte ich gar nicht. Ich wußte es einfach. Ich sah dich ja dasitzen und mich anhimmeln, und da dachte ich: ›Hallo, *du* bist es also. Wer immer du auch sein magst.‹ Und als dann nach der Matinee der Vorhang runterging und du auf deinem Platz sitzen bliebst und auch noch die Karte für die nächste Vorstellung vorzeigtest . . .«

»Woher weißt du, daß ich das getan habe? Wer hat dir das gesagt?«

Ach *du*, du bist doch genauso einer, dachte sie und verleibte ihrer Sammlung wieder eine harterworbene Erkenntnis ein: wenn du kriegst, was du willst, bist du auf einmal ganz Mann und Mißtrauen.

»Du hast das selbst gesagt. Die Welt ist klein an einem solchen Provinztheater. Da kriegt man nicht viele Orchideen – im Schnitt alle zehn Jahre einen Strauß –, und es gibt auch nicht viele Pfeffersäcke, die sich eine Vorstellung ein zweites Mal ansehen.« Sie konnte der Versuchung nicht widerstehen, und so fragte sie ihn: »War es langweilig, Joseph? Das Stück – meine ich? Es sich zweimal hintereinander anzusehen? Oder hat es dir zwischendurch sogar gefallen?«

»Es war der eintönigste Tag meines Lebens«, erwiderte er, ohne im geringsten zu zögern. Dann veränderte sich sein unbewegtes Gesicht und verzog sich zu seinem bisher schönsten Lächeln, so daß er für einen Augenblick wirklich so aussah, als sei er durch die Gitterstäbe geschlüpft, worin auch immer er gefangen war. »Allerdings, dich fand ich schon exzellent«, sagte er.

Diesmal erhob sie keinen Einwand gegen das Adjektiv, das er gewählt hatte. »Würdest du jetzt bitte den Wagen zu Schrott fahren, Joseph? Das wird mir guttun. Hier will ich sterben.«

Und noch ehe er sie davon abhalten konnte, hatte sie seine Hand ergriffen und drückte einen heftigen Kuß auf den Daumenknöchel.

Die Straße war gerade, aber voller Schlaglöcher; auf beiden Seiten waren Hügel und Bäume mit Mondstaub von einer Zementfabrik gepudert. Sie saßen in ihrer eigenen Kapsel, und die Nähe anderer sich bewegender Dinge machte ihre Welt nur um so inniger. Wieder kam sie überall zu ihm, in ihren Gedanken und in seiner Geschichte. Sie war ein Soldatenmädchen, das lernte, Soldat zu sein.
»Bitte, sag mir: abgesehen von den Orchideen – hast du noch andere Geschenke bekommen, als du am Barrie Theatre spieltest?«
»Die Schachtel«, sagte sie und erschauerte, bevor sie auch nur so getan hatte, als müsse sie überlegen.
»Was für eine Schachtel, bitte?«
Sie hatte die Frage erwartet, und schon spielte sie ihm die Angewiderte vor, weil sie annahm, daß er das von ihr erwartete. »Das war irgendso ein schlechter Spaß. Irgendso ein Lump schickte mir eine Schachtel ins Theater. Per Eilboten und Einschreiben.«
»Wann war das?«
»Samstag. Am selben Tag, als du zur Matinee gekommen und bis zur Abendvorstellung geblieben bist.«
»Und was war in der Schachtel?«
»Nichts. Nur ein leeres Etui vom Juwelier. Einschreiben und dann leer.«
»Wie merkwürdig, sehr merkwürdig. Und die Anschrift – die Anschrift auf dem Päckchen? Hast du sie dir genauer angesehen?«
»Die war mit blauem Kugelschreiber geschrieben. In Blockbuchstaben.«
»Aber wenn es ein Einschreibepäckchen war, muß doch auch ein Absender draufgestanden haben.«
»Unleserlich. Sah aus wie Marden. Könnte aber auch Hordern gewesen sein. Irgendein Nottinghamer Hotel.«
»Wo hast du es aufgemacht?«
»In meiner Garderobe – zwischen den Auftritten.«
»Allein?«
»Ja.«
»Und was hast du dir dabei gedacht?«
»Ich dachte, jemand müßte einen Pik auf mich haben, wegen meiner politischen Ansichten. So was hatte ich ja schon öfter erlebt. Unflätige Briefe. *Nigger-lover*. Rote Pazifistensau. 'ne Stinkbombe, die

mir durchs Garderobenfenster reingeschmissen wurde. Ich dachte, sie käme von denen.«
»Hast du denn die leere Schachtel nicht in irgendeiner Weise mit den Orchideen in Verbindung gebracht?«
»Joseph, die Orchideen haben mir *gefallen*, *du* hast mir gefallen.«
Er hatte den Wagen zum Stehen gebracht. Auf irgendeinem Rastplatz mitten in einem Industriegebiet. Laster donnerten vorüber. Einen Moment dachte sie, er würde plötzlich alles auf den Kopf stellen und sich auf sie stürzen, so widersprüchlich und schwankend war die Spannung in ihr. Doch das tat er nicht. Statt dessen griff er in die Seitentasche an der Tür neben sich und reichte ihr einen dicken, eingeschriebenen Brief mit Siegellack auf der Verschlußklappe und etwas Hartem, Rechteckigem darin, so, wie sie ihn an jenem Tag erhalten hatte. Poststempel Nottingham, 25. Juni. Vorn ihr Name und die Adresse des Barrie Theatre, mit einem blauen Kugelschreiber geschrieben. Und hinten der unleserliche Krakel des Absenders, genauso wie damals.
»So, und jetzt machen wir die Fiktion daraus«, verkündete Joseph still, während sie den Umschlag umdrehte. »Auf die alte Realität stülpen wir die neue Fiktion.«
Sie war ihm zu nahe, um sich selbst zu trauen, und so würdigte sie ihn keiner Antwort.
»Der Tag ist hektisch verlaufen, wie es nun mal war. Du sitzt in der Garderobe, zwischen zwei Auftritten. Das Päckchen – noch ungeöffnet – wartet auf dich. Wieviel Zeit hast du noch, bis zu deinem Auftritt?«
»Zehn Minuten. Vielleicht auch weniger.«
»Sehr gut. Und jetzt mach das Päckchen auf.«
Sie sah ihn verstohlen an, doch er starrte unbewegt geradeaus, hinüber zum feindlichen Horizont. Sie senkte den Blick auf den Umschlag, sah Joseph nochmals an, schob einen Finger unter die Lasche und riß sie auf. Das gleiche rote Schmuckkästchen von einem Juwelier, aber schwerer. Der kleine weiße Umschlag, unverschlossen, eine schlichte weiße Karte darin. *Für Johanna, den Geist meiner Freiheit*, las sie. *Du bist phantastisch. Ich liebe Dich!* Die Handschrift unverkennbar. Doch anstelle von *M* diesmal die Unterschrift *Michel* in großen Buchstaben und die *l*-Schleife am Ende

zurückgebogen, wie um die Bedeutung des Namens zu unterstreichen. Sie nahm das Etui und spürte, wie sich sanft und aufmunternd etwas darin bewegte.

»Meine Fresse!« sagte sie witzig, doch gelang es ihr nicht, die Spannung in ihr oder in ihm zu vertreiben. »Soll ich's aufmachen? Was ist es denn?«

»Woher soll ich das wissen? Tu, was du tun würdest.«

Sie klappte den Deckel hoch. Ein schweres goldenes Armband, das mit blauen Steinen besetzt war, lag auf dem Seidenfutter.

»Himmel!« entfuhr es ihr leise. Dann ließ sie den Deckel mit einem kleinen Laut wieder zuschnappen. »Was muß ich denn tun, um *das* zu verdienen?«

»Na schön, das ist also deine erste Reaktion«, sagte Joseph augenblicklich. »Du wirfst einen Blick drauf, stößt einen Fluch aus und klappst das Etui wieder zu. Präg dir das ein! Und zwar genau. So hast du reagiert, von jetzt an, immer.«

Sie öffnete das Kästchen wieder, nahm das Armband vorsichtig heraus und wog es auf ihrer Handfläche. Freilich hatte sie keinerlei Erfahrung mit Schmuck, außer mit dem Talmi, den sie manchmal auf der Bühne trug.

»Ist es echt?« fragte sie.

»Leider hast du im Moment keine Fachleute bei dir, die dich beraten könnten. Entscheide selbst.«

»Es ist alt«, erklärte sie schließlich.

»Sehr gut, du bist zu dem Schluß gekommen, daß es alt ist.«

»Und schwer.«

»Alt und schwer. Jedenfalls nicht aus einem Knallbonbon, auch kein Kinderkram, sondern ein solides Schmuckstück. Was tust du jetzt?«

Seine Ungeduld war wie ein kleiner Keil zwischen ihnen: sie so nachdenklich und verstört, er so praktisch. Sie besah sich eingehend die Fassungen und den Goldstempel, doch auch von Goldstempeln verstand sie nichts. Sie kratzte leicht mit dem Fingernagel am Metall. Es fühlte sich ölig und weich an.

»Du hast sehr wenig Zeit, Charlie. In einer Minute und dreißig Sekunden mußt du auf der Bühne stehen. Was machst du? Läßt du es in deiner Garderobe liegen?«

»Du lieber Gott, nein.«
»Du wirst schon aufgerufen. Du mußt dich auf die Socken machen, Charlie. Du mußt zu einem Entschluß kommen.«
»Hör auf, mich zu drängeln. Ich geb es Millie, um es für mich aufzuheben. Millie ist meine Ersatzspielerin, die auch souffliert.«
Dieser Vorschlag paßte ihm gar nicht.
»Du hast aber kein Vertrauen zu ihr.«
Sie war der Verzweiflung nahe. »Ich verstecke es im Klo«, sagte sie. »Hinter dem Wasserkasten.«
»Das ist zu naheliegend.«
»Im Papierkorb. Lege etwas darüber.«
»Jemand könnte reinkommen und ihn leeren. Überleg doch!«
»Joseph, laß mich ... Ich versteck' es hinter den Malsachen! Ja, das ist richtig. Oben auf einem der Regalbretter. Da hat seit Jahren keiner mehr Staub gewischt.«
»Ausgezeichnet. Du legst es ganz hinten auf eines der Regale, und dann machst du, daß du rauskommst, um deinen Platz einzunehmen. In allerletzter Minute. Charlie, Charlie, wo hast du gesteckt? Der Vorhang geht auf. Ja?«
»*Okay*«, sagte sie und stieß eine ungeheure Menge Puste aus.
»Was für Gefühle bewegen dich? *Jetzt.* Was dieses Armband betrifft – und denjenigen, der es dir geschenkt hat.«
»Nun ja – ich bin erschrocken – stimmt's nicht?«
»Warum solltest du erschrocken sein?«
»Hm, ich kann es nicht annehmen – ich meine, das kostet – es ist wertvoll.«
»Aber du *hast* es angenommen. Du hast den Empfang durch deine Unterschrift bestätigt, und jetzt hast du es versteckt.«
»Aber bloß bis nach der Vorstellung.«
»Und dann?«
»Na ja, ich geb's zurück. Das würde ich doch tun, oder?«
Seine Anspannung ließ etwas nach, und er stieß einen Seufzer der Erleichterung aus, als ob er endlich seine These bewiesen hätte. »Und bis dahin – wie kommst du dir da vor?«
»Überwältigt. Erschüttert. Was willst du denn, wie ich mir vorkomme?«
»Er ist nur wenige Meter von dir entfernt, Charlie. Er hält die

Augen leidenschaftlich auf dich gerichtet. Jetzt sieht er sich die Vorstellung schon zum drittenmal an. Er hat dir Orchideen und Schmuck geschickt und dir zweimal gesagt, daß er dich liebt. Einmal normal, einmal unendlich. Er ist schön, viel schöner als ich.«
In ihrer Verwirrung übersah sie vorläufig, wie er von Mal zu Mal mit größerer Intensität ihren Freier beschrieb.
»Dann spiele ich eben, was das Zeug hält, und gebe mein Bestes«, sagte sie und kam sich dabei ebenso gefangen wie töricht vor. »Aber das bedeutet noch lange nicht, daß er Satz und Partie gewonnen hätte«, fauchte sie.

Vorsichtig, als wolle er sie nicht stören, ließ Joseph den Motor wieder an. Die Helligkeit war geschwunden, der Verkehr hatte sich gelichtet und setzte sich nur noch aus gelegentlichen Nachzüglern zusammen. Sie fuhren am Rand des Golfs von Korinth entlang. Eine Reihe von schäbigen Tankern strebte – wie vom Nachglühen der untergegangenen Sonne magnetisch angezogen – in westlicher Richtung. Über ihnen kam dunkel im Zwielicht eine Bergkette zum Vorschein. Die Straße gabelte sich, sie begannen die lange, sich Haarnadelkurve um Haarnadelkurve hinziehende Fahrt hinauf in den immer leerer werdenden Himmel.
»Weißt du noch, wie ich für dich geklatscht habe?« fragte Joseph. »Weißt du noch, wie ich dagestanden und einen Vorhang nach dem anderen für dich applaudiert habe?«
»Ja, Joseph, ich erinnere mich.« Aber sie traute sich nicht, es laut zu sagen.
»Nun denn – dann erinnere dich jetzt auch an das Armband.«
Sie tat es. Ein Akt der Phantasie, nur für ihn – eine Gegengabe für ihren unbekannten schönen Wohltäter. Der Epilog war gesprochen, sie trat immer wieder vor den Vorhang, doch sobald sie nicht mehr anwesend sein mußte, eilte sie in ihre Garderobe, holte das Armband aus dem Versteck, schminkte sich in Rekordzeit ab und schlüpfte in ihre normale Kleidung, um so schnell wie möglich zu ihm zu kommen.
Doch nachdem sie sich bislang stillschweigend mit Josephs Version des Geschehens einverstanden erklärt hatte, zuckte Charlie jetzt

zurück als ihr verspätet plötzlich einfiel, was sich gehörte. »Moment mal – bleib dran – warte doch – wieso kommt *er* eigentlich nicht zu *mir*? Er macht doch den ganzen Trubel. Warum bleibe ich nicht einfach in meiner Garderobe sitzen und warte darauf, daß er aufkreuzt, statt hier draußen im Gebüsch rumzulaufen und ihn zu suchen?«

»Vielleicht hat er nicht den Mut dazu. Du flößt ihm zuviel Hochachtung, zuviel Ehrfurcht ein – warum nicht? Du hast ihn schließlich umgehauen.«

»Trotzdem – warum bleibe ich nicht sitzen und *warte ab*? Jedenfalls eine Zeitlang?«

»Charlie, was hast du vor? Könntest du mir bitte sagen, *was* du in Gedanken zu ihm sagst?«

»Ich sage: ›Nimm das zurück – ich kann es nicht annehmen‹«, erwiderte sie tugendhaft.

»Na schön. Dann riskierst du aber ernstlich, daß er auf Nimmerwiedersehen in der Nacht verschwindet – und du sitzt mit seinem wertvollen Geschenk da, das du in aller Aufrichtigkeit nicht annehmen möchtest.«

Widerwillig erklärte sie sich bereit loszugehen und ihn zu suchen.

»Aber wie – wo willst du ihn finden? Wo suchst du zuerst?« wollte Joseph wissen.

Die Straße war leer, doch er fuhr gemächlich, um zu gewährleisten, daß die Gegenwart sich so wenig wie möglich in die Rekonstruktion der Vergangenheit einmischte.

»Ich würde hintenrum laufen«, sagte sie, ehe sie es sich richtig überlegt hatte. »Durch den Hintereingang, auf die Straße, um die Ecke vom Theater und auf das Foyer zu. Ich erwische ihn auf dem Fußweg, gerade, wie er herauskommt.«

»Warum nicht durch das Theater?«

»Weil ich mich dort durch die Menschenmassen kämpfen müßte, deshalb. Bis ich endlich zu ihm durchgedrungen wäre, wäre er längst fort.«

Er dachte darüber nach. »Dann brauchst du deinen Regenmantel«, sagte er.

Wieder hatte er recht. Sie hatte vergessen, wie es an diesem Abend in Nottingham gegossen hatte, ein Wolkenbruch nach dem anderen, die ganze Vorstellung über. Sie begann noch einmal von vorn. Nachdem sie sich wie der Blitz umgezogen hatte, schlüpfte sie in ihren neuen Regenmantel – den langen französischen, aus dem Ausverkauf von Liberty – verknotete den Gürtel, schoß in den strömenden Regen hinaus, die Straße hinunter, um die Ecke herum auf den Haupteingang des Theaters zu ...

»Nur um festzustellen, daß die Hälfte der Zuschauer sich unter dem Vordach drängt und darauf wartet, daß der Regen nachläßt«, unterbrach Joseph. »Warum lachst du?«

»Weil ich auch noch mein gelbes seidenes Kopftuch umbinden muß. Du erinnerst dich doch – das von Jaeger, das ich durch den Werbespot im Fernsehen bekommen habe.«

»Wir halten also außerdem fest, daß du selbst in der Eile, ihn loszuwerden, nicht dein gelbes Kopftuch vergißt. Also schön. In Regenmantel und gelbem Seidenkopftuch sprintet Charlie auf der Suche nach ihrem feurigen Liebhaber durch den Regen. Sie erreicht das überfüllte Foyer – vielleicht ruft sie: ›Michel! Michel!‹ Ja? Wunderschön. Nur ruft sie vergeblich. Michel ist nicht da. Was tust du jetzt?«

»Stammt der Text von *dir*, Joseph?«

»Ist doch egal.«

»Kehre ich in meine Garderobe zurück?«

»Kommst du denn gar nicht auf die Idee, im Zuschauerraum nachzusehen?«

»Aber natürlich, verdammt – ja, natürlich.«

»Welchen Eingang benutzt du?«

»Den Eingang vom Parkett. Da hast du schließlich gesessen.«

»Wo Michel gesessen hat. Du betrittst den Zuschauerraum also durch den Eingang zum Parkett, versetzt der Querstange der Tür einen Stoß. Hurra, sie gibt nach. Mr. Lemon hat noch nicht abgeschlossen. Du betrittst den leeren Zuschauerraum, schreitest langsam den Gang hinab.«

»Und da ist er«, sagte sie leise. »Himmel, ist das kitschig!«

»Aber es haut hin.«

»O ja, *hinhauen* tut es schon.«

»Denn er ist da, sitzt immer noch auf demselben Platz, erste Reihe Mitte. Und starrt auf den Vorhang, als ob er ihn dadurch bewegen könnte, nochmals aufzugehen und ihm den Blick auf die Erscheinung seiner Johanna freizugeben, den Geist seiner Freiheit, die Frau, die er unendlich liebt.«

»Ich finde das *schrecklich*«, brummte Charlie, doch er ging nicht darauf ein.

»Sitzt auf demselben Platz, auf dem er nun schon seit sieben Stunden gesessen hat.«

Ich möchte nach Hause, dachte sie. Lange schlafen, ganz allein, im *Astral Commercial and Private*. Wie vielen Schicksalen kann ein Mädchen an einem einzigen Tag begegnen? Denn sie konnte nicht mehr länger jenen Unterton von Selbstsicherheit und wachsender Zudringlichkeit überhören, den er hatte, wenn er ihren neuen Verehrer beschrieb.

»Du zauderst, dann rufst du seinen Namen. ›Michel!‹ Einen anderen Namen kennst du ja nicht. Er dreht sich um und sieht dich an, aber er steht nicht auf. Weder lächelt er, noch begrüßt er dich oder entfaltet auf irgendeine Weise seinen umwerfenden Charme.«

»Was tut er dann, der Lump?«

»Nichts. Er starrt dich mit seinen tiefen leidenschaftlichen Augen an, fordert dich heraus zu sprechen. Vielleicht hältst du ihn für arrogant, vielleicht auch für romantisch, aber er hat nichts Gewöhnliches, ist auf keinen Fall schüchtern oder bringt irgendwelche Entschuldigungen vor. Er ist gekommen, weil er Anspruch auf dich erhebt. Er ist jung, kosmopolitisch, gut angezogen. Ein Mann, mit Geld, der viel unterwegs ist, jemand, der keinerlei Verlegenheit kennt. Schön.« Er ging zur ersten Person über. »Du kommst den Mittelgang herunter auf mich zu, merkst schon, daß die Szene sich nicht so entwickelt, wie du erwartet hast. Anscheinend hast du die Erklärungen abzugeben, nicht ich. Du holst das Armband aus der Tasche. Du reichst es mir. Ich mache keine Bewegung. Steht dir gut, wie der Regen von dir runtertropft.«

Die gewundene Straße führte sie hügelan. Seine gebieterische Stimme in Verbindung mit dem elektrisierenden Rhythmus der ständig aufeinander folgenden Kurven trieb sie weiter und immer weiter ins Labyrinth seiner Geschichte hinein.

»Du sagst etwas. Was sagst du?« Da von ihr nichts kam, antwortete er an ihrer Stelle. »›Ich kenne dich nicht. Danke, Michel, ich fühle mich geehrt. Aber ich kenne dich nicht und kann dieses Geschenk unmöglich annehmen.‹ Würdest du das sagen; Ja, das würdest du wohl. Nur vielleicht besser.«

Sie hörte ihn kaum. Sie stand im Zuschauerraum vor ihm, hielt ihm das Etui hin, blickte ihm in die dunklen Augen. Und meine neuen Stiefel, dachte sie; die langen braunen, die ich mir zu Weihnachten gekauft habe. Vom Regen ruiniert, aber was soll's?

Joseph spann sein Märchen weiter aus. »Ich sage immer noch kein Wort. Deine Bühnenerfahrung sagt dir, daß nichts besser geeignet ist, eine Beziehung herzustellen, als Schweigen. Wenn der unselige Kerl nicht den Mund aufmacht, was sollst du tun? Dir bleibt gar nichts anderes übrig, als deinerseits wieder das Wort zu ergreifen. Erzähl mir, was du diesmal zu mir sagst.«

Eine gewöhnliche Schüchternheit lag im Widerstreit mit ihrer sich regenden Phantasie. »Ich frage ihn, wer er ist.«

»Ich heiße Michel.«

»Das weiß ich ja schon. Michel *und*?«

»Keine Antwort.«

»Ich frage dich, was du in Nottingham machst.«

»Mich in dich verlieben. Weiter.«

»Himmel, Joseph . . .«

»Weiter!«

»Das kann er doch nicht zu mir sagen!«

»Dann sag ihm das.«

»Ich dringe in ihn. Flehe ihn an.«

»Dann laß hören, wie du das machst – er wartet auf dich, Charlie! Sprich mit ihm.«

»Ich würde sagen . . .«

»Ja?«

»›Hör zu Michel . . . das ist zwar sehr nett von dir . . . und ich fühle mich auch geehrt. Aber tut mir leid – es ist einfach zuviel.‹«

Er war enttäuscht. »Aber Charlie, das mußt du schon besser machen«, hielt er ihr streng vor. »Er ist Araber – auch, wenn du das bis jetzt noch nicht weißt, du ahnst es doch –, und du weist sein Geschenk zurück. Da mußt du dich schon ein bißchen mehr anstrengen.«

»›Es wäre dir gegenüber nicht fair, Michel. Es kommt öfter vor, daß

Menschen sich wegen Schauspielerinnen – oder Schauspielern – in was hineinsteigern. So was kommt alle Tage vor. Aber das ist doch noch kein Grund, sich zu ruinieren . . . nur für eine . . . Illusion‹«
»Gut. Weiter!«
Es ging ihr jetzt leichter von den Lippen. Sie haßte, daß er sie einschüchterte und tyrannisierte, so wie sie das bei jedem Regisseur haßte; allerdings, die Wirkung war nicht zu leugnen.
»›Bei der Schauspielerei geht es doch um nichts anderes, Michel. Illusionen. Die Zuschauer sitzen unten und möchten sich verzaubern lassen. Und wir Schauspieler stehen oben und möchten euch verzaubern. Diesmal ist es gelungen. Aber deshalb kann ich dies noch lange nicht annehmen. Es ist wunderschön.‹« Sie meinte das Armband. »›Viel zu schön. Ich kann überhaupt nichts annehmen. Wir haben euch genarrt. Weiter ist doch nichts geschehen. Theater ist ein großer Schwindel, Michel. Verstehst du, was das bedeutet? Schwindel? Es wird dir was vorgemacht.‹«
»Ich sage immer noch nichts.«
»Dann bring ihn eben dazu.«
»Warum? Geht dir jetzt schon die Überzeugungskraft aus? Fühlst du dich denn nicht für mich verantwortlich? Ein junger Mann – ein so hübscher Kerl –, der Geld für Orchideen und teuren Schmuck rauswirft?«
»Selbstverständlich tu' ich das. Das habe ich dir doch schon gesagt.«
»Dann bewahre mich davor.« Er war ungeduldig, ließ sich nicht davon abbringen. »Rette mich vor meiner Verblendung.«
»Das versuche ich ja!«
»Dieses Armband hat mich viele hundert Pfund gekostet – sogar du kannst dir das denken. Vielleicht sogar Tausende. Vielleicht habe ich es auch für dich gestohlen. Jemand dafür umgebracht. Mein Erbe verpfändet. Alles für dich. Ich bin wie berauscht, Charlie! Erbarm dich! Üb deine Macht aus.«
Im Geiste hatte Charlie sich auf den Platz neben Michel gesetzt. Die Hände im Schoß gefaltet, lehnte sie sich vor, um ihm ernst ins Gewissen zu reden. Sie war wie eine Krankenschwester zu ihm, wie eine Mutter. Eine Freundin.
»Ich erkläre ihm, daß er enttäuscht wäre, wenn er mich in Wirklichkeit kennen würde.«

»Die genauen Worte, bitte.«
Sie holte tief Atem und wagte den Sprung: »›Schau, Michel, ich bin ein ganz gewöhnliches Mädchen. Ich hab' zerrissene Schlüpfer an, und mein Bankkonto ist überzogen, vor allem aber bin ich keine Jeanne d'Arc, glaub mir. Ich bin weder Jungfrau noch Soldat, und der liebe Gott und ich haben kein Wort mehr miteinander gewechselt, seit sie mich aus der Schule geworfen haben, weil‹ – das werde ich jetzt nicht sagen – ›ich Charlie bin, ein nichtswürdiges kleines europäisches Luder.‹«
»Ausgezeichnet. Weiter!«
»›Michel, du mußt dir das aus dem Kopf schlagen. Ich meine, ich tu', was ich kann, um dir dabei zu helfen, einverstanden? Also, nimm dies hier zurück, behalt dein Geld und deine Illusionen – und vielen Dank. Ehrlich, vielen, vielen Dank. Aus und Abgang.‹«
»Aber du *willst* doch gar nicht, daß er seine Illusionen behält«, wandte Joseph trocken ein. »Oder doch?«
»Schön, soll er seine Scheiß-Illusionen aufgeben!«
»Und wie geht es nun zu Ende?«
»So wie eben. Ich hab' das Armband auf den Sitz neben ihm gelegt und bin raus. Vielen Dank, Welt, und Wiedersehn! Wenn ich mich beeile, erwische ich vielleicht noch den Bus und komme gerade noch rechtzeitig zum Gummi-Huhn im *Astral*.«
Joseph war erschrocken. Sein Gesichtsausdruck verriet das, und seine Linke ließ in einer unbezahlbaren, wenn auch knappen, flehentlichen Geste das Lenkrad los.
»Aber Charlie, wie kannst du nur? Bist du dir denn nicht darüber im klaren, daß du mich vielleicht dazu bringst, Selbstmord zu begehen? Oder die ganze Nacht durch die verregneten Nottinghamer Straßen zu irren? Allein? Während du neben meinen Orchideen und meinem Briefchen in der Wärme deines eleganten Hotels liegst?«
»Elegant! Himmel, selbst die Scheiß-Flöhe sind klamm.«
»Hast du denn überhaupt kein Verantwortungsbewußtsein? Ausgerechnet du, die du immer für underdogs eintrittst –, zeigst keine Verantwortung einem Mann gegenüber, den du mit deiner Schönheit, deiner Begabung und deiner revolutionären Leidenschaft becircst hast?«

Sie versuchte, ihn zu zügeln, doch er gab ihr keine Gelegenheit dazu.

»Du hast kein Herz, Charlie. Andere könnten in diesem Augenblick eine Art von raffiniertem Verführer in Michel sehen. Du nicht. Du glaubst an den Menschen. Und genau das tust du auch heute abend bei Michel. Ohne, daß du an dich selbst denkst, hat er es dir aufrichtig angetan.«

Am Horizont vor ihnen war bei ihrer Fahrt hinauf ein kleines Dorf auf einer Anhöhe zu erkennen. Sie sah die Glühlampen einer Taverne neben der Straße baumeln.

»Aber egal, was du auch in diesem Augenblick sagst, ist bedeutungslos, weil Michel sich endlich einen Ruck gibt und dich anspricht«, nahm Joseph mit einem raschen, abschätzenden Seitenblick den Faden wieder auf. »Alles andere als schüchtern oder gehemmt, spricht er dich mit seiner weichen und reizvollen ausländischen Aussprache – halb französisch, halb etwas anderes – an. Er will sich nicht mit dir streiten, sagt er, du bist alles, was er sich je erträumt hat, er möchte dein Geliebter werden, möglichst noch heute nacht, und er nennt dich Johanna, obwohl du ihm sagst, daß du Charlie bist. Wenn du mit ihm essen gingst und wenn du ihn nach dem Essen immer noch nicht wolltest, werde er es sich überlegen, ob er das Armband zurücknehme. Nein, sagst du, er müsse es jetzt gleich zurücknehmen; du hättest schon einen Liebhaber, und außerdem, sei doch nicht lächerlich – wo will man denn in Nottingham an einem völlig verregneten Samstag abend um halb elf noch was zu essen bekommen? . . . Das würdest du doch sagen, oder? Es stimmt schließlich, oder?«

»Nottingham ist das letzte Kaff«, räumte sie ein, weigerte sich jedoch, ihn anzusehen.

»Und ein richtiges Abendessen – du würdest noch ausdrücklich sagen, daß sei ein unmöglicher Traum?«

»Entweder chinesisch oder *fish and chips*.«

»Trotzdem hast du ihm ein gefährliches Zugeständnis gemacht.«

»Wieso?« wollte sie wissen. Sie war gekränkt.

»Du hast einen praktischen Einwand erhoben. ›Wir können nicht zusammen zu Abend essen, weil es kein Restaurant gibt.‹ Da könntest du genausogut sagen, ihr könntet nicht miteinander schlafen, weil du kein Bett hast. Michel spürt das. Er fegt dein Zögern beiseite. Er kennt ein Lokal, hat schon alles arrangiert. Also. Wir können essen. Warum nicht?«

Er war von der Straße abgebogen und hatte den Wagen vor der Taverne auf einem Parkplatz zum Stehen gebracht. Wie benommen von seinem bewußten Sprung aus der erdichteten Vergangenheit in die Gegenwart, widersinnigerweise freudig davon bewegt, daß er ihr so zugesetzt hatte, und darüber erleichtert, daß Michel sie schließlich doch nicht hatte gehenlassen, blieb Charlie sitzen. Und Joseph auch. Sie wandte sich zu ihm, und durch das bunte Märchenlicht, das von draußen hereinfiel, konnte sie erkennen, worauf sein Blick gerichtet war. Er ruhte auf ihren Händen, die sie immer noch übereinandergelegt im Schoß liegen hatte, die Rechte oben. Soweit sie es in der Märchenbeleuchtung erkennen konnte, war sein Gesicht unbewegt und ohne jeden Ausdruck. Er streckte die Hand aus, packte blitzschnell und mit geradezu chirurgenhafter Sicherheit ihr rechtes Handgelenk, hob es in die Höhe, enthüllte das Gelenk darunter und das goldene Armband, das im Dunkeln daran blinkte.

»Nun, nun, ich muß dir gratulieren«, meinte er ungerührt. »Ihr Engländerinnen verliert keine Zeit.«

Zornig entriß sie ihm die Hand. »Was hast du denn?« versetzte sie bissig. »Wir sind wohl eifersüchtig, was?«

Aber sie konnte ihn nicht treffen. Er hatte so ein Gesicht, auf dem man keine Spuren hinterlassen konnte. »Wer bist du?« fragte sie hoffnungslos, als sie ihm hineinfolgte. Ihm? Oder dir? Oder niemandem?

Kapitel 9

Doch sosehr Charlie auch das Gegenteil hätte annehmen können, sie war an diesem Abend nicht der einzige Mittelpunkt von Kurtz' Universum; auch nicht von Josephs und schon gar nicht von Michels. Schon eine ganze Zeitlang bevor Charlie und ihr vermeintlicher Liebhaber der Athener Villa endgültig ade gesagt hatten – während sie, in der Fiktion, einander in den Armen liegend ihre Raserei ausschliefen –, saßen Kurtz und Litvak keusch in verschiedenen Reihen einer nach München fliegenden Lufthansamaschine und reisten unter dem Schutz verschiedener Länder: für Kurtz war das Frankreich und für Litvak Kanada. Nach der Landung begab sich Kurtz augenblicklich ins Olympische Dorf, wo die sogenannten argentinischen Fotografen ihn sehnlichst erwarteten, und Litvak in das Hotel Bayerischer Hof, wo er von einem ihm nur unter dem Namen Jacob bekannten Sprengstoff-Experten begrüßt wurde, einem stöhnenden, in höheren Regionen schwebenden Burschen in fleckiger Wildlederjacke, der in einem selbstschließenden Plastikaktenordner einen Stapel Meßblätter in großem Maßstab bei sich trug. Als Landvermesser getarnt hatte Jacob die letzten drei Tage damit verbracht, entlang der Autobahn München-Salzburg umfangreiche Messungen vorzunehmen. Sein Auftrag war, die mögliche Wirkung einer sehr großen Sprengladung abzuschätzen, wenn sie in den frühen Morgenstunden eines Wochentages am Straßenrand explodierte – und das bei den unterschiedlichsten Witterungs- und Verkehrsverhältnissen. Die beiden Männer besprachen in der Hotelhalle bei mehreren Kännchen von ausgezeichnetem Kaffee Jacobs behutsame Vorschläge und fuhren dann zum nicht geringen Ärger der Schnellerfahrenden in einem Leihwagen langsam die gesamte hundert Kilometer lange Strecke ab und hielten fast überall, wo sie durften, und ein paarmal auch dort, wo sie nicht durften.

Von Salzburg aus reiste Litvak allein nach Wien weiter, wo eine neue Einsatzgruppe mit neuen Fahrzeugen und neuen Gesichtern ihn erwartete. In einem abhörsicheren Besprechungszimmer der israelischen Botschaft wies Litvak sie in ihre Aufgabe ein, und nachdem er noch andere, weniger wichtige Angelegenheiten erledigt hatte, wozu auch die Lektüre der letzten Bulletins aus München gehörte, führte er sie in einer ziemlich schäbigen Wagenkolonne als Touristen in ein bestimmtes Gebiet nahe der jugoslawischen Grenze, wo sie mit der Unbekümmertheit von Sommerausflüglern sämtliche Parkplätze, Bahnhöfe und malerischen Marktplätze abklapperten, ehe sie sich in der Umgebung von Villach über verschiedene kleine Pensionen verteilten. Nachdem er sein Netz so ausgelegt hatte, eilte er zurück nach München, um dort eingehend über die wichtige Präparierung des Köders nachzudenken.

Die Vernehmung Yanukas ging bereits in den vierten Tag, als Kurtz eintraf, um die Zügel in die Hand zu nehmen, und war bis dahin mit entnervender Reibungslosigkeit vonstatten gegangen.

»Ihr habt allerhöchstens sechs Tage Zeit für ihn«, hatte Kurtz seinen beiden Verhörspezialisten in Jerusalem eingeschärft. »Nach sechs Tagen werden eure Irrtümer nicht mehr zu korrigieren sein – und seine auch nicht.«

Es war eine Aufgabe ganz nach Kurtz' Geschmack. Hätte er an drei Orten zugleich sein können statt nur an zweien, er hätte sie sich selbst vorbehalten, doch das ging nun einmal nicht, und so wählte er zwei schwergewichtige Spezialisten der sanften Tour, die berühmt waren für ihre verhaltene schauspielerische Begabung sowie für die Art bekümmerten Wohlwollens, das sie gemeinsam ausstrahlten. Sie waren weder miteinander verwandt, noch waren sie – soweit man wußte – ein Liebespaar, doch sie arbeiteten schon seit so langer Zeit zusammen, daß ihre vertrauenerweckenden Züge einem das Gefühl gaben, einer Doppelwirkung ausgesetzt zu sein, und als Kurtz sie zum erstenmal in das Haus in der Disraeli Street bestellt hatte, lagen ihre vier Hände wie die Pfoten von zwei großen Hunden auf der Tischkante. Zuerst war er barsch mit ihnen umgesprungen, denn er beneidete sie und war ohnehin geneigt, jedes Delegieren als eine Schlappe anzusehen. Um was es ging, hatte er ihnen nur in den dürrsten Worten umrissen, ihnen dann jedoch den Auftrag gegeben, sich mit Yanukas Akte vertraut zu machen und sich nicht eher wieder bei ihm zu melden, als bis sie sie durch und durch kannten. Als sie für seinen Geschmack zu schnell wiedergekommen waren, hatte er sie selbst wie bei einem Verhör in die Mangel genommen und sie bissig nach Yanukas Kindheit, seinem Lebensstil, seinen Verhaltensweisen und überhaupt allem ausgequetscht, womit er meinte, sie in die Bredouille bringen zu können. Aber sie hatten alle Antworten auswendig gekonnt, und so hatte er widerstrebend seinen aus Miß Bach, dem Schriftsteller Leon und dem alten Schwili bestehenden ›Bildungs-Kreis‹ zusammengerufen; diese drei hatten in den vergangenen Wochen ihre ausgefallenen Talente zusammengetan und sich zu einer wunderbar aufeinander abgestimmten und Hand in Hand arbeitenden Einsatzgruppe entwikkelt. Die Instruktionen, die Kurtz ihnen bei dieser Gelegenheit erteilte, stellten einen klassischen Fall von Unklarheit dar.

»Miß Bach hier hat die Aufsicht. Sie hält sämtliche Fäden in der Hand«, hatte er begonnen, als er die drei mit den beiden Neuen bekannt machte. Trotz fünfunddreißigjähriger Übung war sein Hebräisch immer noch grauenhaft. »Miß Bach prüft das Rohmaterial, das ihr zugeleitet wird. Sie verfaßt die Bulletins, die an die Außenstellen gehen. Sie liefert Leon hier seine Richtlinien, überprüft, was er aufsetzt, und stellt sicher, daß seine Texte in den Gesamtplan für die Korrespondenz hineinpassen.« Wenn die beiden Verhörspezialisten zuvor ein kleines bißchen gewußt hatten, so wußten sie jetzt womöglich noch weniger. Aber sie machten den Mund nicht auf. »Sobald Miß Bach sich mit einem Schriftsatz einverstanden erklärt hat, bespricht sie ihn gemeinsam mit Leon und Mr. Schwili.« Es war hundert Jahre her, daß jemand Schwili ›Mister‹ genannt hatte. »Bei dieser Besprechung einigen sie sich auf Tinten, Schreibgerät sowie auf den emotionalen und physischen Zustand des Schreibers im Rahmen der Fiktion. Ist er oder sie niedergeschlagen? Ist er oder sie wütend? In jedem einzelnen Fall hat das Team den gesamten fiktiven Rahmen in allen seinen Aspekten auf seine Stichhaltigkeit hin abzuklopfen.« Obwohl ihr neuer Boß entschlossen schien, das, was er zu sagen hatte, nur anzudeuten, statt es klar zu sagen, hatten die Verhörspezialisten nach und nach angefangen, die Umrisse des Plans zu erkennen, an dessen Verwirklichung sie nun beteiligt sein sollten. »Vielleicht hat Miß Bach in ihren Unterlagen eine originale Handschriftprobe – Brief, Postkarte oder Tagebuch –, die als Vorlage dienen kann. Möglich aber auch, daß das nicht der Fall ist.« Kurtz' rechter Unterarm hatte ihnen mit abgehackten Bewegungen beide Möglichkeiten über den Tisch zugeschlagen. »Erst wenn dieses ganze Verfahren eingehalten worden ist, und erst dann, macht Mr. Schwili sich an die Fälschung. Er macht das wunderschön. Mr. Schwili ist nämlich nicht einfach ein Fälscher – er ist ein *Künstler*«, hatte er ihnen eingebleut – sie täten gut daran, das nicht zu vergessen. »Sobald er mit seinem Werk fertig ist, reicht Mr. Schwili es zurück an Miß Bach, und zwar zur erneuten Überprüfung, Anbringung von Fingerabdrücken, Weiterleitung oder Verwahrung. Fragen?«

Die beiden Spezialisten hatten ihr sanftmütiges Lächeln aufgesetzt und ihm versichert, sie hätten keine.

»Fangt hinten an«, knurrte Kurtz hinter ihnen her, als sie hinausmarschierten. »Zum Anfang könnt ihr immer noch zurückkehren, wenn noch Zeit ist.«

Andere Besprechungen hatten stattgefunden, um mit dem wesentlich vertrackteren Problem fertig zu werden, Yanuka in so kurzer Zeit zu bewegen, bei ihren Plänen mitzumachen. Abermals wurden Misha Gavrons geliebte Psychologen zusammengerufen, hochmütig angehört und wieder hinausgeschickt. Einem Vortrag über Halluzinogene und bewußtseinszerstörende Drogen erging es schon besser; in aller Eile wurden andere Verhörspezialisten gesucht, die damit Erfolg gehabt hatten. So bekam die Langzeit-Planung wie immer eine Atmosphäre von Improvisation in letzter Minute, wie Kurtz und alle anderen sie so liebten. Nachdem man sich über ihren Auftrag geeinigt hatte, schickte Kurtz die Verhörspezialisten frühzeitig nach München voraus, damit sie ihre Beleuchtungs- und Geräuscheffekte einbauen und ausprobieren und mit der Wachmannschaft die Rollen proben konnten, die diese zu spielen hatten. Sie kamen an und sahen mit ihren eingebeulten Blechkoffern und schlotternden Satchmo-Anzügen wie eine Zwei-Mann-Kapelle aus. Schwilis Komitee folgte ein paar Tage später und richtete sich unauffällig in der unteren Wohnung ein. Sie gaben sich als professionelle Briefmarkenhändler aus, die zu der großen Briefmarken-Auktion in die Stadt gekommen waren. Die Nachbarn fanden daran nichts Verdächtiges. Juden, sagten sie zueinander – aber wen kümmert das schon heutzutage? Die Beziehung zu den Juden war schon vor längerer Zeit ›normalisiert‹ worden. Und selbstverständlich waren sie Händler, was denn sonst?

Gesellschaft leisteten ihnen, abgesehen von Miß Bachs tragbarem Kleincomputer-Terminal, Bandgeräte, Kopfhörer, Kisten mit Konserven und ein schmächtiger Junge, ›Samuel, der Pianist‹ genannt, um den kleinen Fernschreiber zu bedienen, der an Kurtz' eigenen Befehlsstand angeschlossen war. Samuel trug in einer Spezialtasche seiner kapokgefütterten Steppweste einen sehr großen Colt-Revolver; wenn er am Fernschreiber saß, hörten sie, wie die Waffe gegen das Gestell schlug, doch legte er sie nie ab. Er war ein genauso stilles Wasser wie David aus der Villa in Athen; ihrem Verhalten nach hätte man meinen können, sie seien Zwillingsbrüder.

Die Aufteilung der Räume fiel in Miß Bachs Verantwortungsbereich. Leon wies ihr der Ruhe wegen das Kinderzimmer zu. An dessen Wänden ästen samtäugige Rehe riesige Gänseblümchen. Samuel bekam die Küche wegen ihres natürlichen Zugangs zum Hinterhof, wo er seine Antenne aufzog, an der er Babysöckchen aufhängte. Als Schwili jedoch zum erstenmal das für ihn reservierte Schlafzimmer zu sehen bekam, stieß er einen spontanen Klagelaut aus.

»Meine Beleuchtung! Lieber Gott, sieh dir meine Beleuchtung an! Bei einer solchen Beleuchtung könnte man ja nicht mal einen Brief an die eigene Großmutter fälschen!«

Mit Leons Hilfe, der in seinem nervösen Schöpferdrang vor diesem unerwarteten Ansturm fast in die Knie ging, erfaßte Miß Bach das Problem sofort: Schwili brauchte mehr Tageslicht für seine Arbeit, aber – nach der langen Kerkerhaft – auch für seine Seele. Im Handumdrehen hatte sie nach oben telefoniert, die Argentinier kamen, Möbel wurden unter ihren Anweisungen wie Bauklötze hin und her geschoben, und Schwilis Arbeitstisch am großen Wohnzimmerfenster wieder aufgestellt, von wo aus er einen Blick auf grüne Blätter und blauen Himmel hatte. Miß Bach persönlich hängte noch extradicke Netzgardinen auf, damit er sich auch ganz ungestört fühlen konnte, und befahl Leon, eine Verlängerungsschnur für seine hypermoderne italienische Lampe zurechtzumachen. Dann ließen sie ihn auf ein stummes Kopfnicken von Miß Bach hin leise allein, doch Leon beobachtete ihn heimlich von der Tür aus.

Im schwindenden Tageslicht dasitzend, legte Schwili seine kostbaren Tinten und Federn und verschiedenen Arten von Briefpapier zurecht, als hätte er morgen sein großes Examen. Dann nahm er die Manschettenknöpfe ab und rieb sich bedächtig die Hände, um sie zu wärmen; dabei war es selbst für einen alten Gefangenen warm genug. Dann nahm er den Hut ab. Dann zog er hintereinander an jedem Finger und lockerte unter einer Salve von kleinen schmatzenden Lauten die Gelenke. Dann schickte er sich an zu warten, so wie er sein ganzes Erwachsenenleben hindurch immer gewartet hatte.

Der Star, für dessen Empfang sie alles vorbereitet hatten, wurde pünktlich am selben Abend von Zypern kommend nach München eingeflogen. Keine blitzenden Kameras feierten seine Ankunft, denn schließlich handelte es ja sich um einen Kranken auf einer Tragbahre, um den sich ein Krankenpfleger und ein Privatarzt kümmerten. Der Arzt war echt, sein Paß allerdings nicht; und was Yanuka betrifft, so handelte es sich um einen britischen Geschäftsmann aus Nicosia, der in aller Eile nach München gebracht wurde, wo er sich einer Operation am offenen Herzen unterziehen sollte. Das ging aus einem ganzen Stapel eindrucksvoller medizinischer Unterlagen hervor, die jedoch die deutschen Flughafenbeamten kaum interessierten. Ein unbehaglicher Blick auf das leblose Gesicht des Patienten sagte ihnen alles, was sie wissen mußten. Ein Krankenwagen fuhr Patienten, Arzt und Krankenpfleger in Richtung Krankenhaus rechts der Isar, bog dann jedoch ab und rollte, als sei das Schlimmste eingetroffen, in den bedeckten Hof eines freundlichen Beerdigungsunternehmers. Im Olympischen Dorf konnte man später sehen, wie die beiden argentinischen Fotografen und ihre Freunde einen Wäschekorb aus Weidengeflecht mit der Aufschrift: ›Vorsicht – Glas!‹ von dem ziemlich verbeulten Kleinbus zum Lastenaufzug schleppten; kein Zweifel, sagten die Nachbarn; jetzt fügen sie ihrer ohnehin schon übertrieben großen Ausrüstung noch eine weitere Extravaganz hinzu. Witzelnd erging man sich in Mutmaßungen darüber, ob die Briefmarkenhändler unten sich wohl über ihren Musikgeschmack beschweren würden: Juden mäkelten schließlich an allem herum. Oben packten sie inzwischen ihre Beute aus und stellten mit Hilfe des Arztes fest, daß unterwegs nichts kaputtgegangen war. Minuten später hatten sie ihn sorgfältig auf den Boden der gepolsterten Mönchszelle gelegt, wo er vermutlich binnen einer halben Stunde zu sich kommen würde, wenn auch nicht ausgeschlossen werden konnte, daß die lichtundurchlässige Kapuze, die sie ihm über den Kopf gezogen hatten, den Prozeß des Aufwachens verzögerte. Bald danach verabschiedete sich der Arzt. Er war ein gewissenhafter Mann und hatte sich – um Yanukas Zukunft besorgt – von Kurtz die Zusicherung geholt, daß er seine ärztlichen Prinzipien nicht verletzen müsse.

Und in der Tat, es waren noch keine vierzig Minuten vergangen, da sah man, wie Yanuka an seinen Ketten riß, erst mit den Handgelenken, dann mit den Knien und schließlich mit allen vieren zusammen wie eine Schmetterlingspuppe, die versucht, ihre Hülle zu sprengen, bis er offensichtlich erkannte, daß man ihn mit dem Gesicht nach unten verschnürt hatte; denn er hielt inne, schien eine Bestandsaufnahme vorzunehmen und ließ dann versuchsweise ein Stöhnen vernehmen. Doch dann brach ohne jede weitere Vorwarnung die Hölle los, als Yanuka einen angstvollen, schluchzenden Schrei nach dem anderen ausstieß, zuckte, sich aufbäumte und sich ganz allgemein mit einer Kraft hin und her warf, die sie doppelt dankbar für seine Ketten machte. Nachdem sie sich diese Vorführung eine Zeitlang angesehen hatten, zogen die Verhörspezialisten sich zurück und überließen den Wachen das Feld, bis der Sturm sich von selbst legte. Wahrscheinlich hatte man Yanuka den Kopf mit haarsträubenden Geschichten über die Brutalität der israelischen Methoden vollgestopft. Vermutlich wollte er in seiner abgrundtiefen Verwirrung sogar, daß sie ihrem Ruf Ehre machten und alle Schrecken für ihn wahr würden. Doch die Wächter weigerten sich, ihm diesen Gefallen zu tun. Sie hatten Auftrag, die mürrischen Kerkermeister zu spielen, Distanz zu wahren und ihm keine Verletzungen zuzufügen; daran hielten sie sich buchstabengetreu, auch wenn es ihnen schwerfiel – besonders Oded, ihrem Benjamin. Seit dem Augenblick von Yanukas schmachvoller Ankunft hatten Odeds junge Augen sich vor Haß verdunkelt. Jeder Tag, der verging, ließ ihn kranker und grauer aussehen, und am sechsten hatten seine Schultern sich allein von der Spannung, Yanuka lebendig unter ihrem Dach zu haben, versteift.

Schließlich schien Yanuka wieder in Schlaf zu versinken, und die beiden Verhörspezialisten kamen zu dem Schluß, daß es jetzt an der Zeit sei anzufangen; folglich spielten sie Bänder mit den Geräuschen von morgendlichem Verkehr ab, knipsten viel helles Licht an, brachten ihm – dabei war es noch nicht einmal Mitternacht – gemeinsam Frühstück und befahlen den Wärtern laut, ihn loszubinden und ihn wie ein menschliches Wesen essen zu lassen und nicht wie einen Hund. Sie selbst nahmen ihm dann fürsorglich die Kapuze ab, denn sie wollten, daß er als erstes ihre freundlichen, nichtjüdischen Gesichter sah, die ihn väterlich-besorgt anblickten.

»Daß ihr ihm diese Dinge nie wieder anlegt«, sagte einer von ihnen ruhig auf englisch zu den Wärtern und warf Kapuze und Ketten unter wütendem Ächzen symbolisch in eine Ecke.

Die Wächter zogen sich zurück – besonders Oded übertrieben widerwillig –, und Yanuka ließ sich dazu herbei, etwas Kaffee zu trinken, während seine beiden neuen Freunde ihm zuschauten. Sie wußten, daß er einen furchtbaren Durst hatte, denn ehe der Arzt gegangen war, hatten sie ihn gebeten, diesen Durst hervorzurufen; infolgedessen mußte ihm der Kaffee wunderbar schmecken, was immer sonst sie noch hineingemischt haben mochten. Sie wußten auch, daß sein Bewußtsein sich in einem Zustand traumartiger Zersplitterung befand und damit in bestimmten wichtigen Bereichen wehrlos war – zum Beispiel dann, wenn ihm Mitleid entgegengebracht wurde. Nachdem sie ihm ein paarmal solche Besuche abgestattet hatten – von denen einige nur wenige Minuten auseinandergelegen hatten –, kamen die Verhörspezialisten zu dem Schluß, daß es an der Zeit sei, den Sprung zu wagen und sich vorzustellen. Im großen und ganzen handelte es sich dabei um den ältesten Trick im Gewerbe; allerdings enthielt er originelle Variationen.

Sie seien Rot-Kreuz-Beobachter, erklärten sie ihm auf englisch. Sie seien Schweizer Staatsbürger, wohnten jedoch hier im Gefängnis. In welchem Gefängnis und wo, dürften sie ihm nicht verraten;

allerdings gaben sie eindeutige Hinweise, daß es sich um Israel handelte. Sie zeigten eindrucksvolle Gefängnis-Pässe in Plastikhüllen mit Daumenabdrücken darauf vor, mit eingenieteten Paßfotos und aufgedruckten Roten Kreuzen in Wellenlinie, wie auf Banknoten, um Fälschungen zu erschweren. Sie erklärten, ihre Aufgabe sei es, dafür zu sorgen, daß die Israelis die in der Genfer Konvention festgelegten Regeln für Kriegsgefangene einhielten – obwohl das, wie sie sagten, weiß Gott nicht so einfach sei –, und, soweit die Gefängnisvorschriften das zuließen, für Yanuka die Verbindung zur Außenwelt herzustellen. Sie setzten Himmel und Hölle in Bewegung, um ihn aus der Einzelhaft freizubekommen und in den Araber-Block zu überstellen, sagten sie, doch hätten sie erfahren, ein ›strenges Verhör‹ könne jeden Tag beginnen, und daß die Israelis ihn bis dahin in Isolationshaft lassen würden, ob ihnen das nun gefalle oder nicht. Manchmal, so erklärten sie, ließen die Israelis sich einfach von ihrer Besessenheit hinreißen und würden überhaupt nicht mehr an ihr Image denken. Das Wort ›Verhör‹ stießen sie voller Abscheu hervor, als ob sie wünschten, sie hätten ein anderes Wort dafür. In diesem Augenblick kam, wie vorgesehen, Oded zurück und tat so, als beschäftigte er sich mit den sanitären Einrichtungen. Die Verhörspezialisten hörten sofort auf zu sprechen, bis er wieder draußen war.

Als nächstes holten sie ein großes, gedrucktes Formular hervor und halfen Yanuka, es eigenhändig auszufüllen: hier der Name, alter Junge, Adresse, Geburtsdatum, die nächsten Angehörigen, ja, so sei es richtig, Beruf – nun ja, wohl Student, oder? –, Ausbildung, Religionszugehörigkeit, tut uns leid, aber das sind nun mal die Vorschriften. Yanuka leistete, trotz anfänglichen Widerstrebens, genau Folge, und dieses erste Anzeichen von Kooperationsbereitschaft wurde unten vom ›Bildungs-Kreis‹ mit stiller Genugtuung zur Kenntnis genommen – selbst wenn seine Handschrift wegen der Drogen recht kindlich ausfiel.

Als sie sich verabschiedeten, reichten die Experten Yanuka eine gedruckte Broschüre, in der auf englisch seine Rechte dargelegt wurden, und schoben ihm augenzwinkernd und mit einem aufmunternden Klaps auf den Rücken einige Riegel Schweizer Schokolade zu. Und redeten ihn mit seinem Vornamen, Salim, an. Vom Zimmer nebenan beobachteten sie ihn danach eine Stunde lang mit Hilfe von Infrarotlicht, während er völlig im Dunkeln lag, weinte und den Kopf hin und her warf. Dann ließen sie es heller werden, platzten fröhlich bei ihm hinein und riefen: »Guck mal, was wir für dich haben; komm schon, wach auf, Salim, es ist Morgen.« Es war ein Brief, namentlich an ihn adressiert. Poststempel Beirut, c/o Rotes Kreuz und mit dem Vermerk ›Vom Zensor der Haftanstalt geöffnet‹ gestempelt. Von seiner geliebten Schwester Fatmeh, die ihm das vergoldete Amulett geschenkt hatte, das er um den Hals trug. Miß Bach hatte den Brief verfaßt, gefälscht hatte ihn Schwili, und Leons chamäleonhafte Begabung hatte ihm den echten Schwung von Fatmehs kritischer Zuneigung verliehen. Als Vorbilder dienten ihnen die Briefe, die Yanuka von ihr erhalten hatte, solange sie ihn beschattet hatten. Fatmeh sandte ihm liebste Grüße und hoffte, Salim werde Mut beweisen, wenn seine Zeit komme – wobei sie unter ›Zeit‹ das gefürchtete Verhör zu verstehen schien. Sie habe beschlossen, ihrem Freund den Laufpaß und ihren Bürojob aufzugeben und ihre Arbeit bei der Fürsorge in Sidon wiederaufzunehmen, da sie es nicht länger ertrage, so weit von der Grenze ihres geliebten Palästinas entfernt zu sein, während Yanuka so verzweifelt in der Klemme sitze. Sie bewundere ihn; das werde sie immer tun; Leon schwor es. Bis ans Grab und darüber hinaus werde Fatmeh ihren tapferen, heldenhaften Bruder lieben; dafür hatte Leon gesorgt. Yanuka nahm den Brief scheinbar gleichgültig entgegen, doch nachdem sie ihn wieder allein gelassen hatten, sank er in eine fromme Haltung nieder, reckte den Kopf hoch und edel zur Seite wie ein Märtyrer in Erwartung des Schwertes und drückte Fatmehs Worte an die Wange.

»Ich verlange Papier«, erklärte er den Wächtern großspurig, als sie nach einer Stunde wiederkamen, um seine Zelle auszufegen.

Es war, als ob er nicht gesprochen hätte. Oded gähnte sogar.

»Ich verlange Papier! Ich verlange die Vertreter des Roten Kreuzes! Ich verlange, einen Brief an meine Schwester Fatmeh zu schreiben, wie mir das nach der Genfer Konvention zusteht. Jawohl!«

Auch diese Worte wurden unten günstig aufgenommen, bewiesen sie doch, daß das erste Angebot des ›Bildungs-Kreises‹ von Yanuka angenommen worden war. Sie sandten sofort eine Sondermeldung nach Athen. Die Wächter schlichen kleinlaut davon, angeblich um sich Anweisungen zu holen, und kamen bald darauf mit einem kleinen Stoß Rot-Kreuz-Papier zurück. Außerdem händigten sie Yanuka einen gedruckten ›Ratschlag für Häftlinge‹ aus, in dem es hieß, nur englisch geschriebene Briefe würden weitergeleitet, vorausgesetzt, sie enthielten keine versteckten Nachrichten. Aber nichts zum Schreiben. Yanuka verlangte einen Kugelschreiber, bettelte darum, schrie sie an und weinte, das alles mit verlangsamten Bewegungen, doch die Gefängniswärter erklärten laut und deutlich, von Bleistift oder Kugelschreiber stehe nichts in der Genfer Konvention. Eine halbe Stunde später besuchten ihn aufgeregt und voll gerechter Empörung die beiden Verhörspezialisten und drückten ihm ihren eigenen Federhalter mit der Aufschrift ›Für Menschlichkeit‹ in die Hand.

So ging die Scharade Szene um Szene mehrere Stunden lang weiter, und Yanuka in seinem geschwächten Zustand wehrte sich vergeblich dagegen, die ihm freundschaftlich entgegengestreckte Hand zurückzuweisen. Seine schriftliche Antwort an Fatmeh war ein klassisches Dokument: ein dreiseitiger geschwätziger Brief voller Ratschläge, Selbstmitleid und kühnen ›Sich-in-die-Brust-Werfens‹, der Schwili eine erste ›saubere‹ Vorlage von Yanukas Handschrift im Zustand starker seelischer Anspannung lieferte und Leon eine ausgezeichnete Kostprobe seines englischen Stils bot.

»Meine geliebte Schwester, in einer Woche steht mir die schwerste Bewährungsprobe meines Lebens bevor; Dein starker Geist wird mich begleiten«, schrieb er. Auch diese Neuigkeit war Gegenstand einer Sondermeldung: »Schickt mir alles«, hatte Kurtz Miß Bach aufgetragen. »Kein Schweigen. Wenn nichts passiert, signalisieren Sie, daß nichts geschieht.« Und schärfer zu Leon: »Sorg dafür, daß sie mir mindestens alle zwei Stunden Nachricht gibt. Am besten stündlich.«

Yanukas Brief an Fatmeh war der erste von mehreren Briefen. Manchmal kreuzten ihre Briefe sich; manchmal beantwortete Fatmeh seine Fragen fast umgehend, nachdem er sie zu Papier gebracht hatte; und stellte ihrerseits Fragen.

Fangt am Ende an, hatte Kurtz ihnen gesagt. Das Ende bestand in diesem Falle aus pausenlosem, anscheinend belanglosem Gerede. Denn die beiden Experten plauderten stundenlang und mit nicht nachlassender Freundlichkeit mit Yanuka, bestärkten ihn, wie er gemeint haben muß, mit ihrer schwerfälligen schweizerischen Treuherzigkeit und bauten seinen Widerstand für den Tag auf, da die israelischen Schergen ihn zur Untersuchung schleppen würden. Zuerst wollten sie seine Meinung zu fast allem, worüber er sich zu unterhalten bereit war, hören, schmeichelten ihm mit ihrer respektvollen Neugier und ihrem Einfühlungsvermögen. Politik, so gestanden sie schüchtern, sei eigentlich nie ihr Feld gewesen; sie hätten immer dazu geneigt, den Menschen über die Ideen zu stellen. Einer von ihnen zitierte aus Gedichten von Robert Burns, der – wie sich herausstellte – zufällig auch ein Lieblingsdichter von Yanuka war. Manchmal hatte es fast den Anschein, als forderten sie ihn auf, sie zu seiner Denkweise zu bekehren, so aufgeschlossen zeigten sie sich seinen Argumenten gegenüber. Sie fragten ihn nach seinem Verhältnis zur westlichen Welt aus, nachdem er mehr als ein Jahr dort gelebt hatte, zuerst ganz allgemein, dann Land um Land, und lauschten hingerissen seinen nicht gerade originellen Verallgemeinerungen: der Eigennutz der Franzosen, die Habgier der Deutschen, die Dekadenz der Italiener.
Und England? wollten sie ohne jedes Arg wissen.
Oh, England sei am schlimmsten von allen! erwiderte er mit Nachdruck. England sei heruntergekommen, bankrott und richtungslos; England sei der verlängerte Arm des amerikanischen Imperialismus; England sei rundum schlecht, und das schlimmste Verbrechen der Engländer sei es, sein Land den Zionisten ausgeliefert zu haben. Er verlor sich wieder in einer langatmigen Haßtirade auf Israel, und sie ließen ihn gewähren. Sie wollten in diesem frühen Stadium auch nicht den leisesten Argwohn in ihm wecken, daß seine Reisen in England sie ganz besonders interessierten. Statt dessen fragten sie ihn nach seiner Kindheit aus – seinen Eltern, seinem Elternhaus in Palästina –, und mit schweigender Genugtuung nahmen sie zur Kenntnis, daß er seinen älteren Bruder nie auch nur mit einem einzigen Wort erwähnte; daß auch jetzt der große Bruder nicht das geringste mit Yanukas Leben zu tun hatte. Obwohl so viel für sie

sprach, war Yanuka, das bemerkten sie wohl, bis jetzt nur bereit, nur von Dingen zu reden, die er als ungefährlich für die Sache der Palästinenser betrachtete.
Voll unerschütterlichen Mitgefühls hörten sie sich seine Geschichten über zionistische Greueltaten an und seine Erinnerungen an die Zeit, als er für die siegesgewohnte Fußballmannschaft seines Flüchtlingslagers in Sidon im Tor gestanden hatte. »Erzählen Sie von Ihrem besten Spiel«, drängten sie ihn. »Erzählen Sie von dem entscheidendsten Ball, den Sie je gehalten haben. Erzählen Sie uns von dem Pokal, den Sie gewonnen haben, und wer dabei war, als der große Abu Ammar persönlich ihn Ihnen in die Hand drückte!« Stockend und schüchtern tat Yanuka ihnen den Gefallen. Unten lief das Tonbandgerät, und Miß Bach speicherte ein Goldkorn nach dem anderen in ihrem Computer und unterbrach diese Arbeit nur, um Samuel dem Pianisten Zwischenberichte für Jerusalem und sein Gegenstück, David, in Athen zur Weiterleitung herüberzureichen. Leon schwebte derweil in seinem ganz privaten Himmel. Die Augen halb geschlossen, tauchte er in Yanukas eigenwilliges Englisch ein: in die Art, wie er sich impulsiv verhaspelte; wie er das, was er sagte, immer wieder poetisch ausschmückte; in seinen Tonfall und seinen Wortschatz, wie er unversehens das Thema wechselte, manchmal praktisch mitten im Satz. Ihm gegenüber auf der anderen Seite des Ganges saß Schwili und schrieb und murmelte vor sich hin und frohlockte. Manchmal jedoch, bemerkte Leon, hörte er unvermittelt auf und versank in Verzweiflung. Wenige Sekunden darauf sah Leon ihn dann auf leisen Füßen durchs Zimmer gehen, dessen Ausmaße mit dem Mitgefühl des ehemaligen Gefängnisinsassen für den glücklosen jungen Mann oben abschreiten.
Um über das Tagebuch reden zu können, hatten sie sich einen anderen, allerdings auch wesentlich gewagteren Bluff ausgedacht. Zunächst einmal hatten sie diese Frage bis zum wirklichen dritten Tag hinausgeschoben; bis dahin hatten sie ihn allein durch ihre Methode der harmlosen Unterhaltung so bloßgelegt, wie es nur ging. Und selbst danach holten sie noch eigens Kurtz' Einverständnis ein, ehe sie loslegten, so nervös machte es sie, die Eierschale von Yanukas Vertrauen zu ihnen ausgerechnet in einem Augenblick anzuknacken, da ihnen keine Zeit blieb, irgendwelche Methoden

anzuwenden. Die Gefängniswärter hatten das Tagebuch einen Tag nach Yanukas Entführung gefunden. Zu dritt waren sie in seine Wohnung gegangen und hatten dabei kanarienvogelgelbe Overalls angehabt mit Plaketten, die sie als Mitarbeiter einer Münchener Reinigungsfirma auswiesen. Ein Hausschlüssel sowie ein fast echter Brief mit Instruktionen von Yanukas Hauswirt gab ihnen alle Autorität, die sie brauchten. Sie holten Staubsauger, Schrubber und eine Trittleiter aus ihrem kanarienvogelgelben Kastenwagen. Dann schlossen sie die Tür, zogen die Vorhänge zu und fielen acht volle Stunden über die Wohnung her wie die Heuschrecken, bis nichts mehr übrig zu sein schien, das sie nicht genauestens untersucht, fotografiert und an den richtigen Platz zurückgestellt, nachdem sie es aus einem Staubsaugerbeutel wieder eingestäubt hatten. Und zu ihren Funden, hinter einem Bücherregal an einer Stelle eingezwängt, die vom Telefon aus bequem zu erreichen war, gehörte dieser in braunes Leder gebundene kleine Taschenkalender, ein Werbegeschenk der Middle East Airlines, an das Yanuka auf irgendeine Weise gekommen sein mußte. Sie wußten, daß er ein Tagebuch führte, und sie hatten es unter seinen Habseligkeiten vermißt, als sie ihn geschnappt hatten. Jetzt hatten sie es zu ihrer Freude gefunden. Manche Eintragungen waren auf arabisch, einige auf französisch und noch andere auf englisch gemacht worden. Einige waren überhaupt nicht zu entziffern, in keiner Sprache, andere in einem nicht allzu privaten Wort-Code abgefaßt. Die meisten Notizen bezogen sich auf bevorstehende Verabredungen, doch ein paar waren auch erst nachträglich hinzugefügt worden: »J. getroffen, P. anrufen.« Neben dem Tagebuch fiel ihnen noch eine andere Beute in die Hände, nach der sie Ausschau gehalten hatten: ein dicker fester Umschlag mit einem Stapel Quittungen, die Yanuka für den Tag aufhob, wenn er über seine Unternehmungen würde abrechnen müssen. Den Anweisungen entsprechend ließ das Team auch diesen Umschlag mitgehen.

Doch wie die entscheidenden Einträge im Notizbuch deuten? Wie sie ohne Yanukas Hilfe entziffern?

Wie also sich Yanukas Mithilfe versichern?

Sie überlegten, ob sie nicht die Dosis der verabreichten Drogen vergrößern sollten, verwarfen das jedoch, da sie fürchteten, das könnte ihn restlos durcheinanderbringen. Auf Gewalt zurückzugreifen hätte geheißen, den ganzen sauer errungenen guten Willen wieder zunichte zu machen. Außerdem waren sie Profis, und allein der Gedanke daran machte sie unglücklich. Sie zogen es vor, weiter auf dem aufzubauen, was sie bereits hergestellt hatten – auf Angst, Abhängigkeit und der Drohung des immer noch unmittelbar bevorstehenden Verhörs durch die Israelis. Folglich brachten sie ihm zunächst noch einen Brandbrief von Fatmeh, einen von Leons kürzesten und besten Briefen: »Ich habe gehört, daß Deine Stunde sehr nahe ist. Ich flehe Dich an, hab Mut!« Sie drehten das Licht an, damit er den Brief lesen konnte, dann knipsten sie es wieder aus und spielten ihm gedämpfte Schreie vor, das Geräusch, wie in der Ferne eine Zellentür ins Schloß fiel und eine zusammengebrochene Gestalt in Ketten über einen Steinflur geschleift wurde. Noch später spielten sie ihm noch die Dudelsack-Trauermusik einer palästinensischen Militärkapelle vor, und vielleicht meinte er, er sei schon tot. Zumindest lag er wie tot da. Sie schickten die Wächter zu ihm, die ihm die Kleider vom Leib rissen und ihm die Hände mit Ketten auf dem Rücken fesselten und Fußeisen anlegten. Und verließen ihn wieder. Wie für immer. Sie hörten, wie er »Oh, nein!« murmelte, wieder und wieder.

Sie zogen Samuel dem Pianisten einen weißen Kittel an, drückten ihm ein Stethoskop in die Hand und ließen ihn ziemlich unbeteiligt Yanukas Herztöne abhorchen. All das im Dunkeln, aber vielleicht nahm er den weißen Kittel doch wahr, als dieser um ihn herumstrich. Und wieder ließen sie ihn allein. Im Infrarot-Licht sahen sie ihn schwitzen und erschauern; einmal schien er zu überlegen, ob er sich nicht umbringen solle, indem er mit dem Kopf gegen die Mauer rannte, die einzige Bewegung, die er in seinem angeketteten Zustand einigermaßen hätte zuwege bringen können. Aber die Wand war dick mit Kapok gepolstert; selbst wenn er ein ganzes Jahr lang dagegengerammt wäre, es hätte ihm nicht viel genützt. Sie spielten ihm noch mehr Schreie vor – dann herrschte tiefstes Schweigen. Sie feuerten im Dunkeln einen Pistolenschuß ab. Er kam so unvermittelt und laut, daß Yanuka sich aufbäumte. Dann fing er an zu schreien, allerdings ziemlich leise, als ob er es nicht lauter schaffte.

Das war der Augenblick, da sie beschlossen, ans Werk zu gehen.

Als erster marschierten die Wächter zielstrebig in seine Zelle, packten ihn jeder an einem Arm und stellten ihn auf die Beine. Sie hatten sich sehr leicht gekleidet, als ob sie erwarteten, sich körperlich sehr anstrengen zu müssen. Als sie den zitternden Körper bis an die Zellentür geschleift hatten, tauchten Yanukas zwei Schweizer Retter auf und versperrten ihnen den Weg, ihre freundlichen Gesichter waren ein Bild der Empörung und Besorgtheit. Zwischen den Wächtern und den Schweizern entspann sich ein in die Länge gezogener, leidenschaftlicher Streit – und zwar auf hebräisch, so daß Yanuka ihm nur teilweise folgen konnte, doch klang das Ganze nach einem letzten Appell. Yanukas Verhör müsse noch vom Kommandanten gebilligt werden, erklärten die beiden Schweizer: laut Verfügung 6, Absatz 9 der Genfer Konvention sei strikt darauf zu achten, daß härtere Belastung der Gefangenen ohne direkte Billigung des Kommandanten und ohne Anwesenheit eines Arztes nicht gestattet seien. Aber den Wachen war die Konvention keineswegs egal und das sagten sie auch. Sie hätten sich die Konvention eingetrichtert, bis sie ihnen zu den Ohren herausgekommen sei, erklärten sie und zeigten dabei auf die Ohren. Ums Haar wäre es zu einem Handgemenge gekommen. Nur schweizerische Nachsicht verhinderte es. Statt dessen einigten sie sich, daß sie alle vier zum Kommandanten gehen würden, und zwar *auf der Stelle*, damit der sofort entscheide. Also stürmten alle vier fort, so daß Yanuka wieder im Dunkeln lag, und bald konnte man sehen, wie er sich an der Wand zusammenkauerte und betete, obwohl er beim besten Willen nicht wissen konnte, wo Osten war.

Beim nächstenmal kehrten die beiden Schweizer ohne die Wächter zurück, machten jedoch sehr ernste Gesichter und brachten Yanukas Notizbuch mit, als ob sich dadurch, mochte es auch noch so klein sein, alles änderte. Außerdem hatten sie zwei Reservepässe dabei, einen französischen und einen zypriotischen, die unter den Dielenbrettern seiner Wohnung gefunden worden waren – und den libanesischen Paß, mit dem er gereist war, als man ihn entführt hatte.

Dann erklärten sie ihm ihr Problem. Umständlich. Und auf eine Art, die nichts Gutes zu verheißen schien. So hatte er sie bisher noch nie erlebt. Nicht drohend, aber warnend. Auf Ersuchen der

Israelis hätten die westdeutschen Behörden seine Münchener Wohnung durchsucht, sagten sie. Dabei seien ihnen dieses Notizbuch, die Pässe und eine Reihe anderer Dinge in die Hände gefallen, die Aufschluß darüber gäben, wo er sich im Lauf der letzten Monate aufgehalten hätte. Dem wollten die Israelis jetzt ›mit allem Nachdruck‹ auf den Grund gehen. Bei ihren Vorhaltungen dem Kommandanten gegenüber hätten sie, die Schweizer, darauf hingewiesen, daß das weder legal noch notwendig sei. Solle doch das Rote Kreuz dem Gefangenen die Dokumente vorlegen, hatten die Israelis vorgeschlagen, und sich erklären lassen, was die Eintragungen zu bedeuten hätten. Solle das Rote Kreuz ihn doch in geziemender Form auffordern, zunächst einmal eine Erklärung abzugeben, statt ihm eine solche mit Gewalt abzupressen – wenn der Kommandant wünsche, auch eine vom Gefangenen handschriftlich verfaßte, wo er sich in den letzten sechs Monaten überall aufgehalten habe, mit Datums- und Ortsangabe, wen er getroffen und bei wem er gewohnt und mit welchen Papieren er gereist sei. Wo die militärische Ehre Schweigen erfordere, sagten sie, möge der Gefangene das an den betreffenden Stellen ehrlich vermerken. Wo das jedoch nicht der Fall sei – nun, zumindest sei damit Zeit gewonnen, während sie weiterhin Protest einlegten.
An dieser Stelle nun wagten sie es, Yanuka – oder Salim, wie sie ihn jetzt nannten – von sich aus, sozusagen privat, einen guten Rat zu geben. Vor allem, seien Sie *genau*, beschworen sie ihn, als sie einen Klapptisch für ihn aufstellten, ihm eine Wolldecke gaben und die Hände von den Fesseln befreiten. Verraten Sie ihnen nichts, was Sie geheimhalten möchten, aber achten Sie darauf, daß das, was Sie ihnen sagen, absolut der Wahrheit entspricht. Vergessen Sie nicht, daß wir auf unseren guten Ruf bedacht sein müssen. Denken Sie an die, die nach Ihnen kommen und denen ein gleiches Schicksal blühen kann. Tun Sie Ihr Bestes – nicht um unseretwillen, sondern um ihretwillen. Die Art, wie sie ihm das sagten, schien anzudeuten, daß Yanuka bereits auf bestem Wege war, ein Märtyrer zu werden. Wieso eigentlich, schien keine Rolle zu spielen; die einzige Wahrheit, die er bis dahin kannte, war der Schrecken in der eigenen Seele. Es war knapp, aber das hatten sie ja von Anfang an gewußt. Und es kam auch der Augenblick – ein ziemlich langer sogar –, da sie

fürchteten, er sei für sie verloren. Das war der Augenblick, als Yanuka ihnen beiden nacheinander tief und durchdringend in die Augen sah und die Schleier der Verblendung abzuschütteln und seine Peiniger klar ins Auge zu fassen schien. Doch Klarheit war niemals die Grundlage ihrer Beziehung gewesen und war es auch jetzt nicht. Als Yanuka den hingereichten Federhalter ergriff, lasen sie in seinen Augen die flehentliche Bitte, sie möchten ihm doch auch weiterhin etwas vormachen.

An dem Tag, der auf diese Dramen folgte – um die Mittagszeit nach normalen Maßstäben –, kam Kurtz dann direkt aus Athen, um Schwilis Kunstwerke zu begutachten und um seine Zustimmung zu geben, daß Tagebuch, Pässe und Quittungen – unter Anbringung gewisser sinnreicher Verschönerungen – wieder dorthin zurückgelegt würden, wohin sie von Rechts wegen gehörten.

Kurtz persönlich übernahm auch die Aufgabe, bis zum Anfang zurückzugehen. Doch zunächst einmal hatte er es sich in der unteren Wohnung bequem gemacht und rief alle bis auf die Wächter nacheinander zu sich, um sich von ihnen über die bisher gemachten Fortschritte Bericht erstatten zu lassen, jeder auf seine Weise und so rasch oder so gemächlich, wie er wollte. In weißen Baumwollhandschuhen und trotz der Befragung Charlies, die die ganze Nacht gedauert hatte, offensichtlich nicht müde, betrachtete er die Ausstellungsstücke, hörte zustimmend Bandaufnahmen von entscheidenden Augenblicken ab und beobachtete voller Bewunderung, wie Miß Bachs Tischcomputer Yanukas Leben in der jüngsten Vergangenheit Tag für Tag in grünen Buchstaben auf dem Bildschirm erscheinen ließ: Daten, Flugnummern, Ankunftszeiten, Hotels. Dann sah er wieder hin, als der Bildschirm frei wurde und Miß Bach das fiktive Geschehen über das wirkliche stülpte: »Schreibt Charlie vom City Hotel in Zürich aus, Brief aufgegeben bei der Ankunft um achtzehn Uhr zwanzig auf dem Flughafen de Gaulle . . . trifft sich mit Charlie im Excelsior Hotel, Heathrow . . . ruft Charlie vom Münchener Hauptbahnhof aus an . . .« Und zu jeder Einfügung die entsprechenden Begleitumstände: welche Quittungen und Notizbucheintragungen sich auf welches Zusammentreffen bezogen, wo absichtlich Lücken und Unklarheiten eingebaut worden waren, weil in einer späteren Rekonstruktion nichts zu mühelos oder zu klar erscheinen sollte.

Nachdem Kurtz all dies geschafft hatte – es war inzwischen Abend geworden –, zog er die Handschuhe aus und eine schlichte israelische Heeres-Uniform an mit den Rangabzeichen eines Obersten und ein paar schmutzigen Ordensbändern für Verdienste im Feld über der linken Brusttasche und degradierte sich allmählich äußerlich, bis er zum Inbegriff eines lange nicht beförderten Offiziers geworden war, den man in die Gefängnisverwaltung abgeschoben hatte. Dann stieg er nach oben und trat lebhaft auf Zehenspitzen an das Beobachtungsfenster, von wo aus er Yanuka eine Zeitlang sehr eingehend betrachtete. Dann schickte er Oded und seine Kameraden mit dem Befehl nach unten, man solle ihn und Yanuka vollkommen allein lassen. Mit nichtssagender Bürokratenstimme stellte er Yanuka auf arabisch ein paar einfache, belanglose Fragen, erkundigte sich nach winzigen Einzelheiten: wo er einen bestimmten Zünder herhabe oder einen besonderen Sprengstoff oder ein Auto; oder wo genau etwa Yanuka und das Mädchen sich getroffen hätten, ehe sie die Godesberger Bombe abgegeben hätten. Kurtz' genaue, so beiläufig preisgegebene Detailkenntnisse entsetzten Yanuka, der ihn als Reaktion darauf anschrie und befahl, aus Sicherheitsgründen den Mund zu halten. Kurtz konnte sich keinen Vers darauf machen. »Aber warum sollte ich den Mund halten?« verwahrte er sich mit der glasigen Begriffsstutzigkeit, die Menschen befällt, die – entweder als Wachpersonal oder als Häftlinge – zu lange im Gefängnis gewesen sind. »Wenn dein großer Bruder nicht den Mund hält, was für Geheimnisse gibt es denn dann noch, die ich bewahren sollte?« Er stellte diese Frage keineswegs so, als wollte er damit etwas enthüllen, sondern als sei dies die logische Folge von etwas allgemein Bekanntem. Während Yanuka ihn noch mit weit aufgerissenen Augen anstarrte, erzählte Kurtz ihm ein paar Dinge über ihn, die eigentlich nur sein großer Bruder hätte wissen können. Das war keine Zauberei. Nachdem sie wochenlang Yanukas tägliches Leben durchforstet, seine Telefongespräche abgehört und seine Post überwacht hatten – ganz zu schweigen von seinem Dossier in Jerusalem, das vor zwei Jahren angelegt worden war –, war es kein Wunder, wenn Kurtz und sein Team, genau wie Yanuka selbst, mit solchen Einzelheiten vertraut waren wie sichere Adressen, über die er seine Briefe leitete, das sinnreiche Einbahn-System, über das ihm Befehle zugestellt wurden, und der Punkt, an dem Yanuka wie sie selbst auch von der eigenen Befehlsstruktur abgeschnitten wurde. Was Kurtz von seinen Vorgängern unterschied, war die offensichtliche Gleichgültigkeit, mit der er auf diese Dinge anspielte – und seine Gleichgültigkeit gegenüber Yanukas Reaktion.

»Wo ist er?« schrie Yanuka. »Was habt ihr mit ihm gemacht? Mein Bruder redet nicht! Er würde niemals reden! Wie habt ihr ihn in die Hand bekommen?«

Die Entscheidung fiel von einem Augenblick auf den anderen. Unten, wo sie sich um den Lautsprecher versammelt hatten, legte sich eine Art ehrfürchtigen Staunens über den gesamten Raum, als sie hörten, wie Kurtz binnen drei Stunden nach seiner Ankunft den letzten Rest von Yanukas Gegenwehr beiseite fegte. Als Gefängniskommandant habe ich nur mit Verwaltungsaufgaben zu tun, erklärte er. Dein Bruder liegt in einer Krankenzelle unten, er ist ein bißchen mitgenommen; selbstverständlich hofft man, daß er überlebt, aber es wird immerhin ein paar Monate dauern, ehe er wieder laufen kann. Wenn du mir die folgenden Fragen beantwortet hast, stelle ich einen Befehl aus, daß du zusammen mit ihm untergebracht wirst und ihn gesund pflegst. Weigerst du dich, bleibst du, wo du bist. Dann – um jedem falschen Verdacht auf Schikane zu begegnen – zeigte Kurtz Yanuka das Polaroid-Farbfoto, das sie zusammengebastelt hatten und das das kaum erkennbare Gesicht von Yanukas Bruder zeigte, wie er aus einer blutbefleckten Gefängnisdecke herausschaute, als die beiden Wächter ihn von einem Verhör fortschafften.

Freilich, Kurtz' Genie ruhte nie. Als Yanuka wirklich anfing zu reden, bekam Kurtz sofort ein weiches Herz und war voller Verständnis für die Leidenschaft des jungen Mannes; plötzlich mußte der alte Kerkermeister alles hören, was der große Kämpfer je zu seinem Lehrling gesagt hatte. Als Kurtz endlich wieder nach unten kam, hatte das Team folglich von Yanuka so ziemlich alles erfahren, was es zu erfahren gab – was praktisch auf überhaupt nichts hinauslief, wie Kurtz ihnen sogleich klarmachte, wenn es darum ging, festzustellen, wo sich der große Bruder nun eigentlich aufhielt. Ganz am Rande kam auch noch einmal die sprichwörtliche Weisheit des alten Aushorchers auf den Tisch: daß nämlich physische Gewalt dem Ethos und dem Geist ihres Berufes widerspreche. Das betonte Kurtz mit ganz besonderem Nachdruck Oded gegenüber, schärfte es ihnen aber auch ganz allgemein noch einmal ein. Wenn man schon Gewalt anwenden mußte, manchmal bliebe einem nichts anderes übrig, dann muß man darauf achten, sie gegen den Geist zu richten und nicht gegen den Körper, sagte er. Kurtz glaubte, es gebe überall etwas zu lernen, wenn bloß die Jungen die Augen aufmachen wollten.

Denselben Gedanken entwickelte er auch noch einmal Gavron gegenüber, allerdings mit weniger Erfolg.

Doch selbst jetzt wollte oder konnte Kurtz noch keine Ruhe geben. In aller Herrgottsfrühe des nächsten Tages, als die Angelegenheit Yanuka bis auf die letzte Schlußforderung erledigt war, war Kurtz schon wieder im Stadtzentrum und tröstete das Überwachungsteam, dessen Stimmung nach Yanukas Verschwinden auf einen Tiefpunkt gesunken war. Was denn aus ihm geworden sei? wollte der alte Lenny verzweifelt wissen – wo der Junge doch eine solche Zukunft habe und auf so vielen Gebieten so vielversprechend sei! Nachdem er auch hier sein barmherziges Werk vollbracht hatte, wandte Kurtz sich nach Norden, um sich nochmals mit Dr. Alexis zu treffen – völlig unbeeindruckt von der Tatsache, daß der vorgebliche Wankelmut des guten Doktors Misha Gavron veranlaßt hatte, ihn zur *persona non grata* zu erklären.

»Ich werde ihm sagen, ich bin Amerikaner«, versprach Kurtz Litvak mit einem breiten Grinsen, als er an Gavrons albernes Telegramm dachte, das er ihm in die Athener Villa geschickt hatte.

Seine Stimmung war vorsichtig optimistisch. Wir kommen voran, erklärte er Litvak; und Misha schlägt mich nur, wenn ich festsitze.

Kapitel 10

Die Taverne war uriger als die auf Mykonos, ein Schwarzweißfernseher flatterte wie eine Flagge, die niemand grüßte, die alten Gebirgsbewohner waren zu stolz, irgendwelchen Touristen Beachtung zu schenken, selbst hübschen rothaarigen englischen Mädchen in blauen Kaftans und Goldarmbändern nicht. Doch in der Geschichte, die Joseph jetzt erzählte, waren es Charlie und Michel, die allein im Grill-Room eines Hotels außerhalb von Nottingham zu Abend aßen; Michel hatte die Leute bestochen, daß sie sie noch zu so später Stunde einzuließen. Charlies eigenes rührendes Auto hatte wieder einmal einen Defekt und stand in der Reparaturwerkstatt in Camden, auf die sie seit neuestem schwor. Aber Michel hatte eine Mercedes-Limousine; keine andere Marke gefiel ihm so gut. Er wartete damit am Hintereingang des Theaters, und er fuhr augenblicklich mit Charlie davon, zehn Minuten durch den ewigen Nottinghamer Regen. Und kein vorübergehender Koller von Charlie, ob nun hier oder dort, keine plötzlich keimenden Zweifel vermochten den Schwung von Josephs Erzählung zu nehmen.

»Er hat Autohandschuhe an«, sagte Joseph. »Dafür schwärmt er. Du merkst das, sagst aber nichts dazu.«

Mit Luftlöchern auf dem Handschuhrücken, dachte sie. »Wie fährt er?«

»Eine Naturbegabung ist er als Autofahrer nicht gerade, aber das kreidest du ihm nicht an. Du fragst ihn, wo er lebt, und er erwidert, er sei von London heraufgefahren, eigens um dich zu sehen. Du fragst ihn nach seinem Beruf, und er sagt: ›Student.‹ Du erkundigst dich, wo er studiert: er sagt, ›in Europa‹, und läßt irgendwie durchblicken, daß Europa so etwas wie ein Schimpfwort sei. Als du Genaueres wissen willst – aber nur nicht zu sehr bedrängen –, erklärt er, er mache ein, zwei Semester in verschiedenen Städten, je nachdem, wozu er Lust habe und wer gerade lese. Die Engländer, erklärt er, verstünden das System nicht. Und als er das Wort ›Engländer‹ ausspricht, klingt das feindselig in deinen Ohren; du weißt nicht, warum, aber irgendwie feindselig. Was fragst du als nächstes?«

»Wo er im Augenblick lebt?«

»Da weicht er aus. Genauso wie ich. Manchmal in Rom, sagt er unbestimmt, manchmal in München, ein bißchen in Paris, wo immer er Lust hat zu leben. Er behauptet nicht, bescheiden zu leben, macht aber klar, daß er unverheiratet ist, was dich nicht gerade entsetzt.« Lächelnd zog er seine Hand zurück. »Du fragst ihn, welche Stadt er am liebsten mag, eine Frage, die er als nicht von Belang abtut; du fragst ihn, was er studiert, und er antwortet: ›die Freiheit‹. Du fragst ihn, wo er zu Hause ist, und er erwidert, sein Zuhause stehe gerade unter feindlicher Besatzung. Darauf reagierst du wie?«

»Mit Verwirrung.«

»Doch wie üblich läßt du nicht locker, und so spricht er den Namen *Palästina* aus. Voller Leidenschaft. Du merkst das seiner Stimme sofort an. Wie ein Kriegsruf – *Palästina.*« Dabei sah er sie so eindringlich an, daß sie nervös lächelte und den Blick abwandte.

»Vielleicht darf ich dich daran erinnern, Charlie, daß du zwar zu dieser Zeit tief in deiner Affäre mit Alastair steckst, er aber gerade sicher in Argyll ist, wo er einen Werbespot für irgendein völlig wertloses Konsumprodukt dreht, und du weißt zufällig, daß er was mit der Hauptdarstellerin hat. Stimmt's?«

»Stimmt«, sagte sie und stellte überrascht fest, daß sie errötete.

»Und jetzt sag mir bitte, was die Worte *Palästina, Palästinenser* – auf diese Weise von diesem jungen Hitzkopf ausgesprochen – an einem verregneten Abend in einem Hotel in Nottingham für dich bedeutet. Nehmen wir mal an, er fragt dich selbst danach. Jawohl. Er fragt dich. Warum nicht?«

Es wird ja immer besser, dachte sie; wie viele Seiten hat dieser Kitschroman eigentlich? »Ich bewundere Sie«, sagte sie.

»Nenn mich bitte Michel.«

»Ich bewundere Sie, Michel.«

»Weswegen?«

»Wegen Ihrer Leiden.« Sie kam sich ein bißchen albern vor. »Weil Sie nicht aufgeben.«
»Unsinn. Wir Palästinenser sind eine Bande von ungebildeten Terroristen, wir hätten uns längst mit dem Verlust unserer Heimat abfinden sollen. Wir sind nichts weiter als ehemalige Schuhputzer und Straßenhändler, jugendliche Kriminelle mit Maschinenpistolen in der Hand und alte Männer, die nicht vergessen wollen. Wer also sind wir, bitte schön? Sag mir deine Meinung. Ich werde sie zu schätzen wissen. Für mich bist du immer noch Johanna, vergiß das nicht.«
Sie holte tief Atem. Dann haben sich meine Wochenend-Seminare doch gelohnt. »Na schön. Also: Die Palästinenser – ihr – sind friedfertige, redliche Bauern mit einer großen Tradition, die man von 1948 an ungerechterweise aus ihrem Land vertrieben hat, um den Zionismus zu beschwichtigen – und um in Arabien ein Bollwerk für den Westen zu schaffen.«
»Ich finde deine Worte nicht anstößig. Bitte, fahr fort.«
Es war wunderbar zu sehen, wieviel ihr bei seinen perversen Stichworten einfiel. Bruchstücke aus vergessenen Flugblättern, Vorträge von Liebhabern, Brandreden von Freiheitskämpfern, Zitate aus flüchtig gelesenen Büchern – alle kamen wie getreue Verbündete zu ihr, jetzt, da sie sie brauchte. »Ihr seid die Erfindung eines europäischen Schuldkomplexes wegen der Juden . . . ihr habt die Zeche für einen Holocaust zahlen müssen, mit dem ihr nichts zu tun hattet . . . ihr seid die Opfer einer rassistischen, antiarabischen imperialistischen Politik der Enteignung und Vertreibung . . .«
»Und des Mordes«, setzte Joseph leise hinzu.
»Und des Mordes.« Wieder unsicher werdend bemerkte sie, daß die Augen des Fremden immer noch eindringlich auf sie gerichtet waren, und wie auf Mykonos wußte sie plötzlich nicht, was sie darin las. »Das jedenfalls sind die Palästinenser«, tat sie es ab. »Wenn du danach fragst. Wenn du es schon tust«, fügte sie noch hinzu, als er immer noch nichts sagte.
Sie blickte ihn weiterhin an, wartete auf das Stichwort, das ihr sagte, was sie sein sollte. Unter dem zwingenden Druck seiner Gegenwart hatte sie auf die unausgegorenen Ideen einer früheren Existenz zurückgegriffen, mit denen sie eigentlich nichts mehr zu schaffen haben wollte, es sei denn, er wollte das.

»Bedenke, daß es für ihn keinen *small-talk* gibt«, befahl ihr Joseph, als hätten sie sich noch nie im Leben angelächelt. »Wie schnell er an die ernsthafte Seite deines Wesens appelliert hat. In gewisser Weise ist er auch sehr penibel – so hat er zum Beispiel für heute abend alles vorausgeplant: das Essen, den Wein, die Kerzen – sogar seine Unterhaltung. Wir können sagen, daß er mit einer den Israelis gleichkommenden Tüchtigkeit einen ganzen Feldzug vorbereitet hat, um seine Johanna im Sturm zu nehmen.«
»Schändlich«, sagte sie mit ernster Stimme und betrachtete ihr Armband.
»Unterdessen versichert er dir, daß du die großartigste Schauspielerin auf Erden bist, und das geht dir, wie ich annehme, wieder glatt runter. Er bleibt dabei, dich mit der heiligen Johanna zu verwechseln, doch inzwischen stört es dich nicht mehr ganz so sehr, daß Leben und Theater für ihn nicht zu trennen sind. Die heilige Johanna, erzählt er dir, sei seine Heldin gewesen, seit er zum erstenmal von ihr gelesen habe. Obwohl eine Frau, habe sie es verstanden, das Klassenbewußtsein der französischen Bauern zu wecken und sie gegen die imperialistischen britischen Unterdrücker in die Schlacht zu führen. Sie sei eine echte Revolutionärin, die die Flamme der Freiheit für die ausgebeuteten Völker der Welt entzündet habe. Sie habe Sklaven zu Helden gemacht. Das ist die Summe seiner kritischen Analyse. Die Stimme Gottes, die in ihr sprach, sei nichts anderes gewesen als ihr revolutionäres Bewußtsein, das sie gedrängt habe, den Kolonialisten Widerstand zu leisten. Es kann nicht die eigentliche Stimme Gottes sein, denn Michel ist zu dem Schluß gekommen, daß Gott tot ist. Vielleicht warst du dir all dieser Dinge gar nicht bewußt, als du die Rolle spieltest?«
Sie fingerte immer noch am Armband herum. »Nun, möglich, daß mir ein *paar* davon nicht so klar waren«, räumte sie sorglos ein – nur um aufzublicken und abermals seiner granitartigen Mißbilligung zu begegnen. »Ach, verdammt!« sagte sie.
»Charlie, ich warne dich: nimm Michel nie mit deinen europäischen Geistreicheleien auf den Arm. Sein Sinn für Humor ist höchst launisch und hört in jedem Fall dort auf, wo die Scherze auf seine Kosten gehen – besonders dann, wenn sie auch noch von Frauen kommen.« Eine Pause, damit die Warnung wirken konnte. »Na,

schön. Das Essen ist grauenhaft, aber dir ist das vollkommen gleichgültig. Er hat Steak bestellt, weiß aber nicht, daß du gerade eine deiner vegetarischen Phasen hast. Du ißt ein paar Happen, um ihn nicht zu beleidigen. In einem späteren Brief gestehst du ihm, es sei das schlimmste Steak gewesen, das du jemals gegessen hättest, aber auch das beste. Solange er spricht, hast du für nichts anderes Sinn als für seine lebhafte, leidenschaftliche Stimme und sein schönes arabisches Gesicht jenseits der Kerzen. Ja?«

Sie zögerte, lächelte dann. »Ja.«

»Er liebt dich, liebt deine Begabung, liebt die heilige Johanna. ›Für die britischen Kolonialisten war sie eine Verbrecherin‹, sagt er dir. ›Alle Freiheitskämpfer waren für sie Verbrecher. Das ging auch George Washington, Mahatma Gandhi oder Robin Hood nicht anders. Und den Kämpfern des irischen Freiheitskampfes heute auch nicht.‹ Diese Ideen, die er da zum besten gibt, sind nicht gerade neu, wie du sehr wohl weißt, aber mit seiner inbrünstigen orientalischen Stimme vorgetragen, die so – wie soll man das ausdrücken? – voller animalischer Natürlichkeit ist, üben sie eine hypnotische Wirkung auf dich aus; sie erfüllen die alten Klischees mit neuem Leben, haben etwas von der Wiederentdeckung der Liebe. ›Für die Briten‹, sagt er zu dir, ›ist jeder, der den Terror der Kolonialisten bekämpft, selbst ein Terrorist. Die Briten sind meine Feinde, alle, bis auf dich. Die Briten haben mein Land an die Zionisten weggegeben und die Juden aus Europa zu uns rübergeschafft mit dem Auftrag, den Osten in den Westen zu verwandeln. *Geht hin und zähmt den Nahen Osten für uns*, haben sie gesagt. *Die Palästinenser taugen nichts, werden aber gute Kulis für euch abgeben.* Die alten britischen Kolonisatoren waren müde und geschlagen, deshalb haben sie uns den neuen Kolonisatoren übergeben, die den Eifer und die Rücksichtslosigkeit hatten, den Knoten zu zerschlagen. *Wegen der Araber macht euch nur keine Gedanken*, sagten die Briten zu ihnen. *Wir versprechen euch wegzusehen, wenn ihr euch mit ihnen anlegt.* Hör zu! Hörst du auch wirklich zu?«

Jose, wann hätte ich jemals nicht zugehört?

»Heute abend ist Michel ein Prophet für dich. Niemand hat je zuvor die ganze Kraft seines Fanatismus auf dich allein konzentriert. Seine Überzeugung, seine Hingabe an die Sache – all das steht dir, während er spricht, leuchtend vor Augen. Theoretisch gesehen, redet er selbstverständlich auf eine schon Bekehrte ein, doch in Wirklichkeit pflanzt er in den Lumpensack deiner vagen linken Grundsätze das menschliche Herz. Auch das sagst du ihm in einem späteren Brief, gleichgültig, ob man nun ein menschliches Herz in einen Lumpensack pflanzen kann oder nicht. Du möchtest, daß er dich belehrt: Er tut es. Du möchtest, daß er deine britischen Schuldgefühle anspricht: Auch das tut er. Der Zynismus, mit dem du dich schützt, wird einfach beiseite gefegt. Du fühlst dich wie neu geboren. Wie weit entfernt er ist von deinen immer noch nicht ausgerotteten Mittelklasse-Vorurteilen! Von deinen von Bequemlichkeit geprägten Sympathien für den Westen! Ja?« fragte er leise, als ob sie eine Frage an ihn gerichtet hätte. Sie schüttelte den Kopf, und schon ließ er sich wieder von der geborgten Leidenschaft seines arabischen Stellvertreters beflügeln.

»Er übersieht vollkommen, daß du theoretisch bereits auf seiner Seite stehst; er verlangt deine vollständige Identifizierung mit seiner Sache, eine neue Bekehrung. Er wirft dir Statistiken an den Kopf, als ob du persönlich für sie verantwortlich wärst. Seit 1948 über zwei Millionen christliche und moslemische Araber aus ihrer Heimat vertrieben und ihrer Bürgerrechte beraubt. Ihre Häuser und Dörfer niedergewalzt – er sagt dir, wie viele genau – nennt dir die *Dunam*-Zahl – ein *Dunam* sind tausend Quadratmeter. Du fragst danach, und er sagt es dir. Und als sie ins Exil kommen, schlachten ihre arabischen Brüder sie ab und behandeln sie wie den Abschaum der Menschheit, und die Israelis bombardieren und beschießen ihre Flüchtlingslager, weil sie nicht aufhören, sich zu wehren. Denn man ist ein Terrorist, wenn man sich dagegen wehrt, enteignet zu werden, wohingegen Siedlungen zu errichten, Flüchtlinge zu bombardieren und ein Volk zu dezimieren leider politische Notwendigkeiten sind. Weil zehntausend tote Araber nicht soviel wert sind wie ein toter Jude. Hör zu!« Er lehnte sich über den Tisch und packte ihre Hand. »Es gibt keinen liberalen Europäer, der zögern würde, gegen die Ungerechtigkeiten in Chile, Südafrika, Polen, Argentinien, Kambodscha, im Iran, Nord-Irland und an anderen Unruheherden zu sprechen, die gerade Mode sind.« Sein Griff wurde fester. »Wer aber bringt den schlichten Mut auf, laut den grausam-

sten Witz der Weltgeschichte auszusprechen: daß dreißig Jahre Israel die Palästinenser zu den neuen Juden auf Erden gemacht haben? Weißt du, wie die Zionisten mein Land beschrieben haben, ehe sie sich seiner bemächtigten: ›Ein Land ohne Menschen für Menschen ohne Land.‹ *Es gab uns überhaupt nicht*. In Gedanken hatten die Zionisten längst Völkermord begangen; es galt, ihn nur noch in die Tat umzusetzen. Und ihr, die Briten, ihr wart die Baumeister dieser großen Vision. Weißt du, wie Israel entstand? Dadurch, daß eine europäische Macht einer jüdischen Lobby arabisches Gebiet zum Geschenk machte. Und nicht einen einzigen Bewohner dieses Gebietes deshalb fragte. Und diese Macht war Großbritannien. Soll ich dir *beschreiben*, wie Israel entstanden ist? . . . Ist es spät? Bist du müde? Mußt du zurück in dein Hotel?«
Sie gab ihm die Antworten, die er hören wollte, und fand immer noch die Zeit, sich insgeheim über die Widersprüche eines Mannes zu wundern, der mit so vielen seiner miteinander im Widerstreit liegenden Schatten tanzen konnte und nicht die Balance verlor. Eine Kerze brannte zwischen ihnen. Man hatte sie in eine schmierige schwarze Flasche gestellt; sie wurde immer wieder von einem alten trunkenen Nachtfalter angegriffen, den Charlie gelegentlich mit dem Handrücken fortscheuchte, so daß ihr Armband aufblinkte. Während Joseph seine Geschichte um Charlie herum weiterspann, beobachtete sie im Schein der Kerze, wie sein kräftiges, beherrschtes Gesicht mit dem Michels abwechselte – wie zwei auf einer Fotoplatte übereinanderliegende Bilder.
»Hör zu. Hörst du überhaupt zu?«
Jose, ich höre. Michel, ich höre.
»Ich wurde als Kind einer patriarchalischen Familie in einem Dorf nicht weit von der Stadt Khalil entfernt geboren, die die Juden Hebron nennen.« Er hielt inne, die glühenden Augen eindringlich auf sie gerichtet. *»Khalil«*, wiederholte er. »Präg dir diesen Namen ein, denn er ist aus verschiedenen Gründen für mich von größter Wichtigkeit. Also: Khalil. Wiederhole ihn!«
Sie sagte es. Khalil.
»Khalil ist ein großes Zentrum des reinen islamischen Glaubens. Auf arabisch bedeutet es soviel wie ›Freund Gottes‹. Die Bewohner von Khalil oder Hebron stellen die Elite Palästinas dar. Jetzt erzähle

ich dir einen kleinen Witz, über den du sehr lachen wirst. Es gibt eine Überlieferung, derzufolge der einzige Ort, von dem die Juden niemals vertrieben wurden, der Berg Hebron südlich der Stadt ist. Es ist also gut möglich, daß ich jüdisches Blut in den Adern habe. Trotzdem schäme ich mich nicht.
Ich bin kein Anti-Semit, sondern nur ein Anti-Zionist. Glaubst du mir?«
Er wartete die Bestätigung gar nicht erst ab; das brauchte er auch nicht.
»Ich war der jüngste von vier Brüdern und zwei Schwestern. Alle bestellten die Äcker, mein Vater war der *mukhtar* oder das Oberhaupt, das von den weisen Ältesten gewählt wird. Unser Dorf war berühmt für seine Feigen und Trauben, seine Kämpfer und für seine Frauen, die genauso schön und gehorsam sind, wie du es bist. Die meisten Dörfer sind nur für eine Sache berühmt. Das unsere war für viele Dinge berühmt.«
»Natürlich«, murmelte sie. Doch er war weit davon entfernt, sich auf den Arm genommen zu fühlen.
»Am berühmtesten aber war es für die weisen Ratschläge meines Vaters, der glaubte, daß die Moslems zusammen mit Christen und Juden eine einzige Gesellschaft bilden sollten, genauso, wie ihre Propheten im Himmel einträchtig unter einem Gott zusammenleben. Ich spreche sehr viel über meinen Vater, meine Familie und mein Dorf mit dir. Jetzt und auch später. Mein Vater bewunderte dic Juden. Er hatte sich mit dem Zionismus beschäftigt und holte sie gern in unser Dorf, um sich mit ihnen zu unterhalten. Meine älteren Brüder mußten Hebräisch lernen. Als Kind hörte ich abends den Männern zu, wenn sie Lieder von alten Kriegen sangen. Tagsüber brachte ich das Pferd meines Großvaters zur Tränke und hörte die Berichte der Reisenden und Hausierer. Wenn ich dir dieses Paradies beschreibe, klingt das in deinen Ohren wie reine Poesie. Ich kann das. Ich habe die Gabe. Wie wir auf unserem Dorfplatz den *dabke* tanzten und dem *oud* lauschten, während die alten Männer Tricktrack spielten und ihre *narjeels* rauchten.«
Das Wort sagte ihr nichts, aber sie war klug genug, ihn nicht zu unterbrechen.
»In Wirklichkeit, das gebe ich dir gegenüber freimütig zu, erinnere

ich mich nur an wenige solcher Dinge. In Wirklichkeit tue ich nichts weiter, als die Erinnerungen der Alten weiterzugeben; so werden unsere Traditionen in den Lagern lebendig gehalten. Je mehr Generationen wegsterben, desto mehr müssen wir unsere Heimat in den Erinnerungen derer erleben, die vor uns gewesen sind. Die Zionisten werden sagen, wir hätten keine Kultur gehabt, ja, es hätte uns überhaupt nicht gegeben. Sie werden dir sagen, wir wären heruntergekommen, hätten in Lehmhütten gehaust und seien in stinkenden Lumpen herumgelaufen. Sie werden dir Wort für Wort sagen, was früher von den Antisemiten in Europa über die Juden gesagt wurde. Die Wahrheit ist in beiden Fällen dieselbe: Wir waren ein edles Volk.«

Ein Kopfnicken im Dunkeln deutete an, daß seine beiden Identitäten sich darüber einig waren.

»Ich beschreibe dir unser Leben als Bauern und die vielen komplizierten Systeme, mit deren Hilfe das Gemeinwesen in unserem Dorf aufrechterhalten wurde. Die Traubenernte, wie das ganze Dorf auf Befehl des *mukhtars*, meines Vaters, gemeinsam auf die Rebfelder hinauszog. Wie meine älteren Brüder zunächst eine Schule besuchten, die ihr Briten während der Mandatszeit gegründet hattet. Du wirst lachen, aber mein Vater hat auch an die Briten geglaubt. Wie der Kaffee im Gästehaus unseres Dorfes zu jeder Stunde des Tages warm gehalten wurden, damit niemand jemals von uns sagen könnte: ›Dieses Dorf ist zu arm, diese Leute sind Fremden gegenüber nicht gastfreundlich.‹ Du möchtest wissen, was mit dem Pferd meines Großvaters geschehen ist? Er hat es für ein Gewehr verkauft, damit er auf die Zionisten schießen konnte, als sie unser Dorf angriffen. Statt dessen erschossen die Zionisten meinen Großvater. Sie zwangen meinen Vater, dabeizustehen und zuzusehen. Meinen Vater, der an sie geglaubt hatte.«

»Ist das auch wahr?«

»Selbstverständlich.«

Freilich konnte sie nie sagen, ob es nun Joseph war, der antwortete, oder Michel; und sie wußte, daß er das auch gar nicht wollte.

»Ich spreche vom 48er Krieg als von der ›Katastrophe‹ – niemals vom Krieg, sondern von der Katastrophe. In der Katastrophe von '48, sage ich dir, trat die vernichtende Schwäche einer friedfertigen

Gesellschaft zutage. Wir hatten keine Organisationen, wir konnten uns nicht gegen den bewaffneten Aggressor zur Wehr setzen. Unsere Kultur wurde in kleinen Gemeinschaften gepflegt, von denen jede in sich vollständig und abgeschlossen war. Das gleiche trifft auf unsere Wirtschaft zu. Doch wie den europäischen Juden vor dem Holocaust, fehlte uns die politische Einheit, und das war unser Verhängnis. Viel zu oft kam es vor, daß die Gemeinwesen sich gegenseitig bekämpften, doch das ist der Fluch der Araber und vielleicht auch der Juden überall auf der Welt. Weißt du, was sie mit meinem Dorf gemacht haben, diese Zionisten? Weil wir nicht fliehen wollten wie unsere Nachbarn?«

Sie wußte, daß sie es nicht wußte. Doch das war auch nicht weiter wichtig; er achtete ohnehin nicht auf sie.

»Sie machten Faßbomben, die sie mit Benzin und mit Sprengstoffen füllten, ließen sie den Hügel hinunterrollen und steckten unsere Frauen und Kinder in Brand. Ich könnte dir eine ganze Woche lang davon erzählen, nur von den Qualen, die sie meinem Volk angetan haben. Hände abgehackt, Frauen vergewaltigt und verbrannt, Kinder geblendet.«

Nochmals stellte sie ihn auf die Probe, wollte sie herausfinden, ob er das selbst glaubte, doch wollte er ihr außer einem höchst feierlichen Gesichtsausdruck, der zu jeder seiner Naturen gepaßt hätte, keinen Anhaltspunkt geben.

»Ich flüstere dir die Worte *Deir Yassin* zu. Hast du sie zuvor gehört? Weißt du, was sie bedeuten?«

Nein, Michel, ich habe sie noch nie gehört.

Das schien ihn zu erfreuen. »Dann frag mich jetzt: Was bedeutet *Deir Yassin*?«

Sie tat es. Bitte, Herr, was bedeutet *Deir Yassin*?

»Wieder antworte ich dir, als ob ich es gestern mit eigenen Augen gesehen hätte. Am 9. April 1948 wurden in dem kleinen arabischen Dorf Deir Yassin zweihundertvierundfünfzig Dorfbewohner – Greise, Frauen und Kinder – von zionistischen Terrorkommandos niedergemetzelt, während die jungen Männer bei der Feldarbeit waren. Schwangeren Frauen wurden die ungeborenen Kinder im Leib umgebracht. Die meisten Leichen wurden in einen Brunnen geworfen. Es dauerte nur wenige Tage, und nahezu eine halbe

Million Palästinenser war aus ihrer Heimat geflohen. Das Dorf meines Vaters bildete eine Ausnahme. ›Wir werden bleiben‹, sagte er. ›Wenn wir in die Verbannung gehen, lassen uns die Zionisten nie wieder zurückkehren.‹ Er glaubte sogar, ihr Briten würdet wiederkommen, um uns zu retten. Er hat nicht begriffen, daß euer imperialistischer Ehrgeiz darauf ausgerichtet war, im Herzen des Nahen Ostens einen gehorsamen westlichen Verbündeten sich einnisten zu lassen.«

Sie spürte seinen Blick und fragte sich, ob ihm bewußt sei, daß sie sich innerlich zurückgezogen hatte, oder ob er entschlossen war, das nicht zur Kenntnis zu nehmen. Erst hinterher ging ihr auf, daß er sie absichtlich ermunterte, sich von ihm abzuwenden und ins gegnerische Lager überzugehen.

»Noch fast zwanzig Jahre nach der Katastrophe klammerte sich mein Vater an das, was von unserem Dorf noch übriggeblieben war. Einige schimpften ihn einen Kollaborateur. Sie hatten keine Ahnung. Sie hatten nie den zionistischen Stiefel im Genick gehabt. Überall um uns herum in den benachbarten Gebieten wurden die Menschen vertrieben, geschlagen, verhaftet. Die Zionisten nahmen ihnen ihr Land weg, machten ihre Häuser mit Bulldozern dem Erdboden gleich und bauten auf ihnen neue Siedlungen, in denen kein Araber leben durfte. Aber mein Vater war ein Mann des Friedens und der Weisheit, und eine Zeitlang hielt er die Zionisten von unserer Haustür fern.«

Wieder wollte sie ihn fragen: Ist das wahr? Doch wieder kam sie zu spät.

»Aber als im 67er-Krieg die Panzer auf unser Dorf zurollten, da flohen auch wir über den Jordan. Tränen in den Augen, rief mein Vater uns zusammen und befahl uns, unsere Habseligkeiten zusammenzusuchen. ›Die Pogrome werden jeden Augenblick losgehen‹, sagte er. Ich fragte ihn – ich, der Kleinste, der keine Ahnung hatte: ›Vater, was ist ein Pogrom?‹ Und er erwiderte: ›Das, was die Europäer den Juden angetan haben, tun uns jetzt die Zionisten an. Sie haben einen großen Sieg errungen, und sie könnten es sich leisten, großmütig zu sein. Aber in ihrer Politik ist von dieser Tugend nichts zu spüren.‹ Bis zu meinem Tode werde ich nie vergessen, wie mein stolzer Vater die elende Hütte betrat, die von

nun an unser Zuhause sein sollte. Lange stand er auf der Schwelle und wartete darauf, daß er die Kraft fände, sie zu überschreiten. Er weinte nicht, wohl aber saß er tagelang auf einer Kiste mit seinen Büchern und rührte kein Essen an. Ich glaube, in diesen Tagen ist er um zwanzig Jahre gealtert. ›Ich habe mein Grab betreten‹, sagte er. ›Diese Hütte ist mein Grab.‹ Vom Augenblick unserer Ankunft in Jordanien an waren wir staatenlos, hatten wir keine Papiere, keine Rechte, keine Zukunft und keine Arbeit mehr. Meine Schule? Eine Blechhütte, bis zur Decke voll mit fetten Fliegen und unterernährten Kindern. Die Fatah ist mein Lehrer. Es gibt so viel zu lernen. Wie man schießt. Wie man gegen den zionistischen Aggressor kämpft.«
Er sprach nicht weiter, und zuerst dachte sie, er lächelte sie an, doch war sein Gesichtsausdruck alles andere als fröhlich.
»›Ich kämpfe, also bin ich‹«, verkündete er gelassen. »Weißt du, von wem dieses Wort stammt? Von einem Zionisten, einem friedliebenden patriotischen, idealistischen Zionisten, der mit terroristischen Methoden viele Briten und viele Palästinenser umgebracht hat. Da er aber ein Zionist ist, ist er kein Terrorist, sondern ein Held und ein Patriot. Soll ich dir sagen, wer er war, als er diese Worte sprach, dieser friedliebende, zivilisierte Zionist? Er war der Premierminister eines Landes, das sie Israel nennen. Und weißt du, wo er herkam, dieser terroristische zionistische Premierminister? Aus Polen. Kannst du mir bitte sagen – eine gebildete Engländerin einem schlichten staatenlosen Bauern –, kannst du mir bitte sagen, wie es kommen konnte, daß ein Pole der Herrscher über meine Heimat Palästina wurde, ein Pole, der nur ist, weil er kämpft? Kannst du mir bitte erklären, nach welchem Prinzip des englischen Rechts, der englischen Unparteilichkeit und des englischen *fair play* dieser Mann dazu kommt, über *mein* Land zu herrschen? Und *uns* Terroristen zu schimpfen?«
Die Frage war ihr entschlüpft, ehe sie Zeit hatte, sie sich genau zu überlegen. Sie hatte sie nicht als Herausforderung gemeint. Sie kam ganz von selbst, tauchte aus dem Chaos empor, das er in ihr anrichtete: »Ja, kannst *du* es denn?«
Er antwortete nicht, aber er ging ihrer Frage auch nicht aus dem Wege. Er nahm sie an. Einen Augenblick hatte sie das Gefühl, er

hätte sie erwartet. Dann lachte er, kein besonders nettes Lachen, griff nach seinem Glas und prostete ihr zu.
»Bring einen Trinkspruch auf mich aus«, befahl er. »Komm! Erheb dein Glas. Die Geschichte gehört den Siegern. Hast du diese einfache Tatsache vergessen? Trink mit mir!«
Zweifelnd hob sie ihm ihr Glas entgegen.
»Auf das kleine, tapfere Israel!« sagte er. »Auf sein erstaunliches Überleben dank einer amerikanischen Finanzhilfe von sieben Millionen Dollar pro Tag und dank der Tatsache, daß das gesamte Pentagon nach Israels Pfeife tanzt.« Ohne zu trinken, setzte er das Glas wieder ab. Sie tat das gleiche. Zu ihrer Erleichterung schien das Melodrama mit dieser Geste vorläufig vorüber zu sein. »Und du, Charlie, hörst zu. Fassungslos. Überwältigt. Von seiner Romantik, seiner Schönheit, seinem Fanatismus. Er kennt keine Zurückhaltung. Keine westlichen Hemmungen. Haut es hin – oder stößt das Gewebe deiner Phantasie das beunruhigende Transplantat ab?«
Sie nahm seine Hand und erforschte mit der Fingerspitze seine Handfläche. »Und sein Englisch reicht für all das aus, ja?« fragte sie, um Zeit zu gewinnen.
»Sein Wortschatz ist mit Jargon und einem eindrucksvollen Anteil schönklingender Phrasen, fragwürdiger Statistiken und gequälter Zitate überfrachtet. Trotzdem geht von ihm die Begeisterung eines jungen und leidenschaftlichen, aber auch entgegenkommenden Wesens aus.«
»Und was macht Charlie die ganze Zeit über? Ich sitze einfach da, nicht wahr, gucke dumm und lese ihm jedes Wort von den Lippen ab? Ermuntere ich ihn? Was mache ich?«
»Laut Textvorlage ist das, was du machst, praktisch bedeutungslos. Michel hypnotisiert dich fast über die Kerze hinweg. So beschreibst du es ihm später in einem deiner Briefe. ›Mein Lebtag werde ich nicht Dein bezauberndes Gesicht über dem Kerzenlicht vergessen – an jenem ersten Abend, den wir zusammen verbrachten.‹ Ist das für deinen Geschmack zu dick aufgetragen? Allzu kitschig?«
Sie gab seine Hand frei. »Was für Briefe? Woher bekommen wir denn die ganze Zeit über Briefe?«
»Einigen wir uns zunächst darüber, daß du ihm später schreiben wirst. Aber ich frage noch mal – ist das spielbar, haut das hin? Oder sollen wir den Autor erschießen und nach Hause gehen?«

Sie trank einen Schluck Wein. Dann noch einen. »Es ist stimmig. Bis jetzt läßt es sich spielen.«
»Und der Brief – nicht zuviel des Guten – du kannst damit leben?«
»Wenn man es nicht alles in einem Liebesbrief raushängen kann – wo dann?«
»Ausgezeichnet. Dann schreibst du ihm so, und so läuft das Stück bis jetzt auch ab. Bis auf eine Kleinigkeit. Daß dies nicht dein erstes Zusammentreffen mit Michel ist.«
Alles andere als bühnenwirksam stellte sie ihr Glas mit einem Ruck hin.
Eine neue Erregung hatte sich seiner bemächtigt: »Hör zu«, sagte er, lehnte sich vor, und das Kerzenlicht fiel auf seine gebräunten Schläfen wie Sonnenstrahlen auf einen Helm. »Hör zu«, wiederholte er. »Hörst du mir zu?«
Aber wieder wartete er ihre Antwort nicht ab.
»Ein Zitat. Von einem französischen Philosophen. *Das größte Verbrechen besteht darin, nichts zu tun, weil wir befürchten, daß wir nur wenig bewirken können.* Klingelt da nichts bei dir?«
»Mein Gott!« sagte Charlie leise und kreuzte unwillkürlich die Arme vor der Brust, wie um sich zu schützen.
»Soll ich fortfahren?« Er tat es ohnehin. »Erinnert dich das nicht an jemand? *Es gibt nur einen Klassenkampf, und zwar den zwischen den Kolonisatoren und den Kolonisierten, den Kapitalisten und den Ausgebeuteten. Unsere Aufgabe ist es, den Krieg unter diejenigen zu tragen, die ihn machen. Unter die rassistischen Millionäre, die die Dritte Welt als Selbstbedienungsladen betrachten. Unter die korrupten, durch Öl reichgewordenen Scheichs, die das Geburtsrecht der Araber verkauft haben.«* Er hielt inne, bemerkte, wie ihr Kopf zwischen die Hände gesunken war.
»Hör auf, Jose«, flüsterte sie. »Das ist zuviel. Geh nach Hause.«
»Unter die imperialistischen Kriegstreiber, die die zionistischen Aggressoren mit Waffen versorgen. Unter die hirnlose westliche Bourgeoisie, die, ohne es zu wissen, selber Sklaven, Fortsetzer des eigenen Systems sind.« Das war kaum noch ein Flüstern, aber seine Stimme klang gerade deswegen um so eindringlicher. *»Die Welt sagt uns, wir sollen keine unschuldigen Frauen und Kinder angreifen. Aber ich sage euch, so etwas wie Unschuld gibt es gar nicht mehr. Für*

jedes Kind, das in der Dritten Welt vor Hunger stirbt, gibt es im Westen ein Kind, das ihm seine Nahrung gestohlen hat . . .«

»Hör auf«, wiederholte sie durch die Finger hindurch: jetzt war sie sich des Bodens, auf dem sie stand, nur allzu sicher. »Es reicht. Ich geb' auf.«

Doch er fuhr unbeirrt fort: *»Mit sechs wurde ich aus unserem Land vertrieben. Mit acht schloß ich mich der Ashbal an. – Was ist die Ashbal, bitte?* – Komm, Charlie, das war *deine* Frage. Warst du es nicht, die diese Frage gestellt – die die Hand hochgehoben hat? – ›Was ist die Ashbal, bitte?‹ Und was habe ich geantwortet?«

»Kinder-Miliz«, sagte sie, das Gesicht immer noch in den Händen. »Mir wird's gleich schlecht, Jose. Jetzt.«

»Mit zehn kauerte ich in einem selbstgebauten Schutzraum, während die Syrer unser Lager mit Raketen belegten. Als ich fünfzehn war, kamen meine Mutter und meine Schwester bei einem zionistischen Bombenangriff ums Leben. Fahr bitte fort, Charlie – beende du meine Lebensgeschichte für mich.«

Sie hatte wieder seine Hand ergriffen – diesmal mit beiden Händen – und schlug sie sanft voller Vorwurf gegen die Tischplatte.

»Wenn Kinder bombardiert werden können, können sie auch kämpfen«, erinnerte er sie. »Und wenn sie Siedlungen anlegen? Was dann? Mach schon!«

»Dann müssen sie getötet werden«, murmelte sie widerstrebend.

»Und wenn ihre Mütter sie nähren und lehren, uns unsere Häuser wegzunehmen und unser Volk im Exil zu bombardieren?«

»Dann stehen ihre Mütter mit ihren Männern in vorderster Linie. Jose . . .«

»Und wie reagieren wir darauf?«

»Dann müssen auch sie getötet werden. Aber ich habe ihm damals nicht geglaubt, und ich glaube ihm auch heute nicht.«

Er überhörte ihren Einwand. Er beteuerte ihr seine ewige Liebe. »Hör zu! Während ich dich auf dem Wochenendseminar mit meiner Botschaft begeisterte, sah ich durch die Augenschlitze in meinem schwarzen Kopfschützer, wie du mir dein hingerissenes Gesicht zuwandtest. Dein rotes Haar. Deine markanten, revolutionären Züge. Ist es nicht merkwürdig, daß bei unserer ersten Begegnung *ich* es war, der auf der Bühne stand, und du unter den Zuschauern saßest?«

»Ich war hingerissen! Ich hielt dich für vollkommen übergeschnappt und war drauf und dran, dir das auch zu sagen!«

Er ließ sich nicht beirren. »Was immer du damals empfunden hast – hier, in dem Nottinghamer Motel, wirst du unter meinem hypnotischen Einfluß augenblicklich anderen Sinnes: Zwar hättest du mein Gesicht nicht sehen können, sagst du, aber meine Worte hätten sich für immer in dein Gedächtnis eingebrannt. Warum nicht? ... Komm, Charlie! So steht es in deinem Brief an mich!«

Sie ließ sich nicht vereinnahmen. Noch nicht. Zum erstenmal, seit Josephs Geschichte begonnen hatte, war Michel unversehens zu einem selbständigen, lebendigen Wesen geworden. Bis zu diesem Augenblick, so wurde ihr klar, hatte sie ihren imaginären Liebhaber unwillkürlich mit Josephs Zügen ausgestattet, mit Josephs Stimme, um seine Tiraden zu charakterisieren. Plötzlich jedoch waren die beiden Männer wie eine Zelle, die sich teilte, waren sie zwei unabhängige und miteinander im Widerstreit liegende Wesen, und Michel hatte in der Wirklichkeit ein Eigenleben bekommen. Sie sah den unausgefegten Vortragssaal mit dem sich aufrollenden Mao-Foto und den zerkratzten Schulbänken wieder vor sich. Sie sah die Reihen von höchst unterschiedlichen Köpfen, vom Afro-Look bis zur Jesus-Frisur und zurück, sah Al im Zustand alkoholisierten Überdrusses zusammengesackt neben sich sitzen. Und auf dem Podium sah sie die einsame, unergründliche Gestalt unseres tapferen Vertreters aus Palästina, kleiner als Joseph und vielleicht auch ein wenig gedrungener, obwohl das schwer zu sagen war, denn er war in seine schwarze Maske und die formlose Khaki-Bluse und das schwarz-weiß gemusterte *kaffiyeh* gehüllt. Aber jünger – das zweifellos – und fanatischer. Sie erinnerte sich an seine fischähnlichen Lippen, ausdruckslos innerhalb ihrer zottigen Umrandung. Sie erinnerte sich an das rote Taschentuch, das er sich trotzig um den Hals geschlungen hatte, und an die behandschuhten Hände, mit denen er zu seinen Worten gestikulierte. Am deutlichsten jedoch erinnerte sie sich an seine Sprechweise – nicht kehlig, wie sie erwartet hatte, sondern bedächtig und gepflegt, in makabrem Widerspruch zu seiner blutrünstigen Botschaft. Aber ebenfalls nicht Josephs Stimme. Sie erinnerte sich, wie er – ganz anders als Joseph – innehielt, um einen unbeholfenen Satz neu zu formulieren, oder sich um grammatikalische Korrektheit bemühte: »*Gewehr und Rückkehr sind für uns eines . . . Imperialist ist, wer uns in unserem revolutionären Kampf nicht beisteht . . . nichts zu tun heißt der Ungerechtigkeit Vorschub leisten . . .*«

»Ich habe dich sofort geliebt«, erklärte Joseph im selben Ton, so als erinnerte er sich wirklich. »Zumindest sage ich dir das jetzt. Gleich, nachdem der Vortrag zu Ende war, habe ich mich erkundigt, wer du seist, aber ich brachte es nicht über mich, dich vor so vielen Menschen anzusprechen. Außerdem war mir bewußt, daß ich dir mein Gesicht nicht zeigen konnte, und das ist immerhin einer meiner größten Aktivposten. Ich beschloß daher, dich im Theater ausfindig zu machen. Ich zog Erkundigungen ein und verfolgte deine Spur bis nach Nottingham. Hier bin ich. Ich liebe dich unendlich, gezeichnet: Michel.«

Als gälte es, sie zu entschädigen, gab Joseph sich betont um ihr Wohlergehen besorgt, schenkte ihr nach, bestellte Kaffee – nicht zu süß, wie du ihn magst. Ob sie sich frischmachen wolle? Nein, danke, es geht mir gut. Das Fernsehen zeigte in den Nachrichten ausgiebig einen grinsenden Politiker, wie er die Gangway eines Flugzeuges herunterkam. Ohne daß ein Mißgeschick passierte, schaffte er die letzte Stufe.

Nachdem er sein Soll an Fürsorge erfüllt hatte, sah Joseph sich bedeutsam in der Taverne um, richtete den Blick dann auf Charlie, und seine Stimme war plötzlich ganz aufs Praktische gerichtet.

»Ja, also, Charlie. Du bist seine Johanna, seine Liebe. Er ist ganz besessen von dir. Die Bedienung ist nach Hause gegangen, wir beide sitzen ganz allein im Speisesaal. Dein unmaskierter Verehrer und du. Es ist nach Mitternacht, und ich habe viel zu lange geredet, obwohl ich kaum angefangen habe, dir zu sagen, wie es in meinem Herzen aussieht, oder dich nach dir, die ich unvergleichlich liebe, zu fragen, das ist eine ganz neue Erfahrung für mich, und so weiter und so fort. Morgen ist Sonntag, du hast keinerlei Verpflichtungen. Ich habe ein Zimmer im Motel genommen. Ich mache nicht den Versuch, dich zu überreden. Das ist nicht meine Art. Vielleicht habe ich auch zu große Hochachtung vor deiner Würde. Oder vielleicht

bin ich auch zu stolz, um anzunehmen, daß man dich überreden müsse. Entweder, du kommst als Kampfgefährtin zu mir, als jemand, der wahrhaft und frei liebt, Soldat zu Soldat – oder du tust es nicht. Wie reagierst du? Wirst du plötzlich ungeduldig und willst ins *Astral Commercial and Private Hotel* in der Nähe des Bahnhofs zurück?«
Sie starrte ihn an, dann wandte sie den Blick ab. Ihr lag ein halbes Dutzend witziger Antworten auf der Zunge, doch sie unterdrückte sie. Die mit der Kapuze verhüllte völlig isolierte Gestalt an dem Wochenendseminar war plötzlich wieder etwas Abstraktes für sie. Joseph, nicht der Fremde, hatte die Frage gestellt. Was sollte sie schon sagen, da sie in ihrer Vorstellung doch bereits zusammen im Bett lagen, Josephs Kopf mit dem kurzgeschnittenen Haar auf ihrer Schulter ruhte, Josephs kräftiger, narbenbedeckter Körper neben ihr ausgestreckt war und sie versuchte, seine wahre Natur aus ihm herauszuholen?
»Schließlich, Charlie – du selbst hast es uns erzählt –, bist du mit vielen Männern für weniger ins Bett gegangen, würde ich meinen.«
»Oh, für wesentlich weniger«, pflichtete sie ihm bei und interessierte sich plötzlich für den Salzstreuer aus Plastik.
»Du trägst seinen teuren Schmuck. Du bist allein in einer trostlosen Stadt. Es regnet. Er hat dich verzaubert – hat der Schauspielerin geschmeichelt und die Revolutionärin begeistert. Wie könntest du ihm einen Korb geben?«
»Mich auch noch zum Essen ausgeführt«, erinnerte sie ihn. »Selbst wenn ich grade kein Fleisch aß.«
»Es ist alles, was eine gelangweilte Europäerin sich erträumen könnte, oder?«
»Jose, um Himmels willen«, flüsterte sie, nicht einmal imstande, ihn anzusehen.
»Also dann«, sagte er munter und schnippte nach der Rechnung. »Gratuliere. Du bist also endlich deinem Seelenfreund begegnet.«
Eine geheimnisvolle Brutalität machte sich plötzlich in seinem Verhalten bemerkbar. Sie hatte das lächerliche Gefühl, daß ihre Einwilligung ihn geärgert hatte. Sie beobachtete, wie er bezahlte, sah ihn die Rechnung einstecken. Hinter ihm trat sie in die Nachtluft hinaus. Ich bin das doppelt-versprochene Mädchen, dachte sie.

Wenn du Joseph liebst, nimm Michel. Er hat mich an sein Phantom im Theater der Wirklichkeit verkuppelt.
»Im Bett vertraut er dir an, daß er in Wiklichkeit Salim heißt, aber das ist ein großes Geheimnis«, sagte Joseph wie beiläufig, als sie ins Auto stiegen. »Er zieht Michel vor. Teils aus Sicherheitsgründen, teils weil er schon leicht in die europäische Dekadenz verliebt ist.«
»Salim gefällt mir besser.«
»Aber du sagst Michel zu ihm.«
Genau, was auch immer ihr alle sagt, dachte sie. Doch ihre Passivität war trügerisch, sogar für sie selbst. Sie spürte, wie Empörung sich in ihr regte, noch tief unten, aber höher, immer höher stieg.

Das Motel sah aus wie ein niedriger Fabrikbau. Zuerst fanden sie keinen Platz zum Parken; dann rumpelte ein weißer Volkswagenbus ein Stück voran, um ihnen Platz zu machen, und flüchtig sah sie die Gestalt von Dimitri am Steuer. Die Orchideen an sich gedrückt, wie Joseph es ihr aufgetragen hatte, wartete sie, während er seinen roten Blazer überzog, um ihm dann – allerdings zögernd und auf Distanz bedacht – über den Asphalt zum Eingang zu folgen. Joseph trug außer ihrer Schultertasche auch noch seine elegante schwarze Reisetasche. Gib her, das ist meine. In der Halle sah sie aus dem Augenwinkel Raoul und Rachel unter der schaurigen Leuchtröhre stehen und Anschläge über Touren für morgen studieren. Sie funkelte sie an. Joseph ging zur Rezeption, und jetzt kam sie näher, um zuzusehen, wie er sich eintrug, obwohl er ihr eingeschärft hatte, es nicht zu tun. Arabischer Name, Staatsbürgerschaft libanesisch, Adresse eine Apartment-Nummer in Beirut. Sein Benehmen herablassend: ein Mann von Rang, bereit, jederzeit beleidigt zu sein. Du bist gut, dachte sie trübsinnig und versuchte, ihn zu hassen. Keine überflüssigen Gesten, aber viel Stil; du machst dir die Rolle zu eigen. Der gelangweilte Nachtportier bedachte sie mit einem lüsternen Blick, zeigte aber nicht die Respektlosigkeit, die ihr vertraut war. Der Hausdiener lud ihr Gepäck auf einen riesigen Klinik-Rollwagen. Ich trage einen blauen Kaftan und ein Goldarmband und Wäsche von Persephone, München; der erste Bauer, der mich ein Flittchen nennt, kann was erleben! Joseph nahm ihren Arm, und

seine Hand versengte ihre Haut. Sie machte sich von ihm frei. Zieh Leine! Unter den leisen Klängen gregorianischen Gesangs folgten sie ihrem Gepäck durch einen grauen Tunnel vorüber an pastellfarben gestrichenen Türen. Ihr Schlafzimmer war *grande luxe*: das heißt, französisches Bett und steril wie ein Operationssaal.
»Himmel!« platzte sie heraus und starrte mit wütender Feindseligkeit um sich.
Der Hausdiener drehte sich erstaunt nach ihr um, doch sie ignorierte ihn. Sie entdeckte eine Schale Obst, einen Eiskübel, zwei Gläser und eine Flasche Wodka, die neben dem Bett standen. Eine Vase für die Orchideen. Sie stopfte sie hinein. Joseph gab dem Diener ein Trinkgeld, der Rollwagen quietschte zum Abschied, und plötzlich waren sie allein – mit einem Bett, so groß wie ein Fußballplatz, zwei gerahmten Kohlezeichnungen von minoischen Stieren, die die geschmackvolle erotische Atmosphäre lieferten, und einem Balkon mit verbautem Blick auf den Parkplatz. Charlie nahm die Wodka-Flasche aus dem Kühler, schenkte sich ein großes Glas ein und ließ sich auf den Bettrand fallen.
»Prost, alter Junge«, sagte sie.
Joseph stand noch und beobachtete sie ausdruckslos. »Prost, Charlie«, erwiderte er, obwohl er kein Glas hatte.
»So, und was machen wir jetzt? Monopoly spielen? Oder ist dies die große Szene, für die wir uns Eintrittskarten gekauft haben?« Sie wurde lauter. »Ich mein', wer zum Teufel sind wir denn hier? Nur zu meiner Information? *Wer*? Richtig? Nur wer?«
»Du weißt sehr gut, wer wir sind, Charlie. Wir sind ein Liebespaar, das seine Hochzeitsreise in Griechenland genießt.«
»Ich dachte, wir wären in einem Motel in Nottingham?«
»Wir spielen beide Szenen gleichzeitig. Ich dachte, das wäre dir klar. Wir stellen die Vergangenheit und die Gegenwart her.«
»Weil wir so wenig Zeit haben.«
»Sagen wir: weil Menschenleben auf dem Spiel stehen.«
Sie nahm noch einen Schluck Wodka, und ihre Hand zitterte nicht im geringsten; das tat ihre Hand nie, wenn die schwarze Stimmung sie packte. »Jüdische Menschenleben«, korrigierte sie ihn.
»Gibt es da einen Unterschied zu anderen Menschenleben?«
»Das würde ich aber verdammt noch mal doch sagen! Himmel! Ich

meine, Kissinger kann die armen Scheiß-Kambodschaner bombardieren bis zum Gehtnichtmehr. Kein Mensch rührt einen Finger. Die Israelis können aus den Palästinensern Hackfleisch machen, sooft sie wollen. Wenn aber in Frankfurt oder sonstwo ein paar Rabbis hochgehen, dann ist das eine echte, erstklassige erlesene internationale Katastrophe, hab' ich nicht recht?«

Sie starrte an ihm vorbei auf irgendeinen imaginären Feind, doch aus den Augenwinkeln sah sie, daß er einen entschlossenen Schritt auf sie zu machte, und einen strahlenden Augenblick lang meinte sie tatsächlich, er werde ihr die Qual der Wahl endgültig abnehmen. Doch statt dessen ging er an ihr vorüber ans Fenster und machte die Balkontür auf, vielleicht, weil er das Dröhnen des Verkehrs brauchte, um ihre Stimme damit zu übertönen.

»Katastrophen sind es alle«, erwiderte er ungerührt und blickte hinaus. »Frag mich, was die Bewohner von Kiryat Shmonah für Gefühle bewegen, wenn die palästinensischen Granaten runterkommen. Frag die Kibbuzim, wie ihnen beim Heulen der Katyusha-Raketen zumute ist – immer vierzig auf einmal –, wenn sie ihre Kinder in die Unterstände bringen und so tun, als wäre alles nur ein Spiel.« Er sprach nicht weiter und seufzte irgendwie gelangweilt, als hätte er seine eigenen Argumente schon hundertmal gehört. »Trotzdem«, fügte er dann in zweckmäßigem Ton hinzu, »wenn du das nächstemal mit diesem Argument kommst, solltest du meines Erachtens dabei bedenken, daß Kissinger Jude ist. Auch das hat einen Platz in Michels nicht sonderlich entwickeltem politischen Vokabular.«

Sie preßte die Knöchel in den Mund und entdeckte, daß sie weinte. Er kam zu ihr und setzte sich neben sie aufs Bett, und sie wartete darauf, daß er den Arm um sie legte und ihr etwas vernünftigere Argumente lieferte oder sie einfach nahm, was ihr am liebsten gewesen wäre. Doch er tat nichts dergleichen. Er war willens, sie ihrer Trauer zu überlassen, bis sie sich nach und nach einbildete, daß er irgendwie mit ihr gleichziehe und sie jetzt gemeinsam trauerten. Mehr als alle Worte schien sein Schweigen dem, was sie tun mußten, etwas an Schärfe zu nehmen. Eine Ewigkeit blieben sie so Seite an Seite, bis sie ihr Schluchzen in einem tiefen, erschöpften Seufzer ausklingen ließ. Doch selbst dann bewegte er sich noch nicht – nicht auf sie zu, nicht von ihr weg.

»Jose«, flüsterte sie verloren und nahm noch einmal seine Hand. »Wer, zum Teufel, bist du? Was fühlst du in all diesen verwirrten Stacheldrahtknäueln?«
Sie hob den Kopf und horchte auf die Geräusche von anderen Leben in den angrenzenden Räumen. Das quengelige Gegreine eines Kindes, das nicht einschlafen konnte. Ein schriller Ehestreit. Sie hörte Schritte vom Balkon und blickte gerade noch rechtzeitig auf, um zu sehen, daß Rachel, mit einem Trainingsanzug aus Frottee, mit Schwammbeutel und Thermosflasche bewaffnet, über die Schwelle in das Zimmer trat.

Wach und zu erschöpft, um Schlaf zu finden, lag sie da. So wie dies war Nottingham nie. Von nebenan hörte man, wie gedämpft telefoniert wurde, und sie meinte, seine Stimme zu erkennen. Sie lag in Michels Armen. Sie lag in Josephs Armen. Sie sehnte sich nach Al. Sie war in Nottingham mit der Liebe ihres Lebens, war sicher in ihrem eigenen Bett, daheim in Camden, war in dem Zimmer, das ihre Scheiß-Mutter immer noch Kinderzimmer nannte. Sie lag da, wie sie als Kind dagelegen hatte, nachdem ihr Pferd sie abgeworfen hatte, verfolgte den Film ihres Lebens und erforschte ihren Geist, so wie sie vorsichtig ihren Körper erforscht, jedes Teil einzeln abgetastet und nach irgendwelchen Schäden gesucht hatte. Meilenweit von ihr entfernt, auf der anderen Seite des Bettes, lag Rachel und las im Schein einer winzigen Lampe eine Taschenbuchausgabe von Thomas Hardy.
»Wen hat er eigentlich, Rachel?« sagte sie. »Wer stopft ihm die Socken und macht ihm seine Pfeifen sauber?«
»Warum fragst du ihn nicht selbst, meine Liebe?«
»Du etwa?«
»Das würde nicht klappen, meinst du nicht auch? Jedenfalls nicht für länger.«
Charlie döste, versuchte aber immer noch dahinterzukommen, wer er eigentlich sei. »Er war ein Kämpfer«, sagte sie.
»Der beste«, sagte Rachel voller Genugtuung. »Ist es immer noch.«
»Und wie hat er sich dann seine Kämpfe ausgesucht?«
»Man hat sie für ihn ausgesucht, nicht wahr?« sagte Rachel, immer noch in ihr Buch versunken.

Charlie versuchte einen Vorstoß: »Er hat ja wohl mal eine Frau gehabt. Was ist mir ihr geschehen?«
»Tut mir leid, meine Liebe«, sagte Rachel
»›Ist sie von selbst abgesprungen, oder hat jemand nachgeholfen?‹ fragt man sich unwillkürlich«, grübelte Charlie, ohne sich durch die Abfuhr irritieren zu lassen. »Ich kann mir schon vorstellen, daß man so weit kommt. Die Ärmste, sie mußte ja an die sechs Chamäleons auf einmal sein, bloß um eine Busfahrt mit ihm zu machen.«
Eine Zeitlang lag sie still da.
»Wie kommt es denn, daß *du* dich auf diese Sache eingelassen hast, Rachel?« fragte sie, und zu ihrer Überraschung legte sich Rachel das Buch auf den Bauch und erzählte es ihr. Ihre Eltern seien orthodoxe Juden aus Pommern, sagte sie. Nach dem Krieg hätten sie sich in Macclesfield niedergelassen und wären in der Textilbranche reich geworden. »Filialen auf dem Kontinent und ein Penthouse in Jerusalem«, sagte sie unbeeindruckt. Ihr Wunsch sei es gewesen, daß Rachel nach Oxford ging und dann in das Familienunternehmen eintrat, doch habe sie lieber die Bibel und jüdische Geschichte an der Hebräischen Universität studiert.
»Es ist einfach passiert«, erwiderte sie, als Charlie nicht lockerließ und sie nach dem nächsten Schritt fragte.
Aber wie? Charlie ließ sich damit nicht abspeisen. Warum? »Wer hat dich ausgesucht, Rachel, und was sagen sie dann?«
Rachel sagte ihr nicht, wie oder wer, wohl aber, warum. Sie kenne Europa und sie kenne den Antisemitismus, sagte sie. Und außerdem habe sie diesen überheblichen kleinen Sabra-Kriegshelden an der Universität zeigen wollen, daß sie genausogut für Israel kämpfen könne wie irgendein junger Mann.
»Und was ist mit Rose?« fragte Charlie auf gut Glück.
Bei Rose sei das kompliziert, entgegnete Rachel, als ob das bei ihr nicht der Fall wäre. Rose sei in Südafrika bei der Zionistischen Jugend gewesen, nach Israel gekommen und habe dann nicht gewußt, ob sie nicht doch hätte bleiben und gegen die Apartheid kämpfen sollen.
»Irgendwie strengt sie sich noch mehr an als andere, weil sie nicht weiß, was sie eigentlich tun soll«, erklärte Rachel und wandte sich dann mit einer Entschlossenheit, die jede weitere Diskussion ausschloß, wieder ihrem *Bürgermeister von Casterbridge* zu.

Ideale im Überfluß, dachte Charlie. Noch vor zwei Tagen hatte ich keine. Sie überlegte, ob sie denn jetzt welche hätte. Frag mich morgen früh. Eine Zeitlang schwelgte sie schläfrig in Schlagzeilen: BERÜHMTE PHANTASTIN BEGEGNET WIRKLICHKEIT. – JOHANNA VON ORLEANS VERBRENNT PALÄSTINENSISCHEN AKTIVISTEN. – Gut, Charlie, ja, gute Nacht.

Beckers Zimmer lag ein paar Schritte weiter den Korridor hinunter und hatte zwei Einzelbetten, das war das Äußerste, womit das Hotel bereit war, anzuerkennen, daß jemand allein war. Er lag auf einem Bett und starrte auf das andere, das Telefon auf einem Tischchen dazwischen. In zehn Minuten war es halb zwei, und halb zwei war der Zeitpunkt. Der Nachtportier hatte sein Trinkgeld eingesteckt und verprochen, den Anruf durchzustellen. Er war hellwach, wie oft um diese Stunde. Zu klarsichtig, um zu denken, und zu langsam, um wieder herunterzukommen. Alles präsent zu haben und zu vergessen, was dahintersteckt. Oder was nicht. Das Telefon klingelte auf die Minute genau, und sofort begrüßte ihn Kurtz' Stimme. Wo ist er? fragte sich Becker. Er hörte im Hintergrund Musik vom Band und schloß richtig auf ein Hotel. Deutschland, fiel ihm ein. Ein Hotel in Deutschland spricht mit einem Hotel in Delphi. Kurtz sprach englisch, weil das weniger verdächtig war, und er sprach betont nachlässig, damit ein Mithörer, was zwar nicht wahrscheinlich war, aber möglich, nicht plötzlich aufhorchte. Ja, alles sei in Ordnung, versicherte ihm Becker; das Geschäft mache sich gut, er sähe im Augenblick keinerlei Fallstricke. Was ist mit dem jüngsten Erzeugnis? fragte er.
»Das mit der Zusammenarbeit klappt ganz ausgezeichnet«, versicherte Kurtz ihm in dem übertriebenen Ton, mit dem er seine weit verstreuten Truppen aufmunterte. »Gehen Sie nur zum Lager, sobald Sie wollen, Sie werden von dem Produkt bestimmt nicht enttäuscht sein. Und noch was.«
Becker führte in der Regel seine Telefongespräche mit Kurtz nicht zu Ende, und Kurtz auch nicht mit ihm. Es war schon eine sonderbare Sache zwischen ihnen, daß beide miteinander wetteiferten, der erste zu sein, der den anderen los wurde. Diesmal jedoch hörte

Kurtz ihn bis zu Ende an und Becker Kurtz. Doch als er den Hörer auflegte, erblickte Becker seine attraktiven Züge im Spiegel und starrte sie voller Abscheu an. Einen Augenblick lang erschienen sie ihm voller falscher Versprechungen, und er hatte den morbiden und überwältigenden Wunsch, sie für immer auszulöschen: *Wer, zum Teufel, bist du? ... Was fühlst du?* Er ging näher an den Spiegel heran. Ich habe das Gefühl, als betrachtete ich einen toten Freund und hoffte, er würde wieder lebendig. Ich habe das *Gefühl*, als hielte ich – ohne Erfolg – in einem anderen nach meinen alten Hoffnungen Ausschau. Ich habe das *Gefühl*, als wäre ich – wie du – Schauspieler und umgäbe mich mit anderen Formen meiner Identität, weil mir das Original unterwegs irgendwie abhanden gekommen ist. Aber in Wahrheit fühle ich gar nichts, denn echtes Gefühl ist zerstörerisch und widerspricht der militärischen Zucht. Deshalb fühle ich nicht, sondern ich kämpfe, und *ergo* bin ich.

Er ging ungeduldig durch die Stadt, mit weit ausholenden Schritten, und hatte unbewegt vor sich hin gesehen, als ob Gehen ihn langweilte und die Entfernung wie immer zu kurz sei. Es war eine Stadt, die auf einen Angriff wartete, und er hatte im Laufe von zwanzig oder mehr Jahren zu viele Städte in diesem Zustand erlebt. Die Menschen waren von den Straßen geflüchtet; kein Kind war zu hören. Legt die Häuser in Schutt und Asche. Schießt auf alles, was sich bewegt. Von ihren Besitzern verlassen, standen die Ausflugsbusse und Autos da, und Gott allein wußte, wann sie sie wiedersehen würden. Gelegentlich glitt sein Blick rasch in eine offene Toreinfahrt oder den Eingang zu einer unbeleuchteten Gasse, aber immer auf der Hut zu sein, war ihm zur zweiten Natur geworden, und er verlangsamte den Schritt nicht. Als er zu einer Seitenstraße kam, hob er den Kopf, um den Namen zu lesen, lief aber auch hier rasch weiter, ehe er eilends in einen Bauplatz einbog. Zwischen den hoch aufgeschichteten Backsteinhaufen war ein bunt bemalter Kleinbus abgestellt. Daneben standen schief die Pfähle einer Wäscheleine, mit der zehn Meter Antennendraht getarnt worden waren. Die Tür ging auf, ein Pistolenlauf richtete sich auf sein Gesicht, als ob ein Auge ihn scharf anblickte, verschwand dann. Eine respektvolle Stimme sagte »Schalom!« Er stieg ein und schloß die Tür hinter sich. Die Musik übertönte das unregelmäßige Geratter des kleinen Fernschreibers nicht ganz. David, der ihn schon in der Villa in Athen bedient hatte, hockte dahinter; zwei von Litvaks jungen Männern leisteten ihm Gesellschaft. Becker nickte nur flüchtig, setzte sich auf die gepolsterte Bank und machte sich an die Lektüre des dicken Packens von Fernschreiben, die schon für ihn bereitgelegt worden waren.

Die jungen Männer betrachteten ihn voller Hochachtung. Er spürte geradezu, wie sie begierig seine Ordensspangen zählten; wahrscheinlich wußten sie über seine Heldentaten besser Bescheid als er selbst.

»Sie sieht gut aus, Gadi«, sagte der Mutigere von den beiden.

Becker ging nicht darauf ein. Manchmal strich er einen Absatz an der Seite an, manchmal unterstrich er ein Datum. Als er fertig war, reichte er den jungen Leuten den Packen und ließ sich von ihnen abfragen, bis er überzeugt war, daß er sich alles genau eingeprägt hatte.

Wieder draußen vor dem Caravan, blieb er wider Willen vor dem Fenster stehen und hörte, wie sie sich mit fröhlichen Stimmen über ihn unterhielten.

»Die Krähe hat ihm einen Direktorenposten nur für ihn allein verschafft; er leitet irgendeine große Textilfabrik in der Nähe von Haifa«, sagte der Mutige.

»Toll«, sagte der andere. »Also gehen wir in Pension und lassen uns von Gavron zu Millionären machen.«

Kapitel 11

Für sein verbotenes, aber überaus wichtiges Wiedersehen mit dem guten Dr. Alexis am Abend desselben Tages umgab Kurtz sich mit der Haltung kollegialen, durch lange Freundschaft geprägten Einvernehmens zwischen Profis. Auf seinen Vorschlag hin trafen sie sich nicht in Wiesbaden, sondern in Frankfurt, wo die Menschenmassen dichter und mehr in Bewegung sind, in einem Hotel, das in dieser Woche die Vertreter der Plüschtier-Industrie beherbergte. Alexis hatte sein Haus vorgeschlagen, doch das hatte Kurtz mit versteckten Andeutungen abgelehnt, die Alexis augenblicklich witterte. Es war zehn Uhr abends, als sie sich trafen, und die meisten Delegierten waren auf der Suche nach anderen Kuscheltieren bereits in die Stadt ausgeschwärmt. Die Bar war dreiviertel leer, und wenn man sie so sah, waren sie auch nichts anderes als zwei Geschäftsleute, die über einer Schale mit Plastikblumen die Probleme der Welt lösten. Was sie in gewisser Weise ja auch taten. Aus den Lautsprechern rieselte Musik vom Band, doch der Barkeeper hörte in seinem Transistorradio ein Bach-Programm.

In der Zeit seit ihrer ersten Begegnung schien das, was in Alexis wider den Stachel gelöckt hatte, endgültig eingeschlafen zu sein. Über ihm lagen die ersten schwachen Schatten des Versagens wie eine sich ankündigende Krankheit, und sein Fernseh-Lächeln war von einer neuen Bescheidenheit, die ihm gar nicht stand. Kurtz, der sich anschickte, seine Beute endgültig ins Netz zu bekommen, vermerkte das dankbar mit einem einzigen Blick – Alexis, weniger dankbar jeden Morgen, wenn er allein im Badezimmer die Haut um die Augen zurückschob und kurz die Reste seiner schwindenden Jugendlichkeit wiederbelebte. Kurtz überbrachte Grüße aus Jerusalem und als Mitbringsel ein Fläschchen trüben Wassers – echtes Jordan-Wasser, wie auf dem Etikett bestätigt wurde. Er habe gehört, die neue Frau Alexis erwarte ein Baby, und meinte, das Wasser könne daher gelegen kommen. Diese Geste rührte Alexis und amüsierte ihn irgendwie mehr, als der Anlaß eigentlich gerechtfertigt hätte.

»Aber dann haben Sie es früher erfahren als ich«, verwahrte er sich, nachdem er die Flasche höflich erstaunt betrachtet hatte. »Ich hab's ja noch nicht einmal meinen Mitarbeitern gesagt.« Und das stimmte: Sein Schweigen war gleichsam ein letztes Rückzugsgefecht gewesen, um die Empfängnis doch noch zu verhüten.

»Eröffnen Sie es ihnen, wenn es vorüber ist, und entschuldigen Sie sich dann«, schlug Kurtz nicht ohne Hintersinn vor. Still, wie es sich für Leute gehört, die nicht viele Umstände machen, tranken sie auf das Leben und eine bessere Zukunft für das ungeborene Kind des Doktors.

»Wie ich gehört habe, fungieren Sie jetzt als Koordinator«, sagte Kurtz mit einem Aufblitzen in den Augen.

»Auf alle Koordinatoren«, erwiderte Alexis ernst, und sie nippten noch einmal an ihrem Glas. Sie beschlossen, sich mit Vornamen anzureden, doch behielt Kurtz trotzdem das förmliche *Sie* statt des Dus bei. Er wollte nicht, daß seine Überlegenheit Alexis gegenüber untergraben wurde.

»Dürfte ich fragen, was Sie koordinieren, Paul?« fragte Kurtz.

»Herr Schulmann, ich muß Ihnen mitteilen, daß die Verbindung zu befreundeten Geheimdiensten nicht mehr zu meinen offiziellen Obliegenheiten gehört«, erhob Alexis die Stimme und parodierte dabei mit Absicht die Sprache der Bonner Ministerialbürokratie: und erwartete, daß Kurtz weiter in ihn drang.

Kurtz jedoch wagte eine Vermutung, die durchaus keine Vermutung war. »Ein Koordinator trägt die administrative Verantwortung für so wichtige Dinge wie Transport, Ausbildung, Rekrutierung und hat finanziell Rechenschaft über den Operationsbereich zu geben. Und außerdem ist er verantwortlich für den Informationsaustausch zwischen den Einrichtungen des Bundes und der Länder.«

»Sie haben die Beurlaubungen ausgelassen«, wandte Alexis ein, wieder einmal ebenso amüsiert wie erschrocken darüber, wie ausgezeichnet Kurtz' Informationen waren. »Wollen Sie mehr Urlaub, kommen Sie nach Wiesbaden, ich verschaffe ihn Ihnen. Wir haben ein außerordentlich hochkarätiges Komitee eigens für Beurlaubungen.«

Kurtz versprach das – es sei wirklich höchste Zeit, daß er einmal ausspanne, gestand er. Dieser Hinweis auf das Überarbeitetsein erinnerte Alexis an seine eigene Zeit im Sicherheitsdienst, und er schweifte ab, um von einem Fall zu erzählen, bei dem er drei Nächte hintereinander nicht geschlafen hatte – und zwar wirklich, Marty, mich nicht einmal hingelegt. Voller Mitgefühl und Hochachtung hörte Kurtz sich das an. Kurtz war ein ausgezeichneter Zuhörer, eine Spezies, der Alexis in Wiesbaden nur allzu selten begegnete.

»Wissen Sie was, Paul«, sagte Kurtz, nachdem das Gespräch auf diese Weise eine Zeitlang angenehm hin und her gegangen war, »ich bin selber auch mal Koordinator gewesen. Mein Vorgesetzter war zu dem Schluß gekommen, daß ich ein unartiger Junge gewesen sei« – Kurtz setzte ein klägliches verschwörerisches Grinsen auf –, »und machte mich zu einem Koordinator. Da habe ich mich dermaßen gelangweilt, daß ich nach einem Monat einen Brief an General Gavron schrieb und ihm offiziell mitteilte, er sei eine Flasche. ›General, dies ist offiziell. Marty Schulmann behauptet, Sie sind eine Flasche.‹ Ich mußte bei ihm antanzen. Sie kennen diesen Gavron? Nicht? Er ist klein und verhutzelt, mit einer dicken schwarzen Mähne. Findet innerlich keinen Frieden. Immer voller Unruhe. ›Schulmann‹, raunzt er mich an. ›Was hat das zu bedeuten, ein Monat, und schon schimpfen Sie mich eine Flasche? Wie sind Sie hinter mein dunkles Geheimnis gekommen?‹ – ›General‹, sage ich. ›Wenn Sie auch nur einen Funken Selbstachtung hätten, würden Sie mich in den Mannschaftsstand zurückversetzen und wieder meiner alten Einheit zuteilen, wo ich Sie nicht offen ins Gesicht beleidigen kann.‹ Und wissen Sie, was Misha getan hat? Er hat mich rausgeschmissen, und dann hat er mich befördert. So habe ich meine alte Einheit wiederbekommen.«

Diese Geschichte war um so erheiternder, als sie Alexis an seine eigenen vergangenen Tage als vielzitierter Außenseiter unter den aufgeblasenen Typen der Bonner Hierarchie erinnerte. So war es das Natürlichste von der Welt, daß sich ihre Unterhaltung noch einmal der Godesberger Greueltat zuwandte, denn schließlich hatten sie sich anläßlich dieses Verbrechens kennengelernt.

»Wie ich höre, machen sie endlich ein paar Fortschritte«, bemerkte Kurtz. »Haben die Spur des Mädchens bis nach Paris-Orly zurückverfolgt – ein beachtlicher Durchbruch, auch wenn sie bis jetzt noch nicht wissen, wer sie ist.«
Alexis war nicht wenig irritiert, dieses sorglose Lob ausgerechnet aus dem Mund von jemand zu hören, den er so bewunderte und achtete. »Das nennen Sie einen Durchbruch? Gerade gestern habe ich ihre neueste Analyse auf den Tisch bekommen. Irgendein Mädchen fliegt am Tag des Attentats von Orly nach Köln. Glauben sie. Sie trägt Jeans. Kopftuch, gute Figur, wahrscheinlich blond, aber was soll's? Die Franzosen können nicht mal feststellen, ob sie die Maschine nach Köln überhaupt bestiegen hat. Zumindest behaupten sie das.«
»Vielleicht liegt das daran, daß sie die Maschine nach Köln gar nicht bestiegen hat«, gab Kurtz zu bedenken.
»Aber wie soll sie denn nach Köln fliegen, wenn sie nicht die Kölner Maschine besteigt?« wandte Alexis ein, der die Pointe nicht ganz mitbekommen hatte. »Diese Kretins könnten nicht mal die Spur eines Elefanten durch einen Berg Kakao verfolgen.«
Die Nachbartische waren immer noch frei, und mit Bach aus dem Transistor und *Oklahoma* aus den Lautsprechern gab es genug Musik, um gleich mehrere Ketzereien zu übertönen.
»Mal angenommen, sie nimmt ein Ticket nach woandershin«, sagte Kurtz geduldig. »Sagen wir, nach Madrid. Sie steigt in Orly ein, kauft aber ein Ticket nach Madrid.«
Alexis akzeptierte die Hypothese.
»Sie nimmt ein Ticket Orly-Madrid, und in Orly geht sie zur Abfertigung für die Maschine nach Madrid. Dann geht sie mit ihrer Madrider Boarding-Card in den Warteraum und sucht sich einen bestimmten Platz, um zu warten, wartet. Sagen wir, ziemlich in der Nähe eines gewissen Abflug-Gate. Sagen wir mal, Abflug-Gate achtzehn, da wartet sie. Jemand kommt auf sie zu, ein Mädchen, spricht die verabredeten Worte, die beiden gehen aufs Damenklo, tauschen ihre Tickets aus. Hübsch eingefädelt. Wirklich ein hübsches Arrangement. Und ihre Pässe tauschen sie auch. Bei Mädchen ist das weiter kein Problem. Make-up – Perücken – ach, Paul, wenn Sie der Sache auf den Grund gehen, sind alle hübschen Mädchen gleich.«

Die Wahrheit dieses Aphorismus gefiel Alexis sehr, war er doch bei seiner zweiten Ehe erst vor kurzem zu dem gleichen nicht gerade erhebenden Schluß gekommen. Aber er hielt sich nicht dabei auf, denn er spürte bereits, daß eine echte Information unmittelbar bevorstand, und der Polizist in ihm war wieder zum Leben erwacht. »Und als sie nach Bonn kommt?« fragte er und zündete sich eine Zigarette an.

»Sie kommt mit einem belgischen Paß an. Eine schöne Fälschung aus einer in Ostdeutschland hergestellen Serie. Am Flughafen trifft sie sich mit einem bärtigen jungen Mann auf einem gestohlenen Motorrad mit falschem Nummernschild. Groß, jung, bärtig: Mehr weiß das Mädchen nicht, mehr weiß aber auch sonst kein Mensch, denn diese Leute sind sehr gut, wenn es um Sicherheitsvorkehrungen geht. Ein Bart. Was ist ein Bart? Er hat auch nie den Helm abgenommen. Gerade mit den Sicherheitsvorkehrungen sind diese Leute überdurchschnittlich. Außergewöhnlich sogar. Ich würde sagen, außergewöhnlich.«

Alexis sagte, das sei auch ihm schon aufgefallen.

»Der junge Mann hat bei dieser Operation die Aufgabe, die Sicherung zu spielen«, fuhr Kurtz fort. »Weiter tut er nichts. Er unterbricht den Stromkreis. Er holt das Mädchen ab, vergewissert sich, daß ihr niemand folgt, fährt sie ein bißchen rum und bringt sie zur Einsatzbesprechung in ein sicheres Haus.« Er hielt inne. »In der Nähe von Mehlem gibt es einen Bauernhof, wie Städter ihn sich zur Bewirtschaftung kaufen; das Anwesen nennt sich Haus Sommer. Am Ende der südlichen Zufahrt steht eine umgebaute Scheune. Diese Auffahrt selbst führt direkt auf einen Autobahnzubringer. Unter dem Schlaftrakt befindet sich eine Garage, und in der Garage steht ein Opel mit Siegburger Nummer; der Fahrer sitzt schon am Steuer.«

Dazu konnte der in Gedanken verlorene Alexis zu seiner Freude etwas beitragen. »Achmann«, sagte er leise. »Der Publizist Achmann aus Düsseldorf! Sind wir denn wahnsinnig? Wieso hat niemand an diesen Mann gedacht?«

»Achmann stimmt«, sagte Kurtz anerkennend zu seinem Schüler. »Haus Sommer gehört Dr. Achmann aus Düsseldorf, dessen bedeutende Familie ein blühendes Holzgeschäft, einige Illustrierte und eine schöne Kette von Sex-Läden besitzt. Nebenbei verlegt er auch noch romantische deutsche Landschaftskalender. Die umgebaute Scheune gehört Dr. Achmanns Tochter Inge. Dort haben viele Randtagungen stattgefunden, die in der Hauptsache von wohlhabenden und ernüchterten Erforschern der menschlichen Seele besucht wurden. Zur fraglichen Zeit hatte Inge das Haus einem bedürftigen Freund überlassen, einem Jungen, der eine Freundin hatte . . .«

»*Ad infinitum*«, beendete Alexis bewundernd seinen Satz.

»Wo man den Rauch vertreibt, findet man noch mehr Rauch. Das Feuer brennt immer ein wenig abseits der Straße. So arbeiten diese Leute, so haben sie immer gearbeitet.«

Aus Höhlen im Jordan-Tal, dachte Alexis aufgeregt. Mit einem Strang überflüssigen Kabels, das zu einer Docke zusammengedreht ist. Mit primitiven Bomben, die man in der eigenen Küche herstellen kann.

Während Kurtz sprach, hatten sich Alexis' Gesicht und Körper auf geheimnisvolle Weise entspannt, was Kurtz keineswegs entging. Seine Kummerfalten und die Zeichen menschlicher Schwäche, die ihn so betroffen gemacht hatten, waren plötzlich wie weggefegt. Er lehnte sich gewichtig zurück, hatte die kurzen Arme bequem vor der Brust verschränkt, ein jung machendes Lächeln erhellte sein Gesicht, und den rotblonden Kopf hatte er in schöner Hochachtung vor der hinreißenden Leistung seines Mentors auf die Seite gelegt.

»Darf ich fragen, auf was sich diese interessanten Theorien stützen?« erkundigte sich Alexis mit einem wenig überzeugenden Hauch von Skepsis.

Kurtz tat so, als überlegte er, dabei waren ihm Yanukas Auskünfte so gegenwärtig, als säße er noch immer mit ihm in seiner gepolsterten Zelle in München zusammen, wo der junge Mann sich den Kopf hielt, während er hustete und weinte. »Nun ja, Paul, wir haben die beiden Nummernschilder des Opels, eine Fotokopie des Vertrags mit dem Auto-Verleih und die unterzeichnete Aussage von einem der Beteiligten«, gestand er, und in der bescheidenen Hoffnung, daß diese mageren Beweise vorläufig ausreichen würden, fuhr er mit seinem Bericht fort.

»Der junge Mann mit dem Bart liefert sie in der Scheune ab,

entschwindet und taucht nie wieder auf. Das Mädchen zieht ihr hübsches blaues Kleid an, setzt die Perücke auf, macht sich wirklich ansprechend zurecht, genau so, daß sie dem doch wohl recht leichtgläubigen und übertrieben liebevollen Arbeits-Attaché gefallen muß. Sie steigt in den Opel und wird von einem zweiten jungen Mann zum Ziel-Haus gefahren. Unterwegs halten sie an, um die Bombe zu schärfen. Bitte?«
»Dieser junge Mann«, fragte Alexis eifrig. »Kennt sie ihn, oder ist seine Person ein Geheimnis für sie?«
Kurtz wollte sich auf gar keinen Fall weiter über Yanukas Rolle auslassen, und so ließ er die Frage unbeantwortet und lächelte nur; trotzdem war sein Ausweichen nicht kränkend; denn Alexis war nun auf jede Einzelheit scharf und konnte schließlich nicht erwarten, daß ihm der Teller jedesmal gefüllt wurde. Außerdem war das nicht wünschenswert.
»Nachdem der Auftrag erledigt ist, wechselt derselbe Fahrer die Nummernschilder und die Wagenpapiere aus und fährt mit dem Mädchen in den hübschen Kurort am Rhein, Bad Neuenahr, wo er sie absetzt«, nahm Kurtz seine Erklärung wieder auf.
»Und dann?«
Kurtz sprach plötzlich außerordentlich bedächtig weiter, als ob jetzt jedes Wort seinem komplizierten Plan gefährlich werden könnte, wie es ja auch in der Tat der Fall war. »Und dort – schätzungsweise –, würde ich sagen, wird das Mädchen mit einem gewissen heimlichen Verehrer von ihr bekannt gemacht – jemandem, der ihr vielleicht ein bißchen Nachhilfeunterricht in ihrer Aufgabe an diesem Tag gab. Sagen wir, darin, wie man die Bombe scharf macht. Wie man den Zeitzünder einstellt, den Auslöser spannt. Wenn Sie mich fragen, würde ich meinen, daß dieser selbe Verehrer bereits irgendwo ein Hotelzimmer bestellt hatte und daß die beiden sich unter dem anregenden Einfluß des gemeinsam Erreichten leidenschaftlich der Liebe hingaben. Am nächsten Morgen, während sie noch ihr Vergnügen ausschlafen, geht die Bombe los – zwar später als beabsichtigt, doch wen kümmert's?«
Alexis beugte sich schnell vor, vor Aufregung klang er fast anklagend. »Und der *Bruder*, Marty? Der große Kämpfer, der schon so viele Israelis auf dem Gewissen hat? Wo war der die ganze Zeit

über? In Bad Neuenahr doch wohl, wo er sich ein bißchen mit der kleinen Bombenlegerin vergnügt hat, oder?«

Doch Kurtz' Züge waren zur Undurchdringlichkeit erstarrt, was den Enthusiasmus des guten Doktors nur noch zu verstärken schien.

»Wo immer er ist, er leitet eine wirkungsvolle Operation, schön unterteilt, schön delegiert, alles gründlich recherchiert«, erwiderte Kurtz offensichtlich voller Genugtuung. »Der junge Mann mit dem Bart hatte nur die Beschreibung des Mädchens, sonst nichts. Nicht einmal das Ziel. Das Mädchen wiederum kannte die Nummer seines Motorrads, nicht aber den Fahrer. Da ist wirklich ein kluger Kopf am Werk.«

Danach schien Kurtz plötzlich mit seraphischer Taubheit geschlagen zu sein, so daß Alexis nach weiteren fruchtlosen Fragen das Bedürfnis hatte, neue Whiskys zu bestellen. In Wahrheit war es so, daß der gute Doktor etwas unter Sauerstoffmangel litt. Er hatte das Gefühl, sein Leben bisher auf einem niedrigeren Niveau des Seins zugebracht zu haben, in letzter Zeit sogar auf einem sehr niedrigen. Plötzlich nun beförderte der große Schulmann ihn in Höhen, von denen er sich bislang nichts hatte träumen lassen.

»Und jetzt sind Sie hier in Deutschland, um diese Informationen an Ihre amtlichen deutschen Kollegen weiterzugeben, nehme ich an«, bemerkte Alexis provozierend.

Doch Kurtz ging nur mit einem ausgedehnten, vielsagenden Schweigen darauf ein, währenddessen er Alexis mit Augen und Gedanken zu testen schien. Dann machte er jene von Alexis so bewunderte Bewegung, mit der er den Ärmel zurückschob, das Handgelenk ein wenig hob und einen nachdenklichen Blick auf die Armbanduhr warf. Und es erinnerte Alexis wieder einmal daran, daß, während ihm selbst die Zeit nur schleppend verging, Kurtz nie genug davon zu haben schien.

»Köln wird Ihnen außerordentlich dankbar sein, glauben Sie mir«, drängte Alexis ihn. »Mein so tüchtiger Nachfolger – Sie erinnern sich an ihn, Marty? – wird einen enormen persönlichen Triumph für sich verbuchen können. Wenn die Medien mitspielen, wird er zum brillantesten und populärsten Polizeibeamten in der Bundesrepublik. Durchaus zu Recht, ja? Und alles nur durch Sie.«

Kurtz' breites Lächeln räumte ein, daß es so sei. Er nippte ein wenig an seinem Whisky und fuhr sich mit einem alten khakifarbenen Taschentuch über die Lippen. Dann barg er das Kinn in der Handfläche und stieß einen Seufzer aus, der erkennen ließ, daß er das ja nun eigentlich nicht damit sagen wolle, doch wenn Alexis meine, werde er es tun.

»Nun ja, in Jerusalem hat man sich sehr ausgiebig mit dieser Frage beschäftigt, Paul«, gestand er. »Und wir sind uns nicht ganz so sicher, wie Sie es zu sein scheinen, daß Ihr Nachfolger der Typ Mensch ist, für dessen Vorwärtskommen wir uns übermäßig einsetzen würden.« Er tat so, als überlegte er. Was ließe sich denn da nun machen? schien sein Stirnrunzeln zu fragen. »Uns ist vielmehr eingefallen, daß es da ja noch eine Alternative für uns gab, und vielleicht sollten wir es ein wenig mit Ihnen durchgehen, um herauszufinden, wie Sie darauf reagieren. Vielleicht, so haben wir uns gesagt, gibt es ja immer noch die Möglichkeit, daß der gute Dr. Alexis unsere Information für uns nach Köln weitergibt. Rein privat. Inoffiziell und doch offiziell, wenn Sie verstehen, was ich meine. Aufgrund seines persönlichen Engagements und seiner Umsicht als Verwaltungsbeamter. Das ist eine Frage, mit der wir uns beschäftigt haben. Vielleicht könnten wir an Paul herantreten und ihm sagen: ›Paul, Sie sind ein Freund Israels. Nehmen Sie dies. Verwenden Sie's. Schlagen Sie etwas für sich dabei heraus. Nehmen Sie es als ein Geschenk von uns, und halten Sie uns da raus. Warum in solchen Fällen immer den falschen Mann die Treppe rauffallen lassen? haben wir uns gefragt. Warum nicht zur Abwechslung mal den richtigen? Warum nicht mit Freunden zusammenarbeiten, wie es unseren Grundsätzen entspricht? Sie vorankommen lassen? Sie für ihre Treue uns gegenüber belohnen?«

Alexis gab vor, nicht zu verstehen. Er war ziemlich rot geworden, und der Ton, in dem er dieses Ansinnen von sich wies, hatte etwas leicht Hysterisches. »Aber, Marty, hören Sie mich an. Mir stehen keine Quellen zur Verfügung. Ich bin nicht mehr im Einsatz, sondern bin Verwaltungsbeamter. Wie stellen Sie sich das vor? Soll ich den Hörer aufnehmen – ›Hallo, Köln, hier spricht Alexis, ich rate Ihnen, gehen Sie sofort ins Haus Sommer, verhaften Sie die Achmann-Tochter, laden Sie ihre Freunde zum Verhör vor‹? Bin ich denn ein Zauberkünstler – ein Alchimist –, daß ich aus Steinen plötzlich wertvolle Informationen machen kann? Was stellen die sich denn in Jerusalem vor – daß ein *Koordinator* plötzlich zum Magier wird?« Die Art, wie er sich selbst lächerlich machte, hatte plötzlich etwas Plumpes und zunehmend Unwirkliches. »Soll ich die Festnahme aller bärtigen Motorradfahrer verlangen, die möglicherweise Italiener sind? Die lachen mich doch aus!«

Er wußte nicht mehr weiter, und so half Kurtz ihm. Genau das hatte Alexis auch gewollt, denn er war wie ein Kind, das die Autorität kritisiert, bloß um von ihr in den Arm genommen zu werden.

»Kein Mensch erwartet Festnahmen, Paul. Noch nicht. Zumindest nicht auf unserer Seite. Es erwartet überhaupt niemand greifbare Ereignisse, Jerusalem schon gar nicht.«

»Aber was erwartet ihr denn dann?« wollte Alexis plötzlich barsch wissen.

»Gerechtigkeit«, sagte Kurtz freundlich. Doch sein unbeirrt offenes Lächeln vermittelte eine andere Art von Botschaft. »Gerechtigkeit, ein bißchen Geduld, ein bißchen Nerven, viel schöpferische Phantasie, eine Menge Einfallsreichtum von dem, wer auch immer unser Spiel für uns spielt. Lassen Sie mich etwas fragen, Paul.« Sein großer Kopf kam plötzlich sehr viel näher, und seine kräftige Hand legte sich auf den Unterarm des Doktors. »Nehmen wir mal Folgendes an. Nehmen wir an, ein sehr anonymer und ganz ungewöhnlich verschwiegener Informant – ich sehe einen hochgestellten Araber vor mir, Paul, einen Araber aus der gemäßigten Mitte, der Deutschland liebt, Deutschland bewundert und im Besitz ist von Informationen über gewisse terroristische Aktivitäten, mit denen er nicht einverstanden ist –, nehmen wir mal an, ein solcher Mann hätte vor einiger Zeit den großen Alexis im Fernsehen gesehen. Nehmen wir mal an, er saß eines Abends in seinem Hotelzimmer in Bonn – oder sagen wir: Düsseldorf, egal wo – und drehte, bloß um sich ein bißchen die Zeit zu vertreiben, seinen Fernseher an und sah zufällig den guten Dr. Alexis, einen Juristen und Polizeibeamten, gewiß, aber auch einen Mann mit Humor, flexibel, pragmatisch, einen Humanisten bis in die Fingerspitzen – kurz, einen Mann von Format – ja?«

»Gut, nehmen wir mal an«, sagte Alexis, halb taub durch Kurtz' Stimmgewalt.

»Und dieser Araber, Paul, sah sich veranlaßt, an Sie heranzutreten«, nahm Kurtz seinen Faden wieder auf. »Will *partout* mit niemand anders reden. Vertraut Ihnen impulsiv und weigert sich, etwas mit anderen deutschen Regierungsvertretern zu tun zu haben. Umgeht die Ministerien, die Polizei, den Verfassungsschutz. Schlägt im Telefonbuch nach, ruft Sie zu Hause an. Oder in Ihrem Büro. Wie Sie wollen – die Geschichte gehört Ihnen. Und trifft sich hier in diesem Hotel mit Ihnen. Heute abend. Trinkt ein paar Whiskys mit Ihnen. Läßt Sie bezahlen. Und macht Sie beim Whisky mit gewissen Tatsachen vertraut. Der große Alexis – es darf niemand anderes sein. Könnten Sie darin ein vorteilhaftes Vorgehen für jemand sehen, dem man ungerechterweise die Karriere kaputtgemacht hat?«
Wenn er sich diese Szene später vergegenwärtigte, was Alexis wiederholt im Licht vieler sich widersprechender Stimmungen tun sollte – verwundert, stolz und überwältigt von anarchischem Entsetzen –, betrachtete er die Rede, die jetzt folgte, mehr und mehr als Kurtz' versteckte vorgezogene Rechtfertigung für das, was er vorhatte.
»Die Leute in der Terrorszene werden heutzutage immer besser«, beklagte er sich mißmutig. »›Setzen Sie einen Agenten ein, Schulmann‹, schreit mich Misha Gavron halb über seinem Schreibtisch hängend an. ›Wird gemacht, General‹, sag' ich zu ihm. ›Ich suche einen Agenten für Sie. Bilde ihn aus, helfe ihm, bekannt zu werden, Aufmerksamkeit bei den richtigen Leuten zu erregen, ihn der Gegenpartei schmackhaft zu machen. Ich mach', was immer Sie verlangen. Und wissen Sie, was die als allererstes tun?‹ sage ich zu ihm. ›Sie verlangen von ihm den Beweis, daß er es ernst meint. Er soll hingehen und den Wächter einer Bank oder einen amerikanischen Soldaten niederknallen. Oder in einem Restaurant eine Bombe legen. Oder bei jemand einen hübschen Koffer abgeben. Ihn in die Luft jagen. Wollen Sie das? Wollen Sie von mir, daß ich das tue, General – einen Agenten einschleusen, mich dann zurücklehnen und zusehen, wie er unsere Leute für den Gegner umbringt?‹«
Wieder bedachte er Alexis mit dem unglücklichen Lächeln von jemand, der ebenfalls auf Gnade und Ungnade unvernünftigen Vorgesetzten ausgeliefert ist. »Terroristische Organisationen be-

fördern keine Reisenden, Paul. Das habe ich Misha auch gesagt. Die haben keine Sekretärinnen, Tipsen, Kodierer oder irgendwelche Leute in ihren Reihen, die normalerweise geeignet wären, als Agenten angeworben zu werden, ohne gleich in der vordersten Linie zu stehen. Um bei ihnen einzudringen, bedarf es besonderer Methoden. ›Wenn Sie heutzutage die terroristischen Ziele hochgehen lassen wollen‹, habe ich ihm gesagt, ›müssen Sie praktisch vorher ihren eigenen Terroristen aufbauen.‹ Hört er auf mich?«
Alexis konnte nicht länger verhehlen, wie fasziniert er war. Er lehnte sich ganz vor, und in seinen Augen leuchtete der gefährliche Schimmer seiner Frage. »Und haben Sie das getan, Marty?« flüsterte er. »Hier in *Deutschland*?«
Wie so oft, antwortete Kurtz nicht direkt, und seine slawischen Augen schienen hinter Alexis schon auf das nächste Ziel auf seiner verschlungenen und einsamen Straße gerichtet.
»Nehmen Sie mal an, ich melde Ihnen einen Zwischenfall, Paul«, schlug er in einem Ton vor, als sei das nur eine ganz vage Möglichkeit unter vielen, die sich seinem nie um einen Einfall verlegenen Kopf anboten. »Und zwar einen, der sich in etwa vier Tagen ereignen dürfte.«
Das Konzert des Barkeepers war zu Ende, und er schloß geräuschvoll die Bar, um anzudeuten, daß er demnächst ins Bett zu gehen gedenke. Auf Kurtz's Vorschlag hin gingen sie in die Hotelhalle und steckten dort die Köpfe zusammen wie zwei Passagiere auf einem windumtosten Deck. Zweimal blickte Kurtz im Laufe ihrer Unterhaltung auf die Uhr und entschuldigte sich eilig, um einen Anruf zu tätigen; als Alexis diesen Anrufen später aus müßiger Neugier nachging, stellte er fest, daß Kurtz einmal zwölf Minuten lang mit einem Hotel in Delphi, Griechenland, gesprochen und bar bezahlt hatte, das andere Mal mit einer Nummer in Jerusalem, die nicht mehr festzustellen war. Um drei Uhr oder noch später tauchten ein paar orientalisch aussehende Gastarbeiter in zerschlissenen Overalls auf und rollten einen großen grünen Staubsauger vorüber, der an ein Krupp-Geschütz erinnerte. Doch Kurtz und Alexis redeten trotz des Lärms weiter, und es war schon ziemlich hell, als die beiden Männer endlich das Hotel verließen und ihren Handel mit einem Händedruck besiegelten. Kurtz freilich war bemüht, seiner

jüngsten Anwerbung nicht allzu überschwenglich zu danken, denn Alexis – das wußte Kurtz sehr wohl – war jemand, den man sich durch zuviel Dankbarkeit entfremden konnte.

Der wiedergeborene Alexis eilte heim, und nachdem er sich rasiert, umgezogen und lange genug herumgetrödelt hatte, um seine junge Frau mit seiner hochgeheimen Aufgabe zu beeindrucken, traf er mit einem Ausdruck mysteriöser Zufriedenheit, wie man ihn schon lange nicht mehr auf seinem Gesicht gesehen hatte, in seinem Büro aus Glas und Beton ein. Seinen Mitarbeitern fiel auf, daß er aufgeräumt Späße machte und sogar ein paar riskante Bemerkungen über seine Kollegen wagte. Ganz der alte Alexis, sagten sie; er zeigt sogar Ansätze von Humor, obwohl das nie seine Stärke gewesen war. Er verlangte nach neutralem Schreibpapier und machte sich daran, wobei er sogar seine Sekretärin ausschloß, einen langen und bewußt dunkel gehaltenen Bericht an seine Vorgesetzten zu verfassen; eine »mir aus meiner früheren Tätigkeit her bekannte, hochstehende orientalische Quelle« sei an ihn herangetreten, und er könne eine ganze Menge brandneuer Informationen über den Godesberger Anschlag beifügen – obwohl diese bis jetzt nur ausreichten, die Zuverlässigkeit des Informanten und damit auch die seines Vertrauensmannes, des guten Doktors, zu bestätigen. Er verlangte gewisse Vollmachten, die Benutzung bestimmter Einrichtungen sowie die Bereitstellung eines Einsatzfonds, über den er nach Gutdünken verfügen dürfe. Er war kein besonders habgieriger Mensch, aber es stimmte, daß seine Wiederverheiratung kostspielig und seine Scheidung ruinös gewesen war. Aber er hatte erkannt, daß in dieser materialistischen Zeit die Menschen das am meisten schätzten, was sie am meisten kostete.

Schließlich machte er dann eine quälende Voraussage, die Kurtz ihm Wort für Wort diktiert und sich hinterher noch einmal genau hatte vorlesen lassen. Sie war so ungenau, daß sie praktisch unbrauchbar war, wiederum aber auch so genau, daß sie einem den Schrecken in die Glieder fahren lassen konnte, wenn sie sich erfüllte. Unbestätigten Berichten zufolge hätten islamisch-türkische Extremisten in Istanbul zum Zwecke anti-zionistischer Aktivitäten in

West-Europa eine große Ladung Sprengstoff bereitgestellt. Für die nächsten Tage sei ein neuer Anschlag zu befürchten. Gerüchte ließen auf ein Ziel in Süddeutschland schließen. Sämtliche Grenzübergänge sowie die bayerische Polizei seien in erhöhte Alarmbereitschaft zu setzen. Weitere Einzelheiten seien noch nicht bekannt. Noch am Nachmittag desselben Tages wurde Alexis zu seinen Vorgesetzten zitiert, und in der Nacht führte er ein sehr langes, geheimes Telefongespräch mit seinem großen Freund Schulmann, um sich von ihm beglückwünschen und ermuntern zu lassen, aber auch neue Instruktionen entgegenzunehmen.
»Sie beißen an, Marty!« rief er aufgeregt auf englisch. »Sie sind ja solche Schafsköpfe. Wir haben sie vollkommen in der Hand.«
Alexis hat angebissen, unterrichtete Kurtz Litvak in München, aber wir müssen höllisch auf ihn aufpassen und jeden seiner Schritte lenken. »Warum beeilt Gadi sich nicht mit dem Mädchen?« brummte er und warf verdrossen einen Blick auf seine Uhr.
»Weil er inzwischen was gegen 's Töten hat!« rief Litvak mit einem Frohlocken in der Stimme, das er nicht zurückhalten konnte. »Glauben Sie etwa, ich spür' das nicht? Glauben Sie, ich tu's nicht?«
Kurtz sagte ihm, er solle den Mund halten.

Kapitel 12

Die Hügelkuppe roch nach Thymian und war für Joseph ein besonderer Ort. Er hatte ihn auf der Karte ausgesucht und Charlie mit einem Ausdruck von höchster Bedeutsamkeit hingeführt, erst mit dem Auto und jetzt zu Fuß, wobei er absichtlich vorbei an Reihen von strohgeflochtenen Bienenkörben, durch Zypressenlichtungen und über steinige, von gelben Blumen übersäte Felder hinaufgestiegen war. Die Sonne hatte den höchsten Stand noch nicht erreicht. Landeinwärts erstreckte sich ein brauner Bergzug hinter dem anderen. Im Osten erkannte sie die Silberflächen der Ägäis, bis sie im Dunst in den Himmel übergingen. Es duftete nach Harz und Honig, und man hörte das Gebimmel von Ziegenglocken. Eine frische Brise ließ die eine Seite ihres Gesichts brennen und drückte ihr das leichte Kleid an den Körper. Sie hielt seinen Arm, doch Joseph, der tief in Gedanken versunken war, schien das gar nicht zu bemerken. Einmal glaubte sie, Dimitri auf einer Pforte hocken zu sehen, doch als sie rief, wies er sie streng zurecht, ihn nicht zu grüßen. Ein andermal hätte sie schwören mögen, daß sich die Silhouette von Rose hoch über dem Horizont abhob, doch als sie wieder hinsah, konnte sie nichts entdecken.
Ihr Tag hatte bis dahin eine eigene Choreographie gehabt, und sie hatte sich von ihm mit seiner üblichen Ruhelosigkeit hindurchführen lassen. Rachel hatte über ihr gestanden, als sie früh aufgewacht war, und ihr gesagt, sie möge doch bitte das andere Blaue anziehen, Liebling, das mit den langen Ärmeln. Sie hatte schnell geduscht und war splitternackt ins Zimmer zurückgekehrt, aber Rachel war nicht mehr zu sehen gewesen, statt dessen hatte Joseph vor einem Frühstückstablett für zwei gehockt und die griechischen Nachrichten in dem kleinen Radio gehört – für alle Welt ihr Gefährte der Nacht. Sie war ins Bad zurückgeschossen, um die Tür herum hatte er ihr das

Kleid gereicht, rasch und nahezu wortlos hatten sie gefrühstückt. In der Halle hatte er bar bezahlt und die Rechnung weggesteckt. Als sie ihr Gepäck zum Mercedes hinausgetragen hatten, hatte keine drei Schritte von der hinteren Stoßstange entfernt Raoul, der Hippie-Junge, auf dem Boden gelegen und am Motor eines völlig überladenen Motorrads herumgefummelt, während Rose, die Hüfte hoch, im Gras gelegen und ein Brötchen gemampft hatte. Wie lange sie wohl schon dagewesen sein und warum sie den Wagen bewacht haben mochten? Joseph war die zwei Kilometer zur Straße und zu den Grabungsstätten zurückgefahren, hatte den Wagen wieder geparkt und sie – längst bevor andere Sterbliche sich anstellten und schwitzten – durch ein Seitentor hineingeschleust und nochmals mit einem Rundgang durch den Mittelpunkt des Universums beglückt. Er hatte ihr den Tempel des Apoll, die mit Preisliedern bedeckte dorische Mauer sowie den Stein gezeigt, der den Nabel der Welt darstellte. Er hatte ihr die Schatzkammer und die Wettkampfbahn gezeigt und ihr erzählt, wie viele Kriege geführt worden waren, um das Orakel in Besitz zu bekommen. Nur hatte sein Verhalten diesmal nichts Schwereloses wie auf der Akropolis. Sie sah ihn im Geiste förmlich mit einer Liste in der Hand, von der er ein Thema nach dem anderen abhakte, während er sie durch die Grabungsstätte hetzte.

Auf dem Rückweg zum Wagen reichte er ihr die Autoschlüssel.

»Ich?« sagte sie.

»Warum nicht? Ich dachte, schnittige Wagen wären deine Schwäche.«

Über leere, gewundene Straßen ging es nordwärts, und zuerst machte er kaum etwas anderes, als ihre Fahrtechnik abzuschätzen, ganz als müsse sie eine zweite Fahrprüfung ablegen, doch ließ sie sich von ihm nicht nervös machen und er sich offensichtlich auch nicht von ihr, denn bald breitete er die Karte auf den Knien aus und beachtete sie überhaupt nicht mehr. Der Mercedes fuhr sich wie ein Traum, die Straße ging von Asphalt in Schotter über. Bei jeder scharfen Kehre schoß eine Staubwolke hoch und trieb, vom frischen Sonnenlicht erhellt, hinaus in die überwältigende Landschaft. Plötzlich faltete er die Karte zusammen und steckte sie wieder in die Seitentasche neben sich.

»So, Charlie, bist du bereit?« fragte er sie brüsk, als hätte sie ihn die ganze Zeit über warten lassen. Und nahm den Faden seiner Erzählung wieder auf.
Zuerst waren sie immer noch in Nottingham, ihre Raserei auf dem Höhepunkt. Sie hätten zwei Nächte und einen Tag im Motel verbracht, sagte er; das gehe aus den Eintragungen hervor.
»Wenn man die Angestellten ausquetscht, werden sie sich an ein Liebespaar erinnern, auf das unsere Beschreibung zutrifft. Unser Schlafzimmer lag am westlichen Ende des Gebäudekomplexes und ging auf einen eigenen kleinen Garten hinaus. Wenn es soweit ist, wird man dich hinbringen, dann kannst du dir selbst ein Bild davon machen.«
Die meiste Zeit hätten sie im Bett verbracht, sagte er, über Politik geredet, sich gegenseitig ihr Leben erzählt, sich geliebt. Die einzigen Unterbrechungen seien ein paar Spritztouren in die ländliche Umgebung von Nottingham gewesen, doch habe das Verlangen nacheinander sie rasch wieder gepackt, und sie seien ins Motel zurückgeeilt.
»Warum haben wir denn nicht einfach im Auto eine Nummer geschoben?« erkundigte sie sich in dem Bemühen, ihn aus seiner düsteren Stimmung herauszuholen. »Ich hab's gern spontan.«
»Deine Neigungen in allen Ehren, doch leider ist Michel in diesen Dingen ein bißchen schüchtern und zieht die Ungestörtheit des Schlafzimmers vor.«
Sie versuchte es noch einmal. »Und wie ist er überhaupt im Bett?«
Auch darauf hatte er eine Antwort: »Nach unseren bestinformierten Berichten ein bißchen phantasielos, aber seine Begeisterung ist grenzenlos, und seine Manneskraft beeindruckend.«
»Danke«, sagte sie ernst.
Montag in aller Frühe, fuhr er fort, sei Michel nach London zurückgekehrt, doch Charlie, die erst am Nachmittag Probe hatte, sei mit gebrochenem Herzen im Motel zurückgeblieben. Munter beschrieb er ihren Kummer.
»Der Tag ist dunkel, wie bei einer Beerdigung. Der Regen fällt immer noch. Vergiß das Wetter nicht. Zuerst bist du so in Tränen aufgelöst, daß du nicht mal aufstehen kannst. Du liegst im Bett, das noch ganz warm von seinem Körper ist. Du weinst dir die Augen

aus. Er hat dir gesagt, er werde versuchen, nächste Woche nach York zu kommen, doch du bist überzeugt, daß du ihn nie im Leben wiedersiehst. Was machst du also?« Er gab ihr gar keine Chance zu antworten. »Du hockst dich vor den Spiegel an den schmalen Frisiertisch und starrst die Male an, die seine Hände auf deinem Körper hinterlassen haben, und deine eigenen Tränen, die immer noch fließen. Du ziehst eine Schublade auf. Nimmst die Schreibmappe des Motels heraus, einen Reklamekugelschreiber. Und schreibst ihm einen Brief, so, wie du da sitzt. Beschreibst dich, deine geheimsten Gedanken. Fünf Seiten lang. Den ersten von vielen, vielen Briefen, die du ihm schickst. Würdest du das tun? In deiner Verzweiflung? Du bist schließlich eine impulsive Briefschreiberin.«

»Wenn ich seine Adresse hätte, würde ich das tun.«

»Er hat dir eine Adresse in Paris gegeben.« Jetzt nannte er seinerseits sie ihr. Die Adresse eines Tabakladens in Montparnasse. An Michel, bitte nachsenden – kein Nachname nötig, wurde dir auch nicht genannt.«

»Am Abend schreibst du ihm noch mal aus dem Elend des *Astral Commercial and Private Hotel*. Und sobald du morgens aufwachst, noch mal. Auf allem möglichen Briefpapier. Während der Proben, in den Pausen, zu den unmöglichsten Zeiten; von nun an schreibst du ihm leidenschaftliche, unüberlegte, rückhaltlos offene Briefe.« Er warf einen Blick auf sie. »Würdest du das tun?« fragte er noch einmal. »Du würdest ihm wirklich solche Briefe schreiben?«

Wieviel Bestätigung braucht ein Mann eigentlich? fragte sie sich. Doch er war bereits einen Schritt weiter. Denn, Freude über Freude – trotz ihrer pessimistischen Voraussagen –, Michel kam nicht nur nach York, sondern auch nach Bristol und – noch besser – nach London, wo er eine ganze wundervolle Nacht in Charlies Camdener Wohnung verbrachte: Raserei die ganze Zeit über. Und dort, sagte Joseph – so dankbar, als habe er jetzt endlich eine komplizierte mathematische Prämisse geschafft – »in deinem eigenen Bett, in deiner eigenen Wohnung, zwischen Beteuerungen ewiger Liebe, haben wir dann diese Ferien in Griechenland geplant, die wir hier und jetzt genießen.«

Langes Schweigen, während sie fuhr und nachdachte. Wir sind also endlich hier. Von Nottingham nach Griechenland, in einer Stunde Autofahrt!

»Um mich nach Mykonos mit Michel zu treffen?« sagte sie skeptisch.

»Warum nicht?«

»Mykonos mit Al und der Clique, auf die Fähre, Treffen mit Michel in dem Athener Restaurant, und los geht's?«

»Richtig.«

»Ohne Al«, erklärte sie schließlich. »Wenn ich dich gehabt hätte, hätte ich Al nicht mit nach Mykonos genommen. Ich hätte ihm vorher den Laufpaß gegeben. Er war ja von der Firma gar nicht eingeladen worden, sondern hat sich nur angehängt. Nein, zwei auf einmal – das hätte ich nie gemacht.«

Diesen Einwand fegte er einfach beiseite. »Solche Art von Treue verlangt Michel nicht; er ist selbst nicht bereit, sie zu geben, und er bekommt sie auch nicht. Er ist Soldat, ein Feind unserer Gesellschaft, er muß jeden Augenblick damit rechnen, verhaftet zu werden. Kann sein, daß eine Woche vergeht, bevor du ihn wiedersiehst, vielleicht aber auch sechs Monate. Glaubst du, er erwartet von dir, daß du plötzlich wie eine Nonne lebst? Rumsitzt und dich nach ihm verzehrst, ab und zu einen Koller kriegst und deinen Freundinnen unter dem Siegel der Verschwiegenheit dein Geheimnis anvertraust? Unsinn! Wenn er es dir sagte, würdest du mit einer ganzen Armee von Männern schlafen.« Sie kamen an einer Kapelle am Straßenrand vorüber. »Fahr mal langsamer«, befahl er und studierte wieder die Karte.

Fahr langsamer. Halt hier an. Marsch!

Er hatte den Schritt beschleunigt. Ihr Pfad führte sie zu einer Ansammlung von verfallenen Hütten und daran vorüber zu einem aufgegebenen Steinbruch, der wie ein Vulkankrater in die Kuppe des Hügels gehackt worden war. Am Fuß der Bruchstelle stand ein alter Benzinkanister. Ohne ein Wort zu sagen, füllte Joseph ihn mit kleinen Steinen, und Charlie, die nicht wußte, was sie davon halten sollte, sah ihm dabei zu. Er zog den roten Blazer aus, legte ihn zusammen und dann sorgfältig auf den Boden. Die Pistole trug er an der Hüfte in einer Lederschlaufe, die an seinem Gürtel befestigt war; der Lauf zeigte leicht nach vorn, in einer Linie, die unter seiner rechten Achselhöhle hindurchführte. Über der linken Schulter trug er noch ein zweites Halfter, doch das war leer. Er packte sie beim Handgelenk, zog sie zu Boden, damit sie sich – wie die Araber – im Schneidersitz neben ihn setzte.

»Also – Nottingham haben wir hinter uns und auch York und Bristol und London. Heute ist heute, der dritte Tag unserer griechischen Hochzeitsreise: Wir befinden uns hier, wo wir sind. In unserem Hotel in Delphi haben wir uns die ganze Nacht hindurch geliebt, sind früh aufgestanden, und Michel hat dir wieder einmal einen denkwürdigen Einblick in die Wiege unserer Kultur geboten. Du hast am Steuer gesessen, und mir hat sich bestätigt, was ich schon von dir gehört hatte: daß du gern Auto fährst, und für eine Frau fährst du gut. Jetzt habe ich dich hierhergebracht, auf diesen Hügel – warum, weißt du nicht. Wie du bemerkt hast, bin ich ziemlich in mich gekehrt. Ich brüte vor mich hin, möglich, daß ich mich mit einem folgenreichen Entschluß herumschlage. Deine Versuche, in mich zu dringen, ärgern mich nur. Was ist bloß los? fragst du dich. Geht es mit unserer Liebe weiter? Oder hast du etwas getan, was mir nicht gefällt? Und wenn es weitergeht – wie? Ich setze dich hierhin – neben mich – so –, und ich ziehe die Pistole.«

Fasziniert sah sie, wie er sie geschickt aus der Schlaufe herausgleiten ließ und sie zur natürlichen Verlängerung seiner Hand machte.

»Ich werde dich in die Geschichte dieser Pistole einführen, das ist ein großes und einmaliges Privileg, und zum erstenmal« – er verlangsamte seinen Redefluß, um die Bedeutung dessen, was er sagte, zu unterstreichen – »meinen großen Bruder erwähnen, dessen Existenz allein schon ein militärisches Geheimnis ist, in das nur ganz wenige Getreue eingeweiht werden. Ich tue das, weil ich dich liebe und weil. . .« Er zögerte.

Und weil Michel gern in Geheimnisse einweiht, dachte sie; doch nichts auf der Welt hätte sie dazu gebracht, ihm das Vergnügen zu verderben.

»Weil ich heute vorhabe, den ersten Schritt zu machen, um dich als Mitkämpferin in unsere Geheimarmee aufzunehmen. Wie oft hast du nicht – in deinen vielen Briefen, während wir uns liebten – um eine Chance gebeten, deine Loyalität durch eine Tat zu beweisen? Heute machen wir den ersten Schritt in diese Richtung.«

Wieder war sie sich bewußt, wie er anscheinend mühelos in die arabische Mentalität schlüpfen konnte. Genauso wie gestern abend in der Taverne, wo sie manchmal kaum gewußt hatte, welche seiner miteinander im Widerspruch liegenden Seelen aus ihm sprach, lauschte sie jetzt hingerissen, wie er sich auf seine Weise die blumige arabische Erzählweise zu eigen machte.

»Während meines ganzen unsteten Nomadenlebens als Opfer der zionistischen Usurpatoren leuchtete mein ältester Bruder wie ein Stern vor mir. In Jordanien, in unserem ersten Lager, wo die Schule eine Blechhütte war, in der es von Flöhen wimmelte. In Syrien, wohin wir flohen, nachdem die jordanischen Truppen uns mit Panzern vertrieben hatten. Im Libanon, wo die Zionisten uns von See her beschossen und aus der Luft mit Bomben belegten, und die Schiiten ihnen dabei behilflich waren. Trotzdem – bei allen Entbehrungen, die ich erleiden mußte, vergaß ich niemals den großen Helden in der Ferne, meinen Bruder, dessen Heldentaten, von denen meine geliebte Schwester Fatmeh mir flüsternd erzählte, ich mehr als allem anderen auf der Welt nacheifern möchte.«

Er fragte sie nicht mehr, ob sie ihm zuhöre.

»Ich bekomme ihn selten zu sehen, und wenn, dann nur unter größter Geheimhaltung. Mal in Damaskus. Mal in Amman. Ein knapper Befehl – komm! Dann weiche ich ihm eine ganze Nacht nicht von der Seite, sauge seine Worte in mich auf, den Edelmut seines Herzens, den klaren Geist des geborenen Befehlshabers, seine Tapferkeit. Eines Nachts beordert er mich nach Beirut. Er ist gerade von einer Mission heimgekehrt, die große Unerschrockenheit erforderte, von der ich aber nichts weiter erfahren darf, als daß es sich um einen totalen Sieg über die Faschisten handelte. Ich soll ihn begleiten, um einen großen politischen Redner anzuhören, einen Libyer, einen Mann von wunderbarer Beredsamkeit und Überzeugungskraft. Die schönste Ansprache, die ich je in meinem Leben gehört habe. Bis auf den heutigen Tag kann ich dir daraus zitieren. Alle unterdrückten Völker der Erde hätten diesen großen Libyer hören sollen.« Die Pistole lag flach auf seiner Hand. Jetzt hielt er sie ihr hin, wollte, daß sie die Hand danach ausstreckte.

»Mit vor Aufregung klopfenden Herzen verlassen wir den geheimen Versammlungsort und kehren in der Beiruter Morgendämmerung nach Hause zurück. Arm in Arm, wie es die Araber tun. Mir stehen die Tränen in den Augen. Einer Eingebung des Augenblicks nachgebend, bleibt mein Bruder stehen und schließt mich in die Arme, während wir dort auf dem Bürgersteig stehen. Ich spüre nun, wie er sein kluges Gesicht an das meine preßt. Er zieht diese Pistole aus der Tasche und drückt sie mir in die Hand. So.« Charlie bei der Hand packend, legte er die Pistole hinein, hielt jedoch seine Hand auf der ihren und richtete den Lauf auf die Wand des Steinbruchs. »›Ein Geschenk‹, sagte er. ›Um damit zu rächen. Um unser Volk zu befreien. Ein Geschenk eines Kämpfers an einen anderen. Mit dieser Pistole habe ich auf das Grab meines Vaters meinen Eid geschworen.‹ Mir verschlägt es die Sprache.«
Seine kühle Hand lag immer noch auf der ihren, hielt die Pistole darin fest, und sie spürte, wie ihre eigene Hand in der seinen zitterte wie ein Wesen, das mit ihr nichts zu tun hatte.
»Charly, diese Pistole ist mir heilig. Ich sage dir das, weil ich meinen Bruder liebe, weil ich meinen Vater geliebt habe und weil ich dich liebe. Gleich werde ich dir zeigen, wie man damit schießt, aber vorher erwarte ich von dir, daß du sie küßt.«
Sie starrte erst ihn, dann die Pistole an. Doch die Erregung in seinen Zügen ließ kein Zaudern zu. Er umfaßte mit der anderen Hand ihren Arm und zog sie auf die Füße.
»Wir sind ein Liebespaar, vergiß das nicht! Wir sind Genossen, Diener der Revolution. Wir leben in der engsten Gemeinschaft von Geist und Körper. Ich bin ein leidenschaftlicher Araber, und ich liebe Worte und Gesten. Küß die Pistole!«
»Jose, das kann ich nicht.«
Sie hatte ihn mit Joseph angesprochen, und er antwortete als Joseph.
»Denkst du etwa, es handelt sich um eine englische Tee-Party, Charlie? Denkst du etwa, weil Michel ein hübscher Bursche ist, ist das alles nur Spiel? Wo sollte er gelernt haben, Spiele zu spielen, wenn die Pistole das einzige war, was ihn zum Mann machte?« fragte er völlig logisch.
Sie schüttelte den Kopf, starrte immer noch die Waffe an. Doch ihr

Widerstreben erzürnte ihn nicht. »Hör zu, Charlie. Gestern abend, als wir uns liebten, hast du mich gefragt: ›Michel, wo ist das Schlachtfeld?‹ Weißt du, was ich getan habe? Ich habe dir die Hand aufs Herz gelegt und zu dir gesagt: ›Wir kämpfen einen *jehad*, und das Schlachtfeld ist hier.‹ Du bist meine Jüngerin. Dein Sendungsbewußtsein ist nie so leidenschaftlich gewesen. Weißt du, was das ist – ein *jehad*?«

Sie schüttelte den Kopf.

»Ein *jehad* ist das, wonach du Ausschau gehalten hast, bis du mich kennenlerntest. Ein *jehad* ist ein heiliger Krieg. Du stehst im Begriff, deinen ersten Schuß in unserem *jehad* abzufeuern. Küß die Pistole!«

Sie zögerte, dann drückte sie die Lippen auf das blaue Metall des Laufs.

»So«, sagte er und löste sich von ihr. »Von nun an ist diese Pistole ein Teil von uns beiden. Diese Pistole ist unsere Ehre und unsere Flagge. Glaubst du das?«

Ja, Jose, ich glaube es. Ja, Michel, ich glaube es. Zwinge mich nie wieder, das zu tun. Unwillkürlich fuhr sie sich mit dem Handgelenk über die Lippen, als wäre Blut darauf. Sie haßte sich, und sie haßte ihn – und kam sich ein bißchen verrückt vor.

»Typ Walther PPK«, erklärte Joseph, als seine Worte sie wieder erreichten. »Nicht schwer, aber vergiß nie: Jede Handfeuerwaffe ist ein Kompromiß zwischen drei wünschenswerten Eigenschaften: daß man sie verbergen, bei sich tragen und gut damit schießen kann. Auf diese Weise redet Michel mit dir über Pistolen – genauso, wie sein Bruder mit ihm darüber gesprochen hat.«

Hinter ihr stehend, drehte er sie an den Hüften so herum, bis sie – die Füße gespreizt – das Ziel direkt vor sich hatte. Dann umschloß er ihre Hand mit der seinen, verschränkte seine Finger mit ihren und hielt ihren Arm ausgestreckt, daß der Lauf nach unten genau zwischen ihre Füße gerichtet war.

»Den linken Arm nicht verkrampfen. So.« Er lockerte ihn für sie. »Beide Augen offen, hebst du die Pistole langsam in die Höhe, bis sie in gerader Linie auf das Ziel gerichtet ist. Den Arm mit der Pistole hältst du gestreckt. So. Wenn ich sage: Feuer, zweimal abdrücken, den Arm wieder senken, warten.«

Gehorsam senkte sie die Pistole, bis sie wieder auf den Boden gerichtet war. Er gab den Befehl, sie hob den Arm – steif ausgestreckt, so wie er es ihr gesagt hatte; sie drückte den Abzug durch, doch es geschah nichts.

»Jetzt«, sagte er und entsicherte.

Sie wiederholte das Ganze, drückte wieder den Abzug durch, und die Pistole in ihrer Hand ruckte in die Höhe, als wäre sie selbst von einer Kugel getroffen worden. Sie schoß ein zweites Mal, und ihr Herz wurde von der gleichen gefährlichen Erregung erfüllt, die sie gefühlt hatte, als sie das erstemal mit einem Pferd gesprungen oder nackt im Meer geschwommen war. Sie senkte die Pistole, Joseph gab wieder den Befehl zum Feuern, sie hob sie viel schneller als beim erstenmal, schoß zweimal rasch nacheinander und dann noch dreimal auf gut Glück. Dann wiederholte sie die Bewegung, ohne daß er den Befehl dazu gegeben hätte, schoß aufs Geratewohl, und das immer stärker werdende Peitschen der Schüsse erfüllte die Luft rings um sie her, die Querschläger sausten wimmernd hinaus ins Tal und übers Meer. Sie schoß, bis das Magazin leer war, dann stand sie – die Pistole an der Seite – mit klopfendem Herzen da und atmete den Duft von Thymian und Schießpulver ein.

»Wie war ich?« fragte sie und wandte sich zu ihm um.

»Sieh selbst nach.«

Sie ließ ihn stehen, lief zu dem Benzinkanister. Und starrte diesen ungläubig an, weil er keine Einschüsse hatte.

»Aber was ist denn schiefgelaufen?« rief sie empört.

»Du hast vorbeigeschossen«, erwiderte Joseph und nahm ihr die Pistole ab.

»Es waren Platzpatronen!«

»Durchaus nicht.«

»Ich habe aber doch alles so gemacht, wie du es mir gesagt hattest.«

»Zunächst einmal solltest du nicht mit einer Hand schießen. Für ein Mädchen, das nur hundert Pfund wiegt und Handgelenke wie Spargel hat, ist das lächerlich.«

»Warum hast du mir denn dann gesagt, daß man so schießt?«

Er ging schon wieder auf den Wagen zu, führte sie am Arm. »Wenn Michel es dir beibringt, mußt du auch schießen wie Michels Schülerin. Er hat keine Ahnung vom zweihändigen Schießen. Er hat sich

nach dem Vorbild seines Bruders gerichtet. Willst du etwa, daß dir *made in Israel* groß ins Gesicht geschrieben steht?«
»Warum tut er es denn nicht?« Sie war erbost und packte ihn am Arm. »*Warum* hat er denn keine Ahnung, wie man richtig schießt? Warum hat es ihm keiner beigebracht?«
»Habe ich dir doch gesagt. Sein Bruder hat es ihm beigebracht.«
»Warum hat *der* es ihm dann nicht richtig beigebracht?«
Ihr war wirklich an einer Antwort gelegen. Sie fühlte sich gedemütigt und schien drauf und dran, eine Szene zu machen. Er schien das zu erkennen, denn er lächelte und gab dann auf seine Weise nach.
»›Es ist Gottes Wille, daß Khalil nur mit einer Hand schießt‹«, sagte er.
»Wieso?«
Mit einem Kopfschütteln tat er die Frage ab. Sie kehrten zum Mercedes zurück.
»Ist Khalil der Name seines Bruders?«
»Ja.»
»Du hast doch aber gesagt, das sei der arabische Name für Hebron.«
Er war erfreut, aber auch merkwürdig abwesend. »Es ist beides.« Er ließ den Motor an. »Khalil für unsere Stadt. Khalil für meinen Bruder. Khalil, der ›Freund Gottes‹ und des hebräischen Propheten Abraham, der vom Islam verehrt wird und in unserer alten Moschee begraben liegt.«
»Also Khalil«, sagte sie.
»Khalil«, pflichtete er kurz angebunden bei. »Präg ihn dir ein. Und auch die Umstände, unter denen er dir das anvertraut hat. Weil er dich liebt. Weil er seinen Bruder liebt. Weil du die Pistole seines Bruders geküßt hast und damit von seinem Blute bist.«
Sie fuhren den Hügel hinunter. Joseph saß am Steuer. Sie wußte nicht mehr, wer sie war, falls sie das jemals gewußt hatte. Der Knall ihrer eigenen Schüsse hallte noch in ihren Ohren wider. Sie hatte noch den Geschmack des Pistolenlaufs auf den Lippen, und als er ihr den Olymp zeigte, sah sie nichts weiter als schwarze und weiße Regenwolken, die aussahen wie ein Atompilz. Joseph war genauso befangen wie sie, doch sein Ziel lag wieder vor ihnen, und er trieb beim Fahren unerbittlich seine Geschichte voran und fügte ein Detail ans

andere. Wieder Khalil. Die Zeit, die sie zusammengewesen waren, ehe er in den Kampf gezogen war. Nottingham, ihre große Seelenbegegnung. Seine Schwester Fatmeh und seine große Liebe zu ihr. Und seine anderen Brüder, die tot waren. Sie kamen auf die Küstenstraße. Der Verkehr donnerte dahin, viel zu schnell; auf den verdreckten Stränden standen hier und da eingefallene Hütten, die Fabrikschlote sahen wie Gefängnisse aus, die auf sie warteten.
Sie versuchte, seinetwegen wach zu bleiben, doch zuletzt schaffte sie es nicht mehr. Sie legte den Kopf an seine Schulter und entfloh eine Zeitlang.

Das Hotel in Saloniki war ein Klotz aus der Zeit um die Jahrhundertwende mit angestrahlten Kuppeln und einer gewissen Weitläufigkeit. Ihre Suite lag im obersten Stock, hatte einen Alkoven für Kinder und ein sechs Meter langes Badezimmer sowie verschrammte Möbel aus den zwanziger Jahren wie daheim. Sie hatte das Licht angeknipst, doch er befahl ihr, es wieder auszumachen. Er hatte Essen heraufkommen lassen, doch keiner von ihnen hatte es angerührt. Mit dem Rücken zu ihr, stand er am Erkerfenster und schaute hinunter auf den grünen Platz und den mondbeschienenen Hafen dahinter. Charlie saß auf dem Bett. Fetzen griechischer Musik von der Straße erfüllten den Raum.
»Also, Charlie.«
»Also, Charlie«, wiederholte sie echogleich und wartete auf die Erklärung, die er ihr schuldig war.
»Du hast gelobt, an meinem Kampf teilzunehmen. Aber was für ein Kampf ist das? Wie wird er ausgetragen? Wo? Ich habe von unserer Sache erzählt, habe von Unternehmungen geredet: Wir glauben, also handeln wir. Ich habe dir gesagt, daß Terror Theater ist und daß die Welt manchmal an den Ohren hochgezogen werden muß, ehe sie auf die Gerechtigkeit hört.«
Sie rutschte unruhig hin und her.
»In meinen Briefen und in unseren langen Diskussionen habe ich dir wiederholt versprochen, dich bis zum Einsatz zu bringen. Aber dann habe ich immer wieder Ausflüchte gemacht, habe es hinausgeschoben. Bis heute abend. Vielleicht traue ich dir nicht. Oder

vielleicht liebe ich dich inzwischen so sehr, daß ich dich nicht an der vordersten Front sehen möchte. Du weißt nicht, was es von diesen Dingen wirklich ist, aber manchmal hat meine Heimlichtuerei dich verletzt. Wie aus deinen Briefen hervorgeht.«

Die Briefe, dachte sie wieder; immer die Briefe.

»Ja, wie wirst du nun tatsächlich mein kleiner Soldat? Das ist es, worüber wir heute nacht reden werden. Hier. In dem Bett, auf dem du sitzt. Am letzten Abend unserer Hochzeitsreise durch Griechenland. Vielleicht ist es überhaupt die letzte Nacht, die wir jemals zusammen verbringen werden, denn du kannst nie sicher sein, mich wiederzusehen.«

Er wandte sich ihr zu, doch nichts überstürzte sich. Es war, als hätte er seinem Körper vorsichtig die gleichen Einschränkungen auferlegt, die auch seine Stimme beherrschten. »Du weinst viel«, sagte er. »Ich glaube, heute nacht wirst du auch weinen. . . Während du mich in den Armen hältst. Während du mir ewige Treue schwörst. Ja? Du weinst, und während du weinst, sage ich zu dir: ›Es ist soweit.‹ Morgen werden wir unsere Chance haben. Morgen früh wirst du den Schwur erfüllen, den du mir auf die Pistole des großen Khalil abgelegt hast. Ich befehle dir – bitte dich« – bedächtig, fast majestätisch, kehrte er ans Fenster zurück –, »den Mercedes über die jugoslawische Grenze und nach Norden, nach Österreich zu fahren, wo er übernommen werden wird. Allein. Wirst du das tun? Was sagst du dazu?«

Oberflächlich empfand sie nichts weiter als das Bedürfnis, es ihm in seiner offenbaren Gefühllosigkeit gleichzutun. Keine Angst, kein Gefühl für Gefahr, keine Überraschung: Sie schloß sie mit einem Knall alle aus. Der Augenblick ist gekommen, dachte sie. Charlie, du bist dran. Ein Auto überführen. Ab geht's. Die Zähne fest aufeinandergebissen, sah sie ihn, ohne mit der Wimper zu zucken, an, so, wie sie Menschen ansah, wenn sie log.

»Nun – was erwiderst du ihm?« erkundigte er sich und hänselte sie gutmütig ein wenig. »Allein«, erinnerte er sie. »Eine ziemlich weite Strecke, weißt du. Über tausendfünfhundert Kilometer durch Jugoslawien – keine Kleinigkeit, wenn man bedenkt, daß es ein erster Auftrag ist. Was sagst du dazu?«

»Was ist drin?« fragte sie.

Ob mit Absicht oder nicht, vermochte sie nicht zu sagen, aber er verstand sie auf jeden Fall falsch: »Geld. Dein Debüt auf der Bühne der Wirklichkeit. Alles, was Marty dir versprochen hat.« Was er dabei dachte, war ihr genauso unerfindlich wie vielleicht auch ihm selbst. Sein Ton war abgehackt und ablehnend.
»Ich habe gemeint, was in dem Auto ist.«
Die Drei-Minuten-Warnung, ehe seine Stimme etwas Herumkommandierendes bekam. »Was spielt es für eine Rolle, was in dem Auto ist? Vielleicht eine militärische Botschaft. Papiere. Glaubst du etwa, du könntest gleich an deinem ersten Tag sämtliche Geheimnisse unserer großen Bewegung erfahren?« Pause, doch sie sagte nichts. »Wirst du den Wagen fahren oder nicht? Das ist alles, worauf es ankommt.«
Es ging ihr nicht um Michels Antwort. Es ging ihr um seine.
»Charlie, als Neurekrutierte steht es dir nicht zu, Befehle in Frage zu stellen. Natürlich, wenn du schockiert bist –« – Wer war er? Sie spürte, wie seine Maske fiel, wußte jedoch nicht, welche Maske es war. »Falls dir plötzlich Bedenken kommen – innerhalb der Fiktion –, daß dieser Mann dich manipuliert hat – daß all seine Verehrung für dich, seine Glut, seine Beteuerungen ewiger Liebe . . .« Doch wieder schien er den festen Boden unter den Füßen zu verlieren. Entsprach es nun ihrem Wunschdenken, oder durfte sie annehmen, daß im Halbdunkel unbemerkt irgendein Gefühl in ihm hochgekommen war, das er sich lieber vom Leib gehalten hätte?
»Ich meine nur, daß, wenn« – seine Stimme gewann ihre Festigkeit zurück – »wenn dir in diesem Stadium irgendwie die Schuppen von den Augen fallen sollten oder dir der Mut vergeht, dann mußt du selbstverständlich nein sagen.«
»Ich habe dich etwas gefragt. Warum fährst du ihn nicht selbst, du, Michel?«
Rasch drehte er sich wieder zum Fenster, und es kam Charlie so vor, als ob er eine ganze Menge in sich selbst zum Schweigen bringen mußte, ehe er ihr antwortete. »Michel sagt dir dies und nicht mehr«, begann er und zwang sich zur Geduld. »Was immer in dem Auto ist« – er konnte es von hier oben sehen, auf dem Platz, wo es von einem Volkswagenbus bewacht abgestellt war –, »es ist überaus wichtig für unseren großen Kampf, aber auch sehr gefähr-

lich. Wen auch immer man irgendwo auf dieser anderthalbtausend Kilometer langen Strecke erwischt, wie er diesen Wagen fährt – ob das Auto nun subversive Literatur oder irgendwelches andere Material enthält, Botschaften etwa –, mit diesem Auto gefaßt zu werden, wäre für den Betreffenden außerordentlich belastend. Keinerlei Einflüsse – diplomatischer Druck, gute Anwälte – könnten den Betreffenden davor bewahren, in Teufels Küche zu kommen. Wenn du dabei an deine eigene Haut denkst, mußt du das bedenken.« Und mit einer Stimme, die so ganz anders klang als die Michels, setzte er noch hinzu: »Es geht schließlich um dein Leben. Du bist keine von uns.«

Doch sein Zurückschrecken, sein momentanes Zögern, mochte es noch so unmerklich sein, gab ihr eine Sicherheit, wie sie sie in seiner Gesellschaft bisher noch nicht erlebt hatte. »Ich habe gefragt, warum er ihn nicht selbst fährt. Ich warte immer noch auf seine Antwort.«

Und wieder riß er sich zusammen, zu deutlich. »Charlie! Ich bin ein palästinensischer Aktivist. Ich bin als Kämpfer für die Sache bekannt. Ich reise mit falschen Papieren, was jeden Augenblick auffliegen kann. Du hingegen – eine attraktive junge Engländerin, die gut aussieht –, völlig unbelastet, schlagfertig, charmant – für dich besteht selbstverständlich keinerlei Gefahr. Das reicht doch wohl jetzt!«

»Gerade hast du aber gesagt, es bestehe doch Gefahr.«

»Unsinn. Michel versichert dir, daß keine besteht. Für ihn selbst, vielleicht. Aber für dich – keine. ›Tu's für mich‹, sage ich. ›Tu's und sei stolz darauf. Tu's für unsere Liebe und für die Revolution. Tu's für alles, was wir einander geschworen haben. Tu's für meinen großen Bruder. Bedeuten deine Schwüre nichts? Hast du denn bloß heuchlerische westliche Lippenbekenntnisse abgelegt, als du dich zur Revolution bekanntest?‹« Wieder hielt er inne. »Tu es, denn wenn du es nicht tust, wird dein Leben nur noch leerer sein, als es war, ehe ich dich am Strand auflas.«

»Du meinst, im Theater«, stellte sie richtig.

Er kümmerte sich kaum noch um sie. Er hatte ihr den Rücken weiter zugekehrt und stand da, den Blick immer noch auf den Mercedes gerichtet. Er war wieder Joseph, der Joseph mit den knappen Vokalen, den überlegten Sätzen und der Mission, die unschuldiges Leben retten sollte.

»Da wärest du also. Dies hier ist dein Rubikon. Weißt du, was das ist? Der Rubikon? Steig jetzt aus – geh nach Hause – nimm ein bißchen Geld und vergiß die Revolution, Palästina, Michel, alles.«

»Oder?«

»Überführe das Auto. Dein erster Beitrag für die große Sache. Allein. Fünfzehnhundert Kilometer. Was von beiden soll's denn sein?«

»Wo wirst du sein?«

Wieder vermochte sie gegen seine Ruhe nichts auszurichten, und wieder nahm er Zuflucht bei Michel. »Im Geiste ganz nah bei dir; aber helfen kann ich dir nicht. Niemand kann dir helfen. Du wirst ganz auf dich allein gestellt sein, wirst im Interesse von Leuten die die Welt eine Bande von Terroristen nennt, eine kriminelle Handlung begehen.« Er hob von neuem an, doch diesmal war er Joseph. »Ein paar von den jungen Leuten werden eine Eskorte für dich bilden, aber wenn es schiefgeht, können sie nichts weiter machen, als Marty und mir das zu melden. Jugoslawien ist kein großer Freund Israels.«

Charlie ließ nicht locker. Alle ihre Überlebensinstinkte drängten sie dazu. Sie sah, daß er sich wieder umgedreht hatte, um sie anzublikken, und sie begegnete seinem dunklen Starren, wohl wissend, daß ihr eigenes Gesicht sichtbar, während es das seine nicht war. Wen bekämpfst du? dachte sie. Dich oder mich? Warum bist du in beiden Lagern der Feind?

»Wir haben die Szene noch nicht zu Ende gespielt«, erinnerte sie ihn. »Ich frage dich – euch beide –, was in dem Wagen ist? Du willst, daß ich ihn fahre – wer immer das will – wie viele von euch auch damit zu tun haben –, ich muß wissen, was drin ist. Jetzt.«

Sie dachte, sie müsse warten. Sie erwartete eine erneute Drei-Minuten-Warnung, während er in Gedanken blitzschnell noch einmal alle Optionen durchging, ehe er seine bewußt dürr gehaltenen Antworten veröffentlichte. Sie sollte sich irren.

»Sprengstoff«, erwiderte er so unbeteiligt, wie es ihm möglich war. »Zweihundert Pfund russischer Plastiksprengstoff, in Halbpfund-Stäbe aufgeteilt. Guter neuer Stoff, ordentlich gepflegt, kann extre-

me Hitze und Kälte aushalten und ist bei allen Temperaturen einigermaßen schmiegsam.«
»Na schön, freut mich, daß er ordentlich gepflegt ist«, erklärte Charlie fröhlich und kämpfte dagegen an, daß die Flut umsprang. »Wo ist er versteckt?«
»Im Volant, in den Verstrebungen, in der Deckenverkleidung und den Sitzen. Da es sich um ein älteres Modell handelt, hat es vorteilhafterweise Kastensegmente und Träger.«
»Wozu soll er eingesetzt werden?«
»Für unseren Kampf.«
»Aber warum muß er dann ganz bis nach Griechenland runter, statt sich das Zeug in Mitteleuropa zu beschaffen?«
»Mein Bruder hat gewisse Geheimhaltungsvorschriften und verlangt von mir, daß ich sie gewissenhaft einhalte. Der Kreis derer, denen er vertraut, ist ziemlich klein, und er möchte ihn nicht erweitern. Im Grunde traut er weder Arabern noch Europäern. Was wir allein tun, können nur wir allein verraten.«
»Und welche Form genau würdest du sagen, nimmt unser Kampf in diesem ganz bestimmten Punkt an?« fragte Charlie mit derselben munteren, geradezu übertrieben entspannt klingenden Stimme.
Auch diesmal zögerte er nicht. »Juden in der Diaspora zu töten. Da sie unser Volk aus Palästina in alle Himmelsrichtungen vertrieben haben, so bestrafen wir sie in ihrer Diaspora und bringen unsere Qual den Ohren und Augen der Welt zur Kenntnis. – Und gleichzeitig wecken wir damit das schlafende Bewußtsein des Proletariats«, fügte er, als nicht so überzeugenden Nachgedanken, hinzu.
»Nun, das scheint mir nur gerecht.«
»Danke.«
»Und du und Marty – ihr habt euch also gedacht, daß es nett wäre, wenn ich ihnen den Gefallen täte, das Auto nach Österreich hinaufzubringen.« Sie holte ein wenig Luft, erhob sich und trat ganz bewußt ans Fenster. »Würdest du mich bitte in den Arm nehmen, Joseph? Nicht, weil ich leichtfertig wäre. Es ist nur, daß ich mich dort eben einen Augenblick lang ein bißchen verlassen gefühlt habe.«
Ein Arm legte sich ihr um die Schulter, und sie zitterte heftig darin. Sie schmiegte sich an ihn und drehte sich zum ihm hin, umschlang

ihn, drückte ihn an sich und spürte zu ihrer Freude, wie die Starre aus ihm wich und er ihren Druck erwiderte. Ihr Denken arbeitete überall zugleich, wie ein Auge, das auf ein weites und unerwartetes Panorama hinausblickte. Doch am klarsten – jenseits der unmittelbaren Gefahr der Fahrt – begann sie endlich die größere Reise, die vor ihr lag, zu sehen und entlang der Strecke die gesichtslosen Genossen der anderen Armee, der sich anzuschließen sie im Begriff stand. Schickt er mich, oder hält er mich zurück? fragte sie sich. Er weiß es nicht. Er wacht auf und geht gleichzeitig schlafen. Seine Arme, mit denen er sie immer noch umfaßt hielt, gaben ihr neuen Mut. Bis jetzt hatte sie im Bann seiner entschlossenen Keuschheit die dunkle Vorstellung gehabt, ihr Körper, der schon viele Liebhaber gekannt hatte, sei seiner nicht würdig. Jetzt war dieser Selbstekel aus Gründen, die sie noch herausfinden mußte, von ihr gewichen.

»Überzeug mich weiter«, sagte sie und hielt ihn immer noch umfaßt. »Tu deine Pflicht.«

»Ist es denn nicht genug, daß Michel dich schickt, dich jedoch gleichzeitig nicht gehenlassen möchte?«

Sie antwortete nicht.

»Soll ich dir Shelley zitieren – ›die ungestüme Herrlichkeit des Terrors‹? Muß ich dich an unsere vielen Versprechen erinnern, die wir uns gegeben haben? – daß wir bereit sind, zu töten, weil wir bereit sind, zu sterben?«

»Ich glaube, Worte richten nichts mehr aus. Ich glaube, ich habe alle Worte gehört, die ich schlucken kann.« Sie hatte ihr Gesicht an seiner Brust verborgen. »Du hast versprochen, in meiner Nähe zu bleiben«, erinnerte sie ihn und spürte, wie seine Umarmung nachließ, während seine Stimme hart wurde.

»Ich werde in Österreich auf dich warten«, sagte er in einem Ton, der mehr dazu angetan war, zurückzustoßen, als zu überreden. »Das ist das Versprechen, das Michel dir gegeben hat. Ich gebe es dir auch.«

Sie trat einen halben Schritt zurück und hielt sein Gesicht zwischen den Händen, so wie sie es auf der Akropolis gehalten hatte, und betrachtete es kritisch im Schein der Lampen unten auf dem Platz. Dabei hatte sie das Gefühl, es habe sich vor ihr verschlossen wie eine

Tür, die sie weder herein- noch herauslassen wollte. Ernüchtert und erregt zugleich, kehrte sie zum Bett zurück und setzte sich wieder hin. Auch ihre Stimme hatte eine neue Zuversicht, die sie beeindruckte. Ihr Blick ruhte auf dem Armband, das sie im Halbdunkel nachdenklich hin und her drehte.

»Wie möchtest *du* es denn? fragte sie. »Du, Joseph? Soll Charlie bleiben und den Auftrag übernehmen, oder soll Charlie das Geld einstecken und machen, daß sie fortkommt? Wie sieht denn dein *persönliches* Szenarium aus?«

»Du kennst die Gefahren. Entscheide dich.«

»Du auch, sogar besser als ich. Du hast sie von Anfang an gekannt.«

»Du hast sämtliche Argumente gehört – sowohl von Marty als auch von mir.«

Sie nestelte die Schließe des Armbands auf und ließ es sich in die Hand gleiten. »Wir retten das Leben Unschuldiger. Das heißt, vorausgesetzt, ich liefere den Sprengstoff ab. Selbstverständlich gibt es auch jene – Einfaltspinsel –, die meinen, man könnte mehr Leben retten, wenn man den Sprengstoff *nicht* abliefert. Doch die, nehmen ich an, irren sich wohl.«

»Auf lange Sicht, und vorausgesetzt, alles geht gut, irren sie sich.« Wieder hatte er ihr den Rücken zugewandt – allem Anschein nach, um das Bild zu betrachten, das sich seinen Augen vom Fenster aus bot.

»Wenn du als Michel zu mir redest, ist es einfach«, fuhr sie verständig fort und befestigte das Armband am anderen Handgelenk. »Du hast mich vollkommen umgeworfen; ich habe die Pistole geküßt und kann nun gar nicht schnell genug auf die Barrikaden. Wenn wir das nicht glauben, sind all deine Bemühungen der letzten Tage fehlgeschlagen. Was aber nicht der Fall ist. So hast du mir meine Rolle gegeben, und so hast du mich gekriegt. Auseinandersetzung vorbei. Ich mach's.«

Sie sah, wie er leicht zustimmend nickte. »Und wenn du als Joseph zu mir sprichst – was macht das für einen Unterschied? Hätte ich abgelehnt, hätte ich dich nie wieder gesehen. Da wäre ich mit meinem goldenen Händeschütteln wieder im Nirgendwo.«

Zu ihrer Überraschung bemerkte sie, daß er das Interesse an ihr verloren hatte. Er hob die Schultern, stieß einen langen Seufzer aus;

sein Gesicht blieb dem Fenster zugewandt, den Blick hatte er auf den Horizont gerichtet. Er fing wieder an zu sprechen, und zuerst dachte sie, er weiche wieder dem Stoß aus, den sie mit ihren Worten auf ihn gerichtet hatte. Doch als sie weiter zuhörte, ging ihr auf, daß er ihr erklärte, warum – soweit es ihn betraf – sie beide nie eine echte Wahl gehabt hätten.

»Michel hätte diese Stadt meiner Meinung nach gefallen. Bis zur Besetzung durch die Deutschen haben da drüben auf dem Berg sechzigtausend Juden ziemlich glücklich gelebt. Postbeamte, Händler, Bankiers. Sephardim. Sie sind aus Spanien über den Balkan hierhergekommen. Als die Deutschen abzogen, waren keine mehr da. Diejenigen, die nicht ausgerottet wurden, haben sich nach Israel durchgeschlagen.«

Sie lag im Bett. Joseph stand immer noch am Fenster und beobachtete, wie das Licht auf den Straßen erlosch. Sie überlegte, ob er wohl zu ihr käme, wußte jedoch, daß er es nicht tun würde. Sie hörte ein Knarren, als er sich auf den Diwan legte, sein Körper parallell zu ihrem, und zwischen ihnen erstreckte sich nur Jugoslawien. Sie begehrte ihn mehr, als sie je einen Mann begehrt hatte. Ihre Angst vor morgen vergrößerte ihr Verlangen nur noch.

»Hast du eigentlich Geschwister, Jose?« fragte sie.

»Einen Bruder.«

»Und was macht der?«

»Er ist im 67er-Krieg gefallen.«

»In dem Krieg, der Michel über den Jordan trieb«, sagte sie. Sie hätte nie erwartet, daß er ihr eine ehrliche Antwort geben würde, doch sie wußte, daß er die Wahrheit gesagt hatte. »Hast du in dem Krieg auch mitgekämpft?«

»Das will ich meinen.«

»Und in dem Krieg davor? Dem, an dessen Datum ich mich nicht erinnere?«

»Sechsundfünfzig.«

»Ja?«

»Ja.«

»Und in dem danach? ’73.«

»Anzunehmen.«

»Wofür hast du gekämpft?«

Wieder warten.
»'56, weil ich ein Held sein wollte, '67 für den Frieden. Und '73« – es schien ihm schwerzufallen, sich zu erinnern – »für Israel«, sagte er.
»Und jetzt? Wofür kämpfst du diesmal?«
Weil es da ist, dachte sie. Um Leben zu retten. Weil sie mich dazu aufgefordert haben. Damit die Bewohner meines Dorfes den *dabke* tanzen und damit sie auch die Berichte der Reisenden hören können.
»Jose?«
»Ja, Charlie?«
»Woher hast du eigentlich diese tiefen, runden Narben?«
Seine langen Pausen hatten im Dunkeln etwas Erregendes wie ein Lagerfeuer bekommen.
»Die Brandmale, würde ich sagen. Die habe ich bekommen, als ich in einem Panzer saß. Und die Löcher von den Kugeln, als ich da rauswollte.«
»Wie alt warst du damals?«
»Zwanzig. Einundzwanzig.«
Mit acht habe ich mich der *Ashbal* angeschlossen, dachte sie. Mit fünfzehn . . .
»Und wer war dein Vater?« fragte sie, entschlossen, am Ball zu bleiben.
»Er war ein Pionier. Ein früher Siedler.«
»Woher?«
»Aus Polen.«
»Wann?«
»In den zwanziger Jahren. Mit der dritten *aliyah*, falls du weißt, was das bedeutet.«
Sie wußte es nicht, doch für den Augenblick spielte das keine Rolle.
»Was hat er gemacht?«
»War Bauarbeiter. Hat mit seinen Händen gearbeitet. Eine Sanddüne in eine Stadt verwandelt. Sie Tel Aviv genannt. Ein Sozialist – einer von den praktischen. Hat nicht viel an Gott gedacht. Nie getrunken. Nie etwas besessen, das mehr als ein paar Dollar wert gewesen wäre.«
»Wärest du das auch gern gewesen?« fragte sie.

Darauf antwortet er nie, dachte sie. Er schläft ja schon. Sei nicht unverschämt.
»Ich habe die Berufung zu was Höherem gewählt«, erwiderte er trocken.
Oder sie hat dich gewählt, dachte sie, denn so nennt man Berufung, wenn man in die Gefangenschaft hineingeboren wurde. Und irgendwie schlief sie dann plötzlich sehr schnell ein.

Aber Gadi Becker, der kampferprobte Krieger, lag geduldig wach, starrte ins Dunkel und lauschte den unregelmäßigen Atemzügen seiner jungen Rekrutin. Warum hatte er so mit ihr gesprochen? Warum hatte er sich ausgerechnet in dem Augenblick erklärt, da er sie mit ihrem ersten Auftrag ausschickte? Manchmal traute er sich selbst nicht mehr. Es spannte die Muskeln, nur um festzustellen, daß die Bänder der Disziplin sich nicht mehr so strafften wie früher. Er würde einen geraden Kurs einschlagen, nur um zurückzuschauen und sich zu wundern, bis zu welchem Grade er sich geirrt hatte. Wovon träume ich, dachte er, vom Kampf oder vom Frieden? Er war für beides zu alt, zu alt, um weiterzumachen, und zu alt, um aufzuhören. Zu alt, um sich aufzugeben, und doch unfähig, sich vorzuenthalten. Zu alt, um den Geruch des Todes nicht zu erkennen, ehe er tötete.
Wieder lauschte er auf ihren Atem, der jetzt den ruhigeren Rhythmus des Schlafs angenommen hatte. Er hielt das Handgelenk im Dunkeln vor sich, wie Kurtz es tat, und blickte auf das Leuchtzifferblatt seiner Uhr. Dann zog er so leise, daß sie selbst dann, wenn sie hellwach gewesen wäre, kaum etwas gehört hätte, den roten Blazer über und stahl sich aus dem Raum.
Der Nachtportier war ein heller Kopf und brauchte den wohlgekleideten Herrn, der sich ihm näherte, bloß zu sehen, um zu wissen, daß ein großes Trinkgeld zu erwarten war.
»Haben Sie Telegrammformulare?« fragte Becker in gebieterischem Ton.
Der Nachtportier bückte sich unter den Tresen.
Becker schrieb. Große, sorgfältige Buchstaben, mit schwarzer Tinte. Die Adresse hatte er im Kopf – zu Händen eines Anwalts in

Genf; Kurtz hatte sie ihm von München aus durchgegeben, nachdem er sich bei Yanuka vorsichtshalber noch einmal vergewissert hatte, daß sie noch galt. Den Text hatte Becker gleichfalls im Kopf. Er begann: »Raten Sie Ihrem Klienten freundlicherweise« und bezog sich auf die Fälligkeit von Verbindlichkeiten in Übereinstimmung mit unserem Standardvertrag. Das Telegramm war fünfundvierzig Worte lang, und nachdem er sie noch einmal durchgelesen hatte, fügte er die steife, selbstbewußte Unterschrift hinzu, die Schwili ihm mit Geduld beigebracht hatte. Dann reichte er das Formular über den Tresen und gab dem Portier fünfhundert Drachmen, die er für sich behalten sollte.

»Ich möchte, daß Sie es zweimal abschicken, haben Sie verstanden? Dieselbe Nachricht, zweimal. Einmal jetzt per Telefon, und dann morgen früh noch einmal vom Postamt aus. Überlassen Sie es nicht irgendeinem Jungen, sondern tun Sie es selbst. Anschließend schikken Sie mir dann eine Kopie zur Bestätigung auf mein Zimmer.«

Der Nachtportier erklärte sich bereit, alles genauso zu tun, wie es der Herr angeordnet hätte. Er hatte von arabischen Trinkgeldern gehört, davon geträumt. Heute endlich, aus heiterem Himmel, hatte er eines bekommen. Er hätte dem Herrn mit Freuden noch viele andere Dienste erwiesen, doch ach, der Herr ging auf seine Vorschläge nicht ein. Verloren sah der Portier seiner Beute nach, wie sie auf die Straße trat und dann den Weg in Richtung Hafen einschlug. Der Lieferwagen der Funker stand auf dem Parkplatz. Es wurde für den großen Gadi Becker Zeit, Bericht zu erstatten und sich zu vergewissern, daß alles klar war für den großen Stapellauf.

Kapitel 13

Das Kloster lag zwei Kilometer von der Grenze entfernt in einer von Felsen und Riedgras umgebenen Senke: ein trauriger, entweihter Ort, die Dächer waren eingedrückt, die Zellentüren zum Innenhof aufgebrochen, die Steinmauern mit psychedelischen Hula-Mädchen bemalt. Ein Nach-Christ hatte versucht, hier eine Diskothek einzurichten, dann jedoch genauso das Weite gesucht wie zuvor die Mönche. Auf dem Betongeviert, das als Tanzfläche hatte dienen sollen, stand der rote Mercedes wie ein Streitroß, das zur Schlacht fertiggemacht wird; daneben die Amazone, die es lenken sollte, und neben ihr Joseph, der Aufseher über alles. Bis hierhin hat dich Michel gebracht, um die Nummernschilder auszuwechseln und wo er Abschied von dir nimmt, Charlie; hier hat er dir die falschen Papiere und die Wagenschlüssel ausgehändigt. Rose, wisch die Tür bitte noch mal ab. Rachel, was ist das für ein Stück Papier dort auf dem Boden? Er war wieder Joseph, der Perfektionist, der sich auch noch um das winzigste Detail kümmerte. Der Lieferwagen der Funker stand neben der Außenmauer, und seine Antenne schwankte sanft im heißen Wind.

Die Münchener Nummernschilder waren bereits festgeschraubt, das CD durch ein verstaubtes deutsches D ersetzt worden. Unerwünschte Abfälle waren entfernt worden. Peinlich genau und sehr umsichtig verteilte Becker an ihrer Stelle beredte Erinnerungsstükke: einen oft durchgeblätterten Akropolis-Führer, in die Seitentasche des Wagenschlags geschoben und vergessen; Traubenkerne für den Aschenbecher, kleine Reste von Apfelsinenschalen auf dem Boden; Hölzchen von griechischem Eis-am-Stiel, Schnipsel von Schokoladenpapier. Dann zwei abgerissene Eintrittskarten für die antiken Stätten von Delphi, eine Esso-Straßenkarte von Griechenland, die Route Delphi – Saloniki mit Filzstift eingezeichnet und versehen mit ein paar von Michel auf arabisch hingekritzelten Randbemerkungen in der Nähe der Stelle, wo Charlie in den Hügeln einhändig die Pistole abgefeuert und vorbeigeschossen hatte. Ein Kamm mit ein paar schwarzen Haaren darin, dessen Zähne mit Michels stark riechendem deutschen Haarwasser bestrichen waren. Ein paar Autohandschuhe aus Leder, leicht besprüht mit Michels Körperspray. Ein Brillenetui der Firma Frey, München – das Etui, das zu der Sonnenbrille gehört hatte, die entzweigegangen war, als ihr Besitzer an der Grenze versucht hatte, Rachel mitzunehmen. Zuletzt unterzog er Charlie selbst einer nicht minder aufmerksamen Begutachtung, die ihre gesamte bekleidete Erscheinung erfaßte, von den Schuhen bis zum Kopf und wieder über das Armband zurück, ehe er sie – widerstrebend, wie ihr schien – an einen kleinen Klapptisch führte, auf dem der durchgesehene Inhalt ihrer Handtasche bereitgelegt worden war.

»So, jetzt räum das bitte ein«, sagte er schließlich, nachdem er nochmals alles überprüft hatte, und sah zu, wie sie alles auf ihre Art einpackte: Taschentuch, Lippenstifte, Führerschein, Kleingeld, Brieftasche, kleine Andenken, Schlüssel sowie den ganzen sorgfältig ausgesuchten Kleinkram, der, wenn man ihn genau untersuchte, geeignet war, die komplexen Fiktionen ihrer verschiedenen Leben zu bestätigen.

»Was ist denn mit seinen Briefen?« sagte sie. Josephs-Pause. »Wenn er mir doch all diese heißen Liebesbriefe geschrieben hat, trage ich die überall mit mir herum – oder?«

»Das erlaubt Michel nicht. Du hast strikte Anweisungen, seine Briefe an einer sicheren Stelle in deiner Wohnung aufzubewahren und sie vor allen Dingen niemals bei einem Grenzübertritt dabeizuhaben. Allerdings . . .« Aus der Seitentasche seines Jacketts hatte er ein in schützendes Zellophan eingewickeltes Notizbüchlein herausgezogen: es war in Stoff gebunden und hatte einen kleinen Bleistift im Rücken. »Da du kein Tagebuch führst, haben wir beschlossen, es für dich zu tun«, erklärte er. Beherzt nahm sie es entgegen und riß die Zellophanhülle ab. Sie zog den Bleistift heraus. Kleine Einbißdellen wiesen darauf hin, was sie immer noch mit Bleistiften machte: sie kaute darauf herum. Sie durchblätterte ein halbes Dutzend Seiten. Schwilis Eintragungen waren sparsam, aber dank Leons

Einfühlungsgabe und Miß Bachs elektronischem Gedächtnis waren es ihre eigenen. Über die Nottingham-Periode nichts. Michel war wie aus heiterem Himmel auf sie herniedergeschossen. Bei York ein dickes *M* mit Fragezeichen daneben, das Ganze umkringelt. In der Ecke desselben Tages ein langer, nachdenklicher Krakel, so wie sie sie machte, wenn sie Tagträumen nachhing. Ihr Auto tauchte auf: *9 Uhr Fiat zu Eustace.* Und ihre Mutter: *In einer Woche Mum Geburtstag. Geschenk kaufen!* Und auch Alastair: *A auf die Isle of Wight – Werbefilm für Kellogg's*? Er war nicht gefahren, wie sie sich jetzt erinnerte; Kellogg's hatte einen besseren und nüchterneren Schauspieler gefunden. Für ihre Tage Schlangenlinien, und ein- oder zweimal die witzige Eintragung: *Nicht einsatzfähig.* Als sie zu den Ferien in Griechenland weiterblätterte, fand sie den Namen Mykonos in großen, nachdenklichen Druckbuchstaben und daneben Abflug- und Ankunftszeit der Chartermaschine. Doch als sie zum Tag ihrer Ankunft in Athen kam, flatterte ihr auf der Doppelseite ein Schwarm auffliegender Vögel entgegen, mit rotem und blauem Kugelschreiber wie die Tätowierung auf dem Arm eines Matrosen gezeichnet. Sie ließ das Notizbuch in die Handtasche fallen und den Verschluß zuschnappen. Es war zuviel. Sie kam sich schmutzig und vereinnahmt vor. Sie sehnte sich nach neuen Menschen, die sie noch überraschen konnte – Menschen, die ihre Gefühle und ihre Handschrift nicht so gut nachmachen konnten, daß sie selbst sie nicht einmal mehr vom Original unterscheiden konnte. Vielleicht wußte Joseph das. Vielleicht entnahm er das ihrer brüsken Art. Hoffentlich! Mit behandschuhter Hand hielt er ihr die Autotür auf, und sie stieg rasch ein.

»Sieh noch mal nach den Papieren«, befahl er.

»Brauche ich nicht«, sagte sie und sah geradeaus.

»Autonummer?«

Sie nannte sie ihm.

»Zulassungsdatum?«

Sie gab auf alles eine Antwort: eine Geschichte in einer Geschichte in einer Geschichte. Das Auto war Eigentum eines Münchener Modearztes, dessen Namen sie parat hatte und der im Augenblick ihr Liebhaber war. Versichert und auf seinen Namen zugelassen, siehe die falschen Papiere.

»Warum ist er denn nicht bei dir, dein tüchtiger Doktor? Michel fragt dich dies, verstehst du?«
Sie verstand. »Er mußte heute morgen wegen eines dringenden Falles von Saloniki nach Hause fliegen. Ich habe mich bereit erklärt, den Wagen für ihn zurückzufahren. Er war in Athen, um dort einen Vortrag zu halten. Wir sind zusammen unterwegs gewesen.«
»Wie hast du ihn denn überhaupt kennengelernt?«
»In England. Er ist ein guter Freund meiner Eltern – heilt sie von ihrem Katzenjammer. Meine Eltern sind ungeheuer reich, Andeutung, Andeutung.«
»Für den Notfall hast du Michels tausend Dollar in der Handtasche, die er dir für die Reise geliehen hat. Vielleicht solltest du daran denken, diesen Leuten für die Überstunden und die Umstände, die du ihnen verursacht hast, eine Kleinigkeit zukommen zu lassen. Wie heißt seine Frau?«
»Renate, ich hasse diese Ziege.«
»Und die Kinder?«
»Christoph und Dorothea. Ich würde ihnen eine wunderbare Mutter sein, wenn nur Renate den Platz freimachte. Ich möchte jetzt fahren. Noch was?«
»Ja.«
Daß du mich liebst, schlug sie in Gedanken vor. Daß es dir ein bißchen leid tut, mich mit einem Wagen voll von erstklassigem russischen Plastik-Sprengstoff durch halb Europa zu scheuchen.
»Sei nicht allzu selbstsicher«, riet er ihr mit nicht mehr Gefühl, als wenn er ihren Führerschein überprüft hätte. »Nicht jeder Grenzbeamte ist ein Trottel oder ein Sexungeheuer.«
Sie hatte sich vorgenommen, nicht Lebewohl zu sagen, und vielleicht hatte Joseph dasselbe getan.
»Also, Charlie«, sagte sie und ließ den Motor an.
Er winkte ihr nicht nach, noch lächelte er. Vielleicht wiederholte er: »Also, Charlie«, doch wenn er es tat – sie hörte es nicht. Sie kam auf die Hauptstraße; das Kloster und seine zeitweiligen Bewohner verschwanden aus dem Rückspiegel. Mit großer Geschwindigkeit fuhr sie ein paar Kilometer, dann erreichte sie einen alten gemalten Pfeil mit der Aufschrift: *Jugoslawien*. Sie fuhr langsam weiter, folgte dem allgemeinen Verkehr. Die Straße verbreiterte sich und

wurde zu einem Parkplatz. Sie sah eine Schlange von Reisebussen, eine Autoschlange und die Flaggen aller Nationen, von der Sonne zu Pastelltönen gebleicht. Ich bin Engländerin, Israeli, Deutsche und Araberin. Sie reihte sich hinter einem offenen Sportwagen ein. Zwei junge Männer saßen vorn, zwei Mädchen hinten. Sie fragte sich, ob es wohl Josephs Leute wären. Oder Michels. Oder irgendwelche Polizei. Sie lernte die Welt auf diese Weise betrachten: jeder gehört zu irgendwem. Ein grau-uniformierter Beamter winkte sie ungeduldig voran. Sie hatte alles bereit. Falsche Papiere, falsche Erklärungen. Kein Mensch war daran interessiert. Sie war drüben.

Auf der Hügelspitze hoch über dem Kloster ließ Joseph seinen Feldstecher sinken und kehrte zu dem wartenden Lieferwagen zurück.
»Ladung auf den Weg gebracht«, sagte er kurz angebunden zu David, der die Wörter gehorsam in seinen Apparat tippte. Für Becker hätte er alles getippt – alles riskiert, jeden erschossen. Becker war für ihn eine lebende Legende, vollkommen in all seinen Fähigkeiten, jemand, dem er unermüdlich nacheifern sollte.
»Marty erwidert: Gratuliere«, sagte der junge Mann ehrfürchtig. Doch der große Becker schien ihn nicht zu hören.

Sie fuhr eine Ewigkeit. Sie fuhr, die Arme schmerzten, weil sie das Steuer zu fest gepackt hatte, und der Nacken tat ihr weh, weil sie die Beine zu steif hielt. Sie fuhr, und ihr wurde flau im Magen, weil sie die Bauchmuskeln zu wenig anspannte. Dann wieder wurde ihr flau, weil sie zuviel Angst hatte. Dann noch flauer, als der Motor stotterte und sie dachte: Hurra, jetzt haben wir eine Panne. *Sollte das geschehen, gib ihn einfach auf,* hatte Joseph gesagt. *Fahr ihn in eine Abzweigung, laß dich per Anhalter mitnehmen, verlier die Papiere und nimm einen Zug. Vor allem aber mach, daß du so weit wie möglich von dem Ding wegkommst.* Nur, jetzt, nachdem sie einmal unterwegs war, glaubte sie nicht, daß sie das tun könnte: das wäre ja, als ob sie mitten in einer Aufführung von der Bühne liefe. Zuviel Musik machte sie ganz taub, und so stellte sie das Radio ab und wurde nun taub von dem Geratter der Lastwagen. Sie war in einer Sauna, sie fror sich zu Tode, sie sang. Es gab kein Vorankommen, nur Unterwegssein. Aufgeräumt plauderte sie mit ihrem toten Vater und ihrer Scheiß-Mutter: »Tja, ich hab' da diesen *bezaubernden* Araber kennengelernt, Mutter, *phantastisch* gut erzogen und *schrecklich* reich und kultiviert; wir haben in einer Tour nur gevögelt, von morgens bis abends und wieder zurück . . .«

Sie fuhr, ihr Gehirn war leergefegt, und bewußt hing sie keinen Gedanken nach. Sie zwang sich, nur an der Oberfläche der Erfahrung zu bleiben. Ach, schau, ein Dorf, oh, sieh mal, ein See, dachte sie und gestattete sich nie, zu dem darunter liegenden Chaos durchzustoßen. Ich bin frei und entspannt und genieße einfach in vollen Zügen. Mittags aß sie Obst und Brot, das sie am Kiosk einer Tankstelle gekauft hatte. Und Eis – sie hatte plötzlich einen Heißhunger auf Eis, wie eine Schwangere. Gelbes, wäßriges jugoslawisches Eis mit einem Mädchen mit strotzenden Brüsten auf dem Einwickelpapier. Einmal fuhr sie an einem jungen Anhalter vorüber und verspürte den überwältigenden Drang, sich über Josephs Befehl hinwegzusetzen und ihn mitzunehmen. Ihre Einsamkeit war plötzlich so grauenvoll, daß sie zu allem bereit gewesen wäre, ihn bei sich zu behalten: ihn in einer der kleinen Kapellen auf den baumlosen Hügeln zu heiraten, ihn im gelben Gras am Straßenrand zu vergewaltigen. Aber kein einziges Mal in all den Jahren und auf all den Kilometern, die sie fuhr, gestand sie sich ein, daß sie zweihundert Pfund erstklassigen russischen Plastik-Sprengstoff durch Jugoslawien schmuggelte, in Halb-Pfund-Stäbe aufgeteilt und in Volant, Verstrebungen, Deckenverkleidung und Sitzen versteckt. Noch daß ein älteres Modell vorteilhafterweise Kastensegmente und Träger hatte. Noch daß es sehr guter Stoff war, ordentlich gepflegt, imstande, große Hitze und Kälte zu ertragen und bei allen Temperaturen einigermaßen schmiegsam.

Fahr weiter, Mädchen, sagte sie sich immer wieder entschlossen, manchmal sogar laut. *Es ist ein sonniger Tag, und du bist eine reiche Hure, die den Mercedes ihres Liebhabers fährt.* Sie rezitierte ihre Verse aus *Wie es euch gefällt* und Stellen aus der ersten Rolle, die sie überhaupt gespielt hatte. Sie rezitierte Textstellen aus der *Heiligen Johanna*. Doch an Joseph dachte sie überhaupt nicht; sie hatte noch nie in ihrem Leben einen Israeli kennengelernt, sich nie nach ihm gesehnt, nie um seinetwillen ihre Ansichten oder ihre Religion gewechselt oder war sein Geschöpf geworden, während sie vorgab, das Geschöpf seines Feindes zu sein; sich nie über die geheimen Kriege, die sich in ihm abspielten, gewundert oder aufgeregt.

Abends um sechs sah sie das gemalte Schild, nach dem Ausschau zu halten kein Mensch ihr aufgetragen hatte, und obwohl sie am liebsten die ganze Nacht weitergefahren wäre, sagte sie sich: »Ach, das sieht nett aus; hier versuch' ich's mal.« Einfach so. Sie sagte das laut, putzmunter, wahrscheinlich zu ihrer Scheiß-Mutter. Sie fuhr zwei Kilometer in die Berge hinein, und da stand es, genauso, wie der-den-es-nicht-gab es ihr beschrieben hatte: ein in eine Ruine hineingebautes Hotel mit Swimming-pool und Minigolf-Anlage. Und als sie die Halle betrat – wem mußte sie da in die Arme laufen, wenn nicht ihren alten Kumpels Dimitri und Rose, die sie auf Mykonos kennengelernt hatte. Nein, sieh doch nur, Liebling, da ist ja Charlie – was für ein Zufall! Warum essen wir nicht gemeinsam zu Abend? Sie aßen Gegrilltes am Swimming-pool und schwammen, und als der Swimming-pool geschlossen wurde und Charlie nicht schlafen konnte, spielten sie wie Gefängniswärter am Abend vor ihrer Hinrichtung in ihrem Zimmer mit ihr Scrabble. Sie döste ein paar Stunden, doch um sechs Uhr in der Frühe war sie wieder auf der Straße, und am späten Nachmittag erreichte sie die Autoschlange vor der österreichischen Grenze, wo ihr Aussehen plötzlich verzweifelt wichtig für sie wurde.

Sie trug eine ärmellose Bluse aus Michels Aussteuer; sie hatte sich das Haar gebürstet und sah in jedem ihrer drei Spiegel großartig aus. Die meisten Autos wurden einfach durchgewinkt, doch darauf durfte sie sich nicht verlassen – nicht noch einmal. Die übrigen mußten ihre Papiere vorweisen, und einige wenige wurden rausgepickt und gründlich durchsucht. Sie fragte sich, ob die Grenzbeamten willkürlich vorgingen oder ob sie vorgewarnt worden waren oder ob sie nach bestimmten, für andere nicht erkennbaren Anhaltspunkten vorgingen. Zwei Uniformierte kamen gemächlich an der Reihe der wartenden Autos entlang und blieben an jedem Wagenfenster stehen. Der eine trug eine grüne, der andere eine blaue Uniform, und der blaue hatte das Käppi schief aufgesetzt, um wie ein Flieger-As auszusehen. Sie sahen sie an und gingen dann langsam um den Wagen herum. Sie hörte, wie einer von ihnen gegen ihre Hinterreifen trat, und ums Haar hätte sie geschrien: »Au, das tut weh!« doch sie verkniff es sich, weil Joseph, an den sie nicht zu denken wagte, gesagt hatte: Laß sie in Ruhe, halt Abstand, überleg dir, was du für nötig hältst, und halbiere das dann. Der Grünuniforierte fragte sie etwas auf deutsch, und sie sagte »*Sorry*?« auf englisch. Sie hielt ihm ihren englischen Paß hin; Beruf: Schauspielerin. Er nahm ihn, verglich sie mit dem Paßbild und reichte ihn an seinen Kollegen weiter. Es waren gutaussehende junge Männer; ihr fiel erst jetzt auf, wie jung sie waren. Blond, voller Saft und Kraft, offener Blick und die ewige Bräune der Bergbewohner. Es ist Spitzenqualität, war sie in einer schrecklichen Anwandlung von Selbstvernichtung versucht zu sagen: Ich bin Charlie, nehmt mich mal genau unter die Lupe.

Vier Augen waren unablässig auf sie gerichtet, während sie ihre Fragen stellten – jetzt bist du an der Reihe, jetzt ich. Nein, sagte sie – nur hundert griechische Zigaretten und eine Flasche Ouzo. Nein, sagte sie, keine Geschenke, ehrlich. Sie sah sie nicht an, widerstand der Versuchung, mit ihnen zu flirten. Na ja, eine Kleinigkeit für ihre Mutter, aber völlig wertlos. Sagen wir: zehn Dollar. Allerweltssachen: damit sie was zum Nachdenken hatten. Sie machten ihre Tür auf und forderten sie auf, ihnen die Flasche Ouzo zu zeigen, doch sie hatte den starken Verdacht, daß sie – nachdem sie einen tiefen Blick in den Ausschnitt ihrer Bluse geworfen hatten – jetzt auch noch scharf darauf waren, ihre Beine zu sehen und festzustellen, ob alles gut zusammenpaßte. Der Ouzo lag in einem Korb auf dem Boden neben ihr. Sie lehnte sich über den Beifahrersitz und holte die Flasche heraus, und während sie das tat, sprang ihr Rock auf, zu neunzig Prozent war es Zufall, doch für einen Augenblick war ihre ganze linke Hüfte bis hinauf zum Slip zu sehen. Sie hob die Flasche hoch, um sie ihnen zu zeigen, und fühlte im selben Augenblick, wie etwas Feuchtes und Kaltes auf ihr nacktes Fleisch auftraf. *Himmel, jetzt haben sie mich gestochen!* Sie stieß einen Schrei aus, klatschte mit der Hand auf die Stelle und erblickte dann mit Erstaunen auf ihrem Oberschenkel einen tintenblauen Einreisestempel mit dem

Datum ihres Eintreffens in der Republik Österreich. Sie war so wütend, daß sie sie fast angefaucht hätte; sie war so dankbar, daß sie fast in schallendes Lachen ausgebrochen wäre. Hätte Josephs Mahnung zur Vorsicht sie nicht gebremst, sie hätte sie beide hier und jetzt für ihre unglaubliche, liebenswerte und harmlose Großzügigkeit umarmt. Sie war durch, sie hatte großes Schwein gehabt. Sie warf einen Blick in den Rückspiegel und sah, wie die beiden Goldjungen ihr etwa fünfunddreißig Minuten lang schüchtern nachwinkten, ohne ein Auge für alle nach ihr Kommenden zu haben. Nie hatte sie Autorität so sehr geliebt.

Shimon Litvak trat seine lange Wache frühmorgens an, acht Stunden bevor die Meldung durchkam, Charlie habe die Grenze sicher überschritten, und zwei Nächte und einen Tag nachdem Joseph in Michels Namen die beiden gleichlautenden Telegramme an den Anwalt in Genf zur Weiterleitung an seinen Klienten geschickt hatte. Es war jetzt Nachmittag, und Litvak hatte die Wache dreimal ablösen lassen; trotzdem langweilte sich keiner, hätte man von keinem sagen können, daß er weniger als wachsam gewesen wäre; sein Problem bestand nicht darin, das Team wachzuhalten, sondern sie zu bewegen, sich in der dienstfreien Zeit richtig auszuruhen. Von seiner beherrschenden Position am Fenster der Hochzeitssuite eines alten Hotels sah Litvak auf einen hübschen Kärntner Marktplatz hinab, dessen Hauptmerkmale ein paar traditionelle Wirtshäuser mit Tischen vor der Tür, ein kleiner Parkplatz und ein liebenswürdig alter Bahnhof mit Zwiebeltürmen über dem Büro des Stationsvorstehers waren. Das ihm am nächsten gelegene Wirtshaus hieß *Zum schwarzen Schwan* und bot als besondere Attraktion einen Akkordeonspieler, einen in sich gekehrten jungen Mann, der zu gut spielte, um zufrieden zu sein, und ein finsteres Gesicht machte, wenn Autos vorüberfuhren, was recht häufig geschah. Das zweite nannte sich *Zimmermanns Rüstzeug* und hatte ein schönes goldenes Wirtshausschild aus Schreinerwerkzeugen draußen hängen. *Zimmermanns* war etwas Besonderes, weiße Tischtücher und Forellen, die man sich aus einem Wasserbehälter draußen selbst aussuchen konnte. Um diese Tageszeit waren nur wenige Fußgän-

ger unterwegs; drückende, staubige Hitze verlieh der ganzen Szene etwas angenehm Verschlafenes. Vor dem *Schwan* tranken zwei Mädchen Tee und schrieben kichernd gemeinsam einen Brief; ihre Aufgabe war es, die Kennzeichen aller Autos festzuhalten, die auf dem Platz ankamen oder abfuhren. Draußen vor dem *Zimmermann* nippte ein ernster junger Priester an seinem Wein und las das Brevier, und im südlichen Österreich fordert kein Mensch einen Priester auf wegzugehen. Der richtige Name des Priesters lautete Udi, die Kurzform für Ehud, der Linkshändige, der den König der Moabiter erschlug. Wie sein Namensvetter war er bis an die Zähne bewaffnet und linkshändig – und saß für den Fall da, daß gekämpft werden mußte. Unterstützt wurde er von einem mittelalterlichen englischen Paar, das auf dem Parkplatz in seinem Rover saß und für alle Welt sichtbar die Wirkungen eines guten Mittagessens ausschlief. Dennoch hatten sie Schußwaffen zwischen den Füßen stekken und eine Reihe anderer Eisenwaren in Reichweite bereitliegen. Ihr Radio war auf den Funk-Lieferwagen eingestellt, der zweihundert Meter weiter auf der Straße nach Salzburg abgestellt war.
Litvak hatte alle zusammengenommen neun Männer und vier Frauen. Er hätte auch sechzehn gebrauchen können, aber er beschwerte sich nicht. Er liebte es, gut geschützt im Hinterhalt zu liegen, und die Spannung erfüllte ihn stets mit einem Gefühl des Wohlbehagens. Dazu bin ich geboren, dachte er: Das dachte er immer, wenn endlich etwas zum Klappen kam und es losging. Er trieb wie ein Schiff bei Windstille dahin, Geist und Körper befanden sich in einem tiefschlafähnlichen Zustand, seine Leute lagen an Deck, hingen Tagträumen über Freunde oder Freundinnen und sommerliche Streifzüge durch Galiläa nach. Sobald jedoch die geringste Brise aufkam, würde jeder einzelne von ihnen auf seinem Posten sein, noch ehe die Segel anfingen, sich zu blähen.
Litvak murmelte ein Routine-Losungswort in das Mikrofon seines Kopfhörers und erhielt eines als Antwort. Sie sprachen deutsch, um weniger Aufmerksamkeit zu erregen. Zur Tarnung benutzten sie mal ein Funk-Taxi-Unternehmen in Graz, dann wieder einen Hubschrauber-Rettungsdienst, der in Innsbruck stationiert war. Sie wechselten häufig die Wellenlänge und verwendeten eine Reihe von verwirrenden Rufzeichen.

Um vier rollte Charlie mit dem Mercedes auf den Marktplatz, und einer der Beobachter gab drei Fanfarentöne über sein Funkgerät von sich. Charlie hatte Probleme, einen Parkplatz zu finden, doch Litvak hatte bestimmt, daß ihr dabei nicht geholfen werden durfte. Laßt sie es spielen, wie es kommt; warum ihr gleich einen Stuhl unter den Hintern schieben. Eine Parklücke wurde frei, sie fuhr hinein, stieg aus, streckte sich, rieb sich den Rücken und holte Schultertasche und Gitarre aus dem Kofferraum. Sie ist gut, dachte Litvak, während er sie durch seinen Feldstecher beobachtete. Ein Naturtalent. Jetzt den Wagen verschließen. Sie tat es. Jetzt den Schlüssel ins Auspuffrohr stecken. Auch das tat sie, mit einer wirklich geschickten Bewegung, während sie sich bückte, um ihr Gepäck aufzuheben. Dann machte sie sich müde zum Bahnhof auf und schaute dabei weder links noch rechts. Litvak machte es sich bequem, um weiter zu warten. Die Ziege ist angebunden, dachte er, sich an einen von Kurtz' Lieblingsaussprüchen erinnernd. Jetzt fehlt nur noch der Löwe. Er sprach ein Wort in das Gerät und hörte, wie der Befehl bestätigt wurde. Er stellte sich vor, wie Kurtz in der Münchener Wohnung über dem kleinen Fernschreiber hockte, während im Funk-Lieferwagen das Signal durchgetickert wurde. Er stellte sich die dazugehörende unbewußte wischende Bewegung seiner knubbeligen Finger vor, wie sie nervös an seinem ständigen Lächeln herumzupften; wie er den dicken Unterarm hob, um – ohne richtig hinzusehen – einen Blick auf die Uhr zu werfen. Endlich geht's hinaus ins Dunkel, dachte Litvak, während er beobachtete, wie die frühe Dämmerung einsetzte. Und auf das Dunkel haben wir uns all diese Monate über gefreut.
Eine Stunde verging. Der gute Priester Udi bezahlte seine bescheidene Rechnung und verschwand fromm-gemessenen Ganges in einer Seitenstraße, um sich auszuruhen und in der sicheren Wohnung sein Äußeres zu verändern. Die beiden Mädchen waren endlich mit ihrem Brief fertig und brauchten eine Briefmarke. Als sie eine hatten, gingen sie aus demselben Grund. Zufrieden beobachtete Litvak, wie die Ablösungen ihre Positionen einnahmen: ein ziemlich mitgenommener Wäschereiwagen; zwei Anhalter, die ein spätes Mittagessen brauchten; ein italienischer Gastarbeiter mit einer Mailänder Zeitung, der einen Kaffee trank. Ein Polizeiauto

fuhr auf den Platz und drehte langsam drei Ehrenrunden, aber weder der Fahrer noch sein Kollege zeigten auch nur das geringste Interesse für einen geparkten roten Mercedes mit dem Zündschlüssel im Auspuffrohr. Um zwanzig vor acht marschierte – was die Erregung der Beobachter beträchtlich steigerte – eine fette Frau direkt auf den Wagenschlag zu, zwängte einen Schlüssel ins Schloß, bot die komödienreife Darstellung einer Spätzündung und fuhr statt dessen mit einem roten Audi davon. Sie hatte sich einfach im Wagen geirrt. Um acht drehte ein schweres Motorrad rasch eine Runde und knatterte so schnell wieder davon, daß keiner Zeit fand, sich das Kennzeichen zu notieren. Beifahrer auf dem Soziussitz, lange Haare, könnte eine Frau gewesen sein; sahen aus wie zwei junge Leute auf einer Spritztour.
»Kontakt?« erkundigte sich Litvak über Funk.
Die Ansichten waren geteilt. Zu unbekümmert, sagte eine Stimme. Zu schnell, ließ sich eine andere vernehmen – warum riskieren, von der Polizei angehalten zu werden? Litvak selbst war anderer Meinung. Eine erste Erkundung, da war er ganz sicher, sagte das jedoch nicht, weil er die anderen nicht in ihrem Urteil beeinflussen wollte. Er stellte sich darauf ein, weiter zu warten. Der Löwe hat erste Witterung aufgenommen, dachte er. Wird er zurückkommen?

Es war zehn Uhr. Die Gaststätten leerten sich. Tiefe ländliche Ruhe legte sich über die Stadt. Doch der rote Mercedes stand unberührt da, und das Motorrad war nicht zurückgekehrt.
Wer je eines beobachtet hat, weiß, daß ein leeres Auto wirklich etwas Dummes ist, wenn man es anstarrt, ohne es je aus den Augen zu lassen – und Litvak hatte schon eine ganze Menge leerer Autos beobachtet. Einfach, weil man es im Auge behält, fällt einem mit der Zeit ein, was für ein albernes Ding ein Auto eigentlich ist, wenn der Mensch fehlt, um ihm einen Sinn zu geben. Und was für ein albernes Wesen der Mensch ist, so etwas überhaupt erfunden zu haben! Nach ein paar Stunden ist so ein Auto der schlimmste Schrotthaufen, den man je im Leben gesehen hat. Man fängt an, von Pferden oder von einer Welt von Fußgängern zu träumen. Davon, von dem Schrott-Leben wegzukommen und wieder zu Fleisch und

Blut zurückzukehren. Oder von dem Kibbuz, aus dem man stammt, und von seinen Orangenhainen. Von dem Tag, da die ganze Welt endlich begreift, wie gefährlich es ist, jüdisches Blut zu vergießen.

Man möchte sämtliche feindlichen Autos in der Welt in die Luft jagen und Israel für immer befreien.

Oder einem fällt ein, daß ja Sabbat ist; und daß es im Gesetz heißt, es sei besser, eine Seele durch Arbeit zu retten, als den Sabbat zu beachten und die Seele nicht zu retten.

Oder daß von einem erwartet wird, ein hausbackenes und sehr frommes Mädchen zu heiraten, aus dem man sich nicht sonderlich viel macht, sich in Herzlia mit einer Hypothek niederzulassen und in die Babyfalle hineinzutappen, ohne sich mit einem Wort dagegen zu wehren.

Oder man denkt über den jüdischen Gott und gewisse Stellen in der Bibel nach, die Parallelen zu der Situation aufweisen, in der man gerade steckt.

Aber was man auch denkt oder nicht denkt, und was immer man tut, wenn man so gut ausgebildet ist wie Litvak und wenn man das Kommando führt und wenn man einer von denen ist, für die die Aussicht auf einen Schlag gegen die Verfolger des Judentums eine Droge ist, von der man nie wieder loskommt, läßt man die Augen keine Sekunde von dem Auto.

Das Motorrad war zurückgekehrt.

Nach dem Leuchtzifferblatt auf Shimon Litvaks Armbanduhr war es fünfeinhalb ewige Minuten auf dem Bahnhofsvorplatz gewesen. Von seinem Platz am Fenster des dunklen Hotelzimmers – wie eine Kugel fliegt, keine zwanzig Meter entfernt – hatte er es die ganze Zeit über beobachtet. Es war eine Maschine der Oberklasse – japanisches Modell, Wiener Kennzeichen; der hochragende Lenker war eine Sonderanfertigung. Mit abgestelltem Motor, auf leisen Sohlen wie ein Flüchtling, war es auf den Platz gerollt, mit einem in Leder gekleideten Fahrer mit Sturzhelm – ob Mann oder Frau, mußte sich noch herausstellen – und auf dem Soziussitz ein breitschultriger Mann, augenblicklich als der Langhaarige von vorhin erkannt, in Jeans und Turnschuhen, ein heroisches Halstuch um den Hals geknotet. Sie hatten das Motorrad in der Nähe des Mercedes abgestellt, doch nicht so nahe, daß man hätte meinen können, sie hätten es darauf abgesehen. Litvak hätte es genauso gemacht. »Truppe eingetroffen«, sagte er leise ins Mikro und empfing sofort vier bestätigende Töne. Litvak war sich seiner Sache so sicher, daß – hätten die beiden es mit der Angst bekommen und wären in diesem Augenblick davongebraust – er, ohne auch nur eine Sekunde darüber nachzudenken, den Befehl gegeben hätte, selbst wenn das das Ende des Unternehmens bedeutet hätte. Aaron, der Mann aus dem Wäschereiwagen, hätte sich erhoben und die beiden auf dem Platz in Stücke geschossen; dann wäre Litvak nach unten gegangen und hätte einen Sprengsatz in die Schweinerei gerollt, um ganz sicherzugehen. Aber sie suchten nicht das Weite, und das war weit, weit besser. Sie blieben auf ihrer Maschine sitzen, nestelten an ihren Kinnriemen und Schnallen herum und saßen – wie es ihm vorkam – stundenlang da, wie Motorradfahrer eben dasitzen können; in Wirklichkeit ungefähr zwei Minuten. Sie nahmen weiterhin Witterung auf und sicherten, registrierten Abfahrten und geparkte Autos und die höher gelegenen Fenster wie das von Litvak; aber seine Leute hatten längst dafür gesorgt, daß absolut nichts zu sehen war. Nachdem die Zeit des Überlegens vorüber war, stieg Langhaar lässig vom Soziussitz herunter, ging langsam mit unschuldig schräggelegtem Kopf am Mercedes vorüber und registrierte vermutlich den Schlüsselbart, der aus dem Auspuff hervorschaute. Aber er stürzte sich keineswegs darauf, was Litvak als Mitspieler ihm hoch anrechnete. Er ging am Wagen vorüber gemächlich auf den Bahnhofsplatz zu und von dort weiter auf die öffentliche Toilette, aus der er sofort wieder auftauchte, offensichtlich in der Hoffnung, mit irgend jemand zusammenzustoßen, der so unklug sein sollte, ihm zu folgen. Es folgte ihm jedoch keiner. Die Frauen konnten das ohnehin nicht, und die Männer waren viel zu gewitzt. Langhaar ging ein zweites Mal am Mercedes vorüber, und Litvak legte ihm sehr, sehr dringend nahe, sich zu bücken und den Schlüssel herauszuziehen, da er eine allerletzte Bestätigung haben wollte. Doch diesen Gefallen tat Langhaar ihm nicht. Er kehrte vielmehr zum Motorrad und zu seinem Gefährten zurück, der im Sattel sitzen geblieben war, zweifellos um ein reibungsloses Entkommen zu gewährleisten, falls sich das als nötig erweisen sollte. Langhaar sagte etwas zu seinem Gefährten, nahm dann den Sturzhelm ab und wandte sein Gesicht mit einem Kopfrucken sorglos ins Licht.

»*Luigi*«, sagte Litvak in sein Funkgerät und sprach damit den Decknamen aus, auf den sie sich geeinigt hatten.

Und dabei erfüllte ihn das seltene und zeitlose Wonnegefühl reiner Genugtuung. Du bist es also, dachte er ruhig. Rossino, der Apostel der friedlichen Lösung. Litvak kannte ihn wirklich gut. Er kannte Namen und Adressen seiner Freundinnen und Freunde, seiner rechtsstehenden Eltern in Rom und seines linksstehenden Mentors von der Musikakademie in Mailand. Er kannte die exklusive neapoletanische Zeitschrift, die immer noch seine wortreichen Artikel veröffentlichte, in denen darauf hingewiesen wurde, daß Gewaltlosigkeit der einzig gangbare Weg sei. Er kannte den in Jerusalem lange gehegten Verdacht seine Person betreffend, kannte die ganze Geschichte ihrer wiederholten fruchtlosen Versuche, Beweise zu erbringen. Er wußte, wie er roch und welche Schuhgröße er hatte; er erriet jetzt allmählich, welche Rolle er in Bad Godesberg und an etlichen anderen Orten gespielt haben mußte, und hatte – wie sie alle – sehr klare Vorstellungen davon, was man am besten mit ihm machte. Aber noch nicht. Noch ziemlich lange nicht. Bevor nicht die ganze qualvolle Reise hinter ihnen lag, konnte diese Rechnung nicht beglichen werden.

Die viele Mühe mit ihr hat sich ausgezahlt, dachte er freudig. Allein, daß wir in diesem ganz bestimmten Fall Klarheit gewonnen haben, lohnt die Umstände ihrer langen Reise bis hierher. Sie war eine rechtschaffene Nichtjüdin und gehörte nach Litvaks Einschätzung damit einer seltenen Spezies an.

Jetzt stieg endlich der Fahrer selbst ab. Stieg ab, streckte sich, machte den Kinnriemen auf, und Rossino übernahm den Platz an dem Speziallenker ein.

Nur, daß der Fahrer eine Frau war.

Ein schlankes blondes Mädchen, durch Litvaks lichtverstärkendes Fernglas trotz ihrer Fahrkünste auf dem Motorrad mit einem zartknochigen Gesicht und überhaupt sehr ätherisch wirkend. Und Litvak weigerte sich in diesem kritischen Augenblick strikt, darüber nachzudenken, ob ihre Reisen sie vielleicht jemals von Paris-Orly nur dem Anschein nach nach Madrid geführt haben mochten und ob sie die Gewohnheit hatte, bei schwedischen Freundinnen Koffer voller Schallplatten abzugeben. Denn hätte er diesen Gedanken verfolgt, der geballte Haß ihrer Einsatzgruppe hätte womöglich jedes Gefühl für Disziplin bei ihnen beiseite gefegt; die meisten von ihnen hatten irgendwann schon mal einen Menschen erschossen und kannten in Fällen wie diesem nicht die geringsten Bedenken. Infolgedessen ließ er über Funk kein Wort verlauten und es dabei bewenden, daß sie selbst tastend Mutmaßungen über die Identität der Observierten anstellten.

Jetzt war das Mädchen an der Reihe, die Toilette aufzusuchen. Nachdem sie eine kleine Tasche vom Gepäckträger genommen und Rossino den Helm zum Aufbewahren gegeben hatte, ging sie ohne Kopfbedeckung über den Markt und direkt in die Bahnhofsvorhalle, wo sie, im Gegensatz zu ihrem Gefährten, blieb. Wieder wartete Litvak darauf, daß sie sich nach dem Zündschlüssel bückte, doch sie tat es nicht. Wie Rossino hatte auch sie einen geschmeidigen und mühelosen Gang, zögerte sie nicht. Es ließ sich nicht leugnen, sie war ein außerordentlich attraktives Mädchen – kein Wunder, daß sie es dem unseligen Arbeits-Attaché sofort angetan hatte. Er schwenkte mit dem Fernglas zurück zu Rossino. Dieser hatte sich auf dem Vordersattel leicht erhoben und den Kopf auf die Seite gelegt, als ob er auf etwas horchte. Aber selbstverständlich, dachte Litvak und spitzte seinerseits die Ohren, um das schwache Rattern des Zehn-Uhr-vierundzwanzig-Zuges aus Klagenfurt zu hören, der jeden Augenblick einlaufen mußte. Mit einem langgezogenen Quietschen kam der Zug am Bahnsteig zum Stehen. Die ersten müde aussehenden Reisenden tauchten auf dem Bahnhofsvorplatz auf. Ein paar Taxis zogen vor und blieben wieder stehen. Ein paar Privatwagen fuhren davon. Eine abgespannte Gruppe von Ausflüglern kam, eine ganze Busladung voll, jeder von ihnen mit den gleichen Gepäckanhängern.

Tu's jetzt, bekniete Litvak sie. *Nimm den Wagen und hau im allgemeinen Verkehr damit ab. Macht endlich, wozu ihr hier seid.* Er war immer noch nicht auf das gefaßt, was sie dann tatsächlich taten. Ein älteres Paar stand am Taxistand, und hinter ihnen ein gesetzt aussehendes junges Mädchen, eine Kinderschwester oder Gesellschafterin. Sie trug ein doppelreihiges braunes Kostüm und einen schlichten braunen Hut mit heruntergezogener Krempe. Litvak nahm sie wahr, so wie er eine ganze Menge anderer Leute auf dem Vorplatz wahrnahm – mit geübtem, klaren, durch die Spannung womöglich noch klareren Blick als sonst. Eine hübsche junge Frau mit einer kleinen Reisetasche in der Hand. Das ältere Paar winkte gemeinsam ein Taxi heran; die junge Frau stand dicht hinter ihnen und sah zu, wie der Wagen heranrollte. Das ältere Paar stieg ein; das Mädchen half ihnen, reichte ihnen ihre Siebensachen hinein – offensichtlich ihre Tochter. Litvak blickte wieder zum Mercedes hinüber, dann zum Motorrad. Falls er sich überhaupt Gedanken über das Mädchen im braunen Kostüm machte, dachte er wohl, daß sie ins Taxi gestiegen und mit ihren Eltern davongefahren war. Natürlich. Erst als er seine Aufmerksamkeit der müden Gruppe von Ausflüglern zuwandte, die im Gänsemarsch zu zwei wartenden Reisebussen über den Bürgersteig gingen, wurde ihm mit einem Aufwallen reinen Entzückens klar, daß sie *sein* Mädchen war, *unser* Mädchen, das Mädchen vom Motorrad; sie hatte sich in der Toilette in Windeseile umgezogen und ihn übertölpelt. Und sich danach der Reisegruppe angeschlossen, um unbemerkt über den Marktplatz zu gelangen. Das Herz hüpfte ihm immer noch vor Freude, als sie das Auto mit einem eigenen Schlüssel aufschloß, ihre Reisetasche hineinwarf und sich so tugendhaft hinterm Steuer zurechtsetzte, als sollte es in die Kirche gehen; als sie losfuhr, glänzte der Schlüsselbart immer noch im Auspuffrohr. Auch diese Besonderheit begeisterte ihn. Wie naheliegend! Wie überlegt! Doppelte Telegramme, doppelte Schlüssel; unser Anführer setzt darauf, seine Chancen zu verdoppeln.

Er gab den aus einem einzigen Wort bestehenden Befehl und beobachtete, wie die Verfolger sich unauffällig auf den Weg machten: die beiden Mädchen im Porsche; Udi in seinem großen Opel mit der Europaflagge am Heck, die er selbst dort angebracht hatte; Udis Partner auf einem Motorrad, das sehr viel weniger protzig war als Rossinos. Litvak blieb am Fenster stehen und sah zu, wie der Marktplatz sich langsam wie nach einer Vorstellung leerte. Die Autos fuhren los, die Reisebusse fuhren los, die Fußgänger gingen,

die Beleuchtung um die Bahnhofshalle herum verlosch, und er hörte ein Rasseln, als jemand das Eisengitter zumachte und für die Nacht abschloß. Nur die beiden Wirtshäuser waren noch wach.
Endlich kam kratzend das Kodewort, auf das er wartete, über den Kopfhörer. *Ossian*: der Mercedes fährt nach Norden.
»Und in welche Richtung fährt Luigi?« erkundigte er sich.
»In Richtung Wien.«
»Warte!« sagte Litvak und nahm sogar den Kopfhörer ab, um klarer denken zu können.
Er mußte auf der Stelle eine Entscheidung treffen, und um Augenblicksentscheidungen ging es bei seiner Ausbildung. Beiden – Rossino und dem Mädchen – zu folgen war unmöglich. Dazu fehlten ihm die Mittel. Theoretisch gesehen sollte er dem Sprengstoff und damit dem Mädchen folgen – dennoch zögerte er, denn Rossino verstand es, sich jedem Zugriff zu entziehen, und war die weitaus wichtigere Beute, wohingegen der Mercedes an sich schon auffällig war und sein Ziel praktisch feststand. Litvak schwankte noch einen Augenblick länger. Im Kopfhörer knisterte es, doch er ignorierte das und ging noch einmal rasch die Logik der Fiktion durch. Die Vorstellung, daß Rossino ihm durch die Lappen gehen sollte, war ihm schier unerträglich. Denn Rossino war mit Sicherheit ein wichtiges Glied in der Kette des Gegners, und Kurtz hatte wiederholt darauf hingewiesen: Wenn die Kette nicht hielt, wie sollte Charlie dann in ihre Fallstricke geraten? Rossino würde mit der Überzeugung nach Wien zurückkehren, daß bis jetzt nichts gefährdet war. Er war ein entscheidendes Verbindungsglied, aber auch ein entscheidender Zeuge. Das Mädchen dagegen – das Mädchen übte nur bestimmte Funktionen aus: als Fahrerin, als Bombenlegerin, stellte das austauschbare Fußvolk innerhalb ihrer großen Bewegung dar. Außerdem hatte Kurtz für die Zukunft Großes mit ihr vor; Rossinos Zukunft konnte warten.
Litvak setzte den Kopfhörer wieder auf. »Hängt euch an den Wagen. Laßt Luigi laufen.«
Nachdem er seine Entscheidung gefällt hatte, gestattete Litvak sich ein zufriedenes Lächeln. Er kannte die Formation genau. Den Vorreiter machte Udi auf seinem Motorrad, dann kam das Mädchen in dem roten Mercedes, der wiederum der Opel folgte. Weit hinter

dem Opel und hinter allen fuhren die beiden Mädchen in dem Reserve-Porsche, bereit, auf Befehl den Platz mit einem der beiden anderen zu tauschen. In Gedanken ging Litvak noch einmal die stationären Beobachter durch, die den roten Mercedes bis zur deutschen Grenze überwachten, und malte sich das Ammenmärchen aus, das Alexis sich ausgedacht haben mußte, um zu gewährleisten, daß sie reibungslos durchkam.
»Geschwindigkeit?« fragte er und warf einen Blick auf die Uhr.
Udi meldet, daß sie ziemlich langsam fährt, kam die Antwort. Diese Dame möchte nicht mit dem Gesetz in Konflikt geraten. Ihre Ladung macht sie nervös.
Dazu hat sie auch allen Grund, dachte Litvak zustimmend, als er den Kopfhörer abnahm. Wäre ich das Mädchen, hätte ich auch einen Heidenschiß vor der Ladung.
Die Aktenmappe in der Hand stieg er die Treppe hinunter. Er hatte die Rechnung schon beglichen, doch wenn sie ihn gebeten hätten, er hätte sie noch einmal bezahlt; er war verliebt in die ganze Welt. Sein Kommandowagen wartete auf dem Hotelparkplatz auf ihn. Mit einer Selbstzucht, die das Ergebnis langer Erfahrung ist, machte er sich auf, um hinter dem Konvoi herzufahren. Wieviel mochte sie wissen? Und wieviel Zeit mochte ihnen zur Verfügung stehen, das herauszufinden? Immer mit der Ruhe, sagte er sich; zuerst die Ziege anbinden. Seine Gedanken kehrten zu Kurtz zurück, und ein Gefühl schmerzlicher Freude befiel ihn, als er sich ausmalte, wie dessen durchdringende, unerschöpfliche Stimme ihn in schauderhaftem Hebräisch mit Lob überhäufte. Der Gedanke, Kurtz ein so üppiges Opfer zu überbringen, tat Litvak ausgesprochen wohl.

Salzburg hatte vom Sommer noch nichts gehört. Eine frische Frühlingsluft fegte von den Bergen herunter, und die Salzach roch nach Meer. Wie sie dorthin gekommen waren, war für sie immer noch zur Hälfte ein Rätsel, denn sie hatte unterwegs immer wieder geschlafen. Von Graz waren sie nach Wien geflogen, doch hatte der Flug für sie nur fünf Sekunden gedauert; sie mußte also im Flugzeug geschlafen haben. In Wien wartete ein Leihwagen auf ihn, ein flotter BMW. Wieder hatte sie geschlafen, und als sie in die Stadt hinein-

fuhren, glaubte sie für einen Augenblick, der Wagen müsse brennen, doch war es nur die Abendsonne, die sich im roten Lack brach, als sie die Augen aufmachte.
»Wieso denn überhaupt Salzburg?« hatte sie ihn gefragt.
Weil es eine von Michels Städten sei, hatte er erwidert. Und weil es auf dem Weg liegt.
»Auf dem Weg wohin?« fragte sie, wieder einmal betroffen von seiner Zurückhaltung.
Ihr Hotel hatte einen überdachten Innenhof mit alten, vergoldeten Geländern und Topfpflanzen in Marmorgefäßen. Ihre Zimmer gingen auf den rasch dahinfließenden braunen Fluß hinaus; dahinter mehr Kuppeln als im Himmel. Jenseits der Kuppeln erhob sich die Burg mit der Seilbahn, deren Kabinen den Berg hinauf- und hinunterglitten.
»Ich muß unbedingt einen Spaziergang machen«, sagte sie.
Sie nahm ein Bad und schlief in der Wanne ein, und er mußte an die Tür hämmern, um sie zu wecken. Sie zog sich an, und wieder wußte er, was sie sich ansehen sollte und welche Dinge ihr am meisten gefielen.
»Es ist unsere letzte Nacht, nicht wahr?« sagte sie, und diesmal versteckte er sich nicht hinter Michel.
»Ja, es ist unsere letzte Nacht, Charlie; morgen müssen wir noch einen Besuch machen, und dann kehrst du nach London zurück.«
Sie umklammerte seinen Arm mit beiden Händen und streifte mit ihm durch die engen Gassen und Plätze, die ineinander übergingen wie Wohnräume. Sie standen vor Mozarts Geburtshaus, und die Touristen erschienen ihr wie das Publikum einer Matinee-Vorstellung: fröhlich und ahnungslos.
»Ich hab's gut gemacht, nicht wahr, Jose? Ich habe meine Sache wirklich gut gemacht. Sag's mir!«
»Du hast es ganz ausgezeichnet gemacht«, sagte er – doch irgendwie bedeutete ihr seine Zurückhaltung mehr als sein Lob.
Die Spielzeug-Kirchen waren schöner als alles, was sie je gesehen hatte; sie hatten prächtige, vergoldete Altäre, wollüstige Engel und Grabmale, in denen die Toten immer noch von Freuden des Diesseits zu träumen schienen. Ein Jude, der sich als Moslem ausgibt, zeigt mir mein christliches Erbe, dachte sie. Doch als sie Näheres

von ihm wissen wollte, war das Äußerste, wozu er bereit war, ihr einen auf Hochglanzpapier gedruckten Fremdenführer zu kaufen und die Rechnung in die Brieftasche zu stecken.

»Ich fürchte, Michel hat bis jetzt noch nicht die Zeit gefunden, sich aufs Barock zu stürzen«, erklärte er auf seine trockene Art. Und doch spürte sie in ihm die Schatten irgendeiner unerklärten Hemmung.

»Sollen wir jetzt zurückgehen?« fragte er.

Sie schüttelte den Kopf. Laß es doch noch dauern. Es wurde dunkler, die Menge zerstreute sich; aus Toren, wo man es überhaupt nicht erwartet hätte, drang der Gesang von Chorknaben. Sie saßen am Fluß und lauschten auf die tauben alten Glocken, die unverdrossen miteinander um die Wette läuteten. Sie gingen weiter, und plötzlich war sie so schlapp, daß sie seinen Arm um die Hüfte brauchte, bloß um sich aufrecht zu halten.

»Essen«, befahl sie, als er sie in den Aufzug führte. »Champagner. Musik.«

Doch als er die Zimmerbedienung angerufen hatte, lag sie schon fest schlafend auf dem Bett, und nichts auf Gottes Erdboden, nicht einmal Joseph, würde sie wecken.

Sie lag da, wie sie auf Mykonos im Sand gelegen hatte: den linken Arm angewinkelt und das Gesicht in die Armbeuge gedrückt; und Becker saß auf dem Lehnstuhl und wachte über sie. Der erste schwache Schimmer des grauenden Tages drang durch die Vorhänge. Es roch nach frischem Laub und Holz. In der Nacht hatte es ein Gewitter gegeben, so laut und plötzlich, als ob ein Expreßzug das Tal heraufgedonnert wäre. Vom Fenster aus hatte er beobachtet, wie die Stadt unter dem langen und langsamen Angriff der Blitze zusammenzuckte und der Regen auf die schimmernden Kuppeln prasselte. Charlie jedoch hatte so regungslos dagelegen, daß er sich sogar über sie gebeugt und das Ohr an ihren Mund gelegt hatte, um sicherzugehen, daß sie wirklich noch atmete.

Er warf einen Blick auf die Uhr. Plane, dachte er. Beweg dich! Mach durch Handeln die Zweifel zunichte. Der Tisch mit dem unberührten Abendessen stand im Fenstererker; die ungeöffnete Champagnerflasche schwamm im Schmelzwasser des Eiskübels. Er benutzte nacheinander beide Gabeln, um das Hummerfleisch aus den Schalen zu kratzen, beschmutzte Teller, rührte die Salate durcheinander, zerdrückte die Erdbeeren und fügte den vielen Fiktionen, die sie bereits durchlebt hatten, eine letzte hinzu: die ihres Gala-Essens in Salzburg. Charlie und Michel feiern Charlies erste erfolgreiche Mission für die Revolution. Er trug die Champagnerflasche ins Badezimmer und schloß die Tür, damit der Knall des Korkens sie nicht weckte. Er leerte den Champagner ins Waschbecken und ließ Wasser nachlaufen; Hummerfleisch, Erdbeeren und Salat spülte er durchs Klo und mußte warten und spülte dann noch einmal, weil beim erstenmal nicht gleich alles verschwunden war. Er ließ so viel Champagner übrig, daß er ein wenig in sein eigenes Glas gießen konnte, und für Charlies Glas holte er den Lippenstift aus ihrer Handtasche und beschmierte den Rand damit, ehe er den Rest der Flasche hineingoß. Dann trat er wieder ans Fenster, wo er einen großen Teil der Nacht verbracht hatte, und starrte hinüber zu den regennassen blauen Bergen. Ich bin ein müder Bergsteiger, dachte er, der die Berge leid ist.

Er rasierte sich, er zog seinen roten Blazer an. Er trat ans Bett, streckte die Hand aus, um sie zu wecken, und zog sie wieder zurück. Ein Zögern, großer Müdigkeit vergleichbar, bemächtigte sich seiner. Er ließ sich wieder im Lehnstuhl nieder, hatte die Augen geschlossen und zwang sich, sie aufzumachen; zusammenfahrend, wachte er auf und spürte das Gewicht des Wüstentaus, der sich auf seinen Kampfanzug gelegt hatte, hatte den Geruch feuchten Sandes in der Nase, ehe die Sonne ihn trockensengte.

»Charlie?« Wieder streckte er die Hand aus, diesmal, um ihr über die Wange zu streichen, doch statt dessen berührte er sie am Arm. Charlie, es ist ein Triumph; Marty sagt, du bist ein Star; du hättest ihn mit einer Reihe von neuen Charakterrollen beschenkt. Er hat seinen Gadi in der Nacht angerufen, doch du bist nicht davon aufgewacht. Besser als die Garbo, sagt er. Es gibt nichts, was wir zusammen nicht erreichen könnten, sagt er. Charlie, wach auf! Wir müssen an die Arbeit. Charlie!

Doch laut sprach er nur ihren Namen aus, ging dann hinunter, bezahlte die Rechnung und erhielt die letzte Quittung. Durch den

Hintereingang ging er hinaus, um den Leih-BMW zu holen, und die Morgenfrühe war so, wie das Abenddämmer gewesen war: frisch und noch immer nicht sommerlich.
»Du winkst hinter mir her, und dann tust du so, als machtest du einen Spaziergang«, sagte er zu ihr. »Dimitri bringt dich separat nach München.«

Kapitel 14

Wortlos betrat sie den Aufzug. Es roch nach Desinfektionsmitteln, und die Wandschmierereien waren tief in das graue Vinyl eingegraben. Sie hatte wieder die Robuste herausgekehrt, so, wie sie es bei Demos und talk-ins und allem anderen öffentlichen Quark tat. Sie war erregt und hatte das Gefühl, daß ein Kreis sich nun schließen würde. Dimitri klingelte, Kurtz selbst machte auf. Hinter ihm stand Joseph, und hinter Joseph hing ein Messingschild mit dem Bild des heiligen Christophorus, der ein Kind wiegt.

»Charlie, wirklich toll, daß Sie da sind, und *Sie* sind toll«, sagte Kurtz mit leiser, aber von Herzen kommender Eindringlichkeit und zog sie fest an sich. »Charlie, unglaublich.«

»Wo ist er?« fragte sie und blickte an Joseph vorbei auf die geschlossene Tür. Dimitri war nicht mit hereingekommen. Nachdem er sie abgeliefert hatte, hatte er bereits wieder den Aufzug nach unten genommen.

Kurtz sprach immer noch so, als wären sie in der Kirche, und entschloß sich, auf ihre Frage ganz allgemein einzugehen. »Charlie, es geht ihm recht gut«, versicherte er ihr, als er sie losließ. »Ein bißchen mitgenommen von seinen Reisen, was ja nur natürlich ist, aber gut. Dunkle Brille, Joseph«, fügte er hinzu. »Gib ihr eine dunkle Brille. Haben Sie eine Sonnenbrille, meine Liebe? Hier, nehmen Sie dies Kopftuch, um Ihr schönes Haar zu verbergen. Behalten Sie es.« Es war aus grüner Seide, recht hübsch. Kurtz hatte es für sie in der Tasche bereitgehalten. Dicht beieinanderstehend, sahen die beiden Männer zu, als sie sich das Kopftuch vorm Spiegel wie die Haube einer Krankenschwester umband.

»Nur eine Vorsichtsmaßnahme«, erklärte Kurtz. »In unserem Beruf kann man nie vorsichtig genug sein. Stimmt's nicht, Joseph?«

Charlie hatte ihre neue Puderdose aus der Handtasche genommen und richtete ihr Make-up.

»Charlie, es könnte sein, daß Ihnen dies ein bißchen an die Nieren geht«, warnte Kurtz sie.
Sie steckte die Puderdose fort und holte den Lippenstift heraus.
»Wenn Ihnen mulmig ist, denken Sie daran, daß er eine ganze Menge unschuldiger Menschen getötet hat«, riet ihr Kurtz. »Jeder hat ein menschliches Gesicht, und der junge Mann bildet darin keine Ausnahme. Sehr gutes Aussehen, viel Talent und viel ungenutzte Fähigkeiten – und alles verschwendet. So was zu sehen ist nie schön. Sobald wir hineingehen, möchte ich, daß Sie kein Wort mehr sprechen. Vergessen Sie das nicht. Überlassen Sie das Reden mir.«
Er machte ihnen die Tür auf. »Sie werden feststellen, daß er ganz fügsam ist. Das mußte sein, als wir ihn hierherschafften, und solange er hier bei uns ist, müssen wir dafür sorgen, daß er auch fügsam bleibt. Sonst ist er in gutem Zustand. Keine Probleme. Nur – reden Sie nicht mit ihm.«
Modische Studio-Wohnung mit Galerie, die schon bessere Tage gesehen hatte, registrierte sie automatisch und bemerkte die geschmackvolle offene Treppe, die rustikale Galerie und die schmiedeeiserne Balustrade. Ein Kamin im englischen Stil mit der Attrappe glühender Kohle aus bemalter Leinwand. Auffällig waren Lampen wie im Fotoatelier, dazu eindrucksvolle Kameras auf Dreifüßen. Ein riesiges Bandgerät mit Beinen, ein anmutig geschwungenes Marbella-Sofa, Schaumgummi und härter als Eisen. Sie nahm darauf Platz, und Joseph setzte sich neben sie. Wir sollten Händchen halten, dachte sie. Kurtz hatte den Hörer eines grauen Telefons abgenommen und drückte den Knopf zur Nebenstelle. Er sprach ein paar Wörter auf hebräisch und sah dabei zur Galerie hinauf. Er legte auf und blickte sie aufmunternd an. Es roch nach Männern, Staub, Kaffee und Leberwurst. Und nach einer Million ausgedrückter Zigaretten. Sie entdeckte noch einen anderen Geruch, vermochte ihn jedoch nicht zu bestimmen, da ihr zu viele Möglichkeiten durch den Kopf gingen, vom Geschirr ihres ersten Ponys bis zum Schweiß ihres ersten Liebhabers.
Ihre Gedanken nahmen eine andere Gangart ein, und sie wäre fast eingeschlafen. Ich bin krank, dachte sie. Ich warte auf das Untersuchungsergebnis. Doktor, Doktor, sagen Sie mir freimütig, was es ist. Sie bemerkte den Stoß Wartezimmer-Zeitschriften und wünsch-

te, sie könnte eine als Requisit auf dem Schoß haben. Jetzt blickte auch Joseph zur Galerie hinauf. Charlie folgte seinem Blick, freilich erst ein wenig später, weil sie den Eindruck vermitteln wollte, sie habe so etwas schon so oft erlebt, daß sie kaum hinzusehen brauche; sie war eine Kundin auf einer Modenschau. Die Tür auf der Galerie ging auf und gab den Blick auf einen bärtigen jungen Mann frei, der mit dem schiefen Watscheln eines Bühnenarbeiters rückwärts herauskam und es selbst von hinten schaffte, seinen Ärger mitzuteilen. Einen Moment kam nichts, dann erschien so etwas wie ein niedriges scharlachrotes Bündel und danach ein glattrasierter junger Mann, der weniger ärgerlich aussah als vielmehr unerschütterlich fromm. Schließlich kapierte sie es. Es waren drei junge Männer, nicht zwei, nur daß der mittlere in dem roten Blazer zwischen ihnen fast mit den Knien einknickte: der schlanke junge Araber, ihr Liebhaber, ihre zusammengebrochene Marionette aus dem Theater der Wirklichkeit.

Ja, dachte sie hinter ihrer Sonnenbrille verborgen, durchaus vernünftig. Jawohl – nicht schlecht die Ähnlichkeit, wenn man die paar Jahre Altersunterschied bedenkt und Josephs unbestimmbare Reife. Manchmal hatte sie in ihren Phantasien Josephs Züge benutzt und ihn für den Liebhaber ihrer Träume einspringen lassen. Bei anderen Gelegenheiten war eine andere Gestalt vor ihr erstanden, die auf ihrer ungenauen Erinnerung an den maskierten Palästinenser während des Wochenendseminars beruhte; jetzt war sie beeindruckt, wie nahe sie damit der Wirklichkeit gekommen war. Findest du nicht, daß der Mund an den Mundwinkeln ein ganz klein wenig zu breit ist? fragte sie sich. Ist das mit der Sinnlichkeit nicht um eine *Winzigkeit* übertrieben? Die Nasenlöcher nicht zu gebläht? Die Taille nicht allzu betont? Sie war versucht aufzustehen, um zu ihm zu gehen und ihn zu beschützen, doch auf der Bühne tut man so was nicht, es sei denn, es steht im Rollenbuch. Und außerdem hätte Joseph das nie zugelassen.

Trotzdem hätte sie ums Haar für eine Sekunde die Fassung verloren. Diese eine Sekunde lang war sie all das, wovon Joseph gesagt hatte, daß sie es sei – Michels Erlöserin und Retterin, seine heilige

Johanna, seine Leibsklavin, sein Star. Sie hatte als Schauspielerin ihr Bestes für ihn gegeben, hatte in einem erbärmlichen kerzenerleuchteten Motel mit ihm zu Abend gegessen, sein Bett mit ihm geteilt, sich seiner Revolution angeschlossen, sie hatte sein Armband getragen, seinen Wodka getrunken, seinen Körper in Stücke gerissen und sich ihren Körper von ihm in Stücke reißen lassen. Sie hatte seinen Mercedes für ihn gefahren, seine Pistole geküßt und sein erstklassiges russisches TNT für ihn zu den belagerten Freiheitsarmeen geschafft. Sie hatte in Salzburg in einem Hotel an der Salzach den Sieg mit ihm gefeiert. Sie hatte nachts auf der Akropolis mit ihm getanzt und die ganze Welt für sich wieder zum Leben erweckt; und sie war von einem unsinnigen Schuldgefühl erfüllt, jemals an irgendeine andere Liebe gedacht zu haben.

Wie schön er war – genauso schön, wie Joseph es versprochen hatte. Noch schöner sogar. Er hatte jene absolute Attraktivität, die Charlie und ihresgleichen mit wehmütiger Unvermeidlichkeit anerkennen: Er gehörte zu jener Gattung, die Herrschaft ausstrahlen und sich dessen auch bewußt sind. Er war schmächtig, aber vollkommen, hatte gut ausgebildete Schultern und sehr schmale Hüften. Er hatte wulstige Brauen, das Gesicht eines jugendlichen Pans und darüber dicht am Kopf anliegendes, glattes schwarzes Haar. Nichts von dem, was sie unternommen hatten, um ihn zu zähmen, konnte ihr die Leidenschaftlichkeit seines Wesens verbergen oder das Licht der Rebellion in seinen tiefschwarzen Augen auslöschen.

Er war so alltäglich – ein kleiner Bauernjunge, der von einem Olivenbaum gefallen war, mit einem Repertoire angelernter Phrasen und einem Elsternauge für hübsches Spielzeug, hübsche Mädchen und hübsche Wagen. Und mit der Empörung des Bauern gegenüber allen, die ihn von seinem Hof vertrieben hatten. Komm in mein Bett, du Kleiner, und laß dir von Mami ein paar von den großen Worten des Lebens beibringen.

Sie stützten ihn unter den Armen, und als er unsicher die Treppenstufen heruntertorkelte, traten seine Gucci-Schuhe immer wieder daneben, was ihm peinlich zu sein schien, denn ein Lächeln zuckte um seine Lippen, und er blickte verschämt auf seine unsicheren Füße.

Sie brachten ihn zu ihr, und sie meinte, es nicht ertragen zu können.

Sie wandte sich an Joseph, um ihm das zu sagen, sah, daß er sie eindringlich anstarrte, und hörte, daß er etwas sagte, doch im selben Augenblick begann das Bandgerät sehr laut zu sprechen, und als sie herumfuhr, beugte sich der liebe Marty in seiner Strickjacke über das Gerät und fummelte an den Knöpfen herum, um das Ding leiser zu stellen.

Die Stimme war weich und hatte denselben ausgeprägten Akzent, wie sie ihn von dem Wochenendseminar in Erinnerung hatte. Was er da sagte, waren trotzige Schlagworte, mit unsicherem Eifer vorgetragen.

»Wir sind die Kolonisierten. Wir sprechen für die Alteingesessenen gegen die Siedler! . . . Wir sprechen für die Stummen, wir füttern die blinden Münder und ermutigen die tauben Ohren! . . . Wir, die Tiere mit den geduldigen Hufen, haben endlich die Geduld verloren! . . . Wir leben nach dem Gesetz, das jeden Tag unter Beschuß geboren wird! . . . Die ganze Welt hat etwas zu verlieren, nur wir nicht! . . . Wir werden gegen jeden kämpfen, der sich zum Verwalter unseres Landes aufschwingt!«

Die jungen Leute hatten ihn auf dem Sofa Platz nehmen lassen, auf der anderen Seite des Hufeisens. Er hielt das Gleichgewicht nicht gut. Er war schwer angeschlagen, lehnte sich vor und benutzte die Arme, um sich abzustützen. Seine Hände lagen wie gefesselt übereinander, aber nur von dem goldenen Armband, das sie ihm angelegt hatten, um ihn für die Vorstellung richtig auszustatten. Der bärtige junge Mann stand schmollend hinter ihm, sein glattrasierter Gefährte saß hingebungsvoll an seiner Seite, und während seine Stimme auf Band im Hinterhof triumphierend fortfuhr, sah sie, wie Michels Lippen sich langsam bewegten und versuchten, mit den Worten Schritt zu halten. Aber die Stimme war für ihren Besitzer zu schnell, zu kräftig. Allmählich gab er den Versuch auf und setzte statt dessen ein einfältiges Entschuldigungslächeln auf, das sie an ihren Vater nach seinem Schlaganfall erinnerte.

»Gewalttaten sind kein Verbrechen . . . sofern sie gegen die Gewaltausübung eines Staats gerichtet sind . . . den der Terrorist für verbrecherisch hält.« Papierrascheln, als er eine Seite umblätterte. Die Stimme bekam etwas Verwirrtes und Unwilliges. *»Ich liebe dich . . . du bist meine Freiheit . . . Jetzt bist du eine von uns . . . Unsere*

Körper und unser Blut haben sich vermischt . . . du gehörst mir . . . bist mein Soldat . . . bitte, warum sage ich dies? Zusammen werden wir Feuer an die Lunte legen.« Verwirrtes Schweigen. *»Bitte, Sir. Was ist dies? Ich frage Sie.«*

»Zeig ihr seine Hände«, befahl Kurtz, nachdem er das Tonband abgestellt hatte.

Sofort nahm der Glattrasierte eine von Michels Händen, öffnete sie und zeigte sie ihr wie ein Warenmuster.

»Solange er im Lager lebte, waren sie hart von der Handarbeit«, erklärte Kurtz, der durch den Raum zu ihnen kam. »Jetzt ist er ein großer Intellektueller. Viel Geld, viele Mädchen, gutes Essen, ein angenehmes Leben. Stimmt's nicht, Bürschchen?« Er näherte sich dem Sofa von hinten und legte seine dicke Hand mit der Fläche auf Michels Kopf, er drehte ihn herum, so daß er ihn ansah. »Du bist ein großer Intellektueller, stimmt's?« Seine Stimme war weder grausam noch spöttisch. Als redete er seinem eigenen, auf die schiefe Bahn geratenen Sohn ins Gewissen – und hatte dabei auch denselben Ausdruck zärtlicher Zuneigung im Gesicht. »Du kriegst deine Mädchen dazu, dir die Arbeit zu machen, nicht wahr, Bürschchen? Ein Mädchen hat er regelrecht als Bombe benutzt«, erklärte er für Charlie bestimmt. »Hat sie mit hübsch aussehendem Gepäck in ein Flugzeug gesetzt – die Maschine flog in die Luft. Ich nehme an, sie hat nicht einmal gewußt, daß sie es getan hat. So was gehört sich nicht, weißt du das, Bürschchen? So was gehört sich wirklich nicht einer jungen Dame gegenüber.«

Sie erkannte den Geruch, den sie anfangs nicht hatte unterbringen können: es war die After-Shave-Lotion, die Joseph in jedem Schlafzimmer hingestellt hatte, das sie nie gemeinsam benutzt hatten. Sie mußten ihn für diesen Anlaß damit eingerieben haben.

»Möchtest du dieser Dame nicht etwas sagen?« fragte Kurtz. »Möchtest du sie nicht in unserer Villa hier willkommen heißen? Ich frage mich allmählich, warum du nicht mehr mit uns zusammenarbeitest!« Allmählich wurden unter seinem eindringlichen Blick Michels Augen wach, und sein Körper richtete sich gehorsam ein wenig auf. »Willst du diese hübsche Dame nicht artig begrüßen? Willst du ihr nicht guten Tag sagen? Guten Tag? Willst du ihr nicht guten Tag sagen, Bürschchen?«

Selbstverständlich tat er es: »Guten Tag«, sagte Michel mit derselben Stimme wie auf dem Tonband, nur hatte sie allen Schwung verloren.
»Nicht antworten«, warnte Joseph sie leise neben ihr.
»Guten Tag, *Madame*! heißt das.« Kurtz bestand ohne jede Böswilligkeit darauf.
»Madame«, sagte Michel.
»Laß ihn etwas schreiben«, befahl Kurtz und ließ ihn los.
Sie setzten ihn an einen Tisch und legten einen Federhalter und ein Stück Papier vor ihn, aber er brachte nicht viel zuwege. Doch das machte Kurtz nichts aus. Sehen Sie, wie er den Federhalter hält, sagte er. Sehen Sie, wie seine Finger ganz natürlich die Haltung für die arabische Schrift annehmen.
»Möglich, daß Sie mal mitten in der Nacht aufgewacht sind und ihn dabei ertappt haben, wie er seine Abrechnung machte. Verstanden? So hat er dabei ausgesehen.«
Sie sprach mit Joseph, doch nur in Gedanken. *Bring mich hier raus! Ich glaube, ich sterbe.* Sie hörte, wie Michels Füße gegen die Treppe schlugen, als sie ihn hinauf und außer Hörweite brachten, doch Kurtz ließ ihr keine Atempause, genausowenig wie sich selbst. »Charlie, wir haben noch einen Auftritt vor. Ich glaube, wir sollten das sofort hinter uns bringen, selbst wenn es ein bißchen Überwindung kostet. Manche Sachen müssen einfach gemacht werden.«
Im Wohnzimmer war es sehr still, einfach eine Wohnung irgendwo. An Josephs Arm folgte sie Kurtz nach oben. Sie wußte nicht, warum, aber sie fand es hilfreich, ein wenig zu hinken wie Michel.

Das hölzerne Treppengeländer war noch klebrig vom Schweiß. Die Stufen waren mit einem Material ausgelegt, das wie Sandpapierstreifen aussah, doch als sie darauf trat, blieb das erwartete knirschende Geräusch aus. Sie nahm diese Allerweltsdinge sehr genau in sich auf, denn es gibt Zeiten, in denen solche Details das einzige Bindeglied zur Wirklichkeit darstellen. Eine Toilettentür stand offen, doch als sie genauer hinsah, erkannte sie, daß überhaupt keine Tür da war, nur der Türrahmen, und vom Wasserkasten keine Kette herunterhing, und sie nahm an, daß, wenn man einen Gefangenen den ganzen Tag mit sich herumschleppt, selbst wenn er vor Dope von Sinnen ist, man an so etwas denken, sein Haus in Ordnung bringen mußte. Erst nachdem sie ernstlich über jedes dieser wichtigen Probleme nachgedacht hatte, durfte sie sich eingestehen, daß sie in einen ausgepolsterten Raum getreten war, in dem nichts weiter stand als ein Bett an der entgegengesetzten Wand. Und auf dem Bett wieder Michel, nackt bis auf das goldene Amulett, die Hände über dem Geschlecht verkrampft und kaum eine Falte, da wo sich sein Bauch krümmte. Seine Schultermuskeln waren prall und rund, die Brustmuskulatur flach und breit, die Schatten darunter scharf wie mit Ausziehtusche gezogen. Auf Kurtz' Befehl hin stellten die beiden jungen Männer ihn auf und zerrten seine Hände fort. Beschnitten, gut-entwickelt, schön. Schweigend und mit stirnrunzelnder Mißbilligung zeigte der Bärtige auf ein weißes Muttermal an der linken Flanke, das wie ein Milchfleck aussah, sowie auf die unsaubere Narbe einer Stichwunde an der rechten Schulter; und auf das reizende Rinnsal schwarzer Haare, das sich vom Nabel nach unten zog. Schweigend drehten sie ihn um, und sie mußte unwillkürlich an Lucy und ihren Lieblingsrücken denken: ein tief zwischen den Muskeln eingebettetes Rückgrat. Aber keine Einschußnarben, überhaupt nichts, was seine vollkommene Schönheit gestört hätte.

Sie drehten ihn wieder um, doch mittlerweile war Joseph wohl zu dem Schluß gekommen, daß Charlie hinreichend bedient sein müsse, denn er führte sie wieder die Treppe hinunter, schnell, einen Arm hatte er ihr um die Taille gelegt, während er mit der anderen Hand ihr Handgelenk so fest hielt, daß es weh tat. In der Toilette, die vom Korridor abging, blieb sie lange genug, um sich zu übergeben, doch danach wollte sie nur noch weg. Raus aus der Wohnung, ihnen aus den Augen, raus aus den eigenen Gedanken, der eigenen Haut.

Sie lief. Sie hatten heute Sport. Sie lief, so schnell sie konnte; die Betonzähne der Stadtsilhouette rings um sie her hüpften aus der entgegengesetzten Richtung an ihr vorbei. Die Dachgärten waren für sie durch zierliche Ziegelwege miteinander verbunden, Verkehrsschilder einer Spielzeugstadt wiesen sie auf Orte hin, die sie nicht lesen konnte, blaue und gelbe Plastikrohre in der Luft bildeten über ihrem Kopf bunte Pinselstriche. Sie lief, so weit sie konnte, hinauf und hinunter, hatte ausgesprochen gärtnerisches Interesse an den vielen verschiedenen Pflanzen an ihrem Weg, den geschmackvollen Geranien und zurechtgestutzten blühenden Sträuchern und Zigarettenkippen und Flecken brachliegender Erde, namenlosen Gräbern gleich. Joseph lief neben ihr her, und sie schrie ihn an, hau ab, hau ab; ein älteres Ehepaar saß auf einer Bank und lächelte wehmütig-versonnen über diesen Streit unter Liebenden. Sie lief so über die ganze Länge von zwei Flachdächern, bis sie an einen Zaun gelangte, hinter dem es steil auf einen Parkplatz abfiel, doch sie beging keinen Selbstmord, weil sie inzwischen schon beschlossen hatte, daß sie nicht der Typ war, und außerdem wollte sie mit Joseph leben und nicht mit Michel sterben. Sie blieb stehen, keuchte kaum. Das Laufen hatte ihr gutgetan; sie sollte das viel häufiger tun. Sie bat ihn um eine Zigarette, doch er hatte keine dabei. Er zog sie zu einer Bank; sie setzte sich, stand aber gleich wieder auf, um ihren eigenen Willen zu beweisen. Aus Erfahrung wußte sie, daß gefühlsgeladene Auseinandersetzungen zwischen Leuten, die dabei gehen, wirkungslos verpuffen, und deshalb blieb sie stehen.

»Ich rate dir, deine Sympathien für den Unschuldigen aufzuheben«, riet ihr Joseph und schnitt damit in aller Ruhe den Schwall ihrer Beschimpfungen ab.

»Aber er *war* unschuldig, bis ihr ihn erfunden habt.«

Da sie sein Schweigen fälschlich für Verwirrung und seine Verwirrung für Schwäche ansah, hielt sie inne und tat so, als betrachte sie die ungeheuerliche Silhouette der Stadt. »›Es ist *notwendig*‹«, sagte sie schneidend. »›Ich wäre nicht hier, wenn es nicht *notwendig* wäre.‹ Zitat. ›Kein vernünftiger Gerichtshof auf Erden würde uns für das verdammen, was wir dich zu tun bitten.‹ Noch ein Zitat. Deine Worte, wenn ich mich recht erinnere. Möchtest du sie etwa zurücknehmen?«

»Nein, ich glaube nicht.«

»Du *glaubst es nicht*. Du tätest aber besser daran, todsicher zu sein, oder? Denn wenn es hier *irgendwelche* Zweifel gibt, wär' es mir schon lieber, ich hätte sie.«

Immer noch stand sie und richtete ihre Aufmerksamkeit auf einen Punkt unmittelbar vor ihr, irgendwo im Bauch des Gebäudes ge-

genüber, das sie jetzt mit der Ernsthaftigkeit eines potentiellen Käufers betrachtete. Joseph dagegen war sitzen geblieben, was irgendwie die ganze Szene verdarb. Sie hätten sich von Angesicht zu Angesicht ganz dicht gegenüberstehen müssen. Oder er hinter ihr, den Blick auf dieselbe ferne Kreidemarkierung gerichtet.
»Was dagegen, wenn wir ein paar Dinge klarstellen?« fragte sie.
»Nur zu!«
»Er hat Juden umgebracht.«
»Er hat Juden umgebracht, und er hat unschuldige Umstehende umgebracht, die keine Juden waren und nichts mit dem Konflikt zu tun hatten.«
»Ich möchte wirklich gern ein Buch schreiben, und zwar über die Schuld all dieser unschuldigen Umstehenden, von denen du immer wieder redest. Ich würde bei euren Bombenangriffen auf den Libanon anfangen und mich von dort aus rundrum weiterarbeiten.«
Ob er nun saß oder nicht, er bot ihr schneller und heftiger Paroli, als sie erwartet hatte. »Dieses Buch ist schon geschrieben worden, Charlie. Es heißt Holocaust.«
Mit Daumen und Zeigefinger bildete sie ein kleines Guckloch und spähte hindurch zu einem fernen Balkon. »Andererseits hast du selbst auch Araber getötet, nehme ich an.«
»Selbstverständlich.«
»Viele?«
»Genug.«
»Aber nur in Selbstverteidigung. Israelis töten nur in Selbstverteidigung.« Keine Antwort. »›*Ich habe genug Araber getötet*‹, Unterschrift: ›Joseph‹.« Sie erreichte damit immer noch nicht, daß er aufstand. »Nun, nicht schlecht für das Buch, würde ich meinen. Ein Israeli, der genug Araber getötet hat.«
Ihr Schottenrock stammte aus Michels Aussteuer. Er hatte an beiden Seiten Taschen, wie sie erst vor kurzem entdeckt hatte. Jetzt steckte sie die Hände hinein, brachte den Rock zum Schwingen und tat so, als studierte sie die Wirkung.
»Ihr seid hundsgemein, oder etwa nicht?« fragte sie unbekümmert. »Ihr seid eindeutig hundsgemein. Meinst du nicht auch?« Sie blickte immer noch auf ihren Rock, wirklich daran interessiert, wie er sich bauschte und drehte. »Und du bist sogar der größte Schweinehund

von allen, oder? Weil *du* beides in dir vereinigst. Eben blutet dir noch das Herz, und im nächsten Augenblick bist du der blindwütige Krieger. Dabei bist du – genaugenommen – nichts weiter als ein blutrünstiger, landgieriger kleiner Jidd.«
Er stand nicht nur auf – er schlug sie. Zweimal. Nachdem er ihr zuvor die Sonnenbrille abgenommen hatte. Härter und schneller, als sie je zuvor geschlagen worden war, auf die gleiche Seite des Gesichts. Der erste Hieb war so heftig, daß ein verflixtes Triumphgefühl sie dazu brachte, ihr Gesicht in diese Richtung vorzurecken. Jetzt sind wir quitt, dachte sie und dachte an die Villa in Athen. Der zweite war eine erneute Explosion im selben Krater, und als es vorbei war, stieß er sie auf die Bank, wo sie sich hätte ausweinen können, doch sie war zu stolz, auch nur eine einzige Träne zu vergießen. Hat er mich um seinet- oder um meinetwillen geschlagen? fragte sie sich. Verzweifelt hoffte sie, daß es um seinetwillen gewesen sei; daß sie in der zwölften Stunde ihrer Wahnsinnsehe endlich seine Reserve durchbrochen hatte. Doch ein Blick auf sein verschlossenes Gesicht und seine ruhigen, unbeweglichen Augen verriet ihr, daß es um sie und nicht um Joseph ging. Er hielt ihr ein Taschentuch hin, doch sie wehrte es mit einer vagen Handbewegung ab.
»Vergiß es«, murmelte sie.
Sie nahm seinen Arm, und er brachte sie langsam über den betonierten Weg zurück. Dasselbe alte Ehepaar sah sie lächelnd an, als sie vorübergingen. Kinder, versicherten sie einander – genau wie wir einst. Eben streiten sie sich noch mörderisch und gehen gleich darauf wieder ins Bett, um es noch besser zu machen als zuvor.

Die untere Wohnung war so ziemlich die gleiche wie die obere, nur daß es hier keinen Balkon und keinen Gefangenen gab, und manchmal gelang es ihr, wenn sie las oder etwas hörte, sich einzureden, überhaupt niemals oben gewesen zu sein – ›oben‹, das war eine Schreckenskammer in den dunklen Winkeln ihres Geistes. Dann hörte sie wohl durch die Decke, wie eine Kiste dumpf auf den Boden fiel, denn die jungen Leute packten ihre Fotoausrüstung zusammen und bereiteten sich überhaupt auf das Ende ihres Auf-

enthalts vor; dann mußte sie sich eingestehen, daß ›oben‹ genauso wirklich war wie ›unten‹: wirklicher sogar, denn die Briefe waren Fälschungen, wohingegen Michel aus Fleisch und Blut bestand.
Sie saßen im Kreis, alle drei, und Kurtz begann mit einer seiner Vorreden. Allerdings sprach er jetzt wesentlich klarer als sonst und längst nicht so weitschweifig. Vielleicht lag das daran, daß sie jetzt eine erprobte Mitkämpferin war, eine Veteranin, »die schon darauf verweisen kann, einen ganzen Sack erregender neuer Erkenntnisse beigesteuert zu haben«, wie er es ausdrückte. Die Briefe lagen in einer Aktenmappe auf dem Tisch, und ehe er sie aufmachte, wies er sie nochmals auf die ›Fiktion‹ hin, ein Wort, das er mit Joseph gemein hatte. Die Fiktion bestehe darin, daß sie nicht nur eine leidenschaftliche Geliebte sei, sondern auch eine leidenschaftliche Briefschreiberin, die während Michels langer Abwesenheiten kein anderes Ventil hatte. Während er dies noch einmal erklärte, zog er ein Paar billiger Baumwollhandschuhe an. Die Briefe seien in ihrer Beziehung also keinesfalls etwas Nebensächliches; sie stellten »die einzige Stelle dar, wo Sie Ihrem Herzen Luft machen konnten, meine Liebe«. Aus ihnen gehe nicht nur – oft mit entwaffnendem Freimut – ihre zunehmend besessene Liebe zu Michel hervor, sondern auch ihr politisches Wiedererwachen und ihre Hinwendung zu einem »globalen Aktivismus«, für den die »Verkoppelung« sämtlicher anti-repressiver Kämpfe überall auf der Welt selbstverständlich waren. Zusammengenommen enthielten sie das Tagebuch eines »emotional und sexuell erregten Menschen«, aus dem ihre fortschreitende Entwicklung von einer vagen Protesthaltung zu Massenaktivitäten abzulesen sei, die auch offene Gewalt nicht ausdrücklich ausschlossen.
»Und da wir uns unter den gegebenen Umständen nicht darauf verlassen konnten, daß Sie uns mit der ganzen Vielfalt Ihrer literarischen Ausdrucksweise bekannt machen würden«, fügte er noch hinzu, als er die Aktenmappe aufmachte, »haben wir beschlossen, die Briefe für Sie zu verfassen.«
Natürlich, dachte sie. Sie warf einen Seitenblick auf Joseph, der aufrecht und ungewöhnlich harmlos dasaß, die Hände tugendhaft zwischen den Knien eingeklemmt, wie jemand, der im Leben keiner Fliege etwas zuleide getan hatte.

Sie steckten in zwei braun eingewickelten Päckchen, von denen das eine wesentlich größer war als das andere. Kurtz wählte das kleinere aus und machte es mit seinen behandschuhten Fingerspitzen unbeholfen auf, er breitete die Papiere flach vor sich aus. Sie erkannte die schwarze Schuljungen-Schrift von Michel. Dann wickelte Kurtz das zweite Päckchen aus, und es war wie ein Wirklichkeit gewordener Traum, als sie die Handschrift als ihre eigene erkannte. »Michels Briefe an Sie sind Fotokopien, meine Liebe«, sagte Kurtz gerade; »die Originale warten in England auf Sie. Aber bei Ihren eigenen Briefen handelt es sich um die Originale, sie gehören also Michel, nicht wahr, meine Liebe?«
»Natürlich«, sagte sie, diesmal laut, und blickte dabei instinktiv zu Joseph hinüber, diesmal freilich besonders auf seine zwischen den Knien festgeklemmten Hände, denen soviel daran gelegen war, jede Mitwirkung von sich zu weisen.
Michels Briefe las sie zuerst, denn sie hatte das Gefühl, ihm diese Aufmerksamkeit schuldig zu sein. Es waren ein Dutzend, es waren freimütig sinnliche und leidenschaftliche Briefe darunter, bis hin zu kurzen und im Befehlston gehaltenen. »Sei so lieb und numeriere Deine Briefe. Wenn Du sie nicht numerierst, schreib gar nicht erst. Ich kann Deine Briefe nicht genießen, wenn ich nicht weiß, ob ich sie alle erhalte. Dies zu meiner persönlichen Sicherheit.« Zwischen Absätzen, in denen er sich geradezu ekstatisch über ihre Schauspielerei ausließ, kamen trockene Ermahnungen, nur »gesellschaftlich relevante Rollen zu spielen, die bewußtseinerweckend wirken«. Gleichzeitig solle sie »öffentliche Auftritte vermeiden, die Deine wahre politische Einstellung erkennen lassen«. Sie solle keine radikal-politischen Wochenendseminare mehr besuchen und nicht mehr bei Demonstrationen und Kundgebungen mitmachen. Sie solle sich benehmen »wie eine Bürgerliche« und den Anschein erwecken, als finde sie sich mit den kapitalistischen Gegebenheiten ab. Sie solle den Anschein erwecken, als habe sie »der Revolution abgeschworen«, gleichzeitig jedoch insgeheim »auf alle Fälle mit Deiner radikalen Lektüre weitermachen«. Es gab manches Unlogische, viele Fehler im Satzbau und in der Rechtschreibung. Es war die Rede von »unserer baldigen Wiedervereinigung« (wie man annehmen konnte, in Athen) und gab ein paar gezierte Anspielungen

auf weiße Trauben, Wodka und darauf, daß sie gut daran tue, »reichlich zu schlafen, ehe wir wieder zusammen sind«.
Während sie weiterlas, machte sie sich allmählich ein neues und bescheideneres Bild von Michel, eines, das dem ihres Gefangenen oben plötzlich viel näher kam. »Er ist ein kleiner Junge«, murmelte sie und sah Joseph vorwurfsvoll an. »Du hast ihn zu groß aufgebaut. Er ist ja noch ein Junge.«
Da sie keine Antwort erhielt, wandte sie sich ihren eigenen Briefen an Michel zu und nahm sie behutsam zur Hand, als enthüllten sie ihr ein großes Geheimnis. »Schulhefte«, sagte sie laut und setzte ein einfältiges Lächeln auf, als sie einen ersten nervösen Blick darauf warf – denn dank des Archivs vom armen Ned Quilley war der alte Georgier nicht nur in der Lage gewesen, Charlies ausgefallenen Geschmack in bezug auf Briefpapier wiederzugeben – die Rückseiten von Speisekarten, Rechnungen, Papier mit Briefkopf von Hotels und Theatern und Pensionen auf ihrer Reise –, sondern hatte zu ihrem wachsenden Schrecken auch noch die spontanen Variationen ihrer Handschrift wiedergegeben, von den kindlichen Krakeln früher Trauer bis zur leidenschaftlichen, aber doch sehr ausgeschriebenen Handschrift einer liebenden Frau, von den Gute-Nacht-Kritzeleien der erschöpften Schauspielerin, die sich in irgendwelchen Absteigen verkroch und sich nach ein wenig Entspannung sehnte, zu der wie gestochen schreibenden, bemüht-belesenen Revolutionärin, die sich die Mühe machte, eine lange Passage aus Trotzki abzuschreiben, aber aus Versehen das zweite ›*r*‹ in ›überrennen‹ ausließ.
Ihr Briefstil war, dank Leon, nicht weniger genau getroffen; Charlie errötete geradezu, als sie erkannte, wie vollkommen sie ihre schaurigen Übertreibungen nachgemacht hatten, ihre Art, plump und unvollkommen zu philosophieren, ihre ausfälligen und erregten Wutausbrüche gegen die herrschende Tory-Regierung. Im Gegensatz zu Michel waren ihre Anspielungen auf ihre Liebe handfest und eindeutig; die Anspielungen auf ihre Eltern abfällig; die auf ihre Kindheit von Empörung und Rachegelüsten getragen. Sie begegnete Charlie der Aufschneiderin, Charlie der Zerknirschten, Charlie der Abgebrühten. Sie begegnete dem, was Joseph das Arabische in ihr nannte – jener Charlie, die in ihre eigene Rhetorik verliebt war,

deren Wahrheitsvorstellungen weniger von dem inspiriert waren, was geschehen war, als von dem, was hätte geschehen sollen. Nachdem sie alles durchgelesen hatte, nahm sie sich die beiden Stapel gemeinsam vor und las sie – den Kopf aufgestützt – noch einmal als vollständigen Briefwechsel: ihre fünf Antworten auf jeden einzelnen seiner Briefe, ihre Antworten auf seine Briefe, seine Ausflüchte als Antwort auf ihre Fragen.

»Danke, Jose«, erklärte sie schließlich, ohne den Kopf zu heben. »Vielen, vielen Dank. Wenn du mir für einen Moment unser hübsches Schießeisen leihen würdest – ich geh' nur eben rasch raus und jag' mir eine Kugel durch den Kopf.«

Kurtz lachte bereits, obwohl er mit seiner Heiterkeit allein dastand. »Aber, Charlie, ich finde, das ist wirklich nicht fair unserem Freund Joseph gegenüber. Die Briefe waren ein Gemeinschaftswerk. Dabei haben eine ganze Reihe von klugen Köpfen mitgewirkt.«

Kurtz hatte noch eine letzte Bitte: die Umschläge, die Ihre Briefe enthalten, meine Liebe. Er habe sie hier bei sich, sehen Sie, nur noch nicht frankiert und abgestempelt, und er habe die Briefe noch nicht hineingesteckt, daß Michel sie in Empfang nehmen und feierlich aufmachen könne. Ob Charlie wohl so freundlich sein würde? Hauptsächlich gehe es um die Fingerabdrücke, sagte er; Ihre zuerst, meine Liebe, danach die von den Postbeamten und zuletzt die von Michel. Und dann sei da auch noch die Kleinigkeit wie ihr Speichel, für die Klappe hinten und unter den Briefmarken; ihre Blutgruppe, falls jemand jemals auf die Idee komme, das zu überprüfen; denn sie hätten ein paar sehr helle Köpfe dabei, wie ihre wirklich fabelhafte Arbeit gestern abend bestätigt hat.

Sie erinnerte sich zwar an Kurtz' lange und väterliche Umarmung, denn die war ihr in diesem Augenblick genauso unvermeidlich und notwendig erschienen wie die Tatsache, daß man einen Vater hat. An ihren Abschied von Joseph hingegen – ihren letzten in einer ganzen Reihe – konnte sie sich hinterher überhaupt nicht erinnern – weder, wie er vonstatten gegangen war, noch, wo. An die Einsatzbesprechung, ja; an die heimliche Rückkehr nach Salzburg, ja: anderthalb Stunden hinten in Dimitris festverschlossenem Lieferwagen – und kein Wort mehr, sobald das Licht ausgeht. Und sie erinnerte sich an ihre Landung in London – nie im Leben war sie sich so mutterseelenallein vorgekommen; und an den Geruch englischer Traurigkeit, der sie sogar schon auf dem Rollfeld begrüßt hatte und sie daran erinnerte, was es überhaupt gewesen war, das sie ursprünglich nach radikalen Lösungen hatte Ausschau halten lassen: die bösartige Schlampigkeit der Behörden, die ausweglose Verzweiflung der Verlierer. Es gab gerade einen Bummelstreik bei der Gepäckabfertigung sowie einen Eisenbahnerstreik; die Damentoilette hatte etwas von einem Gefängnis. Sie ging bei Grün durch, und wie üblich hielt der gelangweilte Zollbeamte sie an und fragte sie aus. Nur mit dem Unterschied, daß sie sich diesmal fragte, ob er womöglich einen Grund habe, das zu tun, und nicht nur das Bedürfnis, sie anzuquatschen.

Heimzukommen ist wie ins Ausland fahren, dachte sie, als sie sich in die verzagte Schlange vor der Bushaltestelle einreihte. Jagen wir das Ganze in die Luft, und fangen wir ganz von vorn an.

Kapitel 15

Das Motel hieß Romanze und lag nicht weit von der Autobahn zwischen Kiefern auf einem Hügel. Gebaut hatte man es vor zwölf Monaten für Liebespaare, die eine Vorliebe für Mittelalter haben – mit zementverkleideten Kreuzgängen, Plastikmusketen und farbiger Neonbeleuchtung; Kurtz bewohnte das letzte Häuschen der Reihe, das ein bleiverglastes Fenster mit Jalousie hatte, von dem aus man die nach Westen führende Fahrbahn überblicken konnte. Es war zwei Uhr morgens, eine Zeit, die er besonders gern hatte. Er hatte geduscht und sich rasiert, sich auf der raffinierten Kaffeemaschine einen Kaffee gemacht und Coca-Cola aus dem teakholzverkleideten Kühlschrank getrunken, und die restliche Zeit über hatte er das getan, was er auch jetzt tat: er saß bei ausgeknipsten Lampen und ein Fernglas neben sich, hemdsärmelig an dem kleinen Schreibtisch und beobachtete, wie die Scheinwerfer auf ihrem Weg nach München durch die Baumstämme huschten. Der Verkehr war um diese Zeit sehr dünn, durchschnittlich nur fünf Fahrzeuge in der Minute; im Regen neigten sie dazu, im Pulk zu fahren.

Es war ein langer Tag und eine lange Nacht gewesen, sofern man Nächte überhaupt zählte; Kurtz glaubte jedoch, daß Schlaffheit das Gehirn benebelte. Fünf Stunden Schlaf waren genug für jeden anderen Menschen, für ihn jedoch zuviel. Dennoch war es ein langer Tag gewesen, und richtig begonnen hatte er eigentlich erst, nachdem Charlie die Stadt verlassen hatte. Da waren die Wohnungen im Olympischen Dorf, die geräumt werden mußten, und diese Operation hatte Kurtz persönlich überwacht, denn er wußte, daß es seine Männer besonders anspornte, wenn sie daran erinnert wurden, wie entschlossen er sich um das kleinste Detail kümmerte. Da hatten die Briefe in Yanukas Wohnung geschmuggelt werden müssen; auch dafür hatte Kurtz gesorgt. Von dem Beobachtungsposten

auf der anderen Straßenseite aus hatte er verfolgen können, wie die Beobachter sich Zugang verschafft hatten, und war geblieben, um ihnen nach ihrer Rückkehr zu schmeicheln und zu versichern, daß das lange Ausharren auf ihrem Posten bald belohnt werden würde.
»Was passiert denn jetzt mit ihm?« hatte Lenny verdrossen gefragt.
»Marty, der Junge hat doch eine Zukunft. Vergessen Sie das nicht.«
Bei seiner Antwort hatte Kurtz einen orakelhaften Ton angeschlagen: »Lenny, der Junge hat eine Zukunft, bloß nicht bei uns.«
Shimon Litvak saß hinter Kurtz auf dem Rand des Doppelbetts. Er hatte seinen tropfenden Regenmantel ausgezogen und ihn einfach fallen lassen, wo er stand. Er sah wütend aus und so, als fühlte er sich hintergangen. Von seinem eigenen Lichtkreis umgeben, saß Becker abseits von beiden auf einem zierlichen Schlafzimmerstuhl, ganz ähnlich wie in der Villa in Athen. Dasselbe Für-sich-Sein, aber zugleich die spannungsgeladene, hellwache Atmosphäre vor dem Einsatz teilend.
»Das Mädchen weiß nichts«, berichtete Litvak ungehalten in Richtung auf Kurtz' unbewegten Rücken. »Sie ist eine blöde Gans.« Seine Stimme hatte sich ein wenig erhoben und bebte merklich. »Sie ist Holländerin und heißt Larsen. Sie meint, Yanuka hätte sie aufgerissen, als sie in einer Wohngemeinschaft in Frankfurt gelebt habe, aber sie ist sich nicht so ganz sicher. Dazu hat sie zu viele Männer gehabt und vergißt es. Yanuka hat sie ein paarmal mitgenommen und hat ihr schlecht und recht das Schießen mit seiner Knarre beigebracht und sie zur Erholung und zum Zeitvertreib an seinen großen Bruder ausgeliehen. Daran wenigstens erinnert sie sich. Selbst für Khalils Liebesleben haben sie immer wieder verschiedene Quartiere benutzt – niemals im selben Zimmer zweimal. Sie fand das besonders stimmungsvoll. Zwischendurch hat sie Wagen für sie gefahren, ein paar Bomben für sie gelegt, ein paar Pässe für sie geklaut. Rein aus Freundschaft. Weil sie Anarchistin ist. Weil sie eine blöde Gans ist.«
»Also ein Pipi-Mädchen«, sagte Kurtz nachdenklich, weniger für Litvak bestimmt als für sein eigenes Spiegelbild im Fenster.
»Godesberg gibt sie zu, Zürich nicht ganz. Hätten wir Zeit genug, würde sie auch Zürich ganz zugeben. Antwerpen jedoch nicht.«
»Und Leiden?« fragte Kurtz. Jetzt hatte auch Kurtz einen Kloß im

Hals, so daß es sich von dort, wo Becker saß, angehört haben könnte, als ob die beiden Männer an den gleichen harmlosen Halsschmerzen litten, an einer Überreizung der Stimmbänder.
»Leiden streitet sie rundweg ab«, erwiderte Litvak. »Nein, nein und nochmals nein. Und nochmals. Um die Zeit hat sie mit ihren Eltern Fernien gemacht. Auf Sylt. Wo ist Sylt?«
»Eine Insel vor der Küste Norddeutschlands«, sagte Becker, doch Litvak funkelte ihn an, als argwöhne er, es sei etwas Beleidigendes.
»So was von Begriffsstutzigkeit!« beschwerte sich Litvak, diesmal wieder an Kurtz gewandt. »Gegen Mittag fing sie an zu singen, doch drei Stunden später stritt sie alles wieder ab. ›Nein, das habe ich nie gesagt. Sie lügen.‹ Wir finden die Stelle auf dem Tonband, spielen sie ihr vor, doch sie behauptet, es sei eine Fälschung, und fängt an, uns anzuspucken. Sie ist eine sture Holländerin, und begriffsstutziger geht's nicht mehr.«
»Verstehe«, sagte Kurtz.
Aber Litvak wollte mehr Verständnis. »Tun wir ihr weh, wird sie wütend und macht ganz auf stur. Hören wir damit auf, geben wir ihr ihre ganze Kraft wieder, wird sie womöglich noch verbockter und fängt an, uns zu beschimpfen.«
Kurtz machte eine halbe Drehung nach hinten, so daß er – hätte er jemand angesehen – geradewegs Becker angeblickt haben würde.
»Sie schachert«, fuhr Litvak immer noch im Ton schriller Klage fort. »Wir sind Juden, folglich schachert sie. ›Ich sage Ihnen dies, und Sie lassen mich am Leben, *yes*? Ich sage Ihnen das, und Sie lassen mich laufen, *yes*?‹« Unvermittelt ging er Becker an. »Und wie hätte's der große Held angestellt?« wollte er wissen. »Hätte ich sie vielleicht becircen sollen? Dafür sorgen, daß sie sich in mich verknallt?«
Kurtz warf einen Blick auf die Uhr und darüber hinaus. »Was auch immer sie wissen mag, es gehört bereits der Geschichte an und ist passé«, meinte er. »Wichtig ist nur, was wir mit ihr machen. Und wann.« Aber er sprach wie jemand, der die endgültige Antwort selbst geben mußte. »Wie fügt es sich in die Fiktion ein, Gadi?« wandte er sich an Becker.
»Ganz vorzüglich«, sagte Becker. Er ließ sie einen Moment warten. »Rossino hat sich ihrer in Wien ein paar Tage lang bedient, hat sie in

den Süden gefahren, beim Mercedes abgesetzt. Stimmt alles. Sie fuhr den Wagen nach München, traf dort mit Yanuka zusammen. Stimmt zwar nicht, aber sie sind die beiden einzigen, die das wissen.«

Gierig nahm Litvak die Geschichte auf: »Getroffen haben sie sich in Ottobrunn. Das ist ein kleiner Ort, südöstlich von München. Von dort aus fuhren sie irgendwohin und vögelten. Wen kümmert's schon, wo? Nicht alles muß bei einer Rekonstruktion haargenau passen. Vielleicht im Auto. Ihr macht es immer Spaß, sagt sie. Aber am meisten Spaß macht es ihr mit Kämpfern, wie sie sie nennt. Vielleicht haben sie sich irgendwo ein Zimmer genommen, und der Vermieter hat schon zuviel Schiß, um sich nur zu melden. Solche Lücken sind normal. So was erwartet man auf der gegnerischen Seite.«

»Und heute nacht?« sagte Kurtz mit einem Blick aufs Fenster. »Jetzt?«

Litvak hatte es nicht gern, so genau befragt zu werden. »Jetzt sind sie im Auto auf dem Weg in die Stadt. Um dort eine Nummer zu schieben. Was hochgehen zu lassen und den Rest des Sprengstoffs in Sicherheit zu bringen. Wer wird das je wissen? Warum überhaupt so viel erklären?«

»Also, wo ist sie in diesem Augenblick?« fragte Kurtz, vergegenwärtigte sich die Einzelheiten und überlegte weiter. »In Wirklichkeit?«

»Im Lieferwagen«, sagte Litvak.

»Und wo ist der Lieferwagen?«

»Der steht neben dem Mercedes. Auf dem Rastplatz. Ein Wort von Ihnen, und wir verlegen sie.«

»Und Yanuka?«

»Auch im Lieferwagen. Ihre letzte gemeinsame Nacht. Wie verabredet, haben wir beide ruhiggestellt.«

Kurtz hob das Fernglas wieder hoch, verharrte aber auf halbem Weg zwischen dem Tisch und seinen Augen, um es wieder zurückzutun. Dann legte er die Hände zusammen und blickte stirnrunzelnd darauf nieder.

»Nenne mir eine andere Methode, sag mir, wie man es anders machen kann«, drängte er; durch die Kopfhaltung deutete er an,

daß er Becker meinte. »Wir fliegen sie nach Hause, stecken sie irgendwie in die Wüste Negev, schließen sie ein. Ja und? Was ist aus ihr geworden? werden sie fragen. Von dem Augenblick an, da sie verschwindet, werden sie das Schlimmste annehmen. Sie werden annehmen, sie habe sich abgesetzt. Daß Alexis sie hat. Daß die Zionisten sie haben. Wie sie es auch drehen und wenden, sie werden annehmen, daß ihre Operation in Gefahr ist. Folglich werden sie sich fraglos sagen: ›Das Team auflösen, alle nach Hause schicken.‹«
Er faßte es noch einmal zusammen: »Sie müssen den Beweis haben, daß keiner sie hat, außer Gott und Yanuka. Sie müssen einfach wissen, daß sie genauso tot ist wie Yanuka. Bist du anderer Ansicht, Gadi? Oder entnehme ich deinem Gesichtsausdruck, daß du etwas Besseres weißt?«
Kurtz wartete nur, doch Litvaks Blick, der auf Becker geheftet war, blieb feindselig und vorwurfsvoll. Vielleicht verdächtigte er ihn, seine Hände in einem Augenblick in Unschuld zu waschen, da er ihn brauchte, um die Schuld zu teilen.
»Nein«, sagte Becker nach einer Ewigkeit. Aber sein Gesicht zeigte, wie Kurtz bemerkte, die Härte bewußter, willensgesteuerter Treue.
Unvermittelt setzte Litvak ihm zu – mit einer so angespannten und verkrampften Stimme, daß seine Worte Becker geradezu anzuspringen schienen. »*Nein*?« wieder holte er. »Wieso ›Nein‹? Das Unternehmen abblasen? Was heißt ›Nein‹?«
»*Nein* bedeutet: Wir haben keine Alternative«, sagte Becker und ließ sich Zeit. »Wenn wir die Holländerin verschonen, werden sie Charlie nie akzeptieren. Bleibt sie am Leben, ist Miß Larsen genauso gefährlich wie Yanuka. Wenn wir weitermachen, dann damit.«
»*Wenn*«, wiederholte Litvak voller Verachtung wie ein Echo.
Kurtz stellte mit einer weiteren Frage die Ordnung wieder her.
»Kennt sie denn überhaupt keine nützlichen Namen?« wandte er sich an Litvak, und das klang so, als ob er die Antwort ›doch‹ hören wollte, »nichts, dem wir nachgehen sollten? Keinen Grund, sie zurückzuhalten?«
Litvak zuckte die Achseln, eine Geste, die alles und nichts offenließ. »Sie weiß etwas von einer großen Norddeutschen, die Edda heißt. Sie hat sie nur einmal getroffen. Hinter Edda gibt es noch ein

Mädchen: eine Stimme aus Paris, übers Telefon. Hinter dieser Stimme ist Khalil, aber Khalil verteilt nicht gerade Visitenkarten. So was Begriffsstutziges gibt's nicht noch mal!« wiederholte er. »Sie vollzupumpen, braucht man so viel Stoff, daß man selbst schon ganz stoned wird, wenn man bloß über ihr steht.«

»Sie führt uns also nicht weiter«, sagte Kurtz.

Litvak knöpfte sich bereits den schwarzen Regenmantel zu. »Sie führt uns ganz bestimmt nicht weiter«, stimmte er mit einem trüben Grinsen zu. Dennoch ging er nicht zur Tür. Erwartete immer noch den ausdrücklichen Befehl.

Kurtz hatte noch eine letzte Frage: »Wie alt ist sie?«

»Sie wird nächste Woche einundzwanzig. Ist das ein Grund?«

Langsam, bewußt erhob sich auch Kurtz, und er trat Litvak über den Raum hinweg, der mit geschnitzten Jagdhütten-Möbeln und schmiedeeisernen Beschlägen vollgestopft war, förmlich entgegen. »Frag jeden einzeln, Shimon«, befahl er. »Frag, ob er oder sie aussteigen will. Erklärungen werden nicht erwartet, und keiner, der einen Rückzieher macht, braucht zu befürchten, daß ihm das angekreidet wird. Es wird unter allen Beteiligten frei abgestimmt.«

»Ich hab' sie schon gefragt«, sagte Litvak.

»Dann frag sie noch mal.« Kurtz hob die linke Hand und warf einen Blick auf die Uhr. »Ruf mich in genau einer Stunde an. Nicht früher. Und unternimm nichts, ehe du nicht mit mir gesprochen hast.«

Damit meinte Kurtz: Wenn der Verkehr am dünnsten ist. Wenn ich meine Dispositionen getroffen habe.

Litvak ging. Becker blieb.

Kurtz' erster Anruf galt seiner Frau, Elli. Er meldete ein R-Gespräch an, da er es mit den Spesen peinlich genau nahm.

»Bleib nur sitzen, Gadi, bitte«, sagte er ruhig, als Becker aufstand, um hinauszugehen; Kurtz brüstete sich damit, ein sehr offenes Leben zu führen. Folglich hörte Becker sich zehn Minuten lang solche drängenden Alltäglichkeiten an, wie Elli mit ihrem Bibel-Arbeitskreis vorankam oder das mit den Einkäufen machte, solange ihr kein Auto zur Verfügung stand. Er brauchte sich nicht groß zu fragen, warum Kurtz ausgerechnet diesen Augenblick gewählt hatte, um über derlei Dinge zu diskutieren. Er hatte früher genau das

gleiche getan. Kurtz wollte sich Rückhalt von daheim holen, ehe er losschlug. Er wollte die Stimme Israels *live* hören.
»Elli geht es wirklich gut«, versicherte Kurtz Becker begeistert, nachdem er aufgelegt hatte. »Sie läßt grüßen und bestellen: Gadi, mach, daß du wieder nach Hause kommst. Neulich hat sie Frankie getroffen. Frankie geht's auch gut. Du fehlst ihr zwar, aber sonst geht es ihr gut.«
Sein zweiter Anruf galt Alexis, und zuerst hätte Becker – hätte er Kurtz nicht besser gekannt – meinen können, daß dieses Telefonat zu einer Reihe von liebenswerten Anrufen bei guten Freunden gehörte. Kurtz hörte sich an, was sein Agent Neues von der Familie zu berichten hatte; erkundigte sich nach dem kommenden Baby – ja, Mutter und Kind erfreuten sich bester Gesundheit. Doch kaum waren diese Präliminarien vorbei, da straffte sich Kurtz und kam ohne Umschweife und hart auf das zu sprechen, worum es ging, denn in den letzten Gesprächen mit Alexis hatte er ein deutliches Nachlassen in der Bereitschaft des Doktors verspürt.
»Paul, es sieht so aus, als ob es jetzt jeden Moment zu jenem Unfall kommen könnte, von dem wir neulich gesprochen haben; weder Sie noch ich können daran noch etwas ändern. Nehmen Sie also Bleistift und Papier zur Hand.« Dann wechselte er die Tonart und gab in flottem Deutsch seine Anweisungen durch: »Die ersten vierundzwanzig Stunden, nachdem Ihnen offiziell Meldung zugegangen ist, beschränken Sie sich in Ihren Untersuchungen strikt auf die einschlägigen Studentenkreise in Frankfurt und München. Sie lassen durchblicken, daß es sich bei den Hauptverdächtigen um die Anhänger einer linken Aktivistengruppe handelt, die bekanntermaßen mit einer Zelle in Paris in Verbindung stehen. Haben Sie das?« Er hielt inne und gab Alexis Zeit, sich das Entsprechende zu notieren.
»Am Tag zwei gehen Sie am frühen Nachmittag auf die Münchener Hauptpost und holen sich dort einen postlagernd an Sie persönlich gerichteten Brief ab«, fuhr Kurtz fort, nachdem ihm das offenbar zu erkennen gegeben worden war. »Aus diesem Brief erfahren Sie die Identität Ihrer ersten Schuldigen, einer Holländerin, und auch bestimmte Hintergrundinformationen darüber, was sie mit früheren Vorfällen zu tun hatte.«

Kurtz' Befehle gingen im Diktiertempo weiter und wurden mit viel Nachdruck vorgebracht: keinerlei Nachforschungen in der Münchener Innenstadt vor Tag vierzehn; die Ergebnisse sämtlicher gerichtsmedizinischen Untersuchungen sollten zuerst ausschließlich an Alexis gehen und nicht zur Verteilung freigegeben werden, ehe Kurtz sein Einverständnis gegeben habe; das gleiche gelte für öffentliche Vergleiche mit anderen Zwischenfällen. Als er hörte, wie sein Agent ärgerlich wurde, hielt Kurtz den Hörer ein wenig vom Ohr weg, so daß Becker es gleichfalls hören konnte. »Aber, Marty, hören Sie zu – mein Freund – ich muß Sie etwas fragen, wirklich . . .«

»Fragen Sie.«

»Womit haben wir es hier denn *zu tun*? Ein Unfall ist schließlich kein Kaffeekränzchen, Marty. Wir leben in einer zivilisierten Demokratie, verstehen Sie, was ich meine?«

Und wenn – Kurtz enthielt sich jedenfalls jeden Kommentars.

»Hören Sie, eines muß ich verlangen. Marty, ich verlange es, ich bestehe darauf. Kein Schaden, kein Menschenleben. Das ist eine Bedingung. Wir sind Freunde. Begreifen Sie?«

Kurtz begriff sehr wohl, wie seine knappe Antwort bewies. »Paul, deutsches Eigentum wird bestimmt nicht beschädigt werden. Ein paar Kratzer vielleicht, aber kein echter Schaden.«

»Und Menschenleben? Um Gottes willen, Marty, wir sind doch hier nicht *primitiv*!« rief Alexis, in dem neuerlich Panik aufflakkerte.

Kurtz' Stimme bekam plötzlich etwas überwältigend Ruhiges. »Das Blut Unschuldiger wird nicht vergossen werden, Paul. Darauf gebe ich Ihnen mein Wort. Und kein deutscher Staatsbürger wird auch nur eine Schramme abbekommen.«

»Darauf kann ich mich verlassen?«

»Es wird Ihnen gar nichts anderes übrigbleiben«, sagte Kurtz und legte auf, ohne zu hinterlassen, unter welcher Nummer man ihn erreichen könnte.

Unter normalen Umständen hätte Kurtz nicht so unbekümmert das Telefon gebraucht, doch da die Verantwortung fürs Anzapfen jetzt bei Alexis lag, hatte er das Gefühl, das Risiko auf sich nehmen zu können.

Litvak rief zehn Minuten später an. Los, sagte Kurtz; grünes Licht; ans Werk.

Sie warteten, Kurtz am Fenster, Becker, wieder auf seinem Stuhl, blickte an ihm vorbei auf den unruhigen Nachthimmel. Kurtz packte den Mittelhebel, schob ihn beiseite und machte die beiden Fensterflügel so weit wie möglich auf, so daß der Lärm von der Autobahn hereindrang.

»Warum überflüssige Risiken eingehen?« brummte er, als hätte er sich bei einer Nachlässigkeit ertappt.

Becker fing an, nach Soldatenart zu zählen: soundso lange, um die beiden richtig hinzusetzen. Soundso lange für eine letzte Überprüfung. Soundso lange, um abzuhauen. Soundso lange, bis aus beiden Richtungen eine Verkehrslücke gemeldet wurde. Soundso lange, um noch einmal darüber nachzudenken, wieviel ein Menschenleben wert ist, selbst für die, die völlig aus den menschlichen Bindungen ausgebrochen sind, und für die, bei denen das nicht der Fall ist.

Es war wie üblich die lauteste Detonation, die je jemand gehört hatte. Lauter als Bad Godesberg, lauter als Hiroshima, lauter als alle Schlachten, in denen er mitgekämpft hatte. Becker, der noch immer auf seinem Stuhl saß und an Kurtz' Silhouette vorbeiblickte, sah einen riesigen orangefarbenen Feuerball aus dem Boden emporschießen, dann verschwinden und die späten Sterne und das frühe Tageslicht mitnehmen. Ihm folgte sofort eine Woge von öligem schwarzen Rauch, der schnell den durch die sich ausdehnenden Gase entstandenen Raum erfüllte. Er sah Trümmer durch die Luft fliegen und einen Regen von schwarzen Bruchteilen nach hinten wegspritzen: ein Reifen, ein Brocken Asphalt, menschliche Gliedmaßen – wer wollte das jemals wissen? Er sah, wie der Vorhang liebevoll Kurtz' nackten Arm streifte und spürte den warmen Hauch eines Föhns. Er vernahm das insektenhafte Summen von harten Gegenständen, die sich vibrierend aneinander reiben, und längst ehe es sich gelegt hatte, die ersten Schreie der Empörung, das Gehechel von Hunden sowie das Schlurfen ängstlicher Füße, als die Leute sich in Pantoffeln in dem überdachten Gang versammelten, der die einzelnen Häuschen miteinander verband, und er hörte die sinnlosen Sätze, die die Leute im Film auf untergehenden Schiffen zueinander sagen: »Mutter! Wo ist Mutter! Ich hab' meinen Schmuck verloren.« Er hörte, wie eine völlig aufgelöste Frau sich nicht davon abbringen ließ, daß die Russen kämen, während eine nicht weniger verängstigte Stimme ihr versicherte, es sei nur ein Tankwagen, der in die Luft gehe. Jemand sagte, es müsse sich um was Militärisches handeln – die Sachen, die sie nachts transportieren, sind eine Schande! Neben dem Bett stand ein Radio. Während Kurtz am Fenster stehenblieb, stellte Becker einen lokalen Unterhaltungssender für Nachtschwärmer an und ließ das Radio laufen, für den Fall, daß sie eine Meldung durchgaben. Unter Sirenengeheul sauste ein Polizeiwagen die Autobahn entlang, das Blaulicht blitzte. Dann nichts, dann ein Feuerwehrauto, dem ein Krankenwagen folgte. Die Musik wurde unterbrochen, es kam zur ersten Meldung. Unerklärliche Explosion westlich von München, Ursache unbekannt – keine weiteren Einzelheiten. Die Autobahn sei in beiden Richtungen gesperrt; den Autofahrern werde geraten, auf Umgehungsstraßen auszuweichen.

Becker stellte das Radio ab und knipste das Licht an. Kurtz machte das Fenster zu und zog den Vorhang vor, dann setzte er sich aufs Bett und zog die Schuhe aus, ohne die Schnürsenkel aufzumachen.

»Äh – übrigens – Gadi, vor ein paar Tagen habe ich von unseren Leuten in der Botschaft in Bonn gehört«, sagte Kurtz, als ob irgend etwas plötzlich die Erinnerung daran auffrischte. »Ich hatte sie gebeten, ein paar Erkundigungen über diese Polen anzustellen, mit denen du in Berlin zusammenarbeitest. Mal festzustellen, wie ihre Finanzlage ist.«

Becker sagte nichts.

»Die Nachrichten waren anscheinend nicht so besonders ermutigend. Sieht so aus, als ob wir ein bißchen mehr Geld oder ein paar Polen mehr für dich finden müßten.«

Da er immer noch keine Antwort erhielt, hob Kurtz langsam den Kopf und sah, wie Becker ihn von der Tür her anstarrte; irgend etwas in der Haltung des größeren Mannes zeigte bemerkenswert deutlich, wie wütend er war.

»Möchten Sie mir etwas sagen, Mr. Becker? Möchten Sie mir eine Standpauke halten, die Sie in eine angenehme seelische Verfassung versetzt?«

Das war offenbar nicht der Fall. Becker machte leise die Tür hinter sich zu und war fort.

Kurtz mußte noch ein letztes Telefongespräch führen: mit Gavron, und zwar über die Direktleitung zu ihm nach Hause. Er griff nach dem Hörer, zögerte und zog die Hand dann wieder zurück. Soll die kleine Krähe doch warten, dachte er, als der Zorn wieder in ihm aufwallte. Und rief ihn dann trotzdem an. Begann ganz sanft, alles fest in der Hand, nichts Unvernünftiges. So, wie sie immer anfingen. Sprachen englisch. Benutzten die Decknamen, auf die sie sich für diese Woche geeinigt hatten: »Nathan, hier ist Harry. Wie geht's? Und deiner Frau? Danke, du sie auch von mir. Nathan, zwei kleine Bösewichter aus unserer Bekanntschaft haben sich plötzlich ganz schrecklich erkältet. Das wird bestimmt die Leute freuen, die von Zeit zu Zeit beruhigt werden müssen.«
Während er Gavrons krächzender, unverbindlicher Antwort lauschte, spürte Kurtz, wie er anfing zu zittern. Trotzdem gelang es ihm, seine Stimme fest im Zaum zu halten. »Nathan, ich glaube, jetzt kommt dein großer Augenblick. Man ist es mir schuldig, daß du gewisse Druckmittel zurückhältst und die Sache reifen läßt. Da sind Versprechen gemacht und gehalten worden, ein gewisses Maß an Vertrauen ist jetzt gerechtfertigt, und ein kleines bißchen Geduld.« Unter all den Männern und Frauen, die er kannte, war Gavron der einzige Mensch, der ihn so weit reizte, daß er Dinge sagte, die er hinterher bereute. Noch hatte er sich in der Hand. »Rom ist auch nicht an einem Tag erbaut worden, Nathan. Ich brauche Luft, hörst du? Luft – ein bißchen Freiheit – einen gewissen Bewegungsfreiraum.« Sein Zorn wallte auf. »Halt also diese Verrückten in Schach, ja? Geh doch hin und verschaff mir zur Abwechslung mal etwas Unterstützung!«
Die Leitung war tot. Ob daran die Explosion schuld war oder Misha Gavron, sollte Kurtz nie erfahren, denn er machte nicht den Versuch, noch einmal anzurufen.

Teil II

Der Preis

Kapitel 16

Während in London der Sommer in den Herbst überging, befand sich Charlie drei endlose Wochen lang in einem halb unwirklichen Zustand, schwankte sie zwischen Fassungslosigkeit und Ungeduld, zwischen erregtem Bereitsein und krampfhaftem Entsetzen. Früher oder später holen sie dich, sagte er immer wieder. Das geht gar nicht anders. Und er machte sich daran, sie innerlich zu wappnen und aufzubauen.

Aber warum mußten sie sie eigentlich holen? Sie wußte es nicht, und er sagte es ihr nicht, benutzte aber sein Fernsein wie einen Schild. Ob wohl Mike und Marty Michel irgendwie an sich banden, so wie sie Charlie an sich gebunden hatten? An manchen Tagen stellte sie sich vor, daß Michel eines Tages die Fiktion, die sie für ihn aufgebaut hatten, einholen, bei ihr auftauchen und leidenschaftlich einfordern würde, was sie ihm als Geliebten schuldig war. Joseph bestärkte sie sanft in diesem gespaltenen Zustand und führte sie immer näher an seinen abwesenden Stellvertreter heran. Michel, ach mein geliebter Michel, komm zu mir. Liebe Joseph, aber träume von Michel. Zu Anfang hatte sie kaum in den Spiegel zu blicken gewagt, so sehr war sie davon überzeugt, daß ihr Geheimnis durchschimmerte. Ihr Gesicht war bis zum Zerreißen gespannt wegen der ungeheuerlichen Informationen, die sich unmittelbar unter der Oberfläche verbargen; ihre Stimme und ihre Bewegungen hatten eine Unterwasser-Langsamkeit, die sie weit vom Rest der Menschheit entfernte: Ich spiele rund um die Uhr eine Ein-Mann-Show; erst die ganze Welt, dann ich.

Doch als die Zeit verging, wich ihre Angst vorm Entdecktwerden allmählich einer gewissen liebevollen Geringschätzung gegenüber den Unschuldigen um sie herum, die einfach nicht sahen, was sich Tag für Tag unter ihrer Nase abspielte. Sie sind dort, wo ich herkam, dachte sie. Sie sind ich, ehe ich durch den Spiegel schritt.

Joseph selbst gegenüber bediente sie sich einer Technik, die sie auf ihrer Fahrt durch Jugoslawien vervollkommnet hatte. Er war der Vertraute, auf den sie jede Handlung und jede Entscheidung bezog; er war der Geliebte, für den sie ihre Witze riß und für den sie sich schön machte. Er war ihr Stecken und Stab, ihr bester Freund, überhaupt das Beste, was es gab. Er war der Kobold, der an den unmöglichsten Orten auftauchte und schon immer im voraus ganz genau wußte, wo sie war – mal an einer Bushaltestelle, dann wieder in einer Bibliothek oder in der Automaten-Wäscherei, wo er im Neonlicht unter den schlampigen Muttis saß und zusah, wie seine Hemden sich drehten. Nie jedoch gab sie seine Existenz zu. Er hatte mit ihrem Leben nicht das allergeringste zu tun, war außerhalb von Zeit und Raum – bis auf ihre verstohlenen Rendezvous, die sie aufrechterhielten. Bis auf seinen Ersatz, Michel.

Für die Proben zu *Wie es euch gefällt* hatte das Theater eine alte Übungshalle der Territorial-Armee in der Nähe der Victoria Station gemietet; dorthin ging sie jeden Morgen, und jeden Abend wusch sie sich den Geruch von schalem Soldatenbier aus dem Haar.

Sie ließ sich von Ned Quilley zum Lunch ins Bianchi ausführen und fand ihn sonderbar. Er schien sie vor etwas warnen zu wollen, doch als sie rundheraus fragte, wovor denn, hüllte er sich in Schweigen und erklärte, Politik sei jedermanns eigene Sache; dafür habe er im Krieg bei den *Green-Jackets* gekämpft. Dann betrank er sich ganz furchtbar. Nachdem sie ihm geholfen hatte, die Rechnung abzuzeichnen, mischte sie sich wieder unter die Menge auf der Straße und hatte das Gefühl, vor sich selbst herzulaufen; ihrer eigenen flüchtigen Gestalt zu folgen, die ihr in der dichten Menschenmenge immer wieder entschlüpfte. Ich bin vom Leben getrennt. Ich finde nie wieder zurück. Doch noch während sie dies dachte, spürte sie, wie eine Hand ihren Ellbogen streifte, Joseph einen Moment neben ihr herging und dann im Eingang von *Marks & Sparks* untertauchte. Sein unverhofftes Auftauchen hatte bald eine ganz ungewöhnliche Wirkung auf sie: Sie war dadurch unablässig auf der Hut und, wenn sie sich selbst gegenüber ehrlich war, auch voller Verlangen. Ein Tag ohne ihn war ein Un-Tag; erhaschte sie aber auch nur einen einzigen flüchtigen Blick von ihm, flogen ihm Herz und Körper zu wie bei einer Sechzehnjährigen.

Sie las die seriösen Sonntagszeitungen, studierte die neuesten überraschenden Enthüllungen über die Sackville-West – oder war es die Sitwell? – und wunderte sich darüber, wie hoch die herrschende englische Meinung die eigene Bedeutungslosigkeit einschätzte. Sie sah sich das von ihr bereits vergessene London an und fand überall ihre Persönlichkeit als Radikale, die sich dem Weg der Gewalt verschrieben hatte, bestätigt. Die Gesellschaft, wie sie sie kannte, war abgestorben; Charlies Aufgabe war es, sie zu beseitigen und den Boden für etwas Besseres zu bereiten. Die hoffnungslosen Gesichter der Leute, die sich beim Einkaufen wie geschlagene Sklaven durch die neonbeleuchteten Supermärkte schleppten, sagten ihr das, die verzweifelnden Alten und die Polizisten mit den giftigen Augen desgleichen. Ebenso die ziellos herumbummelnden schwarzen Jugendlichen, die die Rolls-Royces vorbeirauschen sahen und die schimmernden Banken mit ihrem Air verweltlichter Anbetung und ihren rechtschaffenen, leuteschindenden Managern vor Augen hatten. Die Baufirmen, die die Irregeleiteten in ihre Eigentumsfallen lockten; die Schnapsläden, die Wettbüros, der Auswurf – es brauchte nicht viel, und die ganze Londoner Szene bot sich Charlie als ein überquellender Mülleimer voller aufgegebener Hoffnungen und enttäuschter Seelen dar. Dank Michels Anregungen schlug sie im Geiste Brücken zwischen der kapitalistischen Ausbeutung der Dritten Welt und hier in ihrer unmittelbaren Umgebung, Camden Town.

Da sie dies so eindeutig lebte, schickte ihr das Leben sogar das überfrachtete Symbol eines hilflos umhergetriebenen Menschen. Als sie am Sonntag morgen zeitig einen Spaziergang am Treidelpfad des Regent's Canal entlang machte – in Wirklichkeit war sie zu einem der wenigen verabredeten Treffen mit Joseph unterwegs –, hörte sie den Klang eines tiefen Saiteninstruments, das einen Negro-Spiritual sägte. Der Kanal erweiterte sich, und in der Mitte eines von aufgegebenen Speichern umrahmten Hafenbeckens sah sie einen alten Schwarzen, der direkt aus *Onkel Toms Hütte* kam, auf einem festgemachten Floß sitzen und einer Gruppe von hingerissen lauschenden Kindern auf dem Cello vorspielen. Eine Szene wie aus einem Fellini-Film; Kitsch; Fata Morgana; eine ihrem Unterbewußten entstiegene erleuchtete Vision.

Was immer es war, etliche Tage lang wurde es für sie zum persönlichen Bezugspunkt für alles, was sie um sich herum sah – zu persönlich, um selbst Joseph davon zu erzählen; sie hatte Angst, er würde sie auslachen oder, noch schlimmer, eine rationale Erklärung dafür anbieten.

Sie schlief ein paarmal mit Al, weil sie keine Auseinandersetzung mit ihm wollte und weil ihr Körper ihn nach der langen Dürre mit Joseph brauchte; außerdem hatte Michel ihr das befohlen. Sie vermied jedoch, daß er sie in ihrer Wohnung besuchte, denn er hatte wieder einmal kein Dach überm Kopf, und sie fürchtete, daß er versuchen würde, bei ihr zu bleiben, was er früher schon öfter getan hatte, bis sie seine Kleider und seinen Rasierapparat auf die Straße geworfen hatte. Außerdem barg ihre Wohnung neue Geheimnisse, und nichts auf der Welt hätte sie dazu gebracht, sie mit ihm zu teilen: Ihr Bett war Michels Bett, seine Pistole hatte unter dem Kopfkissen gelegen, und es gab nichts, was Al oder sonst jemand tun konnte, um sie zu bewegen, es zu entweihen. Sie war auch vor Al auf der Hut, weil Joseph sie gewarnt hatte, daß aus seinem Filmangebot nichts geworden sei, und sie wußte aus Erfahrung, wie schlimm er werden konnte, wenn sein Stolz verletzt war.

Ihr erstes leidenschaftliches Wiedersehen fand in einer Stammkneipe statt, wo sie den großen Philosophen von einer Schar seiner Jüngerinnen dicht umringt fand. Als sie auf ihn zuging, dachte sie: Er wird Michel riechen; er ist in meinen Kleidern, meiner Haut, meinem Lächeln. Aber Al war viel zu sehr damit beschäftigt, seine Gleichgültigkeit zu demonstrieren, um irgend etwas zu riechen. Mit dem Fuß schob er einen Stuhl für sie zurück, und beim Hinsetzen dachte sie: Gott bewahre, es ist noch keinen Monat her, da war dieser Zwerg mein Hauptberater, wenn es darum ging, was mit der Welt los ist. Als die Kneipe zumachte und sie in die Wohnung eines Freundes gingen und dessen zweites Zimmer mit Beschlag belegten, erschrak sie, als sie sich bei der Vorstellung ertappte, es sei Michel, der in ihr war, Michels Gesicht, das auf sie herabstarrte, und Michels olivfarbener Körper, der sich ihr im Halbdunkel aufdrängte – Michel, ihr geliebter kleiner Killer, der sie in Ekstase versetzte. Dabei gab es hinter Michel noch einen anderen – Joseph, der endlich ihr gehörte; seine lodernde, aufgestaute Sexualität, für die es endlich kein Halten mehr gab; sein narbenbedeckter Körper und seine narbenbedeckte Seele, endlich ihr.

Bis auf sonntags las sie sporadisch kapitalistische Zeitungen, hörte die auf die Konsumenten zugeschnittenen Nachrichten im Radio, hörte aber nichts von einer rothaarigen Engländerin, die im Zusammenhang mit der illegalen Einfuhr hochexplosiven russischen Plastiksprengstoffs nach Österreich gesucht wurde. Dazu kam es nie. Das waren zwei völlig verschiedene junge Frauen, eines meiner kleinen Hirngespinste. Ansonsten interessierte sie der Zustand der größeren Welt um sie herum so gut wie gar nicht mehr. Sie las von einem palästinensischen Bombenattentat in Aachen und von einem israelischen Vergeltungsangriff auf irgendein Flüchtlingslager im Libanon, bei denen eine große Anzahl von Zivilisten den Tod gefunden haben sollte. Sie las von wachsender öffentlicher Empörung in Israel und erschauerte entsprechend bei einem Interview mit einem israelischen General, der versprach, das Palästinenser-Problem »von Grund auf zu lösen«. Doch nach ihrem Schnellkurs in Verschwörung hatte sie kein Vertrauen mehr zur offiziellen Darstellung der Ereignisse und würde es nie wieder haben. Die einzigen Nachrichten, die sie einigermaßen getreulich verfolgte, betrafen eine riesige Panda-Bärin im Londoner Zoo, die sich nicht paaren wollte, obwohl Feministinnen behaupteten, es sei Schuld des Männchens. Außerdem gehörte der Zoo zu Josephs Lieblingstreffpunkten. Sie trafen sich dort auf einer Bank, und sei es nur, um eine Zeitlang Händchen zu halten wie ein Liebespaar, ehe jeder wieder seines Weges ging.
Bald, sagte er dann wohl. Bald.
Charlie ließ sich auf diese Weise treiben, schauspielerte die ganze Zeit über für ein unsichtbares Publikum, wappnete sich mit jedem Wort und jeder Geste gegen eine momentane Unachtsamkeit und stellte dann fest, daß sie sich zunehmend auf ein Ritual stützte. Am Wochenende fuhr sie für gewöhnlich zu ihrem Jugend-Klub in Peckham, und in einer großen Halle mit gewölbter Decke, die so groß war, daß man darin Brecht hätte aufführen können, brachte sie diese Schauspiel-Gruppe von Jugendlichen wieder in Schwung, und

sie genoß das. Sie planten für Weihnachten eine Rock-Pantomime, ein Stück reinster Anarchie.
Freitags ging sie manchmal in Als Kneipe, und mittwochs nahm sie immer zwei Dreiviertelliter-Flaschen dunkles Ale zu Miß Dubber mit, einer abgetakelten Nutte, die gleich um die Ecke wohnte. Miß Dubber litt unter Arthritis, Rachitis und Holzwürmern sowie unter etlichen ernsthaften Gebrechen und verfluchte ihren Körper mit einem Eifer, wie sie ihn früher nur für knauserige Freier übrig gehabt hatte. Charlie revanchierte sich damit, daß sie Miß Dubbers Ohr mit wunderbaren erfundenen Geschichten über das skandalöse Geschehen in der Welt des Show-Business füllte; die beiden schütteten sich darüber so vor Lachen aus, daß die Nachbarn den Fernseher lauter stellten, um den Lärm zu übertönen.
Sonst konnte Charlie keine Gesellschaft ertragen, obwohl ihre Arbeit als Schauspielerin sie mit einem Halbdutzend Cliquen bekannt gemacht hatte, bei denen sie sich jederzeit hätte melden können, wenn ihr danach gewesen wäre.
Mit Lucy hielt sie ein Schwätzchen am Telefon, und sie nahmen sich vor, sich zu treffen, ließen es jedoch offen. Robert spürte sie in Battersea auf, doch die Mykonos-Clique war wie Schulfreunde von vor zehn Jahren; in ihrem Leben gab es nichts mehr, was sie mit ihnen teilen konnte. Sie traf sich mit Willy und Pauly zum Curry-Essen, doch die beiden dachten daran, sich zu trennen, und das Ganze war ein Reinfall. Sie versuchte es mit ein paar Busenfreunden aus früheren Existenzen, doch auch das war kein Erfolg, und danach wurde sie eine alte Jungfer. Wenn es eine Zeitlang nicht regnete, begoß sie die jungen Bäume in ihrer Straße und hängte in Drahtnetzen an der Fensterbank frische Nüsse für die Spatzen auf, denn das war eines der verabredeten Zeichen für ihn, genauso wie der ›Ent-rüstet euch‹-Aufkleber an ihrem Auto und das Messing-›C‹ auf dem Lederanhänger ihrer Schultertasche. Er nannte das ihre Sicherheitssignale und probte wiederholt deren Anwendung mit ihr. Verschwand eines von ihnen, bedeutete das einen Hilfeschrei. Und in ihrer Handtasche hatte sie einen brandneuen weißen Seidenschal, aber nicht für die Kapitulation, sondern um zu sagen: ›Sie haben sich gemeldet‹, falls das jemals der Fall sein sollte. Sie führte ihr kleines Tagebuch weiter und nahm die Eintragungen dort auf,

wo der Bildungskreis aufgehört hatte, sie schloß die Reparatur eines Stickbildes ab, das sie gekauft hatte, ehe sie in Urlaub gegangen war, und das Lotte zeigte, wie sie sich am Grabe Werthers verzehrte. Wieder ich, diesmal in einer klassischen Rolle. Sie schrieb ihrem verschollenen Mann endlose Briefe, hörte jedoch nach und nach auf, sie einzuwerfen.

Liebster Michel, ach, Michel, hab Erbarmen und kehr zu mir zurück!

Aber sie hielt sich von den Versammlungsorten und alternativen Buchhandlungen in Islington fern, wo sie sich früher häufig zu schwunglosen Sitzungen bei Kaffee eingefunden hatte; vor allem aber machte sie einen Riesenbogen um die finstere St. Pancras-Gang, deren im Koksrausch geschriebene Flugblätter sie zu verteilen pflegte, weil niemand sonst das tun wollte. Von Eustace, ihrem Kfz-Mechaniker, bekam sie endlich ihr Auto, einen frisierten Fiat, zurück, den Al ihr zu Schrott gefahren hatte, und an ihrem Geburtstag nahm sie ihn das erstemal wieder und fuhr damit zu ihrer Scheiß-Mutter nach Rickmansworth, um ihr die Tischdecke zu bringen, die sie auf Mykonos für sie gekauft hatte. In der Regel hatte sie großen Bammel vor diesen Besuchen: diese sonntäglichen Essens-Fallen mit dreierlei Gemüse und Rhabarbertorte als Dessert, der dann ihre Mutter im allgemeinen eine höchst detaillierte Zusammenfassung all dessen folgen ließ, was die Welt falsch gemacht hatte, seit sie zum letztenmal zusammengewesen waren. Diesmal stellte sie zu ihrer Überraschung fest, daß sie ganz wunderbar mit ihr konnte. Sie blieb die Nacht über, band am nächsten Morgen ein dunkles Kopftuch um – auf keinen Fall das weiße –, fuhr sie zur Kirche und bemühte sich, nicht an das letztemal zu denken, als sie ein Kopftuch aufgehabt hatte. Als sie kniete, regte sich ein unerwarteter Rest von Frömmigkeit in ihr, und sie legte Gott ihre verschiedenen Identitäten zu Füßen. Als sie dem Orgelspiel zuhörte, mußte sie weinen, und das brachte sie dazu, darüber nachzudenken, wie sehr sie sich eigentlich unter Kontrolle hatte.

Es liegt daran, weil ich es nicht über mich bringen kann, in meine Wohnung zurückzukehren, dachte sie.

Durcheinander brachte sie, wie ihre Wohnung auf gespenstische Weise verändert worden war, um der neuen Persönlichkeit zu entsprechen, in die sie so sorgsam hineinwuchs: ein Szenenwechsel, dessen Ausmaß nur ganz allmählich deutlich wurde. Die tückische Umgestaltung ihrer Wohnung während ihrer Abwesenheit war das Beunruhigendste an ihrem ganzen neuen Leben. Bis jetzt hatte sie die Wohnung für den sichersten Ort überhaupt gehalten, eine Art architektonischer Ned Quilley. Sie hatte sie von einem engagementslosen Schauspieler geerbt, der – nachdem er Einbrecher geworden war – in Pension gegangen war und sich zusammen mit seinem Freund nach Spanien abgesetzt hatte. Sie lag am Nordrand von Camden Town über einer goanesisch-indischen Fernfahrer-Kneipe, in der es um zwei Uhr morgens lebendig wurde und wo man bis sieben *Samosas* und warmes Frühstück bekommen konnte. Um zu ihrer Treppe zu gelangen, mußte man sich zwischen Klo und Küche hindurchzwängen und einen kleinen Hinterhof überqueren, und bis dahin hatten einen der Wirt, der Koch und der freche Freund des Kochs genau unter die Lupe genommen – ganz zu schweigen von demjenigen, der vielleicht gerade zufällig auf dem Klo saß. Oben an der Treppe war eine zweite Tür, durch die man hindurchmußte, ehe man den geheiligten Bereich betrat, der aus einem Dachzimmer mit dem besten Bett der Welt bestand, einem Bad und einer Küche, alle separat und der Mietpreisüberwachung unterliegend.
Und jetzt hatte sie plötzlich diesen Trost der Sicherheit verloren. Man hatte ihn ihr gestohlen. Ihr war, als hätte sie die Wohnung für die Dauer ihrer Abwesenheit an jemand vermietet gehabt und der hätte, um ihr einen Gefallen zu tun, alle möglichen unpassenden Veränderungen daran vorgenommen. Wie sie jedoch unbemerkt hereingekommen waren, blieb ein Geheimnis. Als sie in der Kneipe nachfragte, hatten sie dort keine Ahnung. Da war zum Beispiel ihre Schreibschublade, in die ganz hinten Michels Briefe hineingestopft worden waren – sämtliche Originale, von denen sie in München die Fotokopien gesehen hatte. Da war ihre Kampfreserve von dreihundert Pfund, alles in alten Fünfern hinter der rissigen Wandverkleidung im Bad versteckt, wo sie in der Zeit, als sie noch Marihuana geraucht hatte, ihr Gras aufbewahrt hatte. Sie verbarg sie nun in einem Zwischenraum unter den Dielenbrettern, dann wieder im

Badezimmer und dann wieder unter den Dielenbrettern. Da waren ihre Souvenirs, die zusammengetragenen Bruchteile ihrer Liebesgeschichte vom Tag Eins in Nottingham an: Zündholzheftchen aus dem Motel; der billige Kugelschreiber, mit dem sie ihre ersten Briefe nach Paris geschrieben hatte; die allerersten gold-braunen Orchideen, gepreßt und zwischen den Seiten ihres *Mrs. Beeton-Kochbuchs* aufgehoben; das erste Kleid, das er ihr gekauft hatte – damals in York, sie waren zusammen in den Laden gegangen; die schaurigen Ohrringe, die er ihr in London geschenkt hatte und die sie wirklich nicht tragen konnte, höchstens, um ihm eine Freude zu machen. Derlei Dinge hatte sie halb erwartet; Joseph hatte sie praktisch darauf vorbereitet. Was sie jedoch so beunruhigte, war, daß diese Kleinigkeiten, als sie anfing, mit ihnen zu leben, mehr sie selbst wurden, als sie es selber war: in ihrem Bücherregal die oft durchgeblätterten Hochglanz-Informationsbroschüren über Palästina, die mit den vorsichtigen Widmungen von Michel versehen waren; an der Wand das pro-palästinensische Poster mit den froschähnlichen Zügen des israelischen Premierministers, das sich alles andere als schmeichelhaft über die Umrisse arabischer Flüchtlinge breitete; daneben waren die farbigen Landkarten gepinnt worden, auf denen der Verlauf der israelischen Expansion seit 1967 eingezeichnet war – samt ihrem eigenhändigen Fragezeichen über Tyrus und Sidon, nachdem sie bei Ben Gurion gelesen hatte, daß die Israelis sie beanspruchten; und der Stapel schlechtgedruckter anti-israelischer Propaganda in englischer Sprache.

Das bin ich durch und durch, dachte sie, als sie sich langsam durch die Sammlung wühlte; sobald sie mich beim Schlafittchen kriegen, kann ich mir einen Strick nehmen.

Nur, daß ich es niemals war. *Sie* waren es.

Doch das auszusprechen half ihr nichts, und überhaupt verwischten sich mit der Zeit die Unterschiede.

Michel, um Himmels willen, haben sie dich erwischt?

Bald nach ihrer Rückkehr nach London suchte sie weisungsgemäß das Postamt in der Maida Vale auf, wies sich aus und nahm nur einen einzigen Brief in Empfang. Er war in Istanbul abgestempelt und

offensichtlich angekommen, nachdem sie nach Mykonos abgereist war. *Liebling. Jetzt nicht mehr lange bis Athen. Ich liebe Dich.* Unterschrift: *M.* Eine hingekritzelte Nachricht, um sie nicht verdursten zu lassen. Doch der Anblick dieser lebendigen Nachricht verstörte sie tief. Ein Schwall verschütteter Bilder stieg vor ihr auf und suchte sie heim. Michels Füße, die in Gucci-Schuhen die Treppe heruntergeschleift wurden. Sein schöner, in sich zusammengesunkener Körper, von seinen beiden Gefängniswärtern gestützt. Sein Rehkitz-Gesicht, zu jung für die Einberufung. Seine Stimme, zu volltönend, zu harmlos. Das Goldamulett, das sanft über seiner olivfarbenen Brust hin und her schaukelte. Joseph, ich liebe dich.
Danach ging sie jeden Tag auf die Post, manchmal sogar zweimal, und wurde dort zu einer vertrauten Erscheinung, und sei es nur, weil sie jedesmal mit leeren Händen wieder abzog und jedesmal ein verzweifeltes Gesicht machte: ein zartes, klug ausgedachtes Rollenspiel, an dem sie sorgsam arbeitete und das Joseph in seiner Eigenschaft als heimlicher Repetitor mehr als einmal persönlich beobachtete, während er am Nachbarschalter Briefmarken kaufte.
In derselben Zeit schickte sie in der Hoffnung, ein Lebenszeichen von ihm zu bekommen, drei an Michel gerichtete Briefe nach Paris ab, bat ihn, ihr zu schreiben, liebte ihn und verzieh ihm schon im voraus sein Schweigen. Es waren die ersten Briefe, die sie selbst entwarf und schrieb. Und geheimnisvollerweise verschaffte es ihr Erleichterung, sie abgeschickt zu haben; sie verliehen den Vorgängern Authentizität und den Gefühlen, die sie zu haben vorgab, etwas Echtes. Jedesmal, wenn sie einen schrieb, brachte sie ihn zu einem für sie ausgesuchten Briefkasten, und sie nahm an, daß Leute da wären, die ihn abfingen, doch hatte sie gelernt, sich nicht neugierig umzublicken und nicht darüber nachzudenken. Einmal entdeckte sie Rachel, die äußerst schlampig und englisch aussah, hinter dem Fenster eines Wimpy-Imbisses. Einmal knatterten Raoul und Dimitri auf einem Motorrad an ihr vorrüber. Den letzten ihrer Briefe an Michel schickte sie per Eilboten, und zwar vom selben Postamt, wo sie vergeblich immer wieder nach postlagernden Briefen fragte, und nachdem sie ihn bereits frankiert hatte, schrieb sie noch »Liebling, ach, bitte, bitte, bitte schreib« an den oberen Rand des Umschlags, während Joseph geduldig hinter ihr wartete.

Nach und nach dachte sie an ihr Leben in diesen Wochen als in Großgedrucktem und in Kleingedrucktem. Das Großgedruckte, das war die Welt, in der sie lebte, und das Kleingedruckte die Welt, in die sie hinein- und aus der sie wieder hinausschlüpfte, wenn die große Welt nicht zusah. Keine Liebesaffäre, nicht einmal mit verheirateten Männern, war bei ihr jemals so von Heimlichkeiten bestimmt gewesen.

Zu ihrem Ausflug nach Nottingham kam es an Charlies fünftem Tag, Joseph traf ganz besondere Vorsichtsmaßnahmen. Er holte sie an einem Samstag abend in einem Rover von einem entlegenen U-Bahnhof ab und brachte sie am Sonntag nachmittag wieder nach Hause. In einem Koffer hatte er ihr eine blonde, besonders gute Perücke sowie etwas Kleidung zum Wechseln mitgebracht, unter anderem einen Pelzmantel. Außerdem hatte er ein spätes Abendessen vorbestellt, und es war genauso schlimm wie das Original: mitten beim Essen gestand Charlie eine absurde panische Angst ein; sie fürchtete, die Bedienung könne sie trotz ihrer Perücke und des Pelzmantels erkennen und sie mit Fragen nach ihrem wirklichen Geliebten und was aus ihm geworden sei, bestürmen.
Dann gingen sie auf ihr Zimmer: zwei keusche Doppelbetten, die sie in der Fiktion zusammengeschoben und deren Matratzen sie quer gelegt hatten. Einen Augenblick dachte sie sogar, genau dies werde geschehen. Als sie aus dem Badezimmer kam, lag Joseph der Länge nach ausgestreckt auf dem Bett und sah sie an; sie legte sich neben ihn und bettete ihren Kopf auf seine Brust, hob dann das Gesicht und fing an, ihn zu küssen, das heißt ihm schwerelose, ausgewählte Küsse auf Lieblingsstellen an den Schläfen, Wangen und schließlich auf die Lippen zu geben. Seine Hand hielt sie am Rücken, kam dann hoch zu ihrem Gesicht, und er küßte sie seinerseits, hielt die Hand an ihrer Wange und hielt die Augen offen. Dann schob er sie sehr behutsam von sich und setzte sich auf. Und küßte sie noch einmal: Wiedersehen!
»Horch!« sagte er und nahm seinen Mantel.
Er lächelte. Sein schönes, gütiges Lächeln, sein allerbestes. Sie horchte und hörte, wie der Nottinghamer Regen gegen ihr Fenster

prasselte – der gleiche Regen, der sie zwei Nächte und einen ganzen Tag lang im Bett hatte verbringen lassen.
Am nächsten Morgen legten sie wehmütig die kleinen Ausflüge zurück, die sie und Michel in die ländliche Umgebung gemacht hatten, bis sie das Verlangen wieder ins Motel zurückgebracht hatte; alles wegen der sichtbaren Erinnerungen, wie Joseph ihr ernst versicherte, und wegen der zusätzlichen Sicherheit, es wirklich gesehen zu haben. Zwischen solchen Lektionen brachte er ihr – und das war eine gewisse Erleichterung – andere Dinge bei. Stumme Signale, wie er sie nannte: und eine Methode, auf der Innenseite einer Marlboro-Schachtel eine Geheimschrift anzubringen, etwas, was sie irgendwie nicht ernst nehmen konnte.
Mehrere Male trafen sie sich bei einer Kostümbildnerin hinterm Strand, für gewöhnlich nach den Proben.
»Sie kommen wegen der Anprobe, nicht wahr, meine Liebe?« sagte eine riesenhafte, in wallende Gewänder gehüllte Blondine um die Sechzig jedesmal, wenn Charlie zur Tür hereinkam. »Hier entlang, bitte«, sagte sie und führte Charlie in ein nach hinten hinaus gehendes Schlafzimmer, wo Joseph wie der Freier einer Hure auf sie wartete. Herbst steht dir, dachte sie; daß sein Haar leicht meliert war, fiel ihr ebenso wieder auf wie der rosige Hauch auf seinen hageren Wangen; das wird immer so sein.
Am meisten beunruhigte sie, daß sie keine Ahnung hatte, wie sie ihn erreichen könne: »Wo wohnst du? Wie kann ich mich mit dir in Verbindung setzen?«
Durch Cathy, sagte er dann wohl. Du hast die Sicherheitssignale, und du hast Cathy.
Cathy war ihre Rettungsleine, Josephs Vorzimmer, die Hüterin seiner Unnahbarkeit. Jeden Abend zwischen sechs und acht betrat Charlie eine Telefonzelle, immer eine andere, und wählte eine Nummer im West End, damit Cathy den Tag mit ihr durchgehen konnte: wie es auf der Probe gewesen sei, ob sie etwas Neues von Al oder der Clique gehört habe, wie es Quilley gehe und ob sie über neue Rollen gesprochen hätten, ob sie schon für den Film vorgesprochen habe und ob sie irgend etwas brauche? – oft über eine halbe Stunde oder länger. Zuerst hatte Charlie etwas gegen Cathy, sah in ihr eine Beschneidung ihrer Beziehung zu Joseph, doch nach

und nach freute sie sich auf ihr Geplauder, denn wie sich herausstellte, konnte Cathy umwerfend witzig sein und besaß eine gute Portion gesunden Menschenverstand. Charlie stellte sie sich als jemand Warmherziges und Realistisches vor, möglicherweise eine Kanadierin: eine von jenen Psychotherapeutinnen, die nichts erschüttern konnte und die sie in der Tavistock Clinic aufgesucht hatte, als sie aus der Schule geflogen war und gedacht hatte, sie drehe durch. Das war gar nicht so dumm von Charlie, denn wenn Miß Bach auch Amerikanerin war und keine Kanadierin, ihre Vorfahren waren seit Generationen Ärzte gewesen.

Das Haus in Hampstead, das Kurtz für seine Leute gemietet hatte, war sehr groß und lag an einer stillen Seitenstraße, eine beliebte Übungsstraße der Fahrschule Finchley. Die Hausbesitzer hatten sich auf den Vorschlag ihres guten Freundes Marty aus Jerusalem klammheimlich nach Marlow verzogen, doch ihr Haus war eine Feste stiller und intellektueller Eleganz geblieben. Im Salon hingen Bilder von Nolde und im Wintergarten ein Foto von Thomas Mann mit Widmung; ein Vogel im Käfig sang, wenn man ihn aufzog, in der Bibliothek standen knarrende Lederstühle und im Musikzimmer ein Bechsteinflügel. Im Keller gab es eine Tischtennis-Platte, und nach hinten hinaus einen ziemlich verwilderten Garten mit einem unebenen grauen Tennisplatz, der allerdings schon so verwahrlost war, daß die jungen Leute ein neues Spiel dafür erfanden, eine Art Tennis-Golf, das man auch in den Löchern spielen konnte. Vorn gab es ein winziges Torhüterhäuschen, an dem sie ihr Firmenschild anbrachten: »Studiengruppe für hebraistische und humanistische Studien. Eintritt nur für Studenten und Lehrkörper«, worüber in Hampstead kein Mensch die Nase rümpfte.
Mit Litvak waren sie vierzehn Mann, doch verteilten sie sich mit einer solchen diskreten und katzengleichen Disziplin über die vier Stockwerke, daß man sich fragte, ob überhaupt jemand in dem Haus wohnte. Ihr Kampfgeist war nie ein Problem gewesen, und das vornehme Haus in Hampstead hob ihn womöglich noch. Die dunklen Möbel gefielen ihnen, und sie mochten das Gefühl, daß jedes Stück um sie herum mehr zu wissen schien als sie selbst. Am

liebsten arbeiteten sie den ganzen Tag und oft auch noch die halbe Nacht hindurch und kamen gern in diesen Tempel kultivierten jüdischen Lebensstils zurück – und lebten dieses Erbe auch. Wenn Litvak Brahms spielte, und zwar sehr gut, legte sogar Rachel, die ganz verrückt auf Pop-Musik war, ihre Vorurteile ab und kam nach unten, um ihm zuzuhören; dabei hatte sie sich zunächst – wie sie ihr immer wieder unter die Nase rieben – mit Händen und Füßen gegen die Vorstellung gewehrt, nach England zurückzukehren, und hatte eigensinnig darauf bestanden, nicht mit einem britischen Paß zu reisen.

In diesem schönen Team-Geist richteten sie sich darauf ein, gewissenhaft zu warten. Ohne daß man es ihnen eigens eingeschärft hätte, mieden sie die Pubs, Restaurants und jeden unnötigen Kontakt mit den Leuten, die in diesem Viertel wohnten. Auf der anderen Seite kümmerten sie sich darum, sich gegenseitig Briefe zu schicken, Milch und Zeitungen zu kaufen und all die Dinge zu tun, die Neugierigen dann auffallen, wenn sie nicht geschehen. Sie fuhren viel Rad und waren ganz aus dem Häuschen, als sie entdeckten, was für erlauchte und manchmal fragwürdige Juden schon vor ihnen hier gewesen waren, und nicht einer von ihnen versäumte es, dem Haus von Friedrich Engels oder dem Grab von Karl Marx auf dem Highgate-Friedhof einen Besuch abzustatten. Ihr Fuhrpark war eine hübsche kleine, rosa gestrichene Reparaturwerkstatt hinter Haverstock Hill; im Schaufenster stand ein alter silberner Rolls-Royce mit einem Plakat: NICHT ZU VERKAUFEN, der Besitzer war ein gewisser Bernie. Bernie war ein großer, bärbeißiger Mann mit dunklem Gesicht, blauem Anzug und einer halb-gerauchten Zigarette und einem blauen Homburg, ähnlich dem Schwilis, den er selbst dann trug, wenn er eigenhändig etwas tippte. Er hatte Lieferwagen und PKWs und Motorräder und Nummernschilder, soviel man wollte, und am Tag ihrer Ankunft hängte er ein Plakat auf: NUR VERTRAGS-ARBEITEN. KEINE KUNDENANNAHME. »Ein paar Mist-Puper«, erklärte er seinen Geschäftsfreunden grob. »Behaupteten, eine Film-Gesellschaft zu sein. Haben meinen ganzen Mist-Laden gemietet und mich mit neuen Mist-Lappen bezahlt – wie, verdammter Mist, kann man da schon nein sagen?«

Was alles aufs Haar genau stimmte, denn das war die Fiktion, auf die sie sich mit ihm geeinigt hatten. Allerdings wußte Bernie sehr wohl, wie der Hase lief. Bernie hatte früher selbst bei der einen oder andren Sache mitgemischt.

Inzwischen liefen über die Londoner Botschaft fast täglich Nachrichtenleckerbissen ein, wie Meldungen von fernem Schlachtgetöse. Rossino hatte Yanukas Münchener Wohnung wieder einen Besuch abgestattet, diesmal in Begleitung einer Blonden, die ihre Theorien über die unter dem Namen Edda bekannte Frau bestätigten. Soundso hatte Soundso in Paris oder Beirut, Damaskus oder Marseilles besucht. Seit Rossinos Identifizierung hatten sich eine ganze Reihe neuer Wege aufgetan, die in alle Himmelsrichtungen führten. Bis zu dreimal wöchentlich hielt Litvak eine Lagebesprechung mit freier Aussprache ab. Wo Aufnahmen gemacht worden waren, gab es zusätzlich noch eine Laterna-Magica-Vorstellung, dazu Kurzreferate über bekannt gewordene Decknamen, Verhaltensweisen, persönliche Vorlieben und Geschäftsgebaren. Ab und zu veranstaltete er sogar ein Quiz, bei dem für die Gewinner lustige Preise ausgesetzt wurden.

Gelegentlich, wenn auch nicht oft, stieß unauffällig auch der große Gadi Becker zu ihnen, um die letzten Neuigkeiten zu hören; er setzte sich dann wohl hinten im Raum ganz allein hin und ging, sobald die Besprechung vorüber war. Von dem Leben, das er fern von ihnen führte, hatten sie keine Ahnung, erwarteten das aber auch nicht: Er war der Agentenführer, eine Spezies für sich; er war Becker, unbesungener Held von mehr Geheimmissionen, als die meisten von ihnen Geburtstage aufweisen konnten. Liebevoll nannten sie ihn ›Steppenwolf‹ und erzählten sich gegenseitig beeindruckende, halbwahre Geschichten über seine Heldentaten.

Das entscheidende Wort traf am Tag achtzehn ein. Ein Fernschreiben aus Genf versetzte sie in Alarmbereitschaft, und ein Telegramm aus Paris war die Bestätigung. Binnen einer Stunde waren zwei Drittel des Teams unterwegs und fuhren durch schwarzen Regen gen Westen.

Kapitel 17

Die Truppe nannte sich ›Heretics‹, und die Tournee begann in Exeter mit einer Vorstellung vor einer Gemeinde, die geradenwegs aus der Kathedrale zu kommen schien: Frauen in malvenfarbener Halbtrauer, alte Priester, die dauernd drauf und dran waren, in Tränen auszubrechen. Wenn es keine Matinee gab, trieb das Ensemble sich gähnend in der Stadt herum, und abends, nach der Vorstellung, tranken sie mit ernsten Kunstjüngern Wein und aßen Käse, denn es gehörte einfach dazu, Glasperlen mit den Eingeborenen zu tauschen.

Von Exeter waren sie nach Plymouth weitergefahren, wo sie im Marine-Stützpunkt vor völlig verwirrten jungen Offizieren spielten, die sich mit der Frage herumquälten, ob Kulissenschiebern vorübergehend der Status von Gentlemen zuerkannt und damit Zutritt zu ihrer Messe gewährt werden könne.

Doch sowohl Exeter als auch Plymouth waren Stätten der Ausgelassenheit gewesen, wo es hoch hergegangen war im Vergleich zu dieser tropfnassen, granitgrauen, tief unten in Cornwall gelegenen Bergarbeiter-Stadt mit ihren engen Gassen, durch die der von See kommende Nebel wallte und wo die verkrüppelten Bäume durch den ständigen Wind alle einen Buckel hatten. Das Ensemble war in einem halben Dutzend Privatpensionen untergebracht worden. Charlie hatte das Glück, in einer vollkommen von Hortensien umstandenen Insel mit Schiefergiebeln untergekommen zu sein, wo das Geratter der nach London fahrenden Züge ihr im Bett das Gefühl gab, eine Schiffbrüchige zu sein, die durch den Anblick in der Ferne vorüberfahrender Schiffe zur Verzweiflung getrieben wurde. Als Theater diente ihnen ein in einer Sporthalle aufgeschlagenes Gerüst, von dessen knarrender Bühne man das Chlor des Schwimmbeckens riechen und durch die Wand den schmatzenden

Aufprall von Squash-Bällen hören konnte. Ihr Publikum war eine Kopftuch-und-Eintopf-Brigade, deren verschwiemelte, neidische Augen verrieten, daß sie es besser machen würden als die Schauspieler, sollten sie je so tief sinken. Ihre Garderobe schließlich war ein Damen-Umkleideraum, und dorthin brachte man ihr die Orchideen – gerade als sie, zehn Minuten vor dem Auftritt, dabei war, sich zu schminken.

Zuerst erblickte sie sie in dem langen Spiegel überm Waschbecken, wie sie – bis zum Blütenansatz in feuchtes weißes Seidenpapier eingewickelt – durch die Tür hereinschwebten. Sie sah sie zögern, dann unsicher weiter auf sie zukommen. Sie jedoch fuhr fort, sich zu schminken, als hätte sie noch nie im Leben eine Orchidee gesehen. Ein Stengel, der wie ein in Papier gewickeltes Baby von einer fünfzigjährigen cornischen Vestalin namens Val mit schwarzen Zöpfen und einem flachen, von niemand bemerkten Lächeln auf dem Arm getragen wurde. Braungold.

»Sie müssen die schöne Rosalinde sein«, sagte Val schüchtern.

Ein feindseliges Schweigen breitete sich aus, und die gesamte weibliche Hälfte des Ensembles genoß Vals Bedeutungslosigkeit. Es war der Zeitpunkt, da Schauspieler am allernervösesten und in sich gekehrtesten sind.

»Ich bin die Rosalinde«, bestätigte ihr Charlie, ohne ihr weiterzuhelfen. »Warum?« Und begann mit dem Eyeliner, um zu zeigen, daß es ihr recht gleichgültig sei, wie die Antwort ausfiel.

Mit einer mutigen Geste legte Val die Orchideen in das Waschbekken und trippelte hinaus, während Charlie für alle, die sehen wollten, den Briefumschlag zur Hand nahm. *Für Fräulein Rosalinde.* Unenglische Handschrift, blauer Kugelschreiber statt schwarzer Tinte. Im Umschlag eine ganz und gar unenglische Visitenkarte auf Hochglanz. Der Name nicht gedruckt, sondern in spitzen, erhabenen, aber farblosen Kursiv-Großbuchstaben. *ANTON MESTERBEIN, GENF.* Darunter nur ein einziges Wort: *Gerechtigkeit.* Sonst keine Nachricht, kein »Johanna, Geist meiner Freiheit«.

Sie richtete ihre Aufmerksamkeit auf die andere Augenbraue, war sehr sorgfältig, als ob ihre Braue das Allerwichtigste auf Erden wäre.

»Wer ist es denn, Chas?« fragte eine ländliche Schäferin am Nach-

barbecken. Sie kam gerade aus der Schule, geistige Reife etwa wie bei einer Fünfzehnjährigen.
Charlie konzentrierte sich ganz auf ihr Spiegelbild und betrachtete kritisch ihr Werk.
»Die müssen doch 'n Vermögen gekostet haben, Chas, oder?« sagte die Schäferin.
»'n Vermögen gekostet haben, Chas'«, äffte Charlie nach.
Von ihm!
Eine Nachricht von ihm!
Aber warum ist er dann nicht hier? Und warum trägt das Kärtchen nicht seine Handschrift?
Traue keinem, hatte Michel sie gewarnt. *Sei aber besonders mißtrauisch, wenn jemand behauptet, mich zu kennen.*
Eine Falle! Die Bullen! Sie sind dahintergekommen, wer den Wagen durch Jugoslawien gefahren hat. Sie benutzen mich, um meinen Geliebten in die Falle zu locken.
Michel, Michel! Geliebter, mein Leben – sag, was soll ich tun?
Sie hörte, wie ihr Name aufgerufen wurde: »Rosalinde – wo, zum Teufel, steckt Charlie? Charlie, verdammt noch mal!«
Auf dem Korridor machte eine Gruppe von Schwimmern mit Handtüchern um den Hals beim Anblick einer rothaarigen Dame, die in einem fadenscheinigen elisabethanischen Fummel aus dem Umkleideraum kam, ausdruckslos-starre Gesichter.

Irgendwie spielte sie. Vielleicht machte sie es sogar gut. In der Pause sah der Regisseur, ein mönchisches Wesen, das sie Bruder Mycroft nannten, sie sonderbar an und fragte, ob sie's »nicht ein bißchen runterschrauben« könne, und sie versprach ihm betreten, es zu tun. Doch sie hatte ihn kaum gehört: sie war vollauf damit beschäftigt, die halbleeren Sitzreihen abzusuchen in der Hoffnung, einen roten Blazer zu entdecken.
Vergebens.
Sie sah andere Gesichter: Rachels und Dimitris, zum Beispiel – erkannte sie jedoch nicht. Er ist nicht da, dachte sie verzweifelt. Das Ganze ist ein gemeiner Trick. Es ist die Polizei.
Im Umkleideraum zog sie sich rasch um, band sich das weiße

Kopftuch um und trödelte dort herum, bis der Hauswart sie hinauswarf. Im Foyer, wo sie wie ein weißkopfiges Gespenst unter den heimziehenden Sportlern herumstand, wartete sie weiter und drückte sich die Orchideen an die Brust. Eine alte Dame erkundigte sich bei ihr, ob sie sie selbst gezogen habe. Ein Schüler wollte ein Autogramm. Die Schäferin zupfte sie am Ärmel: »Chas – die Party, um alles auf der Welt – Val sucht dich *überall*!«
Der Haupteingang der Sporthalle wurde hinter ihr zugeworfen, sie trat in die Nachtluft hinaus und wäre fast umgefallen, als der Sturmwind sie mit aller Macht anfiel. Mühselig kämpfte sie sich bis zu ihrem Auto durch, schloß auf, legte die Orchideen auf den Beifahrersitz und zog dann den Wagenschlag zu. Erst wollte der Motor nicht anspringen, und als er es schließlich tat, raste er wie ein Pferd los, das in den heimatlichen Stall will. Als sie die Auffahrt zur Hauptstraße hinunterdonnerte, sah sie im Spiegel die Scheinwerfer eines Wagens, der hinter ihr herausfuhr und ihr dann in gleichbleibender Entfernung bis zu ihrer Pension folgte.
Sie parkte und hörte, wie derselbe Wind an den Hortensien zerrte. Sie zog den Mantel fest um sich und lief dann, die Orchideen unterm Mantel, rasch auf den Eingang zu. Vier Stufen führten hinauf, und sie zählte sie zweimal – einmal, als sie hinaufsprang, und das zweite Mal, während sie keuchend an der Rezeption stand und jemand mit einem leichten und betonten Trippelschritt hinter ihr herkam. Gäste waren nirgends zu sehen, weder im Aufenthaltsraum noch in der Halle. Der einzig Überlebende war Humphrey, ein Dickens'scher Fettsack, der den Nachtportier spielte.
»Nicht *sechs*, Humph«, sagte sie aufgedreht, als er nach dem Schlüssel suchte. »*Sechzehn*, mein Bester. Oberste Reihe. Und ein Liebesbrief für mich ist auch da; nicht daß Sie ihn einer anderen geben.«
In der Hoffnung, er komme von Michel, nahm sie das zusammengefaltete Stück Papier von ihm entgegen, und ihr war die unterdrückte Enttäuschung anzumerken, als sie feststellte, daß er nur von ihrer Schwester kam und lautete: »Toi-toi-toi für die Aufführung heute abend« – Josephs Methode, ihr zuzuflüstern: »Wir sind bei dir«, aber so leise, daß sie es kaum hörte.
Die Tür zur Halle öffnete sich und schloß sich hinter ihr. Über den

Teppich der Halle kamen die Schritte eines Mannes auf sie zu. Sie gestattete sich einen raschen Blick auf ihn, falls es Michel war. Doch er war es nicht, wie ihr enttäuschter Gesichtsausdruck zeigte. Er war jemand vom Rest der Welt und für sie zu nichts nutze. Ein schlanker, gefährlich-friedlicher junger Mann mit dunklen, kein Wässerchen trübenden Augen. Er trug einen braunen Gabardine-Trenchcoat mit militärischen Schulterklappen, die den Zivilistenschultern Breite verleihen sollten. Und einen braunen Schlips, passend zur Augenfarbe, die wiederum zum Trenchcoat paßte. Durchaus nicht ein Mann der Gerechtigkeit, zu diesem Schluß kam sie – eher der verweigerten Gerechtigkeit. Ein vierzigjähriger Gabardine-Junge, der frühzeitig seiner Gerechtigkeit beraubt worden war.
»Miß Charlie?«
Und ein kleiner, überfütterter Mund in einem blassen Kinnbereich.
»Ich möchte Ihnen Grüße von unserem gemeinsamen Bekannten Michel überbringen, Miß Charlie.«
Charlies Gesicht hatte sich verhärtet, wie bei jemand, der sich gegen eine Bestrafung wappnet. »Michel wer?« fragte sie – und sah, wie nichts in ihm sich rührte, was wiederum sie ganz still werden ließ, so wie wir vor Bildern und Plastiken und regungslosen Polizisten still werden.
»Michel aus Nottingham, Miß Charlie.« Der Schweizer Tonfall bekümmert und leicht anklagend. Die Stimme belegt, als ob Gerechtigkeit eine Geheimsache sei. »Michel hat mich gebeten, Ihnen goldene Orchideen zu schicken und Sie für ihn zum Essen auszuführen. Er möchte unbedingt, daß Sie mitkommen. Bitte. Ich bin Michels Freund. Kommen Sie.«
Du? dachte sie. Ein Freund? Einen Freund wie dich hätte Michel nie, nicht einmal, um sein Scheiß-Leben zu retten. Doch das sagte sie nur durch das wütende Funkeln ihrer Augen.
»Außerdem ist mir die Aufgabe übertragen worden, Michel vor Gericht zu vertreten, Miß Charlie. Michel hat ein Recht auf den vollen Schutz des Gesetzes. Kommen Sie, bitte. Jetzt.«
Die Geste kostete sie große Anstrengung, doch das wollte sie auch. Die Orchideen waren schrecklich schwer, und es war ein langer Weg, sie durch die Luft von ihrer Hand in seine zu befördern. Aber sie schaffte es; sie hatte Mut und Kraft wiedergefunden, und seine

Hände kamen in die Höhe, um die Blumen in Empfang zu nehmen. Außerdem traf sie den richtigen kessen Ton für die Worte, die sie beschlossen hatte zu sagen.
»Sie sind in der falschen Vorstellung«, sagte sie. »Ich kenne keinen Michel aus Nottingham, ich kenne überhaupt keinen Michel. Und ich kann mich auch nicht erinnern, Ihnen während der letzten Saison in Monte begegnet zu sein. Netter Versuch, aber ich bin müde. Bin euch alle leid.«
Während sie sich noch der Rezeption zuwandte, um ihren Schlüssel zu nehmen, ging ihr auf, daß Humphrey, der Nachtportier, sich in einer hochwichtigen Angelegenheit an sie wandte. Sein glasiertes Gesicht zuckte, und er hielt einen Bleistift schreibbereit über eine große Kladde gezückt.
»Ich habe *gefragt*«, blubberte er verächtlich in seiner fisteligen und gedehnten nordenglischen Sprechweise, »um welche *Zeit* Sie Ihren Morgentee möchten, Miß?«
»Um neun, mein Lieber. Aber keine Sekunde früher.« Abgespannt wandte sie sich zur Treppe.
»Zeitung, Miß?« fragte Humphrey.
Sie drehte sich um und sah ihn mißmutig an. »Himmel«, flüsterte sie.
Humphrey war plötzlich ganz aufgeregt. Er schien der Ansicht zu sein, nur sprühende Lebendigkeit könne sie aufwecken. »Morgenzeitung! Zum Lesen! Was ist Ihre Lieblingszeitung?«
»Die *Times*, mein Lieber«, sagte sie.
Humphrey versank wieder zufrieden in seiner Apathie. »Also *Telegraph*«, sagte er beim Schreiben. »Die *Times* gibt's nur auf Vorbestellung.« Inzwischen hatte sie bereits begonnen, sich die Treppe zur historischen Dunkelheit des Treppenabsatzes hinaufzuschleppen.
»Miß Charlie!«
Wenn du mich noch einmal auf diese Weise rufst, dachte sie, könnte es sein, daß ich ein paar Stufen runterkomme, um dir eins über deinen glatten Schweizer Gebirgspaß zu geben. Sie machte zwei weitere Schritte, ehe er wieder sprach. So viel Energie hatte sie ihm gar nicht zugetraut.
»Michel wird sehr erfreut sein zu erfahren, daß Rosalinde heute

abend sein Armband getragen hat. Und, wie ich meine, noch trägt. Oder ist es das Geschenk eines anderen Herrn?«
Erst wandte sich ihm oben von der Treppe ihr Gesicht, dann ihr ganzer Körper zu. Er hatte die Orchideen in die linke Hand genommen; der rechte Arm hing herunter wie ein leerer Ärmel.
»Ich habe gesagt: fort! Gehen Sie. *Bitte* – einverstanden?«
Aber sie sprach gegen ihre eigene Überzeugung, wie ihr Stocken schon verriet.
»Michel hat mir aufgetragen, Sie zu frischem Hummer und einer Flasche Boutaris einzuladen. Weiß und kalt, sagt er. Ich habe auch noch andere Nachrichten von ihm. Er wird außer sich sein, wenn Sie seine Einladung abschlagen, und auch verletzt.«
Das war zuviel. Er war ihr eigener dunkler Engel, der die Seele forderte, die sie sorglos verpfändet hatte. Ob er log, ob er von der Polizei war oder ein gewöhnlicher Erpresser – sie würde ihm bis hinunter in die Unterwelt folgen, wenn er sie zu Michel brachte. Auf den Absätzen kehrtmachend, kam sie langsam die Treppe zur Rezeption herunter.
»Humphrey.« Sie warf den Schlüssel auf den Rezeptionstisch, nahm ihm den Bleistift aus der widerstandslosen Hand und schrieb den Namen Cathy auf den vor ihm liegenden Block. »Eine Amerikanerin. Kapiert? Eine Freundin. Wenn sie anruft, sagen Sie ihr, ich sei mit sechs Liebhabern losgezogen. Sagen Sie ihr, vielleicht käme ich morgen zum Lunch vorbei. Kapiert?« wiederholte sie.
Sie riß das Blatt vom Block, stopfte es ihm in die Brusttasche und gab ihm dann einen flüchtigen Kuß, während Mesterbein mit dem aufgesetzt-steinernen Unmut des Liebhabers wartete, der für heute abend Anspruch auf sie erhob. Vor der Tür holte er eine schöne Schweizer Taschenlampe hervor. In deren Lichtkegel erkannte sie den gelben Hertz-Aufkleber an der Windschutzscheibe seines Wagens. Er machte die Tür am Beifahrersitz auf und sagte »Bitte schön«, doch sie ging ungerührt an ihm vorbei auf ihren Fiat zu, stieg ein, ließ den Motor an und wartete. Zum Fahren, es fiel ihr auf, als er vor ihr herging, trug er eine schwarze Baskenmütze, deren Rand ganz gerade war wie bei einer Badekappe, nur daß seine Ohren dadurch abstanden.

Wegen der Nebelfelder fuhren sie langsam in Kolonne hintereinanderher. Oder vielleicht fuhr Mesterbein immer so, denn er hatte den undurchdringlich-aggressiven Rücken des gewohnheitsmäßig vorsichtigen Fahrers. Sie fuhren einen Hügel hoch und dann in nördlicher Richtung über freies Moor. Der Nebel lichtete sich, die Telegrafenmasten standen wie eingefädelte Nadeln vorm Nachthimmel. Ein zerrissener griechischer Mond spähte kurz aus den Wolken heraus, ehe er wieder nach hinten hineingezerrt wurde. An einer Straßenkreuzung hielt Mesterbein, um auf der Karte nachzusehen. Schließlich wies er nach links, zuerst mit seiner Taschenlampe, dann mit einer kreisenden weißen Hand. Jawohl, Anton, hab' schon verstanden. Sie folgte ihm einen Hügel hinunter und durch ein Dorf; sie kurbelte ihr Fenster herunter und ließ den Salzgeruch des Meeres herein. Der Luftzug riß ihr in einem Schrei den Mund auf. Sie folgte ihm unter einem zerfetzten Banner hindurch, auf dem stand: »East West Timesharer Chalets Ltd.«, dann eine schmale neue Straße durch die Dünen zu einer stillgelegten Zinnmine hinauf, die sich vorm Himmel abhob, wie für eine Anzeige: »Besuchen Sie Cornwall«. Links und rechts von ihr Holzbungalows; nirgends Licht. Mesterbein stellte seinen Wagen ab, sie parkte hinter ihm und ließ wegen des abschüssigen Geländes den Gang drin. Die Handbremse ächzt wieder, dachte sie; muß noch mal zu Eustace. Er stieg aus; sie tat das gleiche und verschloß ihr Auto. Der Wind hatte sich gelegt; sie befanden sich auf der windabgekehrten Seite der Halbinsel. Kreischend zogen Möwen über ihnen ihre Kreise, als hätten sie auf dem Boden etwas Wertvolles verloren. Die Taschenlampe in der Hand, griff Mesterbein nach ihrem Arm, um sie zu führen.

»Lassen Sie mich«, sagte sie. Er stieß eine Pforte auf, sie quietschte. Vor ihnen ging ein Licht an. Kurzer Betonweg, blaue Tür mit dem Namen *Sea-Wrack* darauf. Mesterbein hielt einen Schlüssel bereit. Die Tür ging auf, er trat vor ihr ein, trat beiseite, um sie einzulassen, ein Immobilienmakler, der einem möglichen Kunden das Haus zeigt. Es gab keinen Vorbau und irgendwie keine Warnung. Sie folgte ihm hinein, er schloß die Tür hinter ihr, sie stand in einem Wohnzimmer. Sie roch feuchte Wäsche und sah schwarze Schimmelflecke an der Decke. Eine große blonde Frau in einem blauen Kordanzug steckte eine Münze in den elektrischen Zähler. Als sie eintraten, sah sie sich mit einem strahlenden Lächeln rasch um, sprang dann auf und strich dabei eine Strähne langer goldblonder Haare zurück.

»Anton: Ach, *zu* reizend. Sie haben mir Charlie gebracht! Charlie, willkommen. Und Sie sind mir doppelt willkommen, wenn Sie mir zeigen, wie dieser unmögliche Apparat funktioniert.« Sie packte Charlie bei den Schultern und gab ihr aufgeregt einen Kuß auf beide Wangen. »Ich meine, Charlie, hören Sie, Sie waren einfach fabelhaft in diesem Shakespeare heute abend, ja? Nicht wahr, Anton? Ich meine: hinreißend. Ich bin übrigens *Helga*, ja?« Ausdrücken wollte sie damit: Namen sind für mich ein Spiel. »*Helga*. Ja? So wie Sie Charlie sind, bin ich Helga.«

Ihre Augen waren grau und durchsichtig und wie Mesterbeins gefährlich ohne Arg. Mit kämpferischer Einfachheit blickten sie auf eine komplizierte Welt. Ehrlich zu sein bedeutet, ungezähmt zu sein, dachte Charlie und zitierte für sich aus einem von Michels Briefen. Ich fühle, also handle ich.

Aus einer Ecke des Raums gab Mesterbein eine verspätete Antwort auf Helgas Frage. Er hängte seinen Gabardine-Trenchcoat über einen Kleiderbügel. »Aber ja, sie war *sehr* beeindruckend, natürlich!«

Helga hatte die Hände immer noch auf Charlies Schultern liegen, und ihre kräftigen Daumen strichen ihr leicht über den Hals. »Ist es schwierig, so viel Text auswendig zu lernen, Charlie?« fragte sie und sah Charlie dabei strahlend ins Gesicht.

»Ich habe damit keine Schwierigkeiten«, sagte sie und löste sich von Helgas Griff.

»Sie lernen also leicht auswendig?« Sie nahm Charlies Hand und drückte ihr ein Fünfzig-Pence-Stück hinein. »Kommen Sie! Zeigen Sie mir, wie diese phantastische englische Erfindung, genannt *Feuer*, funktioniert.«

Charlie hockte sich vor den Automaten, drehte den Hebel zur Seite, steckte die Münze hinein, drehte den Hebel zur anderen Seite, und klirrend fiel die Münze hinein. Mit einem protestierenden Zischen ging das Feuer an.

»Unglaublich! Ach, Charlie! Aber sehen Sie, das ist typisch für mich. Nicht so viel technischen Verstand!« erklärte Helga augenblicklich, als sei dies etwas Wichtiges, das eine neue Freundin von ihr wissen müsse. »Ich bin gegen jeden Besitz, und wenn ich nichts besitze, wie soll ich dann wissen, wie etwas funktioniert? Anton, bitte übersetz das für mich. Ich glaube an *Sein, nicht Haben*.« Das war ein Befehl, von einer Kinderzimmer-Autokratin. Ihr Englisch war auch ohne seine Hilfe recht gut. »Haben Sie Erich Fromm gelesen, Charlie?«

»Sie meint *sein*, nicht *besitzen*«, sagte Mesterbein trübsinnig, während er die beiden Frauen betrachtete. »Das ist der Kern von Fräulein Helgas Einstellung. Sie glaubt an das grundsätzlich Gute und an die Überlegenheit der Natur über die Wissenschaft. Das tun wir beide«, setzte er dann noch hinzu, als wollte er sich zwischen sie beide stellen.

»Haben Sie Erich Fromm gelesen?« wiederholte Helga, strich sich wieder das blonde Haar aus dem Gesicht und dachte bereits an etwas ganz anderes. »Ich bin ganz verliebt in ihn.« Die Hände vorgestreckt, hockte sie sich vor das Feuer. »Wenn ich einen Philosophen bewundere, liebe ich ihn. Das ist typisch für mich.« Ihre Bewegungen waren von einer unaufrichtigen Anmut und ungelenk wie bei einem Teenager. Sie trug flache Schuhe, um ihre Größe auszugleichen.

»Wo ist Michel?« fragte Charlie.

»Fräulein Helga weiß nicht, wo Michel ist«, wandte Mesterbein aus seiner Ecke scharf ein. »Sie ist keine Anwältin und ist nur wegen der Reise und der Gerechtigkeit mitgekommen. Fräulein Helga hat keine Ahnung von Michels Aktivitäten oder Aufenthalt. Nehmen Sie doch bitte Platz.«

Charlie blieb stehen, doch Mesterbein selbst setzte sich auf einen Stuhl und faltete die sauberen weißen Hände auf dem Schoß. Nachdem er den Trenchcoat abgelegt hatte, stellte er seinen neuen braunen Anzug zur Schau, als wäre es ein Geburtstagsgeschenk von seiner Mutter.

»Sie haben gesagt, Sie hätten Nachrichten von ihm«, sagte Charlie. Ihre Stimme zitterte plötzlich, und ihre Lippen fühlten sich ganz steif an.

Helga, die immer noch auf dem Boden hockte, hatte sich umgedreht und sah sie an. Nachdenklich hatte sie einen Daumennagel gegen die kräftigen Vorderzähne gepreßt.

»Wann haben Sie ihn das letztemal gesehen?« fragte Mesterbein.
Sie wußte nicht mehr, wen von beiden sie ansehen sollte. »In Salzburg«, sagte sie.
»Salzburg ist kein Datum, oder?« wandte Helga vom Boden her ein.
»Vor fünf, sechs Wochen. Wo ist er?«
»Und das letztemal von ihm *gehört* haben Sie wann?« fragte Mesterbein.
»Sagen Sie mir doch bloß, wo er ist! Was ist ihm passiert?« Sie wandte sich wieder an Helga. »Wo ist er?«
»Ist niemand zu Ihnen gekommen?« fragte Mesterbein. »Keiner seiner Freunde? Keine Polizei?«
»Vielleicht ist Ihr Gedächtnis doch nicht so gut, wie Sie behaupten, Charlie«, meinte Helga.
»Bitte, sagen Sie uns, mit wem Sie Kontakt hatten, Miß Charlie«, sagte Mesterbein. »Sofort. Das ist von höchster Wichtigkeit. Wir sind wegen dringender Dinge hier.«
»Eigentlich könnte sie ja leicht lügen, solch eine Schauspielerin«, sagte Helga und hatte dabei die großen Augen unverhüllt fragend auf Charlie gerichtet. »Eine Frau, die darin ausgebildet ist, zu tun, als ob – wie kann man der überhaupt irgend etwas glauben?«
»Wir müssen sehr vorsichtig sein«, pflichtete Mesterbein ihr bei, als müsse er sich das für die Zukunft merken.
Ihr Zusammenspiel hatte etwas Sadistisches; sie trieben ihr Spiel mit einem Schmerz, den sie noch gar nicht fühlte. Erst sah sie Helga an, dann Mesterbein. Die Worte entfuhren ihr. Sie konnte sie nicht mehr zurückhalten.
»Er ist tot, nicht wahr?« flüsterte sie.
Helga schien sie nicht zu hören. Sie war ganz davon in Anspruch genommen, sie zu beobachten.
»O ja, Michel ist tot«, sagte Mesterbein düster. »Das tut mir natürlich leid. Und Fräulein Helga auch. Es tut uns beiden sehr leid. Und nach den Briefen, die Sie ihm geschrieben haben, nehmen wir an, daß es Ihnen auch leid tut.«
»Aber vielleicht sind die Briefe auch nur vorgetäuscht, Anton«, erinnerte Helga ihn.
Das war ihr schon einmal im Leben passiert, in der Schule. Drei-

hundert Mädchen, an den Wänden der Turnhalle aufgereiht, die Direktorin in der Mitte, und jede wartete darauf, daß die Schuldige gestand. Mit den besten von ihnen hatte Charlie sich verstohlen umgeblickt, nach der Schuldigen Ausschau gehalten – ist *sie* es? Ich wette, *die da* –, sie errötete nicht, sondern sah ernst und unschuldig drein und hatte – das stimmte wirklich und erwies sich später auch als wahr – überhaupt niemand etwas gestohlen. Trotzdem gaben ihre Knie plötzlich nach, und sie fiel einfach hin, fühlte sich von der Taille aufwärts völlig in Ordnung, nur unten gelähmt. Genau das gleiche tat sie jetzt, durchaus nichts Einstudiertes – sie tat es, ehe sie selbst merkte, was mit ihr geschah, noch ehe sie sich auch nur halb über die Ungeheuerlichkeit dessen klargeworden war, was man ihr da gesagt hatte, und noch ehe Helga eine Hand ausstrecken konnte, um sie aufzufangen. Sie stürzte hin und fiel mit einem dumpfen Schlag auf den Boden, daß die Deckenbeleuchtung an der Strippe auf und ab sprang. Helga kniete augenblicklich neben ihr, murmelte etwas auf deutsch und legte ihr tröstend die Hand einer Frau auf die Schulter – eine gütige, spontane Gebärde. Mesterbein bückte sich, um auf sie herniederzustarren, doch er berührte sie nicht. Er interessierte sich mehr dafür, wie sie weinte.

Sie hatte den Kopf auf die Seite gelegt, und ihre Wange ruhte auf der geballten Faust, so daß die Tränen ihr quer übers Gesicht strömten und nicht daran hinunter. Je länger er sie beobachtete, desto froher schienen ihre Tränen ihn zu machen. Er nickte leise, was vielleicht anerkennend gemeint war; er blieb nahe bei ihnen, während Helga ihr aufs Sofa half, wo sie – das Gesicht in den kratzenden Kissen verborgen und die Hände vors Gesicht geschlagen – dalag und weinte, wie es nur Kinder können – und jene, denen das Liebste genommen worden ist. Aufruhr, Zorn, Schuld, Reue, Schrecken: jedes einzelne dieser Gefühle wurde von ihr wahrgenommen wie die Phasen einer beherrschten, gleichwohl jedoch tief empfundenen Darbietung. Ich wußte es, hab's nicht gewußt, hab' mir nicht erlaubt, diesen Gedanken zu denken. Ihr Betrüger, ihr mörderischen Betrüger, ihr habt im Theater des Wirklichen meinen heißgeliebten Liebsten umgebracht!

Irgend etwas davon mußte sie laut gesagt haben. Ja, sie wußte, daß sie es getan hatte. Sie hatte ihre abgerissenen Sätze ausgewählt und

kontrolliert, noch während der Schmerz sie zerriß. *Ihr Hunde, Faschistenschweine, ach, Himmel, Michel!*
Eine Pause, dann hörte sie Mesterbeins unveränderte Stimme sie auffordern, sich doch genauer darüber auszulassen, doch sie ignorierte ihn und fuhr fort, den Kopf hinter den Händen hin und her zu rollen. Sie erstickte, sie würgte, und ihre Worte blieben ihr im Hals stecken und kamen ihr nur stotternd über die Lippen. Die Tränen, der Schmerz, die wiederholten Schluchzer waren kein Problem für sie – die Ursachen ihres Kummers und ihrer Empörung waren ihr äußerst bewußt. Sie brauchte nicht an ihren verstorbenen Vater zu denken, den die Schande ihres Hinauswurfs aus der Schule beschleunigt ins Grab gebracht hatte, noch sich als das tragische Kind in der Wildnis des Erwachsenendaseins zu sehen, wie sie es für gewöhnlich tat. Sie brauchte nur an den halb gefügig gemachten jungen Araber zu denken, der ihre Liebesfähigkeit wiederhergestellt, der ihrem Leben jene Richtung gegeben hatte, um die es ihr schon immer gegangen war, und der jetzt tot war, daß ihre Tränen auf Kommando flossen.
»Sie sagt, es waren die Zionisten«, wandte Mesterbein Helga gegenüber auf englisch ein. »Wieso behauptet sie, daß es die Zionisten waren, wenn es doch ein Unfall war? Die Polizei hat uns versichert, daß es ein Unfall war. Warum behauptet sie etwas anderes als die Polizei? Es ist sehr gefährlich, etwas anderes zu behaupten als die Polizei.«
Doch entweder hatte Helga es selbst bereits gehört, oder es war ihr egal. Sie hatte einen Kaffeetopf auf dem Elektrokocher aufgesetzt. Sie kniete neben Charlies Kopf, strich ihr mit ihrer kräftigen Hand nachdenklich das rote Haar aus dem Gesicht und wartete, daß ihre Tränen versiegten und sie mit ihren Erklärungen beginnen konnte. Der Kaffeetopf sprudelte plötzlich. Helga stand auf, um danach zu sehen. Charlie saß auf dem Sofa, hielt den Becher zwischen beiden Händen und neigte den Kopf darüber, als inhaliere sie den daraus aufsteigenden Dampf, während ihr die Tränen unentwegt die Wangen hinunterliefen. Helga hatte Charlie den Arm um die Schultern gelegt, und Mesterbein saß ihr gegenüber und betrachtete aus dem Schatten seiner eigenen dunklen Welt heraus die beiden Frauen.
»Es war eine Explosion, ein Unfall«, sagte er. »Auf der Autobahn

Salzburg-München. Laut Polizei war sein Wagen voller Sprengstoff. Riesige Mengen. Warum? Warum sollte Sprengstoff plötzlich auf einer flachen Autobahn detonieren?«
»Ihre Briefe sind in Sicherheit«, flüsterte Helga, strich Charlie noch eine Strähne aus dem Gesicht und steckte sie ihr liebevoll hinters Ohr.
»Es war ein Mercedes«, sagte Mesterbein. »Mit Münchener Kennzeichen. Doch die Polizei sagt, es waren falsche. Auch die Papiere. Fälschungen. Warum sollte mein Klient mit falschen Papieren einen mit Sprengstoff vollgestopften Wagen fahren? Er war schließlich Student und kein Bombenleger. Das Ganze ist eine Verschwörung. Jedenfalls glaube ich das.«
»Kennen Sie dieses Auto, Charlie?« flüsterte Helga ihr ins Ohr und drückte sie nochmals liebevoll an sich, in dem Bemühen, eine Antwort aus ihr herauszuholen. Doch alles, was Charlie in Gedanken sehen konnte, war ihr von zwei Zentnern russischem Plastik-Sprengstoff, die im Volant, den Verstrebungen, unter der Deckenverkleidung und in den Sitzen versteckt gewesen waren, in Stücke gerissener Geliebter: ein Inferno, das den von ihr ach so geliebten Körper zerfetzt hatte. Und alles, was sie hören konnte, war die Stimme ihres anderen namenlosen Mentors, die da sagte: *traue ihnen nicht, lüg ihnen was vor, streite alles ab, weise es zurück, weigere dich.*
»Sie hat etwas gesagt«, sagte Mesterbein vorwurfsvoll.
»Sie hat ›Michel‹ gesagt«, sagte Helga und wischte einen neuerlichen Tränenausbruch mit einem mitfühlenden Taschentuch aus ihrer vernünftigen Handtasche fort.
»Und ein *Mädchen* ist auch dabei umgekommen«, sagte Mesterbein. »Sie war mit ihm im Auto, behaupten sie.«
»Eine Holländerin«, sagte Helga leise und so nahe, daß Charlie ihren Atem am Ohr spürte. »Eine richtige Schönheit. Eine Blonde.«
«Offenbar sind sie zusammen ums Leben gekommen«, fuhr Mesterbein mit erhobener Stimme fort.
»Sie waren nicht die einzige, Charlie«, erklärte Helga vertraulich. »Sie hatten nicht den Exklusiv-Gebrauch unseres kleinen Palästinensers, wissen Sie?«

Zum erstenmal, seit sie es ihr mitgeteilt hatten, sprach Charlie einen zusammenhängenden Satz.
»Das habe ich nie verlangt«, flüsterte sie.
»Die Polizei sagt, die Holländerin sei eine Terroristin gewesen«, jammerte Mesterbein.
»Sie behaupten auch, daß *Michel* ein Terrorist war«, sagte Helga.
»Sie behaupten, die Holländerin habe für Michel schon mehrere Male Bomben gelegt«, sagte Mesterbein. »Sie behaupten, Michel und das Mädchen hätten noch ein weiteres Attentat geplant gehabt und im Auto hätten sie eine Straßenkarte von München gefunden, in der Michel handschriftlich das Israelische Handelszentrum eingezeichnet hätte. An der Isar«, fügte er dann noch hinzu. »Im ersten Stock gelegen – wirklich ein sehr schwieriges Ziel. Hat er Ihnen gegenüber von diesem Unternehmen gesprochen, Miß Charlie?«
Charlie zitterte und schlürfte ein bißchen Kaffee, was Helga als Antwort ebensogut zu gefallen schien. »Na, sie wacht endlich auf. Möchten Sie noch mehr Kaffee, Charlie? Soll ich welchen heiß machen? Oder was zu essen? Wir haben Käse hier, Eier, Wurst – alles.«
Charlie schüttelte den Kopf und ließ sich von Helga auf die Toilette führen, wo sie lange blieb, sich Wasser ins Gesicht klatschte, würgte und dabei wünschte, sie hätte genug Ahnung vom Deutschen, um etwas von der beunruhigenden und stakkatohaften Unterhaltung mitzubekommen, die durch die papierdünne Tür an ihr Ohr drang.
Als sie zurückkam, fand sie Mesterbein in seinem braunen Gabardine-Trenchcoat an der Haustür stehen.
»Miß Charlie, lassen Sie es sich von mir gesagt sein: Fräulein Helga steht voll und ganz unter dem Schutz des Gesetzes«, sagte er und schritt zur Tür hinaus.

Endlich allein! Zwei Frauen unter sich!
»Anton ist ein Genie«, verkündete Helga lachend. »Er ist unser Schutzengel. Er haßt das Gesetz, aber natürlich verliebt er sich in das, was er haßt. Stimmen Sie mir zu? . . . Charlie, Sie müssen mir immer zustimmen, sonst bin ich enttäuscht.« Sie kam näher. »Gewalt ist nicht das Problem«, sagte sie und nahm eine Unterhaltung

wieder auf, die sie noch gar nicht geführt hatten. »Niemals: Wir machen eine Gewaltaktion, wir machen eine friedliche Aktion, es ist egal. Für uns ist das große Problem, logisch zu sein, nicht beiseite zu stehen, während die Welt ihren Lauf nimmt, Meinung in Überzeugung zu verwandeln und Überzeugung in Handeln.« Sie hielt inne, beobachtete die Wirkung ihrer Aussage auf ihre Schülerin. Ihre Köpfe waren sehr nahe beeinander. »Handeln ist Selbstverwirklichung und außerdem objektiv, ja?« Wieder eine Pause, aber immer noch keine Antwort. »Und wissen Sie noch was, was Sie völlig überraschen wird? Ich habe eine ausgezeichnete Beziehung zu meinen Eltern. Bei Ihnen ist das ganz anders. Das sieht man aus Ihren Briefen. Bei Anton auch. Natürlich ist meine Mutter die Intelligentere, aber mein Vater . . .« Sie sprach nicht weiter, doch diesmal ärgerte sie sich über Charlies Schweigen und darüber, daß sie wieder weinte.

»Charlie, hören Sie jetzt auf. *Aufhören*, okay? Wir sind schließlich keine alten Weiber. Sie haben ihn geliebt, das akzeptieren wir als logisch, aber er ist tot.« Ihre Stimme war erstaunlich hart geworden. »Er ist tot, aber wir sind keine Individualisten, denen es nur um das persönliche, das private Erleben geht, sondern wir sind Kämpfer und Arbeiter. Hören Sie mit der Heulerei auf!«

Helga packte Charlie beim Ellbogen und schob sie buchstäblich hoch, um sie durch die ganze Länge des Raums zu führen.

»Hören Sie mir zu. Sofort! Ich hatte mal einen sehr reichen Freund. Kurt. Faschistisch bis in die Knochen, sehr primitiv. Ich brauchte ihn für den Sex, so wie ich jetzt Anton brauche, aber außerdem habe ich versucht, ihn zu erziehen. Eines Tages wurde der deutsche Botschafter in Bolivien, ein Graf Soundso, von den Freiheitskämpfern hingerichtet. Erinnern Sie sich an diese Aktion? Kurt, der ihn nicht einmal kannte, war sofort voller Empörung: ›Diese Schweine! Diese Terroristen! Eine Schande ist das!‹ Ich sagte zu ihm: ›Kurt‹ – so hieß er – ›um wen trauerst du eigentlich? Jeden Tag verhungern Menschen in Bolivien. Wieso sich da über einen toten Grafen aufregen?‹ Stimmen Sie mir in dieser Beurteilung zu, Charlie? Ja?«

Charlie zuckte kaum merklich mit den Achseln. Helga drehte sie zu sich um und ging endlich auf ihr Ziel los.

»Nehmen wir ein stichhaltigeres Argument. Michel ist ein Märtyrer, aber Tote können nicht kämpfen, und es gibt noch viele andere Märtyrer. Ein Soldat ist tot. Die Revolution geht weiter. Ja?«

»Ja«, flüsterte Charlie.

Sie hatten das Sofa erreicht. Helga nahm ihre vernünftige Handtasche und holte eine flache halbe Flasche Whisky heraus, auf der Charlie das Etikett des Duty-free-Shops erkannte. Sie schraubte den Verschluß auf und reichte ihr die Flasche.

»Auf Michel«, erklärte sie. »Wir trinken auf ihn. Auf Michel! Sagen Sie es!«

Charlie nahm einen kleinen Schluck und verzog das Gesicht. Helga nahm ihr die Flasche wieder ab.

»Setzen Sie sich, Charlie. Ich möchte, daß Sie sich hinsetzen. Jetzt, sofort!«

Schwunglos nahm sie auf dem Sofa Platz. Wieder stand Helga über ihr.

»Sie hören mir zu, und Sie antworten, okay? Ich bin nicht zum Spaß hierhergekommen, verstehen Sie? Und auch nicht, um zu diskutieren. Ich diskutiere gern, aber nicht jetzt. Sagen Sie: ›Ja.‹«

»Ja«, sagte Charlie erschöpft.

»Er fühlte sich von Ihnen angezogen. Das ist eine wissenschaftliche Tatsache. War wirklich bis über beide Ohren in Sie verknallt. Auf dem Schreibtisch in seiner Wohnung lag ein nicht zu Ende geschriebener Brief an Sie, voll mit phantastischen Äußerungen über Liebe und Sex. Alles für Sie. Und auch über Politik.«

Langsam, als ob das, was da gesagt worden war, erst nach und nach bis zu ihr durchgedrungen sei, schien Charlie mit ihrem verquollenen und zuckenden Gesicht aufzuhorchen. »Wo ist er?« sagte sie. »Geben Sie ihn mir!«

»Er wird bearbeitet. Bei den Unternehmungen muß alles ausgewertet, muß alles objektiv untersucht werden.«

Charlie starrte auf ihre Füße. »Er gehört mir! Geben Sie ihn mir!«

»Der Brief ist Eigentum der Revolution. Vielleicht bekommen Sie ihn später. Man wird sehen.« Nicht sonderlich sanft stieß Helga sie aufs Sofa zurück. »Dieser Wagen. Der Mercedes, der jetzt ein Trümmerhaufen ist. Sie haben ihn über die Grenze nach Deutschland gebracht? Für Michel? Ein Auftrag? Antworten Sie!«

»Nach Österreich«, murmelte sie.

»Von wo?«
»Durch Jugoslawien.«
»Charlie, was die Genauigkeit betrifft, scheinen Sie mir ehrlich ziemlich schlecht zu sein: *von wo?*«
»Saloniki.«
»Und Michel hat Sie auf dieser Fahrt begleitet, natürlich hat er das getan. Das war normal bei ihm, meine ich.«
»Nein.«
»Wieso nein? Sie sind allein gefahren? Eine so weite Strecke? Lächerlich! Eine solche Verantwortung hätte er Ihnen nie aufgebürdet. Ich glaube Ihnen kein Wort. Das Ganze ist eine Lügengeschichte.«
»Wen interessiert das schon?« sagte Charlie und verfiel wieder in ihre Apathie.
Helga interessierte es sehr wohl. Sie war bereits außer sich. »Selbstverständlich interessiert es Sie nicht! Wieso sollte es eine Spionin auch interessieren? Mir ist schon klar, was passiert ist. Ich brauche keine Fragen mehr zu stellen, das ist reine Formsache. Michel hat Sie angeworben, hat Sie zu seiner heimlichen Geliebten gemacht, und bei der ersten besten Gelegenheit sind Sie zur Polizei gelaufen, um sich zu schützen und eine goldene Nase zu verdienen. Sie sind ein Polizeispitzel. Ich werde das einigen sehr einflußreichen Leuten stecken, mit denen wir in Kontakt stehen, und man wird sich Ihrer annehmen – und wenn es zwanzig Jahre dauern sollte. Hingerichtet.«
»Toll!« sagte Charlie. »Phantastisch!« Sie drückte ihre Zigarette aus. »Tun Sie das, Helga. Das ist genau das, was ich brauche. Schicken Sie sie vorbei, ja? Zimmer sechzehn, im Hotel.«
Helga war ans Fenster getreten und hatte den Vorhang zurückgezogen, offenbar in der Absicht, Mesterbein zurückzurufen. An ihr vorbei erkannte Charlie, daß die Innenbeleuchtung seines blauen Mietwagens angeknipst war und Mesterbeins Silhouette mit der Baskenmütze auf dem Kopf unbeweglich auf dem Fahrersitz saß. Helga klopfte ans Fenster. »Anton? Anton, komm sofort her, wir haben es mit einem ausgebufften Spitzel zu tun.« Aber ihre Stimme war, wie beabsichtigt, zu leise für ihn. »Warum hat Michel uns nicht von Ihnen erzählt?« wollte sie wissen, zog den Vorhang wieder zu

und drehte sich um, um sie anzusehen. »Warum hat er Sie nicht mit uns geteilt? Sie – die Sie so viele Monate sein Geheimnis gewesen sind? Zu lachhaft!«

»Er hat mich geliebt.«

»Quatsch! *Benutzt* hat er Sie. Sie haben doch noch seine Briefe – oder?«

»Er hat mir befohlen, sie zu vernichten.«

»Aber Sie haben es nicht getan. Selbstverständlich nicht. Wie sollten Sie auch? Sie sind ein einfältiges Bündel von Gefühlen, das erkennt man doch sofort aus Ihren Briefen an ihn. Sie haben ihn ausgebeutet, er hat Geld für Sie hinausgeworfen: Kleider, Schmuck, Hotels, und Sie – Sie gehen hin und verkaufen ihn an die Polizei. Natürlich haben Sie das getan!«

Helga stand nahe bei Charlies Handtasche, hob sie auf und entleerte den Inhalt impulsiv auf den Eßtisch. Doch die Hinweise, die für sie darin untergebracht worden waren – der Taschenkalender mit den Tagebucheintragungen, der Kugelschreiber aus Nottingham, die Streichhölzer aus dem Diogenes in Athen – waren in ihrer augenblicklichen Stimmung zu feinsinnig für sie. Sie suchte nach Schuldbeweisen für Charlies Verrat, nicht nach Liebesbeweisen.

»Dieses Radio.«

Ihr kleiner japanischer Transistor mit dem eingebauten Wecker für die Proben.

»Was ist das? Ein Gerät für Spione. Woher kommt es? Wieso trägt eine Frau wie Sie in ihrer Handtasche ein Radio mit sich herum?«

Charlie überließ Helga ihren eigenen Sorgen, wandte sich von ihr ab und starrte, ohne etwas wahrzunehmen, ins Feuer. Helga fummelte an den Knöpfen des Radios herum und bekam Musik herein. Sie stellte es ab und legte das Gerät gereizt beiseite.

»In Michels letztem Brief – dem, den er nicht an Sie abgeschickt hat – schreibt er, Sie hätten die Pistole geküßt. Was bedeutet das?«

»Das bedeutet, daß ich seine Pistole geküßt habe.« Sie verbesserte sich. »Die Pistole seines Bruders.«

Helgas Stimme wurde unversehens lauter. »Seines Bruders? Was für eines Bruders?«

»Er hatte einen älteren Bruder. Sein großes Vorbild. Ein großer Kämpfer. Der Bruder hat ihm die Pistole gegeben, und zum Schwur mußte ich sie küssen.«

Fassungslos starrte Helga sie an. »Das hat Michel Ihnen erzählt?«
»Nein, ich hab's in der Zeitung gelesen – wo denn sonst?«
»*Wann* hat er Ihnen das erzählt?«
»Auf einer Hügelkuppe in Griechenland.«
»Was noch von seinem Bruder – rasch!« Sie schrie fast.
»Michel hat ihn angebetet. Habe ich Ihnen doch schon gesagt.«
»Handfeste Fakten. Nur handfeste Fakten. Was hat er Ihnen sonst noch von seinem Bruder erzählt?«
Doch die verborgene Stimme in Charlie sagte ihr, daß sie bereits weit genug gegangen sei. »Er ist ein militärisches Geheimnis«, sagte sie und nahm sich wieder eine Zigarette.
»Hat er Ihnen gesagt, wo er ist? Was er macht? Charlie, ich befehle Ihnen, es mir zu sagen!« Sie rückte ein Stück näher. »Polizei. Geheimdienst, vielleicht sogar die Zionisten – alle halten Ausschau nach Ihnen. Wir haben ausgezeichnete Beziehungen zu bestimmten Bereichen der deutschen Polizei. Sie wissen bereits, daß es nicht die Holländerin war, die den Mercedes durch Jugoslawien gefahren hat. Sie haben Beschreibungen. Sie haben überhaupt eine Menge Sie belastendes Material. Wenn wir wollen, können wir Ihnen helfen. Aber nicht, ehe Sie uns nicht alles gesagt haben, was Michel Ihnen über seinen Bruder anvertraut hat.« Sie lehnte sich vor, bis ihre großen blassen Augen nur noch eine Handbreit von Charlies Augen entfernt waren. »Er hat kein Recht dazu gehabt, Ihnen von ihm zu erzählen. Sie haben kein Recht auf diese Information. Geben Sie sie mir!«
Charlie erwog Helgas Ersuchen, doch nachdem sie gebührend darüber nachgedacht hatte, lehnte sie es ab.
»Nein«, sagte sie.
Sie hatte vorgehabt, ein: Ich hab's versprochen, und dabei bleibt's, folgen zu lassen, ein: Ich traue Ihnen nicht – lassen Sie mich in Ruhe! Doch nachdem sie ihrem schlichten »Nein« eine Zeitlang nachgelauscht hatte, fand sie, es sei doch besser, dem nichts hinzuzufügen.
Deine Aufgabe ist es, sie dazu zu bringen, daß sie dich brauchen, hatte Joseph zu ihr gesagt. *Betrachte es als eine Art Liebeswerben. Am höchsten schätzen sie, was sie nicht bekommen können.*

Helga hatte eine überirdische Fassung gewonnen. Die Zeit der Schmierenkomödiantin war vorbei. Jetzt war sie in eine Phase eiskalter Distanziertheit eingetreten, die Charlie instinktiv begriff, denn das war etwas, wozu sie auch in der Lage war.

»So. Sie haben den Wagen also nach Österreich gefahren. Und dann?«

»Ich hab' ihn abgestellt, wo er es mir gesagt hatte, dann trafen wir uns und fuhren nach Salzburg.«

»Wie?«

»Flugzeug und Auto.«

»Und? In Salzburg?«

»Gingen wir in ein Hotel.«

»Wie hieß das Hotel, bitte?«

»Weiß ich nicht mehr. Ist mir nicht aufgefallen.«

»Dann beschreiben Sie es.«

»Es war alt und groß und lag an einem Fluß. Und schön war es«, setzte sie noch hinzu.

»Und Sie haben miteinander geschlafen, er war potent und hatte viele Orgasmen, wie immer.«

»Wir haben einen Spaziergang gemacht.«

»Und nach dem Spaziergang haben Sie miteinander geschlafen. Seien Sie doch bitte nicht albern.«

Und wieder ließ Charlie sie warten. »Das hatten wir zwar vor, aber nachdem wir erst mal zu Abend gegessen hatten, bin ich einfach eingeschlafen. Ich war nach der Fahrt völlig erschöpft. Er hat ein paarmal versucht, mich zu wecken, es dann jedoch aufgegeben. Und als ich morgens aufwachte, war er bereits angezogen.«

»Und dann sind Sie mit ihm nach München gefahren – ja?«

»Nein.«

»Ja, was haben Sie denn gemacht?«

»Die Nachmittagsmaschine nach London genommen.«

»Was für ein Auto hatte er?«

»Einen Mietwagen.«

»Welche Marke?«

Sie gab vor, sich nicht mehr zu erinnern.

»Warum sind Sie nicht mit ihm nach München gefahren?«

»Er wollte nicht, daß wir zusammen über die Grenze gingen. Er hat gesagt, er hätte zu arbeiten.«

»Das hat er Ihnen *gesagt*? Zu arbeiten? Unsinn! Was für Arbeit? Kein Wunder, daß Sie imstande waren, ihn zu verraten.«

»Er sagte, er habe Befehle, den Mercedes abzuholen und ihn für seinen Bruder irgendwohin zu bringen.«

Diesmal zeigte sich Helga über das Ausmaß von Michels abgrundtiefer Indiskretion nicht mehr überrascht, nicht einmal ungehalten. Sie hatte sich auf Handeln eingestellt, und ans Handeln glaubte sie. Mit wenigen ausgreifenden Schritten war sie an der Tür, riß sie auf und winkte Mesterbein herrisch, wieder hereinzukommen. Die Hände auf den Hüften, drehte sie ein paar Runden im Zimmer, starrte Charlie mit gefährlichen und erschreckend leeren großen Augen an.

»Sie sind plötzlich wie Rom, Charlie«, erklärte sie. »Alle Wege führen zu Ihnen. Es ist zu vertrackt! Sie sind sein heimliches Liebchen, Sie fahren seinen Wagen, Sie verbringen seine letzte Nacht auf Erden mit ihm! Wußten Sie, was in dem Wagen war, als Sie ihn fuhren?«

»Sprengstoff.«

»Unsinn! Was für Sprengstoff denn?«

»Russischer Plastik-Sprengstoff, zweihundert Pfund.«

»Das hat Ihnen die Polizei erzählt! Das ist deren Lüge. Die Polizei lügt immer.«

»Michel hat es mir erzählt.«

Helga stieß ein erbostes falsches Lachen aus. »Ach, Charlie! Jetzt glaube ich Ihnen kein Wort. Jetzt lügen Sie mich von vorn bis hinten an.« Mesterbein, der lautlos hereingekommen war, tauchte drohend hinter ihr auf. »Anton, es ist alles bekannt. Unsere kleine Witwe lügt wie gedruckt, davon bin ich überzeugt. Wir werden nichts unternehmen, um ihr zu helfen. Wir fahren sofort ab.«

Mesterbein starrte sie an, Helga starrte sie an. Weder er noch sie schienen auch nur halb so sicher, wie Helgas Worte sie glauben machen wollten. Nicht, daß es Charlie nun so oder so etwas ausgemacht hätte. Sie saß da wie eine in sich zusammengesunkene Puppe, erneut für nichts mehr zugänglich als für ihren Kummer.

Helga setzte sich wieder neben Charlie und legte ihr den Arm um die unempfänglichen Schultern. »Wie hieß der Bruder?« sagte sie. »Kommen Sie.« Sie gab ihr einen flüchtigen Kuß aufs Jochbein.

»Vielleicht werden wir Ihre Freunde. Wir müssen vorsichtig sein, müssen ein bißchen bluffen. Das ist natürlich. Na schön, sagen Sie mir erst mal, wie Michel hieß.«
»Salim. Aber ich habe schwören müssen, ihn nie so zu nennen.«
»Und der Name des Bruders?«
»Khalil«, murmelte sie. Dann fing sie wieder an zu weinen. »Michel hat ihn angebetet«, sagte sie.
»Und sein Deckname?«
Sie verstand nicht, es war ihr auch egal. »Der war ein militärisches Geheimnis«, sagte sie.

Sie hatte beschlossen, zu fahren, bis sie umfiel – noch mal so was wie Jugoslawien. Ich steige aus dem Stück aus, ich fahre nach Nottingham und bring' mich in unserem Motelbett um.
Sie war wieder auf dem Moor, allein, fuhr fast hundertdreißig, bis sie ums Haar von der Fahrbahn abgekommen wäre. Sie hielt an und nahm die Hände abrupt vom Steuer. Ihre Nackenmuskeln zuckten, als wären es heiße Drähte, und ihr war übel.
Sie saß auf dem Randstreifen, streckte den Kopf vor, bis sie ihn zwischen den Knien hatte. Zwei Wildponies waren herangekommen und starrten sie an. Das Gras war lang und schwer vom Frühtau. Sie ließ die Hände darüber hinfahren und drückte sie zur Kühlung ans Gesicht. Langsam fuhr ein Motorrad vorbei, und sie bemerkte einen jungen Mann, der sie anstarrte, offenbar unsicher, ob er nun anhalten und helfen solle oder nicht. Zwischen den Fingern sah sie ihn hinter dem Horizont verschwinden. Einer von uns, einer von ihnen? Sie stieg wieder ein und notierte sich die Nummer; dies eine Mal traute sie ihrem Gedächtnis nicht. Michels Orchideen lagen neben ihr auf dem Beifahrersitz; sie hatte darauf bestanden, sie mitzunehmen, als sie sich verabschiedet hatte.
»Aber, Charlie, das ist doch wirklich zu albern!« hatte Helga protestiert. »Das ist doch reine Gefühlsduselei bei Ihnen!«
Du kannst mich mal, Helga! Sie gehören mir!
Sie fuhr über ein baumloses Hochplateau in Rosa-, Braun- und Grautönen. Im Rückspiegel hatte sie den Sonnenaufgang. Aus dem Autoradio kam nichts als Französisch. Es klang wie Fragen und

Antworten zu Jungmädchenproblemen, aber sie konnte die Worte nicht verstehen.
Sie fuhr an einem schlafenden, in einem Feld abgestellten Wohnwagen vorüber. Daneben stand ein leerer Landrover, und neben dem Landrover hing an einer teleskopartig auseinandergezogenen Wäscheleine Babywäsche. Wo hatte sie so eine Wäscheleine schon einmal gesehen? Nirgends. Wirklich nirgends.
Sie lag auf ihrem Bett in der Pension, verfolgte, wie der Tag an der Decke heller wurde, lauschte dem Getrippel der Tauben auf ihrer Fensterbank. *Am allergefährlichsten ist es, wenn du vom Berg wieder runterkommst*, hatte Joseph ihr eingeschärft. Wiederholt hörte sie Schritte draußen auf dem Korridor. Das sind sie. Aber *welche* sind es? Immer dieselbe Frage. Ein roter? Nein, Officer, ich habe nie im Leben einen roten Mercedes gefahren, um aus meinem Schlafzimmer rauszukommen. Ein Rinnsal kalter Schweiß lief ihr über den nackten Magen. In Gedanken verfolgte sie seinen Lauf vom Nabel zu den Rippen und von da aus hinunter zum Laken. Knackende Dielenbretter, unterdrücktes Aufstöhnen vor Anspannung: Jetzt späht er durchs Schlüsselloch. Die Ecke weißen Papiers tauchte unter der Tür auf. Und wackelte hin und her. Wurde größer. Der Fettsack Humphrey brachte ihr ihren *Daily Telegraph*.

Sie hatte gebadet und sich angezogen. Jetzt fuhr sie langsam, nahm weniger befahrene Straßen, hielt unterwegs ein paarmal vor Läden, so wie er es ihr gesagt hatte. Sie hatte sich schlampig angezogen; mit ihrem Haar war ohnehin kein Staat zu machen. Niemand, der ihre Benommenheit und ihre nachlässige Aufmachung beobachtet hätte, hätte an ihrem Kummer gezweifelt. Die Straße wurde dunkler; kränkelnde Ulmen schlossen sich über ihr, eine alte cornische Kirche duckte sich dazwischen. Sie hielt den Wagen wieder an und stieß das Eisentor auf. Die Gräber waren sehr alt. Nur wenige trugen eine Inschrift. Sie fand ein Grab, das abseits von den anderen lag. Ein Selbstmörder? Ein Mörder? Falsch: ein Revolutionär. Sie kniete nieder und legte ehrfürchtig die Orchideen an jene Stelle, an der ihrer Meinung nach sein Kopf liegen mußte. Antrieb: Trauer, dachte sie, als sie in die abgestandene, eiskalte Luft der Kirche trat.

Etwas, was Charlie unter diesen Umständen getan hätte, im Theater der Wirklichkeit.

Auf diese ziellose Art machte sie noch eine Stunde weiter, hielt aus keinem ersichtlichen Grund, höchstens, um sich an ein Gatter zu lehnen und auf ein Feld hinauszublicken. Oder um sich an ein Gatter zu lehnen und ins Leere zu starren. Erst nach zwölf Uhr war sie sicher, daß der Motorradfahrer endlich aufgehört hatte, hinter ihr herzufahren. Und selbst dann machte sie noch etliche vage Umwege und saß noch in zwei weiteren Kirchen, ehe sie in die nach Falmouth führende Hauptstraße einbog.

Das Hotel war eine pfannengedeckte Ranch an der Helford-Mündung, hatte ein Hallenbad und eine Sauna und einen Neun-Loch-Golfplatz mit Gästen, die selbst wie Hotelbesitzer aussahen. In den anderen Hotels war sie bereits gewesen, in diesem bis jetzt noch nicht. Er hatte sich als deutscher Verleger eingetragen und als Beweis einen Stapel unlesbarer Bücher mitgebracht. Die Damen an der Telefonvermittlung hatte er reichlich mit Trinkgeldern versehen und erklärt, er habe internationale Kontakte, die keinerlei Rücksicht auf seinen Schlaf nähmen. Die Kellner und Hoteldiener kannten ihn als großzügigen Gast, der die ganze Nacht über auf zu sein pflegte. Auf diese Weise hatte er unter verschiedenen Namen und Vorwänden die letzten beiden Wochen gelebt, während er Charlies Vorrücken die Halbinsel hinunter auf seiner einsamen Safari verfolgte. Er hatte auf Betten gelegen und an die Decke gestarrt, genauso wie Charlie. Er hatte mit Kurtz telefoniert und war Litvaks Unternehmungen draußen immer um eine Stunde voraus gewesen. Mit Charlie hatte er sehr sparsam geredet, ab und zu eine Kleinigkeit mit ihr gegessen und ihr noch weitere Tricks über Geheimschriften und Kommunikation beigebracht. Er war ebensosehr ihr Gefangener gewesen wie sie der seine.

Er machte ihr die Tür auf, und sie ging stirnrunzelnd und wie abwesend an ihm vorüber und wußte nicht, was für Gefühle sie eigentlich haben sollte. Mörder. Schinder. Betrüger. Aber sie hatte keine Lust zu den obligaten Szenen; sie hatte sie alle gespielt, sie war eine ausgebrannte Trauernde. Er hatte sich bereits erhoben, als sie kam, und eigentlich erwartete sie, daß er auf sie zukam und sie in die Arme schloß, doch er versagte sich das. Nie hatte sie ihn so ernst, so beherrscht gesehen. Tiefe Schatten der Besorgnis lagen um seine Augen. Er trug ein weißes, bis zu den Ellbogen aufgekrempeltes Hemd – Baumwolle, keine Seide. Sie starrte es an – war sich endlich bewußt, was sie empfand. Keine Manschettenknöpfe. Kein Amulett um den Hals. Keine Gucci-Schuhe.

»Du bist also ganz du selbst«, sagte sie.

Er wußte nicht, was sie damit meinte.

»Du kannst den roten Blazer jetzt also vergessen, oder? Du bist du und niemand sonst. Du hast deinen eigenen Doppelgänger umgebracht. Keiner mehr da, hinter dem du dich verstecken könntest.«

Sie machte die Handtasche auf und reichte ihm ihren kleinen Radiowecker. Er nahm das Gerät, das ursprünglich ihr gehört hatte, vom Tisch und steckte es ihr in die Handtasche. »O ja, weiß Gott«, sagte er lachend und machte ihre Handtasche zu. »Von jetzt an, meine ich, werden wir in unserer Beziehung auf jeden Mittelsmann verzichten können.«

»Wie hat es sich angehört?« fragte Charlie und setzte sich. »Ich fand, es war die beste Leistung seit Sarah Bernhardt.«

»Noch besser. Laut Marty war es das Tollste, seit Moses vom Berg Sinai heruntergekommen ist. Vielleicht sogar, bevor er hinaufgestiegen ist. Wenn du wolltest, könntest du jetzt in Ehren aufhören. Sie verdanken dir genug. Mehr als genug.«

Sie, dachte sie. Niemals *wir*. »Und nach Josephs Ansicht?«

»Das sind große Leute, Charlie. Große kleine Leute aus dem Zentrum. Die große Sache.«

»Habe ich sie hinters Licht geführt?«

Er trat zu ihr und setzte sich neben sie. Um nahe zu sein, nicht, um sie zu berühren.

»Da du noch lebst, müssen wir davon ausgehen, daß du sie bis jetzt hinters Licht geführt hast, Charlie«, sagte er.

»Fangen wir an«, sagte sie. Ein raffiniertes kleines Bandgerät lag auf dem Tisch bereit. Sie griff an ihm vorüber und drehte es an. Ohne weitere Vorreden, wie ein altes Ehepaar, das sie jetzt waren, gingen sie zur Einsatzbesprechung über. Denn obwohl Litvaks Funkwagen jedes Wort der Unterhaltung von gestern nacht aufgefangen hatte, das von dem raffiniert frisierten Radiowecker in Charlies Handtasche gesendet worden war – das pure Gold ihrer eigenen Beobachtungen mußte noch ausgegraben und gesiebt werden.

Kapitel 18

Der wendige junge Mann, der bei der Israelischen Botschaft in London vorsprach, trug einen langen Ledermantel, eine Großmutterbrille und sagte, er heiße Meadows. Der Wagen war ein blitzblanker grüner Rover mit Schnellgang. Kurtz saß vorn, um Meadows Gesellschaft zu leisten. Litvak schmorte auf dem Rücksitz. Kurtz gab sich schüchtern und ein bißchen ärmlich, wie es sich in Gegenwart kolonialer Vorgesetzter geziemte.

»Gerade eingeflogen, nicht wahr, Sir?« erkundigte sich Meadows hochtrabend.

»Gerade erst gestern«, sagte Kurtz, der seit einer Woche in London war.

»Schade, daß Sie es uns nicht haben wissen lassen, Sir. Der Commander hätte Ihnen am Flughafen ein bißchen die Wege ebnen können.«

»Ach, *so*viel hatten wir gar nicht zu deklarieren, Mr. Meadows!« winkte Kurtz ab, und beide lachten, weil die Beziehungen zwischen den Diensten so gut waren. Auch Litvak auf dem Rücksitz lachte, freilich weniger überzeugt.

In schneller Fahrt ging es bis nach Aylesbury, dann schnell weiter durch hübsche kleine Straßen. Sie erreichten eine Toreinfahrt aus Sandstein, die von versteinert dastehenden, schneidigen jungen Männern bewacht wurde. Ein blau-rotes Schild trug die Aufschrift »No. 3 TSLU«, und ein weißer Schlagbaum versperrte die Zufahrt. Meadows überließ Kurtz und Litvak sich selbst und betrat das Pförtnerhäuschen. Dunkle Augen hinter den Fenstern musterten sie. Es fuhren keine Autos vorüber, man hörte keinen fernen Trekker rattern. Ringsum schien kaum etwas lebendig zu sein.

»Scheint ein hochherrschaftliches Anwesen zu sein«, sagte Kurtz auf hebräisch, während sie warteten.

»Wunderschön«, stimmte Litvak fürs Mikrofon bestimmt hinzu; für den Fall, daß eines angebracht war. »Und so nette Leute.«
»Erstklassig«, sagte Kurtz. »Spitze im Gewerbe, keine Frage.«
Meadows kehrte zurück, der Schlagbaum ging in die Höhe, und dann kurvten sie eine erstaunlich lange Zeit durch die beklemmende Parklandschaft des paramilitärischen England. Anstelle friedlich grasender Vollblüter blau-uniformierte Wachen mit langschäftigen Stulpenstiefeln. Fensterlose, niedrige Backsteingebäude verschwanden halb im Boden. Sie fuhren an einem Geländeübungsplatz und an einer mit orangefarbenen Kegeln markierten Privatlandebahn vorüber. Seilhängebrücken führten über einen Forellenbach.
»Ein Traum«, sagte Kurtz höflich. »Wirklich wunderschön, Mr. Meadows. So müßten wir es zu Hause auch haben – aber wie sollten wir?«
»Hm, vielen Dank, Sir.«
Das Haus war einst alt gewesen, doch hatte man die Fassade mit einem Schlachtschiff-blauen ministeriellen Anstrich verschandelt, und die roten Blumen in den Blumenkästen waren durchgehend linksherum angebunden. Ein zweiter junger Mann erwartete sie am Eingang und führte sie umgehend eine glänzend gewachste Treppe aus Kiefernholz empor.
»Ich bin Lawson«, erklärte er atemlos, als kämen sie bereits zu spät, und klopfte mutig mit den Knöcheln gegen eine Doppeltür. Von innen bellte eine Stimme: »Herein!«
»Mr. Raphael, Sir«, verkündete Lawson. »Aus Jerusalem. Kein leichtes Durchkommen bei dem Verkehr, tut mir leid, Sir.«
Deputy Commander Picton blieb genau so lange hinter seinem Schreibtisch sitzen, daß es unhöflich wurde. Er nahm einen Federhalter zur Hand und unterzeichnete stirnrunzelnd einen Brief. Er sah auf und erfaßte Kurtz eindringlich mit einem gelben Blick. Dann ließ er den Kopf vorschnellen, als wolle er jemand rammen, und richtete sich langsam auf, bis er gleichsam Habt-acht-Stellung eingenommen hatte.
»Guten Tag auch, Mr. Raphael«, sagte er und setzte ein so sparsames Lächeln auf, als sei es nicht die Jahreszeit zum Lächeln.
Er war groß und arisch und sein gewelltes blondes Haar wie mit

dem Rasiermesser gescheitelt. Er war breit und dickgesichtig und heftig, mit zusammengepreßten Lippen und dem stechenden Blick des Tyrannen. Er hatte die gesucht fehlerhafte Ausdrucksweise des höheren Polizeibeamten und die abgeguckten Manieren des Gentleman; und wann immer es ihm paßte, konnte er jederzeit beides ohne Vorwarnung fallenlassen. Er hatte sich ein schmuddeliges Taschentuch in den linken Ärmel gestopft und trug eine Krawatte mit glanzlosen goldenen Kronen, um zu verstehen zu geben, daß er seine Spiele in besserer Gesellschaft spiele als man selbst. Er war ein *selfmade-man* der Terroristenbekämpfung, »teils Soldat, teils Bulle, teils Bösewicht«, wie er gern sagte, und gehörte zu der bereits Legende gewordenen Generation seines Gewerbes. Er hatte auf der Malayischen Halbinsel Kommunisten und in Kenia Mau-Mau gejagt, Juden in Palästina, Araber in Aden und Iren überall auf der Welt. Mit den Trucial Oman Scouts hatte er Leute in die Luft gesprengt; auf Zypern war ihm Georgios Grivas um Haaresbreite durch die Lappen gegangen, und wenn er betrunken war, erzählte er voller Bedauern davon – aber wehe, jemand bedauerte ihn! Er war an verschiedenen Orten Zweiter Mann gewesen, Erster aber nur ganz selten, denn es gab da auch noch andere Schatten.

»Misha Gavron gut in Form?« erkundigte er sich, wählte einen Knopf auf seinem Telefon aus und drückte ihn mit solcher Kraft, daß man sich kaum gewundert hätte, wenn er nicht wieder hochgekommen wäre.

»Misha geht's prächtig, Commander«, sagte Kurtz begeistert und wollte sich seinerseits schon nach Pictons Vorgesetztem erkundigen, doch Picton war nicht daran interessiert, was Kurtz hätte sagen können, schon gar nicht über seinen Chef.

Ein auf Hochglanz poliertes silbernes Zigarettenkästchen mit den eingravierten Unterschriften seiner Offizierskameraden auf dem Deckel stand weithin sichtbar auf seinem Schreibtisch. Picton klappte es auf und reichte es Kurtz, und sei es nur, daß dieser es glänzen sähe. Kurtz erklärte, er rauche nicht. Picton stellte das Kästchen wieder genauso hin, wie es stehen sollte – ein Schaustück, das seinen Zweck wieder einmal erfüllt hatte. Es klopfte, und herein traten zwei Männer, einer in Grau und einer in Tweed. Der in Grau war ein vierzig Jahre altes Bantamgewicht aus Wales mit Kratzspuren am Unterkiefer. Picton stellte ihn als »meinen Chief Inspector« vor.

»Leider nie in Jerusalem gewesen, Sir«, verkündete der Chief Inspector, stellte sich auf Zehenspitzen und zog gleichzeitig seine Rockschöße herunter, als gälte es, sich eine Handbreit größer zu machen. »Meine Frau ist Feuer und Flamme, Weihnachten mal in Bethlehem zu erleben, aber für mich war Cardiff immer gut genug, wirklich.«

Der in Tweed war Captain Malcolm, der jene Klasse hatte, nach der Picton es manchmal verlangte und die er immer hassen würde. Malcolm war von einer unaufdringlichen Höflichkeit, die schon wieder aggressiv war.

»Mir eine Ehre, Sir, ehrlich«, vertraute er Kurtz an und reichte ihm die Hand, ehe Kurtz sie brauchte.

Als jedoch Litvak an der Reihe war, schien Captain Malcolm seinen Namen nicht ganz mitzubekommen. »Wie noch gleich, altes Haus?« sagte er.

»Levene«, wiederholte Litvak nicht ganz so leise. »Ich habe das Vergnügen, mit Mr. Raphael hier zusammenzuarbeiten.«

Ein langer Tisch war für eine Besprechung vorbereitet worden. Nirgends Bilder – kein gerahmtes Foto seiner Frau, nicht einmal das der Königin in Kodachrom. Die Schiebefenster gingen auf einen leeren Hof hinaus. Das einzig Überraschende war der hartnäckig sich haltende Geruch nach warmem Öl, als ob gerade ein U-Boot vorübergefahren wäre.

»Nun, warum schießen Sie nicht einfach los, Mr.« – die Pause war wirklich viel zu lang – »Raphael, nicht wahr?« sagte Picton.

Dieser Satz paßte zumindest auf wunderliche Weise. Als Kurtz seine Aktenmappe aufmachte und sich anschickte, die Unterlagen auszuteilen, bebte der Raum unter der langanhaltenden Erschütterung, die von einer kontrollierten Sprengstoffdetonation ausging.

»Hab' mal einen Raphael gekannt«, sagte Picton, als er den Deckel seines Dossiers aufschlug und einen ersten Blick wie auf eine Speisekarte hineinwarf. »Wir haben ihn für eine Zeitlang zum Bürgermeister gemacht. Junger Bursche noch. Weiß aber nicht mehr, in welcher Stadt. Waren aber nicht Sie, oder?«

Mit einem traurigen Lächeln gab Kurtz bedauernd zu verstehen, nicht dieser Glückspilz gewesen zu sein.

»Auch kein Verwandter? Raphael – wie dieser Maler?« Picton blätterte ein paar Seiten um. »Aber man kann ja nie wissen, nicht wahr?«

Die Geduld, mit der Kurtz vorging, hatte etwas Überirdisches. Nicht einmal Litvak, der ihn schon in hunderterlei unterschiedlichen Nuancen seiner Identität erlebt hatte, hätte voraussehen können, wie heiligmäßig er seinen Dämonen einen Maulkorb anzulegen verstand. Seine auftrumpfende Energie war vollständig verschwunden und durch das servile Lächeln des Getretenen ersetzt worden. Selbst seine Stimme hatte – zumindest zu Anfang – etwas Schüchternes und Verzeihungheischendes.

»Mester*bine*«, las der Chief Inspector laut vor. »Ist das so richtig ausgesprochen?«

Captain Malcolm, begierig darauf, mit seinen Sprachkenntnissen zu glänzen, fing die Frage ab. »Mester*bine* ist richtig, Jack.«

»Einzelheiten zu seiner Person in der linken Tasche, meine Herren«, sagte Kurtz nachsichtig und hielt inne, um ihnen Gelegenheit zu geben, sich noch ein wenig länger mit ihren Dossiers zu beschäftigen. »Commander, wir brauchen unbedingt von Ihnen die formale Garantie hinsichtlich Verwertung und Weitergabe.«

Langsam hob Picton den blonden Kopf. »Schriftlich?« fragte er.

Kurtz schenkte ihm ein flehentliches Lächeln. »Das Wort eines britischen Offiziers genügt Misha Gavron bestimmt«, sagte er immer noch abwartend.

»Also einverstanden«, sagte Picton mit einem unmißverständlichen Aufwallen von Zorn, und Kurtz wandte sich rasch der weniger strittigen Person von Anton Mesterbein zu.

»Der Vater ein konservativer, wohlhabender Schweizer mit einer schönen Villa am See, Commander; irgendwelche Interessen außer Geldverdienen nicht bekannt. Die Mutter eine freidenkerische Dame der radikalen Linken, die das halbe Jahr in Paris verbringt und dort einen bei der arabischen Gemeinde sehr beliebten Salon unterhält . . .«

»Klingelt was bei Ihnen, Malcolm?« fragte Picton.

»Ganz, ganz leise, Sir.«

»Der junge Anton, der Sohn, ist ein geschickter Anwalt«, fuhr Kurtz fort. »Hat in Paris Politische Wissenschaften studiert, in Berlin Philosophie und war auch ein Jahr in Berkeley: Jura und Politik. Ein Semester in Rom, vier Jahre in Zürich, Abschluß mit *magna cum laude*.«

»Intellektueller also«, sagte Picton. Er hätte genausogut ›Aussätziger‹ sagen können.

Kurtz bestätigte die Beschreibung als zutreffend. »Politisch, meinen wir, tendiert Mr. Mesterbein eher zur Mutter – finanziell hält er es mit dem Vater.«

Picton ließ das volltönende Lachen eines humorlosen Mannes vernehmen. Kurtz wartete lange genug, um den Witz mit ihm zu genießen.

»Die vor Ihnen liegende Aufnahme wurde in Paris gemacht. Seine Anwaltskanzlei unterhält Mr. Mesterbein jedoch in Genf, sehr tüchtig, Innenstadt, vor allem für radikale Studenten, Leute aus der Dritten Welt und Gastarbeiter. Eine ganze Reihe von progressiven Organisationen ohne viel Geld gehört gleichfalls zu seiner Clientèle.« Er drehte ein Blatt um, lud seine Zuhörer ein, mit ihm Schritt zu halten. Auf der Nasenspitze trug er eine dicke Brille, die ihm etwas von der Mäuschenhaftigkeit eines Bankangestellten verlieh.

»Ihnen bekannt, Jack?« wollte Picton von seinem Chief Inspector wissen.

»Nicht die leiseste Ahnung, Sir.«

»Und wer ist die blonde Dame, die mit ihm zusammen trinkt, Sir?« fragte Captain Malcolm.

Doch Kurtz verfolgte trotz seiner zur Schau getragenen Unterwürfigkeit die eigene Marschroute und ließ sich durch Malcolm nicht davon ablenken.

»Vorigen November«, fuhr Kurtz fort, »hat Mr. Mesterbein an einer Konferenz sogenannter ›Juristen für die Gerechtigkeit‹ in Ost-Berlin teilgenommen, auf der die Palästinenser-Abordnung übertrieben lang zu Wort kam. Doch darin sind wir vielleicht parteiisch«, fügte er gutmütig-bescheiden hinzu, aber niemand lachte. »Im April kam Mr. Mesterbein auf eine Einladung, die ihm bei dieser Gelegenheit übermittelt worden war, zum erstenmal nachweisbar nach Beirut, wo er einigen der militanteren Organisa-

tionen, die sich auf keinerlei Kompromiß einlassen wollen, dort seine Aufwartung machte.«
»Klienten-Werbung, was?« erkundigte sich Picton.
Während Picton dies sagte, ballte er die rechte Faust und stieß damit durch die Luft. Nachdem er die Hand auf diese Weise freibekommen hatte, schrieb er etwas auf den vor ihm liegenden Block, riß das Blatt ab und schob es dem liebenswürdigen Malcolm zu, der alle anderen mit einem Lächeln bedachte und leise den Raum verließ.
»Bei der Rückkehr von ebendiesem Besuch in Beirut«, fuhr Kurtz fort, »machte Mesterbein in Istanbul Zwischenstation und führte dort Gespräche mit gewissen türkischen Untergrund-Aktivisten, die sich neben anderen Aufgaben auch die Ausrottung des Zionismus zum Ziel gesetzt haben.«
»Ehrgeizige Burschen, muß man schon sagen«, erklärte Picton.
Und weil diesmal Picton den Witz gemacht hatte, lachten alle laut – nur Litvak nicht.
Malcolm kehrte erstaunlich schnell von seinem Auftrag zurück. »Nicht viel Erfreuliches, fürchte ich«, murmelte er ölig, gab Picton den Zettel zurück, lächelte Litvak zu und nahm wieder Platz. Litvak jedoch schien eingeschlafen zu sein. Den Kopf nach vorn über das ungeöffnete Dossier gebeugt, hatte er das Kinn in die langen Hände gestützt. Dank dieser Hände war sein Gesichtsausdruck nicht zu erkennen.
»Die Schweizer sind schon informiert, oder?« fragte Picton und schnippte Malcolms Zettel beiseite.
»Commander, bis jetzt haben wir die Schweizer noch nicht unterrichtet«, gestand Kurtz in einem Ton, der erkennen ließ, daß diese Frage ein Problem aufwarf.
»Ich dachte, ihr wäret ziemlich dick mit den Schweizern befreundet«, wandte Picton ein.
»Natürlich sind wir mit den Schweizern befreundet. Nur hat Mr. Mesterbein eine Reihe von Klienten, die ihren Sitz ganz oder teilweise in der Bundesrepublik Deutschland haben – ein Umstand, der uns in eine peinliche Lage bringt.«
»Da kann ich Ihnen nicht ganz folgen«, sagte Picton eigensinnig. »Dachte, ihr und die Hunnen hättet den Versöhnungskuß getauscht und euch längst wieder vertragen.«

Mochte Kurtz' Lächeln auch wie in die Haut eingebügelt wirken – seine Antwort war das Musterbeispiel höflichen Ausweichens. »Das stimmt zwar, Commander, aber Jerusalem ist der Meinung, daß wir – angesichts der Sensibilität unserer Quellen und der komplexen politischen Sympathien der Deutschen im Augenblick – unsere Schweizer Freunde nicht informieren können, ohne gleichzeitig die entsprechende Behörde in Deutschland zu informieren. Wollten wir das tun, hieße das, den Schweizern ein ungebührliches Maß an Verschwiegenheit bei ihrem Umgang mit Wiesbaden aufzuerlegen.«

Picton verstand sich seinerseits sehr wohl aufs Schweigen. Sein ungläubig-verdrossener Blick hatte früher bei weniger qualifizierten Männern Wunder gewirkt, die sich sorgten, was ihnen denn noch blühen mochte.

»Sie wissen vermutlich, daß dieses Ekel Alexis wieder auf seinem Schleudersitz sitzt, nicht wahr?« fragte Picton wie aus heiterem Himmel. Irgend etwas an Kurtz fing an, sein Interesse zu erregen: ein Wiedererkennen, wenn nicht der Person, so zumindest der Spezies, der er angehörte.

Kurtz habe davon gehört, natürlich, sagte er. Doch schien es ihn nicht sonderlich berührt zu haben, denn er ging entschlossen zum nächsten Beweisstück über.

»Moment mal«, sagte Picton ruhig. Er starrte in sein Dossier, betrachtete Beweisstück Nr. 2. »Diesen hübschen Vogel kenn' ich. Das ist doch dieser Neunmalkluge, der vor etwa einem Monat auf der Münchener Autobahn ein Eigentor geschossen hat. Und dabei sein leckeres holländisches Meisje mitgenommen hat, oder?«

Kurtz vergaß einen Moment lang seine angebliche Unterwürfigkeit und hakte schnell ein. »Richtig, Commander, und soweit wir wissen, wurden sowohl das Fahrzeug als auch der Sprengstoff, der zu diesem bedauerlichen Unfall führte, von Mr. Mesterbeins Kontakten in Ankara bereitgestellt und durch Jugoslawien nach Österreich überführt.«

Picton griff nach dem Zettel, den Malcolm ihm zurückgebracht hatte, und bewegte ihn vor den Augen hin und her, als wäre er kurzsichtig, was er aber nicht war. »Man teilt mir mit, daß unser Zauberkasten unten keinen einzigen Mesterbein enthält«, verkün-

dete er mit gespielter Sorglosigkeit. »Weder auf der weißen Liste noch auf der schwarzen Liste – überhaupt keine Eintragung.«
Kurtz schien eher erfreut als verärgert. »Commander, das läßt keineswegs Rückschlüsse auf irgendeine Unfähigkeit Ihrer schönen Datenabteilung zu. Bis vor wenigen Tagen, würde ich sagen, war Mesterbein auch von Jerusalem als harmlos angesehen worden. Dasselbe gilt für seine Komplizen.«
»Die Blondine eingeschlossen?« fragte Captain Malcolm und kehrte noch einmal zu Mesterbeins Begleiterin zurück.
Doch Kurtz lächelte nur und schob die Brille zurück, um so die Aufmerksamkeit seiner Zuhörer auf das nächste Foto zu lenken. Es handelte sich um eine der vielen Aufnahmen, die das Münchener Beobachtungsteam über die Straße hinweg gemacht hatte und die Yanuka bei Nacht zeigte, wie er gerade das Haus betrat, in dem seine Wohnung lag. Das Foto war leicht verschwommen, wie es bei Infrarot-Aufnahmen bei längerer Belichtung häufig der Fall ist, doch für Erkennungszwecke genügte es durchaus. Er war in Begleitung einer großen blondhaarigen Frau im Viertelprofil. Sie war beiseite getreten, während er den Schlüssel in die Haustür steckte, und es war dieselbe Frau, die Captain Malcolm bereits auf dem früheren Foto aufgefallen war.
»Wo sind wir denn jetzt?« fragte Picton. »Doch nicht mehr in Paris. Dazu passen die Häuser nicht.«
»In München«, sagte Kurtz und nannte die Adresse.
»Und *wann*?« fragte Picton so brüsk, daß man hätte meinen können, er habe vorübergehend vergessen, daß Kurtz nicht einer von seinen Mitarbeitern war.
Doch Kurtz tat wieder so, als hätte er die Frage mißverstanden. »Die Dame heißt Astrid Berger«, sagte er, und wieder richtete sich Pictons gelber Blick argwöhnisch und wissend zugleich auf ihn.
Da er zu lange nicht die Möglichkeit gehabt hatte, eine bedeutende längere Bemerkung zu machen, hatte der Waliser Polizeibeamte sich dafür entschieden, aus dem Dossier laut Miß Bergers Personalangaben vorzulesen: »›Berger, Astrid, alias Edda, alias Helga‹ – alias Was-will-man-sonst-noch . . . 1954 in Bremen geboren, Tochter eines wohlhabenden Reeders. Sie bewegen sich in feinen Kreisen, muß ich schon sagen, Mr. Raphael. ›Studium an den

Universitäten Bremen und Frankfurt, Examen 1978 in Politik und Philosophie. Gelegentlich Mitarbeiterin radikaler und satirischer westdeutscher Blätter, letzter bekannter Wohnsitz 1979 Paris, häufige Reisen in den Nahen Osten . . .‹«

»Noch eine verdammte Intellektuelle«, fiel Picton ihm ins Wort. »Sehen Sie nach, ob wir was über sie haben, Malcolm.«

Während Malcolm erneut hinausschlüpfte, ergriff Kurtz wieder beherzt die Initiative.

»Wenn Sie so freundlich wären, die Daten hier ein bißchen zu vergleichen, Commander – Sie sehen, daß Miß Bergers letzter Besuch in Beirut im April dieses Jahres stattfand, also mit Mr. Mesterbeins Reise zusammenfiel. Sie war auch in Istanbul, als Mr. Mesterbein dort Zwischenstation machte. Sie haben zwar verschiedene Maschinen genommen, sind aber im selben Hotel abgestiegen. Ja, Mike, bitte.«

Litvak hatte ein paar fotokopierte Hotelanmeldeformulare zu bieten, von Mr. Anton Mesterbein und Miß Astrid Berger ausgefüllt, 18. April datiert. Daneben, durch die Reproduktion stark verkleinert, die Quittung der von Mesterbein beglichenen Rechnung. Beim Hotel handelte es sich um das Instanbuler Hilton. Während Picton und der Chief Inspector die Kopien noch studierten, ging die Tür wieder auf und wurde geschlossen.

»Ist es zu fassen, Sir? Auch über Astrid Berger – nichts«, berichtete Malcolm äußerst kläglich lächelnd.

Picton hob seinen silbernen Drehbleistift mit den Fingerspitzen beider Hände in die Höhe und drehte ihn vor seinen mißmutig blickenden Augen.

»Hm«, meinte er nachdenklich. »Hm. – Ja, dann mal weiter, Mr. Raphael.«

Bei Kurtz' drittem Foto – oder, wie Litvak es später respektlos nannte, seiner dritten Karte in diesem Trick – handelte es sich um eine so wundervolle Fälschung, daß nicht einmal die ausgebufftesten Tel Aviver Experten in Luftaufnahmen sie aus dem Stapel hatten aussortieren können, der ihnen vorgelegt worden war. Das Foto zeigte Charlie und Becker, wie sie am Morgen ihrer Abreise auf den vor dem Delphier Hotel stehenden Mercedes zugehen. Becker trug Charlies Schultertasche und seine schwarze Reisetasche. Charlie hatte ihr griechisches Prachtgewand an und trug ihre Gitarre. Becker hatte den roten Blazer, das Seidenhemd und die Gucci-Schuhe an. Die behandschuhte Hand war nach der Fahrertür des Mercedes ausgestreckt. Außerdem trug er Michels Kopf.

»Commander, dieses Bild wurde durch einen glücklichen Zufall zwei Wochen vor dem Sprengstoffzwischenfall vor den Toren Münchens gemacht, bei dem, wie Sie ganz richtig bemerkt haben, ein gewisses Terroristenpärchen das Unglück hatte, sich mit dem eigenen Sprengstoff in die Luft zu jagen. Das rothaarige Mädchen im Vordergrund ist britische Staatsbürgerin. Ihr Begleiter nannte sie ›Johanna‹, sie ihn wiederum ›Michel‹. Aber das war nicht der Name, der in seinem Paß stand.«

Die veränderte Atmosphäre war wie ein plötzlicher Temperatursturz. Der Chief Inspector sah Malcolm mit verzerrtem Gesicht an, und Malcolm seinerseits schien ihn anzulächeln; doch dann wurde allmählich deutlich, daß Malcolms Lächeln wenig mit dem zu tun hatte, was für gewöhnlich als Humor gilt. Doch im Mittelpunkt der Aufmerksamkeit stand Pictons massive Unbeweglichkeit – seine scheinbare Weigerung, sich durch nichts anderes zu informieren als durch das vor ihm liegende Foto. Denn mit seiner Erwähnung eines britischen Staatsbürgers war Kurtz, wenn auch vielleicht unbewußt, in Pictons heiligen Bereich eingedrungen, und das tat man auf eigene Gefahr.

»*Ein glücklicher Zufall*«, wiederholte Picton durch fest zusammengepreßte Lippen und starrte weiter auf das Bild. »Ein *guter* Freund, der zufällig seinen Fotoapparat bereithielt, nehme ich an – diese Art von glücklichem Zufall.«

Kurtz grinste verschämt, sagte aber nichts.

»Schoß ein paar Bilder – schickte sie aufs Geratewohl nach Jerusalem. Terroristen, denen er im Urlaub zufällig auf die Spur kam – meinte, er könnte von Nutzen sein.«

Kurtz' Grinsen verbreiterte sich, und zu seiner Verwunderung sah er, daß Picton zurückgrinste, wenn auch nicht gerade besonders freundlich.

»Ja, nun, ich glaube, mir fallen da auch ein paar solch guter Freunde ein. Ihr habt ja überhaupt überall auf der Welt Freunde, wenn ich so darüber nachdenke. In hochgestellten Kreisen, weniger hochgestellten und in reichen Kreisen . . .« Einen unseligen Augenblick lang sah es so aus, als wären gewisse alte Frustrationen aus Pictons Tagen in Palästina unvermittelt wieder lebendig geworden und drohten, ihn in die Luft gehen zu lassen. Doch er beherrschte sich. Er brachte seine Züge wieder unter Kontrolle, seine Stimme wurde leiser. Sein Lächeln wurde so entspannt, bis man es als freundlich hätte bezeichnen können. Kurtz' Lächeln hingegen war eher durchwachsen, und Litvaks Gesicht wurde durch seine Hand dermaßen verzerrt, daß man ebensogut hätte meinen können, er schütte sich vor Lachen aus, oder beschwichtige rasende Zahnschmerzen.

Der graue Chief Inspector räusperte sich, und mit Waliser Gutmütigkeit rückte er wieder gerade rechtzeitig mit einer Bemerkung heraus. »Na ja, selbst angenommen, sie *wäre* Engländerin, Sir, was mir im Augenblick eine ziemlich weit hergeholte Hypothese zu sein scheint, es gibt kein *Gesetz* – zumindest nicht bei uns –, das verbietet, daß jemand mit Palästinensern schläft . Wir können doch nicht bloß *deswegen* landesweit eine Fahndung nach der betreffenden Dame unternehmen! Mein Gott, wenn wir . . .«

»Er hat noch mehr«, sagte Picton und sah Kurtz wieder an. »*Viel* mehr.«

In seinem Ton schwang aber wesentlich mehr mit: *Das haben sie immer.*

Weiterhin höflich und guter Dinge, forderte Kurtz seine Zuhörer auf, sich den Mercedes rechts auf dem Bild genauer anzusehen. Wenn er leider auch nicht viel von Autos verstehte, seine Leute hätten ihm versichert, daß es sich um eine Limousine handele, weinrot, mit der Radioantenne vorn auf dem rechten Kotflügel, zwei Seitenspiegeln, Zentralverrieglung und Sicherheitsgurten nur an den Vordersitzen. In allen diesen Einzelheiten und vielen anderen, die auf dem Bild nicht sichtbar seien, sagte er, gleiche der Mercedes auf dem ihnen vorliegenden Foto dem Mercedes, der zufälligerweise außerhalb von München in die Luft geflogen und von dessen Vorderteil wie durch ein Wunder das meiste unversehrt geblieben sei.

Malcolm wartete plötzlich mit einer Lösung auf. »Aber gewiß, Sir – was nun das betrifft, daß sie Engländerin sein soll –, ist sie denn nicht die *Holländerin*? Ob nun rothaarig oder blond – das hat doch nichts zu bedeuten. *Englisch* kann doch in diesem Zusammenhang nur bedeuten, daß Englisch ihre gemeinsame Sprache war.«

»Ruhe!« befahl Picton und zündete sich eine Zigarette an, ohne den anderen eine anzubieten. »Lassen Sie ihn weitermachen«, sagte er. Und inhalierte eine Unmenge Rauch, ohne ihn wieder auszustoßen.

Kurtz' Stimme hatte inzwischen etwas Straffes bekommen, wie auch, zumindest für einen Augenblick, seine Schultern. Er hatte beide Fäuste neben dem Dossier auf den Tisch gelegt.

»Commander, aus anderer Quelle wissen wir«, verkündete Kurtz mit größerem Nachdruck, »daß derselbe Mercedes auf der Fahrt nach Norden, von Griechenland durch Jugoslawien, von einer jungen Frau mit einem britischen Paß gefahren wurde. Ihr Liebhaber begleitete sie nicht, sondern flog mit einer Maschine der Austrian Airways nach Salzburg voraus. Dieselbe Fluggesellschaft durfte auch eine sehr opulente Unterkunft für ihn reservieren, im Hotel Österreichischer Hof in Salzburg, wo unsere Nachforschungen ergeben haben, daß das Paar sich Monsieur und Madame Laserre nannte, obwohl die betreffende Dame kein Französisch sprach, sondern nur Englisch. Man erinnert sich an die Dame wegen ihres phantastischen Aussehens, ihres roten Haars, des fehlenden Eherings und der Gitarre, die einige Heiterkeit auslöste; außerdem war aufgefallen, daß, obwohl die Dame das Hotel früh am Morgen zusammen mit ihrem Mann verlassen hatte, sie später am Tage allein zurückkehrte. Der Hoteldiener erinnert sich, Madame Laserre ein Taxi zum Flughafen Salzburg bestellt zu haben, und weiß auch noch genau, um welche Zeit das geschah, um 2 Uhr nachmittags nämlich, kurz bevor er frei hatte. Er erbot sich, ihre Buchung zu bestätigen und sich zu vergewissern, daß die Maschine keine Verspätung hatte, doch Madame Laserre wollte davon nichts wissen, weil sie vermutlich nicht unter diesem Namen reiste. Drei Flüge von Salzburg passen in diesen Zeitrahmen, darunter eine Maschine der Austrian Airways nach London. Die Dame am Schalter der AA erinnert sich genau an eine rothaarige Engländerin, die ein nicht benutztes Charter-Ticket Saloniki-London vorwies und es umgebucht haben wollte, was jedoch nicht möglich war. Infolgedessen war sie gezwungen, ein Hinflug-Ticket zum vollen Preis zu nehmen, das sie in US-Dollar bezahlte, hauptsächlich in Zwanzig-Dollar-Scheinen.«

»Machen Sie's doch nicht so spannend«, knurrte Picton. »Wie heißt sie?« Und drückte mit großer Heftigkeit seine Zigarette aus, drückte noch lange weiter, nachdem die Glut schon erloschen war.
Als Antwort auf seine Frage reichte Litvak bereits Fotokopien der Passagierliste herum. Er sah blaß aus; als ob er Schmerzen hätte. Nachdem er um den Tisch herumgegangen war, schenkte er sich etwas Wasser aus einer Karaffe ein, obwohl er den ganzen Morgen noch so gut wie kein Wort gesagt hatte.
»Zu unserer ersten Verblüffung fanden wir keine ›Johanna‹ darauf, Commander«, gestand Kurtz, als alle sich mit der Passagierliste beschäftigten. »Die einzige, auf die unsere Beschreibung einigermaßen zutraf, war eine gewisse Charmian. Ihren Nachnamen haben Sie vor sich. Die Dame von den Austrian Airlines bestätigte uns die Identifikation – Nummer achtunddreißig auf der Passagierliste. Die Dame erinnerte sich sogar an die Gitarre. Wie der Zufall es wollte, ist sie selbst eine Verehrerin der großen Manitas de Plata, und deshalb hat sie die Gitarre, die einen tiefen Eindruck auf sie machte, auch nicht vergessen.«
»Wieder so eine Freundin«, sagte Picton heiser, und Litvak hüstelte.
Kurtz' letztes Beweisstück kam gleichfalls aus Litvaks Aktentasche. Kurtz streckte beide Hände danach aus. Litvak legte sie ihm hinein: ein Stoß Fotos, noch ganz klebrig vom Fixierbad. Er verteilte sie stoßweise. Sie zeigten Mesterbein und Helga in der Abflughalle eines Flughafens; Mesterbein starrte verzagt geradeaus in die Luft, während Helga hinter ihm eine Halb-Liter-Flasche zollfreien Whisky kaufte. Mesterbein trug einen Strauß in Seidenpapier gehüllte Orchideen in der Hand.
»Charles-de-Gaulle-Flughafen, Paris, vor sechsunddreißig Stunden«, sagte Kurtz geheimnisvoll. »Berger und Mesterbein, im Begriff, von Paris aus über Gatwick nach Exeter zu fliegen. Mesterbein bestellte bei der Firma Hertz einen Leihwagen ohne Chauffeur, der bei seiner Ankunft in Exeter am Flugplatz bereitstehen sollte. Sie sind gestern ohne die Orchideen wieder nach Paris zurückgekehrt – auf derselben Route, die Berger unter dem Namen Maria Brinkhausen, Schweizerin, ein neuer Deckname, den wir den vielen anderen hinzufügen können. Der Paß gehört zu einer ganzen

Serie, die die Ostdeutschen für palästinensischen Bedarf gemacht haben.«
Malcolm hatte den Befehl gar nicht erst abgewartet, sondern war bereits durch die Tür verschwunden.
»Ein Jammer, daß Sie nicht auch ein Bild haben, wie sie in Exeter ankamen«, meinte Picton vielsagend, als sie warteten.
»Wie Sie sehr wohl wissen, könnten wir das nicht tun, Commander«, sagte Kurtz, als könne er kein Wässerchen trüben.
»Wirklich?« sagte Picton. »Ach!«
»Unsere Herren Vorgesetzten haben ein Gegenseitigkeitsabkommen geschlossen, Sir. Keiner fischt ohne vorherige schriftliche Genehmigung in den Gewässern des anderen.«
»Ach, *das* meinen Sie«, sagte Picton.
Der Waliser Polizeibeamte gab sich nochmals salbungsvoll diplomatisch. »Aus Exeter stammt sie also, Sir?« fragte er Kurtz. »Ein Mädchen aus Devon? Man sollte nicht meinen, daß ein Mädchen vom Lande sich auf Terrorismus einläßt, zumindest nicht unter normalen Umständen, oder?«
Doch an der englischen Küste schien es mit Kurtz' Informationen plötzlich aufzuhören. Sie hörten, wie Schritte die große Treppe heraufkamen, dann das Knarren von Malcolms Wildlederschuhen. Doch der Waliser, der sich nie entmutigen ließ, versuchte es noch einmal.
»Irgendwie bringe ich Rothaarige nie mit *Devon* in Verbindung«, klagte er. »Und den Namen *Charmian* ehrlich gesagt auch nicht. Bess, Rose, vielleicht – Rose könnte ich mir durchaus vorstellen. Aber nicht Charmian, jedenfalls nicht aus Devon. Weiter nördlich, würde ich bei *Charmian* tippen. London wäre schon denkbar.«
Behutsam kam Malcolm wieder herein, ein weicher Schritt folgte vorsichtig dem anderen. Er trug einen Stapel Ordner unter dem Arm: Das Ergebnis von Charlies Ausflügen in die militante Linke. Die untersten waren schon zerfleddert von Alter und Gebrauch. Zeitungsausschnitte und hektografierte Flugblätter schauten hervor.
»Nun, ich muß schon sagen, Sir«, sagte Malcolm, als er seine Last mit einem erleichterten Aufstöhnen auf dem Tisch ablegte, »wenn das *nicht* unser Mädchen ist, dann sollte sie es sein.«

»Lunch«, bellte Picton, und nachdem er seinen beiden Untergebenen wütend eine Flut von Befehlen zugebrummt hatte, marschierte er mit seinen Gästen in ein riesiges, nach Kohl und Möbelpolitur riechendes Speisezimmer.

Ein Handgranatenleuchter hing über einem zehn Meter langen Tisch, zwei Kerzen brannten, und zwei Stewards in strahlend weißen Jacken waren bemüht, ihnen jeden Wunsch zu erfüllen. Picton aß mit ausdruckslosem Gesicht; der leichenblaße Litvak stocherte wie ein Invalide in seinem Essen herum. Kurtz jedoch schien unberührt von der allgemein gedrückten Stimmung. Er plauderte, aber selbstverständlich nicht über irgend etwas Dienstliches; er bezweifle, ob der Commander Jerusalem noch wiedererkennen würde, wenn er das Glück hätte, wieder einmal hinzukommen; und er, Kurtz, genieße es ausgesprochen, zum erstenmal in einer britischen Offiziersmesse zu speisen. Trotzdem blieb Picton nicht das ganze Essen über. Zweimal rief Captain Malcolm ihn an die Tür, wo sie sich mit gedämpfter Stimme besprachen; einmal wurde er von seinem Vorgesetzten am Telefon verlangt. Und als der Pudding aufgetragen wurde, stand er plötzlich wie angestochen auf, reichte dem Steward seine Damastserviette und marschierte davon, dem Vernehmen nach, um selbst ein paar Anrufe zu tätigen, vielleicht aber auch, um sich am Inhalt des unter Verschluß gehaltenen Whisky-Vorrats in seinem Arbeitszimmer gütlich zu tun.

Abgesehen von den allgegenwärtigen Wachen war der Park so leergefegt wie der Sportplatz einer Schule am ersten Ferientag. Picton erging sich darin mit der schrulligen Rastlosigkeit eines Grundherrn, der mürrisch die Zäune nach Schäden absucht und mit dem Spazierstock nach allem stößt, dessen Aussehen ihm nicht gefällt. Zwanzig Zentimeter tiefer hüpfte fröhlich Kurtz neben ihm her. Aus der Ferne hätte man meinen können, es handelte sich um einen Gefangenen und seinen Bewacher, wenn auch nicht ganz klar wurde, wer nun was war. Ein Stück hinter ihnen trottete Litvak, der beide Aktentaschen trug, und hinter Litvak Mrs. O'Flaherty, Pictons legendäre Schäferhündin.

»Mr. Levene hört gern zu, nicht wahr?« Picton platzte so laut mit

dieser Frage heraus, daß Litvak sie hören mußte. »Guter Zuhörer, gutes Gedächtnis? So was gefällt mir.«
»Mike ist sehr diskret, Commander«, sagte Kurtz und lächelte pflichtschuldig. »Mike kennt sich überall aus.«
»Scheint mir ein ziemlich miesepetriger Bursche zu sein. Der Chief Commander wünscht ein Gespräch unter vier Augen, wenn Sie damit einverstanden sind.«
Kurtz drehte sich um und sagte etwas auf hebräisch zu Litvak. Litvak fiel zurück, bis er außer Hörweite war. Und es war schon etwas Merkwürdiges, das weder Kurtz noch Picton hätten richtig erklären können, selbst wenn sie es sich eingestanden hätten – daß sich nämlich ein unbestimmbares Gefühl von Kameradschaft zwischen ihnen entwickelte, sobald sie allein waren.
Der Nachmittag war grau und böig. Picton hatte Kurtz einen Dufflecoat geliehen, in dem er wie ein Seebär aussah. Picton selbst hatte eine kurze Offiziersjoppe an, und seine Gesichtsfarbe hatte sich in der frischen Luft sofort vertieft.
»Wirklich sehr anständig von Ihnen, den weiten Weg zu machen, bloß um uns ein Licht über sie aufzustecken«, sagte Picton, es war wie eine Herausforderung. »Mein Chef wird dem alten Misha ein paar Zeilen schreiben – der Teufel.«
»Das wird Misha bestimmt zu würdigen wissen«, sagte Kurtz, ohne sich zu erkundigen, welchen Teufel Picton meinte.
»Trotzdem eigentlich komisch. Daß ihr uns Tips gebt, was unsre eigenen Terroristen betrifft. Zu meiner Zeit ging es eher andersherum.«
Kurtz sagte etwas Beschwichtigendes über das Rad der Geschichte, doch Picton war kein Poet.
»Eure Operation, versteht sich«, sagte Picton. »Eure Quellen, eure Warnung. Mein Chief bleibt da hart. Unsere Aufgabe ist es, auf unserem Hintern sitzen zu bleiben und zu tun, was man uns, verdammt noch mal, sagt«, fügte er mit einem Seitenblick hinzu.
Kurtz meinte, heutzutage sei Zusammenarbeit das A und O des Geschäfts, und für einen Moment sah Picton aus, als würde er in die Luft gehen. Seine gelben Augen weiteten sich, sein Kinn versank ruckartig im Hals und blieb dort. Statt in die Luft zu gehen, vielleicht aber auch, um sich zu beruhigen, zündete er sich eine

Zigarette an, kehrte dem Wind dabei den Rücken zu und wölbte seine großen Catcher-Pranken schützend um das Flämmchen.
»Inzwischen, es wird Sie sicher überraschen, sind Ihre Informationen alle bestätigt worden«, sagte Picton mit unüberbietbarem Sarkasmus, als er das Zündholz fortschnippte. »Berger und Mesterbein flogen Paris – Exeter und zurück, nahmen sich bei ihrer Ankunft in Exeter einen Leihwagen von Hertz und haben sechshundertfünfundsiebzig Kilometer runtergerissen. Mesterbein hat mit einer American Express-Kreditkarte, die auf seinen Namen ausgestellt war, bezahlt. Weiß zwar nicht, wo sie die Nacht verbracht haben, aber darüber werden Sie uns ja zweifellos zu gegebener Zeit unterrichten.«
Kurtz schwieg tugendhaft.
»Was nun die Dame betrifft«, fuhr Picton mit derselben gequälten Sorglosigkeit fort, »werden Sie sicher ebenso überrascht sein, daß sie im Augenblick im tiefsten Cornwall Theater spielt. Und zwar bei einem Tournee-Theater, das klassische Stücke spielt und sich den Namen ›The Heretics‹ zugelegt hat, was mir gefällt; doch das wissen Sie ja sicher auch nicht, oder? Von ihrem Hotel haben wir erfahren, daß ein Herr, auf den die Beschreibung Mesterbeins zutrifft, sie nach der Vorstellung abgeholt hat und sie erst am Morgen wieder nach Hause gekommen ist. Scheint ein richtig kleines Betthupferl zu sein, nach allem, was man hört, Ihre Dame.« Er gestattete sich eine gewichtige Pause, die Kurtz nicht zur Kenntnis zu nehmen vorgab. »Ich soll Ihnen nun mitteilen, daß mein Chief ein Offizier und ein Gentleman ist und Ihnen jede nur denkbare Hilfe zuteil werden lassen wird. Er ist dankbar, mein Chief, wirklich. Dankbar und gerührt. Er hat eine Schwäche für Juden, und er findet es ganz reizend von Ihnen, daß Sie sich die Mühe gemacht haben, herüberzukommen und uns auf ihre Spur zu setzen.« Er warf Kurtz einen feindseligen Seitenblick zu. »Mein Chief ist jung, verstehen Sie. Er ist – abgesehen von einigen Zwischenfällen – ein großer Bewunderer Ihres jungen Landes und nicht geneigt, gewissen häßlichen Verdachtsmomenten Gehör zu schenken, die *ich* vielleicht äußern könnte.«
Picton blieb vor einem großen grünen Schuppen stehen und hämmerte mit seinem Spazierstock gegen die Eisentür. Ein junger Mann

in Laufschuhen und Trainingsanzug ließ sie in eine leere Turnhalle herein. »Samstag«, sagte Picton, offenbar um zu erklären, warum es hier so verlassen wirkte, und schickte sich selbst auf eine wütende Ortsbesichtigung, musterte mal den Zustand der Umkleideräume, fuhr mal mit einem gewaltigen Finger über den Holm eines Barren, um zu sehen, ob auch kein Staub darauf läge.

»Wie ich höre, habt ihr die Lager wieder bombardiert«, sagte Picton vorwurfsvoll. »Das geht auf Mishas Kappe, oder? Misha hat noch nie was fürs Rapier übriggehabt, wenn's auch mit 'ner dicken Kanone ging.«

Kurtz setzte dazu an, ihm ganz aufrichtig zu erklären, daß der Prozeß der Entscheidungsfindung in den oberen Rängen der israelischen Gesellschaft von jeher etwas höchst Geheimnisvolles für ihn gewesen sei; doch Picton hatte keine Zeit für derartige Erklärungen.

»Jedenfalls wird er damit nicht durchkommen. Bestellen Sie ihm das von mir. Diese Palästinenser werden euch von nun an nicht mehr in Ruhe lassen.«

Diesmal lächelte Kurtz nur und schüttelte den Kopf über den Lauf der Dinge.

»Misha Gavron war bei der Haganah, nicht wahr?« fragte Picton nur so aus Neugier.

»Bei der Irgun«, berichtigte ihn Kurtz.

»Und wo waren Sie damals?« fragte Picton.

Kurtz kehrte das schüchterne Bedauern des Verlierers hervor. »Ob nun zum Glück oder nicht, Commander – wir Raphaels sind zu spät nach Israel gekommen, um den Briten irgendwelche Unannehmlichkeiten zu bereiten«, sagte er.

»Nehmen Sie mich nicht auf den Arm?« sagte Picton. »*Ich* weiß, wo Misha sich seine Freunde herholt. Ich hab' ihm schließlich seinen verdammten Job gegeben.«

»Das hat er mir erzählt, Commander«, sagte Kurtz mit seinem wasserdichten Lächeln.

Der sportliche junge Mann hielt ihnen eine Tür auf, und sie gingen hindurch. In einem langen Schaukasten aus Glas lag eine Auswahl von selbstgebastelten Waffen zum lautlosen Töten: ein keulenähnlicher Schlagstock, dessen Kopf mit Nägeln gespickt war, eine völlig verrostete Hutnadel, die einen hölzernen Griff bekommen hatte, selbstgemachte Spritzen und eine improvisierte Garrotte.

»Die Bezeichnungen verblassen«, schnauzte Picton den jungen Mann an, nachdem er die Mordinstrumente einen Augenblick wehmütig betrachtet hatte. »Neue Schildchen bis Montag früh zehn Uhr, sonst bekommen Sie es mit mir zu tun!«

Er trat wieder hinaus in die frische Luft; Kurtz trottete vergnügt neben ihm her. Mrs. O'Flaherty, die draußen auf sie gewartet hatte, schloß sich ihrem Herrn wieder an.

»Na schön, was wollen Sie?« sagte Picton wie jemand, der gegen seinen Willen gedrängt wird, sich zu einigen. »Machen Sie mir nicht weis, daß Sie hierhergekommen sind, um mir einen Liebesbrief von meinem alten Kumpel Misha, der Krähe, zu überbringen; das nehm' ich Ihnen nämlich nicht ab. Ich weiß sowieso nicht, ob ich Ihnen glauben soll. Wenn's um euch geht, bin ich ohnehin schwer zu überzeugen.«

Kurtz schmunzelte und schüttelte anerkennend den Kopf über Pictons englischen Witz.

»Nun, Sir, Misha, die Krähe, findet, daß eine Verhaftung in diesem Fall einfach nicht in Frage kommt. Natürlich nur wegen der heiklen Quellen«, erklärte er im Ton dessen, der nur etwas übermittelt.

»Ich dachte, Ihre Quellen wären ganz einfach gute Freunde«, warf Picton boshaft ein.

»Und selbst wenn Misha einer förmlichen Verhaftung zustimmen würde«, fuhr Kurtz immer noch schmunzelnd fort, »fragt er sich doch, welche Anklagen vor welchem Gericht gegen die Dame vorgebracht werden könnten. Wer will beweisen, daß der Sprengstoff im Wagen war, als sie ihn fuhr? Sie wird behaupten, man habe ihn erst hinterher hineingepackt. Bliebe uns meines Erachtens nur die ziemlich unerhebliche Anklage, einen Wagen mit falschen Papieren durch Jugoslawien gefahren zu haben. Und wo *sind* diese Papiere? Wer will beweisen, daß es sie je gegeben hat? Das ist alles sehr fadenscheinig.«

»Sehr«, pflichtete Picton ihm bei. »Ist Misha denn auf seine alten Tage unter die Anwälte gegangen?« wollte er mit einem Seitenblick wissen. »Himmel, das wär' dann aber der klassische Fall, wo man wirklich den Bock zum Gärtner gemacht hätte.«

»Außerdem – argumentiert Misha – muß man auch ihren Nutzen bedenken. Ihren Nutzen für uns und für Sie, so, wie sie im Moment dasteht. Was man ihre Quasi-Unschuld nennen könnte. Was *weiß* sie schließlich? Was könnte sie *enthüllen*? Nehmen Sie den Fall von Miß Larsen.«

»Larsen?«

»Die junge Holländerin, die in den unseligen Unfall vor München verwickelt war.«

»Was soll mit ihr sein?« Picton blieb stehen, wandte sich Kurtz zu und funkelte mit zunehmendem Argwohn zu ihm hinab.

»Auch Miß Larsen hat für ihren palästinensischen Freund Wagen gefahren und kleine Besorgungen für ihn gemacht. Denselben Freund, übrigens. Miß Larsen hat sogar Bomben für ihn gelegt. Zwei, vielleicht sogar drei. Auf dem Papier war Miß Larsen eine belastete Person.« Kurtz schüttelte den Kopf. »Aber wenn's um brauchbare Informationen geht, war sie ein leeres Gefäß, Commander.« Unbeeindruckt von Pictons bedrohlicher Nähe, hob Kurtz die Hände und machte sie auf, um zu zeigen, *wie* leer das Gefäß sei. »Nichts weiter als ein kleines Groupie, ein Mädchen, das die Gefahr und die Jungs liebte und gern gefiel. Nichts haben sie ihr gesagt. Keine Adressen, keine Namen, keine Pläne.«

»Woher wissen Sie das?« sagte Picton vorwurfsvoll.

»Wir haben uns ein bißchen mit ihr unterhalten.«

»Wann?«

»Vor einiger Zeit. Ist schon ziemlich lange her. Ein kleines Geschäft auf Gegenseitigkeit, ehe wir sie wieder ins Wasser zurückwarfen. Sie wissen, wie so was läuft.«

»Etwa fünf Minuten, ehe Sie sie hochgehen ließen, nehm' ich an«, meinte Picton und ließ die durchdringenden gelben Augen nicht von Kurtz.

Kurtz' Lächeln blieb wunderbar ungerührt. »Wenn es nur so leicht wäre, Commander«, sagte er aufseufzend.

»Ich habe gefragt, was Sie wollen, Mr. Raphael.«

»Wir würden sie gern ein bißchen auf Trab bringen, Commander.«

»Das hatte ich mir schon gedacht.«

»Wir hätten gern, wenn sie ein bißchen ausgeräuchert, aber nicht verhaftet würde. Wir hätten gern, wenn sie es mit der Angst bekäme

– so sehr mit der Angst bekäme, daß sie gezwungen wäre, weiteren Kontakt mit ihren Leuten zu suchen, oder sie mit ihr. Wir würden sie gern ganz durchlotsen. Was wir einen ahnungslosen Agenten nennen. Selbstverständlich würden wir das Ergebnis mit Ihnen teilen, und wenn die Operation durch ist, könnten Sie beides haben: das Mädchen und den Ruhm.«
»Sie hat bereits Kontakt aufgenommen«, wandte Picton ein. »Sie sind gekommen und haben in Cornwall mit ihr geredet, haben ihr irgendwelche verdammten Blumen gebracht, oder?«
»Commander, so wie wir die Dinge sehen, hat es sich dabei um eine Art Erkundung gehandelt. Läßt man es auf sich beruhen, so fürchten wir, kommt aus dem Treffen nichts weiter heraus.«
»Woher, verdammt noch mal, wissen Sie *das* schon wieder?« Pictons Stimme verriet einen herrlichen Zorn. »Ich will Ihnen mal sagen, woher Sie das wissen. Weil sie an dem verdammten Schlüsselloch gelauscht haben! Wofür halten Sie mich eigentlich, Mr. Raphael? Glauben Sie, ich bin von gestern? Das Mädchen gehört zu Ihnen, Mr. Raphael, das weiß ich ganz genau! Ich kenne euch Itzigs. Ich kenne diesen Giftzwerg Misha und fange an, auch *Sie* kennenzulernen.« Seine Stimme hatte erschreckend an Volumen gewonnen. Er eilte Kurtz mit großen Schritten voraus und wartete dann, bis er sich wieder unter Kontrolle hatte. Und wartete noch weiter, bis Kurtz ihn wieder eingeholt hatte. »Ich hab' im Augenblick ein sehr hübsches Szenario im Kopf, Mr. Raphael, und das würde ich Ihnen gern mitteilen. Was dagegen?«
»Es wird mir ein Vergnügen sein, Commander«, sagte Kurtz freundlich.
»Danke! Im allgemeinen benutzt man für diesen Trick Aas. Man findet eine hübsche Leiche, kostümiert sie und läßt sie irgendwo liegen, wo der Feind über sie stolpert. ›Hoppla‹, sagt der Gegner, ›was ist denn das? Eine Leiche mit einer Aktentasche in der Hand? Gucken wir mal rein.‹ Sie gucken rein und finden eine kleine Nachricht. ›Na so was‹, sagen sie, ›das muß ein Kurier gewesen sein! Lesen wir mal die Botschaft, und tappen wir in die Falle.‹ Gesagt, getan, und wir alle kriegen einen Orden. ›Fehlinformation‹, haben wir so was früher genannt, ausgetüftelt, um den Gegner irrezuführen. Eine hübsche kleine Sache.« Pictons Sarkasmus

war genauso furchtbar wie sein Zorn. »Aber das wäre für Sie und Misha viel zu simpel. Da ihr eine Bande von hypergebildeten Fanatikern seid, seid ihr noch einen Schritt weiter gegangen. ›Mit Aas geben wir uns nicht ab, o nein, wir nicht! Wir benutzen lebendes Fleisch. Araberfleisch. Holländerfleisch.‹ So habt ihr's gemacht. Und es dann in einem hübschen Mercedes in die Luft gejagt. Der ihnen gehörte. Was ich natürlich nicht weiß – und niemals erfahren werde, weil Sie und Misha das Ganze noch auf dem Totenbett abstreiten werden, nicht wahr? –, wo ihr die Fehlinformation eingebaut habt. Aber versteckt habt ihr sie irgendwo, und jetzt haben sie angebissen. Sonst hätten sie ihr doch niemals diese hübschen Blumen gebracht, oder?«

Voller Bewunderung über Pictons amüsante Hirngespinste schüttelte Kurtz bekümmert den Kopf und wollte sich schon verabschieden, doch Picton hielt ihn mit dem leichten, aber unbeirrbaren Griff des Polizeibeamten zurück.

»Bestellen Sie Ihrem verdammten Meister Gavron folgendes von mir. Wenn ich mich nicht geirrt habe und ihr eine von unseren Staatsbürgerinnen ohne unsere Zustimmung angeheuert habt, komm' ich persönlich in sein böses kleines Land rüber und schneid' ihm die Eier ab, verstanden?« Doch plötzlich, wie wider seinen Willen, entspannten sich Pictons Züge, und er lächelte wie in zärtlicher Erinnerung. »Was hat der alte Teufel doch immer gesagt?« fragte er. »Irgendwas mit Tigern. *Sie* müssen es doch wissen.«

Kurtz benutzte den Vergleich ebenfalls. Oft sogar. Mit seinem Piratengrinsen sagte er ihn jetzt. »Wer den Löwen fangen will, muß erst die Ziege anbinden.«

Der Augenblick gegnerischer Übereinstimmung war vorbei, Pictons Züge wurden wieder zu Stein. »Und rein formell, Mr. Raphael – mit den Empfehlungen meines Chiefs kann Ihr Amt sich darauf verlassen, daß die Sache abgemacht ist«, knurrte er. Er machte auf den Hacken kehrt und marschierte schnell zum Haus zurück, während Kurtz und Mrs. O'Flaherty nichts anderes übrigblieb, als hinter ihm herzutrotten. »Und Sie können ihm noch was ausrichten«, fügte Picton hinzu und zeigte, ein letztes Mal seine koloniale Autorität unterstreichend, mit seinem Stöckchen auf Kurtz. »Er soll verdammt noch mal aufhören, unsere Pässe zu benutzen. Wenn andere Leute ohne die zurechtkommen, dann kann die Krähe das auch, verdammt noch mal!«

Für die Rückfahrt nach London setzte Kurtz Litvak nach vorn, um ihm englische Manieren beizubringen. Meadows, der inzwischen eine Stimme bekommen hatte, wollte über die Probleme der West-Bank diskutieren: wie man dort zu einer Lösung kommen könne, Sir, und dabei gleichzeitig den Arabern gerecht werde, versteht sich, was meinen Sie? Kurtz klinkte sich aus ihrer fruchtlosen Diskussion aus, überließ sich den Erinnerungen, die er sich die ganze Zeit über vom Leib gehalten hatte.

Es gibt in Jerusalem noch einen funktionsfähigen Galgen, an dem jedoch niemand mehr gehängt wird. Kurtz kannte ihn gut: in der Nähe des alten russischen Viertels, linker Hand, wenn man eine halbfertige Straße hinunterfährt und vor einem alten Doppeltor hält, das zu Jerusalems einstigem Zentralgefängnis führt. Auf den Schildern steht: *Zum Museum*, aber auch *Halle des Heldentums*; dort gibt es einen verhutzelten alten Mann, der draußen herumsteht, sich verbeugt und hineinbittet, indem er seinen flachen schwarzen Hut durch den Staub zieht. Der Eintritt kostet fünfzehn Schekel, doch der Preis steigt. Hier hängten die Briten während der Mandatszeit die Juden, und zwar mit einem lederverkleideten Strick. Eigentlich waren es nur wenige, während sie Araber in Massen hängten. Nur hatten sie dort zwei von Kurtz' Freunden gehängt, damals, als er zusammen mit Misha Gavron bei der Irgun gewesen war. Auch Kurtz hätte ohne weiteres dort enden können. Zweimal hatten sie ihn ins Gefängnis geworfen, viermal einem Verhör unterzogen, und die Schwierigkeiten, die er gelegentlich mit seinen Zähnen hatte, wurden von seinem Zahnarzt auf die Schläge zurückgeführt, die er von der Hand eines jungen liebenswerten, inzwischen verstorbenen Sicherheitsbeamten bekommen hatte, der zwar anders ausgesehen hatte als Picton, dessen Art ihn aber ein wenig an diesen erinnerte.

Trotzdem, ein netter Mann, dieser Picton, dachte Kurtz und lächelte in sich hinein, als er unterwegs über einen weiteren erfolgreichen Schritt nachsann. Ein wenig rauh, vielleicht; vielleicht auch ein bißchen schwerfällig mit Hand und Mund; und traurig darüber, daß er so viel für den Alkohol übrig hatte – was ja immer verheerend ist. Aber letzten Endes anständig wie die meisten Menschen. Und außerdem ein Fachmann auf seinem Gebiet. Ein guter Kopf bei all seiner äußeren Heftigkeit. Misha Gavron hatte immer gesagt, er habe eine Menge von ihm gelernt.

Kapitel 19

Wieder in London, wieder warten. Zwei nasse Herbstwochen lang, seit Helga ihr die schreckliche Nachricht eröffnet hatte, war die Charlie ihrer Phantasie in eine grauenhafte, rachsüchtige Hölle gekommen und schmorte darin allein. Ich stehe unter Schock; ich bin eine besessene, einsame Trauernde ohne einen Freund, an den ich mich wenden könnte. Ich bin ein Soldat, dem man den General genommen hat, eine Revolutionärin, die von der Revolution abgeschnitten ist. Selbst Cathy hatte sie im Stich gelassen. »Von jetzt an schaffst du es ohne Kindermädchen«, hatte Joseph ihr mit einem verzerrten Lächeln gesagt. »Wir können dich nicht mehr in irgendwelche Telefonzellen lassen.« Sie trafen in dieser Zeit zusammen, und jedesmal war es äußerst geschäftsmäßig; gewöhnlich wurde sie unter sehr genau geplanten Umständen mit dem Auto aufgelesen. Manchmal fuhr er mit ihr in abgelegene Restaurants am Rande Londons; einmal nach Burnham Beeches zum Spazierengehen, einmal in den Zoo im Regent's Park. Doch wo immer sie auch waren, er sprach unentwegt mit ihr über ihre Geistesverfassung und instruierte sie für alle möglichen Zufälle, ohne jemals genau zu sagen, um was es dabei eigentlich ging.

Was werden sie als nächstes tun? fragte sie.

Sie machen Nachprüfungen. Sie beobachten dich, denken über dich nach.

Manchmal erschrak sie über sich selbst, wenn es bei ihr zu unvorhergesehen feindseligen Ausfällen gegen ihn kam, doch versicherte er ihr wie ein guter Arzt, daß diese Symptome in ihrem Zustand ganz normal seien. »Mein Gott, ich bin der archetypische Feind. Ich habe Michel umgebracht, und wenn ich eine Möglichkeit hätte, würde ich dich auch umbringen. Du hast doch allen Grund, mich mit größtem Argwohn zu betrachten.«

Danke für die Absolution, dachte sie und wunderte sich insgeheim über die anscheinend endlosen Facetten ihrer gemeinsamen Schizophrenie: Verstehen heißt verzeihen!

Bis dann der Tag kam, an dem er ihr verkündete, sie dürften vorläufig überhaupt nicht mehr zusammentreffen, es sei denn, es käme zu einer extremen Notsituation. Er schien zu wissen, daß bald etwas passieren würde, weigerte sich jedoch, ihr zu sagen, um was es sich handelte, weil er fürchtete, sie würde nicht entsprechend ihrer Rolle reagieren. Oder überhaupt nicht reagieren. Er sei in der Nähe, sagte er und erinnerte sie an sein Versprechen, das er ihr in dem Haus in Athen gegeben hatte: in der Nähe – aber nicht da – und zwar Tag für Tag. Und nachdem er ihr Gefühl der Unsicherheit – vielleicht sogar absichtlich – fast bis zur Unerträglichkeit strapaziert hatte, schickte er sie zurück in das Leben der Isolation, das er für sie erfunden hatte; diesmal jedoch mit dem Tod ihres Liebhabers als Thema.

Ihre einst geliebte Wohnung wurde jetzt, da sie sie bewußt vernachlässigte, zum ungepflegten Schrein der Erinnerung an Michel, wie eine Kapelle zum Ort schmieriger Stille. Bücher und Broschüren, die er ihr geschenkt hatte, lagen an angestrichenen Stellen aufgeschlagen und mit dem Text nach unten über Boden und Tisch verstreut. Nachts, wenn sie nicht schlafen konnte, setzte sie sich mit einem Schulheft an ihren Schreibtisch, schob es zwischen das Durcheinander und machte sich Auszüge aus einigen Briefen. Sie hatte vor, eine geheime Denkschrift über ihn zusammenzustellen, aus der er für eine bessere Welt als arabischer Che Guevara hervorgehen sollte. Sie dachte daran, sich an einen ihr bekannten Kleinverleger zu wenden: »Botschaften eines ermordeten Palästinensers«, auf schlechtem Papier gedruckt, mit vielen Druckfehlern. Diese Beschäftigungen waren, wie Charlie sehr wohl wußte, wenn sie die Dinge objektiv betrachtete, irgendwie wahnsinnig. Aber andererseits wußte sie auch, daß es ohne Wahnsinn keine Normalität gab; da war ihre Rolle – oder gar nichts.

Sie machte nur wenige Ausflüge in die Welt draußen, aber eines Abends besuchte sie, um sich selbst zu beweisen, daß sie entschlossen war, Michels Flagge für ihn in die Schlacht zu tragen, wenn sie nur ein Schlachtfeld fand, eine Versammlung von Genossen in den oberen Räumen einer Kneipe bei St. Pancras. Dort saß sie mit den

Total-Verrückten zusammen, von denen die meisten bereits völlig stoned waren, wenn sie dorthin kamen. Trotzdem stand sie es durch und erschreckte sowohl sich selbst als auch die Leute dort mit einer wirklich wütenden Brandrede gegen den Zionismus in all seinen faschistischen und völkermordenden Ausprägungen, die bei Vertretern der radikalen jüdischen Linken, und darüber amüsierte sich ein anderer Teil von ihr insgeheim, nervös vorwurfsvolle Reaktionen hervorrief.

Ein andermal setzte sie Quilley mit Spektakel wegen künftiger Rollen zu – was sei denn eigentlich mit den Probeaufnahmen für den Film geworden? Verdammt noch mal, Ned, ich brauche Arbeit!

In Wahrheit war es jedoch so, daß ihre Begeisterung für die Kunstbühne ziemlich nachließ. Sie hatte sich ganz dem Theater der Wirklichkeit verschrieben, solange es dauerte und trotz der immer größeren Risiken.

Dann begannen die Warnungen, wie das Heulen und Knarren in der Takelage, das auf hoher See einen Sturm ankündigt.

Die erste Warnung erreichte sie ausgerechnet über den armen Ned Quilley: er rief sie viel früher am Tage, als es seine Gewohnheit war, an und wollte angeblich einen Anruf von ihr erwidern, den sie am Tag zuvor gemacht hatte. Aber sie wußte sofort, das war etwas, was Marjory ihm aufgetragen hatte, gleich zu erledigen, wenn er ins Büro kam – ehe er es vergaß, sich nicht mehr traute oder sich einen Mutmacher genehmigte. Nein, er habe nichts für sie, wolle jedoch ihren Lunch für heute absagen, sagte Quilley. Kein Problem, erwiderte sie tapfer bemüht, sich ihre Enttäuschung nicht anmerken zu lassen; denn dieser Lunch hatte etwas Besonderes sein sollen, bei dem sie den Abschluß ihrer Tournee feiern und sich darüber hatten unterhalten wollen, was sie als nächstes machen könne. Sie hatte sich ausgesprochen darauf gefreut, hatte gemeint, sich so etwas ruhig einmal gönnen zu können.

»Ist schon in Ordnung«, sagte sie nochmals und wartete darauf, daß er nun mit seiner Entschuldigung herausrücken würde. Statt dessen drehte er den Spieß um und machte den ungeschickten Versuch, verletzend zu sein.

»Ich halte das im Augenblick einfach nicht für angebracht«, sagte er arrogant.
»Ned, was ist los? Wir sind schließlich nicht in der Fastenzeit. Was für eine Laus ist dir denn über die Leber gekrochen?«
Ihre aufgesetzte Unbeschwertheit, mit der sie es ihm hatte leichter machen wollen, stachelte ihn jedoch womöglich nur dazu auf, noch hochtrabender zu werden.
»Charlie, ich weiß nicht, *was* du dir eigentlich dabei gedacht hast«, begann er sehr von oben herab. »Ich bin ja selbst mal jung gewesen und keineswegs so stockkonservativ, wie du vielleicht meinst, aber wenn nur die Hälfte von dem stimmt, was mir so zugeflüstert wird – ich weiß nicht, aber dann wäre es vielleicht für uns *beide* besser . . .« Aber da er ihr bezaubernder Ned war, brachte er es einfach nicht fertig, ihr den Todesstoß zu versetzen, und so sagte er nur: »Laß uns unsere Verabredung verschieben, bis du wieder zur Vernunft gekommen bist.« An diesem Punkt hatte er nach Marjorys Drehbuch offensichtlich auflegen sollen, was ihm freilich erst nach mehreren Anläufen und einiger Hilfe von Charlie gelang. Sie rief augenblicklich zurück und bekam Mrs. Ellis an die Strippe, und genau das hatte sie gewollt.
»Was ist denn bloß los, Pheeb? Riech' ich denn plötzlich aus dem Mund?«
»Ach, Charlie, was *hast* du dir denn nur dabei gedacht?« fragte Mrs. Ellis und sprach sehr leise aus Angst, ihr Telefon könnte angezapft sein. »Die Polizei war den ganzen Vormittag lang hier, deinetwegen, drei Mann hoch, und keiner von uns darf darüber reden.«
»Na, die können mich mal!« sagte sie unverdrossen.
Eine ihrer routinemäßigen Überprüfungen, sagte sie sich. Die Schnüffler mit ihren genagelten Stiefeln, denen es darum ging, Charlies Dossier bis Weihnachten auf den neuesten Stand zu bringen. Das hatten sie schon des öfteren gemacht, und zwar seitdem sie angefangen hatte, die Wochenendseminare zu besuchen. Nur schien es sich diesmal freilich keineswegs um Routine zu handeln. Aber einen ganzen Vormittag lang, und drei Mann hoch! Das sah ganz so aus, als ob es diesmal um einen großen Fisch ging.
Dann ihr Friseur.
Sie hatte sich für elf Uhr angemeldet und ging auch hin, ob ihr

Lunch nun geplatzt war oder nicht. Die Besitzerin war eine weitherzige Italienerin namens Bibi. Stirnrunzelnd sah sie Charlie an, als diese eintrat, und sagte, sie werde sie heute selbst bedienen.

»Haben Sie sich schon wieder mit einem verheirateten Mann eingelassen?« schrie sie ihr ins Ohr, als sie ihr das Shampoo ins Haar rieb. »Sie sehen gar nicht gut aus, wissen Sie das? Sind Sie unartig gewesen und haben Sie jemand den Mann ausgespannt? Was machen Sie denn bloß, Charlie?«

Drei Männer, sagte Bibi, nachdem Charlie sie so weit hatte, daß sie mit der Sprache rausrückte. Gestern.

Behaupteten, von der Steuer zu sein, wollten Bibis Buch mit den Voranmeldungen und ihre Abrechnungen über die Mehrwertsteuer sehen.

Dabei war es ihnen einzig und allein darum gegangen, sie wegen Charlie auszuhorchen.

»›Wer ist hier diese Charlie?‹ fragen sie mich. ›Dann kennen Sie sie also gut, Bibi, oder?‹ – ›Klar‹, sag' ich. ›Charlie gutes Mädchen, Stammkundin.‹ – ›Soso, Stammkundin, ja? Dann redet sie auch über ihre Freunde, ja? Mit wem geht sie denn gerade? Mit wem schläft sie?‹ Reden davon, daß du Urlaub gemacht hast – mit wem du gehst, wo du in Griechenland warst. Ich sag' ihnen keinen Ton. Auf Bibi kannst dich verlassen.« Doch an der Tür, nachdem Charlie schon bezahlt hatte, war Bibi doch ein bißchen zickig geworden, und das war vorher noch nie der Fall gewesen. »Bleib vorerst mal 'ne Weile weg, okay? Will keine Scherereien haben. Mag die Bullen nicht.«

Ich weiß Gott auch nicht, Bib. Glaub mir. Und diese drei Hübschen schon gar nicht. *Je früher die Behörden Wind von dir kriegen, desto früher zwingen wir die anderen, was zu unternehmen*, hatte Joseph ihr versprochen. Doch daß es *so* gehen würde, hatte er nicht gesagt.

Als nächstes, keine zwei Stunden später, kam der hübsche Junge. Sie hatte irgendwo einen Hamburger gegessen und war dann trotz des Regens spazierengegangen; sie hatte nämlich die alberne Vorstellung, solange sie sich bewege, sei sie sicher und im Regen sogar noch sicherer. Sie ging in Richtung Westen, dachte vage an Primrose Hill, doch dann besann sie sich eines Besseren und sprang in letzter Minute auf einen Bus. Wahrscheinlich war es Zufall, doch als sie zur Bushaltestelle zurückblickte, sah sie keine fünfzig Schritt hinter sich einen Mann in ein Taxi steigen. Und als sie die Szene im Geist noch einmal abspulte, war ihr, als wäre der Zeiger am Taxometer bereits herunter gewesen, ehe er den Wagen herangewinkt hatte.

Tu nichts, was der Fiktion widerspricht, bleib bei der ihr innewohnenden Logik, hatte Joseph ihr wieder und wieder eingebleut. *Ein Patzer, und die ganze Operation ist im Eimer. Halte dich an die Fiktion, und wenn alles vorbei ist, bringen wir den Schaden wieder in Ordnung.*

Wie gehetzt, war sie drauf und dran, bei der Kostümschneiderin Schutz zu suchen und zu verlangen, daß Joseph augenblicklich zu ihr kam. Was sie letztlich davon abhielt, war ihre Treue zu ihm. Sie liebte ihn ohne Scham und ohne Hoffnung. Er war in der Welt, in der er für sie das Unterste zuoberst gekehrt hatte, die einzig ihr noch verbliebene Konstante in der Fiktion ebenso wie in der Wirklichkeit.

Infolgedessen ging sie ins Kino, und dort versuchte dann der Schönling, sich an sie ranzumachen, und ums Haar hätte sie es zugelassen. Er war groß und keck, hatte einen langen neuen Ledermantel an und eine Omabrille auf der Nase, und als er während der Pause in der Reihe immer näher rückte, ging sie blöderweise davon aus, daß sie ihn kennte und, da sie so durcheinander war, nur nicht auf seinen Namen käme. Also erwiderte sie sein Lächeln.

»Hallo, wie geht's?« rief er, als er endlich auf dem Platz neben ihr saß. »Charmian, stimmt's? Meine Güte, waren Sie phantastisch in *Alpha Beta* voriges Jahr! Wirklich umwerfend. Bedienen Sie sich«, sagte er und reichte ihr die Tüte mit Popcorn.

Plötzlich paßte überhaupt nichts mehr zusammen: sein unbekümmertes Lächeln nicht zu der totenkopfähnlichen Kinnlade, die Omabrille nicht zu seinen Rattenaugen, das Popcorn nicht zu den gewienerten Schuhen und der trockene Ledermantel nicht zum Wetter. Er war wie aus heiterem Himmel aufgetaucht und hatte offenbar nichts anderes im Sinn, als sie anzumachen.

»Soll ich den Geschäftsführer rufen, oder gehen Sie ohne Aufhebens?« fragte sie.

Er ließ sich jedoch nicht abwimmeln, protestierte, grinste geziert, fragte, ob sie denn durch nichts zu erweichen sei, doch als sie ins Foyer stürmte, um jemand zu Hilfe zu holen, war das Personal verschwunden wie Schnee im Sommer; nur eine kleine Schwarze an der Kasse war da, und die tat so, als sei sie mit dem Zählen des Kleingelds beschäftigt.

Nach Hause zu gehen erforderte mehr Mut, als sie hatte, mehr Mumm, als Joseph von ihr erwarten durfte, und so flehte sie den ganzen Weg über, sie möge sich den Fuß brechen, von einem Bus überfahren werden oder das Bewußtsein verlieren, wie es ihr sonst manchmal gelang. Es war sieben Uhr abends, und in der Kneipe war gerade Flaute. Der Koch grinste sie strahlend an, und sein frecher Freund winkte ihr wie gewöhnlich zu, als wäre sie nicht ganz richtig im Kopf. Als sie endlich drin war, knipste sie nicht wie sonst das Licht an, sondern setzte sich aufs Bett, zog auch die Vorhänge nicht zu, sondern beobachtete im Spiegel, wie zwei Männer auf dem gegenüberliegenden Bürgersteig müßig auf und ab gingen, nie ein Wort miteinander wechselten und nie zu ihr hinaufsahen. Michels Briefe waren immer noch in ihrem Versteck unter dem Dielenbrett; desgleichen ihr Paß und ihre Kampfreserve. *Dein Paß ist jetzt ein gefährliches Dokument*, hatte Joseph sie gewarnt, als er sie eindringlich über den neuen Status belehrt hatte, den sie seit Michels Tod hatte; *er hätte nie zulassen dürfen, daß du ihn auf der Fahrt benutzt. Dein Paß muß genauso gehütet werden wie deine anderen Geheimnisse.*

Cindy, dachte Charlie.

Cindy stammte aus dem Norden Englands und half nachts in der Kneipe aus. Ihr westindischer Freund saß wegen schwerer Körperverletzung im Gefängnis, und Charlie gab ihr gelegentlich kostenlos Gitarrenunterricht, um ihr zu helfen, die Zeit totzuschlagen.

»Cind«, schrieb sie. »Hier ein Geburtstagsgeschenk für Dich, egal, wann Du Geburtstag hast. Nimm sie mit nach Hause und üb darauf, bis Du halb tot bist. Begabung hast Du, gib also nicht auf! Nimm auch die Notentasche mit. Blöderweise habe ich den Schlüssel bei meiner Mum vergessen. Wenn ich sie das nächstemal besuche, bringe ich ihn mit. Aber für diese Lieder bist Du sowieso noch nicht weit genug. Herzlichst, Chas.«

Die Notentasche war die strapazierfähige Aktenmappe aus den 30er Jahren ihres Vaters mit stabilen Schlössern und haltbaren Nähten. Sie verstaute Michels Briefe, ihr Geld und ihren Paß sowie eine Menge Noten darin. Und trug sie zusammen mit ihrer Gitarre hinunter.

»Das hier ist alles für Cindy«, sagte sie dem Koch, der sich daraufhin vor Lachen kaum noch halten konnte und die Sachen ins Damenklo stellte, wo schon der Staubsauger und die leeren Flaschen standen.

Charlie ging wieder nach oben, knipste das Licht an, zog die Vorhänge zu und legte sich ihre Kriegsbemalung zu, denn heute war Peckham-Abend. Weder alle Bullen auf Erden noch all ihre toten Liebhaber konnten sie davon abhalten, mit ihrer Jugendgruppe die Pantomime einzuüben. Kurz nach elf war sie wieder zu Hause; der Bürgersteig gegenüber war leer, und Cindy hatte Gitarre und Notentasche mitgenommen. Sie rief Al an, weil sie plötzlich verzweifelt einen Mann brauchte. Keine Antwort. Der Scheißkerl vögelt wieder irgendwo rum. Daraufhin rief sie noch ein paar von ihren Freunden an, die sie in Reserve hielt, doch ohne Erfolg. Das Telefon klingelte so komisch, aber in dem Zustand, in dem sie sich befand, konnte es auch an ihr liegen. Kurz vor dem Zubettgehen warf sie noch einmal einen Blick zum Fenster hinaus, und da hatten ihre beiden Wächter wieder auf dem Bürgersteig Stellung bezogen.

Am nächsten Tag passierte gar nichts. Nur, als sie in der vagen Hoffnung, Al dort zu finden, Lucy besuchte, sagte diese ihr, Al sei wie vom Erdboden verschluckt, sie habe bereits bei der Polizei, in sämtlichen Krankenhäusern und bei allen Bekannten angerufen.

»Versuch's doch mal im Tierhort Battersea für streunende Hunde«, riet ihr Charlie. Doch als sie wieder in ihre eigene Wohnung zurückgekehrt war, rief nach kurzer Zeit ihr alter schrecklicher Al an, und zwar im Zustand alkoholisierter Hysterie.

»Komm *auf der Stelle* her, Weib. Red nicht, sondern komm, und zwar *sofort*!«

Sie ging und wußte, daß es wieder so etwas war. Wußte, daß es in ihrem Leben jetzt keine Ecke mehr gab, in der nicht Gefahr lauerte.

Al war bei Willy und Pauly untergekrochen, die nun doch nicht auseinandergehen wollten. Als Charlie hinkam, stellte sie fest, daß er seinen ganzen Fan-Klub zusammengetrommelt hatte. Robert hatte eine neue Freundin mitgebracht, ein schwachsinniges Mädchen namens Samantha mit weißem Lippenstift und malvenfarbenem Haar. Doch wie üblich war es Al, der die Bühne beherrschte.
»Du kannst mir erzählen, was du willst, es ist egal!« schrie er sie an, als sie hereinkam. »Jetzt haben wir die Bescherung! Das bedeutet Krieg, und zwar *totalen* Krieg!«
Er tobte weiter, bis Charlie ihn anschrie: »Halt jetzt endlich die Klappe und sag mir, was passiert ist.«
»Was passiert ist, Mädchen? *Passiert*? Nichts Geringeres, als daß die Konterrevolution ihre erste Salve abgefeuert hat, und zwar auf mich alten Esel.«
»Kannst du denn nicht mal klipp und klar sagen, was geschehen ist?« schrie Charlie zurück, verlor jedoch fast den Verstand, bis sie ihm endlich die Tatsachen aus der Nase gezogen hatte.
Al sei aus so einer Stammkneipe gekommen, sagte er, und da hätten diese drei Gorillas ihn angefallen. Mit einem, ja sogar mit zweien wäre er ja noch fertig geworden, aber sie waren zu dritt und außerdem knallharte Burschen, sie häten ihn gemeinsam in die Mangel genommen. Erst als sie ihn halb kastriert in den Polizeiwagen verfrachtet hatten, wär' ihm aufgegangen, daß es sich um Bullen handelte, die ihn aufgrund irgendeiner zusammengesponnenen Anzeige wegen unsittlichen Verhaltens in der Öffentlichkeit eingelocht hätten.
»Und weißt du, worum es ihnen *wirklich* ging, ja?« Er zeigte mit dem ausgestreckten Arm auf sie. »Um *dich*, Mädchen! Um *dich* und *mich* und unsere Scheißpolitik, kapiert? Und ob wir wohl zufällig irgendwelche netten palästinensischen Aktivisten in unserem Freundeskreis hätten. Zwischendurch wollten sie mir weismachen, ich hätte im Klo von der *Rising Sun* den Pimmel rausgeholt, hätte irgendeinem reizenden Jung-Bullen einen unsittlichen Antrag und mit der rechten Hand Wichsbewegungen gemacht! Und als sie damit aufhörten, sagten sie mir, sie würden mir die Fingernägel einzeln ausreißen und mich für zehn Jahre nach Sing-Sing bringen, weil ich mit meinen schwulen Radikalenfreunden wie Willy und

Pauly hier auf irgendwelchen griechischen Inseln anarchistische Umsturzpläne geschmiedet hätte. Ich meine, jetzt reicht's, Mädchen! Das ist erst der Anfang, und wir in diesem Raum sind in vorderster Front.«
Sie hätten ihn so geohrfeigt, daß er sein eigenes Wort nicht mehr habe verstehen können, sagte er; er habe Straußeneier zwischen den Beinen, und sieh dir mal diese Schramme hier am Arm an! Vierundzwanzig Stunden lang hätten sie ihn eingebuchtet gehalten und sechs Stunden davon ausgequetscht. Sie hätten ihm angeboten zu telefonieren, aber kein Kleingeld gegeben, und als er das Telefonbuch verlangt habe, sei das verlorengegangen gewesen, und so habe er nicht mal seinen Agenten anrufen können. Dann hätten sie aus unerfindlichen Gründen die Anklage wegen unsittlichen Verhaltens in der Öffentlichkeit fallenlassen und ihn auf Kaution freigelassen.
Unter den Anwesenden befand sich auch ein junger Mann namens Matthew, ein Buchhalterlehrling mit weichem Kinn, der hier nach den Alternativen des Lebens Ausschau hielt; und er hatte eine Wohnung. Zu seiner Überraschung ging Charlie mit ihm hin und schlief mit ihm. Für den nächsten Tag waren keine Proben angesetzt, und sie hatte vorgehabt, ihre Mutter zu besuchen, doch als sie gegen Mittag in Matthews Bett aufwachte, hatte sie einfach nicht den Mumm hinzufahren, und so rief sie sie an und sagte ab, und das schmiß wahrscheinlich die Polizei restlos, denn als sie am Abend vor der Goanesischen Kneipe ankam, standen schon ein Mannschaftswagen am Bürgersteig und ein uniformierter Wachtmeister in der offenen Tür und neben ihm der Koch, der sie mit asiatischer Verlegenheit angrinste.
Es ist soweit, dachte sie ruhig. Wird auch allerhöchste Zeit. Endlich haben sie sich aus dem Dickicht hervorgewagt.
Der Wachtmeister war der Zornige-Augen-kurz-geschorenes-Haar-Typ, der einen Rochus auf die ganze Welt hat, aber auf Inder und hübsche Mädchen ganz besonders. Vielleicht war es sein Haß, der ihn in diesem entscheidenden Augenblick des Dramas dafür blind machte, wer Charlie sein könnte.
»Die Kneipe ist vorübergehend geschlossen«, fauchte er sie an. »Suchen Sie sich was anderes.«

Trauer ruft besondere Reaktionen hervor. »Ist jemand gestorben?« fragte sie ängstlich.
»Wenn ja – mir hat man jedenfalls nichts davon gesagt. Eine verdächtige Person ist beobachtet worden, die vermutlich einbrechen wollte. Meine Beamten gehen der Sache gerade nach. Und jetzt weiter!«
Vielleicht hatte er schon zu lange Dienst und war müde. Vielleicht wußte er auch nicht, wie schnell ein impulsives Mädchen denken und sich ducken kann. Jedenfalls schoß sie unter seinen Augen in die Kneipe und knallte im Laufen die Tür hinter sich ins Schloß. Das Lokal war leer, die Geräte waren ausgeschaltet. Ihre Wohnungstür war geschlossen, doch hörte sie dahinter das Gemurmel von Männerstimmen. Unten schrie der Wachtmeister und hämmerte gegen die Tür. Sie hörte: »*Sie*! Lassen Sie das. Kommen Sie raus!« Aber nur ganz leise. Sie dachte: Schlüssel, und machte die Handtasche auf. Sah das weiße Kopftuch und setzte das statt dessen auf, ein fliegender Kostümwechsel zwischen zwei Szenen. Dann klingelte sie, zweimal und sehr zuversichtlich. Und hob dann die Klappe ihres Briefschlitzes in die Höhe.
»Chas? Bist du da? Ich bin's, Sandy.«
Totenstille plötzlich, dann Schritte und ein geflüstertes: »Harry, schnell!« Die Tür ging zögernd auf, und sie starrte einem grauhaarigen, wilden kleinen Mann in grauem Anzug in die Augen. Hinter ihm sah sie überall verstreut die Reste dessen, was ihr von Michel geblieben war, ihr Bett war hochkant gestellt, die Poster von den Wänden genommen, der Teppich aufgerollt und die Dielenbretter geöffnet. Sie sah eine nach unten gerichtete Kamera auf einem Stativ und einen zweiten Mann, der durch den Sucher spähte, darunter waren etliche von den Briefen ihrer Mutter ausgebreitet. Sie sah Meißel und Zangen, und ihr Möchtegern-Aufreißer mit der Omabrille aus dem Kino, der zwischen einem Haufen ihrer teuren neuen Kleider kniete, und sie erkannte auf einen Blick, daß sie nicht in die Untersuchung hineingeplatzt war, sondern in den Einbruch.
»Ich suche meine Schwester Charmian«, sagte sie. »Wer um alles auf der Welt sind Sie?«
»Sie ist nicht hier«, erwiderte der Grauhaarige, und Charlie bekam

eine Spur Waliser Akzent mit und bemerkte Kratzspuren an seinem Kinn.

Während er sie noch immer anblickte, hob er die Stimme und bellte fast: »Sergeant Mallis! Sergeant Mallis, schaffen Sie die Dame hier raus, und nehmen Sie ihre Personalien auf.«

Die Tür wurde ihr vor der Nase zugeschlagen. Von unten hörte sie den glücklosen Sergeant immer noch lauthals schreien. Leise stieg sie die Treppe hinunter, ging aber nur bis zur Mitte des Hausflurs. Dort zwängte sie sich zwischen Haufen von Pappkartons zur Hoftür durch, die zwar verriegelt, aber nicht abgeschlossen war. Der Hof führte auf einen Garagenplatz und der Garagenplatz auf die Straße, in der Miß Dubber wohnte. Als sie an deren Fenster vorüberkam, klopfte Charlie dagegen und winkte ihr fröhlich zu. Wie sie das schaffte, woher sie ihre Geistesgegenwart hatte, sollte sie nie erfahren. Sie ging weiter, und keine Schritte oder wütenden Stimmen folgten ihr, kein Auto hielt mit quietschenden Bremsen neben ihr. Sie erreichte die Hauptstraße, und irgendwo unterwegs streifte sie einen Lederhandschuh über; wie Joseph ihr gesagt hatte, sollte sie das tun, falls und wenn sie sie jagten. Sie sah ein leeres Taxi und winkte es heran. Nun, dachte sie erheitert, da wären wir alle. Erst viel, viel später in einem ihrer vielen Leben kam ihr der Gedanke, daß sie sie möglicherweise absichtlich hatten laufenlassen.

Joseph hatte erklärt, auf ihren Fiat dürfe sie auf gar keinen Fall zurückgreifen, und widerstrebend sah sie ein, daß er recht hatte. So bewegte sie sich etappenweise weiter und überstürzte nichts. Das redete sie sich selbst ein. Nach dem Taxi nehmen wir einen Bus, sagte sie sich, gehen ein Stück zu Fuß und fahren dann mit der U-Bahn. In ihrem Kopf war alles glasklar, nur mußte sie ihre Gedanken hintereinander kriegen; ihre Heiterkeit hatte sich nicht gelegt; sie wußte, daß sie sich ihrer Reaktionen ganz sicher sein mußte, ehe sie ihren nächsten Schritt machte, denn wenn sie dies jetzt verpatzte, verpatzte sie alles. Joseph hatte ihr das gesagt, und sie glaubte ihm.

Ich bin auf der Flucht. Sie sind hinter mir her. Himmel, Helg, was mach' ich nur?

Diese Nummer dürfen Sie nur im äußersten Notfall anrufen, Charlie. Wenn Sie anrufen, und es war gar nicht unbedingt nötig, werde ich sehr böse, hören Sie?

Ja, Helg, ich hab' verstanden.
Sie saß in einem Pub, trank einen von Michels Wodkas und rief sich den Rest jenes kostenlosen Rats ins Gedächtnis, den Helga ihr gegeben hatte, als Mesterbein draußen im Auto gehockt hatte. Überzeuge dich, daß niemand dir folgt. Benutze nicht das Telefon von Freunden oder von deiner Familie. Und ruf auch nicht von der Telefonzelle an der Ecke an oder von der Zelle auf der anderen Straßenseite oder von der weiter unten an der Straße oder weiter oben an der Straße, wo du wohnst.
Niemals, hören Sie? Die sind alle außerordentlich gefährlich. Die Bullen können eine Leitung in Null Komma nichts anzapfen, da können Sie ganz sicher sein. Und niemals dasselbe Telefon zweimal benutzen. Hören Sie, Charlie?
Ja, Helg, ich höre dich sehr gut.
Sie trat auf die Straße hinaus und sah einen Mann, der in ein unbeleuchtetes Schaufenster starrte, während ein zweiter sich von ihm entfernte und auf ein Auto mit Antenne zuging. Jetzt hatte der Schrecken sie gepackt, und es war so schlimm, daß sie sich am liebsten wimmernd aufs Pflaster gelegt, alles gestanden und die Welt gebeten hätte, sie in Gnaden wieder aufzunehmen. Die Leute vor ihr waren genauso bedrohlich wie die Leute hinter ihr, die gespenstischen Linien des Bordsteins führten zu irgendeinem schrecklichen, verschwindenden Punkt, der ihr eigener Untergang war. Helga, flehte sie; ach, Helga, hol mich hier raus! Sie nahm einen Bus, der in die falsche Richtung fuhr, wartete, nahm einen anderen und ging wieder zu Fuß weiter, mied jedoch die U-Bahn, weil der Gedanke, irgendwo unter der Erde zu sein, ihr Angst machte. Folglich wurde sie schwach, nahm sich wieder ein Taxi und schaute zum Rückfenster hinaus. Niemand folgte ihr. Die Straße war leer. Zum Teufel mit dem Zu-Fuß-Gehen, zum Teufel mit der U-Bahn und mit den Bussen.
»Nach Peckham«, sagte sie zu dem Fahrer und fuhr großartig vor. Der Saal, in dem sie probten, lag hinter einer Kirche, ein scheunenartiges Ding neben einem Abenteuerspielplatz, auf dem die Kinder schon vor langer Zeit alles kurz und klein geschlagen hatten. Um dort hinzukommen, mußte sie an einer Reihe von Eiben entlanggehen. Nirgends war Licht, doch sie drückte wegen Lofty auf die

Klingel. Lofty, ein ehemaliger Boxer, war der Nachtwächter, der seit den Geldkürzungen jedoch höchstens dreimal in der Woche kam. Ihr fiel ein Stein von der Seele, als sich auf ihr Klingeln hin keine Schritte vernehmen ließen. So schloß sie auf und trat ein. Die kalte abgestandene Luft erinnerte sie an die Kirche in Cornwall, die sie betreten hatte, nachdem sie ihr Gebinde auf das Grab des unbekannten Revolutionärs gelegt hatte. Sie zog die Tür hinter sich zu und riß ein Streichholz an. Das Flämmchen spiegelte sich flackernd in den glänzenden grünen Kacheln und dem hohen Gewölbe der viktorianischen Deckenkonstruktion aus Fichtenholz. Um sich bei Laune zu halten, rief sie lustig »Loftiii«. Das Streichholz ging aus, doch sie fand die Kette an der Tür und ließ sie in der Gleitschiene einrasten, ehe sie ein neues Streichholz anzündete. Ihre Stimme, ihre Schritte und das Gerassel der Kette hallten in dem pechdunklen Raum noch stundenlang wie verrückt wider.

Sie dachte an Fledermäuse und andere Widerwärtigkeiten; daran, daß ihr Tang übers Gesicht gezogen wurde. Eine Treppe mit eisernem Handlauf führte auf eine hölzerne Empore hinauf, die schönfärberisch »Gemeinschaftsraum« genannt wurde und die sie seit ihrem heimlichen Besuch in der Münchener Atelierwohnung an Michel erinnerte. Sie griff nach dem Geländer und ging daran nach oben, stand dann regungslos auf der Empore, starrte hinunter ins Dunkel des Saals und horchte, bis sich ihre Augen an das Dunkel gewöhnt hatten. Sie erkannte die Bühne, dann die wallenden psychedelischen Wolken, die den Hintergrund ihres Bühnenbilds bildeten, dann die Tragebalken und das Dach. Sie entdeckte den silbernen Schimmer ihres einzigen Scheinwerfers, ein umgebauter Autoscheinwerfer, den ein Junge namens Gums von den Bahamas auf einem Autofriedhof geklaut hatte. Auf der Empore stand ein altes Sofa und daneben ein Tisch mit einer hellen Plastikplatte, in der sich der durch das Fenster hereinfallende Helligkeitsschimmer der Stadt fing. Auf dem Tisch stand ein schwarzes, ausschließlich für den dienstlichen Gebrauch bestimmtes Telefon, und daneben lag das Schulheft, in das man Privatgespräche eintragen sollte, über die mindestens sechsmal jeden Monat großes Geschrei angestimmt wurde.

Charlie saß auf dem Sofa und wartete, bis ihr Magen sich ent-

krampft und ihr Pulsschlag unter die Dreihundertgrenze gerutscht war. Dann hob sie das Telefon samt Hörer vom Tisch herunter und stellte es auf den Boden. In der Tischschublade waren immer ein paar Haushaltskerzen gewesen, falls die Beleuchtung mal ausfiel, was häufig der Fall war, aber jemand hatte auch die mitgehen lassen. So blieb ihr nichts anderes übrig, als die Seite eines alten Gemeindeblättchens zu einem Fidibus zusammenzudrehen, und nachdem sie ihn in eine schmutzige Teetasse gesteckt hatte, zündete sie ein Ende an, um ein Licht zu bekommen. Mit dem Tisch darüber und der Balustrade der Empore daneben war die Flamme so wenig zu sehen, wie es nur irgend ging. Trotzdem blies sie sie aus, sobald sie gewählt hatte. Sie mußte fünfzehn Zahlen wählen, und beim erstenmal gab das Telefon nur einen Mißton von sich. Beim zweitenmal verwählte sie sich und bekam irgendeinen Italiener an die Strippe, der sie wüst beschimpfte. Beim dritten Mal rutschte ihr die Fingerspitze ab, aber beim vierten Versuch kam ein gedankenvolles Schweigen, dem das Klingeln eines Anschlusses auf dem Festland folgte. Viel später folgte die schrille, deutsch sprechende Stimme von Helga.
»Hier spricht Johanna«, sagte Charlie. »Wissen Sie noch?« – Wieder gedankenvolles Schweigen.
»Wo sind Sie, Johanna?«
»Kümmern Sie sich doch um Ihren eigenen Dreck.«
»Haben Sie Probleme, Johanna?«
»Eigentlich nicht. Ich wollt' bloß danke schön sagen, daß Sie mir die Bullen auf den Hals gehetzt haben.«
Dann packte sie, das muß zu ihrem Ruhm gesagt werden, die alte Wahnsinnswut, und sie ließ ihr mit einer Hemmungslosigkeit freien Lauf, wie sie sie seit jenem Tag, an den sie sich nicht erinnern durfte, nicht mehr hatte aufbringen können, als Joseph sie einen Blick auf ihren jungen Liebhaber hatte werfen lassen, ehe sie ihn in die Luft hatten gehen lassen.

Schweigend hörte Helga sie bis zu Ende an. »Wo sind Sie?« sagte sie, als Charlie fertig zu sein schien. Sie sprach mit größter Zurückhaltung, als verstoße sie gegen ihre eigenen Regeln.

»Vergessen Sie's«, sagte Charlie.
»Kann man Sie irgendwo erreichen? Sagen Sie mir, wo sie die nächsten achtundvierzig Stunden sind.«
»Nein.«
»Könnten Sie mich bitte in einer Stunde noch mal anrufen?«
»Kann ich nicht.«
Langes Schweigen. »Wo sind die Briefe?«
»In Sicherheit.«
Nochmals Schweigen. »Nehmen Sie Bleistift und Papier.«
»Brauche ich nicht.«
»Trotzdem. Sie sind nicht in der Verfassung, um etwas genau behalten zu können. Fertig?«
Keine Adresse, und auch keine Telefonnummer. Dafür Straßenangaben, eine Zeit und genaue Anweisungen, wie sie zu dem Treffpunkt kommen sollte. »Tun Sie genau, was ich Ihnen sage. Wenn Sie es nicht schaffen, wenn Sie noch mehr Schwierigkeiten haben, rufen Sie die Nummer an, die auf Antons Visitenkarte steht, und sagen Sie, Sie wollten sich mit Petra in Verbindung setzen. Bringen Sie die Briefe mit. Hören Sie mich? Petra, und die Briefe mitbringen! Wenn Sie die Briefe nicht mitbringen, werden wir sehr, sehr böse auf Sie sein.«
Als Charlie auflegte, hörte sie, wie unten im Zuschauerraum ein einzelnes Paar Hände leise Beifall klatschte. Sie trat an die Balustrade, blickte hinunter und sah zu ihrer unsagbaren Wonne Joseph ganz allein in der Mitte der ersten Reihe sitzen. Sie machte kehrt und flog die Treppe zu ihm hinunter. Als sie die unterste Stufe erreichte, erwartete er sie mit ausgebreiteten Armen. Er hatte Angst, daß sie in der Dunkelheit ausrutschen könnte. Er küßte sie und hörte nicht auf, sie zu küssen; dann führte er sie wieder auf die Empore hinauf, hielt auch an der schmalsten Stelle der Treppe noch den Arm um sie gelegt, in der anderen Hand trug er einen Korb.
Er hatte Räucherlachs und eine Flasche Wein mitgebracht, hatte alles unausgepackt auf den Tisch gestellt. Er wußte, wo die Teller unter dem Ausguß standen und wie man den Heizofen an die Extrasteckdose des Herds anschloß. Er hatte eine Thermosflasche mit Kaffee und ein paar ziemlich vergammelte Wolldecken aus Loftys Höhle unten heraufgebracht. Er stellte die Thermosflasche

mit den Tellern hin und ging dann herum, um die großen viktorianischen Türen zu überprüfen und von innen zu verriegeln. Selbst in dem dämmerigen Licht erkannte sie – sah es an der Haltung seines Rückens und seinen bewußt vertraulichen Bewegungen –, daß er etwas tat, was nicht im Rollenbuch stand, er verschloß die Türen vor allem, was nicht in ihre Welt gehörte. Er setzte sich neben sie aufs Sofa und legte eine Wolldecke um sie, denn gegen die Kälte im Saal mußte man wirklich etwas unternehmen genauso wie gegen ihr Zittern, mit dem sie nicht aufhören konnte. Der Anruf bei Helga hatte sie vor Angst ganz krank gemacht wie die Scharfrichteraugen des Polizisten in ihrer Wohnung, wie die sich häufenden Tage des Wartens und nur halb Wissens, was viel, viel schlimmer war, als überhaupt nichts zu wissen.

Das einzige Licht kam von dem Heizofen und beleuchtete sein Gesicht von unten wie ein bleiches Rampenlicht aus jener Zeit, als man im Theater noch diese Beleuchtung verwendete. Sie erinnerte sich daran, daß er ihr in Griechenland erzählt hatte, die antiken Stätten anzustrahlen, sei ein Akt des modernen Vandalismus; die Tempel seien gebaut worden, um mit der Sonne über ihnen und nicht unter ihnen gesehen zu werden. Er hatte ihr unter der Decke den Arm um die Schultern gelegt, und ihr fiel auf, wie dünn sie neben ihm war.

»Ich habe abgenommen«, sagte sie, und das war so etwas wie eine Warnung an ihn.

Er antwortete nicht, hielt sie aber fester, um ihr Zittern zu bezwingen, es in sich aufzunehmen und sich zu eigen zu machen. Ihr ging durch den Kopf, daß sie trotz all seiner Ausflüchte und Verkleidungen im Grunde immer gewußt hatte, daß er ein gütiger Mann war, der instinktiv für jeden Sympathie übrig hatte, in der Schlacht wie im Frieden ein bekümmerter Mann, der es haßte, Schmerz zuzufügen. Sie legte ihm die Hand ans Gesicht und spürte erfreut, daß er sich nicht rasiert hatte, denn heute abend wollte sie nicht daran denken, daß er etwas aus Berechnung tat, obwohl es nicht ihre erste Nacht war, aber auch noch nicht ihre fünfzigste – sie waren ein altes rasendes Liebespaar, das die Hälfte der Motels Englands hinter sich hatte, außerdem Griechenland und Salzburg und Gott weiß wieviel andere Leben noch; denn plötzlich war ihr klar, daß die ganze

Fiktion, die sie gemeinsam durchlebt hatten, nichts war als das Vorspiel für diese Nacht der Tatsachen.

Er nahm ihre Hand weg, zog Charlie an sich und küßte sie auf den Mund, und sie reagierte keusch und wartete darauf, daß er die Leidenschaften in ihr entzündete, von denen sie so oft gesprochen hatten. Sie liebte seine Handgelenke, seine Hände. Nie waren Hände so wissend gewesen. Er berührte ihr Gesicht, ihren Hals, ihre Brüste, und sie hielt sich zurück, küßte ihn nicht, weil sie eines nach dem anderen genießen wollte: Jetzt küßt er mich, jetzt berührt er mich, zieht er mich aus, er liegt in meinen Armen, wir sind nackt, wir liegen wieder am Strand, auf dem kratzenden Sand von Mykonos, wir sind barbarisch verschandelte Bauten, und die Sonne versengt uns von unten. Er lachte, rollte von ihr weg und zog den Elektroofen zurück. Und bei all ihren Liebeserfahrungen hatte sie nie etwas so Schönes gesehen wie seinen über die rote Glut gebeugten Körper, das Feuer war da am hellsten, wo sein eigener Körper brannte. Er kehrte zu ihr zurück, kniete neben ihr nieder und fing noch einmal von vorn an, für den Fall, daß sie die Geschichte bis zu diesem Punkt vergessen hatte, und küßte und berührte alles mit einem sanften Inbesitznehmen, das nach und nach alle Scheu verlor, aber er kehrte immer wieder zu ihrem Gesicht zurück, denn es war ihnen beiden ein Bedürfnis, sich immer wieder zu sehen und zu schmecken und zu versichern, daß sie wirklich die waren, die zu sein sie behaupteten. Schon lange ehe er in sie eindrang, war er der beste, der einzige, unvergleichliche Liebhaber, den sie nie gehabt hatte, der ferne Stern, dem sie durch dieses verkommene Land gefolgt war. Wäre sie blind gewesen, sie hätte es an seiner Berührung erkannt; hätte sie im Sterben gelegen, an seinem traurigen Siegerlächeln, das Schrecken und Ungläubigkeit besiegte, weil es dort vor ihr war; an seiner instinktiven Kraft, sie zu kennen und ihr Wissen zu vertiefen.

Als sie aufwachte, saß er beschützend bei ihr und wartete darauf, daß sie zu sich kam. Er hatte alles fortgepackt.

»Es ist ein Junge«, sagte er und lächelte.

»Es sind Zwillinge«, erwiderte sie, zog seinen Kopf herunter, bis er an ihrer Schulter ruhte. Er wollte etwas sagen, doch sie unterbrach ihn streng, warnend. »Ich möchte nicht, daß du aus der Schule plauderst«, sagte sie. »Keine Tarngeschichten, keine Entschuldigungen, keine Lügen. Wenn es zum Dienst gehört, sag's mir nicht. Wie spät ist es?«

»Mitternacht.«

»Dann komm wieder ins Bett.«

»Marty möchte mir dir reden«, sagte er.

Aber etwas in seiner Stimme und der Art und Weise, wie er es sagte, verrieten ihr, daß dies nicht auf Marty, sondern auf ihn zurückging.

Es war Josephs Wohnung.

Das wußte sie, sobald sie eingetreten war: eine rechteckige kleine Gelehrtenklause zu ebener Erde irgendwo in Bloomsbury, mit Spitzengardinen und Platz nur für einen kleinen Bewohner. An einer Wand hingen Pläne der Londoner Innenstadt; an der anderen stand ein Sideboard mit zwei Telefonen. Ein unbenutztes Klappbett nahm eine dritte Wand ein, und an der vierten stand ein Kiefernholzschreibtisch mit einer alten Lampe darauf. Neben den Telefonen blubberte eine Kaffeemaschine, und im Kamin brannte ein Feuer. Marty stand nicht auf, als sie hereinkam, sondern wandte den Kopf zu ihr um und schenkte ihr das herzlichste und schönste Lächeln, mit dem er sie je bedacht hatte, doch vielleicht meinte sie das auch nur, weil sie selbst die Welt so freundlich sah. Er streckte die Arme nach ihr aus, und sie beugte sich über ihn und ließ sich ausgiebig väterlich von ihm umarmen: meine Tochter, von ihren Reisen zurück. Sie saß ihm gegenüber, während Joseph im Schneidersitz auf den Boden hockte wie ein Araber, so, wie er auf der Hügelkuppe gesessen hatte, als er sie zu sich heruntergezogen und ihr einen Vortrag über die Pistole gehalten hatte.

»Wollen Sie sich mal selbst hören?« lud Kurtz sie ein und zeigte auf ein neben ihm stehendes Bandgerät. Sie schüttelte den Kopf. »Charlie, Sie waren hinreißend. Nicht die Drittbeste und auch nicht die Zweitbeste, sondern ganz unbestreitbar die Beste, die es je gab.«

»Er schmeichelt dir«, warnte Joseph sie, aber er meinte das nicht komisch.

Eine kleine braungekleidete Dame kam, ohne anzuklopfen, herein, und es ging darum, wer Zucker nahm und wer nicht.

»Charlie, es steht Ihnen frei auszusteigen«, sagte Kurtz, nachdem sie wieder gegangen war. »Joseph besteht darauf, daß ich Sie laut und deutlich darauf hinweise. Gehen Sie jetzt, und Sie gehen mit Ehren. Stimmt's, Joseph? Viel Geld und viel Ehr'. Alles, was wir Ihnen versprochen haben, und noch mehr.«

»Ich hab's ihr schon gesagt«, erklärte Joseph.

Sie sah, daß Kurtz' Lächeln breiter wurde, um seine Verwirrung zu verbergen. »Natürlich hast du es ihr gesagt, Joseph, aber jetzt sage *ich* es ihr noch mal. Möchtest du nicht, daß ich das tu'? Charlie, Sie haben für uns den Deckel einer Büchse voller Würmer gelüftet, hinter denen wir schon seit langer Zeit her sind. Sie haben mehr Namen und Orte und Verbindungen für uns aufgedeckt, als Sie wissen, und es werden sich noch mehr daraus ergeben, ob Sie nun weitermachen oder nicht. In Ihrer näheren Umgebung sind Sie immer noch sauber, und wenn irgendwo Dreck ist – nun, geben Sie uns ein paar Monate Zeit, und wir bereinigen das für Sie. Wir ziehen Sie eine Zeitlang aus dem Verkehr, damit die Dinge sich abkühlen. Nehmen Sie einen Freund oder eine Freundin mit – wenn Sie das möchten, Sie haben ein Recht darauf, es zu tun.«

»Er meint es ernst«, sagte Joseph. »Sag nicht einfach, du machst weiter. Überleg es dir genau!«

Wieder fiel ihr eine gewisse Gereiztheit an Martys Stimme auf, als er sich an seinen Untergebenen wandte:

»Selbstverständlich meine ich es ernst, und wenn ich es nicht ernst meinte – dies wäre der letzte Augenblick auf Erden, damit zu liebäugeln, es nicht ernst zu meinen«, sagte er und schaffte es am Ende noch, seine scharfe Erwiderung in einen Witz zu verwandeln.

»Wo stehen wir denn?« fragte Charlie. »Was ist es denn für ein Augenblick?«

Joseph wollte etwas sagen, doch Marty fiel ihm wie einem schlechten Autofahrer ins Steuer. »Charlie, in dieser Sache gibt es ein Oben und ein Unten. Bis jetzt haben Sie sich oben bewegt, es aber trotzdem fertiggebracht, uns zu zeigen, was weiter unten vorgeht. Aber von jetzt an – nun, könnte alles ein wenig anders laufen. So sehen wir das jedenfalls. Könnte sein, daß wir uns irren, aber zumindest deuten wir die Zeichen so.«

»Er meint damit, daß du bis jetzt in Freundesland gewesen bist. Wir

haben in deiner Nähe sein können, wir hätten dich herausholen können, falls das nötig gewesen wäre. Doch damit ist es jetzt vorbei. Du wirst eine der ihren sein. Teilst ihr Leben. Ihre Denkweise, ihre Verhaltensnormen. Könnte sein, daß du wochen-, ja monatelang ganz auf dich allein gestellt bist.«
»Vielleicht nicht völlig auf dich allein gestellt, aber du könntest uns nicht erreichen, das stimmt wohl im großen und ganzen«, räumte Marty ein. Er lächelte, doch er lächelte nicht Joseph an. »Aber wir werden in der Nähe sein, Sie können auf uns zählen.«
»Zu welchem Zweck?« fragte Charlie.
Marty schien vorübergehend verwirrt. »Was für ein Zweck, meine Liebe – der Zweck, der diese Mittel heiligt? Ich glaube, ich habe nicht richtig verstanden, was Sie meinen.«
»Wonach soll ich suchen? Wann werden Sie zufrieden sein?«
»Charlie, wir sind schon jetzt mehr als zufrieden«, sagte Marty liebenswürdig, und sie wußte, daß er Ausflüchte machte.
»Das, worum es uns geht, ist ein Mann«, sagte Joseph unvermittelt, und sie sah, wie Martys Kopf zu ihm herumfuhr, bis sie sein Gesicht nicht mehr sehen konnte. Aber Josephs Gesicht konnte sie sehen, und sein eindringlicher Blick, mit dem er Martys begegnete, war von einer trotzigen Offenheit, die sie bisher noch nicht bei ihm erlebt hatte.
»Charlie, unser Ziel ist ein Mann«, gab Marty schließlich zu und wandte sich wieder ihr zu. »Wenn Sie weitermachen, müssen Sie sich darüber im klaren sein.«
»Khalil«, sagte sie.
»Richtig, Khalil«, sagte Marty. »Khalil steht an der Spitze ihrer ganzen europäischen Organisation. Er ist der Mann, den wir haben müssen.«
»Er ist gefährlich«, sagte Joseph. »Er ist so gut, wie Michel schlecht war.«
Vielleicht um ihn auszumanövrieren, knüpfte Kurtz an diesen Gedanken an. »Khalil hat keinen Menschen, auf den er sich verläßt, keine feste Freundin. Er schläft niemals zwei Nächte hintereinander im selben Bett. Er hat sich von den Menschen gelöst, hat seine Grundbedürfnisse auf ein Minimum beschränkt, so daß er fast unabhängig ist. Ein Mann, der außerordentlich klug vorgeht«,

schloß Kurtz und bedachte sie mit einem besonders nachsichtigen Lächeln. Doch als er sich eine neue Zigarre anzündete, erkannte sie am Zittern des Streichholzes, daß er sehr ärgerlich war.
Warum schwankte sie nicht?
Eine ungewöhnliche Ruhe hatte sich ihrer bemächtigt, eine Klarheit des Gefühls, wie sie sie bisher noch nie erlebt hatte. Joseph hatte nicht mir ihr geschlafen, um sie fortzuschicken, sondern um sie zurückzuhalten. Er durchlitt für sie all die Ängste und Befürchtungen, die eigentlich sie haben sollte. Trotzdem wußte sie, daß in diesem geheimen Mikrokosmos, bei dieser Existenz, die sie für sie geschaffen hatten, jetzt einen Rückzieher zu machen, bedeutete, für immer auszusteigen; daß eine Liebe, die sich nicht weiterentwickelte, sich niemals erneuern konnte; sie konnte nur in die Grube der Mittelmäßigkeit stürzen, der auch Charlies andere Lieben ausgeliefert waren, seitdem sie ihr Leben mit Joseph begonnen hatte. Die Tatsache, daß er wollte, daß sie aufhörte, hielt sie nicht zurück; im Gegenteil, sie bestärkte sie in ihrem Entschluß. Sie waren Partner. Sie waren ein Liebespaar. Sie waren einem gemeinsamen Schicksal, gemeinsamem Vorwärtsgehen verbunden.
Sie fragte Kurtz, woran sie das Wild, das Opfer erkennen könne. Ob er aussehe wie Michel? Marty schüttelte den Kopf und lachte. »Ach, meine Liebe – er hat sich unseren Fotografen nie gestellt.«
Während Joseph bewußt von ihm weg auf das verrußte Fenster starrte, stand Kurtz schnell auf und holte aus einer alten schwarzen Aktentasche, die neben seinem Lehnsessel gestanden hatte, etwas heraus, das wie eine dicke Kugelschreibermine aussah, die an einem Ende angewürgt war und aus der zwei rote Drähte wie die Fühler eines Hummers herausguckten.
»Das hier nennen wir einen Zünder, meine Liebe«, erklärte er und tippte mit seinem knubbeligen Finger munter auf die Patrone. »Hier am Ende ist der Mündungspfropfen, und in diesen Mündungspfropfen führen die beiden Drähte. Ein Stückchen von dem Draht braucht er. Das, was übrigbleibt, legt er so zusammen.« Er holte eine kleine Drahtzange aus der Aktenmappe hervor, knipste nacheinander die Drähte ab, so daß noch etwa vierzig Zentimeter daran blieben. Dann wand er den Rest des Drahtes mit einer flinken, geübten Bewegung zu einem säuberlichen Strang zusammen

und wickelte das letzte Stück wie einen Gürtel darum. Darauf gab er es ihr in die Hand. »Dies Püppchen ist für uns seine Signatur. Früher oder später hat jeder eine Signatur. Das ist seine.«
Sie ließ es sich von ihm wieder aus der Hand nehmen.
Joseph hatte eine Adresse für sie, wo sie hingehen konnte. Die kleine Dame in Braun brachte sie an die Tür. Charlie trat auf die Straße und stellte fest, daß bereits ein Taxi auf sie wartete. Es war früher Morgen, und die Spatzen fingen an zu tschilpen.

Kapitel 20

Sie machte sich früher auf den Weg, als Helga ihr gesagt hatte, teils weil sie sich leicht unnötig Sorgen machte und teils weil sie sich bewußt mit dicker Skepsis gegen den ganzen Plan gewappnet hatte. Was, wenn es nicht funktioniert? hatte sie eingewandt – wir sind hier in England, Helg, nicht im supertüchtigen Deutschland –, was ist, wenn sie besetzt ist, wenn du anrufst? Aber Helga hatte es abgelehnt, auf diese Einwände einzugehen: Tu genau, was ich dir sage, alles andere überlasse mir! Also fuhr sie ganz brav an der Gloucester Road los und setzte sich nach oben; doch statt den ersten Bus nach halb acht zu nehmen, bekam sie schon den um zwanzig nach sieben. In der U-Bahn-Station Tottenham Court Road hatte sie Glück; sie kam gerade auf den Bahnsteig für die nach Süden fahrenden Züge, als ein Zug einlief, und so mußte sie am Bahnhof Embankment wie ein Mauerblümchen warten, bis sie ein letztesmal umstieg. Es war Sonntag morgen, und abgesehen von einigen wenigen, die keinen Schlaf fanden, und ein paar Kirchgängern war sie der einzige Mensch in ganz London, der auf war. Als sie die City erreichte, war diese leergefegt, und sie brauchte nur die Straße zu suchen, da sah sie auch schon hundert Schritt weiter – genauso, wie Helga gesagt hatte – die Telefonzelle, die sie begrüßte wie ein Leuchtturm. Sie war leer.

»Erst gehen Sie die Straße bis zum Ende hinunter, dann machen Sie kehrt und kommen zurück«, hatte Helga gesagt. Gehorsam ging sie also erst einmal an der Telefonzelle vorüber und stellte fest, daß sie nicht allzu demoliert aussah; inzwischen war sie jedoch zu dem Schluß gekommen, daß es ein aberwitzig auffälliger Platz war, um dort herumzustehen und auf Anrufe von internationalen Terroristen zu warten. Sie kehrte um und ging wieder zurück, und zu ihrem großen Verdruß betrat ausgerechnet in diesem Moment vor ihr ein Mann die Zelle und zog die Tür hinter sich zu. Sie warf einen Blick auf ihre Armbanduhr: noch zwölf Minuten bis zur verabredeten Zeit, also kein Grund zur Aufregung. Sie nahm ein paar Schritt weiter Aufstellung und wartete. Er trug eine Schirmmütze wie ein Fischer und eine Fliegerjacke aus Leder mit Pelzkragen, zuviel für einen so drückenden Tag. Er hatte ihr den Rücken zugewandt und redete non-stop italienisch. Daher braucht er die pelzgefütterte Jacke, dachte sie: sein südliches Temperament mag unser Klima nicht. Charlie selbst trug die Kleider, die sie angehabt hatte, seit sie den jungen Matthews bei Als Party abgeschleppt hatte: alte Jeans und ihre tibetanische Jacke. Sie hatte sich das Haar gekämmt, aber nicht gebürstet; sie fühlte sich bedrückt und gehetzt und hoffte, auch so auszusehen.

Noch sieben Minuten. Der Mann in der Telefonzelle ließ einen dieser leidenschaftlichen italienischen Monologe vom Stapel, bei denen es ebensogut um unerwiderte Liebe wie um die Situation an der Mailänder Börse gehen konnte. Nervös fuhr Charlie sich mit der Zunge über die Lippen und blickte die Straße auf und ab, doch nichts regte sich – keine unheimlichen schwarzen Limousinen oder Männer in Hauseingängen; und auch kein roter Mercedes. Das einzige Auto weit und breit war ein ziemlich mitgenommener kleiner Lieferwagen mit Wellblechverkleidung an den Seiten und offener Fahrertür, der direkt vor ihr stand. Trotzdem hatte sie mehr und mehr das Gefühl, sehr nackt zu sein. Es wurde acht, von einer erstaunlichen Vielfalt von weltlichen und religiösen Glockentönen verkündet. Fünf nach acht, hatte Helga gesagt. Der Mann hatte aufgehört zu sprechen, doch sie hörte das Geklimper von Kleingeld in seinen Taschen, als er nach mehr darin herumsuchte. Dann hörte sie ein leichtes Klopfen, mit dem er ihre Aufmerksamkeit zu erregen suchte. Sie drehte sich um und sah ihn mit bittendem Blick ein Fünfzig-Pence-Stück in die Höhe halten.

»Können Sie mich nicht erst vorlassen?« sagte sie. »Ich hab's eilig.« Aber er verstand kein Englisch.

Soll's doch der Teufel, dachte sie; dann muß Helga eben so lange wählen, bis es klappt. Schließlich habe ich sie genau davor gewarnt. Sie ließ den Trageriemen ihrer Handtasche von der Schulter gleiten, die Tasche aufschnappen und fingerte im Seitenfach nach Zehnern und Fünfern, bis sie fünfzig Pence zusammenhatte. Himmel, wie verschwitzt meine Finger sind. Mit den feuchten Fingern nach unten, streckte sie ihm die geschlossene Hand entgegen, um dem Italiener das Kleingeld in die dankbare Hand fallen zu lassen – und sah, daß er aus den Falten seiner Fliegerjacke heraus eine kleine Pistole genau auf die Stelle gerichtet hatte, wo Brustkorb und Bauch zusammentreffen: eine überzeugendere Geste ließ sich kaum vorstellen. Keine große Waffe, obwohl Pistolen sehr viel größer wirken, wenn sie auf einen gerichtet sind, bemerkte sie. Ungefähr so groß wie die von Michel. Aber wie Michel selbst ihr gesagt hatte, stellt jede Handfeuerwaffe einen Kompromiß dar: sie muß sich verbergen lassen, bei sich tragen und gut schießen lassen. Den Telefonhörer hielt er immer noch in der anderen Hand, und sie nahm an, daß am anderen Ende der Leitung immer noch jemand zuhörte, denn obwohl er jetzt mit Charlie sprach, ließ er das Gesicht dicht an der Sprechmuschel.

»Hören Sie, Charlie, Sie werden jetzt neben mir her zum Auto gehen«, erklärte er in gutem Englisch. »Halten Sie sich rechts von mir, und gehen Sie einen halben Schritt vor mir her, die Hände auf dem Rücken, damit ich sie sehen kann. Hinten auf dem Rücken zusammengelegt, verstanden? Wenn Sie versuchen, zu fliehen oder jemand ein Zeichen zu geben, wenn Sie rufen, werde ich Sie durch die linke Seite schießen – hier – und Sie töten. Wenn die Polizei auftaucht, wenn jemand schießt, wenn ich einen Verdacht habe – es ist das gleiche. Ich werde Sie erschießen.«

Er zeigte auf die entsprechende Stelle an seinem eigenen Körper, damit sie ihn verstand. Er sagte noch etwas auf italienisch ins Telefon und hängte ein. Dann trat er auf den Bürgersteig hinaus und verzog genau in dem Augenblick, da sein Gesicht dem ihren am nächsten war, den Mund zu einem breiten Grinsen. Es war ein echt italienisches Gesicht, keine einzige leblose Stelle darin. Und auch eine echt italienische Stimme: volltönend und musikalisch. Sie konnte sich vorstellen, wie sie über alte Marktplätze hallte und im Plauderton zu den Frauen auf ihren Balkonen drang.

»Gehen wir«, sagte er. Die eine Hand hielt er weiterhin in der Tasche seiner Fliegerjacke verborgen. »Und nicht zu schnell. Hübsch locker, ja?«

Eben noch hatte sie das verzweifelte Bedürfnis gehabt, pinkeln zu müssen, doch beim Gehen löste sich der Drang, und statt dessen stellte sich ein Krampf am Halsansatz ein und im rechten Ohr ein Summen wie von einer Mücke im Dunkeln.
»Wenn Sie sich auf den Beifahrersitz setzen, legen Sie die Hände nach vorn aufs Armaturenbrett«, empfahl er ihr, während er hinter ihr herging. »Die Frau hinten ist ebenfalls bewaffnet, und sie schießt *sehr* schnell auf Menschen. Viel schneller als ich.«
Charlie machte die Tür am Beifahrersitz auf, setzte sich und legte die Fingerspitzen auf das Armaturenbrett wie ein wohlerzogenes Mädchen bei Tisch.
»Nicht so verkrampft, Charlie«, sagte Helga fröhlich hinter ihr. »Nehmen Sie doch die Schultern herunter, meine Liebe, Sie sehen ja schon jetzt aus wie eine alte Frau!« Charlie behielt ihre Schultern, wo sie waren. »Lächeln! Hurra! Immer nur lächeln. Alle sind heute glücklich. Und wer nicht glücklich ist, sollte erschossen werden.«
»Dann fangen Sie mal gleich bei mir an!« sagte Charlie.
Der Italiener setzte sich hinters Steuer und stellte im Radio die Morgenandacht an.
»Mach aus!« befahl Helga. Sie saß mit hochgezogenen Knien gegen die Hintertür verkeilt da, hatte die Pistole mit beiden Händen gepackt und sah durchaus nicht aus wie jemand, der auf fünfzehn Schritt Entfernung einen Benzinkanister verfehlt. Achselzuckend stellte der Italiener das Autoradio aus und wandte sich in der plötzlich wieder eintretenden Stille noch einmal an Charlie.
»Okay, schnallen Sie sich jetzt an, und legen Sie die Hände zusammengefaltet in den Schoß«, sagte er. »Warten Sie, ich mach' das für Sie.« Er nahm ihre Handtasche und warf sie nach hinten zu Helga, dann ergriff er den Sicherheitsgurt und ließ ihn in der Halterung einrasten, wobei er achtlos über ihre Brüste strich. In den Dreißigern. Gutaussehend wie ein Filmstar. Ein verwöhnter Garibaldi mit rotem Halstuch auf dem Heldentrip. Ganz ruhig, als hätte er so viel Zeit zum Töten, wie er wolle, zog er eine große Sonnenbrille aus der Tasche und setzte sie ihr auf. Im ersten Augenblick dachte sie, sie sei vor Angst erblindet, weil sie überhaupt nichts durch sie sehen konnte. Dann dachte sie: Es ist eine jener Brillen, die sich von selbst an den Helligkeitsgrad anpassen. Es wird von mir erwartet, gerade

dazusitzen und zu warten, daß sie losfahren. Dann erst ging ihr auf, daß sie nichts sehen *sollte*.

»Wenn Sie sie abnehmen, verpaßt sie Ihnen einen Schuß durch den Hinterkopf, darauf können Sie sich verlassen«, warnte sie der Italiener, als er den Motor anließ.

»Und ob«, sagte die gute alte Helga.

Sie fuhren los. Zuerst ging es über ein Stück Kopfsteinpflaster, dann kamen sie in ruhigere Gewässer. Charlie horchte nach dem Geräusch eines zweiten Wagens, hörte jedoch nur, wie ihr Wagen durch die Straßen ratterte und knatterte. Sie versuchte, herauszufinden, in welche Richtung sie fuhren, aber sie hatte bereits die Orientierung verloren. Ohne jede Warnung hielten sie. Sie hatte nicht das Gefühl, daß der Fahrer das Tempo verlangsamt hätte oder irgendwo einparken wollte. Sie hatte dreihundert Pulsschläge bei sich gezählt, zweimal hatten sie vorher angehalten – an Verkehrsampeln, wie sie vermutete. Sie hatte sich Nebensächlichkeiten eingeprägt wie etwa die neue Gummimatte unter ihren Füßen und den kleinen roten Teufel mit dem Dreizack in der Hand, der vom Schlüsselbund herabhing. Der Italiener half ihr beim Aussteigen; ein Stock wurde ihr in die Hand gedrückt, sie vermutete, daß es ein weißer war. Mit viel Hilfe ihrer Freunde schaffte sie die sechs Schritte und die vier Stufen hinauf bis an eine Haustür. Der Aufzug gab einen Triller von sich, der genauso klang wie die Wasserpfeife, die sie im Grundschul-Orchester geblasen hatte, um die Vogelstimmen in der Spielzeug-Symphonie nachzumachen. *Diese Leute sind Könner*, hatte Joseph sie gewarnt. *Es gibt keine Lehrzeit. Du gehst von der Schauspielschule direkt auf die Bühne*. Sie saß auf einer Art Ledersattel ohne Rückenlehne. Sie hatten sie die Hände verschränken und wieder auf den Schoß legen lassen. Ihre Handtasche hatten sie behalten, und jetzt hörte sie, wie sie den Inhalt auf einen Glastisch schütteten; es klirrte, als ihre Schlüssel und ihr Kleingeld darauf landeten, und dann gab es einen dumpfen Laut, als das Gewicht von Michels Briefen darauffiel, die sie auf Helgas Anweisung hin heute morgen geholt hatte. Der Duft von Körperlotion hing in der Luft, süßlicher als Michels und betörender. Der Teppich unter ihren Füßen war aus dicken Nylonmaterial und goldbraun wie Michels Orchideen. Vermutlich waren die Vorhänge schwer und dicht zugezogen, denn die Helligkeit an den Rändern ihrer Brille hatte etwas Gelbliches wie von elektrischem Licht; von Tageslicht keine Spur. Sie waren nun bereits ein paar Minuten im Zimmer, ohne daß ein Wort gesprochen worden war.

»Ich brauche den Genossen Mesterbein«, erklärte Charlie plötzlich. »Ich brauche den vollen Schutz des Gesetzes.«

Helga lachte hingerissen. »Ach, Charlie! Das ist zu verrückt! Sie ist großartig, nicht wahr?« Diese Frage war vermutlich an den Italiener gerichtet, denn Charlie hatte nicht den Eindruck, daß noch jemand anders im Raum war. Doch die Frage blieb ohne Antwort, und Helga schien auch keine zu erwarten. Charlie unternahm noch einen Vorstoß.

»Die Pistole steht Ihnen, Helga, das muß ich Ihnen lassen. Von jetzt an kann ich Sie mir gar nicht mehr anders gekleidet vorstellen.«

Und diesmal erkannte Charlie deutlich den Klang nervösen Stolzes in Helgas Lachen; sie führte Charlie irgend jemand vor – jemand, vor dem sie wesentlich größere Achtung hatte als vor dem Italiener. Charlie hörte einen Schritt und sah ganz am unteren Rand ihres Gesichtskreises die schwarze und auf Hochglanz polierte Spitze eines sehr teuren Herrenschuhs, der zur Begutachtung auf dem goldbraunen Teppich vor sie hingestellt worden war. Sie hörte Atmen und das leise Sauggeräusch, als jemand die Zunge an die oberen Zähne legte. Der Fuß verschwand, und sie spürte einen leichten Luftzug, als ein warmer, parfümierter Körper sehr dicht an ihr vorüberging. Instinktiv zog sie sich zurück, doch Helga befahl ihr, still zu sitzen. Sie hörte, wie ein Streichholz angerissen wurde, und roch eine von ihres Vaters Weihnachtszigarren. Und wieder warnte Helga sie, doch stillzusitzen – »Ganz still, sonst werden Sie bestraft. Wir fackeln da nicht lange.« Doch Helgas Drohungen waren nichts als eine Unterbrechung von Charlies Gedanken, als sie mit allen ihr bekannten Mitteln versuchte herauszufinden, wer der unsichtbare Besucher war. Sie kam sich wie eine Art Fledermaus vor, die Signale ausschickte und lauschte, wie sie zu ihr zurückgeworfen wurden. Sie mußte an die Blindekuh- und Ratespiele denken, die sie zu Hallowe'en auf Kinderpartys gespielt hatte. Riech dies, befühl das, rate mal, wer dich auf deine dreizehnjährigen Lippen küßt.

Die Dunkelheit machte sie schwindlig. Gleich falle ich vornüber. Zum Glück sitze ich. Er stand am Glastisch und inspizierte den Inhalt ihrer Handtasche, genauso, wie Helga es in Cornwall gemacht hatte. Sie hörte einen Fetzen Musik, als er mit ihrem kleinen Radiowecker herumspielte, dann das Klicken, als er ihn hinstellte. *Diesmal hüten wir uns vor faulen Tricks,* hatte Joseph gesagt. *Diesmal nimmst du dein eigenes Radio mit, kein Austauschgerät.* Sie hörte, wie er ihr Notizbuch durchblätterte und dabei paffte. Jetzt fragt er mich gleich, was »nicht einsatzfähig« bedeutet, dachte sie. Sehe M . . . treffe M . . . Liebe M . . . ATHEN!! . . . Er fragte sie nichts. Sie hörte ein Grunzen, als er sich dankbar auf das Sofa setzte; sie hörte, wie sein Hosenboden auf straffgespannten Chintz knisterte. Ein dicklicher Mann, der teures Körperöl benutzt, handgearbeitete Schuhe trägt und eine Havanna-Zigarre raucht, setzt sich dankbar auf ein Nuttensofa. Die Dunkelheit wirkte hypnotisch. Sie hatte die Hände immer noch auf dem Schoß verschränkt, doch gehörten sie jemand anders. Sie hörte, wie ein Gummiband schnappte. Die Briefe. Wir werden sehr böse werden, wenn Sie die Briefe nicht mitbringen. Cindy, du hast eben deine Musikstunden bezahlt. Wenn du eine Ahnung gehabt hättest, wohin ich wollte, als ich bei dir vorbeikam! Wenn ich es nur gewußt hätte!

Die Dunkelheit erboste sie nachgerade. Wenn sie mich einsperren, dann gnade mir Gott – Klaustrophobie ist das Schlimmste bei mir. Im Geist sagte sie sich eine Stelle aus einem Gedicht von T.S. Eliot auf, etwas, das sie in der Schule in dem Jahr gelernt hatte, als sie geflogen war: darüber, daß die gegenwärtige Zeit und die vergangene Zeit in der zukünftigen Zeit enthalten seien. Darüber, daß alle Zeit ewig gegenwärtig sei. Sie hatte das damals nicht verstanden und verstand es auch jetzt nicht. Gott sei Dank, daß ich Whisper nicht genommen habe, dachte sie. Whisper war ein ulkiger schwarzer Jagdhund, der auf der Straßenseite gegenüber von ihr wohnte und dessen Besitzer ins Ausland gehen wollten. Sie stellte sich vor, Whisper sitze neben ihr und habe auch eine schwarze Brille auf.

»Sie sagen uns die Wahrheit, wir lassen Sie am Leben«, sagte eine Männerstimme leise.

Es war Michel! Fast. Michel, lebt fast wieder! Es war Michels

Akzent, Michels schöner Sprachrhythmus, Michels volltönende, träge Stimme, die kehlige Aussprache.

»Sie sagen uns alles, was Sie ihnen gesagt haben, was Sie schon für sie getan haben, wieviel sie Ihnen bezahlen, und es ist okay. Wir verstehen es. Wir lassen Sie laufen.«

»Halten Sie den Kopf still«, fuhr Helga sie von hinten an.

»Wir glauben nicht, daß Sie ihn verraten haben – was man normalerweise unter Verrat versteht, okay? Sie haben es mit der Angst bekommen, haben sich zu sehr eingelassen, also gehen Sie jetzt auf sie ein und tun, was sie von Ihnen verlangen. Okay, das ist natürlich. Wir sind keine Unmenschen. Wir bringen Sie hier raus, lassen Sie irgendwo am Rande der Stadt frei, und Sie erzählen ihnen alles, was hier mit Ihnen passiert ist. Auch dagegen haben wir nichts. Solange Sie alles sagen.«

Er seufzte, als würde das Leben für ihn zur Last.

»Vielleicht sind Sie irgendeinem netten Polizisten hörig geworden, ja? Sie tun ihm einen Gefallen. Für so was haben wir Verständnis. Wir sind unserer Sache verpflichtet, aber wir sind keine Psychopathen. Ja?«

Helga war ärgerlich. »Verstehen Sie ihn, Charlie? Antworten Sie, oder Sie werden bestraft.«

Sie antwortete absichtlich nicht.

»Wann sind Sie zum erstenmal zu ihnen gegangen? Sagen Sie es mir! Nach Nottingham? York? Es spielt keine Rolle. Sie sind zu ihnen gegangen. Einverstanden. Sie bekamen es mit der Angst, Sie sind zur Polizei gelaufen. ›Dieser verrückte Araber versucht, mich als Terroristin anzuwerben. Retten Sie mich, ich tu' alles, was Sie sagen.‹ War es so? Hören Sie, wenn Sie wieder zu ihnen gehen, macht es immer noch nichts. Sagen Sie ihnen, was für eine große Heldin Sie sind. Wir versorgen Sie mit ein paar Informationen, die Sie ihnen geben können; das gibt Ihnen ein gutes Gefühl. Wir sind nette Leute. Vernünftig. Okay, kommen wir zur Sache. Machen wir uns doch nichts vor. Sie sind ein nettes Mädchen, aber das hier ist nicht Ihre Schuhgröße. Fangen wir an.«

Sie war ruhig. Eine tiefe Mattigkeit hatte sich ihrer bemächtigt, die Folge der Isolierung und der Blindheit. Sie war sicher, sie war im Schoß geborgen, um wieder neu anzufangen oder um friedlich zu

sterben, wie es der Natur gefiel. Sie schlief den Schlaf der Kindheit oder des Alters. Ihr Schweigen verzauberte sie. Es war das Schweigen der vollkommenen Freiheit. Sie warteten auf sie – zwar konnte sie spüren, wie ungeduldig sie waren, aber es hatte keinen Sinn, gleichfalls ungeduldig zu sein. Mehrmals war sie so weit, sich zu überlegen, was sie sagen könnte, aber ihre Stimme war sehr weit von ihr entfernt, und es schien keinen Sinn zu haben, sie zu holen. Helga sagte etwas auf deutsch, und obwohl Charlie kein Wort davon verstand, erkannte sie klar und deutlich, als wäre es ihre eigene Sprache, den Klang betroffener Resignation. Der dicke Mann antwortete und schien genauso perplex, aber nicht feindselig. Vielleicht – vielleicht nicht, schien er zu sagen. Sie hatte den Eindruck, als ob die beiden jede Verantwortung für sie von sich wiesen, während sie sie sich gegenseitig immer wieder zuschoben: ein bürokratisches Gerangel. Der Italiener mischte sich ein, doch Helga sagte ihm, er solle den Mund halten. Die Diskussion zwischen dem dicken Mann und Helga wurde wiederaufgenommen, und sie bekam das Wort *logisch* mit. Helga ist logisch. Oder Charlie ist es nicht. Oder dem dicken Mann wird gesagt, er solle es sein.
Dann sagte der dicke Mann: »Wo haben Sie die Nacht verbracht, nachdem Sie Helga angerufen haben?«
»Bei einem Liebhaber.«
»Und die letzte Nacht?«
»Bei einem Liebhaber.«
»Einem anderen?«
»Ja, aber es waren beides Polizisten.«
Sie vermutete, daß Helga sie geschlagen hätte, wenn sie keine Brille aufgehabt hätte. Helga fuhr auf sie los, und ihre Stimme krächzte vor Wut, als sie einen Schwall von Befehlen auf sie niederprasseln ließ – sie solle nicht unverschämt sein, nicht lügen, auf alles sofort antworten und nicht sarkastisch werden. Wieder begannen die Fragen, und sie antwortete ermattet, ließ sich die Antworten Satz für Satz aus der Nase ziehen, denn letztlich ging es diese Leute überhaupt nichts an. Welche Zimmernummer in Nottingham? In Saloniki, welches Hotel? Waren sie schwimmen gewesen? Um welche Zeit waren sie angekommen, was hatten sie gegessen; was für Getränke hatten sie sich aufs Zimmer bringen lassen? Doch allmäh-

lich, als sie erst sich selbst und dann ihnen zuhörte, wurde ihr klar, daß sie, zumindest bis jetzt, gewonnen hatte – obwohl sie sie zwangen, die Sonnenbrille zu tragen, als sie ging, und sie aufzubehalten, bis sie sie ein beträchtliches Stück von dem Haus fortgebracht hatten.

Kapitel 21

Bei ihrer Landung in Beirut regnete es, und sie wußte, daß es ein heißer Regen war, denn die Hitze, die von ihm ausging, drang in die Kabine, als sie noch kreisten, und ihre Kopfhaut juckte wieder von dem Färbemittel, mit dem sie auf Helgas Anweisung ihr Haar hatte behandeln müssen. Sie setzten über einer Wolke zur Landung an, die unter den Scheinwerfern der Maschine wie rot aufleuchtende Felsen aussah. Die Wolke hörte auf, sie flogen niedrig übers Meer, rasten auf die näher kommenden Berge zu, als sollten sie daran zerschellen. Sie hatte einen wiederkehrenden Alptraum, bei dem es genauso war, nur daß ihr Flugzeug eine von Menschen wimmelnde und von Wolkenkratzern gesäumte Straßenschlucht hinunterflog. Nichts konnte die Maschine aufhalten, denn der Pilot liebte sie gerade. Sie landeten glatt, die Türen gingen auf, und zum erstenmal in ihrem Leben hatte sie die Düfte des Orients in der Nase, die sie wie eine Heimkehrerin begrüßten. Es war sieben Uhr abends, aber es hätte genausogut drei Uhr morgens sein können; denn sie wußte sofort, daß dies keine Welt war, die schlafen ging. Der Tumult in der Ankunftshalle erinnerte sie an den *Derby-Day* vor den großen Ferien; es standen genug Bewaffnete in verschiedenen Uniformen herum, um einen eigenen Krieg zu führen. Ihre Schultertasche an die Brust gedrückt, ging sie auf die Schlange vor dem Schalter für Einreisende zu und stellte verwundert fest, daß sie lächelte. Ihr ostdeutscher Paß, ihre Verkleidung, die vor fünf Stunden auf dem Londoner Flughafen noch eine Frage von Leben und Tod für sie gewesen waren, in dieser Atmosphäre rastlosen und gefährlichen Drängens waren sie bedeutungslos.

»Stell dich an der linken Schlange an, und wenn du deinen Paß zeigst, frag nach Mr. Mercedes«, hatte Helga ihr befohlen, als sie auf dem Parkplatz von Heathrow im Citroën gesessen hatten.

»Und was passiert, wenn er mich mit einem Schwall Deutsch überfällt?«
Die Frage war unter ihrer Würde. »Wenn du dich verirrst, nimm ein Taxi, fahr ins Commodore Hotel, setz dich ins Foyer und warte. Das ist ein Befehl. Mercedes – wie das Auto.«
»Und dann?«
»Charlie, ich finde wirklich, du stellst dich ein bißchen dämlich und stur an. Hör endlich damit auf.«
»Sonst erschießt du mich«, sagte Charlie anzüglich.
»Miß Palme! *Passport*! Paß! Ja, bitte!«
Die Worte kamen von einem kleinen, glückstrahlenden Araber mit einem Eintagebart, krusseligem Haar und makelloser, fadenscheiniger Kleidung. »Bitte«, wiederholte er und zupfte sie am Ärmel. Sein Jackett stand offen, und er hatte einen großen silbernen Revolver im Gürtel stecken. Zwischen ihr und dem Beamten der Paßbehörde standen noch etwa zwanzig Leute, und Helga hatte sie überhaupt nicht darauf vorbereitet, daß es so sein könne.
»Ich bin Mr. Danny. Bitte, Miß Palme. Kommen Sie!«
Sie gab ihm ihren Paß, und er stürzte sich damit in die Menge, die Arme weit ausgebreitet, damit sie in seinem Kielwasser folgen konnte. So viel zu Helga. So viel zu Mercedes. Danny war verschwunden, doch einen Augenblick später tauchte er mit stolzgeschwellter Brust wieder auf. Mit der einen Hand hatte er eine weiße Landekarte umklammert, mit der anderen hatte er einen großen, offiziell aussehenden Mann in schwarzer Lederjacke gepackt.
»Freunde«, erklärte Danny mit einem breiten patriotischen Grinsen. »Alle Freunde von Palästina.«
Irgendwie bezweifelte sie das, doch war sie angesichts seiner Begeisterung zu höflich, das zu sagen. Der große Mann betrachtete sie ernst von oben bis unten und vertiefte sich dann in den Paß, den er Danny reichte. Zuletzt besah er sich noch die weiße Landekarte und steckte sie dann in seine Brusttasche.
»*Willkommen*«, sagte er auf deutsch, nickte rasch mit schräggehaltenem Kopf, eine Aufforderung, sich zu beeilen.
Sie waren an der Tür, als die Schlägerei begann. Zunächst fing es ganz harmlos damit an, daß ein uniformierter Beamter offensichtlich einem wohlhabend aussehenden Reisenden etwas sagte. Plötz-

lich schrien die beiden einander an und fuchtelten sich gegenseitig mit den Händen dicht vor dem Gesicht herum. In Sekundenschnelle hatte jeder der beiden Streithähne Mitstreiter, und als Danny sie zum Parkplatz führte, stolperte eine Gruppe von Soldaten mit grünen Mützen im Laufschritt auf die Walstatt und nahm im Laufen die Maschinenpistolen von der Schulter.

»Syrer«, erklärte Danny und lächelte sie dabei philosophisch an, als wolle er sagen, jedes Land habe seine Syrer.

Das Auto – ein alter blauer Peugeot – parkte neben einem Kaffeestand und roch nach abgestandenem Zigarettenrauch. Danny machte die hintere Tür auf und bürstete mit der Hand die Polster ab. Als sie einstieg, glitt von der anderen Seite ein Junge herein und setzte sich neben sie. Als Danny den Motor anließ, tauchte ein zweiter Junge auf und setzte sich auf den Beifahrersitz. Es war so dunkel, daß sie ihre Gesichter nicht richtig sehen konnte, doch ihre Maschinenpistolen konnte sie gut erkennen. Die beiden waren so jung, daß sie es im ersten Augeblick schwierig fand zu glauben, daß die Waffen echt waren. Der Junge neben ihr bot ihr eine Zigarette an und war traurig, als Charlie ablehnte.

»Sprechen Spanisch?« erkundigte er sich mit ausgesuchter Höflichkeit, um ihr etwas anderes anzubieten. Charlie sprach kein Spanisch. »Dann verzeihen mein Englisch. Könnten Sie Spanisch, würde ich perfekt sprechen.«

»Aber dein Englisch ist großartig.«

»Das stimmt nicht«, erklärte er vorwurfsvoll, als sei er bereits einer westlichen Perfidie auf die Spur gekommen, und versank in Schweigen.

Hinter ihnen fielen ein paar Schüsse, doch keiner verlor ein Wort darüber. Sie näherten sich einer mit Sandsäcken befestigten MG-Stellung. Danny brachte den Wagen zum Stehen. Ein uniformierter Wachtposten starrte sie an und winkte sie dann mit seiner Maschinenpistole durch.

»War das auch ein Syrer?« fragte sie.

»Libanese«, sagte Danny aufseufzend.

Dennoch merkte sie ihm seine Aufregung an. Alle drei waren von einer gewissen Erregung gepackt – man spürte, daß sie auf der Hut waren, daß Augen und Kopf schnell arbeiteten. Die Straße war teils

Schlachtfeld, teils Bauplatz; die Straßenlampen – sofern sie funktionierten – ließen das in schnell vorbeifliegenden Ausschnitten erkennen. Die Stümpfe verkohlter Bäume erinnerten an eine anmutige Allee; neue Bougainvilleas begannen sich über den Trümmern auszubreiten. Ausgebrannte und von Kugeln durchsiebte Autowracks standen auf den Bürgersteigen herum. Sie kamen an erleuchteten Schuppen mit grell bunten Läden darin und hochragenden Silhouetten zerschossener Gebäude vorüber, die zu zerklüfteten Bergspitzen zerbrochen waren. Sie fuhren an einem Haus vorüber, das dermaßen von Einschüssen durchlöchert war, daß es einer gigantischen Käsereibe glich, die sich vor dem bleichen Himmel im Gleichgewicht hielt. Ein Stück Mond glitt von einem Loch zum nächsten, hielt mit ihnen Schritt. Gelegentlich tauchte ein brandneues Gebäude auf: halb fertig, halb beleuchtet, halb bewohnt – ein Spekulationsobjekt aus roten Tragebalken und schwarzem Glas.
»Prag, ich war zwei Jahre. Havana, Kuba, drei. Sind Sie in Kuba gewesen?«
Der Junge neben ihr schien sich von seiner Enttäuschung erholt zu haben.
»Ich bin nie in Kuba gewesen«, gestand sie.
»Jetzt bin ich offizieller Dolmetscher. Spanisch – arabisch.«
»Phantastisch«, sagte Charlie. »Gratuliere.«
»Ich für Sie dolmetschen, Miß Palme?«
»Jederzeit«, sagte Charlie, und alle lachten ausgiebig. Die Europäerin war wieder in Gnaden aufgenommen.
Danny schaltete herunter, fuhr im Schrittempo weiter und kurbelte sein Fenster herunter. Dicht vor ihnen, mitten auf der Straße, glomm ein Kohlebecken, und eine Gruppe von Männern und Jungen in weißen *Kaffiyehs* und Teilen khakifarbener Kampfanzüge saß darum. Ein paar braune Hunde hatten in ihrer Nähe ein eigenes Lager aufgeschlagen. Sie mußte an Michel denken, wie er in seinem Heimatdorf den Erzählungen der Reisenden gelauscht hatte, und dachte: Jetzt haben sie ein Dorf auf der Straße gebaut. Als Danny auf die Lichthupe tippte, stand ein schöner alter Mann auf, rieb sich den Rücken, kam – die Maschinenpistole in der Hand – zu ihnen herübergeschlurft und steckte sein runzliges Gesicht so weit zu Dannys Fenster hinein, bis sie sich umarmen konnten. Die Unter-

haltung ging endlos zwischen ihnen hin und her. Da sie niemand beachtete, lauschte Charlie auf jedes ihrer Worte und stellte sich vor, sie könne irgendwie etwas verstehen. Als sie jedoch an dem Alten vorbeisah, bot sich ihr ein weniger angenehmer Anblick: regungslos im Halbkreis stehend, hatten vier von den Zuhörern des alten Mannes die Maschinenpistolen auf den Wagen gerichtet, und keiner von ihnen war älter as fünfzehn Jahre.

»Unsere Leute«, sagte Charlies Nachbar ehrfürchtig, als sie schließlich weiterfuhren. »Palästinenserkommandos. Unser Teil der Stadt.«

Und auch Michels Teil, dachte sie stolz.

Es fällt dir bestimmt nicht schwer, sie gern zu haben, hatte Joseph ihr gesagt.

Charlie verbrachte vier Nächte und vier Tage mit den Jungen und hatte jeden einzelnen, aber auch alle zusammen gern. Sie waren die erste von zahlreichen ›Familien‹, in die sie aufgenommen wurde. Sie brachten sie ständig woanders unter, wie einen Schatz, immer in der Dunkelheit und immer mit ausgesuchter Höflichkeit. Sie sei so unverhofft eingetroffen, erklärten sie ihr mit bezauberndem Bedauern; es sei »für unseren Captain« nötig, gewisse Vorbereitungen zu treffen. Sie nannten sie »Miß Palme«, und vielleicht dachten sie wirklich, daß sie so hieß. Sie erwiderten Charlies Zuneigung zu ihnen, stellten jedoch nie persönliche oder aufdringliche Fragen, sondern bewahrten in jeder Hinsicht eine scheue und disziplinierte Zurückhaltung, die Charlie auf die Autorität, die sie in Zaum hielt, neugierig machte. Ihr erstes Zimmer lag im obersten Stock eines alten, von Kugeln zernarbten Hauses, aus dem alles Lebendige verschwunden war bis auf den Papagei des abwesenden Besitzers; der Vogel hatte einen Raucherhusten, den er jedesmal ertönen ließ, wenn sich jemand eine Zigarette anzündete. Sein anderes Kunststück war ein Gekecker wie das Schrillen des Telefons, und er machte es in den Nachtstunden, so daß sie sich an die Tür schlich und darauf wartete, daß jemand an den Apparat ging. Die Jungen schliefen draußen auf dem Treppenabsatz, immer nur einer, während die anderen beiden rauchten, winzige Gläser süßen Tee tranken und sich beim Kartenspiel halblaut wie am Lagerfeuer unterhielten.

Die Nächte waren endlos, und doch waren keine zwei Minuten gleich. Sogar die Geräusche führten Krieg miteinander, hielten sich erst in sicherer Entfernung, kamen näher, fanden sich zu Gruppen zusammen und fielen dann in einem Scharmützel widerstreitender Geräusche übereinander her – ein Schwall Musik, das Quietschen von Autoreifen und das Aufheulen von Sirenen –, dem tiefste Waldesruhe folgte. Gewehrfeuer erklang in diesem Orchester nur selten: hier ein Trommelwirbel, dort ein Zapfenstreich, gelegentlich das langsame Pfeifen eines Geschosses. Einmal hörte sie schallendes Gelächter, aber menschliche Stimmen waren selten. Einmal nachdem sie am frühen Morgen eindringlich an ihre Tür geklopft hatten, waren Danny und die beiden Jungen auf Zehenspitzen an ihr Fenster getreten. Als sie ihnen folgte, sah sie hundert Schritt die Straße hinunter ein Auto stehen. Rauch quoll heraus, dann wurde es in die Höhe gehoben und rollte auf die Seite wie jemand, der sich im Bett umdreht. Ein Schwall warmer Luft stieß sie ins Zimmer zurück. Irgend etwas fiel von einem Regal herunter. Sie hörte, wie es in ihrem Kopf einen dumpfen Ton gab.

»Frieden«, sagte Mahmoud, der hübscheste von den Burschen, augenzwinkernd; dann zogen sie sich mit leuchtenden Augen und voller Zuversicht zurück.

Nur die Morgendämmerung war vorhersagbar; denn dann ertönte die Stimme des Muezzins über krächzende Lautsprecher und rief die Gläubigen zum Gebet.

Trotzdem akzeptierte Charlie alles und gab sich ihrerseits allem ganz hin. In dem Widersinn rings um sie her, in dieser unverhofften Ruhepause zum Nachdenken, fand sie endlich eine Wiege für ihre eigene Irrationalität. Und da inmitten eines solchen Chaos kein Widerspruch zu groß war, als daß man ihn nicht hätte ertragen können, fand sie darin auch einen Platz für Joseph. In dieser Welt unerklärter vielfältiger Hingabe war ihre Liebe zu ihm in allem, was sie hörte und worauf ihr Auge fiel. Und wenn die Jungen sie bei Tee und Zigaretten mit kühnen Geschichten unterhielten, was ihre Familien unter den Zionisten alles zu erleiden gehabt hatten – wie Michel es getan hatte und mit der gleichen Neigung zum Romanti-

schen –, war es wiederum ihre Liebe zu Joseph, ihre Erinnerung an seine sanfte Stimme und sein bezauberndes Lächeln, das ihr Herz für ihre Tragödie öffnete.
Das zweite Zimmer, in dem sie schlief, lag hoch in einem glitzernden Mietshaus. Von ihrem Fenster aus starrte sie auf die schwarze Fassade einer neuen internationalen Bank und daran vorbei hinaus auf das reglose Meer. Der leere Strand mit den verlassenen Strandhütten wirkte trostlos wie ein Badeort, der nie Saison hat. Ein einzelner Strandläufer wirkte so exzentrisch wie ein Badelustiger am Weihnachtstag im Serpentine-Teich. Das Merkwürdigste in dieser Wohnung waren jedoch die Vorhänge. Als die Jungen sie am Abend für sie zuzogen, war ihr nichts weiter daran aufgefallen. Doch als der Morgen graute, sah sie, daß eine Reihe Kugellöcher in einer Schlangenlinie über das Fenster lief. Das war der Tag, an dem sie den Jungs zum Frühstück Omelettes machte und ihnen *Gin Rummy* beibrachte, bei dem sie um Streichhölzer spielten.
In der dritten Nacht schlief sie über einer Art militärischem Hauptquartier. Vor den Fenstern waren Gitterstäbe und an der Treppe Kugeleinschläge. Plakate von Kindern, die mit Maschinenpistolen oder Blumensträußen winkten. Auf jedem Treppenabsatz standen dunkeläugige Wachen herum, und das ganze Gebäude hatte eine tumultöse Atmosphäre, es war wie bei der Fremdenlegion.
»Bald wird unser Captain Sie empfangen«, versicherte Danny ihr liebevoll von Zeit zu Zeit. »Er trifft seine Vorbereitungen, er ist ein großer Mann.«
Allmählich lernte sie das arabische Lächeln zu interpretieren, das Verzögerung rechtfertigt. Um sie über das Warten hinwegzutrösten, erzählte ihr Danny die Geschichte seines Vaters. Nach zwanzig Jahren im Lager schien der alte Mann vor Verzweiflung wirr im Kopf geworden zu sein. So packte er eines Morgens noch vor Sonnenaufgang seine paar Habseligkeiten samt den Besitzurkunden für sein Land in einen Sack, und ohne seiner Familie ein Wort davon zu sagen, machte er sich auf und überschritt die zionistischen Linien, um höchst persönlich seinen Hof zurückzuverlangen. Danny und seine Brüder setzten hinter ihm her und kamen gerade noch rechtzeitig, um zu sehen, wie seine gebeugte Gestalt weiter und immer weiter ins Tal vordrang, bis ihn eine Landmine in die Luft

jagte. All dies berichtete Danny mit erstaunter Genauigkeit, während die anderen sein Englisch kontrollierten, ihn unterbrachen und einen Satz neu formulierten, wenn ihnen sein Satzbau oder sein Tonfall nicht gefiel, und wie alte Männer nickten, wenn sie eine Formulierung gut fanden. Als er fertig war, stellten sie ihr eine Reihe von ernsten Fragen über die Keuschheit der europäischen Frauen: sie hätten schändliche, aber auch nicht ganz uninteressante Dinge darüber gehört.

So gewann sie sie von Tag zu Tag lieber – ein Vier-Tage-Wunder. Sie liebte ihre Schüchternheit, ihre Unberührtheit, ihre Disziplin und ihre Autorität ihr gegenüber. Sie liebte sie als Aufpasser und als Freunde. Doch trotz all ihrer Liebe gaben sie ihr nie ihren Paß zurück, und wenn sie ihren Maschinenpistolen zu nahe kam, zogen sie sich mit gefährlichen und unnachgiebigen Blicken von ihr zurück.

»Komm, bitte«, sagte Danny und klopfte leise an ihre Tür, um sie zu wecken. »Unser Captain ist bereit.«

Es war drei Uhr und noch dunkel.

Später erinnerte sie sich an ungefähr zwanzig Autos, aber es hätten genausogut fünf gewesen sein können, denn alles ging jetzt sehr schnell, ein Hin und Her von immer beunruhigenderen Fahrten quer durch die Stadt, in sandfarbenen Limousinen mit Antennen vorn und hinten und Leibwächtern, die kein Wort sprachen. Das erste Auto wartete unten vorm Haus, allerdings auf der Hofseite, wo sie bisher noch nicht gewesen war. Erst als sie den Hof verlassen hatten und eine Straße hinunterrasten, wurde ihr klar, daß sie die Jungen zurückgelassen hatte. Am Ende der Straße schien der Fahrer etwas zu sehen, was ihm nicht gefiel, denn er riß den Wagen mit quietschenden Reifen herum, so daß er fast umgekippt wäre, und als sie die Straße wieder zurückrasten, hörte sie Geratter und ganz in ihrer Nähe einen Ruf und spürte, wie eine schwere Hand ihr den Kopf nach unten drückte; offenbar war das Gewehrfeuer für sie bestimmt gewesen.

Sie jagten bei Rot über eine Kreuzung, und um Haaresbreite hätten sie einen Laster gerammt; sie fuhren nach rechts auf einen Bürger-

steig hinauf und dann in weitem Bogen nach links auf einen abfallenden Parkplatz, der über einem verlassenen Strand lag. Sie sah Josephs Halbmond, der über dem Meer hing, wieder, und einen Augenblick lang war ihr, als sei sie wieder auf der Fahrt nach Delphi. Sie hielten neben einem großen Fiat und warfen sie förmlich hinein; wieder war sie unterwegs, Besitz von zwei neuen Leibwächtern, und fuhr – dicht gefolgt von zwei Scheinwerfern – eine Autostraße mit vielen Schlaglöchern hinunter; links und rechts ragten zerschossene Häuser auf. Die Berge direkt vor ihr waren schwarz, die zu ihrer Linken hingegen grau, denn ein Schimmer aus dem Tal fiel auf ihre Flanken, und jenseits des Tals war wieder das Meer. Die Tachonadel stieg auf 140, doch dann war plötzlich überhaupt nichts mehr zu sehen, weil der Fahrer die Scheinwerfer ausgeschaltet hatte und der sie verfolgende Wagen ebenfalls.
Rechts von ihnen erstreckte sich eine Zeile Palmen, links der Mittelstreifen, der die beiden Fahrspuren trennte: eine knapp zwei Meter breite erhöhte Trasse, manchmal kiesbedeckt, manchmal bewachsen. Mit einem Mordsruck fuhren sie hinauf und landeten mit einem zweiten auf der Gegenfahrbahn. Entgegenkommende Fahrzeuge hupten sie an, und Charlie schrie »Himmel!«, doch der Fahrer war für Blasphemien nicht empfänglich. Er blendete die Scheinwerfer voll auf und fuhr direkt auf den entgegenkommenden Verkehr zu, ehe er unter einer kleinen Brücke den Wagen wieder nach links herumriß. Unvermittelt kamen sie schliddernd auf einem leeren Feldweg zum Stehen, wo sie in ein drittes Auto umstieg, diesmal einen fensterlosen Landrover. Es regnete. Das fiel ihr erst jetzt auf, denn als sie sie hinten im Landrover verstauten, wurde sie von einem plötzlichen Guß bis auf die Haut durchnäßt, und sie sah einen weißen Blitz in den Bergen einschlagen. Aber vielleicht war es auch eine Granate.
Steil ging es eine gewundene Straße hinauf. Hinten aus dem Landrover sah sie, wie das Tal unter ihnen zurückblieb; durch die Windschutzscheibe und zwischen den Köpfen des Leibwächters und des Fahrers hindurch beobachtete sie, wie der Regen auf dem Asphalt in die Höhe sprang wie Schwärme tanzender Elritzen. Ein Wagen fuhr vor ihnen her, und an der Art, wie sie ihm folgten, erkannte Charlie, daß es einer der Ihren war; ein Auto folgte ihnen,

doch weil sie sich überhaupt nicht darum kümmerten, war es ebenfalls eines der Ihren. Sie stiegen noch einmal um und möglicherweise noch einmal; sie fuhren in einen Gebäudekomplex hinein, der eine verlassene Schule zu sein schien, doch diesmal stellte der Fahrer den Motor ab, während er und der Leibwächter mit den Maschinenpistolen am Fenster saßen und abwarteten, wer sonst noch den Hügel heraufkam. Es gab Kontrollpunkte an der Straße, vor denen sie hielten, und andere, durch die sie einfach hindurchfuhren und die unbeteiligten Wachen kaum mit einem leichten Heben der Hand grüßten. Sie kamen an einen Kontrollpunkt, wo der vorn sitzende Leibwächter das Fenster herunterkurbelte und aus seiner MP einen Feuerstoß ins Dunkel abgab; die einzige Antwort war ein erschrokkenes Mähen von Schafen. Ein letztesmal schossen sie mit einem schreckenerregenden Satz ins Schwarze zwischen zwei Scheinwerferpaaren hindurch, die voll auf sie gerichtet waren, doch inzwischen war sie darüber hinaus, in Panik zu geraten; ihr zitterten die Knie, sie war fix und fertig, und ihr war alles egal.

Der Wagen hielt; sie war im Vorhof einer alten Villa mit Wachen im Kindesalter, die mit ihren Maschinenpistolen wie in einem russischen Film als Silhouetten auf dem Dach posierten. Die Luft war kalt und rein und voll von all den griechischen Gerüchen, die der Regen nicht hatte vertreiben können – Zypressen und Honig und alle Wildblumen auf Erden. Der Himmel war voller Stürme und rauchender Wolken; in kleiner werdenden Lichtfeldern erstreckte sich unter ihnen das Tal. Sie führten sie durch einen Vorbau in die Halle, und dort, im Licht besonders dämmriger Deckenlampen, sah sie ihn zum erstenmal: Unseren Captain, eine braune, zur Seite geneigte Gestalt mit einem strähnigen schwarzen Schopf wie ein Schuljunge und einem englisch aussehenden Spazierstock aus Naturesche als Stütze für seine hinkenden Beine und einem Willkommenslächeln, das sein pockennarbiges Gesicht verzog. Um ihr die Hand zu schütteln, hängte er den Spazierstock über den linken Unterarm und ließ ihn herabbaumeln, so daß sie das Gefühl hatte, ihn einen Moment stützen zu müssen, ehe er sich wieder aufrichtete.

»Miß Charlie, ich bin Captain Tayeh. Ich begrüße Sie im Namen der Revolution.«

Seine Stimme war munter und sachlich und schön – wie die Josephs. *Angstmachen gehört zur Prüfung*, hatte Joseph sie gewarnt. *Leider kann man niemand ständig Angst machen. Aber bei Captain Tayeh, wie er sich nennt, mußt du dein Bestes geben, denn Captain Tayeh ist ein kluger Mann.*

»Verzeihen Sie«, sagte Tayeh mit fröhlicher Heuchelei.
Das Haus gehörte nicht ihm, denn er konnte nichts finden. Selbst für einen Aschenbecher mußte er in der Dunkelheit umhertappen und sich bei allen möglichen Dingen humorvoll fragen, ob sie wohl zu wertvoll seien, um benutzt zu werden. Dennoch gehörte das Haus jemand, den er mochte, denn sie beobachtete eine gewisse Freundlichkeit in seinem Verhalten, die besagte: *Typisch für sie – ja, genau dort müssen sie ihre Getränke aufbewahren.* Die Beleuchtung war immer noch äußerst schwach, doch als ihre Augen sich daran gewöhnt hatten, kam sie zu dem Schluß, daß sie sich im Haus eines Gelehrten befinden müsse oder dem eines Politikers oder Rechtsanwalts. Die Wände waren über und über mit Büchern bedeckt, die auch wirklich gelesen, durchgebogen und nicht zu ordentlich wieder ins Regal zurückgestellt worden waren; überm Kamin hing ein Bild, das eine Darstellung Jerusalems sein konnte. Alles andere war ein männliches Durcheinander vieler Geschmacksrichtungen: Ledersessel und Patchwork-Kissen und ein kunterbuntes Durcheinander von Orientteppichen. Dazu Einzelstücke arabischen Silbers, sehr weiß und überladen, die wie Schatzkästchen aus dunklen Nischen blinkten. Zwei Stufen tiefer in einem Alkoven ein Extra-Arbeitszimmer mit einem Schreibtisch im englischen Stil und einem panoramaartigen Blick über das Tal, aus dem sie gerade heraufgekommen war, und über die im Mondlicht daliegende Küste.
Sie saß dort, wo er ihr bedeutet hatte, sich hinzusetzen – auf dem Ledersofa. Tayeh selbst humpelte immer noch, ohne sich zu schonen, am Stock durch den Raum, machte alles nacheinander, während er sie aus verschiedenen Gesichtswinkeln musterte, ihr Maß nahm; jetzt die Gläser; jetzt ein Lächeln; dann – mit einem weiteren Lächeln – Wodka; und schließlich Scotch, offenbar seine Lieblingsmarke,

denn er studierte anerkennend das Etikett. An jedem Ende des Raums saß – eine Maschinenpistole über den Knien – ein Junge. Ein Stoß Briefe war über den Schreibtisch verstreut; auch ohne hinzusehen, wußte sie, daß es ihre Briefe an Michel waren.
Mach nicht den Fehler, Unordnung mit Inkompetenz gleichzusetzen, hatte Joseph sie gewarnt; *bitte keine rassistischen Vorurteile, Araber wären etwa inferior.*
Die Lampen gingen ganz aus, doch das taten sie oft, selbst unten im Tal. Von dem riesigen Fenster eingerahmt, stand er aufragend über ihr, ein wachsam lächelnder Schatten, der sich auf einen Stock stützte.
»Wissen Sie, was es für uns bedeutet, wenn wir nach Hause gehen?« fragte er, sie immer noch nicht aus den Augen lassend. Sein Stock jedoch zeigte auf das große Fenster. »Können Sie sich vorstellen, was es bedeutet, im eigenen Land zu sein, unter den eigenen Sternen, auf dem eigenen Grund und Boden, ein Gewehr in der Hand, zu stehen und nach dem Unterdrücker Ausschau zu halten? Fragen Sie die Jungs.«
Wie andere Stimmen, die sie kannte, hörte sich seine Stimme im Dunkeln noch schöner an.
»Sie mochten Sie«, sagte er. »Haben Sie sie auch gemocht?«
»Ja.«
»Wer hat Ihnen am besten gefallen?«
»Alle gleich«, sagte sie, und er lachte wieder.
»Man behauptet, daß Sie sehr in Ihren toten Palästinenser verliebt seien. Stimmt das?«
»Ja.«
Sein Stock zeigte immer noch auf das Fenster. »Früher – wenn Sie den Mut dazu hätten – hätten wir Sie mitgenommen. Über die Grenze. Angriff. Rache. Wieder zurück. Feiern. Wir würden zusammen gehen. Helga sagt, Sie wollen kämpfen. Wollen Sie kämpfen?«
»Ja.«
»Gegen jeden oder nur gegen die Zionisten?« Er wartete ihre Antwort nicht ab. Er trank. »Manche von dem Abschaum, den wir bekommen, möchten am liebsten die ganze Welt in die Luft jagen. Sind Sie auch so?«

»Nein.«
»Sie sind Abschaum, diese Leute. Helga – Mr. Mesterbein – notwendiger Abschaum. Ja?«
»Ich hatte nicht genug Zeit, das herauszufinden«, sagte sie.
»Gehören *Sie* zum Abschaum?«
»Nein.«
Das Licht ging wieder an. »Nein«, pflichtete er ihr bei und prüfte sie weiter. »Nein, ich glaube auch nicht. Aber vielleicht verändern Sie sich. Haben Sie jemals einen Menschen getötet?«
»Nein.«
»Sie sind in einer glücklichen Lage. Sie haben eine Polizei. Ihr eigenes Land. Das Parlament. Rechte. Pässe. Wo leben Sie?«
»In London.«
»Und in welchem Teil?«
Sie hatte das Gefühl, daß seine Verwundungen ihn mit ihren Antworten ungeduldig machten; daß sie seine Gedanken schon immer über sie hinausgehen ließen, zu neuen Fragen. Er hatte einen hohen Stuhl gefunden und zog ihn achtlos zu ihr hin, doch keiner der Jungen stand auf, um ihm zu helfen, und sie vermutete, daß sie es nicht wagten. Als er den Stuhl dort hatte, wo er ihn haben wollte, zog er noch einen zweiten heran, dann setzte er sich auf den einen und schwang sein Bein auf den anderen. Und als er das alles geschafft hatte, zog er eine einzelne Zigarette aus der Tasche seines Uniformrocks und steckte sie sich an.
»Sie sind die erste Engländerin, wissen Sie das? Holländer, Italiener, Franzosen, Deutsche, Schweden. Ein paar Amerikaner. Iren. Sie kommen alle, um für uns zu kämpfen. Bloß keine Engländer. Bis jetzt jedenfalls nicht. Die Engländer kommen wie immer zu spät.«
Eine Woge des Erkennens ging über sie hinweg. Wie Joseph sprach er von Schmerzen, die sie nicht kannte, von einem Standpunkt aus, den sie erst kennenlernen mußte. Er war nicht alt, aber er besaß eine Weisheit, die zu früh erworben worden war. Ihr Gesicht war dicht an der kleinen Lampe. Vielleicht war das der Grund, warum er sie dorthin gesetzt hatte. Captain Tayeh ist ein sehr kluger Mann.
»Wenn Sie die Welt verändern wollen – vergessen Sie's«, meinte er. »Die Engländer haben das bereits getan. Bleiben Sie zu Hause.

Spielen Sie Ihre kleinen Rollen. Bilden Sie sich in einem Vakuum weiter. Das ist sicherer.«
»Jetzt ist es das nicht«, sagte sie.
«Oh, Sie könnten zurückkehren.« Er trank etwas Whisky. »Gestehen Sie. Bessern Sie sich. Ein Jahr Gefängnis. Jeder sollte ein Jahr im Gefängnis zubringen. Warum wollen Sie sich umbringen, indem Sie für uns kämpfen?«
»Für ihn«, sagte sie.
Ärgerlich fegte Tayeh ihre romantische Schwärmerei mit der Zigarette beiseite. »Sagen Sie mir, was heißt für ihn? Er ist tot. In ein, zwei Jahren werden wir alle tot sein. Was heißt für ihn?«
»Alles. Er hat es mich gelehrt.«
»Hat er Ihnen gesagt, was wir machen – Bomben legen? – schießen? – töten? . . . Aber ist egal.«
Eine Zeitlang beschäftigte ihn allein seine Zigarette. Er verfolgte, wie sie verglühte, inhalierte den Rauch und blickte das glimmende Ende finster an; dann drückte er sie aus und zündete sich eine neue an. Sie vermutete, daß er eigentlich nicht gern rauchte.
»*Was* konnte er Ihnen beibringen?« wandte er ein. »Einer Frau wie Ihnen? Er war ein kleiner Junge. Er konnte niemand etwas beibringen. Er war nichts.«
»Er war alles«, wiederholte sie unergründlich, und wieder spürte sie, daß er das Interesse an ihr verlor, wie jemand, den eine dürftige Unterhaltung langweilt. Dann bemerkte sie, daß er vor allen anderen etwas gehört hatte. Er erteilte einen raschen Befehl. Einer der Jungen sprang an die Tür. Für Krüppel laufen wir schneller, dachte sie. Sie hörte, wie draußen leise gesprochen wurde.
»Hat er Sie hassen gelehrt?« fragte Tayeh, als wäre nichts geschehen.
»Er hat gesagt, Haß, das sei etwas für die Zionisten. Er hat gesagt, um zu kämpfen, müsse man lieben. Der Antisemitismus sei eine christliche Erfindung, hat er gesagt.«
Sie brach ab, als sie hörte, was Tayeh schon längst gehört hatte: ein Auto kam den Hügel herauf. Er hört wie ein Blinder, dachte sie. Es liegt an seinem Körper.
»Mögen Sie Amerika?« wollte er wissen.
»Nein.«

»Jemals dort gewesen?«
»Nein.«
»Wie können Sie dann sagen, daß Sie es nicht mögen, wenn Sie noch nicht dort gewesen sind?« fragte er.
Doch wieder war es nur eine rhetorische Frage, wies er sich selbst in dem Dialog, den er um sie herum führte, auf etwas hin. Das Auto fuhr in den Vorhof. Sie hörte Schritte und gedämpfte Stimmen und sah die Strahlen des Scheinwerfers durch den Raum gleiten, ehe sie ausgemacht wurden.
»Bleiben Sie, wo Sie sind«, befahl er.
Noch zwei Jungen erschienen. Der eine trug eine Plastiktüte, der andere eine Maschinenpistole. Sie standen still da und warteten respektvoll darauf, daß Tayeh sie anredete. Die Briefe lagen zwischen ihnen auf dem Tisch, und als sie daran dachte, wie wichtig sie gewesen waren, war diese Unordnung erhaben.
»Sie werden nicht verfolgt, und Sie fahren in den Süden«, sagte Tayeh zu ihr. »Trinken Sie Ihren Wodka aus und gehen Sie mit den Jungens. Vielleicht glaube ich Ihnen, vielleicht tu' ich's nicht. Vielleicht ist es aber auch gar nicht so wichtig. Sie haben Kleider für Sie dabei.«
Es war kein normales Auto, sondern ein schmutzig-weißer Krankenwagen mit grünen Halbmonden an den Seiten, einer Menge roten Staubs auf der Kühlerhaube und einem zerzausten Jungen mit dunkler Brille am Steuer. Auf den zerschlissenen Pritschen hinten drin hockten noch zwei Jungen, die in der Enge nicht wußten, wohin mit ihren Maschinenpistolen, doch Charlie in grauer Schwesternuniform und Kopftuch setzte sich neben den Fahrer. Es war nicht mehr Nacht; ein heiterer Morgen mit einer schweren roten Sonne zu ihrer Linken, die immer wieder verschwand, während sie sich vorsichtig den Hügel hinabschraubten. Sie versuchte, unbefangen mit dem Fahrer englisch zu plaudern, doch der wurde wütend. Daraufhin bedachte sie die Jungs hinten mit einem fröhlichen *»Hi, boys«*, doch der eine machte ein brummiges Gesicht, und der andere blitzte sie zornig an, und so dachte sie: Macht doch eure Scheiß-Revolution allein, und betrachtete die Landschaft. Nach Süden, dachte sie. Für wie lange? Und wozu? Aber es gab so etwas wie ein ehernes Gesetz, keine Fragen zu stellen, und ihr

Stolz und ihr Überlebensinstinkt forderten, daß sie sich ihm unterwarf.
Den ersten Kontrollpunkt passierten sie, als sie in die Stadt hineinfuhren; es kamen noch vier weitere, ehe sie die Stadt auf der nach Süden führenden Straße wieder verließen, und am vierten Kontrollpunkt wurde ein toter Junge von zwei Männern in ein Taxi geladen, während Frauen schrien und auf das Dach hämmerten. Er lag auf der Seite, und eine leere Hand, die immer noch nach etwas zu greifen schien, zeigte nach unten. *Nach dem ersten Tod gibt es keinen weiteren*, rezitierte Charlie für sich selbst und dachte an den ermordeten Michel. Zu ihrer Rechten tat sich das blaue Meer auf, und wieder bekam die Landschaft etwas Absurdes. Es war, als ob an der englischen Küste ein Bürgerkrieg ausgebrochen wäre. Autowracks und zerschossene Villen säumten die Straße; auf einem Sportplatz kickten zwei Kinder sich über einen Granattrichter einen Fußball zu. Die kleinen Anlegestege für die Yachten waren zertrümmert und lagen halb unter Wasser; selbst die nach Norden fahrenden, mit Obst und Gemüse beladenen Lastwagen, die sie fast von der Fahrbahn drängten, hatten etwas von der Verzweiflung der Flüchtlinge.
Wieder hielten sie vor einer Straßensperre. Syrer. Aber für deutsche Krankenschwestern in palästinensischen Krankenwagen interessierte sich niemand. Sie hörte ein Motorrad aufjaulen und wandte den Blick ohne jede Neugier dorthin. Eine verstaubte Honda, die Seitentaschen mit grünen Bananen vollgestopft. Ein lebendes Huhn, an den Beinen zusammengebunden, hing vom Lenker herab. Und auf dem Sattel Dimitri, der voller Ernst auf das Motorengeräusch horchte. Er trug die Halbuniform eines palästinensischen Soldaten und um den Hals eine rote *Kaffiyeh*. Durch das Achselstück seines Khakihemds hatte er sich, als wär's ein Unterpfand von einem Mädchen, einen Zweig weißblühender Heide gesteckt, um ihr zu sagen: »Wir sind bei dir«, denn weiße Heide war das Zeichen, nach dem sie während der letzten vier Tage Ausschau gehalten hatte.
Von jetzt an findet das Pferd seinen Weg selbst, hatte Joseph ihr gesagt; *deine Aufgabe ist es, im Sattel zu bleiben.*

Und wieder bildeten sie eine Familie und warteten.
Ihr Zuhause war diesmal ein kleines Haus in der Nähe von Sidon mit einer Betonveranda, die eine Granate von einem israelischen Kriegsschiff in zwei Teile gerissen hatte; und nun ragten verrostete Enden der Eisenmatte wie die Fühler eines Rieseninsekts daraus hervor. Der Garten hinten war ein Mandarinenhain, in dem eine alte Gans an heruntergefallenen Früchten herumpickte; der Vorgarten war eine Halde aus Schlamm und Metall und während der letzten oder fünftletzten Invasion eine berühmte Feuerstellung gewesen. Auf der Wiese daneben stand das Wrack eines Panzerwagens, in dem eine Schar gelber Hühner und ein Flüchtlingsspaniel mit vier dicken Welpen wohnten. Hinter dem Panzerwagen lag das blaue christliche Meer von Sidon mit seiner Kreuzfahrerburg, die wie eine Strandburg aus dem Hafenviertel herausragte. Charlie hatte aus Tayehs offenbar unerschöpflichem Vorrat an Jungen zwei neue bekommen: Kareem und Yasir. Kareem war pummelig, spielte ständig den Clown und zog immer eine Schau ab, als ob seine Maschinenpistole verdammt schwer sei; er blähte jedesmal die Bakken auf und verzerrte das Gesicht, wenn er gezwungen war, sie zu schultern. Wenn sie ihn jedoch voller Mitgefühl anlächelte, wurde er verlegen und eilte davon, um sich Yasir anzuschließen. Er hatte den Ehrgeiz, Ingenieur zu werden. Er war neunzehn und kämpfte seit sechs Jahren. Englisch sprach er immer nur im Flüsterton und flocht an den passendsten und unpassendsten Stellen ein ›mal‹ ein.
»Wenn Palästina mal frei ist, studiere ich mal in Jerusalem«, sagte Kareem. »Bis es soweit ist« – er legte die ausgestreckte Hand schief und seufzte angesichts dieser schrecklichen Aussicht – »vielleicht Leningrad, vielleicht Detroit.«
Ja, bestätigte Kareem höflich, er habe mal einen Bruder und eine Schwester gehabt, doch seine Schwester sei bei einem zionistischen Luftangriff auf das Lager in Nabatiyeh ums Leben gekommen. Sein Bruder war nach Rashidiyeh verlegt und dort drei Tage später bei einer Beschießung von See her getötet worden. Er beschrieb diese Verluste sehr bescheiden, als ob sie in der allgemeinen Tragödie nicht viel zählten.
»Palästina ist mal eine kleine Katze«, erzählte er Charlie eines Morgens geheimnisvoll, als sie geduldig in einem sich bauschenden

weißen Nachthemd am Schlafzimmerfenster stand, während er seine Maschinenpistole schußbereit hielt. »Sie muß mal viel gestreichelt werden, sonst dreht sie durch.«

Er habe einen böse aussehenden Mann auf der Straße gesehen, erklärte er, und sei heraufgekommen, um nachzusehen, ob er ihn umbringen solle.

Yasir mit den tiefen Brauenwülsten eines Boxers und einem stechenden, flackernden Blick konnte sich überhaupt nicht mit ihr verständigen. Er trug ein rotkariertes Hemd und eine schwarze Kordel um die Schulter geschlungen, um seine Zugehörigkeit zum Militärischen Abwehrdienst kundzutun, und wenn es dunkelte, stand er im Garten und suchte das Meer nach zionistischen Angreifern ab. Er sei ein großer Kommunist, erklärte Kareem verständnisvoll, und er werde den Kolonialismus überall in der Welt vernichten. Yasir hasse Europäer und Amerikaner, selbst wenn sie behaupteten, Palästina zu lieben, sagte Kareem. Seine Mutter und seine ganze Familie seien in Tal al-Zataar umgekommen.

Durch was? fragte Charlie.

Durst, sagte Kareem und erklärte ihr ein kleines Stück Zeitgeschichte: Tal al-Zataar – Thymian-Hügel – sei ein Flüchtlingslager in Beirut. Hütten mit Blechdächern, oft elf Menschen in einem Raum. Dreißigtausend Palästinenser und arme Libanesen hätten dort siebzehn Monate lang bei ununterbrochener Beschießung ausgehalten. Wer denn geschossen habe, wollte Charlie wissen. Diese Frage verwirrte Kareem. Die von der Kata'ib, sagte er, als ob das doch auf der Hand liege. Faschistische maronitische Freischärler, die von den Syrern und zweifellos auch von den Zionisten unterstützt würden. Tausende seien dabei umgekommen, doch wieviel genau, wisse niemand, sagte er; weil nur so wenige übriggeblieben seien, denen sie gefehlt hätten. Als die Angreifer ins Lager eingedrungen seien, hätten sie auch die letzten Überlebenden niedergemacht. Ärzte und Schwestern seien herausgeholt, in einer Reihe aufgestellt und dann gleichfalls erschossen worden, was nur logisch gewesen sei, denn schließlich hätten sie keine Medikamente, kein Wasser und keine Patienten mehr gehabt.

»Warst du dabei?« fragte Charlie Kareem.

Nein, entgegnete er; aber Yasir.

»In Zukunft legen Sie sich nicht mehr in die Sonne«, befahl Tayeh, als er am nächsten Abend kam, um sie abzuholen. »Wir sind hier nicht an der Riviera.«
Sie sollte Kareem und Yasir nie wiedersehen. Nach und nach geriet sie genau in jenen Zustand, den Joseph vorhergesagt hatte. Sie wurde an die Tragödie gewöhnt, und die Tragödie befreite sie von der Notwendigkeit, sich zu erklären. Sie war eine Reiterin mit Scheuklappen, die durch Ereignisse und Emotionen geleitet wurde, die zu groß waren, als daß sie sie in ihrem ganzen Ausmaß hätte begreifen können, die in ein Land geführt wurde, in dem die Tatsache, anwesend zu sein, bereits Teil einer ungeheueren Ungerechtigkeit war. Sie hatte sich den Opfern angeschlossen und fand sich schließlich mit ihrem Verrat ab. Mit jedem Tag, der verging, wurde die Fiktion ihrer vorgeblichen Treue zu Michel fester in den Tatsachen verankert, wohingegen ihre Treue zu Joseph – falls die keine Fiktion war – nur als ein heimliches Zeichen auf ihrer Seele überlebte.
»Bald werden wir alle mal tot sein«, sagte Kareem, wie ein Echo auf Tayehs Ausspruch. »Die Zionisten werden uns alle zu Tode völkermorden, du wirst mal sehen.«

Das alte Gefängnis lag in der Mitte der Stadt, und es sei, hatte Tayeh dunkel gesagt, die Stätte, an der die Unschuldigen ihr Lebenslänglich absäßen. Um hinzukommen, mußten sie das Auto auf dem Hauptplatz abstellen und ein Gewirr von alten Gassen betreten, die zwar zum Himmel offen waren, jedoch mit plastikgeschützten Spruchbändern vollhingen, die sie zuerst für trocknende Wäsche gehalten hatte. Es war die Abendstunde, wo man kaufte und verkaufte; Läden und Stände waren voll. Die Straßenlampen leuchteten tief in den alten Marmor der Hauswände hinein, so daß es aussah, als wären sie von innen beleuchtet. Der Lärm in den Gassen war zerrissen und verstummte manchmal, wenn sie um eine Ecke bogen, so daß sie dann nur noch ihre eigenen Schritte auf dem glänzenden Straßenpflaster klicken und schlurfen hörten. Ein feindselig blickender Mann in ausgebeulten Hosen führte sie.
»Ich habe dem Verwalter gesagt, Sie seien eine Journalistin aus Europa«, erklärte ihr Tayeh, während er neben ihr her humpelte.

»Sein Benehmen Ihnen gegenüber ist nicht gerade freundlich, denn er hat etwas gegen diejenigen, die herkommen, um ihr zoologisches Wissen zu vergrößern.«

Der zerrissene Mond hielt Schritt mit ihnen; der Abend war sehr heiß. Sie betraten einen anderen Platz, und ein Schwall arabischer Musik aus Lautsprechern, die provisorisch auf Pfählen installiert waren, begrüßte sie. Das hohe Tor stand offen und ging auf einen hell erleuchteten Hof, von dem aus eine Steintreppe zu übereinanderliegenden Laubengängen nach oben führte. Die Musik war noch lauter.

»Wer sind sie denn?« fragte Charlie. »Was haben sie getan?«

»Nichts. Darin besteht ihr Verbrechen. Es sind die Flüchtlinge, die aus den Flüchtlingslagern hierher geflüchtet sind«, erwiderte Tayeh. »Das Gefängnis hat dicke Mauern und stand leer, daher haben wir es in Besitz genommen, um sie zu beschützen. Grüßen Sie die Leute ernst«, fügte er hinzu. »Lächeln Sie nicht allzu bereitwillig, sonst glauben sie, Sie machten sich über ihr Elend lustig.«

Ein alter Mann saß auf einem Küchenstuhl und sah sie blicklos an. Tayeh und der Verwalter traten auf ihn zu, um ihn zu begrüßen. Charlie sah sich um. *So was bekomme ich alle Tage zu sehen. Ich bin eine abgebrühte europäische Journalistin, die denen, die alles haben und trotzdem unglücklich sind, klarmacht, was Elend und Mangel wirklich bedeuten.*

Sic stand in der Mitte eines riesigen Steinsilos, dessen uralte Mauern bis zum Himmel hinauf mit Käfigtüren und Laubengängen bepflastert waren. Frisch aufgetragene weiße Tünche bedeckte alles und erweckte die Illusion von Hygiene. Die Zellen zu ebener Erde waren Gewölbenischen. Die Türen standen wie einladend auf, die Gestalten darin schienen zuerst vollkommen regungslos. Selbst die Kinder bewegten sich, als dürften sie keine überflüssige Bewegung machen. Vor jeder Zelle hingen Wäscheleinen; ihre Symmetrie vermittelte den stolzen Wettstreit dörflichen Lebens. Charlie hatte den Geruch von Kaffee, offenen Abflußrohren und großer Wäsche in der Nase. Tayeh und der Verwalter kehrten zurück.

»Warten Sie ab, bis man Sie anspricht«, riet Tayeh ihr nochmals. »Gehen Sie nicht unbekümmert auf diese Menschen zu, das verstehen sie nicht. Was Sie hier sehen, ist eine schon halb ausgestorbene Spezies.«

Sie stiegen eine Marmortreppe hinauf. Die Zellen dieses Stockwerks hatten dicke Türen mit Gucklöchern für die Wärter.

Der Lärm schien mit der Hitze größer zu werden. Eine Frau, die ganz in bäuerliche Tracht gekleidet war, ging an ihnen vorüber. Der Verwalter sprach sie an, und sie zeigte den offenen Gang entlang auf ein handgemaltes Zeichen in arabischer Schrift, das wie ein primitiver Pfeil aussah. Als Charlie in das Brunnenloch hinunterspähte, sah sie, daß der alte Mann wieder auf seinem Stuhl saß und ins Nichts starrte. Er hat sein Tagewerk vollbracht, dachte sie. Er hat uns gesagt: »Geht hinauf!« Sie kamen bei dem Pfeil an, folgten der angegebenen Richtung, stießen wieder auf einen Pfeil und gelangten bald in den eigentlichen Mittelpunkt des Gefängnisses. Um hier wieder herauszufinden, brauche ich einen Faden, dachte sie. Sie sah Tayeh an, doch er wollte sie nicht ansehen. Legen Sie sich in Zukunft nicht mehr in die Sonne. Sie betraten einen ehemaligen Aufenthaltsraum für die Wächter oder eine Kantine. In der Mitte stand ein mit Plastikstoff bespannter Untersuchungstisch und daneben, auf einem neuen Rolltisch, Medikamente, Behälter mit Tupfern und Spritzen. Ein Mann und eine Frau behandelten; die schwarzgekleidete Frau tupfte einem Baby gerade mit einem Wattebausch die Augen ab. Die wartenden Mütter saßen geduldig an den Wänden; ihre Kinder dösten und quengelten.

»Bleiben Sie hier stehen«, befahl Tayeh, ging diesmal selbst vor und ließ den Verwalter und Charlie stehen. Doch die Frau hatte ihn bereits hereinkommen sehen; ihre Augen blickten zu ihm auf, dann richtete sie den Blick auf Charlie und ließ ihn bedeutsam und fragend zugleich auf ihr ruhen. Sie trat ans Waschbecken, wusch sich systematisch die Hände und studierte Charlie dabei im Spiegel.

»Folgen Sie uns«, sagte Tayeh.

Jedes Gefängnis hat so einen kleinen hellen Raum mit Plastikblumen und einem Foto aus der Schweiz, einen Raum, in dem man Leute empfangen kann, die sich nichts haben zuschulden kommen lassen. Der Verwalter war gegangen. Tayeh und die junge Frau hatten Charlie in die Mitte genommen, die junge Frau saß kerzengerade wie eine Nonne, und Tayeh war schräg nach vorn gerutscht, das eine Bein steif zur einen Seite ausgestreckt und den Stock wie eine Zeltstange in der Mitte: Der Schweiß lief ihm über das pokkennarbige Gesicht, während er rauchte und unruhig hin und her rutschte und die Stirn runzelte. Die Geräusche aus dem Gefängnis waren nicht verstummt, sondern zu einem einzigen Ton aus Musik und menschlichen Lauten verschmolzen. Gelegentlich hörte Charlie zu ihrer Verwunderung Lachen. Die junge Frau war schön und streng und in ihrem schwarzen Gewand ein wenig furchteinflößend. Sie hatte kräftige klare Züge, einen dunklen, aufrechten Blick und schien nicht im geringsten daran interessiert, sich zu verstellen. Sie trug ihr Haar kurzgeschnitten. Die Tür stand auf. Die üblichen beiden Jungen bewachten sie.

»Sie wissen, wer sie ist?« fragte Tayeh und drückte bereits seine erste Zigarette aus. »Kommt Ihnen an dem Gesicht etwas bekannt vor? Schauen Sie genau hin!«

Das brauchte Charlie nicht. »Fatmeh«, sagte sie.

»Sie ist nach Sidon zurückgekehrt, um bei ihrem Volk zu sein. Sie spricht kein Englisch, aber sie weiß, wer Sie sind. Sie hat Ihre Briefe an Michel gelesen, und auch die von Michel an Sie. Übersetzt. Natürlich interessiert sie sich für Sie.«

Tayeh rutschte unter Schmerzen auf seinem Stuhl hin und her, fischte eine schweißgetränkte Zigarette aus der Tasche und zündete sie sich an.

»Sie ist in Trauer, aber das sind wir alle. Wenn Sie mit ihr reden, werden Sie bitte nicht sentimental. Sie hat bereits drei Brüder und eine Schwester verloren. Sie weiß, wie man damit fertig wird.«

Sehr ruhig begann Fatmeh zu sprechen. Als sie aufhörte, übersetzte Tayeh – irgendwie geringschätzig, das war nun mal seine Art heute abend.

»Zunächst möchte sie sich bei Ihnen bedanken für die große Unterstützung, die Sie ihrem Bruder Salim in seinem Kampf gegen den Zionismus geschenkt haben – aber auch dafür, daß Sie selbst sich dem Kampf gegen die Ungerechtigkeit angeschlossen haben.« Er wartete, und Fatmeh sprach weiter. »Sie sagt, ihr seid jetzt Schwestern. Beide habt ihr Michel geliebt, beide seid ihr stolz auf seinen

Heldentod. Sie fragt Sie . . .« und abermals hielt er inne, um sie sprechen zu lassen. »Sie fragt, ob auch Sie bereit seien, lieber den Tod hinzunehmen, als eine Sklavin des Imperialismus zu werden. Sie ist sehr politisch. Sagen sie ihr: Ja.«

»Ja.«

»Sie möchte gern von Ihnen hören, wie Michel über seine Familie und über Palästina gesprochen hat. Machen Sie ihr nichts vor. Sie spürt so was sofort.«

Tayeh war nicht länger gleichgültig. Er raffte sich mühsam auf und ging langsam im Raum umher, dolmetschte und warf gelegentlich zusätzliche Fragen ein.

Charlie redete geradeheraus, sprach aus dem Herzen, aus ihrer verletzten Erinnerung. Sie machte keinem Menschen etwas vor, nicht einmal sich selbst. Anfangs, sagte sie, habe Michel überhaupt nicht von seinen Brüdern erzählt; nur einmal beiläufig von seiner geliebten Fatmeh. Dann, eines Tages – in Griechenland –, habe er angefangen, sehr liebevoll in Erinnerungen zu schwelgen und von ihnen zu reden; er habe gesagt, nach dem Tod ihrer Mutter habe Fatmeh für die ganze Familie die Mutterrolle übernommen.

Tayeh übersetzte in schroffem Ton. Die junge Frau zeigte keinerlei Reaktion, aber ihre Augen ruhten die ganze Zeit auf Charlies Gesicht, sie beobachtete es, vertiefte sich in ihre Züge, stellte in Frage.

»Was hat er von ihnen erzählt – von den Brüdern«, befahl Tayeh ungeduldig. »Wiederholen Sie es für sie.«

»Er hat gesagt, seine ganze Kindheit hindurch seien seine älteren Brüder sein leuchtendes Vorbild gewesen. In Jordanien, in ihrem ersten Lager, als er noch zu jung zum Kämpfen war, wären die Brüder manchmal verschwunden, ohne zu sagen, wohin sie gingen. Dann sei Fatmeh an sein Bett gekommen und habe ihm zugeflüstert, sie hätten wieder einen Angriff gegen die Zionisten unternommen . . .«

Tayeh fiel ihr mit einer raschen Übersetzung ins Wort.

Fatmehs Fragen verloren den wehmütigen Ton und wurden hart wie beim Verhör. Was ihre Brüder studiert hätten? Welche Berufe und Neigungen sie gehabt hätten und wie sie umgekommen seien? Charlie stand ihr Rede und Antwort, wo sie konnte – lückenhaft also: Salim – Michel – hatte ihr nicht alles erzählt. Fawaz sei ein großer Anwalt gewesen oder habe vorgehabt, es zu werden. In Amman habe er sich in eine Studentin verliebt – sie war in der Kindheit seine beste Freundin in ihrem Dorf in Palästina. Die Zionisten hätten ihn niedergeschossen, als er eines Morgens früh aus ihrem Haus herausgekommen sei. »Laut Fatmeh . . .« begann sie.

»Was laut Fatmeh?« wollte Tayeh wissen.

»Laut Fatmeh hätten die Jordanier den Zionisten ihre Adresse verraten.«

Fatmeh stellte eine Frage. Aufgebracht. Wieder dolmetschte Tayeh: »In einem seiner Briefe erwähnte Michel, er sei stolz darauf, mit seinem großen Bruder gemeinsam die Folter durchlitten zu haben«, sagte Tayeh. »Er schreibt, in bezug auf diesen Zwischenfall, seine Schwester Fatmeh sei außer Ihnen die einzige Frau auf Erden, die er voll und ganz lieben könne. Erklären Sie Fatmeh bitte, was das bedeutet. Welchen Bruder hat er gemeint?«

»Khalil«, sagte Charlie.

»Beschreiben Sie ausführlich, worum es ging«, befahl Tayeh.

»Das war in Jordanien.«

»Wo? Was? Beschreiben Sie es genau.«

»Es war Abend. Eine Kolonne von jordanischen Jeeps kam ins Lager – sechs Wagen. Sie griffen sich Khalil und Michel – Salim – und befahlen Michel, ein paar Ruten vom Granatapfelbaum zu schneiden« – sie streckte die Hände vor, genauso, wie Michel es an jenem Abend in Delphi getan hatte –, »sechs junge Triebe, jeder einen Meter lang. Dann zwangen sie Khalil, die Schuhe auszuziehen, und Salim, sich hinzuknien und Khalil die Füße festzuhalten, während sie ihn mit den Ruten des Granatapfelbaums schlugen. Dann mußten sie die Plätze tauschen. Khalil hält Salim fest. Ihre Füße sind keine Füße mehr, sie sind nicht mehr wiederzuerkennen. Doch die Jordanier bringen sie trotzdem zum Laufen, indem sie hinter ihnen in den Boden schießen.«

»Und?« sagte Tayeh voller Ungeduld.

»Was *und*?«

»Warum ist Fatmeh so wichtig in dieser Sache?«

»Sie hat sie gepflegt. Tag und Nacht. Hat ihnen die Füße gebadet. Ihnen Mut eingeflößt. Ihnen aus den großen arabischen Schriftstellern vorgelesen. Sie dazu gebracht, neue Angriffe zu planen. ›Fatmeh ist unser Herz‹, hat er gesagt. ›Sie ist unser Palästina. Ich muß von ihrem Mut und ihrer Stärke lernen.‹ Das hat er gesagt.«

»Sogar geschrieben hat er es, dieser Narr«, sagte Tayeh und hängte seinen Stock über die Stuhllehne, daß es knallte. Er zündete sich eine neue Zigarette an.

Während er wie erstarrt die leere Wand anblickte, als hinge ein Spiegel daran, lehnte Tayeh sich zurück und trocknete sich das Gesicht mit einem Taschentuch ab. Fatmeh stand auf, trat wortlos ans Waschbecken und holte ihm ein Glas Wasser. Tayeh zog eine halbe Flasche Whisky aus der Tasche und schenkte sich etwas ein. Nicht zum erstenmal kam Charlie der Gedanke, daß sie einander sehr gut kannten, wie Menschen, die eng zusammenarbeiten, vielleicht sogar ein Liebespaar sind. Einen Moment redeten sie miteinander; dann wandte Fatmeh sich wieder Charlie zu, und Tayeh stellte Fatmehs letzte Frage.

»Um was geht es, wenn er in seinem Brief schreibt: ›Der Plan, auf den wir uns am Grab meines Vaters geeinigt haben.‹ Erklären Sie uns bitte auch das. Was für einen Plan meint er?«

Sie fing an, die Umstände des Todes genau zu schildern, doch Tayeh unterbrach sie.

»Wir wissen, wie er gestorben ist. Aus Verzweiflung. Erzählen Sie von der Beerdigung.«

»Er wollte in Hebron – in El Khalil – begraben werden, und so brachten sie ihn zur Allenby-Brücke. Die Zionisten wollten ihn nicht hinüberlassen. Daher trugen Michel und Fatmeh und zwei Freunde den Sarg einen hohen Hügel hinauf, und als es Abend wurde, hoben sie an einer Stelle ein Grab aus, von der aus er in das Land hinunterblicken konnte, das die Zionisten ihm gestohlen hatten.«

»Wo ist Khalil, während sie dies tun?«

»Nicht da. Er ist schon seit Jahren fort. Nicht zu erreichen. Er kämpft. Doch an diesem Abend, während sie dabei waren, das Grab zuzuschaufeln, tauchte er plötzlich auf.«

»Und?«

»Er half, das Grab zuzuschaufeln. Dann forderte er Michel auf, mitzukommen und zu kämpfen.«
»*Mitzukommen* und zu kämpfen?« wiederholte Tayeh.
»Er sagte, es sei an der Zeit, das ganze Judentum anzugreifen. Überall. Es dürfe kein Unterschied mehr zwischen Juden und Israelis geben. Er sagte, das gesamte Judentum sei eine zionistische Machtbasis, und die Zionisten würden nie Ruhe geben, bis sie nicht unser Volk vernichtet hätten. Unsere einzige Chance sei, die Welt an den Ohren zu packen und zu zwingen zuzuhören. Wieder und wieder. Wenn das Leben Unschuldiger vernichtet werden müsse, warum solle es dann immer nur das von Palästinensern sein? Die Palästinenser würden es nicht den Juden nachmachen und zweitausend Jahre warten, ehe sie ihre Heimat zurückbekämen.«
»Also was für ein Plan?« beharrte Tayeh unbeeindruckt.
»Michel sollte nach Europa kommen. Khalil würde das in die Wege leiten. Student werden, aber auch ein Kämpfer.«
Fatmeh sprach, nicht sehr lange.
»Sie sagt, ihr kleiner Bruder habe ein großes Maul gehabt und Gott habe recht daran getan, es ihm zu schließen«, sagte Tayeh, winkte den Jungen und humpelte rasch vor ihr die Treppe hinunter. Doch Fatmeh legte Charlie die Hand auf den Arm, hielt sie zurück und starrte sie wieder mit unverhohlener, aber freundlicher Neugier an. Seite an Seite kehrten die beiden Frauen über den Gang zurück. An der Tür zur Krankenstation starrte Fatmeh sie nochmals an, diesmal offensichtlich verwirrt. Dann gab sie ihr einen Kuß auf die Wange. Das letzte, was Charlie von ihr sah, war, daß sie sich wieder das Baby vorgenommen hatte und ihm die Augen abtupfte. Wenn Tayeh sie nicht gerufen und zur Eile angetrieben hätte, wäre sie geblieben und hätte Fatmeh für den Rest ihres Lebens geholfen.

»Sie müssen abwarten«, sagte Tayeh zu ihr, als er sie ins Lager fuhr. »Wir haben Sie nicht erwartet. Wir haben Sie schließlich nicht eingeladen.«
Auf den ersten Blick meinte sie, er hätte sie in ein Dorf gebracht, denn die sich über Terrassen den Hügel hinunterziehenden weißen Hütten sahen im Licht der Scheinwerfer recht ansprechend aus.

Doch beim Weiterfahren zeigte sich, wie weit sich dieser Ort ausdehnte, und als sie die Hügelkuppe erreicht hatten, befand sie sich in einer Notlager-Stadt, die für Tausende, nicht für Hunderte errichtet worden war. Ein würdiger, grauhaariger Mann empfing sie, doch er begrüßte nur Tayeh mit überströmender Herzlichkeit. Er hatte blankgeputzte schwarze Schuhe an und eine Khakiuniform mit rasiermesserscharfen Bügelfalten. Offensichtlich hatte er Tayeh zu Ehren seine beste Kleidung angelegt.

»Er ist hier unser Lagervorsteher«, sagte Tayeh einfach, als er ihn vorstellte. »Er weiß, daß Sie Engländerin sind, sonst nichts. Er wird keine Fragen stellen.«

Sie folgten ihm in einen kargen Raum, an dessen Wänden in Vitrinen Sportpokale standen. Auf einem Kaffeetisch in der Mitte lag ein Tablett, auf dem sich Schachteln von Zigaretten aller möglichen Marken türmten. Eine sehr große junge Frau brachte süßen Tee und Gebäck, doch niemand sprach Charlie an. Die Frau hatte ein Kopftuch auf, trug den traditionellen weiten Rock und flache Schuhe. Frau? Schwester? Charlie kam nicht dahinter, wer sie sein mochte. Sie hatte Kummerflecken unter den Augen und schien sich in einem Bereich persönlicher Traurigkeit zu bewegen. Nachdem sie den Raum verlassen hatte, richtete der Lagervorsteher den Blick starr und wildfunkelnd auf Charlie und hielt eine düstere Ansprache mit einem deutlichen schottischen Akzent. Ohne jedes Lächeln erklärte er, daß er während der Mandatszeit bei der palästinensischen Polizei gedient habe und noch heute eine britische Pension beziehe. Der Geist seines Volkes, erklärte er, sei durch seine Leiden sehr gestärkt worden. Er wartete mit Statistiken auf. In den vergangenen zwölf Jahren sei das Lager siebenhundertmal bombardiert worden. Er nannte ihr die Zahl der Todesopfer und befaßte sich mit dem Anteil der toten Frauen und Kinder. Die wirkungsvollsten Waffen seien die in Amerika hergestellten Streubomben; die Zionisten hätten auch als Kinderspielzeug getarnte Sprengladungen abgeworfen. Er gab einen Befehl, und ein Junge verschwand und kam gleich darauf mit einem völlig verbeulten Spielzeug-Rennwagen wieder. Er nahm das Chassis ab und zeigte Drähte und Sprengstoff darin. Möglich, dachte Charlie. Aber auch nicht möglich. Er berichtete über die Vielfalt politischer Theorien unter den Palästinensern, versicherte

ihr aber ernsthaft, daß im Kampf gegen den Zionismus solche Unterschiede verschwänden.
»Sie werfen ihre Bomben auf uns alle«, erklärte er.
Er redete sie mit »Genossin Leila« an – so hatte Tayeh sie vorgestellt –, und als er geendet hatte, hieß er sie willkommen und übergab sie dankbar an die großgewachsene traurige Frau.
»Für die Gerechtigkeit«, sagte er, wie man ›gute Nacht‹ sagt.
»Für die Gerechtigkeit«, erwiderte Charlie.
Tayeh sah ihr nach, als sie ging.
Die schmalen Straßen lagen in kerzenerhellter Dunkelheit da. Offene Abzugsrinnen verliefen in der Mitte. Ein Dreiviertelmond zog über die Hügel. Die große junge Frau ging voran, die Jungen folgten mit Maschinenpistolen und Charlies Schultertasche. Sie gingen an einem schlammigen Sportplatz und niedrigen Hütten vorüber, die eine Schule hätten sein können. Charlie erinnerte sich an Michels Fußballspiel und fragte sich zu spät, ob er irgendwelche Silberpokale für die Vitrinen des Lagervorstehers gewonnen hatte. Blaßblaue Birnen brannten über den rostigen Türen der Luftschutzbunker. Was man hörte, waren die Nachtgeräusche von Exilanten. Rock und patriotische Musik mischten sich mit dem zeitlosen Gemurmel alter Männer. Irgendwo stritt ein junges Paar. Ihre Stimmen entluden sich in einer Explosion aufgestauter Wut.
»Mein Vater entschuldigt sich für die dürftige Unterkunft. Aber es ist eine Regel des Lagers, daß die Häuser nicht für die Dauer gebaut werden, um uns nicht vergessen zu lassen, wo unsere eigentliche Heimat ist. Wenn es einen Luftangriff gibt, warten Sie bitte nicht auf die Sirenen, sondern laufen Sie in dieselbe Richtung wie alle anderen. Und achten Sie bitte darauf, daß Sie nach einem Angriff nichts berühren, was auf der Erde liegt. Federhalter, Flaschen, Radios – nichts.«
Sie heiße Salma, sagte sie mit ihrem traurigen Lächeln; und ihr Vater sei Lagervorsteher.
Charlie ließ sich hineinbitten. Die Hütte war winzig und sauber wie ein Zimmer im Krankenhaus. Sie hatte ein Waschbecken, eine Toilette und einen nach hinten hinausgehenden Garten von der Größe eines Taschentuchs.
»Was machen Sie hier, Salma?«

Die Frage schien sie im Moment zu verwirren. Hierzusein war schon eine Aufgabe.
»Also, wo haben Sie Ihr Englisch gelernt?« fragte Charlie.
In Amerika, erwiderte Salma; sie habe an der Universität von Minnesota ihr Examen als Biochemikerin gemacht.

Es gibt einen schrecklichen, dennoch wohltuenden Frieden, wenn man lange Zeit unter den wahren Opfern dieser Welt lebt. Im Lager lernte Charlie endlich jenes Mitgefühl kennen, das das Leben ihr bisher vorenthalten hatte. Während sie wartete, reihte sie sich in das Heer jener ein, die ihr Leben lang gewartet hatten. Und da sie ihre Gefangenschaft teilte, träumte sie, sie habe sich aus der eigenen befreit. Dadurch, daß sie sie liebte, hatte sie die Vorstellung, all die vielen Täuschungen, die sie hierhergebracht hatten, von ihnen vergeben zu bekommen. Sie bekam keine Bewacher zugeteilt, und gleich am ersten Morgen, sobald sie aufgewacht war, machte sie sich vorsichtig daran, die Grenzen ihrer Freiheit herauszufinden. Es schien keine Grenzen zu geben. Sie ging rund um die Sportplätze herum und sah kleinen Jungen zu, die sich mit hochgezogenen Schultern verbissen bemühten, die Körperkraft von Erwachsenen zu erringen. Sie fand das Krankenhaus und die Schulen und die winzigen Läden, in denen alles verkauft wurde, von Orangen bis zu Familienflaschen Haarshampoo. Im Krankenhaus sprach eine alte Schwedin zufrieden über Gottes Willen mit ihr.
»Die armen Juden finden keine Ruhe, solange sie uns auf dem Gewissen haben«, setzte sie Charlie verträumt auseinander. »Gott hat ihnen ein so *schweres* Los auferlegt. Warum lehrt er sie nicht, wie man liebt?«
Mittags brachte Salma ihr eine flache Käsepastete und eine Kanne Tee, und nachdem sie in ihrer Hütte zu Mittag gegessen hatten, stiegen sie durch einen Orangenhain zu einer Hügelkuppe hinauf, die jener sehr ähnlich war, auf der Michel ihr beigebracht hatte, mit der Pistole seines Bruders zu schießen. Braune Bergketten zogen sich im Westen und Süden am Horizont entlang.
»Die Berge im Osten – das ist Syrien«, sagte Salma und zeigte übers Tal. »Aber die dort« – sie schwenkte den Arm in Richtung Süden

und ließ ihn dann in plötzlich aufwallender Verzweiflung sinken –, »das sind unsere Berge, und von dort werden die Zionisten kommen, um uns zu töten.«
Auf dem Rückweg sah Charlie flüchtig Militär-Lastwagen, die unter Tarnnetzen abgestellt waren, und in einem Zedernhain den matten Glanz von nach Süden gerichteten Geschützrohren. Ihr Vater komme aus Haifa, nicht einmal siebzig Kilometer von hier, sagte Salma. Ihre Mutter sei tot, beim Verlassen des Bunkers von der Maschinengewehrsalve eines israelischen Jagdflugzeugs niedergemäht. Sie habe einen Bruder, der ein erfolgreicher Bankier in Kuweit sei. Nein, antwortete sie lächelnd auf die auf der Hand liegende Frage: Männer fänden sie zu groß und zu intelligent.
Am Abend nahm Salma Charlie zu einem Kinderkonzert mit. Hinterher gingen sie in ein Klassenzimmer und klebten mit zwanzig anderen Frauen aufwieglerische Aufkleber für die große Demonstration auf Kinder-T-Shirts, sie benutzten dazu einen Apparat, der aussah wie ein großes Waffeleisen und dauernd durchbrannte. Einige von den Aufklebern trugen in arabischer Schrift Parolen, die den totalen Sieg versprachen; auf anderen war das Bild von Yasir Arafat zu sehen, den die Frauen Abu Ammar nannten. Charlie blieb fast die ganze Nacht mit ihnen auf und schaffte am meisten. Zweitausend Hemden in der richtigen Größe und genau zur richtigen Zeit, dank Genossin Leila.
Bald war ihre Hütte von früh bis spät voller Kinder; einige kamen, um englisch mit ihr zu reden, einige, um ihr ihre Tänze und Lieder beizubringen; und einige auch, um an ihrer Hand die Straße auf und ab zu gehen, denn es erhöhte das Ansehen, mit ihr zusammenzusein. Und die Mütter dieser Kinder brachten ihr so viel Zuckergebäck und Käsepasteten, daß sie hier für alle Ewigkeit hätte bleiben können, und das wollte sie auch.
Wer ist sie nur? fragte sich Charlie und wandte ihre Phantasie einer weiteren nicht zu Ende geschriebenen Kurzgeschichte zu, während sie beobachtete, wie Salma sich traurig und isoliert unter ihren Leuten bewegte. Erst nach und nach stellte sich eine Erklärung ein. Salma war draußen in der Welt gewesen. Sie wußte, wie Europäer und Amerikaner über Palästina redeten. Und sie hatte deutlicher als ihr Vater erkannt, wie weit die braunen Berge ihrer Heimat entfernt waren.

Die große Demonstration fand drei Tage später statt. Der Zug setzte sich in der Hitze des Vormittags vom Sportplatz aus in Bewegung und führte langsam um das Lager herum, durch Straßen, die überfüllt waren und geschmückt mit handgestickten Bannern, die der Stolz einer jeden englischen Frauenvereinigung gewesen wären. Charlie stand auf der Schwelle ihrer Hütte und hielt ein kleines Mädchen in die Höhe, das noch zu klein war, um mitzumarschieren, und der Luftangriff begann ein paar Minuten nachdem ein Dutzend Halbwüchsige das Modell von Jerusalem in Schulterhöhe an ihr vorübergetragen hatten. Erst kam Jerusalem, versinnbildlicht – so erklärte Salma – durch die Omar-Mosche aus Goldpapier und Muscheln. Dann kamen die Kinder der Märtyrer, von denen ein jedes einen Ölzweig in der Hand hielt und eines der T-Shirts trug, die eine ganze Nacht über bedruckt worden waren. Dann, wie die Fortsetzung der Festlichkeiten, ertönte ein lustiger kleiner Zapfenstreich von Kanonenschüssen aus den Bergen. Aber niemand schrie oder wollte fortlaufen. Noch nicht. Salma, die neben ihr stand, hob nicht einmal den Kopf.
Bis dahin hatte Charlie eigentlich noch nie richtig über Flugzeuge nachgedacht. Sie hatte ein paar bemerkt, die hoch oben flogen, hatte die weißen Kondensstreifen bewundert, als sie träge im Himmelsblau kreisten. Aber nie war es ihr in ihrer Ahnungslosigkeit in den Sinn gekommen, daß die Palästinenser vielleicht keine Flugzeuge haben könnten oder daß die israelische Luftwaffe gegenüber leidenschaftlich vorgebrachten Ansprüchen auf Land, das von ihrer Grenze zu Fuß aus zu erreichen war, vielleicht eine Ausnahme machte. Charlie hatte viel mehr Augen für die uniformtragenden Mädchen gehabt, die auf den traktorgezogenen Festwagen miteinander tanzten und zum rhythmischen Händeklatschen der Zuschauer ihre Maschinenpistolen hin und her schwenkten; und für die jugendlichen Kämpfer, die sich Streifen ihrer roten *Kaffiyehs* wie Apachen um die Stirn gebunden hatten und mit ihren Maschinenpistolen hinten auf den Lastwagen posierten; und Ohren für das unablässige, von einem Ende des Lagers bis zum anderen ertönende Wehklagen aus so vielen Kehlen – wurden sie denn nie heiser?
Außerdem war sie genau in diesem Augenblick von einer Nebenhandlung abgelenkt worden, die sich unmittelbar vor ihr und Salma

abspielte: Ein Kind wurde von einem Wachsoldaten gezüchtigt. Der Soldat hatte seinen Gürtel abgenommen, ihn zusammengelegt und schlug das Kind mit dieser Schlaufe ins Gesicht, und eine Sekunde lang, während sie noch überlegte, ob sie dazwischentreten sollte, erlag Charlie inmitten des allgemeinen, aus so viel unterschiedlichen Tönen bestehenden Getöses der Illusion, daß der Gürtel die Explosionen hervorrief.

Dann kam das Aufheulen einer unter größter Beanspruchung abbiegenden Maschine sowie der Einsatz von noch mehr Bodenfeuer, obwohl das gewiß zu leicht und zu unbedeutend war, um etwas so schnell und so hoch Fliegendes zu beeindrucken. Die erste Bombe war, als sie explodierte, fast eine Enttäuschung; denn wenn man sie hört, ist man nicht tot. Sie sah den grellen Blitz ein paar hundert Meter weiter am Berghang und dann – während der Knall der Detonation und die Druckwelle gleichzeitig über sie dahingingen – eine Zwiebel aus Rauch aufsteigen. Sie wandte sich zu Salma um, schrie ihr etwas zu, hob die Stimme, als ob ein Sturm toste, obwohl es inzwischen erstaunlich ruhig geworden war; aber Salmas Gesicht war erstarrt vor Haß, während sie zum Himmel hinaufstarrte.

»Wenn sie uns treffen wollen, treffen sie uns«, sagte sie. »Heute spielen sie nur mit uns. Du mußt uns Glück gebracht haben.«

Die tiefere Bedeutung, die in diesen Worten lag, war zuviel für Charlie, und sie wies sie sofort weit von sich.

Die zweite Bombe fiel, und sie schien weiter entfernt zu sein, doch vielleicht war Charlie auch nicht mehr so zu beeindrucken: mochte sie fallen, wo sie wollte, nur nicht in diesen überfüllten Gassen mit den Kolonnen geduldiger Kinder, die wie kleine Schildwachen, deren Schicksal bereits besiegelt ist, nur darauf warteten, daß der Lavastrom sich den Berg herunterwälzte. Die Kapelle setzte wieder ein, viel lauter als zuvor; der Demonstrationszug ging los, doppelt so strahlend wie zuvor. Die Kapelle spielte einen Marsch, und die Menge klatschte dazu. In Charlies Hände kam wieder Leben, sie setzte das kleine Mädchen ab und begann gleichfalls zu klatschen. Ihre Hände brannten, und die Schultern taten ihr weh, trotzdem klatschte sie unermüdlich weiter. Der Demonstrationszug drängte sich an die Seite; ein Jeep mit blitzendem Blaulicht raste vorüber; ihm folgten Ambulanzen und ein Feuerwehrauto. Wie Pulverdampf vom Schlachtfeld flatterte ein Leichentuch aus gelbem Staub hinter ihnen her. Eine Brise trieb es auseinander, die Kapelle spielte weiter, und jetzt war die Gruppe der Fischer an der Reihe. Sie waren durch einen langsamen Kastenwagen vertreten, der über und über mit Arafat-Bildern bedeckt war und einen riesigen, in Weiß, Rot und Schwarz gemalten Papierfisch auf dem Dach trug. Dann folgte – von einer Flötenkapelle angeführt – noch ein Strom von Kindern mit Holzgewehren, die den Text zum Marschlied sangen. Der Gesang schwoll an, alle hatten eingestimmt, und auch Charlie sang aus vollem Herzen mit, ob sie nun den Text kannte oder nicht. Die Flugzeuge verschwanden. Palästina hatte wieder einen Sieg errungen.

»Morgen wirst du woandershin gebracht«, sagte Salma an diesem Abend, als sie am Hang entlanggingen.

»Ich gehe nicht«, sagte Charlie.

Zwei Stunden später, kurz vor Einbruch der Dunkelheit – sie war gerade in ihrer Hütte zurück –, waren die Flugzeuge wieder da. Die Sirene ging zu spät los, und Charlie hatte die Bunker noch nicht erreicht, als die erste Welle über sie herfiel – zwei Maschinen, wie bei einer Luftfahrtschau, die mit ihrem Motorenlärm die Menge taub machte – ob die Piloten die Maschinen wohl jemals abfingen und hochrissen? Sie taten es, und die Druckwelle, die durch die Explosion der ersten Bombe ausgelöst wurde, schleuderte sie gegen die Stahltür; der Krach war weniger schlimm als das Erdbeben, das ihn begleitete, und die hysterischen Schwimmbad-Schreie, die den aufsteigenden schwarzen Rauch auf der anderen Seite des Sportplatzes erfüllten. Der dumpfe Aufprall ihres Körpers alarmierte innen jemand, die Tür ging auf, kräftige Frauenhände zogen sie ins Dunkel und zwangen sie auf eine Holzbank. Zuerst war sie vollkommen taub, doch dann hörte sie nach und nach das Wimmern verängstigter Kinder und die ruhigeren, dennoch leidenschaftlichen Stimmen ihrer Mütter. Jemand steckte eine Ölfunzel an und hängte sie an einen Haken in der Mitte der Decke, und eine ganze Zeit lang kam es Charlie mit ihrem Schwindelgefühl vor, als lebte sie in einem falsch herum aufgehängten Stich von Hogarth. Dann bemerkte sie, daß Salma neben ihr saß, und ihr fiel wieder ein, daß sie seit Beginn des Fliegeralarms mit ihr zusammengewesen war. Ein weiteres Paar von Flugzeugen folgte – oder waren es die beiden ersten, die eine zweite Runde drehten –, die Ölfunzel schwankte hin und her, und Charlies Sehvermögen stellte sich wieder auf eine normale Sehweise ein, als in sorgfältig anschwellendem Crescendo eine Bombenkette näher kam. Die beiden ersten spürte sie wie körperliche Schläge – nein, nicht noch einmal, nicht noch einmal, oh, bitte! Die dritte war die lauteste und brachte sie regelrecht um; die vierte und fünfte verrieten ihr, daß sie noch lebte.

»Amerika!« schrie plötzlich eine Frau voller Hysterie und Schmerz Charlie an. »Amerika! Amerika! Amerika!« Sie versuchte, die anderen Frauen mitzureißen, Charlie ebenfalls anzugreifen, doch Salma gebot ihr sanft, still zu sein.

Charlie wartete eine Stunde; wahrscheinlich waren es nur zwei Minuten. Und als danach immer noch nichts passierte, sah sie Salma an und sagte: »Komm, laß uns gehen«, denn sie war überzeugt, daß es im Bunker schlimmer war als irgendwo sonst. Salma schüttelte den Kopf.

»Sie warten nur darauf, daß wir rauskommen«, erklärte sie ihr ruhig und dachte dabei vielleicht an ihre Mutter. »Wir können nicht raus, bevor es dunkel ist.«

Es wurde dunkel, und Charlie kehrte allein in ihre Hütte zurück. Sie zündete eine Kerze an, denn die Stromversorgung war ausgefallen, und das letzte, das sie überhaupt im ganzen Raum sah, war ein Zweig weißer Heide, der in einem Zahnputzglas über dem Waschbecken stand. Sie betrachtete eingehend das kitschige kleine Bild des Palästinenserkinds; sie trat auf den Hof hinaus, wo immer noch ihre Wäsche auf der Leine hing – hurra, sie ist trocken. Da sie keine Möglichkeit hatte, etwas zu bügeln, zog sie die Schublade ihrer winzigen Kommode auf und ordnete die Wäsche mit der Entschlossenheit des Lagerbewohners ein, keine Unordnung aufkommen zu lassen. Eines meiner Kinder wird sie dorthin gesteckt haben, sagte sie sich fröhlich, als sich die weiße Heide nochmals in ihr Blickfeld drängte. Der Lustige mit den Goldzähnen, den ich Aladin getauft habe. Ein Abschiedsgeschenk von Salma, weil dies doch meine letzte Nacht ist. Wie lieb von ihr. Von ihm.

»*Wir sind eine Liebesgeschichte*«, hatte Salma beim Abschied gesagt. »*Du fährst jetzt fort, und sobald du fort bist, sind wir ein Traum.*«
Ihr Hunde, dachte sie. Ihr verdammten zionistischen Mordhunde. Wäre ich nicht hiergewesen, ihr hättet sie bestimmt ins Jenseits gebombt.
»*Unsere Treue besteht darin, hier zu sein*«, hatte Salma gesagt.

Kapitel 22

Charlie war nicht die einzige, die die Zeit und ihr Leben an sich vorüberziehen sah. Von dem Augenblick an, da sie die entscheidende Linie überschritten hatte, waren Litvak, Kurtz und Becker – also Charlies frühere Familie – auf die eine oder andere Art gezwungen gewesen, ihre Ungeduld zu zügeln und sich dem ihnen fremden Tempo und der Sprunghaftigkeit ihrer Gegner anzupassen. »Nichts«, predigte Kurtz mit Vorliebe seinen Untergebenen – und gewiß auch sich selbst, »nichts ist im Krieg schwerer, als sich heroisch zurückzuhalten.«

Kurtz zügelte sich wie nie zuvor in seiner Laufbahn. Allein die Tatsache, daß er seine unscheinbare Armee aus den britischen Breiten abzog, sah – zumindest in den Augen der Fußsoldaten – mehr nach einer Niederlage als nach den Siegen aus, die sie bisher errungen, aber kaum gefeiert hatten. Innerhalb weniger Stunden nach Charlies Abflug wurde das Haus in Hampstead der Diaspora zurückgegeben, der Funkwagen demontiert und die elektronische Ausrüstung – irgendwie in Ungnade gefallen – als Diplomatengepäck nach Tel Aviv zurückgeschafft. Der Lieferwagen selbst wurde, nachdem die falschen Nummernschilder abgeschraubt und die Motorennummern abgefeilt worden waren, zu einem weiteren Autowrack irgendwo neben der Straße zwischen dem Bodmin-Moor und der Zivilisation. Kurtz blieb nicht für dieses Leichenbegängnis in England. Er kehrte schnurstracks in die Disraeli Street zurück, kettete sich widerstrebend an den von ihm gehaßten Schreibtisch an und wurde zu eben jenem Koordinator, dessen Aufgaben er Alexis gegenüber so lächerlich gemacht hatte. Jerusalem genoß den linden Zauber einiger winterlicher Sonnentage, und als er von einem geheimen Bürogebäude zum anderen eilte, Angriffe abwehrte und um Unterstützung bettelte, spiegelten sich die goldenen Steine der befestigten Stadt in der schimmernden Bläue des Himmels. Ausnahmsweise empfand Kurtz nur wenig Trost bei diesem Anblick. Seine Kriegsmaschine, so sagte er später, sei zu einem Pferdewagen geworden, bei dem die Pferde in verschiedene Richtungen zogen. Draußen war er – allen Bemühungen Gavrons, das zu unterbinden, zum Trotz – sein eigener Herr; zu Hause, wo jeder zweitklassige Politiker und drittrangige Soldat sich für ein Geheimdienstgenie hielt, hatte er mehr Kritiker als *Eliah* und mehr Feinde als die Samariter. Sein erster Kampf ging um den Fortbestand von Charlies Existenz und damit vielleicht auch seiner eigenen – eine Art Pflichtübung, die begann, kaum daß Kurtz Gavrons Büro betreten hatte. Gavron, die Krähe, stand bereits und hatte die Arme erhoben, als ginge er für die Keilerei in Stellung. Sein struppiges Haar war zerzauster denn je.

»Nun, gut amüsiert?« quäkte er. »Sich den Bauch mit gutem Essen vollgeschlagen? Wie ich sehe, haben Sie da draußen ganz schön zugenommen.«

Ein Wort gab das andere, und beide legten los; ihr Geschrei hallte durchs ganze Haus, und sie beschimpften sich und hämmerten mit der geballten Faust auf den Tisch wie bei einem die Atmosphäre reinigenden Ehestreit. Kurtz habe doch Fortschritte versprochen – was denn damit sei? wollte die Krähe wissen. Wo denn die große Abrechnung bleibe, von der er geredet habe? Und was habe er da über Alexis gehört, wo er Marty doch ausdrücklich angewiesen habe, nicht mit diesem Mann weiterzumachen?

»Wundert es Sie, daß ich da meinen Glauben verliere – so viel Einsatz und Geld, so viele Befehle, um die Sie sich einen Dreck geschert haben, und so magere Ergebnisse?«

Zur Strafe verpflichtete Gavron ihn, an einer Sitzung seines Lenkungsausschusses teilzunehmen, in dem inzwischen von nichts anderem als vom letzten Mittel die Rede war. Kurtz mußte sich den Mund fusselig reden, nur um sie zu einer Modifizierung ihrer Pläne zu bewegen.

»Aber was hast du denn laufen, Marty?« wollten seine Freunde mit eindringlich gedämpfter Stimme auf den Korridoren wissen. »Gib uns doch zumindest einen Hinweis, damit wir wissen, *warum* wir dir helfen.«

Sein Schweigen verletzte sie, und wenn sie gingen und er allein dastand, kam er sich noch mehr wie ein schäbiger Beschwichtiger vor.

Es gab noch andere Fronten, an denen gekämpft werden mußte. Um Charlies Vorrücken im Feindesland zu überwachen, war er gezwungen, mit dem Hut in der Hand zu jener Regierungsstelle zu gehen, deren Hauptaufgabe es war, Untergrund-Kurierlinien und Lauschposten an der Nordostküste zu unterhalten. Der Leiter, ein Sephardim aus Aleppo, haßte jeden, aber Kurtz ganz besonders. Wer weiß, wohin ihn eine solche Observierung bringe, wandte er ein. Wo er denn mit seinen eigenen Unternehmungen bleibe? Und drei von Litvaks Observanten draußen Unterstützung zu gewähren, bloß um dem Mädchen in der neuen Umgebung das Gefühl von Gemütlichkeit zu geben – nun, bei ihnen werde niemand so mit Samthandschuhen angefaßt. Es sei einfach nicht zu machen. Es kostete Kurtz Blutopfer und alle möglichen Zugeständnisse unter der Hand, um jenes Maß an Zusammenarbeit zu erreichen, das er brauchte. Aus diesen und ähnlichen Abmachungen hielt Misha Gavron sich wohlweislich heraus; er vertraute darauf, daß die Kräfte des Marktes eine natürliche Lösung fanden. Wenn Kurtz fest genug an etwas glaube, sagte er seinen Leuten insgeheim, werde er auch damit durchkommen; ihn ein bißchen an die Kandare zu nehmen und ab und zu auch mal die Peitsche kosten zu lassen, schade einem solchen Mann nicht, sagte Gavron.

Da Kurtz Jerusalem ungern auch nur für eine Nacht verließ, während all diese Dinge eingefädelt wurden, übertrug er es Litvak, den Pendelverkehr mit Europa aufrechtzuerhalten und als sein Abgesandter das Observierungsteam zu stärken und umzubilden, vor allem aber auf jede nur denkbare Weise auf das vorzubereiten, wovon alle inbrünstig hofften, daß es die Schlußphase sein würde. Die unbeschwerten Münchener Tage, wo ein paar Leute in Doppelschicht ausgereicht hatten, um für alle Eventualitäten gewappnet zu sein, waren endgültig vorüber. Um das himmlische Trio von Mesterbein, Helga und Rossino rund um die Uhr im Auge zu behalten, hatten ganze Trupps von Außenarbeitern rekrutiert werden müssen – die alle Deutsch sprechen mußten, das bei vielen mangels Übung schon recht eingerostet war. Litvaks Mißtrauen gegenüber nichtisraelischen Juden machte das alles nur noch schwieriger, aber er wollte auch nicht nachgeben: sie seien zu zimperlich, wenn es galt, hart zuzupacken; in ihrer Loyalität zu gespalten. Auf Kurtz' Befehl flog Litvak sogar nach Frankfurt zu einem heimlichen Treffen mit Alexis am Flughafen, teils um seine Hilfe bei den Observierungsarbeiten zu bekommen, teils auch – wie Kurtz es ausdrückte –, um festzustellen, wieviel »Rückgrat«, eine besonders rare Eigenschaft, er habe. Auf jeden Fall war die Erneuerung ihrer Bekanntschaft eine Katastrophe, denn die beiden Männer konnten sich auf den ersten Blick nicht ausstehen, ja, schlimmer noch: Litvaks Meinung bestätigte nur eine früher von Gavrons Psychiatern gemachte Vorhersage: daß man Alexis nicht einmal eine gebrauchte Bus-Fahrkarte anvertrauen könne.

»Die Entscheidung ist gefallen«, verkündete Alexis Litvak, noch ehe sie überhaupt Platz genommen hatten; und verkündete das in einem erbosten, halb geflüsterten, halb zusammenhanglosen Monolog, bei dem er immer wieder ins Falsett umschlug. »Und ich revidiere eine Entscheidung nie; dafür bin ich bekannt. Gleich nach unserer Besprechung gehe ich zu meinem Minister und rede mir alles von der Seele. Für einen Ehrenmann gibt es keine Alternative.«

Alexis, so stellte sich rasch heraus, war nicht nur anderen Sinnes geworden, sondern hatte auch politisch eine Kehrtwendung gemacht.

»Nichts gegen die Juden – als Deutscher hat man schließlich ein Gewissen –, aber nach bestimmten Erfahrungen, die ich in der letzten Zeit gemacht habe – ein gewisser Bombenanschlag – gewisse Maßnahmen, zu denen man gezwungen, ja, geradezu erpreßt wurde –, geht einem auch auf, warum die Juden im Laufe der Geschichte immer wieder Verfolgungen ausgesetzt waren. Verzeihen Sie mir.«

Litvak sah ihn finster-beherrscht an und verzieh ihm gar nichts.

»Ihr Freund Schulmann – ein fähiger Mann, beeindruckend – und auch überzeugend –, Ihr Freund kennt keine Mäßigung. Er hat auf deutschem Boden ohne jede Ermächtigung von unserer Seite Gewalttaten verübt und ist von einer Maßlosigkeit, wie sie zu lange uns Deutschen zugeschrieben wurde.«

Litvak hatte die Nase gestrichen voll. Krank und bleich aussehend, hatte er die Augen abgewandt, vielleicht, um das Funkeln darin zu verbergen. »Warum rufen Sie ihn nicht an und sagen ihm das selbst?« hatte er vorgeschlagen. Und Alexis hatte es getan. Vom Fernsprechamt am Flugplatz, unter einer besonderen Nummer, die Kurtz ihm gegeben hatte, während Litvak neben ihm stand und sich die Mithörmuschel ans Ohr hielt.

»Tja, dann tun Sie das, Paul«, riet Kurtz ihm von ganzem Herzen, nachdem Alexis fertig war. Dann veränderte sich seine Stimme: »Und wenn Sie schon mit Ihrem Minister sprechen, Paul, vergessen Sie nicht, ihm auch von Ihrem Schweizer Bankkonto zu erzählen. Denn wenn Sie das nicht tun, könnte Ihre beispielhafte Aufrichtigkeit mich dazu bringen, hinzufliegen und ihn persönlich darüber zu informieren.«

Anschließend gab Kurtz seiner Telephonzentrale die Anweisung, die nächsten achtundvierzig Stunden keine Anrufe von Alexis zu ihm durchzustellen. Aber Kurtz nahm nichts übel. Jedenfalls Agenten nicht. Nachdem die Abkühlungsperiode vorüber war, nahm er sich einen Tag frei und pilgerte selbst nach Frankfurt, wo er feststellte, daß der gute Doktor sich recht gut erholt hatte. Die Anspielung auf das Schweizer Bankkonto, auch wenn Alexis sie bekümmert ›unsportlich‹ nannte, hatte ihn wieder nüchtern gemacht. Doch was am meisten zu seiner Besserung beigetragen hatte, war der freudige Umstand, daß er sich im Mittelteil eines viel gelesenen deutschen Boulevardblattes abgebildet gefunden hatte – entschlossen, engagiert und stets mit dem untergründigen Alexis'schen Witz –, was ihn davon überzeugte, daß er wirklich der war, als den sie ihn hinstellten. Kurtz tat nichts, um ihm diese glückliche Lebenslüge zu zerstören, und als Preis dafür brachte er seinen überarbeiteten Analytikern einen quälend-interessanten Anhaltspunkt mit, den Alexis ihnen in seinem Groll vorenthalten hatte: die Fotokopie einer an Astrid Berger, einem ihrer vielen Tarnnamen, adressierten Ansichtskarte. Handschrift unbekannt, Poststempel: Paris, 17. Arrondissement. Auf Befehl von Köln von der deutschen Post abgefangen.

Der Text, der in Englisch geschrieben war, lautete folgendermaßen: »Der arme Onkel Frei wird nächsten Monat wie geplant operiert. Das paßt insofern gut, als Du Vs Haus benutzen kannst. Wir sehen uns dort. Herzlichst, K.«

Drei Tage später ging eine zweite Postkarte in derselben Handschrift, die an eine weitere sichere Adresse der Berger gerichtet war, in dasselbe Schleppnetz; diesmal war der Poststempel Stockholm. Alexis, der wieder voll und ganz mitarbeitete, ließ sie per Sonderkurier zu Kurtz fliegen. Der Text war kurz: »Blinddarmoperation Frei am 24., 18 Uhr, Zimmer 251.« Und die Unterschrift lautete »M«, was für die Analytiker bedeutete, daß ihnen ein Glied in der Kommunikationskette fehlte: zumindest war das das Muster gewesen, nach dem Michel von Zeit zu Zeit seine Befehle erhalten hatte. Doch die Postkarte mit der Unterschrift »L« wurde trotz aller Anstrengungen niemals gefunden. Dafür geriet zweien von Litvaks Mädchen ein Brief in die Hände, den das Wild – in diesem Falle die Berger – persönlich einsteckte und der an niemand Geringeren adressiert war als Anton Mesterbein in Genf. Sie machten ihre Sache sehr elegant. Die Berger war nach Hamburg gefahren und übernachtete bei einem ihrer vielen Liebhaber in einer Oberschicht-Wohngemeinschaft in Blankenese. Als sie ihr eines Tages auf dem Weg in die Stadt folgten, sahen sie, wie sie verstohlen einen Brief einwarf. Sobald sie weg war, steckten sie selbst einen Brief ein, einen großen gelben Umschlag, der für einen solchen Fall bereitgehalten, fix und fertig adressiert und frankiert war und auf den anderen Brief zu liegen kam. Dann bezog die hübschere von den beiden vor dem Briefkasten Posten. Als der Postbeamte kam, um ihn zu leeren, erzählte sie ihm eine rührselige Geschichte über Liebe und Wut und machte so freimütige Versprechen, daß er schafsköpfig grinsend daneben stand, als sie ihren Brief aus den vielen anderen herausfischte, ehe er ihr ganzes Leben zerstörte. Nur, daß es nicht ihr, sondern Astrid Bergers Brief war, der genau unter dem großen gelben Umschlag lag. Nachdem sie den Brief über Dampf geöffnet und fotografiert hatten, steckten sie ihn so rechtzeitig wieder in denselben Briefkasten, daß er mit der nächsten Leerung abging.

Der Preis war ein achtseitiger Erguß von Schulmädchenleidenschaft. Sie mußte *high* gewesen sein, als sie ihn geschrieben hatte, wenn vielleicht auch nur von ihrem eigenen Adrenalin. Sie nahm kein Blatt vor den Mund, pries Mesterbeins sexuelle Fähigkeiten. Sie ließ sich auf wilde ideologische Exkurse ein, in denen sie willkürlich El Salvador mit dem westdeutschen Verteidigungsetat in

Verbindung brachte und die Wahlen in Spanien mit einem Skandal, zu dem es kürzlich in Südafrika gekommen war. Die Schreiberin regte sich über die zionistischen Bombenangriffe auf und sprach von der israelischen ›Endlösung‹ für die Palästinenser. Der Brief war voller Lebenslust und zeigte, daß die Schreiberin praktisch alles überall falsch sah; und von der vernünftigen Annahme ausgehend, daß Mesterbeins Post von den Behörden gelesen wurde, wies sie tugendhaft darauf hin, daß es nötig sei, sich stets »im Rahmen der Gesetze« zu bewegen. Allerdings hatte der Brief ein Postskript, eine Zeile, wie ein Einfall zum Abschied hingekritzelt, dick unterstrichen und mit Ausrufungszeichen versehen. Ein prahlerisches, provozierendes Wortspiel, nur ihnen beiden verständlich, das jedoch möglicherweise wie andere Abschiedsworte den Zweck des ganzen bisherigen Diskurses enthielt. Und es war in französisch:
Attention! on va épater les 'Bourgeois!
Beim Anblick dieser Worte erstarrten die Analytiker. Warum *bourgeois* mit großem *B*? Wozu die Unterstreichung? Hatte Helga eine so schlechte Schulbildung, daß sie die deutsche Großschreibung auf französische Substantive übertrug? Diese Vorstellung war lachhaft. Und wozu war der Apostroph so sorgfältig darüber gesetzt, nach links verschoben? Während die Entschlüsseler und Analytiker Blut schwitzten, um den Code zu brechen, Computer ruckten und knackten und unmögliche Umstellungen ausspuckten, war es niemand anderer als die unkomplizierte Rachel mit ihrer nordenglischen Geradlinigkeit, die auf die auf der Hand liegende Lösung zusegelte. Rachel löste in ihrer Freizeit gern Kreuzworträtsel und träumte davon, einmal ein Auto zu gewinnen. »Onkel Frei« sei die eine Hälfte, erklärte sie schlicht, und »Bourgeois« die andere. Die Frei*bourgeois* seien die Freiburger, die durch eine »Operation« geschockt werden sollten, die am 24. um sechs Uhr abends stattfinden solle. Zimmer 251? »Tja, da muß man sich erkundigen, oder?« erklärte sie den betretenen Experten.
Ja, pflichteten diese bei. Das müsse man wohl.
Die Computer wurden ausgeschaltet; dennoch hielt sich ein, zwei Tage hindurch eine gewisse Skepsis. Die Mutmaßung sei absurd. Zu leicht. Offengestanden kindisch.
Aber, wie sie schon erfahren hatten, scheuten Helga und ihre Leute

sozusagen aus Prinzip jede systematische Form der Kommunikation. Genossen sollten gleichsam von einem revolutionärem Herzen zum anderen sprechen, und das in gewundenen Anspielungen, die über das Begriffsvermögen von Bullen hinausgingen.

Überprüfen, sagten sie.

Es gab mindestens ein halbes Dutzend Freiburgs, doch zunächst dachten sie an die kleine Stadt Freiburg in Mesterbeins heimatlicher Schweiz. Dort wurde Deutsch wie Französisch gesprochen, und die Bourgeoisie dort ist – sogar unter den Schweizern selbst – berühmt für ihre Unbeweglichkeit. Kurtz schickte unverzüglich zwei sehr vorsichtig vorgehende Kundschafter mit dem Auftrag hin, jedes nur denkbare Ziel eines anti-jüdischen Anschlags herauszubekommen und besonders ein Auge auf Firmen zu werfen, die Verträge mit dem israelischen Verteidigungsministerium hatten; nach bestem Vermögen, soweit das ohne Hilfe von offizieller Seite ging, sämtliche Zimmer mit der Nummer 251 zu überprüfen – sowohl in Krankenhäusern und Hotels als auch in Bürohäusern; außerdem die Namen sämtlicher Patienten, die am Vierundzwanzigsten dieses Monats für eine Blinddarmoperation vorgesehen waren; oder für Operationen welcher Art auch immer, die an diesem Tag um 18 Uhr stattfinden sollten.

Von der Jewish Agency in Jerusalem erhielt Kurtz eine Liste aller prominenten jüdischen Bürger dieser Stadt samt Angaben über ihre Gemeinde- und Verbandszugehörigkeit. Gab es ein jüdisches Krankenhaus in Freiburg? Falls nicht, gab es dann ein Krankenhaus, das sich um die Bedürfnisse orthodoxer Juden kümmerte? Und so weiter.

Kurtz argumentierte gegen seine eigenen Überzeugungen, und das taten sie eigentlich alle. Zielen dieser Art fehlte ganz und gar die dramatische Wirkung, die ihre Vorläufer so besonders ausgezeichnet hatte; dabei würde niemand *épater* werden; niemand konnte einen Sinn darin erkennen.

Bis eines Nachmittags, mitten in all dieser Geschäftigkeit – fast als ob ihre an einer Stelle eingesetzte Energie die Wahrheit an einer anderen Stelle ans Licht gezwungen hätte – Rossino, der mordlüsterne Italiener, von Wien nach Basel flog und sich dort ein Leihmotorrad nahm. Nachdem er die Grenze nach Deutschland überschritten hatte, fuhr er vierzig Minuten zu der alten Münsterstadt Freiburg im Breisgau, einst Hauptstadt des kurzlebigen Landes Baden. Nach einem ausgiebigen Mittagessen dort sprach er im Rektorat der Universität vor und informierte sich höflich über eine Reihe von Vorträgen zu geisteswissenschaftlichen Themen, die in beschränktem Rahmen auch einem allgemeinen Publikum offenstanden. Und weniger offenkundig auf dem Lageplan der Universität, wo Hörsaal 251 lag.

Endlich ein Lichtblick nach so viel Nebel! Rachel hatte recht gehabt; Kurtz hatte recht gehabt; Gott war gerecht und Misha Gavron auch. Die Kräfte des Marktes hatten zu einer natürlichen Lösung geführt.

Nur Gadi Becker nahm nicht an der allgemein gehobenen Stimmung teil.

Wo war er?

Es gab Zeiten, da die anderen das besser zu wissen schienen als er selbst. Eines Tages ging er in dem Haus in der Disraeli Street auf und ab und richtete seinen unsteten Blick immer wieder auf die Dechiffriermaschinen, die – für seinen Geschmack viel zu selten – berichteten, wo seine Agentin – Charlie – gesichtet worden war. Am selben Abend – oder genauer gesagt in den frühen Morgenstunden des nächsten Tages – drückte er auf die Klingel von Kurtz' Haustür, weckte Elli und die Hunde damit auf und verlangte die Zusicherung, daß keine Schläge gegen Tayeh oder sonstwen geführt würden, solange Charlie nicht verlegt worden sei. Er habe da so Gerüchte gehört, sagte er. »Misha Gavron ist nicht gerade für seine Geduld bekannt«, sagte er trocken.

Kam jemand von draußen zurück – zum Beispiel der junge Mann, der unter dem Namen Dimitri bekannt war, oder sein Gefährte Raoul, der per Schlauchboot rausgeschleust wurde –, bestand Bekker darauf, bei der Einsatzbesprechung hinterher dabeizusein und den Betreffenden mit Fragen nach ihrer Verfassung zu überschütten.

Nachdem er das ein paar Tage mitgemacht hatte, konnte Kurtz seinen Anblick nicht mehr ertragen – »läßt mich nicht los, wie mein eigenes schlechtes Gewissen« – und drohte offen, ihm das Haus zu verbieten, bis er sich einer weiseren Einsicht beugte. »Ein Agentenführer ohne seinen Agenten ist wie ein Dirigent ohne Orchester«, erklärte er Elli gegenüber tiefsinnig und hatte dabei Mühe, seinen eigenen Zorn zu schlucken. »Es ist richtiger, ihn aufzumuntern und ihm zu helfen, die Zeit rumzukriegen.«

Heimlich und nur mit Ellis geheimem Einverständnis rief Kurtz Frankie an, erzählte ihr, ihr ehemaliger Mann sei in der Stadt, und gab ihr seine Telefonnummer; denn Kurtz ging mit Churchillscher Großmut davon aus, daß jeder eine so glückliche Ehe führen solle wie er selber.

Frankie rief denn auch an, Becker lauschte eine Weile ihrer Stimme – falls er es überhaupt war, der ans Telefon gegangen war – und legte den Hörer behutsam auf die Gabel, ohne zu antworten, was sie wütend machte.

Gleichwohl hatte Kurtz' List eine gewisse Wirkung, denn am nächsten Tag machte sich Becker zu einer Fahrt auf, die später als eine Art Reise auf der Suche nach sich selbst angesehen wurde, bei der er die Grundvoraussetzungen seines Lebens betrachtete. Er nahm sich einen Leihwagen und fuhr zuerst nach Tel Aviv. Dort wickelte er zunächst eine pessimistisch stimmende Angelegenheit mit seiner Bank ab und stattete dann dem alten Friedhof einen Besuch ab, auf dem sein Vater begraben lag. Er legte Blumen aufs Grab, machte sorgfältig mit einer geliehenen Schaufel ringsum sauber und sagte laut *Kaddisch*, obwohl weder er noch sein Vater jemals viel Zeit für die Religion gehabt hatten. Von Tel Aviv aus fuhr er dann in südöstlicher Richtung nach Hebron oder – wie Michel es genannt hätte – El Khalil. Dort ging er zur Abraham-Moschee, die seit dem Sechsundsiebzigerkrieg voller Unbehagen auch als Synagoge dient. Er unterhielt sich mit den wieder eingezogenen Soldaten, die mit ihren verknitterten Buschhüten und bis zur Taille offenstehenden Hemden lässig vor dem Eingang Wache standen und auf den Festungsmauern patrouillierten.

Becker, erzählten sie einander, nachdem er wieder gegangen war – nur, daß sie seinen hebräischen Namen benutzten – der legendäre Gadi persönlich – der Mann, der die Schlacht um den Golan hinter den syrischen Linien gekämpft hat – was, zum Teufel, machte *er*

denn hier in diesem arabischen Höllenloch und sah dazu auch noch so aus, als ob es ihm nicht wohl in seiner Haut sei?
Unter ihren bewundernden Blicken und ohne sich offensichtlich im geringsten von der explosiven Stille und den finster-drohenden Blicken der Besetzten beirren zu lassen, schlenderte er über den uralten gedeckten Markt. Und manchmal, obwohl offensichtlich mit etwas ganz anderem beschäftigt, blieb er stehen, sprach einen Ladenbesitzer auf arabisch an, erkundigte sich nach einem besondren Gewürz oder nach dem Preis für ein Paar Schuhe, während kleine Jungen sich um ihn scharten, ihm zuhörten und es einmal sogar wagten, seine Hand zu berühren. Auf dem Weg zurück zu seinem Wagen nickte er den Soldaten zum Abschied zu und fuhr in die schmalen Straßen hinein, die sich zwischen den fruchtbaren roten, terrassenförmig angelegten Weinbergen hindurchschlängelten, bis er allmählich die auf der Ostseite des Berges gelegenen Dörfer mit den würfelförmigen Häusern und den Fernsehantennen auf dem Dach, die wie kleine Eiffeltürme aussahen, erreichte. Die höher gelegenen Hänge waren schneebedeckt; dunkle Wolkenbänke verliehen der Erde ein erbarmungsloses und unversöhnliches Glühen. Auf der anderen Seite des Tals stand – wie der Abgesandte eines eroberungssüchtigen Planeten – eine riesige neue israelische Siedlung.
Und in einem der Dörfer stieg Becker aus und schnappte ein wenig Luft. Hier hatte Michels Familie bis '67 gelebt, bis sein Vater es ratsam gefunden hatte zu fliehen.
»Ja, hat er denn seinem eigenen Grab auch einen Besuch abgestattet?« wollte Kurtz mißmutig wissen, als ihm all dies berichtet wurde. »Erst das seines Vaters, und dann sein eigenes – oder?«
Einen Moment lang herrschte Verwirrung, ehe sie alle in Lachen ausbrachen, als sie sich an die moslemische Überlieferung erinnerten, nach der auch Joseph, der Sohn Isaaks, in Hebron begraben sein soll, was – wie jeder Jude weiß – nicht stimmt.
Von Hebron aus, so scheint es, fuhr Becker dann in nördlicher Richtung nach Galiläa hinein, bis nach Bei She'an, einer arabischen Stadt, die die Juden neu besiedelt haben, nachdem sie sie nach dem Krieg '48 verlassen vorgefunden hatten. Hier hielt er sich lange genug auf, um das römische Amphitheater zu bewundern, und fuhr

dann gemächlich weiter nach Tiberias, das sich rasch zu einem modernen Urlaubsort im Norden entwickelt, mit riesigen neuen Hotels im amerikanischen Stil am Strand, einem Lido, vielen Kränen und einem ausgezeichneten China-Restaurant. Sein Interesse schien jedoch nur gering zu sein, denn er hielt nicht an, sondern fuhr nur langsam durch die Straßen und spähte aus dem Fenster zu den Wolkenkratzern hinüber, als zählte er sie. Er tauchte dann als nächstes oben im Norden, in Metulla, wieder auf, unmittelbar an der libanesischen Grenze. Ein gepflügter Streifen mit einigen Stacheldrahtverhauen hintereinander bildete die Grenze, die in besseren Tagen ›Guter Zaun‹ genannt worden war. Auf der einen Seite standen israelische Bürger auf einer Beobachtungsplattform und spähten mit bestürztem Gesicht durch den Stacheldraht hinüber in wildzerklüftetes Land. Auf der anderen Seite fuhr die Libanesische Christliche Miliz mit allen möglichen Transporten hin und her, während sie von den Israelis Nachschub für die endlose Blutfehde gegen die palästinensischen Usurpatoren entgegennahm.

Damals war Metulla auch der natürliche Endpunkt der nach Beirut hinaufführenden Kurierwege, und Gavrons Amt unterhielt dort ein diskretes Büro, um seinen Agenten beim Transit behilflich zu sein. Der große Becker meldete sich am frühen Abend, blätterte das Hauptbuch des Büros durch, stellte aufs Geratewohl ein paar Fragen über den Standort der UNO-Truppen und ging wieder. Und zwar mit bekümmertem Gesicht, wie der Leiter des Büros sagte. Vielleicht krank. Krank in den Augen, krankes Aussehen.

»Was, zum Teufel, hat er gesucht?« wollte Kurtz von dem Leiter wissen, als er es hörte. Doch der Leiter der Dienststelle war ein nüchterner, durch die ständige Geheimniskrämerei stumpf gewordener Mann, der keine weiterführenden Theorien zu bieten hatte. Bekümmert, wiederholte er. So wie Agenten manchmal aussehen, wenn sie lange gehetzt worden sind.

Und Becker fuhr noch immer weiter, bis er eine gewundene, von Panzerketten aufgerissene Bergstraße erreichte und darauf bis hinauf zu jenem Kibbuz weiterfuhr, dem – falls überhaupt irgendeinem Ort auf Erden – sein Herz gehörte: ein Adlerhorst, der auf drei Seiten hoch über dem Libanon aufragte. Der Ort war zuerst 1948 eine jüdische Siedlung geworden, als er als militärischer Stützpunkt

errichtet worden war, um die einzige, von Osten nach Westen führende Straße südlich des Litani-Flusses zu kontrollieren. 1952 ließen sich hier die ersten jungen Sabra-Siedler nieder und versuchten, jenes harte, weltliche Leben zu führen, das ursprünglich das zionistische Ideal gewesen war. Seither hatte der Kibbuz gelegentliche Beschießungen, offenkundigen Wohlstand und einen besorgniserregenden Mitgliederschwund überlebt. Rasensprenger liefen, als Becker eintraf; die Luft war süß vom Duft roter und rosa Rosen. Scheu und gleichzeitig sehr erregt empfingen ihn seine Gastgeber.
»Bist du gekommen, um dich endlich bei uns niederzulassen, Gadi? Ist deine Kampfzeit vorbei? Hör zu, da ist ein Haus, das auf dich wartet. Du kannst schon heute abend einziehen!«
Er lachte, sagte jedoch weder ja noch nein. Er bat um Arbeit für ein paar Tage, aber sie konnten ihm so gut wie nichts geben; es ist Saure-Gurken-Zeit, erklärten sie. Obst- und Baumwollernte seien längst abgeschlossen, die Bäume beschnitten und die Felder so weit bestellt, daß man nur noch auf den Frühling warte. Dann, da er beharrte, versprachen sie ihm, er könne im gemeinschaftlichen Speisesaal das Essen austeilen. Was sie jedoch wirklich von ihm wissen wollten, war seine Meinung darüber, wohin das Land gehe – von Gadi, der, falls überhaupt jemand, uns das sagen kann. Was selbstverständlich bedeutete, daß sie sich von ihm vor allem eine Bestätigung ihrer eigenen Auffassungen erhofften – über diese Gauner an der Regierung und den Niedergang der Tel Aviver Politik.
»Wir sind hierhergekommen, um zu arbeiten, um für unsere Identität zu kämpfen und Juden zu Israelis zu machen, Gadi! Wird aus uns irgendwann noch mal ein Land – oder sollen wir für alle Ewigkeit ein Schaufenster des internationalen Judentums sein? Welche Zukunft blüht uns, Gadi? Sag es uns!«
Diese Fragen richteten sie mit einer gewissen vertrauensvollen Lebhaftigkeit an ihn, als wäre er eine Art Prophet unter ihnen, der ihrem Leben draußen eine neue Innerlichkeit geben könnte; sie konnten ja nicht wissen – zumindest zu Anfang nicht –, daß sie in die Leere seiner eigenen Seele hineinredeten. Und was ist aus all unserem schönen Gerede geworden, daß wir uns mit den Palästinensern schon verständigen werden, Gadi? Der große Fehler sei im Jahre 1967 zu suchen, zu diesem Schluß kamen sie, als sie wie

gewöhnlich ihre Fragen selbst beantworteten; '67 hätten wir großmütig sein, ihnen einen annehmbaren Vorschlag machen sollen. Wer kann denn großzügig sein, wenn nicht die Sieger? »Wir sind so mächtig, Gadi, und sie so schwach!«

Nach einiger Zeit kamen diese unlösbaren Probleme Becker nur allzu vertraut vor, und wie es seiner in sich gekehrten Stimmung entsprach, ging er allein im Lager umher. Seine Lieblingsstelle war ein zerstörter Wachtturm, von dem aus man direkt hinunterblicken konnte auf eine kleine schiitische Stadt sowie in nordöstlicher Richtung auf die Kreuzfahrer-Festung Beaufort, die damals noch in der Hand der Palästinenser war. Dort erblickten sie ihn an dem letzten Abend, den er bei ihnen verbrachte, wie er ohne jede Deckung dastand und so dicht am elektrischen Grenzzaun wie nur möglich, ohne daß die Alarmanlage losging. Durch die untergehende Sonne war eine Seite von ihm erhellt, während die andere im Dunkeln lag, und, wie er hochgereckt dastand, sah es aus, als fordere er das gesamte Litani-Becken auf, seine Anwesenheit zur Kenntnis zu nehmen.

Am nächsten Morgen war er wieder in Jerusalem. Nachdem er sich in der Disraeli Street gemeldet hatte, verbrachte er den Rest des Tages damit, durch die Straßen der Stadt zu spazieren, in denen er so manche Schlacht geschlagen und so viel Blutvergießen – sein eigenes nicht ausgenommen – erlebt hatte. Dennoch schien er alles, was er sah, in Frage zu stellen. Verwirrt und benommen starrte er auf die sterilen Bogengänge des wiederaufgebauten jüdischen Viertels; er hockte sich in die Empfangshallen der Wolkenkratzerhotels, die heute die Silhouette Jerusalems verschandeln, und dachte über die Gruppen anständiger amerikanischer Bürger aus Oshkosh, Dallas und Denver nach, die, guten Glaubens und in mittleren Jahren, in Jumbo-Ladungen hierhergebracht worden waren, damit sie mit ihrem Erbe in Verbindung blieben. Er warf einen Blick in die kleinen Boutiquen, die handgestickte arabische Kaftans und arabische Kunst feilboten, deren Echtheit von den Ladenbesitzern garantiert wurde; er lauschte dem harmlosen Geschwätz der Touristen, atmete ihre kostbaren Parfums ein und hörte, wie sie – freilich unter Wahrung kameradschaftlicher Höflichkeit – sich über die Qualität des nach New Yorker Art zerlegten Ochsenfleischs ausließen, das irgendwie eben doch nicht ganz so gut schmeckte wie daheim. Und er verbrachte einen ganzen Nachmittag im Holocaust-Museum, tief bekümmert beim Anblick der Fotos von Kindern, die jetzt etwa in seinem Alter sein würden, wenn sie überlebt hätten.

Nachdem er all dies gehört hatte, brach Kurtz Beckers Urlaub ab und schickte ihn zurück an die Arbeit. Stell fest, um was es in Freiburg geht, sagte er zu ihm. Kämm die Bibliotheken und unsere Unterlagen durch. Stell fest, wen wir dort kennen, verschaff dir einen Plan von der Universität. Besorg dir Architektenzeichnungen und Stadtpläne. Stell alles zusammen, was wir wissen müssen, und vervielfältige es. Ablieferungstermin: gestern.

Ein guter Kämpfer ist nie normal, erklärte Kurtz Elli, um sich zu trösten. Wenn er nicht ein ausgemachter Dummkopf ist, denkt er zuviel nach.

Insgeheim konnte Kurtz sich nur wundern, wie tief sein noch nicht heimgeholtes Lämmchen ihn nach wie vor erzürnen konnte.

Kapitel 23

Dies war der Tiefpunkt. Es war das schlimmste Loch, das sie in ihren vielen Leben bisher erlebt hatte, ein Ort, den sie vergessen wollte, noch während sie da war, ihr Scheiß-Internat, zu dem auch noch Scheiß-Chauvis kamen, ein Wochenend-Seminar irgendwo draußen in der Wüste, wo aber mit scharfer Munition gespielt wurde. Der ramponierte Traum von Palästina lag eine fünf Stunden lange, knochenschindende Autofahrt jenseits der Berge, und an seiner Stelle hatten sie dieses schäbige kleine Fort, das aussah wie die Kulisse zur Neuverfilmung eines Ritterromans, mit Zinnen aus gelbem Stein, einer steinernen Treppe, deren eine Seite durch Bomben halb weggerissen war, und einem von Sandsäcken geschützten Haupttor mit einer Fahnenstange darauf, deren ausgefaserte Schnüre, an denen nie eine Fahne befestigt wurde, im schneidenden Wind knallten. Soweit sie wußte, schlief kein Mensch in diesem Fort. Es diente der Verwaltung und für Besprechungen sowie dreimal täglich Hammel und Reis; und für die großmäuligen, bis nach Mitternacht dauernden Gruppendiskussionen, bei denen die Ostdeutschen kein gutes Haar an den Westdeutschen ließen, die Kubaner an niemand ein gutes Haar ließen und ein amerikanischer Zombie, der sich Abdul nannte, ein Referat von zwanzig Seiten darüber verlas, wie man von einem Tag auf den anderen den Weltfrieden erreichen könne.

Ihre zweite Begegnungsstätte war ein Kleinkaliber-Schießstand, diesmal kein ausgedienter Steinbruch oben auf einer Hügelkuppe, sondern eine alte Baracke mit verrammelten Fenstern, einer Reihe von Glühbirnen, die an den Eisenträgern montiert waren, und lecken Sandsäcken an den Wänden. Ihre Ziele waren auch nicht ausrangierte Benzinkanister, sondern furchtbar aussehende, lebensgroße Pappkameraden von amerikanischen Marine-Infanteristen mit schaurigen Fratzen, aufgepflanztem Bajonett und dicken Lagen klebenden braunen Papiers an den Füßen, um die Löcher zu flicken, wenn man auf die Kerle geschossen hatte. Der Schießstand war dauernd mit Beschlag belegt, sogar noch mitten in der Nacht; hier wurde großspurig gelacht oder auch gestöhnt, wenn es bei den Wettkämpfen Enttäuschungen gab. Eines Tages kam ein großer Kämpfer, irgendein VIP der Terroristenszene, im Volvo mit Chauffeur vorgefahren; die Baracke mußte geräumt werden, solange er schoß. Ein andermal platzte eine Gruppe außerordentlich wilder Schwarzer herein, als Charlies Gruppe gerade Unterricht hatte, feuerte ein Magazin nach dem anderen ab, ohne sich nur im geringsten um den jungen Ostdeutschen zu kümmern, der Charlies Gruppe anführte.

»Na, zufrieden, *whitey*?« schrie jemand mit volltönendem südafrikanischen Tonfall über die Schulter hinweg.

»Bitte – o ja – sehr gut«, sagte der Ostdeutsche, den diese Diskriminierung völlig umschmiß.

Sie schütteten sich aus vor Lachen, als sie großspurig abschoben, und ließen die Pappkameraden der Marine-Infanteristen völlig durchlöchert zurück, so daß die Mädchen am nächsten Tag die erste Stunde damit zubrachten, sie von Kopf bis Fuß wieder zurechtzuflicken.

Untergebracht waren sie in drei langen Hütten, eine Hütte mit kleinen Schlafkabinen für die Frauen, eine ohne Kabinen für die Männer und eine dritte mit einer sogenannten Bibliothek für die Ausbilder – und wenn sie dich in die Bibliothek bitten, sagte eine große Schwedin, die Fatima genannt wurde, dann erwarte bloß nicht, daß du etwa zum Lesen hinbestellt wirst. Zum Wecken morgens ließen sie einen Schwall martialischer Musik über den Lautsprecher ertönen, der nicht abzustellen war; dann folgte der Frühsport auf einer Sandfläche, die mit Linien aus klebrigem Tau, wie gigantische Schleimspuren von Schnecken, überzogen war. Aber Fatima sagte, die anderen Plätze wären noch schlimmer. Sofern man ihrer Darstellung von sich selbst Glauben schenken wollte, war Fatima ein Ausbildungs-Freak. Sie war im Yemen, in Libyen und in Kiew ausgebildet worden. Sie ließ sich wie ein Tennisprofi von einem Lager zum anderen weiterreichen, bis jemand mal eine Entscheidung fällte, was man eigentlich mit ihr vorhatte. Sie hatte einen dreijährigen Sohn namens Knut, der nackt in der Gegend herumlief und so aussah, als ob er einsam sei, doch als Charlie ihn ansprach, weinte er.

Ihre Wachen waren eine neue Art von Arabern, wie sie sie bis jetzt noch nicht kennengelernt hatte und auf die sie gut verzichten konnte: wie die Pfauen einherstolzierende, nahezu schweigende Cowboys, die sich ein Vergnügen daraus machten, Europäer und Amerikaner zu demütigen. Sie stellten sich auf den Wällen des Forts in Positur und fuhren zu sechst in halsbrecherischer Geschwindigkeit mit den Jeeps. Fatima sagte, es handele sich um eine Sonder-Einsatztruppe, die an der syrischen Grenze ausgebildet worden sei. Manche waren so jung, daß Charlie sich manchmal fragte, ob sie mit den Füßen überhaupt die Pedale erreichen konnten. Bis Charlie und eine Japanerin regelrecht Krach schlugen, brachen dieselben halbwüchsigen Jungen zu zweit oder zu dritt nachts bei ihnen ein und versuchten, die Mädchen zu bewegen, mit ihnen in die Wüste hinauszufahren. Fatima ging für gewöhnlich mit, wie auch eine Ostdeutsche, und wenn sie wiederkamen, sahen sie tief beeindruckt aus. Aber die anderen Mädchen hielten sich, falls ihnen überhaupt etwas daran lag, lieber an die westlichen Ausbilder, was die Araber selbstverständlich noch mehr aufbrachte.

Sämtliche Ausbilder waren Männer. Zum Frühgebet stellten sie sich vor ihren Genossen Schülern auf wie ein Pöbelhaufen, während einer von ihnen eine aggressive Verurteilung des Erzfeindes des Tages verlas. Zionismus, ägyptischer Verrat, die europäische kapitalistische Ausbeutung, noch mal der Zionismus und eine Variante, die Charlie neu war und christlicher Expansionismus genannt wurde – doch dies vielleicht auch nur, weil heute Weihnachten war, ein Fest, das man hier durch entschlossene offizielle Nichtachtung feierte. Die Ostdeutschen hatten kurzgeschnittene Haare, waren mürrisch und gaben vor, sich aus Frauen nichts zu machen; die Kubaner waren abwechselnd überströmend vor Lebensfreude, krank vor Heimweh oder arrogant, und die meisten von ihnen stanken und hatten faule Zähne, bis auf den sanften Fidel, der jedermanns Liebling war. Die Araber waren die lebhaftesten von allen und gaben sich am härtesten, schrien die Nachzügler an und jagten jenen, die nach ihrer Meinung nicht genug aufpaßten, mehr als einmal Kugeln vor die Füße, so daß einer von den Iren sich eines Tages in Panik ein Stück vom Finger abbiß, zum unbändigen Vergnügen von Abdul, dem Amerikaner, der aus der Ferne zusah, was er oft tat, grinste und hinter ihnen her zog wie ein Standfotograf beim Filmen und sich auf einem Block Notizen für den großen Revolutionsroman machte.

Doch der Star des Lagers während dieser irrsinnigen ersten Tage war ein bombengeiler Tscheche, genannt Bubi, der gleich an ihrem ersten Vormittag seinen eigenen Stahlhelm über den Sand trieb, zuerst mit einer Kalaschnikow, dann mit einer mächtigen Zielpistole Kaliber .45, und zuletzt, um dem Unhold den Garaus zu machen, mit einer russischen Handgranate, die ihn zehn Meter in die Luft jagte.

Lingua franca bei den politischen Diskussionen war ein primitives Englisch mit ein paar eingestreuten französischen Brocken, und wenn Charlie je wieder nach Hause kam – das schwor sie sich insgeheim –, würde sie einmal ganz groß ausgehen, bis sie all diese schwachsinnigen mitternächtlichen Ergüsse über ›Die Morgenröte der Revolution‹ für den Rest ihres unnatürlichen Lebens vergessen konnte. Wie die Dinge jetzt standen, so lachte sie über gar nichts. Sie hatte überhaupt nicht mehr gelacht, seit diese Scheißkerle ihren Geliebten auf der Autobahn nach München in die Luft gejagt hatten; daß sie in letzter Zeit Zeuge der Todesqualen seines Volkes geworden war, verstärkte nur noch ihr bitteres Bedürfnis nach Vergeltung.

Behandle nur alles mit großem und einsamem Ernst, hatte Joseph zu ihr gesagt, der selbst so einsam und ernst war, wie er sie sich nur wünschen konnte. *Sei zurückhaltend, spiel vielleicht ein bißchen verrückt, das sind sie gewohnt. Stell keine Fragen, und bleib Tag und Nacht für dich.*

Ihre Anzahl schwankte vom ersten Tag an. Als der Laster Tyros verlassen hatte, hatte ihre Gruppe aus drei jungen Frauen und fünf Männern bestanden. Jede Unterhaltung war ihnen von den beiden Wachen mit den pulverdampfgeschwärzten Gesichtern streng verboten worden, die hinten auf der Ladefläche mit ihnen fuhren, als der Wagen über einen steinigen Bergweg bockte und holperte. Ein

Mädchen – Baskin, wie sich herausstellte – konnte ihr heimlich zuflüstern, sie seien in Aden; zwei Türken behaupteten, sie seien auf Zypern. Bei ihrem Eintreffen warteten bereits zehn andere ›Schüler‹ auf sie, aber schon zwei Tage darauf waren die beiden Türken und die Baskin verschwunden, offensichtlich im Laufe der Nacht; man hatte viele Laster mit ausgeschalteten Scheinwerfern ankommen und abfahren hören können.

Zur Einführung hatten sie einen Treue-Eid auf die antiimperialistische Revolution schwören und sich die ›Regeln für dieses Lager‹ einprägen müssen, die wie die Zehn Gebote im Empfangszentrum der Genossen auf eine glatte Stelle der weißen Wand geschrieben worden waren. Sämtliche Genossen hätten die ganze Zeit über ihre arabischen Namen zu benutzen; keine Drogen, keine Nacktheit, kein Fluchen bei Gott, keine Privatunterhaltung, kein Alkohol, kein Geschlechtsverkehr, keine Selbstbefriedigung. Als Charlie noch überlegte, welches dieser Gebote sie als erstes brechen sollte, wurde eine auf Band aufgenommene anonyme Begrüßungsansprache über Lautsprecher abgespielt.

»Meine Genossinnen und Genossen! Wer sind wir? Wir sind die Namenlosen und die Uniformlosen. Wir sind die Ratten, die der kapitalistischen Besetzung entronnen sind. Aus den von Schmerzen heimgesuchten Lagern des Libanons – wir kommen! Und werden den Völkermord bekämpfen! Aus den Betongrüften der Städte des Westens – wir kommen! Und werden uns finden! Und gemeinsam werden wir die Fackel entzünden – für achthundert Millionen Hungernde auf der ganzen Welt!«

Doch als die Ansprache vorüber war, fühlte sie kalten Schweiß auf dem Rücken und einen nagenden Zorn in der Brust. *Wir werden*, dachte sie. *Wir werden, wir werden*. Sie blickte ein arabisches Mädchen neben sich an und erkannte das gleiche Feuer der Leidenschaft in ihren Augen.

Tag und Nacht, hatte Joseph gesagt.

Und so mühte sie sich Tag und Nacht – um Michels willen, um ihrer eigenen wahnsinnigen Normalität willen, um Palästinas willen, um Fatmehs und Salmas und der durch Bomben verletzten Kinder im ehemaligen Gefängnis von Sidon willen; sie zwang sich aus sich heraus, um dem Chaos in ihrem Inneren zu entgehen, sammelte die Elemente ihres angenommenen Charakters wie nie zuvor, schmiedete sie zu einer einzigen Schlachtidentität zusammen.

Ich bin eine trauernde Witwe, völlig außer mir und hierhergekommen, um den Kampf meines toten Geliebten fortzusetzen.

Ich bin als Kämpferin erwacht, will mich nicht länger mit halben Maßnahmen zufriedengeben und stehe – das Schwert in der Hand – vor euch.

Ich habe die Hand auf das palästinensische Herz gelegt; ich habe gelobt, die Welt an den Ohren zu packen, in die Höhe zu heben und zu zwingen, zuzuhören.

Ich lodere, aber ich bin auch listig und findig. Ich bin die schläfrige Wespe, die einen ganzen Winter warten kann, bis sie sticht.

Ich bin Genossin Leila, eine Bürgerin der Weltrevolution.

Tag und Nacht.

Sie spielte diese Rolle voll und ganz aus, vom wütenden Aufbegehren, mit dem sie ihren unbewaffneten Kampf durchführte, bis zum unbeirrten Funkeln, mit dem sie ihr eigenes Gesicht im Spiegel betrachtete, wenn sie sich das lange schwarze Haar ausbürstete, das an den Wurzeln bereits wieder rot wurde. Bis das, was als Willensanstrengung begonnen hatte, für Geist und Körper zur Gewohnheit geworden war, ein ungesunder, immer vorhandener, einsamer Zorn, der sich rasch ihrem Publikum mitteilte, egal, ob es Ausbilder oder gleichfalls Rekruten waren. Fast von Anfang an fanden sie sich mit einer gewissen Fremdartigkeit bei ihr ab, die Distanz herstellte. Vielleicht hatten sie das schon bei anderen vor ihr erlebt; Joseph behauptete, das sei so. Die eiskalte Leidenschaftlichkeit, die sie zu den Ausbildungsstunden an den Waffen mitbrachte – bei der es von handgehaltenen russischen Raketenabschußvorrichtungen über Bombenbasteln mit rotem Leitungsdraht und Zündern bis zur unvermeidlichen Kalaschnikow ging – machte sogar auf den überschwenglichen Bubi Eindruck. Sie war der Sache ergeben, aber sie stand für sich allein. Allmählich spürte sie, wie sie bei ihr nachgaben. Die Männer, sogar die Angehörigen der syrischen Miliz, hörten auf, ihr wahllos Anträge zu machen; die Frauen gaben es auf, sie wegen ihres hinreißenden Aussehens für verdächtig zu halten; die

schwächeren Genossen fingen schüchtern an, sich um sie zu scharen, und die Starken erkannten sie als ebenbürtig an.
In ihrem Schlafsaal standen drei Betten, doch hatte sie zunächst mal nur eine Zimmergenossin – eine winzige Japanerin, die viel Zeit damit verbrachte, im Gebet zu knien, mit ihren Mitmenschen jedoch kein Wort in irgendeiner Sprache außer ihrer eigenen wechselte. Im Schlaf knirschte sie dermaßen laut mit den Zähnen, daß Charlie sie eines Nachts weckte, dann neben ihr saß und ihre Hand hielt, während sie schweigende asiatische Tränen vergoß, bis die Musik zu plärren begann und es Zeit war aufzustehen. Bald danach verschwand auch sie ohne jede Erklärung und wurde von zwei algerischen Schwestern ersetzt, die muffige Zigaretten rauchten und von Bomben und Gewehren genausoviel Ahnung zu haben schienen wie Bubi. In Charlies Augen waren es ganz einfache Mädchen, doch die Ausbilder brachten ihnen wegen irgendeiner bewaffneten Heldentat den Aggressoren gegenüber größte Hochachtung entgegen. Morgens sah man sie in ihren wollenen Trainingsanzügen verschlafen aus den Quartieren der Ausbilder herausschlendern, wenn weniger Begünstigte ihre Ausbildung im waffenlosen Kampf beendeten. Auf diese Weise hatte Charlie ihren Schlafraum für eine Weile für sich allein, und obwohl eines Nachts – geschrubbt und gebürstet wie ein Chorknabe – Fidel, der sanfte Kubaner, erschien, um ihr seine revolutionäre Liebe anzutragen, verharrte sie in verkrampfter Selbstverleugnung bei ihrer Pose und gewährte ihm nicht einmal einen Kuß, ehe sie ihn fortschickte.
Der nächste, der nach Fidel versuchte, ihre Gunst zu erringen, war Abdul, der Amerikaner. Er stattete ihr eines Abends spät noch einen Besuch ab und klopfte so leise, daß sie schon erwartete, eine von den Algerierinnen zu sehen, die beide regelmäßig ihren Schlüssel vergaßen. Inzwischen war Charlie zu der Überzeugung gelangt, daß Abdul ein fester und dauernder Bestandteil des Lagers war. Er war den Ausbildern zu nahe, genoß zuviel Freiheit und hatte nichts weiter zu tun, als in einem gedehnten Südstaaten-Akzent, bei dem Charlie argwöhnte, daß er aufgesetzt war, langweilige Vorträge zu halten und Marighella zu zitieren. Fidel, der ihn bewunderte, sagte, er sei ein Vietnam-Deserteur, der den Imperialismus hasse und über Kuba hierhergekommen sei.

»Hallo«, sagte Abdul und schlüpfte grinsend herein, ehe sie ihm die Tür vor der Nase hatte zuknallen können. Er setzte sich auf ihr Bett und fing an, sich eine Zigarette zu drehen.
»Hau ab«, sagte sie. »Zieh Leine.«
»Klar«, sagte er und drehte seine Zigarette weiter. Er war groß, sein Haar lichtete sich, war von nahem betrachtet sehr dünn. Er trug kubanisches Drillich-Zeug und einen seidigen braunen Bart, dem die Haare ausgegangen zu sein schienen.
»Wie heißt du richtig?« fragte er.
»Smith, Leila.«
»Das gefällt mir. *Smith*.« Er wiederholte den Namen etliche Male in immer anderer Tonart. »Kommst du aus Irland, Smith?« Er steckte die Zigarette an und bot ihr einen Zug an. Sie ging nicht darauf ein.
»Soviel ich gehört hab', bist du persönliches Eigentum von Mr. Tayeh. Ich bewundere deinen Geschmack. Tayeh ist sehr wählerisch. Was machst du so beruflich, Smith?«
Mit energischen Schritten ging sie zur Tür und riß sie auf, doch er blieb ungerührt auf dem Bett sitzen und sah sie auf eine kraftlose, aber wissende Weise durch den Rauch hindurch an.
»Keine Lust zu bumsen?« wollte er wissen. »Schade. Diese *Fräuleins* sind wie die Elefantenbabys vom Zirkus Barnum. Dachte, der Standard ließe sich vielleicht ein bißchen anheben. Die besondere Beziehung unter Beweis stellen.«
Schlaff stand er auf, ließ die Zigarette neben ihrem Bettgestell fallen und trat sie mit dem Stiefel aus.
»Du hast nicht 'n bißchen Hasch für 'n armen Mann, oder, Smith?«
»Raus!« sagte sie.
Ohne Widerrede fügte er sich ihrem Urteil und schlurfte auf sie zu, hielt dann an, hob den Kopf und blieb still stehen; und zu ihrer größten Verlegenheit sah sie, daß seine erschöpften, charakterlosen Augen mit Tränen gefüllt waren und er ums Kinn etwas Kindlich-Flehendes hatte.
»Tayeh will mich nicht vom Karussell abspringen lassen«, klagte er. Sein gedehnter Südstaaten-Akzent war ganz normaler Ostküsten-Sprache gewichen. »Er fürchtet, meine ideologischen Batterien hätten keinen Saft mehr. Womit er leider nicht ganz unrecht hat. Irgendwie ist mir die logische Beweisführung dafür abhanden ge-

kommen, daß jedes tote Baby ein Schritt in Richtung Weltfrieden ist. Dabei ist es eine Belastung, wenn man zufällig einige umgebracht hat. Tayeh ist in der Beziehung hochanständig. Er ist überhaupt ein hochanständiger Mann. ›Wenn du gehen willst, geh!‹ sagte er. Und zeigte dann hinaus in die Wüste. Hochanständig.«
Wie ein verwirrter Bettler nahm er ihre Rechte in beide Hände und starrte auf die leere Handfläche. »Ich heiße Halloran«, erklärte er, als hätte er Mühe, sich überhaupt daran zu erinnern. »Statt Abdul heißt es Arthur J. Halloran. Falls du jemals irgendwo an einer US-Botschaft vorbeikommst, Smith, ich wär' dir *wahnsinnig* dankbar, wenn du ihnen kurz sagen würdest, daß Arthur Halloran, früher Boston und bei der Vietnam-Show und in letzter Zeit bei weniger regulären Armeen, lieber heut' als morgen nach Haus käme und seine Schuld der Gesellschaft gegenüber abtragen würde, ehe diese aberwitzigen Makkabäer über den Berg kommen und uns alle umlegen. Würdest du das bitte für mich tun, Smith, altes Mädchen? Ich mein', wenn's brenzlig wird, sind wir *Angelsachsen* doch die ersten, die geliefert sind, meinst du nicht?«
Sie war kaum fähig, sich zu bewegen. Eine unwiderstehliche Mattigkeit hatte sich ihrer bemächtigt, wie das beginnende Kältegefühl bei einem Schwerverwundeten. Sie wollte nur noch schlafen. Mit Halloran. Ihm den Trost spenden, um den er bat, und sich ihrerseits Trost von ihm holen. Egal, ob er sie dann am Morgen anschwärzte oder nicht. Sollte er doch. Sie wußte nur, daß sie diese höllische, leere Zelle nicht noch eine einzige Nacht ertragen konnte.
Er hielt immer noch ihre Hand. Sie ließ ihn gewähren, ihn, der wie ein Selbstmordkandidat auf dem Fenstersims redete und redete und gleichzeitig sehnsüchtig auf die Straße tief unten hinunterstarrte. Dann, mit einer gewaltigen Anstrengung, machte sie sich von ihm frei und schob seinen ausgemergelten Körper, der nicht den geringsten Widerstand leistete, mit beiden Händen hinaus auf den Gang. Sie setzte sich auf ihr Bett. Es war dieselbe Nacht, kein Zweifel. Sie roch noch den Rauch seiner Zigarette. Und sah die Kippe vor ihren Füssen.
Wenn du gehen willst, geh, hatte Tayeh gesagt. Und dann in die Wüste hinausgewiesen. Tayeh ist ein hochanständiger Mann.
Es gibt keine Angst, die damit zu vergleichen wäre, hatte Joseph

gesagt. *Mit deinem Mut wird es dir ergehen wie mit Geld. Du gibst aus und gibst aus, und eines Tages guckst du in deine Taschen und stellst fest, daß du pleite bist. Das ist der Augenblick, wo der echte Mut beginnt.*
Es gibt nur eine Logik, hatte Joseph gesagt, *dich. Es kann auch nur einen Überlebenden geben: dich. Und nur einen Menschen, dem du trauen kannst: dir selbst.*
Sie stand am Fenster und machte sich Sorgen wegen des Sandes. Ihr war nie klar gewesen, daß Sand so hoch steigen kann. Tagsüber, gezähmt von der sengenden Sonne, lag er ganz brav da, doch wenn der Mond schien, wie jetzt, schwoll er zu unruhigen Kegeln an, die von einem Horizont zum anderen sprangen und einen narrten, so daß sie wußte: Es war nur eine Frage der Zeit, bis er durch die Fenster geronnen kam und sie im Schlaf erstickte.

Das Verhör begann am nächsten Morgen und dauerte, wie sie später rekonstruierte, einen Tag und zwei halbe Nächte. Es war ein aberwitziger, mit Vernunft nicht zu erfassender Vorgang, hing ganz davon ab, wer an der Reihe war, sie anzuschreien, und ob sie ihr revolutionäres Engagement in Zweifel zogen oder sie beschuldigten, eine britische oder zionistische oder amerikanische Denunziantin zu sein. Solange das Verhör andauerte, war sie von jeder Ausbildung befreit und erhielt Befehl, sich zwischen den einzelnen Sitzungen in ihrer Hütte aufzuhalten, obwohl niemand Anstoß daran zu nehmen schien, als sie anfing, im Lager umherzugehen. Die wechselnden Befragungen waren unter vier von leidenschaftlichem Eifer beseelte junge Araber aufgeteilt, die paarweise arbeiteten und ihr vorbereitete Fragen hinknallten, die sie von Seiten mit handgeschriebenen Notizen ablasen; am wütendsten wurden sie immer dann, wenn sie ihr Englisch nicht verstand. Sie wurde nicht geschlagen, obwohl es vielleicht einfacher gewesen wäre, wenn das passiert wäre, denn dann hätte sie zumindest gewußt, wann sie es ihnen recht machte und wann nicht. Allerdings waren ihre Wutausbrüche auch so schon ganz schön furchteinflößend; manchmal wechselten sie sich ab, sie anzuschreien, hielten das Gesicht ganz dicht vor dem ihren, besprühten sie mit Speichel und ließen sie mit

einer Migräne zurück, die sie ganz krank machte. Ein anderer Trick bestand darin, ihr ein Glas Wasser anzubieten und es ihr ins Gesicht zu schütten, als sie danach griff. Doch als sie das nächstemal mit ihnen zusammenkam, verlas der Junge, der diesen Auftritt angezettelt hatte, vor seinen drei Kollegen eine schriftliche Entschuldigung und verließ dann tief gedemütigt den Raum.
Ein andermal drohten sie, sie wegen ihrer erwiesenen Bindung an den Zionismus und die englische Königin zu erschießen. Doch als sie sich trotzdem standhaft weigerte, diese Vergehen einzugestehen, schienen sie das Interesse zu verlieren und erzählten ihr statt dessen stolze Geschichten über ihre Heimatdörfer, die sie nie gesehen hatten, sagten, sie hätten die schönsten Frauen und das beste Olivenöl und den besten Wein in der Welt. Und da wußte sie, daß sie wieder in den Bereich des Normalen zurückgekommen war; und zu Michel.

Ein riesiger Ventilator drehte sich unter der Decke; an den Wänden hingen graue Vorhänge, die zum Teil Karten verdeckten. Durch das offene Fenster konnte Charlie hören, wie mit Abständen die Bomben in Bubis Übungsstand losgingen. Tayeh hatte sich aufs Sofa gesetzt und ein Bein darauf gelegt. Sein verwüstetes Gesicht sah weiß und krank aus. Charlie stand vor ihm wie ein unartiges kleines Mädchen, die Augen niedergeschlagen und die Zähne vor Wut zusammengebissen. Sie hatte einmal den Versuch gemacht, etwas zu sagen, doch Tayeh hatte sie abblitzen lassen, indem er die Whiskyflasche aus der Tasche zog und sich einen Schluck genehmigte. Er fuhr sich mit dem Handrücken über den Mund, als ob er einen Bart hätte, den er nicht hatte. Er war beherrschter, als sie ihn bisher erlebt hatte, und ihr gegenüber irgendwie weniger unbefangen.
»Abdul, der Amerikaner«, sagte sie.
»Ja, und?«
Sie hatte es vorbereitet. In Gedanken hatte sie es wiederholt geprobt. Das hochentwickelte revolutionäre Pflichtbewußtsein der Genossin Leila gewinnt die Oberhand über ihr natürliches Widerstreben, einen Mitstreiter anzuschwärzen. Den Text kannte sie

auswendig. Sie kannte schließlich die alten Zicken, die ihn auf den Wochenendseminaren gesprochen hatten. Um ihn abzuspulen, hatte sie den Blick von ihm abgewandt und sprach mit harscher, männlicher Wut.

»Sein richtiger Name ist Halloran. Arthur J. Halloran. Er ist ein Verräter. Er hat mich gebeten, wenn ich von hier wegkomme, den Amerikanern zu sagen, daß er nach Hause möchte und bereit ist, sich einem Gerichtsverfahren zu stellen. Er gibt offen zu, konterrevolutionäre Überzeugungen zu hegen. Er könnte uns alle verraten.«

Tayehs dunkler Blick hatte sich nicht von ihrem Gesicht gelöst. Er hielt seinen Eschenspazierstock in beiden Händen und tippte mit der Spitze leicht auf den großen Zeh seines schlimmen Beins, wie um ihn wach zu halten.

»Ist das der Grund, warum Sie mich sprechen wollten?«

»Ja.«

»Halloran hat sich schon vor drei Nächten an Sie herangemacht«, meinte er und wandte den Blick von ihr. »Warum haben Sie mir das nicht früher gesagt? Warum drei Tage damit warten?«

»Sie waren nicht hier.«

»Aber doch andere. Warum haben Sie nicht nach mir verlangt?«

»Ich hatte Angst, Sie würden ihn bestrafen.«

Doch Tayeh schien nicht davon auszugehen, daß Halloran sich zu verantworten hatte. »Angst«, wiederholte er, als wäre das ein folgenschweres Eingeständnis. »*Angst*? Warum sollten Sie Angst um Halloran haben? Und das drei Tage lang. Sympathisieren Sie insgeheim mit seiner Einstellung?«

»Sie wissen, daß ich das nicht tue.«

»Ist das der Grund, warum er Ihnen gegenüber so offen gesprochen hat? Weil Sie ihm Grund zu der Annahme gaben, daß er Ihnen vertrauen könne? Das glaube ich schon.«

»Nein.«

»Haben Sie mit ihm geschlafen?«

»*Nein.*«

»Wieso kommen Sie dann dazu, Halloran schützen zu wollen? Wieso fürchten Sie um das Leben eines Verräters, wenn Sie gerade lernen, für die Revolution zu töten? Warum sind Sie nicht aufrichtig uns gegenüber? Sie enttäuschen mich.«

»Ich bin unerfahren. Er tat mir leid, und ich wollte nicht, daß ihm was zustößt. Doch dann habe ich mich auf meine Pflicht besonnen.«

Tayeh schien das ganze Gespräch zunehmend zu verwirren. Er nahm noch einen Schluck aus seiner Flasche.

»Setzen Sie sich!«

»Das brauche ich nicht.«

»Setzen Sie sich!«

Sie tat, was er befahl. Sie blickte verbissen an ihm vorbei, auf irgendeine gehaßte Stelle ihres eigenen, ganz persönlichen Gesichtskreises. Im Geist hatte sie längst die Linie überschritten, wo er nicht mehr das Recht hatte, sie zu kennen. Ich habe gelernt, wozu ihr mich hergeschickt habt. Schreib's dir doch selbst zu, wenn du mich nicht verstehst.

»In einem Ihrer Briefe an Michel sprechen Sie von einem Kind. Haben Sie ein Kind? Von ihm?«

»Ich habe von der Pistole gesprochen. Wir haben mit ihr geschlafen.«

»Was für eine Pistole?«

»Eine Walther. Die er von Khalil hatte.«

Tayeh seufzte. »Wenn Sie an meiner Stelle wären«, sagte er schließlich und wandte nun seinerseits den Blick von ihr ab, »und Sie hätten darüber zu bestimmen, was mit Halloran geschehen soll – der bittet, nach Hause gehen zu dürfen, der aber zuviel weiß –, was würden Sie mit ihm machen?«

»Ihn neutralisieren.«

»Ihn erschießen?«

»Das ist Ihre Sache.«

»Ja. Das ist es.« Noch einmal betrachtete er sein schlimmes Bein, hielt den Spazierstock parallel darüber. »Aber warum einen Mann hinrichten, der bereits tot ist? Warum ihn nicht für unsere Zwecke einspannen?«

»Weil er ein Verräter ist.«

Und abermals schien Tayeh die Logik ihres Standpunkts absichtlich mißzuverstehen.

»Halloran macht sich an viele Leute in diesem Lager heran. Nie ohne Grund. Er ist unser Geier, er zeigt uns, wo Schwäche und

Krankheit liegen. Zeigt uns, wo wir es mit potentiellen Verrätern zu tun haben. Meinen Sie nicht, daß es dumm von uns wäre, wenn wir uns eines solch nützlichen Geschöpfes entledigten? Sind Sie mit Fidel ins Bett gegangen?«

»Nein.«

»Weil er Hispano-Kubaner ist?«

»Weil ich nicht mit ihm ins Bett gehen wollte.«

»Mit den Arabern denn?«

»Nein.«

»Ich finde, Sie sind zu wählerisch.«

»Bei Michel war ich nicht wählerisch.«

Verwirrt aufseufzend, genehmigte Tayeh sich einen dritten Schluck aus der Whiskyflasche. »Wer ist *Joseph*?« wollte er dann in leicht quengeligem Ton wissen. »Joseph? Wer ist das, bitte?«

War die Schauspielerin in ihr endlich gestorben? Oder hatte sie sich dermaßen mit dem Theater des Wirklichen versöhnt, daß der Unterschied zwischen Leben und Kunst verschwunden war? Nichts aus ihrem Repertoire wollte ihr einfallen; sie hatte nicht das Gefühl, sich ihre Rolle auszusuchen. Sie dachte gar nicht erst daran, etwa über die eigenen Füße zu stolpern und regungslos auf dem Steinfußboden dazuliegen. Sie war nicht versucht, ein umfassendes Geständnis abzulegen und ihr Leben gegen alles einzutauschen, was sie wußte – was, wie man ihr gesagt hatte, ihr immer als letzte erlaubte Möglichkeit offenstand. Sie war wütend. Sie war es restlos leid, daß ihre Integrität hervorgezerrt und besudelt und jedesmal dann, wenn sie einen neuen Meilenstein auf ihrem Marsch zu Michels Revolution erreicht hatte, einer neuerlichen Überprüfung unterzogen werden sollte. Und so feuerte sie, ohne weiter darüber nachzudenken, zurück – spielte aufs Geratewohl die oberste Karte ihres Blattes aus – friß oder stirb, und du kannst mich mal!

»Ich kenne keinen Joseph.«

»Kommen Sie! Überlegen Sie doch mal. Auf Mykonos. Ehe Sie nach Athen fuhren. Einer von Ihren Freunden hat bei einer ganz beiläufigen Unterhaltung mit irgendeinem unserer Bekannten etwas von einem *Joseph* gesagt, der sich Ihrer Gruppe anschloß. Er sagte, Charlie sei von ihm ganz hin gewesen.«

Es waren keine Barrieren mehr da, keine Ausflüchte möglich. Sie hatte alle beiseite gefegt und arbeitete jetzt ohne jede Deckung.

»Joseph? Ach, *der* Joseph!« Sie ließ ihr Gesicht ein verspätetes Erkennen zum Ausdruck bringen – und gleichzeitig voller Abscheu verdüstern.

»Ich erinnere mich. Ein schmieriger kleiner Jidd, der sich wie eine Klette an unsere Gruppe hängte.«

»Reden Sie nicht so von den Juden. Wir sind keine Antisemiten, wir sind nur Antizionisten.«

»Machen Sie mir doch nichts vor«, herrschte sie ihn an.

Tayeh war interessiert. »Wollen Sie mich etwa als Lügner hinstellen, Charlie?«

»Ob er Zionist war oder nicht – er war ein Ekel. Er hat mich an meinen Vater erinnert.«

»War Ihr Vater Jude?«

»Das nicht. Aber ein Dieb.«

Darüber mußte Tayeh lange nachdenken, wobei er zunächst ihr Gesicht und dann ihren ganzen Körper als Bezugspunkt für sämtliche Zweifel benutzte, die ihm noch verblieben waren. Er bot ihr eine Zigarette an, doch sie nahm sie nicht: Ihr Instinkt sagte ihr, ihm keinen Schritt entgegenzukommen. Noch einmal tippte er mit dem Stock auf seinen toten Fuß. »In der Nacht, die Sie mit Michel in Saloniki verbrachten – in dem alten Hotel – wissen Sie noch?«

»Was ist damit?«

»Das Personal hat gehört, wie Sie sich spät in der Nacht laut gestritten haben.«

»Und was soll Ihre Frage?«

»Bitte, immer schön langsam! Wer hat in dieser Nacht laut geschrien?«

»Niemand. Sie haben an der falschen Tür gelauscht.«

»Wer hat geschrien?«

»Wir haben nicht geschrien. Michel wollte nicht, daß ich fuhr. Das ist alles. Er hatte Angst um mich.«

»Und Sie?«

Das war eine Geschichte, die sie zusammen mit Joseph ausgearbeitet hatte; der Augenblick, als sie stärker als Michel war.

»Ich wollte ihm das Armband zurückgeben«, sagte sie.

Tayeh nickte. »Womit sich das Postskript in Ihrem Brief erklärt: ›Ich bin ja so froh, daß ich das Armband behalten habe.‹ Und selbstverständlich ist nie geschrien worden. Sie haben recht. Verzeihen Sie meinen einfachen arabischen Trick.« Ein letztes Mal sah er sie forschend an, versuchte noch einmal – und wieder vergeblich –, hinter das Rätsel zu kommen; dann kräuselte er die Lippen – offiziersmäßig, wie Joseph das auch manchmal tat – als Vorspiel zu einem Befehl.
»Wir haben einen Auftrag für Sie. Holen Sie Ihre Sachen, und kommen Sie sofort wieder hierher zurück. Ihre Ausbildung ist beendet.«
Abzufahren – das war überhaupt das Wahnsinnigste, kam völlig unerwartet. Es war schlimmer als Ende des Schuljahrs; schlimmer, als die Clique im Hafen von Piräus einfach zu versetzen. Fidel und Bubi drückten sie an die Brust, und ihre Tränen vermischten sich mit den ihren. Eine von den Algerierinnen schenkte ihr ein hölzernes Christkind, das man als Anhänger tragen konnte.

Professor Minkel lebte auf jenem Sattel, der den Mount Skopus mit dem French Hill verbindet, und zwar im achten Stock eines neuen Wohnturms in der Nähe der Hebräischen Universität, einer jener Ansammlungen von Hochhäusern, die den glücklosen Jerusalemer Stadtkonservatoren stets ein Dorn im Auge sind. Jede Wohnung blickte hinab auf die Altstadt, die Altstadt aber auch leider zu jeder Wohnung hinauf. Wie seine Nachbarn, war das Hochhaus Wolkenkratzer und Festung in einem, und die Fensteranordnung war nach den günstigsten Geschoßbahnen festgelegt, sollte ein Angriff zurückgeschlagen werden müssen. Kurtz unternahm drei vergebliche Versuche, ehe er die Wohnung endlich fand. Zuerst verirrte er sich in einem Einkaufszentrum, das in anderthalb Meter dickem Beton errichtet worden war; beim zweiten Versuch landete er auf dem britischen Friedhof, der für die Gefallenen des Ersten Weltkriegs angelegt worden war: »Ein großzügiges Geschenk des Volkes von Palästina«, lautete eine Inschrift. Er erkundete auch noch andere Gebäude, die meisten Stiftungen von Millionären aus Amerika, bis er schließlich auf diesen Turm aus behauenem Naturstein stieß. Die Namensschilder waren demoliert worden, und so drückte er aufs Geratewohl auf eine Klingel, worauf ein alter Pole aus Galizien auftauchte, der nur jiddisch sprach. Der Pole wußte genau, welches Haus – dies hier, so wahr Sie mich sehen! –, und kannte auch Dr. Minkel und bewunderte ihn wegen seiner aufrechten Ansichten; er selbst habe die altehrwürdige Universität von Krakau besucht. Allerdings kam er auch mit einem Haufen eigener Fragen, die Kurtz beantworten mußte, so gut es ging: Wo Kurtz ursprünglich herkomme? Ja, Himmel, ob er denn dann nicht den Soundso kenne? Und was Kurtz, ein erwachsener Mann, denn um elf Uhr morgens hier wolle, wo Dr. Minkel doch dabeisein solle, die Crème unserer zukünftigen Philosophen auszubilden?

Die Angestellten der Aufzugsfirma streikten, und so war Kurtz gezwungen, die Treppe hinaufzusteigen, doch nichts hätte ihm die gute Laune verderben können. Denn erstens hatte seine Nichte gerade ihre Verlobung mit einem jungen Mann aus seinem eigenen Amt bekanntgegeben – wenn auch nicht gerade verfrüht. Und zweitens war Ellis Bibelkurs gut gelaufen; am Ende hatte sie einen Kaffeeklatsch gegeben, und zu ihrer großen Genugtuung hatte er es geschafft dabeizusein. Doch das Beste von allem war, daß dem Freiburger Durchbruch noch eine ganze Reihe beruhigender Hinweise gefolgt waren, deren ergiebigster erst gestern aufgefangen worden war, und zwar von einem von Shimon Litvaks Lauschern, der auf einem Beiruter Dach ein superraffiniertes Richtmikrophon ausprobiert hatte: Freiburg, Freiburg und nochmals Freiburg, dreimal auf fünf Seiten erwähnt, was wollte man mehr? Manchmal war das Glück einem eben hold, überlegte Kurtz beim Treppensteigen. Und Glück war nun mal, wie Napoleon und jedermann in Jerusalem wußte, Glück war, was gute Generäle machte.

Als er einen kleinen Treppenabsatz erreichte, blieb er stehen, um ein bißchen Atem zu schöpfen und seine Gedanken zu sammeln. Das Treppenhaus war wie ein Luftschutzbunker beleuchtet: mit Drahtgestellen über den Glühbirnen, doch waren es heute die Geräusche seiner eigenen Kindheit im Ghetto, die Kurtz treppauf, treppab von den Wänden des düsteren Rundbaus widerhallen hörte. Ich hatte recht, Shimon nicht mitzunehmen, dachte er. Manchmal kann Shimon einem schon einen Schauder über den Rücken jagen; es täte ihm gut, alles ein bißchen leichter zu nehmen.

Die Tür der Wohnung 18 D hatte ein in Metall gefaßtes Guckloch und auf der einen Seite von oben bis unten eine ganze Reihe von Riegeln, die Frau Minkel einen nach dem anderen aufmachte wie Schuhknöpfe, wobei sie »Einen kleinen Augenblick, bitte«, rief und immer weiter nach unten kam. Er trat ein und wartete, bis sie geduldig alle wieder zugeschoben hatte. Sie war groß und sah mit ihren leuchtendblauen Augen und dem zu einem akademischen Knoten aufgesteckten grauen Haar sehr gut aus.

»Sie sind Herr Spielberg vom Innenministerium«, informierte sie ihn mit einer gewissen Vorsicht, als sie ihm die Hand gab. »Hansi erwartet Sie. Willkommen. Wenn ich bitten darf.«

Sie machte die Tür zu einem winzigen Arbeitszimmer auf, und dort saß ihr Hansi, verwittert und patrizierhaft wie ein Buddenbrook. Sein Schreibtisch war zu klein für ihn, und das seit vielen Jahren; seine Bücher und Papiere lagen stapelweise um ihn herum auf dem Boden, und zwar nach einer Ordnung, die keineswegs Zufall sein konnte. Der Schreibtisch stand schräg zu einer Fensternische, und die Nische bildete die Hälfte eines Sechsecks, hatte schmale Rauchglasfenster wie Schießscharten und darunter eine eingebaute Sitzbank. Sich behutsam erhebend, suchte Minkel sich mit vergeistigter Würde den Weg durch den Raum, bis er jene kleine Insel erreichte, die nicht von seiner Gelehrsamkeit mit Beschlag belegt worden war. Seine Begrüßung hatte etwas Steifes, und als sie in der Fensternische Platz nahmen, zog Frau Minkel einen Schemel heran und setzte sich entschlossen zwischen sie, gleichsam als wolle sie aufpassen, daß auch alles mit rechten Dingen zuging.

Ein verlegenes Schweigen machte sich breit. Kurtz setzte das verzeihungheischende Lächeln dessen auf, der leider seine Pflicht tun muß. »Frau Minkel, ich fürchte, es gibt da ein paar Dinge aus dem Sicherheitsbereich, bei denen meine Behörde darauf besteht, daß ich sie zunächst unter vier Augen mit Ihrem Mann bespreche«, sagte er. Und wartete wieder, immer noch lächelnd, bis der Professor vorschlug, sie solle doch einen Kaffee machen; was Herr Spielberg davon halte?

Widerstrebend zog Frau Minkel sich zurück, nicht ohne ihrem

Mann von der Tür aus noch einen warnenden Blick zuzuwerfen. Eigentlich konnte kaum ein Altersunterschied zwischen den beiden Männern bestehen, doch bemühte Kurtz sich ausdrücklich, so zu sprechen, als wende er sich an einen Älteren und über ihm Stehenden, denn das war der Professor gewohnt.

»Herr Professor«, begann Kurtz mit einer Hochachtung, als stünde er an einem Krankenbett, »soviel ich weiß, hat unsere gemeinsame Freundin Ruthie Zadir Sie erst gestern angerufen.« Er wußte das sehr genau, schließlich hatte er daneben gestanden, als Ruthie den Anruf gemacht hatte – und beide Seiten des Gesprächs mitgehört, um ein Gefühl für diesen Mann zu bekommen.

»Ruth war eine meiner besten Studentinnen«, bemerkte der Professor, als habe er einen schweren Verlust erlitten.

»Eine der besten ist sie bei uns ganz gewiß auch«, sagte Kurtz geradezu überschwenglich. »Herr Professor, sind Sie sich eigentlich darüber im klaren, was für eine Art Arbeit Ruthie bei uns verrichtet?«

Eigentlich war Minkel nicht gewohnt, Fragen zu beantworten, die außerhalb seines Fachbereichs lagen, und so mußte er einen Moment überlegen, ehe er antwortete.

»Ich habe das Gefühl, ich sollte etwas sagen«, meinte er linkisch und entschlossen zugleich.

Kurtz lächelte einladend.

»Falls es bei Ihrem Besuch hier bei mir um die politischen Ansichten – Sympathien – von Studenten oder ehemaligen Schülern von mir geht, so bedaure ich, nicht mit Ihnen zusammenarbeiten zu können. Denn das sind Kriterien, die ich als nicht legitim betrachte. Diese Diskussion haben wir schon mal gehabt, tut mir leid.« Er schien plötzlich peinlich berührt sowohl von seinen Gedanken als auch von seinem Hebräisch. »Ich stehe hier für etwas, und wenn wir für etwas stehen, dürfen wir kein Blatt vor den Mund nehmen; doch am wichtigsten ist das Handeln. Dafür stehe ich ein.«

Kurtz, der die Unterlagen über Minkel gelesen hatte, wußte ganz genau, wofür er einstand. Er war ein Anhänger Martin Bubers und Angehöriger einer weitgehend in Vergessenheit geratenen idealistisch ausgerichteten Gruppe, die zwischen den Kriegen der Jahre '67 und '73 für einen echten Frieden mit den Palästinensern eingetreten war. Die Rechten nannten ihn einen Verräter; und wenn man sich in diesen Tagen überhaupt an ihn erinnerte, konnte ihm das gleiche auch von den Linken passieren. Er war das Sprachrohr der jüdischen Philosophie, die Autorität auf dem Gebiet des frühen Christentums, der verschiedenen humanistischen Strömungen in seiner Heimat Deutschland und auf noch dreißig anderen Gebieten; er hatte ein dreibändiges Werk über Theorie und Praxis des Zionismus geschrieben, dessen Stichwortregister allein so dick war wie ein Telefonbuch.

»Herr Professor«, sagte Kurtz. »Ich bin mir durchaus darüber im klaren, welchen Standpunkt Sie in diesen Dingen einnehmen, und ich habe keineswegs die Absicht, mich in irgendeiner Weise in Ihre achtbaren moralischen Ansichten einzumischen.« Er hielt inne, ließ seinem Gegenüber Zeit, sich diese Zusicherung zu eigen zu machen. »Ich darf übrigens doch wohl davon ausgehen, daß es bei Ihrem bevorstehenden Vortrag an der Universität Freiburg gleichfalls um das Thema der Rechte des einzelnen geht, oder? Die Araber – ihre Grundfreiheiten –, ist das nicht das Thema, über das Sie am Vierundzwanzigsten sprechen wollen?«

Das konnte der Professor nicht durchgehen lassen. Mit schlampigen Definitionen wollte er nichts zu tun haben.

»Mein Thema bei der Gelegenheit ist ein anderes. Es geht dabei um die Selbstverwirklichung des Judaismus nicht durch Eroberung, sondern durch die Beispielhaftigkeit jüdischer Kultur und Moral.«

»Um was geht es denn dabei genau?« erkundigte sich Kurtz huldvoll.

Minkels Frau kehrte mit einem Tablett voller selbstgebackener Kekse zurück. »Sollst du wieder denunzieren?« wollte sie wissen. »Falls er das will, schlag es ihm ab! Und wenn du nein gesagt hast, sag wieder nein, bis er es hört. Was kann er denn mit dir machen? Glaubst du, er schlägt dich mit dem Gummiknüppel?«

»Frau Minkel, ein solches Ansinnen an Ihren Gatten liegt mir völlig fern«, sagte Kurtz ungerührt.

Mit einem Blick, der rundheraus als ungläubig bezeichnet werden muß, zog Frau Minkel sich nochmals zurück.

Minkel jedoch machte kaum eine Pause. Falls er die Unterbrechung überhaupt mitbekommen hatte, übersah er sie. Kurtz hatte eine

Frage gestellt, und Minkel, der nicht akzeptieren konnte, daß sich irgendein Hindernis dem Wissen entgegenstellte, wollte sie ihm beantworten.

»Ich werde Ihnen genau sagen, um was es geht, Herr Spielberg«, erwiderte er mit geradezu feierlichem Ernst. »Solange wir einen kleinen jüdischen Staat haben, können wir als Juden demokratisch weiter auf unser Ziel, die jüdische Selbstverwirklichung, zugehen. Haben wir aber erst einmal einen größeren Staat, in dem auch viele Araber leben, müssen wir uns entscheiden.« Mit seinen alten, gefleckten Händen zeigte er Kurtz, um was es ging. »Auf dieser Seite: Demokratie ohne jüdische Selbstverwirklichung. Und auf jener: jüdische Selbstverwirklichung ohne Demokratie.«

»Und wo liegt dann die Lösung, Herr Professor?« erkundigte sich Kurtz.

Mit einer wegwerfenden Geste gelehrtenhafter Ungeduld hob Minkel die Hände in die Höhe. Er schien völlig vergessen zu haben, daß Kurtz nicht sein Schüler war.

»Das ist ganz einfach! Ziehen wir uns aus dem Gaza-Streifen und von der West-Bank zurück, ehe wir unsere Werte verlieren! Welche andere Lösung gibt es?«

»Und wie reagieren die Palästinenser selbst auf diesen Vorschlag, Herr Professor?«

Ein bekümmerter Zug trat an die Stelle von Professor Minkels bisheriger Zuversicht. »Sie schimpfen mich einen Zyniker«, sagte er.

»Ach, wirklich?«

»Ihnen zufolge will ich sowohl den jüdischen Staat als auch Mitgefühl und das Verständnis der Welt. Deshalb, behaupten sie, sei ich, was ihre Sache betreffe, subversiv.« Die Tür ging wieder auf, und Frau Minkel trat mit Kaffeekanne und Tassen ein. »Aber ich bin *nicht* subversiv«, sagte er Professor verzagt – weiter kam er allerdings nicht, dank seiner Frau.

»*Subversiv*?« wiederholte Frau Minkel echogleich, setzte aufgebracht das Geschirr ab und lief puterrot an. »Nennen Sie *Hansi* subversiv? Weil wir aus unserem Herzen keine Mördergrube machen und freimütig sagen, was hier in diesem Land passiert?«

Selbst wenn er es versucht hätte, es wäre Kurtz nicht gelungen, sie aufzuhalten; er machte aber auch gar keine Anstalten. Er ließ sie zu Ende reden.

»Im Golan, die Auspeitschungen und die Folterungen? In der West-Bank, wie sie sie da behandeln, schlimmer als die SS? Im Libanon, im Gaza-Streifen? Ja, sogar hier in Jerusalem, wo wir die arabischen Jugendlichen herumschubsen, bloß weil sie Araber sind! Und wir sollen *subversiv* sein, bloß weil wir es wagen, über Unterdrückung zu reden, bloß weil uns keiner unterdrückt – Juden aus Deutschland, und dann *subversiv* in Israel?«

»Aber, Liebchen . . .«, wollte der Professor verlegen vermitteln. Doch Frau Minkel war offensichtlich eine Dame, die es gewohnt war zu sagen, was sie wollte. »Wir konnten die Nazis nicht aufhalten, und jetzt können wir uns selbst nicht aufhalten. Da haben wir jetzt unser eigenes Land, und was machen wir? Wir erfinden vierzig Jahre später einen neuen verlorenen Stamm. Heller Wahnsinn! Und wenn *wir* es nicht sagen, wird es die Welt tun. Sie sagt es ja schon jetzt. Lesen Sie doch die Zeitungen, Herr Spielberg!« Wie um einen Schlag abzuwehren, hatte Kurtz den Unterarm erhoben, bis er sich zwischen ihrem Gesicht und dem seinen befand. Doch sie war längst noch nicht fertig. »Diese *Ruthie*«, sagte sie und verzog voller Abscheu den Mund. »Ein guter Kopf! Hat drei Jahre unter Hansi studiert! Und was macht sie? Tritt in den Apparat ein!«

Kurtz nahm die Hand herunter und ließ erkennen, daß er schmunzelte. Nicht, daß er sich lustig machte oder zornig gewesen wäre; er schmunzelte nur mit dem verwirrten Stolz des Mannes, der die erstaunliche Vielfalt seines Volkes wahrhaft liebte. Er rief: »Bitte!«, wandte sich flehentlich an den Professor, doch Frau Minkel hatte noch unendlich viel zu sagen.

Schließlich hörte sie jedoch auf, und als sie soweit war, bat Kurtz sie, ob sie nicht doch Platz nehmen und zuhören wolle, was er zu sagen habe. So setzte sie sich wieder auf den Hocker und wartete darauf, beschwichtigt zu werden.

Kurtz gab sich Mühe, besonders freundlich zu sein, und wählte seine Worte mit großem Bedacht: Was er zu sagen habe, sei hoch geheim, sagte er, Geheimeres gebe es gar nicht. Nicht einmal Ruthie Zadir – eine ausgezeichnete Beamtin, die jeden Tag mit Geheimsachen umgehe –, nicht einmal Ruthie Zadir wisse davon, sagte er; das stimmte zwar nicht, aber was soll's? Er sei nicht wegen der Schüler des Herrn Professors gekommen, sagte er, und schon gar nicht, um ihn der Subversion zu bezichtigen oder um sich mit ihm über seine hehren Ideale zu streiten. Er sei einzig wegen des Vortrags gekommen, den der Herr Professor in Freiburg zu halten gedenke und der die Aufmerksamkeit gewisser extrem negativer Elemente erregt habe. Endlich rückte er damit heraus, um was es eigentlich ging.

»Das jedenfalls ist die traurige Tatsache«, sagte er und holte tief Atem. »Wenn es nach einigen von diesen Palästinensern ginge, für deren Rechte Sie beide so mutig eingetreten sind, werden Sie am Vierundzwanzigsten dieses Monats in Freiburg keinen Vortrag halten. Ja, werden Sie nie mehr einen Vortrag halten, Herr Professor.« Er hielt inne, doch seine Zuhörer hatten offensichtlich nicht die Absicht, ihn zu unterbrechen. »Aus den uns jetzt zur Verfügung stehenden Informationen geht eindeutig hervor, daß eine ihrer weniger akademisch ausgerichteten Gruppierungen in Ihnen einen gefährlichen Gemäßigten sieht, der imstande ist, den reinen Wein ihrer Sache zu verwässern. Genauso, wie Sie es mir eben gesagt haben, Herr Professor, nur noch schlimmer. Es wird behauptet, Sie träten für die Bantustan-Lösung des Palästinenser-Problems ein. Und seien ein trügerisches Licht, das die Schwachköpfigen unter ihnen verleiten könnte, sich zu einem weiteren verheerenden Zugeständnis den zionistischen Gewaltherrschern gegenüber bereit zu finden.«

Freilich bedurfte es viel, viel mehr als einer bloßen Todesdrohung, um den Professor zu bewegen, sich mit einer unüberprüften Sachlage abzufinden.

»Verzeihen Sie«, sagte er scharf, »aber das entspricht genau der Beschreibung, die nach meiner Rede in Beer Sheva in der palästinensischen Presse erschien.«

»Und genau dorther haben wir sie, Herr Professor«, sagte Kurtz.

Kapitel 24

Sie kam am späten Nachmittag mit dem Flugzeug in Zürich an. Sturmlichter säumten die Landebahn und leuchteten vor ihr auf wie der Pfad, der sie dem bewußt gewählten Ziel entgegenführte. Verzweifelt hatte sie versucht, ihre Gedanken zu sammeln, doch hatte sie das Gefühl, daß sie nur eine Zusammenballung ihrer alten Frustrationen waren, gereift und auf die heruntergekommene Welt gerichtet. Jetzt *wußte* sie einfach, daß nichts, aber auch gar nichts Gutes an ihr war; jetzt hatte sie mit eigenen Augen die Todesqualen *gesehen*, die der Preis für den westlichen Überfluß waren. Sie war die, die sie immer gewesen war: eine Ausgestoßene, die sich wütend wehrte; nur mit dem Unterschied, daß die Kalaschnikow ihre nutzlosen Koller ersetzt hatte. Die Sturmlichter schossen wie brennende Wrackteile an ihrem Fenster vorüber. Die Maschine setzte auf. Allerdings stand auf ihrem Ticket Amsterdam, und theoretisch würde sie erst später landen. *Alleinreisende Mädchen, die aus dem Nahen Osten zurückkehren, sind verdächtig*, hatte Tayeh ihr bei ihrer letzten Einsatzbesprechung in Beirut gesagt. *Unsere erste Aufgabe ist es, Sie mit einer respektableren Herkunft auszustatten.* Fatmeh, die gekommen war, um sie zum Flugplatz zu bringen, hatte es weniger allgemein ausgedrückt: *»Khalil hat befohlen, daß du bei deiner Ankunft eine neue Identität annimmst.«*

Beim Betreten der völlig leeren Transithalle hatte sie das Gefühl, die erste Pionierin zu sein, die je ihren Fuß hierhersetzte. Musik vom Band lief ab, doch es war niemand da, der sie hörte. In einem eleganten Geschäft wurden Schokoladenbären und Käse feilgeboten, doch es war leer. Sie ging aufs Klo und unterzog ihr Aussehen einer eingehenden Musterung. Ihr Haar war zu einem Bubikopf geschnitten und undefinierbar braun gefärbt. Tayeh selbst war in der Beiruter Wohnung umhergehumpelt, als Fatmeh ihr Schlachtfest veranstaltet hatte. Kein Make-up, kein Sexappeal, hatte er befohlen. Sie trug ein schweres braunes Kostüm und eine leicht astigmatische Brille, durch die sie linste. Jetzt brauche ich nur noch einen Canotier und einen Blazer mit Wappen darauf, dachte sie. Sie hatte sich schon verdammt weit entfernt von Michels revolutionärer *poule de luxe.*

Grüß Khalil herzlich von mir, hatte Fatmeh beim Abschiedskuß zu ihr gesagt.

Am Nachbarwaschbecken stand Rachel, doch Charlie sah einfach durch sie hindurch. Sie mochte sie nicht und kannte sie auch nicht; und es war auch reiner Zufall, daß ihre offene Handtasche zwischen ihnen stand, ihr Päckchen Marlboros obendrauf, so, wie Joseph sie instruiert hatte. Und sie sah auch weder Rachels Hand, als sie die Marlboros gegen ein Päckchen ihrer eigenen austauschte, noch nahm sie im Spiegel ihr rasches aufmunterndes Zwinkern wahr.

Ich habe nur dieses Leben und kein anderes. Ich liebe niemand außer Michel und bin niemand Treue schuldig außer dem großen Khalil.

Setzen Sie sich so nah an die Tafel mit den Abflügen heran, wie Sie können, hatte Tayeh befohlen. Sie tat es und holte aus dem kleinen Koffer ein Buch über Alpenpflanzen, das so groß und dünn war wie ein College-Jahrbuch. Sie schlug es auf und legte es sich so auf den Schoß, daß man den Titel sehen konnte. Sie trug einen runden Button mit der Aufschrift: »Rettet die Wale«, und das sei das zweite Zeichen, hatte Tayeh gesagt; denn von jetzt an verlange Khalil, daß alles doppelt zu sein und zu geschehen habe: zwei Pläne, zwei Erkennungszeichen, bei allem eine zweite Möglichkeit, falls die erste fehlschlägt; eine zweite Kugel für den Fall, daß die Welt noch lebt.

Khalil traut beim erstenmal niemand, hatte Joseph gesagt. Aber Joseph war tot und begraben, ein abgelegter Prophet ihrer Jugend. Sie war Michels Witwe und Tayehs Soldat und war gekommen, in die Armee des Bruders ihres toten Geliebten einzutreten.

Ein Schweizer Soldat musterte sie, ein älterer Mann, der mit einer Heckler & Koch-Maschinenpistole bewaffnet war. Charlie blätterte um. Hecklers waren ihre Lieblingswaffen. Beim letzten Übungsschießen hatte sie von hundert Schuß vierundachtzig in den

Pappkameraden hineingejagt. Das war Bestleistung, nicht nur für Frauen, sondern auch für Männer. Aus dem Augenwinkel heraus sah sie, daß er sie noch immer betrachtete. Voller Zorn kam ihr ein Gedanke. Mit dir mach' ich, was Bubi mal in Venezuela gemacht hat, dachte sie. Bubi hatte den Auftrag erhalten, einen bestimmten faschistischen Polizeibeamten zu erschießen; wenn dieser morgens aus seinem Haus kam, eine sehr günstige Zeit. Bubi versteckte sich im Eingang und wartete. Die Zielperson trug eine Pistole unterm Arm, war aber auch ein Familienmann, der ständig mit seinen Kindern herumtobte. Als er auf die Straße hinaustrat, holte Bubi einen Ball aus der Tasche und warf ihn so, daß er die Straße hinunter auf den Mann zusprang. Ein Gummiball für Kinder – welcher Familienvater würde sich nicht automatisch bücken, um ihn aufzufangen? Sobald der Polizeibeamte das tat, trat Bubi aus dem Hauseingang und schoß ihn tot. Denn wer kann eine Waffe abfeuern, wenn er einen Gummiball auffängt?

Jemand versuchte, sie anzusprechen. Pfeifenraucher, schweinslederne Schuhe, graue Flanellhose. Sie spürte, wie er unschlüssig stehenblieb und dann auf sie zukam.

»Verzeihung«, sagte er. »Sprechen Sie vielleicht Englisch?«

Standardausgabe, englische Mittelklasse, Chauvi, blond, um die Fünfzig und dicklich. Gab vor, sich zu entschuldigen. *Nein, tu' ich nicht*, wollte sie zu ihm sagen; *ich seh' mir bloß die Bilder an*. Diesen Typ haßte sie so sehr, daß sie sich ums Haar übergeben hätte. Sie funkelte ihn an, doch er ließ sich nicht so leicht abweisen, wie alle diese Typen.

»Es ist nur, daß es hier so *entsetzlich* trostlos ist«, erklärte er. »Ich dachte, vielleicht hätten Sie Lust, etwas mit mir zu trinken? Ohne Hintergedanken. Würde Ihnen bestimmt guttun.«

Sie sagte, nein, vielen Dank. Es hätte nicht viel gefehlt, und sie hätte gesagt: »Mein Daddy sagt, ich darf nicht mit Fremden sprechen.«

Nach einer Weile schob er entrüstet ab, suchte nach einem Polizisten, um sie zu verpfeifen. Sie selbst wandte sich wieder der Betrachtung des gemeinen Edelweiß zu und lauschte, wie die Halle sich füllte. Ein Paar Füße nach dem anderen. An ihr vorüber zum Käseladen. An ihr vorüber zur Bar. Auf sie zu. Und halt.

»Imogen? Du kennst mich doch. Sabine.«

Aufblicken. Pause, bis das Wiedererkennen dämmert.
Lustiges Schweizer Kopftuch, um den undefinierbar braun gefärbten Bubikopf zu verbergen. Keine Brille, doch wenn Sabine eine aufsetzen würde wie die, die ich habe, könnte jeder schlechte Fotograf Zwillinge aus uns machen. Sie hatte eine große Tragetasche mit dem Aufdruck »Franz Carl Weber, Zürich« in der Hand, und das war das zweite Erkennungszeichen.
»Himmel, Sabine! Das bist ja du!«
Aufstehen. Sich förmlich einen flüchtigen Kuß auf die Wange geben. So ein Zufall! Wohin willst du denn?
Doch leider fliegt Sabines Maschine gleich. Welch ein Jammer, daß wir uns nicht zusammenhocken und nach Herzenslust einen Weiberklatsch halten können, aber so ist das Leben nun mal, oder? Sabine legt die Tragetasche Charlie vor die Füße. Hab mal eben ein Auge drauf für mich, ja? – Klar, mach' ich, Sabs. Sabine verschwindet in ›Damen‹. Dreist in der Tasche herumschnüffelnd, als gehörte sie ihr, zieht Charlie einen lustig bedruckten Umschlag mit einem Band darum heraus, ertastet die Umrisse eines Passes und eines Flugscheins darin. Tauscht beides glatt gegen ihren eigenen irischen Paß, den Flugschein und die Transitkarte aus. Sabine kommt wieder, schnappt sich die Tragetasche, muß mich beeilen, rechter Ausgang. Charlie zählt bis zwanzig und geht noch mal aufs Klo, wo sie sich diesmal richtig hinhockt. Baastrup, Imogen, Südafrika, liest sie. Geboren in Johannesburg, drei Jahre und einen Monat nach mir. Ankunft Stuttgart in einer Stunde zwanzig Minuten. Leb wohl, irisches Mädchen, willkommen unsere abgebrühte kleine christliche Rassistin aus dem Busch, die Anspruch auf ihr Erbe als Weiße erhebt. Als sie aus ›Damen‹ herauskam, stellte sie fest, daß der Soldat sie immer noch ansah. Er hat alles gesehen. Er ist drauf und dran, mich zu verhaften. Er denkt, ich hab' Dünnschiß, und weiß nicht, wie nahe er der Wahrheit damit kommt. Sie starrte ihn ihrerseits an, bis er sich trollte. Er wollte bloß was zum Begucken, dachte sie und zog ihr Buch über Alpenblumen noch einmal heraus.

Der Flug schien fünf Minuten zu dauern. Ein überfälliger Christbaum stand in der Ankunftshalle des Stuttgarter Flughafens. Es herrschte eine Atmosphäre allgemeiner Familiengeschäftigkeit, alle wollten nach Hause. Charlie stellte sich mit dem südafrikanischen Paß an, sah sich auf einem Plakat die Fahndungsfotos von Terroristinnen an und hatte das unbehagliche Gefühl, gleich ihrem eigenen Abbild zu begegnen. Ohne mit der Wimper zu zucken, passierte sie die Paßkontrolle. Als sie auf den Ausgang zuging, sah sie Rose, ihre südafrikanische Landsmännin, halb schlafend auf einen Rucksack gefläzt, aber Rose war für sie genauso tot wie Joseph und unsichtbar wie Rachel. Die automatischen Türen gingen auf, ein Wirbel von Schneeflocken schlug ihr ins Gesicht. Sie stellte den Mantelkragen hoch und eilte über den breiten Bürgersteig zum Parkhaus hinüber. Vierter Stock, hatte Tayeh gesagt; ganz hinten links; halten Sie nach einem Fuchsschwanz an der Antenne Ausschau. Folglich hatte sie sich eine weite ausgefahrene Antenne mit einem brandroten Fuchsschwanz oben dran vorgestellt, doch dieser Fuchsschwanz war eine schüttere Nylonimitation an einer Spirale und lag mausetot auf dem kleinen Dach des Volkswagens.

»Ich bin Saul. Und wie heißt du, Schätzchen?« sagte ganz in ihrer Nähe eine Männerstimme leise auf amerikanisch. Einen schrecklichen Augenblick lang dachte sie, Arthur J. Halloran alias Abdul sei auferstanden, um sie heimzusuchen; als sie jedoch um den Pfeiler herumspähte, war sie erleichtert, als sie einen ziemlich normal aussehenden jungen Mann an der Wand lehnen sah. Lange Haare, Freizeitstiefel, frisches, träges Lächeln. Und einen »Rettet die Wale«-Button an der Windjacke wie sie. »Imogen«, antwortete sie, weil Tayeh ihr gesagt hatte, sich auf den Namen Saul einzustellen.

»Mach die Kühlerhaube auf, Imogen. Und stell deinen Koffer rein. Und jetzt blick dich um. Vergewissere dich, ob dich jemand beobachtet hat. Ist dir irgend jemand verdächtig?«

Sie ließ den Blick gemächlich prüfend durch die Parkhausetage wandern. Im Fahrerhaus eines Bedford-Kastenwagens, der mit verrückten Gänseblümchen übersät war, waren Raoul und ein Mädchen, das sie nicht richtig erkennen konnte, auf dem besten Weg zum Orgasmus.

»Niemand«, sagte sie.

Saul machte die Tür zum Beifahrersitz für sie auf.

»Und schnall dich bitte an, Schätzchen«, sagte er, als er neben ihr einstieg. »In diesem Land ist das Vorschrift, okay? Wo bist du denn gewesen, Imogen? Wo hast du dir denn diese Bräune geholt?«
Doch kleine Witwen, die auf Mord aus sind, lassen sich nicht auf banales Geplauder mit Fremden ein. Achselzuckend stellte Saul das Radio an und hörte sich die deutschen Nachrichten an.
Der Schnee machte alles schön und ließ die Autos vorsichtig fahren. Sie fuhren durch das Durcheinander und fädelten sich dann in den Verkehr auf einer zweispurigen Landstraße ein. Dicke Flocken rasten auf ihre Scheinwerfer zu. Die Nachrichten waren vorbei, und eine Frauenstimme sagte ein Konzert an.
»Was dagegen, Imogen? Ist klassische Musik.«
Er ließ es trotzdem an. Mozart aus Salzburg, wo Charlie zu müde gewesen war, um mit Michel in der Nacht vor seinem Tod zu schlafen.
Sie fuhren am Rand der Helligkeitsglocke entlang, die über der Stadt lag, und die Schneeflocken tanzten darin wie schwarze Asche. Sie fuhren eine Kleeblattauffahrt hinauf, und unter ihnen, auf einem umzäunten Spielplatz, machten Kinder in roten Anoraks im Licht von Bogenlampen eine Schneeballschlacht. Ihr fiel ihre Gruppe in England ein – es war eine Ewigkeit her! Ich tue es für sie, dachte sie. Irgendwie hatte Michel das geglaubt. Irgendwie tun wir das alle. Alle bis auf Halloran, der aufgehört hatte zu begreifen, worum es eigentlich ging. Wieso mußte sie immerzu an ihn denken? fragte sie sich. Weil er zweifelte, und gerade Zweifel hatte sie am meisten zu fürchten gelernt. *Zweifeln heißt Verrat begehen*, hatte Tayeh sie gewarnt.
Joseph hatte ungefähr das gleiche gesagt.
Sie waren in ein ganz anderes Land hineingefahren: Ihre Straße wurde zu einem schwarzen Strom, der durch Cañons aus weißen Feldern und schneebeladenen Wäldern hindurchführte. Sie verlor das Zeitgefühl, dann das Gefühl für Größenverhältnisse. Sie sah Traumschlösser und die Umrisse von Miniaturdörfern, die sich wie bei einer Spielzeugeisenbahn vom blassen Himmel abhoben. Die Spielzeugkirchen mit den Zwiebeltürmen weckten in ihr das Bedürfnis zu beten, doch war sie schon zu erwachsen für sie; außerdem war Religion ohnehin nur was für Schwächlinge. Sie sah zit-

ternde Ponys an Heuballen zupfen, und eins nach dem anderen fielen ihr die Ponys ihrer Kindheit wieder ein. Jedesmal, wenn etwas Schönes an ihr vorüberzog, flog ihr Herz ihm zu, sie versuchte, sich daran festzuhalten und das Tempo zu bremsen. Doch nichts blieb, nichts hinterließ einen dauernden Eindruck in ihr; die Dinge waren Atemhauch auf blankgeputztem Glas. Gelegentlich wurden sie von einem Auto überholt; einmal zog ein Motorrad in hoher Geschwindigkeit an ihnen vorüber, und sie meinte, den sich immer weiter entfernenden Rücken von Dimitri zu erkennen, doch befand er sich bereits außerhalb der Reichweite ihrer Scheinwerfer, ehe sie sich ganz sicher war.

Sie fuhren eine Bergkuppe hinauf, und Saul gab Gas. Sie fuhren nach links, überquerten eine Straße, dann wieder rechts, rumpelten einen Feldweg hinunter. Gefällte Bäume lagen links und rechts davon, wie erfrorene Soldaten in einer russischen Wochenschau. In der Ferne machte Charlie allmählich ein geschwärztes altes Haus mit hohen Schornsteinen aus, und einen Moment erinnerte es sie an das Haus in Athen. *Raserei, nennt man das so?* Saul hielt an und blinkte zweimal mit der Lichthupe. Eine Taschenlampe blinkte eine Antwort, offenbar aus der Mitte des Hauses heraus. Saul warf einen Blick auf die Armbanduhr und zählte leise die Sekunden. »Neun – zehn – *jetzt*«, sagte er, und in der Ferne blinkte nochmals das Licht auf. Er lehnte sich über sie hinüber und stieß die Tür für sie auf.

»So, weiter bring' ich dich jetzt nicht, Schätzchen«, sagte er. »Die Unterhaltung war hochinteressant. Frieden, okay?«

Den Koffer in der Hand, wählte sie eine Fahrspur im Schnee und ging auf das Haus zu. Nur der bleiche Schimmer des Schnees und Streifen von Mondlicht zwischen den Bäumen wiesen ihr den Weg. Als das Haus näher kam, erkannte sie einen alten Glockenturm ohne Uhr und einen zugefrorenen Teich, ohne Statue auf dem Sockel. Unter einem hölzernen Schutzdach blinkte ein Motorrad. Plötzlich hörte sie, wie eine vertraute Stimme sie verschwörerisch gedämpft ansprach. »Imogen, paß auf das Dach auf. Wenn dich ein Ziegel trifft, bist du mausetot. Imogen – ach, Charlie – das ist *zu* albern!« Gleich darauf hatte sich eine kräftige Gestalt aus dem Schatten des Vorbaus gelöst, um sie zu umarmen, die Taschenlampe und die automatische Pistole behinderten sie dabei nur leicht.

Von einer Flut lächerlicher Dankbarkeit gepackt, erwiderte Charlie Helgas Umarmung. »Helg – Himmel – du bist das – phantastisch!«

Im Licht der Taschenlampe geleitete Helga sie über den Marmorboden der Halle, bei dem die Hälfte der Steine schon herausgerissen war, dann vorsichtig eine geländerlose, gefährlich sich neigende Holztreppe hinauf. Das Haus starb, doch irgend jemand mußte versucht haben, seinen Tod noch zu beschleunigen. Die weinenden Wände waren in roter Farbe mit Parolen beschmiert, Türgriffe und Lampenanschlüsse herausgerissen worden. Feindselige Abwehr gewann wieder die Oberhand, und Charlie versuchte, Helga die Hand zu entziehen, doch die hielt sie gepackt, als gehörte sie ihr. Sie durchquerten eine Flucht leerstehender Räume, von denen ein jeder groß genug war, um ein Bankett darin zu veranstalten. Im ersten stand ein zerschlagener Kachelofen, der mit Zeitungen vollgestopft war. Im zweiten eine Handdruckpresse; sie war völlig verstaubt und der Boden rings herum knöchelhoch mit den vergilbten Infos und Flugblättern der Revolutionen von gestern bedeckt. Sie betraten einen dritten Raum, und Helga richtete ihre Taschenlampe auf einen Haufen von Aktenordnern und Papieren, die man in einen Alkoven geworfen hatte.

»Weißt du, was meine Freundin und ich hier machen, Imogen?« wollte Helga plötzlich mit lauter Stimme wissen. »Meine Freundin ist einfach phantastisch. Sie heißt Verona, und ihr Vater war ein Nazi, wie er im Buche steht. Junker und Industrieller, alles.« Ihr Griff lockerte sich, um sich gleich darauf wieder um Charlies Handgelenk zu schließen. »Er ist gestorben, und jetzt verkaufen wir ihn aus Rache. Die Bäume den Baumvernichtern. Das Land den Landzerstörern. Skulpturen und Möbel an den Flohmarkt. Was fünftausend wert ist, verkaufen wir für fünf. Hier hat der Schreibtisch ihres Vaters gestanden. Den haben wir eigenhändig zerhackt und im Kamin verbrannt. Ein Symbol. Dies hier war das Hauptquartier seiner faschistischen Kampagne – er hat seine Schecks an diesem Schreibtisch unterzeichnet und all seine repressiven Maßnahmen eingeleitet. Wir haben das Ding kaputtgemacht und verbrannt. Jetzt ist Verona frei. Sie ist arm, aber sie ist frei und hat sich den Massen angeschlossen. Ist sie nicht phantastisch? Vielleicht hättest du das auch tun sollen.«

Eine gewundene Dienstbotentreppe führte zu einem langen Korridor hinauf. Helga ging wortlos voran. Über ihnen hörte Charlie Folkmusic und roch die Dämpfe von brennendem Paraffin. Sie gelangten an einen Treppenabsatz, gingen an den Türen etlicher Dienstbotenkammern vorüber und blieben vor der letzten stehen. Unter der Tür sah man einen Lichtstreifen. Helga klopfte und sagte leise etwas auf deutsch. Ein Schlüssel wurde umgedreht, und die Tür ging auf. Helga trat als erste ein und winkte Charlie, ihr zu folgen. »Imogen, das hier ist die Genossin Verona.« Ein leichter Befehlston war in ihre Stimme gekommen. »Vero!«

Ein pummeliges, verwirrt wirkendes Mädchen erwartete sie. Sie trug eine Schürze über weiten schwarzen Hosen, und ihr Haar trug sie geschnitten wie ein Junge. Eine Pistolentasche mit einer Smith & Wesson darin hing über ihrer fetten Hüfte. Verona wischte sich die Hände an der Schürze ab, dann schüttelten sie sich bürgerlich die Hände.

»Vor einem Jahr war Verona genauso faschistisch wie ihr Vater«, verkündete Helga mit der Autorität des Besitzers. »Sklavin und Faschistin in einem. Und jetzt kämpft sie. Stimmt's, Vero?«

Wieder entlassen, verschloß Verona die Tür und zog sich in eine Ecke zurück, wo sie auf einem Camping-Kocher irgend etwas kochte. Charlie fragte sich, ob sie wohl insgeheim vom Schreibtisch ihres Vaters träumte.

»Komm. Schau, wer noch hier ist«, sagte Helga und trieb sie weiter durch den Raum. Charlie blickte sich rasch um. Sie befand sich auf einem großen Dachboden, genau wie der, auf dem sie während der Ferien in Devon unzählige Male gespielt hatte. Die schwache Beleuchtung stammte von einer Ölfunzel, die von einem Dachsparren herunterhing. Vor die Dachfenster hatte man dicke Lagen von Samtvorhängen genagelt. Ein lustiges Schaukelpferd hob an einer Wand die Beine; daneben stand auf einer Staffelei eine Schreibtafel. Ein Straßenplan war darauf gezeichnet, und farbige Pfeile zeigten auf ein großes rechteckiges Gebäude in der Mitte. Auf einem alten Tischtennistisch lagen Reste von Salami, Schwarzbrot und Käse. Vor einem Ölofen hingen Kleidungsstücke für beide Geschlechter zum Trocknen. Die beiden waren vor einer kurzen Holztreppe angelangt, und Helga stieg mit ihr hinauf. Auf dem erhöhten Fußboden lagen zwei Wasserbetten nebeneinander. Auf dem einen, bis zur Hüfte und noch weiter hinunter nackt, lehnte der dunkelhaarige Italiener, der Charlie an jenem Sonntag morgen in der Londoner City mit der Pistole in Schach gehalten hatte. Er hatte sich eine zerfetzte Decke über die Oberschenkel gelegt, und sie bemerkte um ihn herum die auseinandergenommenen Teile einer Walther-Automatic, die er gerade reinigte. Ein Transistorradio neben seinem Ellbogen spielte Brahms.

»Und hier haben wir den energiegeladenen Mario«, verkündete Helga mit sarkastischem Stolz und berührte mit dem Zeh seine Genitalien. »Mario, du bist absolut schamlos, weißt du das? Bedeck dich augenblicklich, und begrüße unseren Gast. Ich befehle es dir.«

Doch Marios einzige Reaktion bestand darin, sich spielerisch an den Rand des Bettes zu rollen und so zu sich einzuladen, wer immer Lust hätte.

»Wie geht's dem Genossen Tayeh, Charlie?« fragte er dann. »Du mußt uns den neuesten Familientratsch erzählen.«

Als ein Telefon klingelte, wirkte das wie ein Schrei in einer Kirche – und auf Charlie um so erschreckender, als ihr nie in den Sinn gekommen war, daß sie eines haben könnten. Um Charlies Stimmung zu heben, hatte Helga vorgeschlagen, sie sollten alle auf Charlies Wohl anstoßen und dabei ein bißchen plaudern. Sie hatte Gläser und eine Flasche auf einem Brotbrett balanciert und war gerade dabei, dieses feierlich durch den Raum zu tragen. Doch als sie das Klingeln vernahm, erstarrte sie zur Salzsäule, setzte das Brotbrett auf dem zufällig in der Nähe stehenden Tischtennistisch ab. Rossino stellte das Radio aus. Das Telefon stand allein auf einem kleinen Intarsientischchen, das Verona und Helga noch nicht verfeuert hatten; es war einer jener altmodischen Wandapparate mit extra Hörmuschel. Helga stand daneben, machte jedoch keinerlei Anstalten, den Hörer abzunehmen. Charlie hörte, wie es achtmal laut klingelte, ehe es endlich aufhörte. Helga blieb, wo sie war, und ließ die Augen nicht vom Apparat. Splitterfasernackt marschierte Rossino ungeniert ans andere Ende des Raums und schnappte sich ein Hemd, das auf der Wäscheleine hing.

»Er hat gesagt, er ruft morgen an«, beschwerte er sich, als er sich das Hemd über den Kopf zog. »Was ist denn plötzlich los?«
»Halt den Mund!« fuhr Helga ihn an.
Verona rührte weiter um, was immer sie kochen mochte, nur etwas langsamer vielleicht, als ob Schnelligkeit gefährlich wäre. Sie gehörte zu jenen Frauen, bei denen alle Bewegungen aus den Ellbogen zu kommen scheinen.
Wieder klingelte das Telefon, zweimal, und diesmal hob Helga den Hörer sofort ab, um ihn gleich wieder aufzulegen. Als es dann jedoch wieder klingelte, meldete sie sich mit einem knappen »Ja?« und lauschte, ohne zu nicken und ohne zu lächeln, vielleicht insgesamt zwei Minuten, ehe sie wieder auflegte.
»Die Minkels haben ihre Pläne geändert«, verkündete sie. »Die heutige Nacht verbringen sie in Tübingen, wo sie Freunde an der Universität haben. Sie reisen mit vier großen Koffern und vielen kleinen Stücken und einer *Aktentasche.*« Mit einem sicheren Instinkt für Wirkung nahm sie einen feuchten Lappen aus Veronas Waschbecken und wischte die Tafel sauber. »Die Aktentasche ist schwarz und hat ganz einfache Scharniere. Und der Raum, in dem der Vortrag gehalten werden sollte, ist auch gewechselt worden. Die Polizei ist zwar nicht argwöhnisch, wohl aber nervös. Sie treffen sogenannte spürbare Sicherheitsvorkehrungen.«
»Und was ist mit den Bullen?« sagte Rossino.
»Die Polizei möchte die Anzahl der Wachen vergrößern, doch das weist Minkel weit von sich. Er ist sozusagen ein Mann von Grundsätzen. Wenn er über Gesetz und Gerechtigkeit spricht, kann er nicht zulassen, von Geheimpolizei umringt zu sein. Für Imogen hat sich nichts geändert. Ihre Befehle sind immer noch dieselben. Es ist ihr erster Einsatz. Sie wird der Star des Abends sein. Nicht wahr, Charlie?«
Plötzlich waren alle Augen auf sie gerichtet – die von Verona mit hirnloser Starre, die von Rossino mit einem anerkennenden Grinsen und die von Helga mit jener freimütigen Offenheit, der so etwas wie Selbstzweifel wie immer völlig fremd war.

Sie lag flach da und benutzte den Unterarm als Kopfkissen. Ihr Schlafzimmer war nicht die Empore in einer Kirche, sondern eine Dachkammer ohne Licht und Vorhänge. Ihr Lager bestand aus einer alten Roßhaarmatratze und einer nach Kampher riechenden vergilbten Wolldecke. Helga saß neben ihr und strich ihr mit kräftiger Hand über das gefärbte Haar. Mondlicht drang durch die Dachluke; der Schnee schuf sein eigenes tiefes Schweigen. Hier sollte jemand ein Märchen schreiben. Mein Geliebter sollte das elektrische Kaminfeuer anstellen und mich im Schimmer seiner roten Glut nehmen. Sie war in einer Blockhütte, sicher vor allem außer dem Morgen.

»Was ist denn, Charlie? Mach die Augen auf. Magst du mich nicht mehr?«

Sie schlug die Augen auf und starrte vor sich hin, ohne etwas zu sehen oder zu denken.

»Träumst du immer noch von deinem kleinen Palästinenser? Machst du dir Sorgen darüber, was wir hier tun? Möchtest du lieber aufgeben und fortlaufen, solange noch Zeit dazu ist?«

»Ich bin müde.«

»Warum kommst du denn nicht rüber und schläfst mit uns? Wir könnten bumsen. Dann könnten wir schlafen. Mario ist ein klasse Liebhaber.«

Helga beugte sich über sie und küßte sie auf den Hals.

»Oder möchtest du lieber, daß Mario dich allein besucht? Du bist schüchtern? Selbst das erlaube ich dir.« Sie küßte sie nochmals, doch Charlie lag kalt und verkrampft da, ihr Körper wie aus Eisen.

»Morgen abend wirst du vielleicht weniger abweisend sein. Khalil gegenüber gibt es kein Nein. Er ist schon jetzt fasziniert davon, dich kennenzulernen. Er hat ausdrücklich dich verlangt. Weißt du, was er einem Freund von uns mal gesagt hat? ›Ohne Frauen würde ich meine menschliche Wärme verlieren und als Soldat versagen. Wer ein guter Soldat sein will, braucht vor allem Menschlichkeit.‹ Vielleicht kannst du dir vorstellen, was für ein großer Mann er ist. Du hast Michel geliebt, deshalb wird er dich lieben. Das ist überhaupt keine Frage. So.«

Helga gab ihr noch einen letzten, ein wenig längeren Kuß und verließ den Raum, und Charlie legte sich auf den Rücken und verfolgte mit weit geöffneten Augen, wie die späte Nacht langsam im Fenster heller wurde. Sie hörte, daß der klagende Schrei einer Frau zu einem flehentlichen, unterdrückten Schluchzen wurde; dann den drängenden Ruf eines Mannes. Helga und Mario trieben die Revolution ohne ihren Beistand weiter.

Folge ihnen, wohin sie dich auch führen, hatte Joseph gesagt. *Und wenn sie dir befehlen, jemand umzubringen, bring jemand um. Dafür sind wir verantwortlich, nicht du.*

Wo wirst du sein?

Nahe.

In der Handtasche hatte sie eine Mickey-Maus-Taschenlampe mit einem winzigen Lichtstrahl, jene Art von Taschenlampe, mit der sie im Internat unter der Bettdecke gespielt hätte.

Zusammen mit Rachels Päckchen Marlboro nahm sie sie heraus. Es waren noch drei Zigaretten übrig, die sie lose wieder zurücksteckte. Vorsichtig, wie Joseph es ihr beigebracht hatte, entfernte sie das Zellophanpapier, riß die Pappe der Schachtel auf und breitete sie flach aus, die Innenseite nach oben. Dann feuchtete sie den Finger an und verrieb sacht den Speichel auf der leeren Pappe. Die Buchstaben wurden in Braun sichtbar, fein gestrichelt wie mit einer Zeichenfeder. Sie las die Botschaft und stopfte das flach zusammengelegte Päckchen in eine Spalte zwischen den Bodendielen, bis sie verschwand und nichts mehr davon zu sehen war.

Mut! Wir sind bei dir! Das ganze Vaterunser auf einem Stecknadelkopf.

Ihre Einsatzzentrale im Freiburger Stadtzentrum war ein Hals über Kopf angemietetes Büro zu ebener Erde in einer lebhaften Hauptstraße, ihre Tarnung die Walker & Frosch Investment Company GmbH, eine der Dutzende von Firmen, die Gavrons Sekretariat ständig eingetragen hielt. Ihre Kommunikationsausrüstung sah mehr oder weniger so aus wie kommerzielle Software; außerdem hatten sie dank Alexis' Entgegenkommen drei normale Telefone, von denen eines, das am wenigsten offizielle, den direkten Draht des Doktors zu Kurtz darstellte. Es war früher Morgen nach einer aufregenden Nacht, die sie zunächst mit der heiklen Aufgabe verbracht hatten, Charlie aufzuspüren und das Haus zu überwachen; hinterher hatte es noch eine heftig geführte Auseinandersetzung zwischen Litvak und seinem westdeutschen Gegenstück darüber gegeben, wo man sich gegeneinander abgrenzte, denn Litvak geriet mittlerweile mit jedem in Streit. Kurtz und Alexis hatten sich klüglich aus diesem Geplänkel zwischen Untergebenen herausgehalten. Die allgemeine Übereinkunft erwies sich als tragfähig, und Kurtz hatte noch kein Interesse, es zu brechen. Sollten Alexis und seine Leute ruhig den Ruhm einheimsen; Litvak und die seinen würden sich mit der Genugtuung begnügen.

Was Gadi Becker betraf, so war er wieder im Krieg. Da es nun jeden Augenblick losgehen konnte, hatte sein Verhalten etwas gebändigt und entschlossen Behendes. Die Selbstprüfungen, die ihn in Jerusalem heimgesucht hatten, waren gewichen; die nagende Ungewißheit des Wartens war vorbei. Während Kurtz unter einer Armeewolldecke döste und Litvak nervös und völlig erschöpft auf und ab tigerte oder kryptisch in das eine oder andere Telefon sprach und sich in eine unbeschreibliche Laune hineinsteigerte, stand Becker an den Jalousien des breiten Fensters Wache und schaute geduldig hinauf zu den schneeverhüllten Bergen auf der anderen Seite der olivgrünen Dreisam. Denn genauso wie Salzburg, ist auch Freiburg eine von Bergen umringte Stadt, in der jede Straße zu ihrem eigenen Jerusalem hinaufzuführen scheint.

»Sie ist in Panik«, verkündete Litvak Beckers Rücken plötzlich.

Verwirrt drehte Becker sich um und sah ihn an.

»Sie ist zu ihnen übergegangen«, behauptete Litvak. Seine Stimme hatte etwas kehlig Unsicheres.

Becker wandte sich wieder dem Fenster zu. »Ein Teil von ihr ist zu ihnen übergegangen, ein anderer Teil ist bei uns geblieben«, erwiderte er. »Genau darum haben wir sie ja gebeten.«

»Sie ist zu ihnen übergegangen«, wiederholte Litvak und empörte sich mit dem Anschwellen seiner eigenen Provokation. »So was ist bei Agenten schon öfter vorgekommen. Und genau das ist jetzt passiert. Ich hab' sie am Flugplatz gesehen, ihr nicht. Sie sieht aus wie ein Gespenst, sag' ich euch.«

»Wenn sie wie ein Gespenst aussieht, will sie so aussehen«, sagte Becker erhaben ungerührt. »Sie ist Schauspielerin. Und sie steht es durch, keine Bange.«

»Aber worin sehen Sie ihre Motivation? Sie ist keine Jüdin. Sie ist überhaupt nichts. Sie gehört zu ihnen. Vergessen Sie sie!«
Als er hörte, daß Kurtz sich unter seiner Decke rührte, hob Litvak die Stimme, um auch ihn mit einzubeziehen.
»Wenn Sie immer noch zu uns gehört, warum hat sie dann Rachel auf dem Flughafen eine unbeschriebene Zigarettenschachtel gegeben, können Sie mir das sagen? Wochenlang unter diesem Abschaum, und schreibt uns nicht mal 'ne Zeile, wann sie wieder rauskommt? Was für eine Agentin ist denn das, die uns gegenüber so loyal ist?«
Becker schien in den fernen Bergen nach einer Antwort Ausschau zu halten. »Vielleicht hat sie nichts zu sagen«, sagte er. »Sie erklärt sich mit Taten. Nicht mit Worten.«
Aus den Untiefen seines kargen Feldbetts bot Kurtz verschlafen einen Trost an. »Deutschland macht dich nervös, Shimon. Reg dich ab! Was spielt es schon für eine Rolle, zu wem sie gehört, solange sie uns den Weg zeigt?«
Doch Kurtz' Worte bewirkten genau das Gegenteil dessen, was er beabsichtigt hatte. In seiner selbstquälerischen Stimmung spürte Litvak eine unfaire, gegen ihn gerichtete Allianz, und das brachte ihn noch mehr in Rage.
»Und wenn sie zusammenbricht und ein Geständnis ablegt? Wenn sie ihnen die ganze Geschichte erzählt, von Mykonos bis hierher? Weist sie uns dann immer noch den Weg?«
Offensichtlich war er auf Kollisionskurs aus; nichts paßte ihm.
Kurtz richtete sich auf einem Ellbogen auf und schlug einen härteren Ton an. »Was sollen wir denn tun, Shimon? Sag uns die Lösung für das Team. Angenommen, sie ist übergelaufen. Angenommen, sie hat das ganze Unternehmen von vorn bis hinten ausgeplaudert. Willst du, daß ich Misha Gavron anruf' und ihm sag', daß alles aus ist?«
Becker hatte sich nicht vom Fenster fortbewegt, sich allerdings wieder umgedreht, und er beobachtete Litvak jetzt nachdenklich über den ganzen Raum hinweg. Während er den Blick zwischen den beiden Männern hin und her gehen ließ, warf Litvak die Arme auseinander, eine heftige, wilde Gebärde gegenüber zwei Männern, die sich nicht von der Stelle rührten.

»Irgendwo da draußen steckt er!« rief Litvak. »In einem Hotel. Einer Wohnung. Einem Bett. Muß er sein. Riegelt die Stadt ab. Die Straßen, die Eisenbahn, die Busse. Lassen Sie Alexis einen Ring um die Stadt legen. Jedes Haus durchsuchen, bis wir ihn haben.«

Kurtz versuchte es mit etwas gutmütigem Humor. »Shimon. Freiburg ist nicht die West-Bank.«

Doch Becker, dessen Interesse endlich geweckt war, schien den Gedanken gern weiterverfolgen zu wollen. »Und wenn wir ihn gefunden haben?« fragte er, als ob er sich noch nicht ganz zu Litvaks Plan durchringen könnte. »Was machen wir dann, Shimon?»

»Finden. Umlegen. Operation ausgeführt.«

»Und wer legt Charlie um?« fragte Becker genauso vernünftig. »Wir oder sie?«

Plötzlich ging in Litvaks Kopf mehr vor, als er von sich aus bewältigen konnte. Unter den Spannungen der vergangenen Nacht sowie des bevorstehenden Tages wurde die ganze verknäulte Masse seiner – männlichen wie weiblichen – Frustrationen plötzlich an die Oberfläche geschwemmt. Sein Gesicht verfärbte sich, seine Augen blitzten, als er einen dünnen Arm vorschnellen ließ und anklagend auf Becker zeigte. »Eine Hure ist sie, eine Kommunistin ist sie, und ein Araber-Liebchen ist sie!« schrie er so laut, daß man es noch nebenan hören konnte. »Lassen wir sie doch fallen! Wen kümmert's?«

Falls Litvak erwartet hatte, daß Becker sich deshalb mit ihm in die Haare geraten würde, so hatte er sich getäuscht, denn das Äußerste, das Becker von sich gab, war ein stummes, gleichsam zustimmendes Nicken, als ob alles, was er bisher über Litvak gedacht hatte, sich jetzt bestätigte. Kurtz hatte die Wolldecke weggeschoben. Er saß in der Unterhose auf dem Bett und rieb sich mit den Fingerspitzen das kurze graue Haar auf dem vorgeneigten Kopf.

»Geh und nimm ein Bad, Shimon«, befahl er ruhig. »Ein Bad, Entspannung, eine Tasse Kaffee. Komm gegen Mittag wieder. Und laß dich vorher nicht hier blicken.« Ein Telefon klingelte. »Geh nicht ran«, fügte er noch hinzu und nahm selbst den Hörer ab, während Litvak ihn in stummem Entsetzen über sich selbst von der Tür her beobachtete. »Er ist beschäftigt«, sagte Kurtz auf deutsch. »Ja, hier spricht Helmuth. Wer spricht dort?«

Er sagte ja und dann nochmals ja; und gut gemacht. Dann legte er auf und lächelte sein altersloses, freudloses Lächeln. Bedachte erst Litvak damit, um ihn zu trösten, dann auch Becker, denn in diesem Augenblick waren ihre Meinungsverschiedenheiten unerheblich. »Charlie ist vor fünf Minuten im Hotel der Minkels eingetroffen«, sagte er. »Rossino ist bei ihr. Sie lassen sich ein schönes Frühstück schmecken, reichlich vor der Zeit, genau wie unser Freund es mag.«

»Und das Armband?« fragte Becker.

Dieses Detail gefiel Kurtz am besten. »Am rechten Handgelenk«, sagte er stolz. »Sie hat eine Botschaft für uns. Sie ist ein Prachtmädchen, Gadi. Ich gratuliere dir!«

Das Hotel stammte aus den sechziger Jahren, einer Zeit also, in der das Gaststättengewerbe noch an große, von Gästen wimmelnde Hotelhallen mit beruhigend plätschernden beleuchteten Springbrunnen und goldenen Uhren unter Glas geglaubt hatte. Eine breite Doppeltreppe führte zu einem Zwischenstock, und von dem Tisch am Geländer, wo sie saßen, hatten Charlie und Rossino sowohl den Haupteingang als auch die Rezeption sehr gut im Auge. Rossino trug den blauen Anzug des angehenden leitenden Angestellten und Charlie ihre südafrikanische Pfadfinderinnen-Uniform und das hölzerne Christkind aus dem Ausbildungslager. Von den Gläsern ihrer Brille – Tayeh hatte darauf bestanden, daß sie echt sein müßten – taten ihr die Augen weh, wenn sie an der Reihe war zu beobachten. Sie hatten Eier mit Speck gegessen, denn sie war sehr hungrig gewesen, und jetzt tranken sie frischen Kaffee, während Rossino die *Stuttgarter Zeitung* las und sie ab und zu mit irgendeiner witzigen Nachricht beglückte. Sie waren frühmorgens in die Stadt gefahren, und sie hatte sich auf dem Soziussitz fast zu Tode gefroren. Am Bahnhof hatten sie die Maschine abgestellt, Rossino hatte Erkundigungen eingezogen, und dann waren sie mit einem Taxi zum Hotel weitergefahren. Im Laufe der Stunde, die sie nun hier saßen, hatte Charlie beobachtet, wie Polizeieskorten einen katholischen Bischof hergebracht hatten und dann mit einer Delegation von Westafrikanern in Stammestracht noch einmal wiedergekommen waren. Sie hatte eine Busladung Amerikaner ankommen und eine

Busladung Japaner abfahren sehen; die Anmeldeformalitäten kannte sie mittlerweile auswendig, kannte sogar den Namen des Hoteldieners, der den Neuankömmlingen die Koffer abnahm, sobald sie durch die Schiebetür traten, sie auf ihre kleinen Rollwägelchen lud und auf Armeslänge entfernt wartete, während die Gäste die Anmeldeformulare ausfüllten.

»Und Seine Heiligkeit, der Papst, hat vor, eine Reise durch sämtliche faschistischen südamerikanischen Staaten zu machen«, ließ Rossino sich hinter seiner Zeitung vernehmen, als sie aufstand. »Vielleicht erledigen sie ihn ja diesmal. Wohin willst du, Imogen?«

»Pinkeln.«

»Was ist denn los? Nervös?«

In der Damentoilette flackerte eine rosa Leuchtstoffröhre über dem Spiegel des Waschtischs, und sanfte Musik übertönte das Surren der Ventilatoren. Rachel trug Lidschatten auf. Zwei andere Frauen wuschen sich die Hände. Eine Tür war geschlossen. Charlie ging vorbei und drückte Rachel die hingekritzelte Meldung in die wartende Hand. Dann wusch auch sie sich und kehrte an den Tisch zurück.

»Laß uns machen, daß wir hier rauskommen«, sagte sie, als ob sie es sich auf ihrem Gang zur Toilette doch anders überlegt hätte. »Es ist lächerlich.«

Rossino zündete sich eine dicke holländische Zigarre an und blies ihr den Rauch mit Bedacht ins Gesicht.

Ein offiziell-aussehender Mercedes fuhr vor und spuckte eine Handvoll Herren in dunklen Anzügen mit Namensschildchen am Revers aus. Rossino wollte gerade einen dreckigen Witz über sie machen, als er von einem Pikkolo unterbrochen wurde, der ihn ans Telefon rief. Signor Verdi, der an der Rezeption seinen Namen und fünf Mark hinterlassen hatte, werde in Kabine 3 erwartet. Sie nippte an ihrem Kaffee und spürte das Heiße die ganze Speiseröhre hinunter. Rachel saß mit einem Freund unter einer Palme aus Aluminium und las im *Cosmopolitan*. Der Freund war für sie neu und sah wie ein Deutscher aus. Er drückte ein in einer Plastikhülle steckendes Schriftstück an sich. Etwa zwanzig Leute saßen da, doch Rachel war die einzige, die sie erkannte. Rossino kam wieder zurück.

»Die Minkels sind vor zwei Minuten auf dem Bahnhof eingetroffen. Haben sich ein Taxi geschnappt – blauer Peugeot. Müssen jeden Augenblick hier eintreffen.«
Er bat um die Rechnung und zahlte gleich, wandte sich dann jedoch wieder seiner Zeitung zu.
Ich werde alles einmal machen, hatte sie sich geschworen, als sie dagelegen und auf den Morgen gewartet hatte; alles wird ein letztes Mal sein. Das wiederholte sie sich jetzt. Wenn ich jetzt hier sitze, brauche ich nie wieder hier zu sitzen. Wenn ich hinuntergehe, brauche ich nie wieder heraufzukommen. Und wenn ich das Hotel verlasse, brauche ich nie wieder herzukommen.
»Warum knallen wir den Scheißkerl nicht einfach ab, und damit hat sich's?« flüsterte Charlie unter einem plötzlichen Aufwallen von Angst und Haß, als sie den Blick wieder dem Eingang zuwandte.
»Weil wir am Leben bleiben wollen, um weitere Scheißkerle abzuknallen«, erklärte Rossino ihr geduldig und blätterte um. »*Manchester United* hat wieder verloren«, fügte er selbstzufrieden hinzu. »Armes England!«
»Achtung, es tut sich was«, sagte Charlie.
Ein Taxi – ein blauer Peugeot – war jenseits der Glastüren vorgefahren. Eine grauhaarige Frau kletterte heraus. Ihr folgte ein großer, vornehm aussehender Mann mit langsamem, gemessenem Gang.
»Sieh dir das kleine Gepäck genau an, ich pass' auf die großen Stücke auf«, sagte Rossino ruhig zu ihr und zündete sich seine Zigarre wieder an.
Der Fahrer machte den Kofferraum auf; Franz, der Hoteldiener, stand mit seinem Wägelchen hinter ihm. Zuerst kamen zwei zueinander passende Koffer; braunes Nylon, weder alt noch neu, als zusätzliche Verstärkung Riemen um die Mitte. Rote Anhänger. Dann ein alter Lederkoffer, viel größer als die anderen und an der einen Schmalseite mit einem Paar Rädern versehen. Und noch ein Koffer.
Rossino stieß einen leisen italienischen Fluch aus. »Ja, wie lange haben die denn bloß vor zu bleiben?« beschwerte er sich.
Die kleinen Gepäckstücke waren vorn auf dem Beifahrersitz gestapelt. Nachdem er den Kofferraum wieder verschlossen hatte, lud der Fahrer sie aus, doch sie paßten nicht alle auf einmal auf Franz'

Wägelchen. Ein schäbiger Beutel aus Lederpatchwork und zwei Schirme, seiner und ihrer. Eine Tragetasche aus Papier mit einer schwarzen Katze darauf. Zwei große Schachteln in festlichem Einwickelpapier, vermutlich verspätete Weihnachtsgeschenke. Dann sah sie sie: die schwarze Aktentasche. Feste Seiten, Stahlrahmen, Lederanhänger mit Namen und Adresse. Gute alte Helg, dachte Charlie; Scheinwerfer an! Minkel zahlte das Taxi. Wie jemand anders, den Charlie einmal gekannt hatte, verwahrte er das Kleingeld in einem Portemonnaie und schüttete es sich auf die Handfläche, ehe er die ungewohnten Münzen weggab. Frau Minkel nahm die Aktenmappe.

»Scheiße!« sagte Charlie.

»Abwarten«, sagte Rossino.

Mit Paketen beladen, folgte Minkel seiner Frau durch die Schiebetür.

»Jetzt ungefähr sagst du mir, daß du glaubst, ihn zu erkennen«, sagte Rossino ruhig. »Ich sag' dir, warum gehst du nicht runter und siehst ihn dir genauer an? Du zögerst und zierst dich, du bist eine schüchterne kleine Jungfrau.« Er hielt sie am Ärmel ihres Kleides gepackt. »Nur nichts erzwingen. Wenn's jetzt nicht klappt – es ergeben sich noch tausend Möglichkeiten. Runzle die Stirn. Rück die Brille zurecht. Geh!«

Minkel trat mit kleinen, leicht albern wirkenden Schritten an die Rezeption heran, als hätte er das noch nie in seinem Leben gemacht. Seine Frau, die die Aktenmappe hielt, stand neben ihm. Der Empfang war nur mit einer Angestellten besetzt, und die war mit zwei anderen Gästen beschäftigt. Minkel wartete und blickte sich dabei verwirrt um. Seine Frau taxierte unbeeindruckt das Etablissement. Auf der anderen Seite der Halle, hinter einer Rauchglasabtrennung, versammelte sich eine Gruppe von gutgekleideten Deutschen zu irgendeiner Feier. Mißbilligend betrachtete sie die Gäste und flüsterte ihrem Mann etwas zu. Die Rezeption wurde frei, und Minkel nahm ihr die Aktentasche ab: ein stillschweigender, instinktiver Austausch zwischen Partnern. Die Angestellte an der Rezeption war blond und trug ein schwarzes Kleid. Mit roten Fingernägeln ging sie die Kartei durch, ehe sie Minkel ein Formular zum Ausfüllen gab. Die Treppenstufen stießen gegen Charlies Hacken, ihre feuchte Hand klebte am breiten Geländer. Minkel war durch die astigmatischen Brillengläser eine verschwommene, abstrakte Form. Der Boden kam ihr entgegen, und sie machte sich zögernd auf den Weg zur Rezeption. Minkel stand über den Tresen gebeugt und füllte sein Formular aus. Er hatte seinen israelischen Paß neben dem Ellbogen liegen und schrieb die Paßnummer ab. Die Aktenmappe auf dem Boden neben seinem linken Fuß; Frau Minkel war nicht im Weg. Charlie stellte sich rechts neben Minkel und sah ihm heuchlerisch beim Schreiben über die Schulter. Frau Minkel kam von links und sah Charlie befremdet an. Sie stieß ihren Mann leicht an. Nachdem ihm endlich bewußt war, daß man ihn von nahem musterte, hob Minkel langsam das ehrwürdige Haupt und wandte es ihr zu. Charlie räusperte sich, tat schüchtern, was ihr nicht schwerfiel. *Jetzt.*

»Professor Minkel?« fragte sie.

Er hatte bekümmerte graue Augen und sah womöglich noch verlegener aus, als es Charlie war. Es war plötzlich, als ob es darum ging, einem schlechten Schauspieler zu helfen.

»Ja, ich bin Professor Minkel«, räumte er ein, als sei er sich nicht ganz sicher. »Ja, der bin ich. Warum?«

Daß sein Auftritt so ausgesprochen schlecht war, verlieh ihr Kraft. Sie holte tief Atem.

»Herr Professor, ich bin Imogen Baastrup aus Johannesburg, und ich habe an der Witwatersrand-Universität Soziologie studiert«, stieß sie, ohne Luft zu holen, hervor. Ihr Akzent war weniger südafrikanisch als australisch; ihr Benehmen unangenehm, aber entschlossen. »Ich hatte letztes Jahr das unerhörte Glück, Ihren Jubiläumsvortrag über Rechte der Minderheiten in rassistischen Gesellschaften zu hören. Ein großartiger Vortrag war das. Er hat mein Leben verändert, wirklich. Ich wollte Ihnen ja schreiben, hab's dann aber nie geschafft. Würde es Ihnen was ausmachen, bitte, wenn ich Ihnen die Hand drückte?«

Sie mußte sie sich praktisch nehmen. Töricht starrte er seine Frau an, doch sie hatte mehr Talent und schenkte Charlie zumindest ein Lächeln. Auf dieses ›Stichwort‹ von ihr lächelte auch Minkel. Wenn Charlie schwitzte, war das nichts im Vergleich zu Minkel: es war, als ob sie die Hand in einen Öltopf steckte.

»Bleiben Sie länger hier, Herr Professor? Was haben Sie hier vor? Sagen Sie bloß nicht, Sie halten wieder einen Vortrag.«
Im Hintergrund, von ihr nur verschwommen wahrgenommen, erkundigte sich Rossino bei der Dame an der Rezeption, ob ein Signor Boccaccio aus Mailand bereits eingetroffen sei.
Wieder kam Frau Minkel zu Hilfe. »Mein Mann macht eine Rundreise durch Europa«, erklärte sie. »Wir machen Ferien, halten ein paar Vorträge, besuchen Freunde. Wir freuen uns sehr darauf.«
Auf diese Weise ermutigt, schaffte sogar Minkel selbst es, endlich etwas zu sagen. »Und was bringt Sie nach Freiburg – Miß Baastrup?« erkundigte er sich mit dem dicksten deutschen Akzent, den sie je außerhalb des Theaters erlebt hatte.
»Ach, ich dachte, ich sollte mir erst einmal ein bißchen die Welt ansehen, ehe ich mich entscheide, was ich eigentlich anfangen will«, sagte Charlie.
Hol mich raus, Himmel, hol mich hier raus. Die Dame an der Rezeption bedauerte, sie habe keine Reservierung für einen Signor Boccaccio vorliegen. Im übrigen sei das Hotel auch belegt. Die andere Hälfte der Empfangsdame reichte Frau Minkel den Zimmerschlüssel. Irgendwie bedankte Charlie sich nochmals für den wirklich anregenden und lehrreichen Vortrag und bedankte Minkel sich für ihre freundlichen Worte; Rossino, der sich bei der Dame an der Rezeption bedankt hatte, ging flott auf das Hauptportal zu; Minkels Aktentasche hatte er zum größten Teil unter einem eleganten schwarzen Regenmantel verborgen, den er über dem Arm trug. Mit einem letzten schüchternen Dankesausbruch und unter Entschuldigungen ging Charlie hinter ihm her und bemühte sich sehr, keinerlei Eile erkennen zu lassen. Als sie die Glastüren erreichte, kam sie gerade rechtzeitig, um wie im Spiegel zu sehen, wie die Minkels sich hilflos umblickten und versuchten, sich zu erinnern, wer sie wann und wo zuletzt gehabt hatte.
Charlie schlüpfte zwischen den parkenden Taxis hindurch und erreichte den Parkplatz des Hotels, wo Helga, die ein Lodencape mit Hornknöpfen trug, wartend in einem grünen Citroën saß. Charlie rutschte neben sie, Helga fuhr langsam zur Ausfahrt des Parkplatzes, gab ihren Schein ab und bezahlte. Als der Schlagbaum in die Höhe ging, fing Charlie an zu lachen, als ob der Schlagbaum

ihr Lachen freigesetzt hätte. Sie verschluckte sich, steckte sich die Knöchel in den Mund, legte Helga den Kopf auf die Schulter und ergab sich hilfloser herrlicher Heiterkeit.
»Es war unglaublich, Helg! Du hättest mich sehen müssen – Himmel!«
An der Kreuzung starrte der junge Verkehrspolizist die beiden erwachsenen Frauen, die sich vor Lachen ausschütteten, bis ihnen die Tränen kamen, verwirrt an. Helga kurbelte das Fenster herunter und warf ihm eine Kußhand zu.

In der Einsatzzentrale saß Litvak am Funkgerät; Becker und Kurtz standen hinter ihm. Litvak schien erschrocken über sich selbst, als habe es ihm die Sprache verschlagen; er war bleich. Er trug einen Kopfhörer mit nur einem Hörer und einem Mikro an einer gepolsterten Halterung.
»Rossino ist mit dem Taxi zum Bahnhof gefahren«, sagte Litvak. »Er hat die Aktenmappe bei sich und holt jetzt das Motorrad ab.«
»Ich will nicht, daß ihm jemand folgt«, sagte Becker hinter Litvaks Rücken zu Kurtz.
Litvak riß sich das Mikrofon herunter und führte sich auf, als könnte er seinen Ohren nicht trauen. »Nicht folgen? Wir haben sechs Leute um dieses Motorrad herum aufgebaut und Alexis vielleicht noch mal an die fünfzig. Wir haben einen Sender eingebaut und über die ganze Stadt Wagen verteilt. Wenn wir dem Motorrad folgen, folgen wir der Aktenmappe, und die Aktenmappe führt uns zu unserem Mann.« Er drehte sich zu Kurtz um und flehte ihn um Unterstützung an.
»Gadi?« sagte Kurtz.
»Er übergibt an Stafetten«, sagte Becker. »Das hat er immer getan. Das heißt, Rossino bringt es bis da und dahin, übergibt die Tasche an jemand anders, und dieser bringt sie wiederum zur nächsten Stafette. Bis heute nachmittag haben sie uns durch kleine Straßen, über offenes Land und durch leere Restaurants gehetzt. Und kein Beschatterteam der Welt übersteht das, ohne erkannt zu werden.«
»Und dein besonderes Interesse, Gadi?« fragte Kurtz weiter.
»Die Berger wird Charlie den ganzen Tag nicht von der Pelle

rücken. Khalil wird die Berger in abgesprochenen Abständen und an bestimmten Orten anrufen. Sobald Khalil Lunte riecht, gibt er der Berger den Befehl, sie umzubringen. Falls er sich binnen zwei Stunden nicht meldet, oder drei, je nachdem, was abgemacht ist, legt sie sie sowieso um.«

Scheinbar unentschlossen, drehte Kurtz beiden Männern den Rükken zu und durchmaß den Raum. Dann wieder zurück. Und nochmals. Litvak ließ ihn nicht aus den Augen, als wäre er ein Wahnsinniger. Schließlich trat Kurtz an den Apparat, der ihn direkt mit Alexis verband, und sie hörten, wie er »Paul?« sagte, in jenem fragenden Ton, in dem man jemand um einen Gefallen bittet. Er sprach eine Weile ruhig, hörte zu, sprach wieder und legte dann auf.

»Uns bleiben noch etwa neun Sekunden, bis er den Bahnhof erreicht«, sagte Litvak aufs äußerste erregt und lauschte in seinen Kopfhörer. »Sechs.«

Kurtz beachtete ihn nicht. »Man hat mir berichtet, die Berger und Charlie seien gerade zu einem eleganten Friseur«, sagte er. »Sieht so aus, als ob sie sich vor dem großen Ereignis noch schön machen ließen.« Er blieb vor ihnen stehen.

»Rossinos Taxi hat gerade den Bahnhofsplatz erreicht«, berichtete Litvak verzweifelt. »Jetzt bezahlt er.«

Kurtz sah Becker an. Sein Blick verriet Achtung, sagar Zartgefühl. Er war ein alter Trainer, dessen Lieblingssportler endlich Höchstform zeigt.

»Heute hat Gadi gewonnen, Shimon«, sagte er, den Blick immer noch auf Becker. »Pfeif deine Jungs zurück. Sag ihnen, sie soll'n sich bis heut' abend ausruh'n.«

Ein Telefon klingelte, und wieder war es Kurtz, der abnahm. Es war Professor Minkel, der den vierten Nervenzusammenbruch während dieser Operation hatte. Kurtz hörte ihm geduldig bis zum Ende zu, dann sprach er lange und beschwichtigend mit seiner Frau.

»Es ist ein wirklich schöner Tag«, sagte er und unterdrückte seine Verzweiflung, als er auflegte. »Alle amüsieren sich köstlich.« Er setzte seine blaue Mütze auf und machte sich auf, um sich mit Alexis zu treffen und gemeinsam mit ihm den Hörsaal zu inspizieren.

Es war die schlimmste und längste Warterei, die sie je hatte durchstehen müssen; eine Premiere, die alle Premieren beendete. Schlimmer noch: Sie konnte nichts allein unternehmen, denn Helga hatte Charlie zu ihrem Schützling und ihrer Lieblingsnichte gemacht und ließ sie nicht aus den Augen. Vom Friseur, wo Helga – noch unter der Trockenhaube – den ersten Anruf entgegengenommen hatte, fuhren sie in ein Damenbekleidungsgeschäft, wo Helga Charlie ein Paar pelzgefütterte Stiefel sowie Seidenhandschuhe wegen der Fingerabdrücke kaufte. Von dort zum Münster, wo Helga Charlie anmaßend eine Lektion in Geschichte erteilte, und dann unter viel Gekicher und Andeutungen weiter auf einen kleinen Platz, wo sie sie unbedingt mit einem gewissen Berthold Schwarz bekannt machen wollte – »sexiger als Berthold geht's nicht, Charlie – du verliebst dich bestimmt unsterblich in ihn.« Berthold Schwarz entpuppte sich als ein Standbild.
»Ist er nicht phantastisch, Charlie? Möchtest du nicht auch, daß wir wenigstens einmal den Rock hochheben könnten? Weißt du, was er ist, unser Berthold? Er war Franziskaner, ein berühmter Alchimist, der Erfinder des Schießpulvers. Er liebte Gott so sehr, daß er all seinen Geschöpfen beibrachte, sich gegenseitig in die Luft zu jagen. Daher haben die guten Bürger ihm ein Denkmal gesetzt. Natürlich.« Sie packte Charlies Arm und zog sie aufgeregt an sich. »Weißt du, was wir nach heute abend machen?« flüsterte sie ihr zu. »Wir kommen noch einmal hierher zurück, bringen Berthold ein paar Blumen und legen sie zu seinen Füßen nieder. Ja? Ja, Charlie?«
Der Turm des Münsters ging Charlie allmählich auf die Nerven; ein unruhiges, gezacktes Wahrzeichen, immer schwarz, das jedesmal vor ihr auftauchte, wenn sie um eine Ecke bog oder eine neue Straße betrat.
Zum Mittagessen gingen sie in ein elegantes Restaurant, wo Helga Charlie badischen Wein spendierte, der, wie sie sagte, auf dem vulkanischen Boden des Kaiserstuhls gewachsen sei – ein Vulkan, Charlie, stell dir vor! –, und von jetzt an war alles, was sie aßen oder tranken oder sahen, Anlaß für ermüdende und witzige Erläuterungen. Als sie bei der Schwarzwälder Kirschtorte waren – »Heute sind wir ganz bürgerlich« –, wurde Helga wieder ans Telefon gerufen und erklärte bei ihrer Rückkehr, sie müßten jetzt zur Universität,

sonst würden sie nie alles schaffen. Sie stiegen daher in eine Fußgängerunterführung mit florierenden kleinen Geschäften hinab und kamen vor einem gewichtigen Gebäude aus erdbeerfarbenem Sandstein, Säulen und einer gewölbten Fassade mit goldener Inschrift darüber, die Helga selbstverständlich gleich übersetzen mußte, wieder an die Oberfläche.

»Schau, eine hübsche Botschaft für dich, Charlie. Hör zu: ›Die Wahrheit wird euch frei machen.‹ Sie zitieren Karl Marx für dich, ist das nicht herrlich und aufmerksam?«

»Ich dachte, es stammte von Noël Coward«, sagte Charlie und sah, wie Zorn über Helgas übererregtes Gesicht huschte.

Ein Steinweg führte um das Gebäude herum. Ein älterer Polizist patrouillierte davor und nahm die beiden jungen Frauen ohne besondere Neugier in Augenschein: sie sperrten Mund und Nase auf und zeigten sich gegenseitig etwas – Touristen bis in die Fingerspitzen. Vier Stufen führten zum Haupteingang hinauf. Innen sah man durch dunkle Glastüren die Lampen einer großen Halle blinken. Der Seiteneingang wurde von Statuen von Homer und Aristoteles bewacht. Hier hielten sich Helga und Charlie am längsten auf, bewunderten die Skulpturen und die pompöse Architektur, während sie insgeheim Entfernungen und Zugangsmöglichkeiten maßen. Ein gelbes Plakat verkündete Minkels Vortrag heute abend.

»Du hast Angst, Charlie«, flüsterte Helga, wartete gar nicht erst eine Antwort ab, sondern fuhr fort: »Hör zu, nach dem heutigen Morgen wirst du endgültig triumphieren. Du bist vollkommen. Du wirst zeigen, was Wahrheit und was Lüge ist, du wirst ihnen zeigen, was Freiheit ist. Bei großen Lügen brauchen wir eine große Tat, logisch. Eine große Tat, ein großes Publikum, eine große Sache. Komm!«

Eine moderne Fußgängerbrücke führte über den zweispurigen Fahrdamm hinweg. Makabre Totempfähle aus Stein wachten an beiden Enden. Von der Brücke aus gingen sie durch die Universitätsbibliothek in ein Studentencafé, das wie eine Betonwiege über dem Fahrdamm hing. Während sie ihren Kaffee tranken, konnten sie durch die Glaswände Professoren und Studenten den Hörsaal betreten und verlassen sehen. Wieder wartete Helga auf einen An-

ruf. Er kam, und als sie zurückkehrte, fand sie in Charlies Gesichtsausdruck etwas, das sie ärgerte.
»Was ist denn mit dir los?« zischte sie. »Hat dich plötzlich das Mitleid mit Minkels bezaubernden zionistischen Überzeugungen gepackt? So edel, so hehr? Hör zu, er ist schlimmer als Hitler, ein Wolf im Schafspelz. Komm, trink einen Schnaps, das wird dir wieder Mut machen.«
Das Feuer des Schnapses brannte noch in ihr, als sie den leeren Park erreichten. Der Teich war mit Eis bedeckt, frühes Dunkel senkte sich herab; die Abendluft prickelte von winzigen gefrorenen Wasserteilchen. Sehr laut schlug eine alte Glocke die Stunde. Eine zweite Glocke – kleiner und höher – bimmelte hinterher. Das grüne Cape fest um sich gezogen, stieß Helga sofort einen Freudenruf aus.
»Ach, Charlie, horch! Hörst du dieses kleine Glöckchen? Es ist aus Silber. Und weißt du auch, warum? Ich werd's dir erzählen. Ein Reisender zu Pferd verirrte sich eines Nachts. Räuber waren unterwegs, es war schlechtes Wetter, und er war so froh, Freiburg zu sehen, daß er dem Münster eine silberne Glocke stiftete. Jetzt läutet sie jeden Abend. Ist das nicht bezaubernd?«
Charlie nickte, versuchte zu lächeln, doch es gelang ihr nicht. Helga umschlang sie mit ihrem kräftigen Arm und hüllte sie in die Falten ihres Capes. »Charlie – hör zu! – soll ich dir noch eine Standpauke halten?«
Sie schüttelte den Kopf.
Helga hielt Charlie immer noch an die Brust gedrückt, als sie einen Blick auf die Uhr warf und dann den Weg hinunter ins Halbdunkel schaute.
»Und noch was zu diesem Park. Weißt du, was ich meine?«
Ich weiß nur, daß es der zweitschlimmste Ort auf Erden ist. Und ich vergebe nie erste Preise.
»Dann will ich dir noch eine Geschichte darüber erzählen. Ja? Im Krieg war hier ein Ganter.«
»Was ist das, ein Ganter?«
»Eine männliche Gans. Ein Gänserich. Und dieser Ganter war eine Luftschutz-Sirene. Wenn die Bomber kamen, war er der erste, der sie hörte, und wenn er schnatterte, gingen die Leute gleich in den Keller, ohne erst den offiziellen Alarm abzuwarten. Der Ganter

starb, doch nach dem Krieg waren die Bürger so dankbar, daß sie ihm ein Denkmal errichteten. Da hast du Freiburg, wie es leibt und lebt. Ein Denkmal für ihren Bombenmönch, das andere für den Warner vor den Bombenangriffen. Sind sie nicht verrückt, diese Freiburger?« Helga wurde plötzlich ganz steif, warf abermals einen Blick auf die Uhr und spähte ins trübe Dunkel. »Da ist er«, sagte sie dann ganz ruhig und drehte sich um, um Lebewohl zu sagen.

Nein, dachte Charlie. Helg, ich liebe dich, du kannst mich jeden Tag zum Frühstück haben, bloß zwing mich jetzt nicht, zu Khalil zu gehen.

Helga legte die Hände flach auf Charlies Wangen und küßte sie sanft auf die Lippen.

»Für Michel, ja?« Sie küßte sie nochmals, heftiger diesmal. »Für die Revolution und den Frieden und für Michel. Geh jetzt diesen Weg runter, da kommst du an ein Tor. Dort wartet ein grüner Ford. Setz dich hinten rein, direkt hinter den Fahrer.« Noch ein Kuß. »Ach, Charlie, hör zu, du bist einfach phantastisch. Wir werden immer Freundinnen sein.«

Charlie schickte sich an, den Weg hinunterzugehen, blieb stehen, warf einen Blick zurück. Steif und eigentümlich pflichtbewußt im Dämmerlicht, stand Helga da und sah ihr nach. Ihr grünes Lodencape hing ihr um die Schultern wie bei einem Polizisten.

Helga winkte – ein königliches Hinundherwedeln ihrer großen Hand. Charlie, vom Münsterturm bewacht, winkte zurück.

Der Fahrer trug eine Pelzmütze, die sein Gesicht halb verbarg; außerdem hatte er den Pelzkragen seines Mantels hochgestellt. Er drehte sich nicht um und grüßte sie nicht, und sie konnte sich von ihrem Platz aus kaum eine Vorstellung davon machen, wie er aussah; der Linie seiner Wangenknochen nach zu urteilen, mußte er jung sein; außerdem hatte sie den Verdacht, daß er Araber war. Er fuhr langsam, zuerst durch den abendlichen Stadtverkehr, dann aufs Land hinaus, über gerade schmale Straßen, auf denen noch Schnee lag. Sie kamen an einem kleinen Bahnhof vorüber, näherten sich einem Bahnübergang und blieben stehen. Charlie hörte das warnende Bimmeln einer Glocke und sah den hohen rot-weiß gestrichenen Schlagbaum erst zittern, dann sich allmählich senken. Ihr Fahrer schaltete in den zweiten Gang und raste über die Geleise; unmittelbar nachdem sie in Sicherheit waren, war die Schranke geschlossen.

»Danke«, sagte sie und hörte ihn lachen – ein kehliges Perlen; zweifellos war er Araber. Er fuhr einen Berg hinauf und hielt den Wagen nochmals an, diesmal an einer Bushaltestelle. Er reichte ihr eine Münze.

»Nimm einen Fahrschein für zwei Mark und den nächsten Bus in diese Richtung«, sagte er.

Die jährliche Schnitzeljagd am *Foundation Day*, dachte sie; ein Hinweis führt zum nächsten, und der letzte Hinweis führt dich zum Preis, um den es geht.

Es war pechdunkel, und die ersten Sterne zeigten sich. Ein schneidender Landwind blies von den Bergen. Weiter unten an der Straße erkannte sie das Licht einer Tankstelle, doch Häuser waren nicht zu sehen. Sie wartete fünf Minuten, dann kam aufseufzend ein Bus neben ihr zum Stehen. Er war dreiviertel leer. Sie kaufte ihren Fahrschein und setzte sich in die Nähe der Tür, die Knie zusammen, die Augen nirgends. An den beiden nächsten Haltestellen stieg niemand zu; an der dritten sprang ein Junge in Lederjacke auf und setzte sich fröhlich neben sie: ihr amerikanischer Chauffeur von gestern abend.

»Zwei Haltestellen weiter ist eine neue Kirche«, sagte er im Plauderton. »Steig aus, geh an der Kirche vorbei, die Straße runter, bleib auf dem rechten Bürgersteig. Dann kommst du zu einem parkenden roten Wagen, vom Rückspiegel hängt ein kleines Teufelchen herunter. Mach die Tür zum Beifahrersitz auf, setz dich rein und warte. Mehr brauchst du nicht zu tun.«

Der Bus hielt, sie stieg aus und marschierte los. Der Junge fuhr weiter. Die Straße war gerade und die Nacht außerordentlich dunkel. Vor sich, knapp fünfhundert Meter entfernt, erkannte sie einen verschwommenen roten Fleck unter einer Straßenlaterne. Keine Parkleuchten. Der Schnee knirschte unter ihren neuen Stiefeln, und das Geräusch verstärkte noch ihr Gefühl, völlig von ihrem Körper gelöst zu sein. Hallo, Füße, was macht ihr da unten? Marschieren, Mädchen, marschieren. Der Kastenwagen kam nä-

her, und sie erkannte, daß es ein kleiner Coca-Cola-Lieferwagen war, der weit auf den Bürgersteig hinaufgefahren worden war. Fünfzig Schritt weiter unter der nächsten Laterne war ein winziges Café und hinter dem Café wieder nichts als die nackte Schneefläche und die schnurgerade verlaufende Straße ohne besondere Merkmale, die nach irgenwohin führte. Was mochte einen Menschen bewogen haben, hier ein Café aufzumachen? Das war ein Rätsel für ein anderes Leben.
Sie machte die Tür des Lieferwagens auf und stieg ein. Die Fahrerkabine war durch die Straßenlaterne draußen merkwürdig hell erleuchtet. Sie roch Zwiebeln und sah einen Karton voller Zwiebeln zwischen den Kästen mit leeren Flaschen stehen, die den Laderaum füllten. Ein Plastikteufelchen mit Dreizack baumelte vom Rückspiegel herunter. Sie erinnerte sich an ein ähnliches Maskottchen in dem Wagen in London, als Mario sie entführt hatte. Ein Haufen schmieriger Kassetten lag neben ihren Füßen. Es war der stillste Ort auf der ganzen Welt. Ein einzelnes Licht kam langsam zu ihr die Straße herauf. Als es auf ihrer Höhe war, sah sie einen jungen Priester auf einem Fahrrad. Als er vorüberradelte, wandte er ihr das Gesicht zu; er sah beleidigt aus, als ob sie seiner Keuschheit zu nahe getreten wäre. Wieder wartete sie. Ein großer Mann mit einer Schirmmütze auf dem Kopf trat aus dem Café, schnupperte, blickte dann die Straße hinauf und hinunter, als wäre er sich nicht sicher, wie spät es sei. Er kehrte nochmals ins Café zurück, kam wieder heraus und ging langsam auf sie zu, bis er neben ihr stand. Mit den Spitzen einer behandschuhten Hand klopfte er an Charlies Scheibe. Ein Lederhandschuh, hart und glänzend. Eine helle Taschenlampe strahlte sie an, so daß sie ihn überhaupt nicht sehen konnte. Der Strahl verweilte auf ihr, wanderte dann langsam durch das Wageninnere, kehrte zu ihr zurück, blendete sie in einem Auge. Sie hob die Hand, um die Helligkeit abzuwehren, und als sie sie wieder sinken ließ, folgte ihr der Lichtstrahl bis zu ihrem Schoß. Die Taschenlampe ging aus, ihre Tür ging auf, eine Hand schloß sich um ihr Handgelenk und zog sie aus dem Wagen. Aug' in Auge stand sie ihm gegenüber, und er war um eine gute Spanne größer als sie, breit und stämmig. Doch sein Gesicht lag im schwarzen Schatten unter dem Schirm seiner Mütze, und den Kragen hatte er der Kälte wegen hochgestellt.

»Bleib ganz ruhig stehen«, sagte er.
Nachdem er ihr die Schultertasche abgenommen hatte, prüfte er erst deren Gewicht, dann machte er sie auf und sah hinein. Zum drittenmal in letzter Zeit erregte ihr kleiner Radiowecker besondere Aufmerksamkeit. Er stellte ihn an. Das Radio spielte. Er stellte es ab, fummelte daran herum und ließ etwas in seine Tasche gleiten. Einen Moment hatte sie gedacht, er hätte beschlossen, das Radio für sich zu behalten. Doch das hatte er nicht, denn sie sah, wie er es wieder in die Tasche fallen ließ und die Tasche in den Wagen warf. Dann, wie ein Lehrer im Anstandsunterricht, der ihre Haltung korrigiert, legte er ihr die Spitzen seiner behandschuhten Hand an die Schultern und richtete sie auf. Die ganze Zeit über lag sein dunkler Blick auf ihrem Gesicht. Sein rechter Arm hing herunter, und mit der Handfläche der linken Hand tastete er leicht ihren Körper ab, erst Hals und Schultern, dann Schlüsselbein und Schulterblätter, betastete vor allem die Stellen, wo die Träger ihres BHs gewesen wären, wenn sie einen getragen hätte. Dann ihre Achselhöhlen und die Seiten bis hinunter zu den Hüften; ihre Brüste und den Bauch.
»Heute morgen im Hotel hast du das Armband am rechten Arm getragen. Heute abend trägst du es am linken. Warum?«
Sein Englisch klang ausländisch, gebildet und höflich; sein Akzent, soweit sie es beurteilen konnte, arabisch. Eine weiche, jedoch kräftige Stimme; die Stimme eines Redners.
»Ich trag' es mal da und mal da.«
»Warum?« wiederholte er.
»Damit es sich neu anfühlt.«
Er hockte sich vor sie und erforschte Hüften und Beine und die Innenseite ihrer Schenkel mit derselben minuziösen Aufmerksamkeit wie alles andere; dann – immer nur mit der linken Hand – drückte er vorsichtig an ihren neuen Pelzstiefeln herum.
»Weißt du, wieviel es wert ist, dieses Armband?« fragte er und richtete sich wieder auf.
»Nein.«
»Bleib still stehen.«
Er stand hinter ihr: der Rücken, das Gesäß, wieder die Beine bis hinunter zu den Stiefeln.

»Du hast es nicht versichern lassen?«
»Nein.«
»Warum nicht?«
»Michel hat es mir aus Liebe gegeben. Nicht für Geld.«
»Steig ein.«
Sie tat es; er ging vorn herum und kletterte neben ihr herein.
»Okay. Ich bring dich zu Khalil.« Er ließ den Motor an. »Lieferung frei Haus. Okay?«
Der Lieferwagen war mit einem automatischen Gebtriebe ausgestattet. Ihr fiel auf, daß er hauptsächlich mit der linken Hand steuerte, während die Rechte auf seinem Schoß lag. Das Klirren des Leerguts hinten überraschte sie vollkommen. Er erreichte eine Kreuzung, bog nach links in eine Straße ein, die genauso schnurgerade war wie die erste, nur, daß sie keine Straßenbeleuchtung hatte. Sein Gesicht, soweit sie etwas davon sehen konnte, erinnerte sie an Josephs, nicht so sehr in den Zügen, sondern wegen der Intensität darin und der angespannten Winkel seiner Kämpferaugen, die ständig die drei Spiegel des Wagens und auch noch sie selbst im Auge behielten.
»Magst du Zwiebeln?« fragte er über das Geklirr der Flaschen hinweg.
»Sehr sogar.«
»Kochst du gern? Was kochst du? Spaghetti? Wiener Schnitzel?«
»Solche Sachen.«
»Was hast du für Michel gekocht?«
»Steak.«
»Wann?«
»In London. In der Nacht, als er in meiner Wohnung blieb.«
»Keine Zwiebeln?« fragte er.
»Nur im Salat«, sagte sie.
Sie fuhren wieder zurück in Richtung Stadt. Der Lichtschimmer, der von ihr ausging, bildete eine rosige Wand unter den schweren Abendwolken. Sie fuhren einen Hügel hinab und gelangten in ein flaches, sich weithin dehnendes Tal, das plötzlich keinerlei Form hatte. Sie sah halbgebaute Fabriken und riesige, kaum belegte Lastwagen-Parkplätze. Keine Geschäfte, keine Kneipen, nirgendwo ein Licht im Fenster. Sie fuhren auf einen betonierten Vorhof.

Er brachte den Lieferwagen zum Stehen, stellte jedoch den Motor nicht ab. Hotel Garni Eden, las sie in roten Neonlettern, und über dem grellfarbigen Tor: *Willkommen! Bienvenu! Wellcome!*
Als er ihr die Schultertasche reichte, hatte er einen Einfall. »Hier – gib ihm die auch noch. Er mag sie auch«, sagte er und angelte den Zwiebelkarton zwischen den Kisten mit den leeren Flaschen heraus. Als er ihn ihr auf den Schoß fallen ließ, fiel ihr wieder die Regungslosigkeit seiner behandschuhten Rechten auf. »Zimmer fünf, vierter Stock. Die Treppe. Nicht den Fahrstuhl nehmen! Mach's gut!«
Bei laufendem Motor sah er sie über den Vorhof auf den beleuchteten Eingang zugehen. Der Karton war schwerer, als sie erwartet hatte, und sie mußte ihn mit beiden Armen tragen. Die Halle war leer, der Aufzug stand wartend da, doch sie nahm ihn nicht. Die Treppe war schmal und gewunden, der Teppich abgetreten. Die Musik vom Band klang irgendwie keuchend, die stickige Luft roch nach billigem Parfum und kaltem Zigarettenrauch. Auf dem ersten Treppenabsatz rief eine alte Frau ihr aus dem Inneren ihres gläsernen Kabäuschens ein *Grüß Gott!* zu, hob jedoch nicht den Kopf. Unerklärte Damen schienen hier häufig ein und aus zu gehen.
Auf dem zweiten Treppenabsatz hörte sie Musik und Frauenlachen; auf dem dritten wurde sie vom Aufzug überholt und fragte sich, warum er sie die Treppe hatte nehmen lassen, doch sie hatte keinen Willen mehr, keine Widerstandskraft; ihr ganzer Text und alles, was sie tat, war für sie geschrieben worden. Von dem Karton schmerzten ihre Arme, und als sie den Korridor des vierten Stocks erreicht hatte, war der Schmerz ihre größte Sorge. Die erste Tür war ein Notausgang, und die zweite, gleich daneben, trug die Nummer 5. Der Aufzug, der Notausgang, die Treppe, dachte sie automatisch; er hat mindestens immer zweierlei.
Sie klopfte, die Tür ging auf, und ihr erster Gedanke war: Ach, typisch, jetzt habe ich alles verpatzt. Denn der Mann, der vor ihr stand, war derselbe, der sie soeben im Coca-Cola-Wagen hergefahren hatte, nur, daß er nichts auf dem Kopf trug und an der linken Hand keinen Handschuh. Er nahm ihr die Brille ab, legte sie

zusammen und gab sie ihr dann zurück. Nachdem er das getan hatte, nahm er ihr noch mal die Schultertasche ab und entleerte den Inhalt auf die billige rosa Daunendecke, ganz ähnlich wie in London, als sie ihr die dunkle Brille aufgesetzt hatten. Ungefähr der einzige Gegenstand im Zimmer mit Ausnahme des Bettes war die Aktentasche. Sie lag auf dem Waschtisch, leer, das schwarze Maul ihr zugewandt, als wollte es nach ihr schnappen. Es war die Tasche, die Professor Minkel zu stehlen sie geholfen hatte, dort in dem großen Hotel mit dem Zwischenstock, als sie noch zu jung gewesen war, um es besser zu wissen.

Völlige Stille hatte sich über die drei Männer in der Einsatzzentrale gelegt. Keine Anrufe, nicht einmal von Minkel und Alexis; keine verzweifelten Widerrufe über die abhörsichere Telefonverbindung mit der Botschaft in Bonn. Die ganze so verschlungene Verschwörung hielt in ihrer gemeinsamen Vorstellung den Atem an. Litvak saß verzagt in sich zusammengesunken auf einem Bürostuhl; Kurtz schwamm in einer Art sonnigem Traum, hatte die Augen halb geschlossen und lächelte wie ein alter Alligator. Und Gadi Becker – wie immer der stillste von ihnen – starrte selbstkritisch in die zunehmende Dunkelheit hinaus, wie jemand, der sämtliche Versprechen seines bisherigen Lebens an sich vorüberziehen läßt – welche hatte er gehalten? Welche gebrochen?

»Wir hätten ihr den Sender schon jetzt geben sollen«, sagte Litvak. »Sie trauen ihr jetzt. Warum haben wir ihr nicht den Sender gegeben? – dann *wüßten wir jetzt genau, wo sie ist.*«

»Weil er sie durchsuchen wird«, sagte Becker. »Er wird sie nach Waffen und Drähten durchsuchen, und er wird sie nach einem Sender durchsuchen.«

Litvak erhob sich weit genug, um Einspruch zu erheben. »Warum sie dann überhaupt einsetzen? Ihr seid verrückt. Warum ein Mädchen einsetzen, dem man nicht traut – und das bei einem Unternehmen wie diesem?«

»Weil sie noch nicht getötet hat«, sagte Becker. »Weil sie sauber ist. Deshalb bedienen sie sich ihrer, und deshalb trauen sie ihr nicht. Aus ein und demselben Grund.«

Kurtz' Lächeln wurde fast menschlich. »Sobald sie die erste Beute geschlagen hat, Shimon. Sobald sie kein Anfänger mehr ist. Sobald sie für alle Ewigkeit auf der falschen Seite des Gesetzes steht, bis zum Tode eine Illegale ist – *dann*, aber erst dann werden sie ihr trauen. Dann trauen ihr alle«, versicherte er Litvak zufrieden. »Ab heute abend neun Uhr wird sie eine von ihnen sein – kein Problem, Shimon, kein Problem.«
Litvak war immer noch nicht getröstet.

Kapitel 25

Und noch einmal, er war schön. Er war Michel, ganz ausgewachsen, mit Josephs Enthaltsamkeit und Anmut und Tayehs durch keinerlei Skrupel angekränkeltem Absolutheitsanspruch. Er war alles, was sie sich vorgestellt hatte, als sie ihn sich als jemand ausgemalt hatte, auf den sie sich freute. Er war breitschultrig, hatte feingemeißelte Züge und den Seltenheitswert eines kostbaren Gegenstandes, den man nicht alle Tage zu sehen bekommt. Er hätte kein Restaurant betreten können, ohne daß die Unterhaltung ringsum verstummt wäre, oder es verlassen, ohne daß man in seinem Kielwasser nicht erleichtert aufgeatmet hätte. Er war ein Mann, der es eigentlich gewöhnt war, im Freien zu leben, jetzt aber dazu verdammt, sich in kleinen Räumen zu verstecken, und hatte daher die Blässe dunkler Verliese.

Er hatte die Vorhänge vorgezogen und die Nachttischlampe angeknipst. Es war kein Stuhl für sie da, und er benutzte das Bett als Werkbank. Die Kissen hatte er auf den Boden neben den Karton geworfen, hatte sich Charlie auf die freie Stelle setzen lassen, während er arbeitete und die ganze Zeit über redete, teils mit sich selbst und teils mit ihr. Seine Stimme kannte nur den Angriff: ein Zustoßen und Vorwärtsdrängen von Gedanken und Worten.

»Minkel soll ein netter Mensch sein. Vielleicht ist er das. Als ich über ihn las, habe ich mir auch gesagt – dieser alte Bursche, dieser Minkel, vielleicht hat der den Mumm, der dazugehört, diese Dinge zu sagen. Vielleicht würde ich ihn achten. Ich kann meinen Gegner achten. Kann ihn ehren. Damit habe ich keinerlei Probleme.«

Nachdem er die Zwiebeln in eine Ecke geworfen hatte, fischte er mit der linken Hand eine Reihe kleiner Päckchen aus dem Karton, wickelte sie nacheinander aus, während er sie mit der rechten festhielt. Verzweifelt war Charlie bemüht, sich auf irgend etwas zu konzentrieren, und versucht, sich die einzelnen Dinge einzuprägen, gab es dann jedoch auf: zwei neue Taschenlampenbatterien in einer Doppelpackung aus dem Supermarkt, ein Zünder von der Art, wie sie sie während der Ausbildung im Fort benutzt hatte und bei dem rote Drähte aus dem angewürgten Ende hervorschauten. Federmesser. Zange. Schraubenzieher. Lötkolben. Eine Rolle dünner roter Draht, Heftklammern, Kupferfaden, Isolierband, Taschenlampenbirne, ein Sortiment Holzdübel. Und ein rechteckiges Brett aus weichem Holz, das als Sockel für das Ganze dienen sollte. Khalil nahm den Lötkolben, ging damit zum Waschtisch und steckte den Stecker in die Steckdose dort; plötzlich roch es nach versengtem Staub.

»Denken denn die Zionisten an all die netten Leute, wenn sie ihre Bomben auf uns abwerfen? Ich glaube nicht. Wenn sie unsere Dörfer mit Napalmbomben belegen und unsere Frauen töten? Das bezweifle ich sehr. Ich glaube nicht, daß der terroristische israelische Pilot, wenn er da oben sitzt, sich sagt: ›Diese armen Zivilisten, diese unschuldigen Opfer.‹« So redet er auch, wenn er allein ist, dachte sie. Und er ist viel allein. Er redet, um seinen Glauben lebendig zu erhalten und sein Gewissen zu beruhigen. »Ich habe viele Menschen getötet, die ich ohne Zweifel achten würde«, sagte er, wieder zurück am Bett. »Die Zionisten haben viel mehr umgebracht. Ich töte nur aus Liebe. Ich töte für Palästina und für seine Kinder. Versuch, auch so zu denken«, riet er ihr mit großem Ernst und unterbrach sich, als er sie anschaute. »Du bist nervös?«

»Ja.«

»Das ist natürlich. Auch ich bin nervös. Bist du im Theater auch nervös?«

»Ja.«

»Es ist dasselbe. Terror ist Theater. Wir regen an, wir jagen Angst ein, wir erwecken Abscheu, Zorn, Liebe. Wir erleuchten. Das Theater auch. Der Guerillakämpfer ist der große Schauspieler der Welt.«

»Das hat Michel mir auch geschrieben. In seinen Briefen.«

»Aber er hatte es von mir. Es war meine Idee.«

Das nächste Päckchen war in Ölpapier eingewickelt. Er machte es mit Respekt auf. Drei Halbpfund-Stäbe von russischem Plastik.

Stolz legte er sie an den ihnen gebührenden Platz in die Mitte der Daunendecke.

»Die Zionisten töten aus Angst und aus Haß«, verkündete er. »Wir Palästinenser hingegen aus Liebe und um der Gerechtigkeit willen. Vergiß den Unterschied nicht. Er ist wichtig.« Wieder sein Blick, rasch und herrisch. »Wirst du dich daran erinnern, wenn du Angst hast? Wirst du dir sagen: ›um der Gerechtigkeit willen‹? Wenn du das tust, hast du keine Angst mehr.«

»Und um Michels willen«, sagte sie.

Er war nicht ganz zufrieden. »Und um seinetwillen natürlich auch«, räumte er ein und schüttelte aus einer braunen Tüte zwei Wäscheklammern auf das Bett, hielt sie dann in den Lichtschein der Nachttischlampe, um ihre einfachen Mechanismen miteinander zu vergleichen. Nun, da sie ihn so von nahem betrachten konnte, bemerkte sie ein Stück runzliger weißer Haut, dort wo Backe und Ohrläppchen miteinander verschmolzen und wieder abgekühlt zu sein schienen.

»Warum hast du die Hände vors Gesicht geschlagen, bitte?« erkundigte sich Khalil aus Neugier, nachdem er die bessere der beiden Wäscheklammern ausgewählt hatte.

»Ich war einen Moment müde«, sagte sie.

»Dann wach auf. Du mußt hellwach sein für deinen Auftrag. Und für die Revolution. Du kennst diesen Bombentyp? Hat Tayeh ihn dir erklärt?«

»Ich weiß nicht. Vielleicht hat Bubi es getan.«

»Dann paß auf.« Er setzte sich neben sie aufs Bett, nahm das Holzbrett zur Hand und zog mit einem Kugelschreiber rasch ein paar Linien darauf, um den Schaltkreis darzustellen. »Was wir hier herstellen, ist eine Bombe für alle Gelegenheiten. Sie funktioniert als Zeitbombe – hier –, aber auch als mechanische Bombe beim Öffnen – hier. Sich nie auf was verlassen. Das ist unsere Philosophie.« Er reichte ihr eine Wäscheklammer und zwei Reißzwecken und sah zu, wie sie die Zwecken in die beiden Teile des Schnappendes drückte. »Ich bin kein Antisemit, weißt du das?«

»Ja.«

Sie gab ihm die Wäscheklammer zurück; er trug sie zum Waschbekken und machte sich daran, Drähte an die Köpfe der beiden Reißzwecken zu löten.

»*Woher* weißt du das?« wollte er wissen. Er war verwirrt.
»Tayeh hat mir das gleiche gesagt, und Michel auch.« Und ungefähr noch zweihundert andere Menschen, dachte sie.
»Der Antisemitismus ist genaugenommen nichts weiter als eine christliche Erfindung.« Er kam wieder zum Bett zurück, brachte jedoch diesmal Minkels offene Aktentasche mit. »Ihr Europäer, ihr seid gegen alle Welt: anti-jüdisch, anti-arabisch, anti-schwarz. Wir haben viele Freunde in Deutschland. Aber nicht, weil sie Palästina liebten. Nur, weil sie die Juden hassen. Diese Helga – magst du die?«
»Nein.«
»Ich auch nicht. Sie ist sehr dekadent, glaube ich. Magst du Tiere?«
»Ja.«
Er setzte sich neben sie, die Aktentasche auf dem Bett neben sich.
»Hat Michel Tiere gemocht?«
Entscheide dich. Du darfst nie zögern, hatte Joseph gesagt. *Besser inkonsequent als unsicher.*
»Wir haben nie darüber gesprochen.«
»Nicht einmal über Pferde?«
Und dich nie, nie verbessern!
»Nein.«
Khalil hatte ein zusammengelegtes Taschentuch aus der Tasche hervorgeholt und aus der Mitte des Taschentuchs eine billige Taschenuhr, von der Glas und Stundenzeiger entfernt worden waren. Er legte sie neben den Sprengstoff, nahm dann den roten Draht und wickelte ihn von der Rolle ab. Das Brett hatte sie auf dem Schoß. Er nahm es ihr ab, ergriff dann ihre Hand und legte sie so hin, daß sie die Heftklammern festhielt, während er sie mit leichten Schlägen auf den von ihm vorgezeichneten Linien ins Holz trieb. Wieder am Waschbecken, lötete er den Draht an der Batterie an, und sie schnitt Isolierband in der passenden Länge für ihn zurecht.
»Siehst du«, sagte er stolz, nachdem er die Uhr befestigt hatte.
Er war sehr nah bei ihr. Sie spürte seine Nähe wie Hitze. Er beugte sich vornüber wie ein Straßenpflasterer, ging vollkommen in seiner Arbeit auf.
»War mein Bruder bei dir fromm?« fragte er, nahm die Glühbirne und drehte das von der Isolierschicht befreite Drahtende um das Gewinde.

»Er war Atheist.«

»Manchmal war er Atheist, manchmal war er fromm. Und ein andermal war er ein dummer kleiner Junge, der nichts als Frauen, Autos und dummes Zeug im Kopf hatte. Tayeh sagt, du bist im Lager keusch gewesen. Keine Kubaner, keine Deutschen, überhaupt keine Männer.«

»Ich wollte Michel. Weiter wollte ich nichts. Michel«, sagte sie, zu emphatisch für ihr Ohr. Doch als sie zu ihm hinüberblickte, konnte sie nicht umhin, sich zu fragen, ob ihre brüderliche Liebe wirklich so unwandelbar gewesen war, wie Michel behauptet hatte, denn sein Gesicht hatte sich zweifelnd verzogen.

»Tayeh ist ein großer Mann«, sagte er, vielleicht um damit anzudeuten, daß Michel das nicht gewesen sei. Die Glühbirne blinkte auf. »Der Stromkreis funktioniert«, verkündete er und nahm die drei Sprengstäbe zur Hand. »Tayeh und ich – wir sind zusammen gestorben. Hat Tayeh dir davon erzählt?« fragte er, als er die Stäbe mit Charlies Hilfe fest mit Isolierband umwickelte.

»Nein.«

»Die Syrer hatten uns erwischt – schneid hier ab! Erst haben sie uns geschlagen. Das ist normal. Steh bitte auf!« Er hatte eine alte braune Wolldecke aus dem Karton hervorgeholt, die sie über der Brust spannen mußte, während er sie geschickt in Streifen schnitt. Ihre Gesichter waren einander über der Wolldecke sehr nahe. Sie roch die warme Süße seines arabischen Körpers.

»Beim Auspeitschen steigerten sie sich in immer größere Wut hinein und beschlossen, uns sämtliche Knochen zu brechen. Erst die Finger, dann die Arme, die Beine. Und dann, mit den Gewehrkolben, die Rippen.«

Die durch die Wolldecke gesteckte Messerspitze war nur ein paar Zentimeter von ihrem Körper entfernt. Er schnitt rasch und sauber, als ob die Wolldecke etwas wäre, was er gejagt und erlegt hätte. »Als sie mit uns fertig sind, lassen sie uns in der Wüste liegen. Ich bin froh. Jedenfalls sterben wir in der Wüste. Aber wir sterben nicht. Eine Patrouille unserer Kommandos findet uns. Drei Monate liegen Khalil und Tayeh nebeneinander im Lazarett. Schneemänner. In Gips. Wir führen manch gutes Gespräch miteinander, wir werden gute Freunde, wir lesen einige gute Bücher zusammen.«

Nachdem er die Streifen schön zu militärischen Stapeln aufeinandergeschichtet hatte, wandte Khalil sich jetzt Minkels billiger schwarzer Aktenmappe zu, die – wie ihr zum erstenmal auffiel – von der Rückseite her geöffnet worden war, und zwar an den Scharnieren; die Schlösser vorn waren immer noch fest geschlossen. Nacheinander legte er die zusammengelegten Streifen in die Tasche, bis er eine weiche Unterlage für die Bombe geschaffen hatte.

»Weißt du, was Tayeh eines Abends zu mir gesagt hat?« fragte er dabei. »›Khalil‹, sagte er, ›wie lange wollen wir noch die netten Jungs spielen? Kein Mensch hilft uns, kein Mensch dankt uns. Wir halten große Reden, wir schicken gute Redner in die Vereinten Nationen, und wenn wir noch fünfzig Jahre warten, vielleicht wird dann unseren Enkelkindern – falls sie so lange leben – ein kleines bißchen Gerechtigkeit zuteil.‹« Er unterbrach sich und zeigte ihr mit den Fingern seiner heilen Hand, wieviel. »›Inzwischen bringen uns unsere arabischen Brüder um, die Zionisten, die Falangisten, und diejenigen, die am Leben bleiben, gehen in die Diaspora. Wie die Armenier. Wie die Juden selbst.‹« Jetzt wurde er listig. »›Aber wenn wir ein paar Bomben herstellen – ein paar Menschen umbringen –, wenn wir auch nur für zwei Minuten in der Geschichte der Menschheit eine Schlächterei veranstalten . . .‹«

Ohne den Satz zu beenden, nahm er die Bombe und legte sie feierlich und mit großer Präzision in die Mappe.

»Eigentlich brauche ich eine Brille«, erklärte er lächelnd und schüttelte dann den Kopf wie ein alter Mann. »Aber wo sollte ich mir eine holen – ein Mann wie ich?«

»Wenn du gefoltert worden bist wie Tayeh, warum humpelst du dann nicht wie Tayeh?« erkundigte sie sich, und ihre Stimme wurde plötzlich laut vor Nervosität.

Vorsichtig drehte er die Glühbirne aus dem Draht heraus und ließ die angeschnittenen Enden für den Zünder frei.

»Der Grund, warum ich nicht hinke, liegt darin, daß ich zu Gott um Kraft gebetet habe. Gott hat sie mir gegeben, damit ich gegen den echten Feind kämpfe und nicht gegen meine arabischen Brüder.«

Er reichte ihr den Zünder und sah beifällig zu, wie sie ihn an den

Stromkreis anschloß. Als sie fertig war, nahm er den übriggebliebenen Draht, wickelte ihn sich mit kräftiger, fast unbewußter Bewegung wie Wolle um die toten Finger seiner rechten Hand, bis ein kleiner Strang entstand.
Er nahm ihn dann und wand das Ende zweimal wie einen Gürtel um die Mitte.
»Weißt du, was Michel mir vor seinem Tod geschrieben hat? In seinem letzten Brief?«
»Nein, Khalil, das weiß ich nicht«, erwiderte sie und sah zu, wie er die Drahtdocke in die Tasche warf.
»Bitte?«
»Nein. Ich habe *nein* gesagt. Ich weiß es nicht.«
»Den er nur wenige Stunden vor seinem Tod abgeschickt hat? ›Ich liebe sie. Sie ist nicht wie die anderen. Gewiß, als ich sie kennenlernte, hatte sie das erstarrte Gewissen einer Europäerin‹ – hier, zieh mal die Uhr auf, bitte – ›außerdem war sie eine Hure. Doch jetzt ist sie in ihrer Seele eine Araberin, und eines Tages werde ich sie unserem Volk und dir vorführen.‹«
Blieb noch die mechanische Zündung, und um sie herzustellen, mußten sie noch inniger zusammenarbeiten, denn er verlangte von ihr, daß sie ein Ende Stahldraht durch das Material der Klappe führte, dann hielt er selbst die Klappe so niedrig wie möglich, während ihre kleinen Hände den Draht bis zum Dübel in der Wäscheklammer führten. Äußerst behutsam trug er den ganzen Mechanismus nochmals zum Waschbecken hinüber, drehte ihr den Rücken zu und machte die Scharniernadeln mit einem Tropfen Lötmasse auf jeder Seite wieder fest. Sie hatten die Linie überschritten, hinter der es kein Zurück mehr gibt.
»Weißt du, was ich Tayeh eines Tages gesagt habe?«
»Nein.«
»›Tayeh, mein Freund, wir Palästinenser sind ein sehr träges Volk im Exil. Warum haben wir keine Palästinenser im Pentagon? Im State Department? Warum steht die *New York Times* noch nicht unter unserer Leitung, die Wall Street, der CIA? Warum drehen wir keine Hollywoodfilme über unseren großen Kampf und lassen uns zum Bürgermeister von New York wählen oder zum Obersten Bundesrichter der USA? Was ist denn los mit uns, Tayeh? Warum

haben wir keinen Unternehmungsgeist. Es reicht nicht, daß unsere Leute Ärzte, Naturwissenschaftler, Lehrer werden. Warum übernehmen wir nicht auch noch die Leitung von Amerika? Ist das der Grund, warum wir Bomben und Maschinenpistolen gebrauchen müssen?‹«

Er stand unmittelbar vor ihr und hielt die Aktenmappe in der Hand wie ein guter Pendler auf dem Weg zur Arbeit.

»Weißt du, was wir tun sollten?«

Sie wußte es nicht.

»Marschieren. Und zwar wir alle. Ehe sie uns für immer vernichten.« Er reichte ihr den Unterarm und zog sie hoch. »Aus den Vereinigten Staaten, aus Australien, Paris, Jordanien, Saudi-Arabien, dem Libanon – von überallher in der Welt, wo es Palästinenser gibt. Wir nehmen Schiffe bis an die Grenzen. Flugzeuge. Millionen von uns. Wie eine große Flut, die kein Mensch mehr zur Umkehr zwingen kann.« Er reichte ihr die Aktenmappe, sammelte dann seine Werkzeuge ein und packte sie in den Pappkarton. »Und dann marschieren wir alle zusammen in unserer Heimat ein, verlangen unsere Häuser und Höfe und Dörfer zurück, und wenn wir ihre Städte und Kibbuzim und Siedlungen dem Erdboden gleichmachen müssen, um sie wiederzufinden. Es würde nicht funktionieren. Und weißt du, warum nicht? Sie würden nie kommen.« Er hockte sich auf die Knie und suchte den fadenscheinigen Teppich nach verräterischen Spuren ab. »Unsere Reichen könnten keine Abstriche an ihren *sozio-ökonomischen Verhältnissen* und an ihrem Lebensstil ertragen«, erklärte er und unterstrich ironisch das Soziologen-Kauderwelsch. »Unsere Kaufleute würden ihre Banken, Läden und Büros nicht verlassen. Unsere Ärzte würden ihre eleganten Kliniken nicht aufgeben und die Rechtsanwälte ihre korrupten Praxen genausowenig wie unsere Akademiker ihre behaglichen Universitäten.« Er stand vor ihr, und sein Lächeln war ein Triumph über all seine Schmerzen. »Also machen die Reichen das Geld und überlassen den Armen das Kämpfen. Wann wäre es je anders gewesen?«

Sie stieg vor ihm die Treppe hinunter. Abgang Nutte, das Köfferchen mit Tricks und Hilfsmitteln in der Hand. Der Coca-Cola-Wagen stand noch im Vorhof, doch er ging an ihm vorüber, als hätte

er ihn noch nie im Leben gesehen, und kletterte in den Ford eines Bauern, einen Diesel, der bis unters Dach mit Strohballen beladen war. Sie setzte sich auf den Beifahrersitz. Wieder Berge. Fichten, die auf einer Seite mit frischem nassen Schnee beladen waren, Anweisungen à la Joseph: Verstehst du? Ja, Khalil, ich verstehe. Dann wiederhol mir das! Sie tat es. Es ist für den Frieden, vergiß das nicht. Tu' ich, Khalil, tu' ich: für den Frieden, für Michel, für Palästina; für Joseph und für Khalil; für Marty, für die Revolution und für Israel; und für das Theater des Wirklichen.
Er hielt neben einer Scheune und schaltete die Scheinwerfer aus. Er blickte auf die Uhr. Weiter unten an der Straße leuchtete zweimal eine Taschenlampe auf. Er langte an ihr vorbei und stieß die Tür auf. »Er heißt Franz. Sag ihm, du bist Margaret. Viel Glück!«

Der Abend war feucht und still. Die Straßenlaternen der Altstadt hingen wie eingesperrte weiße Monde in ihren Eisenfassungen. Sie hatte sich von Franz an der Ecke absetzen lassen, denn sie wollte vor ihrem Auftritt die paar Schritte über die Brücke zu Fuß zurücklegen. Sie wollte das pausbäckig-gerötete Aussehen von jemand haben, der von draußen hereinkommt, sie wollte die Frische der Kälte auf dem Gesicht und den Haß im Hinterkopf. Sie befand sich in einer Gasse zwischen niedrigen Bauzäunen, die sich um sie schlossen wie ein armseliger Tunnel. Sie kam an einer Kunstgalerie vorüber, die voll war von Selbstporträts eines blonden, nicht sehr sympathischen jungen Mannes mit Brille, dann an einer zweiten Kunstgalerie daneben, in denen idealisierte Landschaften gezeigt wurden, die der junge Mann nie betreten würde. Wandschmierereien schrien sie an, doch sie konnte kein Wort verstehen, bis sie plötzlich las: »Fuck America!« Danke für die Übersetzung, dachte sie. Dann war sie wieder im Freien, stieg die mit Sand bestreuten Betonstufen empor, doch sie waren vom Schnee immer noch sehr glatt. Sie kam oben an und sah die Glastüren der Universitätsbibliothek zu ihrer Linken. Im Studentencafé brannte immer noch Licht. Rachel und ein Junge saßen gespannt am Fenster. Sie passierte den ersten marmornen Totempfahl, sie ging über die Fußgängerbrücke hoch über dem Fahrdamm, um die andere Straßenseite zu erreichen. Schon ragte das Vorlesungsgebäude vor ihr auf; Scheinwerfer verwandelten den erdbeerfarbenen Sandstein in flammendes Karmesinrot. Autos fuhren vor; die ersten Zuhörer trafen ein, stiegen die vier Stufen zum Vordereingang empor, blieben stehen, um Hände zu schütteln und sich gegenseitig zu versichern, wie unvergleichlich prominent man doch sei. Ein paar Sicherheitsbeamte untersuchten mechanisch Damenhandtaschen. Sie ging weiter. Die Wahrheit wird euch frei machen. Sie passierte den zweiten Totempfahl und ging auf die nach unten führende Treppe zu.

Die Aktenmappe baumelte an ihrer rechten Hand, und sie spürte, wie sie ihre Schenkel streifte. Eine heulende Polizeisirene bewirkte, daß sich ihre Schultermuskeln vor Schreck verkrampften; trotzdem ging sie weiter. Zwei Polizeimotorräder mit blitzendem Blaulicht fuhren vor einem schimmernden schwarzen Mercedes mit Stander her. Für gewöhnlich wandte sie, wenn große Wagen vorüberfuhren, das Gesicht ab, um den darin Sitzenden nicht die Genugtuung zu geben, daß man sie ansehe, doch heute abend war das etwas anderes. Heute abend konnte sie den Kopf hoch tragen; sie hatte die Antwort ja in der Hand. Sie starrte sie daher an und wurde belohnt durch den Anblick eines geröteten, übergewichtigen Mannes in schwarzem Anzug und silberner Krawatte; und einer mißmutig dreinblickenden Gattin mit dreifachem Kinn und Nerzplaid. *Für große Lügen brauchen wir selbstverständlich ein großes Publikum*, fiel ihr ein. Eine Kamera blitzte, das hochgestellte Paar stieg – von mindestens drei Vorübergehenden bewundert – zu den Glastüren hinauf. *Bald, ihr Schweine*, dachte sie, *bald*!

Unten an der Treppe wendest du dich nach rechts. Das tat sie und ging weiter, bis sie die Ecke erreichte. Paß auf, daß du nicht in den Fluß fällst, hatte Helga gesagt und war sich dabei besonders witzig vorgekommen. Khalils Bomben sind nicht wasserdicht, Charlie, und du auch nicht. Sie bog nach links ab und ging seitlich an dem Gebäude entlang, über einen Bürgersteig mit Kopfsteinpflaster, auf dem kein Schnee liegengeblieben war. Der Fußweg verbreiterte sich, wurde zu einem Hof, und in der Mitte dieses Hofes, neben einer Gruppe von Blumenkübeln aus Beton, stand ein Mannschaftswagen der Polizei. Davor standen zwei uniformierte Beamte und taten voreinander groß, hoben die Reitstiefel und lachten, um jeden finster anzublicken, der es wagte, sie dabei zu beobachten. Sie war keine fünfzehn Meter von der Seitentür entfernt und begann die Ruhe zu spüren, auf die sie wartete – jenes Gefühl fast von Erleichterung, das sie überkam, sobald sie die Bühne betrat und ihre anderen Identitäten in der Garderobe zurückließ. Sie war Imogen aus Südafrika, ein Mädchen, das an Mut mitbrachte, was ihr an Anmut fehlte, und sich beeilte, einem großen Freiheitshelden beizustehen. Sie war peinlich berührt – Scheiße, es war ihr zum Sterben peinlich –, aber entweder sie tat jetzt das Richtige, oder sie verpatzte es. Sie hatte den Seiteneingang erreicht. Er war verschlossen. Sie drückte die Klinke herunter, doch nichts bewegte sich. Verdutztes Zittern. Sie legte die Handfläche gegen die Füllung und drückte, doch die Tür gab nicht nach. Sie trat zurück und starrte die Tür an, dann sah sie sich hilfesuchend um. Inzwischen hatten die beiden Polizisten aufgehört, miteinander zu schön zu tun und faßten sie argwöhnisch ins Auge, doch keiner von ihnen machte einen Schritt.

Vorhang auf! Los!

»Bitte, entschuldigen Sie«, rief sie ihnen zu. »Sprechen Sie Englisch?«

Sie bewegten sich immer noch nicht. Wenn jemand ein Stück gehen mußte, dann sollte sie's doch tun. Sie war schließlich nur ein Bürger, und dazu noch eine Frau.

»*I said do you speak English?* Englisch – sprechen Sie? Irgend jemand muß dies dem Professor geben. Sofort. Würden Sie bitte mal herkommen?«

Beide machten finstere Gesichter, doch nur einer kam zu ihr herüber. Langsam, auf seine Würde bedacht.

»*Toilette nicht hier*«, raunzte er sie an und wies mit einer Kopfbewegung die Straße hinauf, die sie gerade heruntergekommen war.

»Ich will ja gar nicht zur Toilette. Ich möchte, daß Sie jemand finden, der diese Aktentasche Professor Minkel übergibt. *Minkel*«, wiederholte sie und hielt die Aktentasche in die Höhe.

Der Polizist war jung und machte sich nichts aus Jugend. Er nahm ihr die Aktentasche nicht ab, sondern ließ sie sie halten, während er am Schloß herumdrückte und sich überzeugte, daß es wirklich verschlossen war.

Junge, Junge, dachte sie. *Da hast du grad eben Selbstmord begangen und funkelst mich trotzdem noch an.*
»Öffnen!« befahl er.
»Das kann ich nicht. Sie ist *verschlossen.*« Sie gab ihrer Stimme einen verzweifelten Klang. »Sie gehört dem Professor, verstehen Sie denn nicht? Soviel ich weiß, hat er die Unterlagen für seinen Vortrag darin. Die braucht er für heute abend.« Sie wandte sich von ihm ab und hämmerte laut gegen die Tür. »Professor Minkel? Ich bin's, Imogen Baastrup von der Witwatersrand-Universität. O Gott.«
Der zweite Polizist war zu ihnen getreten. Er war älter und hatte dunkle Wangen. Charlie appellierte an seine größere Weisheit. »Well, do *you* speak English?« sagte sie, doch im selben Augenblick ging die Tür ein paar Zentimeter auf, und ein ziegenbockähnliches Männergesicht blickte sie höchst mißtrauisch an. Er sagte etwas auf deutsch zu dem ihm näher stehenden Polizisten, und Charlie hörte das Wort *Amerikanerin* in seiner Antwort.
»Nein, ich bin *keine* Amerikanerin«, erwiderte sie, jetzt beinahe den Tränen nahe. »Ich bin Imogen Baastrup aus Südafrika und bringe Professor Minkel seine Aktentasche. Er hat sie verloren. Würden Sie bitte so freundlich sein und sie ihm sofort bringen? Ich bin überzeugt, er ist verzweifelt auf sie angewiesen. *Please*!«
Die Tür ging weit genug auf, um auch noch den Rest von ihm zu zeigen: ein korpulenter, bürgermeisterlich aussehender Mann von sechzig oder mehr Jahren in einem schwarzen Anzug. Er war sehr blaß, und für Charlies heimliches Auge hatte auch er Angst.
»Sir, do you speak English, please? Do you?«
Er sprach nicht nur Englisch, er hatte sogar Eide darin geschworen. Denn er sagte: *»I do«*, so feierlich, daß er sich für den Rest seines Lebens deshalb nichts würde vormachen können.
»Würden Sie dies dann Professor Minkel mit den besten Empfehlungen von Imogen Baastrup übergeben und ihm sagen, es täte ihr *leid*, aber das Hotel habe die Sachen blöderweise vertauscht, und daß ich mich sehr darauf freute, ihn heute abend zu hören . . .«
Sie hielt die Aktenmappe hin, doch der bürgermeisterliche Mensch weigerte sich, sie anzunehmen. Er sah den Polizisten hinter ihr an und schien irgendeine undeutliche Zusicherung von ihm zu empfangen; er blickte wieder auf die Aktentasche, dann auf Charlie.

»Wenn Sie mir bitte folgen wollen«, sagte er wie ein Butler auf der Bühne, der seine zehn Pfund pro Abend verdient, und trat beiseite, um sie einzulassen.
Sie erschrak. Das stand nicht im Text. Weder in Khalils noch in Helgas, noch in sonst jemandes. Was passierte, wenn Minkel die Tasche vor ihren Augen aufschloß?
»Oh, das geht nicht. Ich muß zu meinem Platz im *Auditorium*. Ich habe noch keine Eintrittskarte. *Bitte*!«
Doch der bürgermeisterliche Mann hatte auch seine Befehle *und* seine Ängste, denn als sie die Aktenmappe auf ihn zuschob, zuckte er davor zurück, als wäre es das höllische Feuer.
Die Tür ging zu, sie standen auf einem Korridor mit isolierten Röhren an der Decke. Sie erinnerten sie kurz an die Röhren an der Decke im Olympischen Dorf. Ihr widerstrebender Begleiter ging vor ihr her. Sie roch Öl und hörte das gedämpfte Wummern eines Brenners; sie spürte eine Hitzewelle im Gesicht und dachte daran, ohnmächtig zu werden oder sich zu übergeben. Der Griff der Aktentasche schwitzte Blut aus, sie fühlte, wie ihr der warme Schleim zwischen den Fingern hindurchrann.
Sie erreichten eine Tür, auf der stand *Vorstand*. Der bürgermeisterliche Mann klopfte an und rief: »*Oberhauser! Schnell!*« Und während er das tat, warf sie einen verzweifelten Blick hinter sich und sah zwei blonde Jungen in Lederjacken auf dem Korridor hinter ihr. Sie trugen Maschinenpistolen. *Himmelherrgott, was ist das?* Die Tür ging auf, Oberhauser trat als erster ein und rasch zur Seite, als wollte er nichts mit ihr zu tun haben. Sie stand zwischen den Filmkulissen für *Das Ende einer Reise*, und die Hinterbühne war mit Sandsäcken geschützt; große Ballen Füllmaterial schützten die Decke und wurden von Maschendraht festgehalten. Sandsackwälle bildeten von der Tür an einen Zickzackgang. In der Bühnenmitte stand ein niedriger Tisch und darauf ein Tablett mit Getränken. Daneben, auf einem niedrigen Sessel, saß Minkel wie eine Wachsfigur und starrte sie direkt an. Ihm gegenüber seine Frau und neben ihm eine pummelige Deutsche mit Pelzstola – wohl die Frau von Oberhauser, wie Charlie annahm.
So viel zu den Hauptpersonen; in den Kulissen drängte sich zwischen den Sandsäcken in zwei deutlich getrennte Gruppen aufge-

teilt der Rest der Einheit; ihre Sprecher standen Schulter an Schulter in der Mitte. Die Heimmannschaft wurde von Kurtz angeführt; zu seiner Linken stand ein geiler Mann mittleren Alters mit schwachem Gesicht – wie Charlie Alexis rasch und verächtlich einschätzte. Neben Alexis standen seine Häscher, die ihr die feindseligen Gesichter zugewandt hatten. Ihnen gegenüber einige Angehörige der Familie, die sie bereits kannte, dazu Fremde, und ihre dunklen jüdischen Gesichter im Gegensatz zu ihren deutschen Gegenstükken war einer jener Eindrücke, die ihr als dramatische Situation in Erinnerung bleiben sollten, solange sie lebte. Kurtz, der Zirkusdirektor, hatte den Finger an die Lippen gelegt und die linke Hand erhoben, um einen Blick auf die Uhr zu werfen.

Sie wollte schon sagen: »Wo ist er?«, doch dann, mit einem Aufwallen von Freude und Zorn, sah sie ihn wie immer abseits von den anderen stehen, der sorgenbeladene einsame Regisseur bei der Premiere. Lebhaft kam er auf sie zu, stellte sich ein wenig seitlich von ihr hin und ließ ihr einen Weg zu Minkel frei.

»Sag ihm deinen Text, Charlie«, wies er sie ruhig an. »Sag, was du sagen würdest, und tu so, als ob alle, die nicht am Tisch sitzen, nicht da wären« – und alles, was sie brauchte, war das Klack der Klappe vor ihrem Gesicht.

Seine Hand kam ihrer nahe, sie spürte, wie die Härchen ihre Haut berührten. Sie wollte sagen: »Ich liebe dich – wie geht es dir?« doch es galt, einen anderen Text zu sprechen, und so holte sie tief Atem und sagte ihn statt dessen auf, denn das war schließlich die Basis ihrer Beziehung.

»Herr Professor, es ist etwas Furchtbares passiert«, begann sie, und ihre Worte überstürzten sich fast. »Die dummen Leute im Hotel haben Ihre Aktenmappe mit meinem Gepäck in mein Zimmer hinaufgeschafft. Sie haben wohl gesehen, wie ich mit Ihnen sprach, nehme ich an, und da war *mein* Gepäck, und da war *Ihr* Gepäck, und irgendwie hat dieser *dumme* Junge wohl gedacht, es sei meine Aktentasche . . .« Sie wandte sich Joseph zu , um ihm zu verstehen zu geben, daß sie jetzt nicht weiterwisse.

»Gib dem Professor die Aktenmappe«, befahl er.

Minkel stand auf. Er sah hölzern aus und schien in Gedanken ganz woanders, wie jemand, der eine lange Haftstrafe verkündet bekommt. Frau Minkel bemühte sich betont zu lächeln. Charlies Knie waren wie gelähmt, doch da sie Josephs Hand am Ellbogen spürte, schaffte sie es, vorzuwanken, ihm die Tasche hinzuhalten und noch ein paar Verse zu sagen.

»Nur hab' ich sie erst vor einer halben Stunde *entdeckt.* Sie hatten sie nämlich in meinen Schrank gestellt, und meine Kleider hingen alle darüber. Aber als ich sie dann sah und die Karte daran las, bin ich fast wahnsinnig geworden . . .«

Minkel hätte die Tasche auch entgegengenommen, doch gerade als sie sie ihm übergab, zauberten andere Hände sie in einen großen schwarzen Kasten hinein, der auf der Erde stand und aus dem sich dicke Kabel schlängelten. Plötzlich schienen sie alle Angst vor ihr zu haben und kauerten sich hinter die Sandsäcke. Josephs starke Arme zogen sie hinter ihnen her, seine Hand drückte ihr Gesicht nach unten, bis sie auf ihre eigene Taille blickte. Doch vorher sah sie noch einen Tiefseetaucher in einem schweren Bombenanzug auf die Kiste zuwatscheln. Er trug einen Helm mit einer Sichtscheibe aus dickem Panzerglas und darunter eine Mundmaske wie ein Chirurg, damit das Glas von innen nicht beschlug. Ein gedämpfter Befehl gebot Ruhe; Joseph hatte sie an sich gezogen und erdrückte sie fast mit seinem Körper. Ein weiterer Befehl signalisierte allgemeines Aufatmen; Köpfe tauchten wieder auf, doch er hielt sie immer noch nach unten gedrückt. Sie hörte das Geräusch von Schritten, die sich in ordentlicher Eile entfernten, und als er sie endlich freigab, sah sie, wie Litvak mit etwas vorwärts stürmte, das offensichtlich seine eigene Bombe war, eine sehr viel eindeutigere Angelegenheit als die von Khalil, mit heraushängenden Drähten, die noch nicht angeschlossen waren. Mit Entschiedenheit führte Joseph sie inzwischen wieder zurück in die Mitte des Raums.

»Fahr mit deinen Erklärungen fort«, flüsterte er ihr ins Ohr. »Du warst gerade dabei zu beschreiben, wie du den Anhänger gelesen hast. Von da aus weiter. Was hast du getan?«

Tief Luft holen. Weiter im Text.

»Als ich dann an der Rezeption nachfragte, sagte man mir, Sie wären für den Abend ausgegangen, Sie hielten diesen Vortrag in der Universität, und da bin ich einfach in ein Taxi gesprungen – ich meine, ich weiß nicht, ob Sie mir verzeihen können. Hören Sie, ich muß los. Viel Glück, Herr Professor. Und viel Erfolg bei Ihrem Vortrag.«

Auf ein Nicken von Kurtz hin hatte Minkel einen Schlüsselbund aus der Tasche geholt und tat so, als wählte er einen ganz bestimmten Schlüssel aus, dabei hatte er gar keine Aktenmappe, mit der er hätte spielen können. Doch Charlie war unter Josephs drängender Leitung bereits auf dem Weg zur Tür; halb ging sie, halb trug er sie mit dem Arm, den er ihr um die Hüfte gelegt hatte.

Ich tu's nicht, Jose, ich kann es nicht. Ich hab' all meinen Mut verbraucht, so wie du es gesagt hast. Laß mich jetzt nicht gehen, Jose, bitte nicht. Hinter ihr hörte sie gedämpfte Befehle und das Geräusch hastiger Schritte, als alle den Rückzug anzutreten schienen.

»Zwei Minuten«, rief Kurtz warnend hinter ihnen her.

Sie waren wieder draußen auf dem Korridor bei den beiden blonden Jungen mit den Maschinenpistolen.

»Wo bist du mit ihm zusammengetroffen?« fragte Joseph mit leiser, eiliger Stimme.

»In einem Hotel Eden. Eine Art Puff am Rande der Stadt. Neben einer Drogerie. Er hat einen roten Coca-Cola-Wagen. FR Strich BT was weiß ich, fünf. Und einen Ford-Caravan. Nur, die Nummer hab' ich nicht mitgekriegt.«

»Mach deine Tasche auf.«

Sie tat es. Schnell, so wie er sprach. Er nahm ihren kleinen Radiowecker heraus und vertauschte ihn gegen einen genauso aussehenden, den er aus seiner Tasche holte.

»Es ist nicht derselbe Trick wie bei dem anderen«, warnte er sie rasch. »Er empfängt nur auf einem Sender. Er gibt auch noch die Zeit an, nur wecken kann er nicht. Dafür hat er einen Sender, der uns verrät, wo du bist.«

»Wann?« fragte sie verständnislos.

»Was sollst du nach Khalils Befehlen jetzt machen?«

»Ich soll die Straße runtergehen, immer weiter – Jose, *wann* kommst du? – um Himmels willen!«

Sein Gesicht zeigte einen verhärmten und verzweifelten Ernst, doch keine Zugeständnisse.

»Hör zu, Charlie. Hörst du zu?«

»Ja, Jose, ich höre.«
»Wenn du auf den Lautstärkerregler an deinem Radiowecker drückst – nicht drehen, sondern *drücken* –, wissen wir, daß er schläft. Verstehst du?«
»Er wird aber nicht einfach so schlafen.«
»Was soll das heißen? Wieso weißt du, wie er schläft?«
»Er ist wie du, nicht so wie die anderen, er ist Tag und Nacht wach. Er ist . . . Jose, ich kann nicht zurück. Bitte, zwing mich nicht.«
Flehentlich sah sie ihm ins Gesicht, wartete immer noch darauf, daß er nachgab, doch sein Gesicht hatte sich ihr völlig verschlossen.
»Er will, daß ich mit ihm schlafe, Himmelherrgott! Er will eine Hochzeitsnacht, Jose! Rührt sich da bei dir nichts? Er fängt dort mit mir an, wo Michel aufgehört hat. Er hat ihn nicht gemocht. Er will mit ihm abrechnen. Muß ich immer noch gehen?«
Sie klammerte sich so ungestüm an ihn, daß er Schwierigkeiten hatte, ihren Griff zu lösen. Den Kopf gesenkt und gegen seine Brust gedrückt, stand sie da, wollte, daß er sie wieder beschützte. Statt dessen schob er ihr die Hände unter die Arme und richtete sie auf; wieder sah sie sein Gesicht, völlig verschlossen, das ihr sagte, Liebe sei nichts für sie beide. Weder für sie noch für ihn und schon gar nicht für Khalil. Er brachte sie auf den Weg, sie schüttelte ihn ab und ging allein. Er machte noch einen Schritt hinter ihr her, blieb dann jedoch stehen. Sie blickte zurück und haßte ihn; sie machte die Augen zu und wieder auf und stieß einen tiefen Seufzer aus.
Ich bin tot.
Sie trat hinaus auf die Straße, reckte sich und marschierte flott wie ein Soldat und genauso blind eine schmale Straße hinunter, an einem schäbigen Nachtklub vorüber, der beleuchtete Bilder von Mädchen um die Dreißig mit wenig beeindruckenden Brüsten zur Schau stellte. Das sollte ich tun, dachte sie. Sie erreichte eine Hauptstraße, erinnerte sich an das, was sie als Fußgängerin gelernt hatte, blickte nach links und sah einen mittelalterlichen Torturm und geschmackvoll darauf einen Schriftzug für McDonald's Hamburger. Die Ampel wurde für sie grün, sie ging weiter und sah hohe schwarze Berge, die das Ende der Straße versperrten, und dahinter einen blassen, wolkenverhangenen Himmel, an dem es unruhig zuckte. Sie blickte sich um und sah, daß der Münsterturm ihr folgte.

Sie bog nach rechts ab und ging so langsam wie nie zuvor in ihrem Leben eine dicht belaubte Straße mit herrschaftlichen Villen hinunter. Jetzt zählte sie für sich selbst. Zahlen. Jetzt sagte sie Verse auf. Jose geht in die Stadt. Jetzt dachte sie wieder daran, was im Vorlesungsgebäude geschehen war, doch ohne Kurtz, ohne Joseph und ohne die mörderischen Techniker von zwei unversöhnlichen Parteien. Vor ihr schob Rossino schweigend sein Motorrad aus einer Toreinfahrt heraus. Sie ging auf ihn zu, er reichte ihr einen Helm und eine Lederjacke, und als sie anfing, sich anzuziehen, bewog sie irgend etwas, sich umzudrehen und in die Richtung zurückzublikken, aus der sie kam. Sie sah ein träges orangefarbenes Aufglühen über die feuchten Pflastersteine auf sich zukommen wie den Strahl der untergehenden Sonne und stellte fest, wie lange der Eindruck davon im Auge blieb, nachdem es schon längst verschwunden war. Dann endlich hörte sie den Laut, den sie völlig benommen erwartet hatte: einen fernen, zugleich vertrauten dumpfen Ton, als ob tief in ihr etwas gerissen wäre, das nicht mehr zusammenzunähen war; das genaue und bleibende Ende der Liebe. Hm, Joseph, ja. Leb wohl! Genau im selben Augenblick sprang Rossinos Maschine an und zerriß mit ihrem röhrenden, triumphierenden Gelächter die feuchte Nacht. Ich auch, dachte sie. Das ist der komischste Tag in meinem ganzen Leben.

Rossino fuhr langsam, hielt sich an kleine Straßen und folgte einer sorgsam ausgeklügelten Route.

Du fährst, ich folge. Vielleicht ist es an der Zeit, daß ich Italienerin werde.

Ein warmer Sprühregen hatte den größten Teil des Schnees wegschmelzen lassen, doch er fuhr vorsichtig mit Rücksicht auf die schlechte Beschaffenheit der Straße und auf seine wichtige Beifahrerin. Er schrie ihr etwas Freudiges zu und schien sich großartig zu amüsieren, doch sie war nicht daran interessiert, seine gute Laune zu teilen. Sie fuhren durch ein großes Tor hindurch, und sie rief: »Ist es hier?« Dabei hatte sie keine Ahnung, und es war ihr auch egal, was sie mit ›hier‹ gemeint haben könnte, aber das Tor führte zu einer ungeräumten Straße über Berge und Täler eines Privatwaldes, und sie durchquerten diese allein unter einem hüpfenden Mond, der doch sonst Josephs Privateigentum gewesen war. Sie blickte in die Tiefe und sah ein schlafendes Dorf, das in ein weißes Tuch gehüllt war; sie roch griechische Fichten und spürte, wie der Wind ihr die Tränen aus dem Gesicht blies. Sie hielt Rossinos zitternden, ihr fremden Körper an sich gedrückt und sagte zu ihm: Bediene dich, es ist nichts übriggeblieben.

Sie fuhren einen letzten Hügel hinunter, kamen zu einem anderen Tor hinaus und gelangten auf eine Straße, an der links und rechts nackte Lärchen wie die Bäume bei Familienferien in Frankreich standen. Wieder ging es bergauf, und als sie die Kuppe erreicht hatten, stellte Rossino den Motor ab und wollte einen Fußpfad hinunter, der in den Wald führte. Er machte eine Satteltasche auf und zog ein Bündel Kleider und eine Handtasche hervor und warf ihr alles zu. Er hielt eine Taschenlampe, in deren Lichtstrahl er sie beobachtete, während sie sich umzog, und einen Augenblick lang stand sie halbnackt vor ihm.

Wenn du mich willst, dann nimm mich: ich bin nicht gebunden und bin zu haben.

Sie war ohne Liebe und für sich ohne Wert. Sie war wieder dort, wo sie angefangen hatte, und die ganze Scheißwelt konnte sie vögeln.

Sie schüttete ihre Siebensachen von einer Tasche in die andere, Puderdose, Tampons, ein paar Münzen, ihr Päckchen Marlboros. Und ihren billigen Radiowecker für die Proben – *drück auf den Lautstärkeregler, Charlie, hörst du*? Rossino nahm ihren alten Paß und gab ihr einen neuen, doch sie machte sich nicht einmal die Mühe herauszufinden, was für eine Staatsangehörigkeit sie jetzt hatte.

Bürgerin von Nirgendwo, geboren gestern.

Er sammelte ihre alten Kleider ein und stopfte sie zusammen mit ihrer alten Schultertasche und der Brille in die Satteltasche. Warte hier, aber blick auf die Straße, sagte er. Er wird zweimal mit einem roten Licht blinken. Er war kaum fünf Minuten fort, da sah sie es durch die Bäume blinken. Hurra, endlich ein Freund.

Kapitel 26

Khalil nahm ihren Arm und trug sie fast zu dem blitzenden neuen Wagen, denn sie weinte und zitterte so sehr am ganzen Körper, daß sie kaum laufen konnte. Nach der bescheidenen Kleidung eines Lastwagenfahrers schien er sich als unerschütterlicher deutscher Manager verkleidet zu haben: weicher schwarzer Mantel, Hemd und Krawatte, gepflegt zurückgekämmtes schwarzes Haar. Er machte ihren Wagenschlag auf, zog den Mantel aus und legte ihn fürsorglich um sie, als wäre sie ein krankes Tier. Sie hatte keine Ahnung, wie sie seiner Meinung nach sein sollte, doch ihr Zustand schien ihn nicht so sehr zu schockieren, sondern ihm eher Respekt abzuverlangen. Der Motor lief bereits. Er drehte die Heizung voll auf.

»Michel wäre stolz auf dich«, sagte er freundlich und betrachtete sie einen Moment im Innenlicht. Sie wollte etwas sagen, brach aber wieder in Weinen aus. Er reichte ihr ein Taschentuch; sie hielt es in beiden Händen, drehte es sich um die Finger, und die Tränen rannen und rannen. Sie fuhren den bewaldeten Hang hinunter.

»Was ist geschehen?« fragte sie im Flüsterton.

»Du hast einen großen Sieg für uns errungen. Minkel starb beim Öffnen der Aktentasche. Wie es heißt, sollen andere Freunde des Zionismus schwer verwundet sein. Sie zählen noch.« Er sagte es mit wilder Genugtuung. »Sie sprechen von einer Ungeheuerlichkeit. Von Schock. Kaltblütigem Mord. Sie sollten sich eines Tages mal Rashidiyeh ansehen. Ich lade die ganze Universität ein. Sie sollten in den Bunkern hocken und beim Rauskommen mit dem Maschinengewehr niedergemäht werden. Man sollte ihnen die Knochen im Leib zerbrechen und sie zusehen lassen, wie ihre Kinder gefoltert werden. Morgen wird die ganze Welt lesen, daß die Palästinenser nicht die armen Schwarzen von Zion werden.«

Die Heizung war stark, aber immer noch nicht stark genug. Sie zog seinen Mantel enger um sich. Die Revers waren aus Samt, und sie roch, wie neu er war.
»Möchtest du mir erzählen, wie es gegangen ist?« fragte er.
Sie schüttelte den Kopf. Die Sitze waren kuschelig und weich, der Motor summte leise. Sie lauschte auf das Geräusch anderer Autos, hörte jedoch nichts. Sie blickte in den Spiegel. Nichts hinter ihnen, nichts vor ihnen. Wann denn endlich wieder? Sie fing Khalils dunklen Blick auf, er starrte sie an.
»Keine Angst. Wir kümmern uns um dich. Das verspreche ich. Ich bin froh, daß du traurig bist. Andere, die haben gelacht und triumphiert, nachdem sie getötet hatten. Haben sich betrunken und sich die Kleider zerrissen wie die Tiere. All das habe ich erlebt. Aber du – du weinst. Das ist sehr gut.«
Das Haus lag an einem See, und der See in einem steil abfallenden Tal. Khalil fuhr zweimal vorüber, ehe er in die Einfahrt einbog, und seine Augen, die die Straße absuchten, waren wie Josephs Augen: dunkel, wachsam, alles sehend. Es war ein moderner Bungalow, der zweite Wohnsitz eines reichen Mannes: weißgeschlämmte Mauern, maurische Fenster und ein sanft geneigtes Dach – rot dort, wo der Schnee heruntergerutscht war. Die Garage war ans Wohnhaus angebaut. Er fuhr hinein, und die Türen schlossen sich. Er stellte den Motor ab und zog eine automatische Pistole mit langem Lauf aus der Jackentasche. Khalil, der einhändige Schütze. Sie blieb im Auto, starrte auf die Rodelschlitten und das Feuerholz, das an der Rückwand aufgestapelt war. Er machte ihr den Wagenschlag auf.
»Geh hinter mir her. Drei Meter Abstand, nicht näher.«
Eine Stahltür führte auf einen Gang. Sie wartete, folgte ihm dann. Die Wohnzimmerlampen waren schon an, Holzscheite brannten auf dem Kaminrost. Ein mit Ponyfell bespanntes Sofa. Die Einrichtung rustikal, doch elegant. Ein Tisch mit dicker Holzplatte, für zwei gedeckt. In einem Eiskübel auf schmiedeeisernem Ständer eine Flasche Wodka.
»Bleib hier«, sagte er.
Die Handtasche mit beiden Händen gepackt, stand sie in der Mitte des Raums, während er von Zimmer zu Zimmer ging, und zwar so leise, daß das einzige, was sie hörte, das Öffnen und Schließen von

Schränken war. Sie begann wieder heftig zu zittern. Er kehrte ins Wohnzimmer zurück, legte die Pistole weg, kniete sich vorm Kamin hin und machte sich daran, die Scheite so aufzubauen, daß das Feuer hell loderte. Um die Raubtiere fernzuhalten, dachte sie, als sie ihm zusah. Und die Schafe zu schützen. Das Feuer prasselte, und sie setzte sich auf das Sofa davor. Er drehte den Fernseher an: Es gab einen alten Schwarzweißfilm vom Wirtshaus auf dem Berg. Den Ton drehte er nicht an. Er stellte sich vor sie.
»Möchtest du einen Wodka?« fragte er höflich. »Ich trinke nicht, aber du sollst dir keinen Zwang antun.«
Sie wollte einen haben, und so schenkte er ihr ein, viel zuviel.
»Möchtest du rauchen?«
Er reichte ihr ein ledernes Etui und zündete ihr die Zigarette an. Es wurde heller im Zimmer; flugs wanderte ihr Blick zum Fernseher und starrte geradewegs in die aufgeregten, äußerst ausdrucksvollen Züge des wieselhaften kleinen Deutschen, den sie vor noch nicht einer Stunde an Martys Seite gesehen hatte. Er war neben einem Polizeiwagen postiert. Hinter ihm konnte sie ein Stück Trottoir und den Seiteneingang des Vorlesungsgebäudes sehen, beides war mit fluoreszierendem Band abgesperrt. Mannschaftswagen der Polizei, Feuerwehrautos und Krankenwagen fuhren geschäftig in den abgesperrten Bereich hinein und wieder heraus. Terror ist Theater, dachte sie. Der Hintergrund änderte sich, eine grüne Zeltplane, die aufgespannt war, um das Wetter abzuhalten, während die Suche weiterging. Khalil drehte den Ton auf, und sie hörte das Heulen der Krankenwagen hinter der glatten, schönmodulierten Stimme von Alexis.
»Was sagt er?« fragte sie.
»Er leitet die Untersuchung. Warte. Ich sage es dir gleich!«
Alexis verschwand, statt dessen eine Studioaufnahme des völlig unversehrten Oberhausers.
»Das ist der Trottel, der mir die Tür aufgemacht hat«, sagte sie.
Khalil hob die Hand und gebot ihr damit Schweigen. Sie hörte zu und begriff mit einer unbeteiligten Neugier, daß er eine Personenbeschreibung von ihr abgab. Sie bekam das Wort *Südafrika* mit, verstand etwas von braunem Haar; sah, wie er die Hand hob, um ihre Brille zu beschreiben; die Kamera schwenkte zu einem zittern-

den Finger, der auf eine ähnliche Brille zeigte wie die, die Tayeh ihr gegeben hatte.
Nach Oberhauser kam der erste Eindruck eines Zeichners von der Verdächtigen, die so aussah wie kein Mensch auf Erden, höchstens wie die alte Reklame für ein flüssiges Abführmittel, die vor zehn Jahren groß auf Bahnhöfen plakatiert worden war. Danach kam einer der beiden Polizeibeamten, die mit ihr gesprochen hatten; auch er gab verschämt seine Beschreibung der Täterin ab.
Khalil schaltete den Apparat ab, drehte sich um und stand wieder vor ihr.
»Du erlaubst?« fragte er scheu.
Sie nahm ihre Handtasche und legte sie auf die andere Seite, damit er sich hinsetzen konnte. Summte es? Oder piepste es? War es ein Mikrophon? Was zum Teufel machte es?
Khalil sprach sehr deutlich – der erfahrene Praktiker, der seine Diagnose stellt.
»Du bist ein bißchen in Gefahr«, sagte er. »Mr. Oberhauser erinnert sich an dich, seine Frau auch, und die Polizisten und ein paar Leute im Hotel. Deine Größe, deine Figur, dein Englisch, dein schauspielerisches Talent. Außerdem war da leider eine Engländerin, die einen Teil deiner Unterhaltung mit Minkel mit angehört hat und meinte, du seist keineswegs Südafrikanerin, sondern Engländerin. Deine Personenbeschreibung ist nach London gegangen, und wir wissen, daß die Engländer dich bereits seit längerem in Verdacht haben. Die ganze Gegend hier ist in höchster Alarmbereitschaft: Straßensperren, Stichproben, alle treten sich gegenseitig auf die Füße. Aber mach dir keine Sorgen.« Er nahm ihre Hand und hielt sie fest. »Ich werde dich mit meinem Leben beschützen. Heute nacht sind wir sicher. Morgen werden wir dich nach Berlin schmuggeln und nach Hause schicken.«
»Nach Hause«, sagte sie.
»Du bist eine von uns. Du bist unsere Schwester. Fatmeh sagt, du bist unsere Schwester. Du hast kein Zuhause, aber du gehörst zu einer großen Familie. Wir können dir eine neue Identität verschaffen, oder du gehst zu Fatmeh und bleibst bei ihr, solange du willst. Obwohl du nie wieder kämpfst, werden wir uns um dich kümmern. Wegen Michel. Wegen dem, was du für uns getan hast.«

Seine Redlichkeit war erschreckend. Ihre Hand ruhte noch in der seinen, seine Berührung war kraftvoll und beruhigend. Seine Augen leuchteten vor Besitzerstolz auf. Sie stand auf, nahm ihre Tasche und verließ das Zimmer.

Ein Doppelbett, der Heizofen voll aufgedreht, egal, was es kostet. Ein Bücherbord mit Bestsellern von Nirgendwo: *Ich bin okay, du bist okay. Freude am Sex*. Das Bad lag dahinter: fichtenholzgetäfelt, Sauna nebenan. Sie nahm den Radiowecker heraus und betrachtete ihn, und es war ihr alter, bis auf den letzten Kratzer: höchstens ein bißchen schwerer, gewichtiger in der Hand. Warte, bis er schläft. Bis ich schlafe. Sie sah sich an. So schlecht hatte der Zeichner sie gar nicht mal getroffen. Ein Land ohne Volk für ein Volk ohne Land. Erst schrubbte sie sich Hände und Nägel, dann – einer Regung des Augenblicks nachgebend – zog sie sich ganz aus und duschte lange, wie um sich der Wärme des Vertrauens noch ein wenig länger zu entziehen. Sie sprühte sich mit Körperlotion ein, bediente sich aus dem Spiegelschrank über dem Waschbecken. Ihre Augen interessierten sie; sie erinnerten sie an Fatima, die Schwedin im Ausbildungslager – sie hatten beide dieselbe zornige innere Leere derer, die gelernt hatten, auf die Risiken des Mitleids zu verzichten. Genau der gleiche Selbsthaß. Als sie zurückkehrte, war er dabei, das Essen aufzutragen. Kalter Braten, Käse, eine Flasche Wein. Kerzen waren bereits angezündet. Im besten europäischen Stil zog er den Stuhl für sie zurück. Sie nahm Platz; er setzte sich ihr gegenüber und fing sofort an zu essen – mit derselben natürlichen Hingabe, mit der er alles tat. Er hatte getötet, und jetzt aß er; was könnte richtiger sein? Meine verrückteste Mahlzeit, dachte sie. Die schlimmste und verrückteste, die ich je erlebt habe. Wenn jetzt ein Geiger an unseren Tisch käme, würde ich ihn bitten, *Moon River* zu spielen.

»Bedauerst du immer noch, was du getan hast?« erkundigte er sich interessiert; genauso wie er hätte fragen können: »Sind deine Kopfschmerzen vorbei?«

»Sie sind Schweine«, sagte sie und meinte es. »Erbarmungslos, mörderisch . . .« Wieder fing sie an zu weinen, doch diesmal fing sie sich rechtzeitig. Messer und Gabel in ihrer Hand klirrten so sehr, daß sie beide hinlegen mußte. Sie hörte ein Auto vorbeifah-

ren, oder war es ein Flugzeug? Meine Handtasche, dachte sie völlig durcheinander – wo habe ich sie liegenlassen? Im Badezimmer, weit weg von seinen neugierigen Fingern. Sie nahm die Gabel wieder in die Hand und sah Khalils schönes, ungezähmtes Gesicht, das sie über das flackernde Kerzenlicht hinweg genauso eindringlich ansah, wie Joseph es auf der Hügelkuppe bei Delphi getan hatte.
»Vielleicht gibst du dir zuviel Mühe, sie zu hassen«, meinte er, um ihr zu helfen.
Es war das schaurigste Stück, in dem sie je mitgespielt hatte, und die schlimmste Essenseinladung. Der Drang in ihr, die Spannung zu zerstören, war genauso groß wie der Drang, sich selbst zu zerstören. Sie stand auf und hörte, wie Messer und Gabel klirrend zu Boden fielen. Sie konnte ihn durch die Tränen ihrer Verzweiflung hindurch gerade noch sehen. Sie fing an, ihr Kleid aufzuknöpfen, aber ihre Hände waren so durcheinander, daß es ihr nicht gelang, sie dazu zu bringen, für sie zu arbeiten. Sie ging um den Tisch herum zu ihm, und er war schon dabei, aufzustehen, als sie ihn hochzog. Seine Arme umschlangen sie; er küßte sie, dann hob er sie hoch und trug sie wie seinen verwundeten Kameraden ins Schlafzimmer. Er legte sie aufs Bett, und plötzlich – mochte der Himmel wissen, aufgrund welcher verzweifelten Chemie ihres Geistes und ihres Körpers – war sie es, die ihn nahm. Sie war über ihm und zog ihn aus; zog ihn in sich hinein, als wäre er der letzte Mann auf Erden, am letzten Tag dieser Erde; um ihrer eigenen und um seiner Zerstörung willen. Sie verschlang ihn, saugte und stopfte ihn hinein in die schreiende Leere ihrer Schuld und ihrer Einsamkeit. Sie weinte, sie schrie ihn an, füllte ihren Verrätermund mit ihm, drehte ihn um und löschte sich und die Erinnerung an Joseph unter dem wütenden Gewicht seines Körpers aus. Sie spürte, wie er sich ergoß, hielt ihn aber trotzig noch lange, nachdem seine Bewegung aufgehört hatte, in sich fest, umklammerte ihn mit den Armen, während sie sich vor dem heraufziehenden Sturm verbarg.

Er schlief nicht, döste aber bereits. Sein Kopf mit dem zerzausten Haar ruhte an ihrer Schulter, den heilen Arm hatte er ihr achtlos über die Brust geworfen.

»Ein Glückspilz ist er gewesen, dieser Salim«, murmelte er mit einem Lächeln in der Stimme. »Ein Mädchen wie dich, dafür lohnt es sich schon zu sterben.«
»Wer sagt denn, daß er für mich gestorben ist?«
»Tayeh meint, das sei möglich.«
»Salim ist für die Revolution gestorben. Die Zionisten haben sein Auto in die Luft gejagt.«
»Er hat sich selbst in die Luft gesprengt. Wir haben viele deutsche Polizeiberichte über diesen Unfall gelesen. Ich habe ihm gesagt, er solle nie Bomben machen, aber er hat mir nicht gehorcht. Dazu hatte er kein Talent. Er war von Natur aus kein Kämpfer.«
»Was ist das für ein Geräusch?« fragte sie und entzog sich ihm.
Es war ein Prasseln, wie knisterndes Papier, eine Abfolge von Geräuschen, dann nichts. Sie dachte an ein Auto, das mit abgestelltem Motor leise über Kies rollt.
»Jemand fischt auf dem See«, sagte Khalil.
»Mitten in der Nacht?«
»Hast du noch nie nachts geangelt?« Er lachte verschlafen. »Bist du noch nie mit einem kleinen Boot und einer Lampe auf einen See hinausgefahren und hast Fische mit der Hand gefangen?«
»Wach auf! Rede mit mir!«
»Lieber schlafen.«
»Ich kann nicht. Ich habe Angst.«
Er fing an, ihr von einer nächtlichen Mission zu erzählen, die er vor langer Zeit nach Galiläa hinein unternommen hatte, er und noch zwei andere. Wie sie mit einem Ruderboot über den See gefahren waren und es so schön war, daß sie überhaupt nicht mehr daran dachten, was sie eigentlich vorgehabt und statt dessen gefischt hatten. Sie unterbrach ihn.
»Das war kein Boot.« Sie ließ sich nicht davon abbringen. »Das war ein Auto. Ich hab's eben wieder gehört. Horch!«
»Ein Boot«, sagte er schläfrig.
Der Mond hatte eine Lücke zwischen den Vorhängen gefunden und schickte seine Strahlen hindurch. Sie stand auf, trat ans Fenster, und ohne die Vorhänge zu berühren, starrte sie hinaus. Ringsum Fichtenwälder, der Mondstrahl auf dem See war wie eine weiße Treppe, die in die Mitte der Welt hinunterreichte. Von einem Boot war

nichts zu sehen, nirgends ein Licht, um Fische anzulocken. Sie kehrte zurück ins Bett, und sein rechter Arm umfaßte sie und zog sie an sich, doch als er ihr Widerstreben spürte, zog er sich sanft von ihr zurück und drehte sich träge auf den Rücken.

»Erzähl mir was«, sagte sie noch einmal. »Khalil. Wach auf!« Sie schüttelte ihn heftig, küßte ihn dann auf die Lippen. »Wach auf«, wiederholte sie.

Folglich raffte er sich für sie auf, denn er war ein gütiger Mann und hatte sie zu seiner Schwester gemacht.

»Weißt du, was so merkwürdig an deinen Briefen an Michel war?« fragte er. »Das mit der Pistole. ›Von jetzt an werde ich träumen, wie dein Kopf auf meinem Kissen liegt und die Pistole darunter‹ – Liebesgeflüster. Wunderschönes Liebesgeflüster.«

»Und was ist merkwürdig daran? Sag's mir!«

»Genau darüber habe ich auch einmal mit ihm gesprochen. Genau darüber. ›Hör zu, Salim‹, hab' ich zu ihm gesagt. ›Nur Cowboys schlafen mit der Pistole unter dem Kopfkissen. Wenn du vielleicht auch alles andere vergißt, was ich dir beibringe – dies solltest du dir merken. Wenn du im Bett bist, behalte die Pistole immer an der Seite neben dir, wo du sie besser verbergen kannst und wo deine Hand ist. Lerne, so zu schlafen. Selbst wenn du mit einer Frau zusammen bist.‹ Er sagte, er werde sich das merken. Immer hat er mir etwas versprochen. Und dann vergessen. Oder eine neue Frau gefunden. Oder ein neues Auto.«

»Also gegen die Regeln verstoßen, oder?« sagte sie, ergriff seine behandschuhte Hand und betrachtete sie im Halbdunkel, zwickte einen leblosen Finger nach dem anderen. Sie waren alle ausgestopft, bis auf den kleinen Finger und den Daumen.

»Wie kam es dazu?« wollte sie wissen. »Waren es Mäuse? Wie kam es dazu, Khalil? Wach auf!«

Es dauerte lange, ehe er antwortete. »Eines Tage, in Beirut, war ich wie Salim ein bißchen dumm. Ich sitze im Büro, die Post kommt, ich hab's eilig, ich erwarte ein bestimmtes Paket, ich mach's auf. Das war ein Fehler.«

»Ja, und? Was ist passiert? Du hast es aufgemacht, und das Ding explodierte. War es so? Explodierte, und die Finger waren futsch. Ist das bei deinem Gesicht auch so gewesen?«

»Als ich im Krankenhaus wieder zu mir kam, war Salim da. Weißt du was? Er hat sich darüber gefreut, daß ich so dumm gewesen war. ›Ehe du das nächste Mal ein Paket aufmachst, zeig es mir, oder guck dir erst den Poststempel an‹, sagte er. ›Wenn es aus Tel Aviv kommt, schick's besser zurück an den Absender‹.«
»Warum bastelst du denn deine Bomben selbst? Wo du doch nur eine Hand hast?«
Die Antwort lag in seinem Schweigen. In der dämmerigen Stille seines Gesichts, wie er es ihr mit offenem, alles andere als lächelndem Kämpferblick zugewandt hatte. Die Antwort lag in allem, was sie seit jener Nacht gesehen, da sie sich dem Theater der Wirklichkeit verschrieben hatte. Für Palästina, lautete sie. Für Israel, für Gott. Für mein heiliges Schicksal. Um den Hunden anzutun, was sie mir zuvor angetan haben. Um das Unrecht wiedergutzumachen. Mit Unrecht. Bis alle Gerechten in tausend Stücke zerrissen sind und es der Gerechtigkeit freisteht, sich aus den Trümmern zu erheben und durch die menschenleeren Straßen zu gehen.
Plötzlich verlangte er nach ihr und erwartete, daß sie sich ihm nicht länger widersetzte.
»Liebling«, flüsterte sie. »Khalil. Oh, Himmel. Oh, Liebling. Bitte!«
Und was Huren sonst so sagen.

Es wurde bereits Tag, doch sie wollte ihn nicht schlafen lassen. Im bleichen Frühlicht erfaßte sie eine wache Benommenheit. Küsse und Liebkosungen – sie setzte jedes ihr bekannte Mittel ein, damit er sich nicht von ihr abwandte und seine Leidenschaft weiterbrannte. Du bist mein Bester, flüsterte sie ihm zu; dabei vergebe ich nie erste Preise. Mein stärkster, mein mutigster, mein klügster Liebhaber aller Zeiten. Ach, Khalil, Khalil, Himmel, ach, bitte! Besser als Salim? fragte er. Geduldiger als Salim, zärtlicher und dankbarer. Besser als Joseph, der mich dir auf silbernem Teller geschickt hat.
»Was ist denn?« sagte sie, als er sich plötzlich von ihr losmachte. »Hab' ich dir weh getan?«
Statt einer Antwort streckte er die heile Hand aus und drückte ihr

mit gebieterischer Geste leicht die Lippen zusammen. Dann richtete er sich vorsichtig auf dem Ellbogen auf. Sie lauschte zusammen mit ihm. Das Rauschen eines Wasservogels, der vom See auffliegt. Das Geschrei von Gänsen. Das Krähen eines stolzen Hahns, das Geläut einer Glocke. Die Entfernung verkürzt durch das unter einer Schneedecke liegende Land. Sie spürte, wie die Matratze neben ihr sich hob.

»Keine Kühe«, sagte er leise vom Fenster her.

Immer noch nackt, aber die Pistole am Halfter über der Schulter, stand er seitlich neben dem Fenster. Und für den Bruchteil einer Sekunde meinte sie in der übergroßen Anspannung Josephs Spiegelbild zu sehen, der ihm – vom elektrischen Feuer rot angestrahlt und nur durch den dünnen Vorhang von ihm getrennt – gegenüberstand.

»Was siehst du?« flüsterte sie endlich, unfähig, die Spannung noch länger zu ertragen.

»Keine Kühe. Und keine Fischer. Und keine Fahrräder. Ich sehe viel zuwenig.«

Seine Stimme war straff vor Tatendrang. Seine Sachen lagen neben dem Bett, wo sie sie in ihrer Raserei hingeworfen hatte. Er streifte die dunkle Hose und das weiße Hemd über und schnallte sich die Pistole unter die Achsel.

»Keine Autos, keine Lichter, die vorüberhuschen«, sagte er gelassen. »Kein einziger Arbeiter auf dem Weg zur Arbeit. Und keine Kühe.«

»Die sind zum Melken.«

Er schüttelte den Kopf. »Zum Melken gehen sie erst in zwei Stunden.«

»Es liegt am Schnee. Sie halten sie im Stall.«

Etwas an ihrer Stimme ließ ihn aufhorchen; daß er plötzlich hellwach war, schärfte sein Bewußtsein ihr gegenüber. »Warum entschuldigst du sie?«

»Tu' ich doch gar nicht. Ich versuch' dich nur . . .«

»Warum suchst du nach Entschuldigungen für das Fehlen jeglichen Lebens um dieses Haus herum?«

»Um deine Angst zu beschwichtigen. Um dich zu beruhigen.«

Ein Gedanke wurde immer mächtiger in ihm – ein schrecklicher

Gedanke. Er konnte ihn in ihrem Gesicht lesen, und in ihrer Nacktheit; und sie spürte ihrerseits, wie sein Argwohn lebendig wurde.
»Warum willst du meine Angst beschwichtigen? Warum hast du um mich mehr Angst als um dich?«
»Hab' ich ja gar nicht.«
»Hinter dir sind sie doch her. Warum kannst du mich so lieben? Warum redest du davon, meine Angst zu beschwichtigen? Warum denkst du nicht an deine eigene Sicherheit? Was hast du auf dem Gewissen?«
»Nichts. Es hat mir keinen Spaß gemacht, Minkel zu töten. Ich will raus aus der ganzen Sache. Khalil?«
»Hat Tayeh doch recht? Ist mein Bruder deinetwegen gestorben? Antworte mir, bitte!« Er ließ nicht locker, blieb aber ganz, ganz ruhig. »Ich will eine Antwort.«
Ihr ganzer Körper flehte um Gnade. Die Hitze in ihrem Gesicht war schrecklich. Sie würde für alle Ewigkeit brennen.
»Khalil – komm wieder ins Bett«, flüsterte sie. »Lieb mich! Komm zurück!«
Warum blieb er so gelassen, wenn sie das ganze Haus umstellt hatten? Wie brachte er es fertig, sie so anzustarren, während sich die Schlinge um ihn jede Sekunde enger zusammenzog?
»Wie spät ist es?« fragte er und starrte sie immer noch an. »Charlie?«
»Fünf. Halb sechs. Was spielt das für eine Rolle?«
»Wo ist deine *Uhr*? Dein kleiner Radiowecker? Ich muß wissen, wie spät es ist, bitte!«
»Ich weiß nicht. Im Badezimmer.«
»Bleib, wo du bist, bitte. Sonst töte ich dich vielleicht. Wir werden sehen.«
Er holte ihn und reichte ihn ihr auf dem Bett.
»Mach ihn bitte für mich auf«, sagte er und sah zu, als sie sich mit dem Verschluß abmühte.
»Also wie spät ist es, bitte, Charlie?« fragte er wieder mit einer schrecklichen Unbeschwertheit. »Bitte, sag mir, wie spät es nach deiner Uhr genau ist.«
»Zehn vor sechs. Später, als ich dachte.«
Er entriß ihr den Wecker und sah selbst auf das Zifferblatt. Digital,

vierundzwanzig Stunden. Er drehte das Radio an, das plärrende Musik von sich gab, ehe er es wieder abstellte. Er hielt es ans Ohr und wog es dann nachdenklich in der Hand.
»Seit du mich gestern abend verlassen hast, hattest du nicht viel Zeit für dich, denke ich. Stimmt das? Eigentlich überhaupt keine.«
»Keine.«
»Wie hast du dann neue Batterien für das Radio kaufen können?«
»Hab' ich ja gar nicht.«
»Und wieso funktioniert es dann?«
»Das brauchte ich gar nicht – sie waren ja noch nicht alle – es geht jahrelang mit einem Satz – es gibt heute besonders langlebige . . .«
Ihr fiel nichts mehr ein. Aus und vorbei, für alle Zeiten, jetzt und immerdar; denn inzwischen war ihr der Augenblick oben auf dem Berg wieder eingefallen, als er neben dem Coca-Cola-Wagen gestanden hatte, um sie zu durchsuchen; und der Augenblick, da er die Batterien in die Tasche steckte, ehe er den Wecker wieder in ihre Tasche zurückgetan und diese hinten in den Wagen geworfen hatte.
Er hatte alles Interesse an ihr verloren. Seine ganze Aufmerksamkeit galt dem Radiowecker. »Bring mir bitte das kleine hübsche Radio neben dem Bett, Charlie, bitte. Laß uns ein kleines Experiment machen. Ein interessantes technisches Experiment, das mit einem Hochfrequenzsender zu tun hat.«
Sie flüsterte: »Kann ich was anziehen?« Sie zog ihr Kleid über und brachte ihm das Radio vom Nachttisch, ein modernes Gerät in schwarzem Kunststoff mit einem Lautsprecher, der wie die Wählscheibe eines Telefons aussah. Khalil stellte Wecker und Radio nebeneinander, drehte das Radio an und ging die einzelnen Kanäle durch, bis es plötzlich einen klagenden Schmerzenslaut von sich gab, wie eine Luftschutzsirene heulte. Dann nahm er den Wecker, schob die an Scharnieren hängende Klappe der Batteriekammer mit dem Daumen zurück, schüttelte die Batterien auf den Boden, wie er es gestern abend wohl gemacht haben mußte. Der Heulton verstummte augenblicklich. Wie ein Kind, das ein erfolgreiches Experiment durchgeführt hat, hob Khalil den Kopf und gab vor zu lächeln. Sie bemühte sich, ihn nicht anzusehen, brachte es jedoch nicht fertig.

»Für wen arbeitest du, Charlie? Für die Deutschen?«
Sie schüttelte den Kopf.
»Für die Zionisten?«
Er nahm ihr Schweigen für ein Ja.
»Bist du Jüdin?«
»Nein.«
»Glaubst du an *Israel*? Was bist du?«
»Nichts«, sagte sie.
»Bist du Christin? Siehst du in ihnen die Begründer eurer großen Religion?«
Wieder schüttelte sie den Kopf.
»Ist es des Geldes wegen? Haben sie dich bestochen? Dich erpreßt?«
Sie wollte schreien. Sie ballte die Fäuste und füllte die Lungen, doch das Chaos erstickte sie, und sie schluchzte statt dessen. »Um Leben zu retten. Um beteiligt zu sein. Um etwas zu sein. Ich habe ihn geliebt.«
»Hast du meinen Bruder verraten?«
Der Krampf in ihrer Kehle löste sich, ihre Stimme hatte nun etwas unendlich Eintöniges. »Ich habe ihn nie gekannt. Habe nie im Leben ein Wort mit ihm gesprochen. Sie haben ihn mir gezeigt, ehe sie ihn umbrachten, alles andere ist reine Erfindung. Unsere Liebesgeschichte, meine Bekehrung – alles. Nicht einmal die Briefe habe ich geschrieben – das haben sie getan. Und den Brief an dich auch. Den über mich. Ich habe mich in den Mann verliebt, der sich um mich gekümmert hat. Das ist alles.«
Langsam, ohne Aggression, streckte er die linke Hand aus und berührte ihre Wange, offenbar, um sich zu vergewissern, daß sie wirklich war. Dann betrachtete er seine Fingerspitzen, sah wieder sie an und verglich irgendwie beides miteinander.
»Und du bist Engländerin, gehörst zu demselben Volk, das mein Land weggegeben hat«, erklärte er ruhig, als könnte er das, was er mit eigenen Augen sah, nicht recht fassen.
Er hob den Kopf, und während er das tat, sah sie, wie sein Gesicht sich mißbilligend abwandte und dann unter der Wucht dessen, womit auch immer Joseph geschossen hatte, aufloderte. Charlie hatte er beigebracht stehenzubleiben, wenn sie den Abzug durchge-

drückt hatte, Joseph jedoch tat das nicht. Er traute seinen Kugeln nicht, daß sie ihre Aufgabe erfüllten, sondern rannte hinter ihnen her, versuchte, sie ins Ziel zu treiben. Wie ein gewöhnlicher Eindringling schoß er durch die Tür, doch statt anzuhalten, stürzte er vorwärts und feuerte. Und drückte mit weit ausgestrecktem Arm ab, als gälte es, die Entfernung noch mehr zu verringern. Sie sah Khalils Gesicht bersten, sah, wie er sich um sich selbst drehte, die Arme zur Wand ausstreckte, als wollte er sie um Hilfe anflehen. Infolgedessen trafen ihn die Kugeln im Rücken und ruinierten sein weißes Hemd. Seine Hände – eine aus Leder, die andere echt – drückten sich flach an die Wand, und sein zerfetzter Körper rutschte herunter, bis er sich duckte wie ein Rugby-Spieler und verzweifelt versuchte, sie zu durchbrechen. Doch da war Joseph bereits nahe genug, um die Füße unter ihm wegzustoßen und seine letzte Reise zu Boden zu beschleunigen. Hinter Joseph kam Litvak, den sie als Mike kannte und von dem sie, wie ihr in diesem Moment aufging, immer angenommen hatte, daß er ein ungesundes Wesen habe. Als Joseph zurücktrat, kniete Mike sich hin und schoß Khalil eine letzte wohlgezielte Kugel in den Hinterkopf, was völlig unnötig gewesen sein mußte. Nach Mike kam etwa die Hälfte aller Scharfrichter der Welt in schwarzer Froschmann-Ausrüstung, und ihnen folgten Marty und das deutsche Wiesel und zweitausend Bahrenträger und Krankenwagenfahrer und Ärzte und Frauen ohne jedes Lächeln, die sie hielten, sie von Erbrochenem befreiten, sie auf den Korridor hinausführten und in Gottes frische Luft, obwohl der klebrige warme Blutgeruch ihr Nase und Rachen verstopfte.

Ein Krankenwagen fuhr rückwärts auf den Eingang zu. Flaschen mit Blut befanden sich darin, und die Wolldecken waren gleichfalls rot, so daß sie sich zuerst weigerte einzusteigen. Sie mußte sich sogar sehr gewehrt und regelrecht um sich geschlagen haben, denn eine der Frauen, die sie festhielten, ließ unversehens los und versetzte ihr eine schallende Ohrfeige. Sie war plötzlich taub, so daß sie ihr eigenes Schreien nur undeutlich hören konnte, doch hauptsächlich ging es ihr darum, sich das Kleid vom Leib zu reißen, einerseits, weil sie eine Hure war, andererseits, weil so viel von Khalils Blut daran klebte. Doch das Kleid war ihr noch weniger vertraut als gestern abend, und so war ihr unerfindlich, ob es Knöpfe oder einen

Reißverschluß hatte; so beschloß sie, sich überhaupt nicht darum zu kümmern. Dann tauchten links und rechts von ihr Rachel und Rose auf, und jede packte einen Arm, genauso, wie sie es in der Villa in Athen gemacht hatten, als sie zum erstenmal für ihr Engagement im Theater des Wirklichen vorgesprochen hatte. Aus Erfahrung wußte sie, daß jeder weitere Widerstand nutzlos war. Sie führten sie die Stufen zum Krankenwagen hinauf und setzten sich mit ihr, jede auf einer Seite, auf eins der Betten. Sie blickte hinunter und sah all die dummen Gesichter, die sie anstarrten – die harten kleinen Jungen mit den finsteren Heldengesichtern, Marty und Mike, Dimitri und Raoul und ein paar andere Freunde, von denen ihr einige noch nicht vorgestellt worden waren. Dann teilte sich die Menge, und Joseph erschien, hatte rücksichtsvoll die Pistole abgelegt, mit der er Khalil erschossen hatte, unglücklicherweise jedoch immer noch viel Blut an seinen Jeans und Laufschuhen, wie sie bemerkte. Er trat an die Treppe heran, sah zu ihr hinauf, und zuerst war es so, als ob sie in ihr eigenes Gesicht starrte, denn sie erkannte in ihm genau dieselben Dinge, die sie an sich so haßte. So kam es zu einem Rollentausch, bei dem sie seine Rolle als Killer und Zuhälter übernahm und er vermutlich die ihre als Lockvogel, Hure und Verräterin.

Bis plötzlich, als sie ihn weiter gebannt anstarrte, ein verbliebener Funke von Empörung ihr jene Identität zurückgab, die er ihr gestohlen hatte. Sie stand auf, und weder Rose noch Rachel waren schnell genug, sie daran zu hindern; gewaltig holte sie Atem und schleuderte ihm ein *»Geh!«* entgegen – zumindest für sie hörte es sich so an. Vielleicht war es auch ein *»Nein!«* Es war wirklich nicht wichtig.

Kapitel 27

Die Welt erfuhr von den direkten oder weniger direkten Folgen der Operation mehr, als ihr klar war; ganz gewiß jedenfalls mehr als Charlie. Die Welt erfuhr zum Beispiel – oder hätte es erfahren können, wenn sie sich die kleineren Nachrichten in den Auslandsseiten der angelsächsischen Presse genauer angesehen hätte –, daß ein mutmaßlicher palästinensischer Terrorist bei einem Schußwechsel mit einer westdeutschen Sondereinsatztruppe ums Leben gekommen war und seine weibliche Geisel, deren Name nicht genannt wurde, im Schockzustand, doch sonst unverletzt, in ein Krankenhaus gebracht worden war. In den deutschen Zeitungen erschienen unheimliche Versionen der Geschichte – *Wildwest im Schwarzwald* –, aber die Berichte waren so bemerkenswert sicher und doch widersprüchlich, daß es schwierig war, ihnen überhaupt etwas zu entnehmen. Eine Verbindung mit dem mißlungenen Freiburger Bombenattentat auf Professor Minkel – der ursprünglich als tot gemeldet worden, dann jedoch wunderbarerweise dennoch mit dem Leben davongekommen war – wurde von dem weltgewandten Dr. Alexis so geistreich abgestritten, daß jeder sie als gegeben annahm. Es sei ja auch durchaus in der Ordnung, schrieben die Klügeren unter den Leitartiklern, daß man uns nicht zuviel sagt.

Eine Folge kleinerer Zwischenfälle in der westlichen Welt rief hier und da Spekulationen über das Wirken der einen oder anderen arabischen Terroristenorganisation hervor, doch da es heutzutage so viele rivalisierende Gruppierungen gab, war es reiner Zufall, auf wen man mit dem Finger zeigte. Daß zum Beispiel Dr. Anton Mesterbein, der humanitäre Schweizer Anwalt, der sich stets für die Rechte von Minderheiten eingesetzt hatte und Sohn eines bedeutenden Finanziers war, am hellichten Tag sinnlos abgeknallt wurde, lastete man rundheraus einer extremen Falangistenorganisation an, die vor kurzem jenen Europäern »den Krieg erklärt« hatte, die offen Sympathie für eine »Besetzung« des Libanon durch die Palästinenser bekundeten. Die ungeheuerliche Tat geschah, als das Opfer – ungeschützt wie immer – gerade seine Villa verließ, um ins Büro zu fahren, und die Welt war zumindest den ersten Teil des Vormittags über tief erschüttert. Als der Herausgeber einer Züricher Zeitung einen mit »Freier Libanon« unterzeichneten Bekennerbrief erhielt und als authentisch erklärte, wurde ein jüngerer libanesischer Diplomat ersucht, das Land zu verlassen, was er einsichtigerweise auch tat.

Daß ein Diplomat der Nicht-Anerkennungs-Front vor der vor kurzem fertiggestellten Moschee in St. John's Wood in seinem Auto in die Luft flog, war kaum irgendwo eine Meldung wert; immerhin handelte es sich um das vierte Bombenattentat dieser Art innerhalb von vier Monaten.

Die blutrünstige Erdolchung des italienischen Musikers und Journalisten Alberto Rossino und seiner deutschen Begleiterin, deren unbekleidete und kaum identifizierbare Leichen erst Wochen später an einem See in Tirol gefunden wurden, entbehrte laut der österreichischen Behörden trotz der Tatsache, daß beide Opfer Verbindungen zu Radikalenkreisen hatten, jeder politischen Grundlage. Nach den vorliegenden Beweisen zogen sie es vor, den Fall als einen Mord aus Leidenschaft zu behandeln. Die Dame, eine gewisse Astrid Berger, war für ihre ausgefallenen Neigungen wohlbekannt, und es wurde für möglich, wenn auch für grotesk gehalten, daß überhaupt kein Dritter an der Tat beteiligt war. Einer Folge von anderen, weniger interessanten Todesfällen, wurde praktisch überhaupt keine Aufmerksamkeit geschenkt; genausowenig wie der Bombardierung eines alten, an der syrischen Grenze gelegenen Wüstenforts durch die Israelis, das nach Jerusalemer Quellen als Ausbildungslager für ausländische Terroristen diente. Was die Vierzentnerbombe betrifft, die auf einem Berg vor den Toren Beiruts explodierte und eine luxuriöse Sommervilla zerstörte und ihre Bewohner – darunter Tayeh und Fatmeh – tötete, so war diese Tat genausowenig zu durchschauen wie jeder andere Terrorakt in dieser tragischen Region.

Doch Charlie in ihrer Feste am Meer erfuhr nichts von alledem;

oder genauer gesagt, sie erfuhr ganz allgemein davon und war dieser Dinge entweder zu überdrüssig oder hatte zuviel Angst, um die Einzelheiten aufnehmen zu können. Zuerst wollte sie nichts weiter als schwimmen und langsame, ziellose Spaziergänge bis ans Ende des Strands und wieder zurück machen, wobei sie den Bademantel unterm Kinn festhielt, während ihre Leibwächter ihr in respektvoller Entfernung folgten. Im Meer setzte sie sich mit Vorliebe ins seichte Uferwasser, wo es keine Wellen mehr gab und sie Bewegungen machte, als wolle sie sich waschen – zuerst das Gesicht, doch dann auch Arme und Hände. Die anderen Mädchen waren angewiesen worden, nackt zu baden; doch als Charlie sich weigerte, sich diesem befreienden Beispiel anzuschließen, wies der Psychiater sie an, sich wieder anzuziehen und abzuwarten.

Kurtz besuchte sie ein-, manchmal sogar zweimal die Woche. Er zeigte sich ihr gegenüber außerordentlich verständnisvoll, geduldig und treu, selbst wenn sie ihn anschrie. Alles, was er ihr zu sagen hatte, war praktischer Natur und nur zu ihrem Vorteil.

Man habe einen Paten für sie erfunden, sagte er: einen alten Freund ihres Vaters, der reich geworden und vor kurzem in der Schweiz gestorben sei und ihr eine beträchtliche Summe Geldes hinterlassen habe, das, da es aus nichtbritischem Besitz komme, im Vereinigten Königreich von jeder Kapital-Transfer-Steuer befreit sei.

Mit den britischen Behörden war gesprochen worden; sie hatten akzeptiert – aus Gründen, mit denen Charlie nichts zu tun hatte –, daß niemandem damit gedient sei, wenn man sich eingehender mit Charlies Beziehung zu gewissen europäischen oder palästinensischen Extremisten beschäftige, sagte er. Kurtz konnte sie auch davon überzeugen, daß Quilley ihr wieder wohlgesonnen sei; die Polizei, so sagte er, habe es sich nicht nehmen lassen, ihn eigens aufzusuchen und ihm zu erklären, daß sie bei dem Verdacht Charlie gegenüber einem Irrtum aufgesessen seien.

Kurtz besprach auch mit Charlie Möglichkeiten, wie ihr unvermitteltes Verschwinden aus London zu erklären sei, und Charlie stimmte passiv einer Mischung von Motiven zu, bei denen es sich um Angst vor Schikanen der Polizei, einen leichten Nervenzusammenbruch und einen geheimnisvollen Liebhaber handelte, den sie auf Mykonos aufgegabelt hatte, einen verheirateten Mann, der zuerst nach ihrer Pfeife getanzt, sie dann jedoch fallengelassen hatte. Erst als er anfing, sie in dieser Beziehung zu instruieren und in Nebensächlichkeiten auf die Probe zu stellen, wurde sie blaß und fing an zu zittern. Ähnliches geschah, als Kurtz ihr vielleicht ein wenig unüberlegt eröffnete, man habe »an höchster Stelle« entschieden, sie könne jederzeit für den Rest ihres Lebens die israelische Staatsangehörigkeit annehmen.

»Gebt die doch Fatmeh«, fuhr sie Kurtz an, der inzwischen eine Reihe von neuen Fällen zu bearbeiten hatte und deshalb in den Unterlagen nachsehen mußte, ehe ihm wieder einfiel, wer Fatmeh war – oder gewesen war.

Was ihre Karriere betreffe, sagte Kurtz, so erwarteten sie ein paar aufregende Dinge, sobald sie sich imstande fühlte, sich wieder damit zu befassen. Ein paar Produzenten in Hollywood hätten sich während ihrer Abwesenheit ernstlich für Charlie interessiert; sie warteten nur darauf, daß sie an die Westküste fliege und dort Probeaufnahmen mache. Einer habe sogar eine kleine Rolle, von der er meine, sie sei ihr wie auf den Leib geschrieben; um was es sich im einzelnen handele, wisse Kurtz nicht. Aber auch in der Londoner Theaterszene hätten sich ein paar schöne Möglichkeiten ergeben.

»Ich möchte einfach wieder dorthin zurück, wo ich war«, sagte Charlie.

Kurtz erklärte, das lasse sich machen, meine Liebe, kein Problem. Der Psychiater war ein aufgeweckter junger Mann mit einem fröhlichen Zwinkern in den Augen, der vom Militär kam und nicht das geringste für Selbstanalyse oder irgendeine andere Form schwerblütiger Nabelschau übrig hatte. Überhaupt schien sein Interesse nicht so sehr darauf gerichtet, sie zum Reden zu bringen, als vielmehr sie davon zu überzeugen, es *nicht* zu tun; er muß in seinem Beruf eine höchst gespaltene Person gewesen sein. Er nahm sie zu Autofahrten mit, erst die Küstenstraßen entlang, dann auch nach Tel Aviv. Als er jedoch so unbesonnen war, sie auf ein paar schöne alte arabische Häuser aufmerksam zu machen, die die Stadtentwicklung überlebt hatten, konnte Charlie vor Wut nicht mehr zusammenhängend reden. Er besuchte wenig bekannte Restaurants mit ihr, schwamm mit ihr, streckte sich sogar am Strand neben ihr aus und versuchte, sie durch sein Geplauder etwas aufzumuntern, bis sie ihm mit einem Kloß im Hals erklärte, sie würde lieber in seinem Ordinationszimmer mit ihm reden. Als er hörte, daß sie gern ritt, sorgte er dafür, daß Pferde bereitstanden, und sie machten zu Pferd einen wunderbaren Tagesausflug, in dessen Verlauf sie sich völlig zu vergessen schien. Am nächsten Tag war sie für seinen Geschmack jedoch viel zu still, und er riet Kurtz, mindestens noch eine Woche zu warten. Und tatsächlich – noch am selben Abend bekam sie einen längeren und völlig unerklärlichen Anfall von Erbrechen, was um so merkwürdiger war, wenn man bedachte, wie wenig sie aß.

Rachel, die ihr Studium an der Universität wiederaufgenommen hatte, besuchte sie und war offen und liebevoll und entspannt, ganz anders jedenfalls als die härtere Rachel, die Charlie in Athen kennengelernt hatte. Auch Dimitri setze seine Ausbildung fort, erzählte sie; Raoul denke daran, Medizin zu studieren und vielleicht Militärarzt zu werden; es könnte aber auch sein, daß er sich doch endgültig für die Archäologie entscheide. Charlie lächelte höflich zu diesen Familienneuigkeiten – Rachel sagte zu Kurtz, es sei, als ob sie mit ihrer Großmutter spräche. Auf lange Sicht machten jedoch weder ihre nordenglische Herkunft noch ihre lustigen Eigenheiten, wie sie für die englische Mittelschicht typisch waren, den erwünschten Eindruck auf Charlie, und nach einiger Zeit bat sie, immer noch höflich, man möge sie doch wieder in Ruhe lassen.

Inzwischen waren in Kurtz' Amt zu der großen Summe technischen und menschlichen Wissens, das den Grundstoff seiner vielen Unternehmungen bildete, eine Reihe wertvoller Erkenntnisse hinzugekommen. Trotz offensichtlich unausrottbarer Vorurteile gegenüber Nichtjuden waren sie, wie sich erwiesen hatte, nicht nur zu gebrauchen, sondern manchmal durch nichts zu ersetzen. So hätte sich zum Beispiel eine Jüdin wahrscheinlich nie so gut in mittlerer Position halten können. Was die Techniker wiederum interessierte, war die Sache mit den Batterien im Radiowecker; man lernt eben nie aus. Entsprechend wurde zu Ausbildungszwecken mit großem Erfolg eine gereinigte Fallgeschichte zusammengestellt und verwendet. In einer vollkommenen Welt, so wurde argumentiert, hätte der mit dem Fall befaßte Beamte beim Austausch der Geräte bemerken müssen, daß die Batterien im Gerät der Agentin fehlten. Immerhin hatte er zwei und zwei zusammengezählt, als das Sendesignal plötzlich aufhörte, und war sofort eingedrungen. Beckers Name tauchte selbstverständlich nirgendwo in diesem Zusammenhang auf. Ganz abgesehen von der Frage der Sicherheit, hatte Kurtz in letzter Zeit nichts Gutes von ihm gehört und war nicht geneigt, ihn verherrlichen zu lassen.

Im späten Frühjahr endlich, sobald das Litani-Becken für Panzer trocken genug war, erfüllten sich Kurtz' schlimmste Befürchtungen und Gavrons düsterste Drohungen: Es kam zu dem lang erwarteten israelischen Vorstoß in den Libanon hinein, und das beendete die augenblickliche Phase der Feindseligkeiten oder – je nachdem, wo man stand – läutete die nächste ein. Die Flüchtlingslager, in denen Charlie zu Gast gewesen war, wurden ›saniert‹, was mehr oder weniger darauf hinauslief, daß Bulldozer hineinfuhren, um die Leichen unter die Erde zu bringen und zu vollenden, was Panzer und Artilleriebeschießungen begonnen hatten; ein bedauernswerter Flüchtlingsstrom nach Norden setzte ein und ließ Hunderte, zuletzt sogar Tausende von Toten zurück. Sondereinheiten vernichteten völlig die Geheimunterkünfte in Beirut, in denen Charlie übernachtet hatte; vom Haus in Sidon blieben nur die Hühner und der Mandarinenhain übrig. Das Haus wurde von einem Kommando von Sayaret zerstört, die auch den beiden Jungen Kareem und Yasir den Garaus machten. Sie kamen bei Nacht von See her, genauso wie Yasir, der große Geheimdienstmann, es immer vorausgesagt hatte, und verwendeten eine besondere Art von amerikanischer Sprengkugel, die noch auf der Geheimliste stand und bloß den Körper zu berühren braucht, um zu töten. Von alldem – von der wirksamen Zerstörung ihrer kurzen Liebe zu Palästina – teilte man Charlie klugerweise nichts mit. Es könne sie aus den Angeln heben, sagte der Psychiater; bei ihrer Phantasie und Selbstversunkenheit könne es durchaus sein, daß sie sich für den gesamten Einmarsch verantwortlich machte. Man solle ihr besser nichts davon sagen; sollte sie später von selbst darauf kommen. Was Kurtz betrifft, so bekam man einen ganzen Monat lang kaum etwas von ihm zu sehen, oder wenn er gesehen wurde, dann erkannte ihn kaum jemand. Sein Körper schien zur halben Größe zusammengeschrumpft zu sein, seine slawischen Augen hatten allen Glanz verloren, er sah endlich so alt aus, wie er wirklich war, wie alt das auch immer sein mochte. Dann kehrte er eines Tages wie jemand, der eine lange und zehrende Krankheit hinter sich hatte, an seinen Arbeitsplatz zurück und hatte innerhalb von Stunden, wie's schien, seine merkwürdige Dauerfehde mit Misha Gavron wiederaufgenommen.

Zuerst schwamm Gadi Becker in Berlin in einem Vakuum, das dem Charlies vergleichbar war; doch er erlebte das nicht zum erstenmal und war überdies in gewisser Hinsicht wegen der Ursachen und Wirkungen weniger empfindlich. Er kehrte in seine Wohnung zurück und wandte sich wieder seinen Geschäftsaussichten zu; Zahlungsunfähigkeit stand wieder einmal bevor. Obwohl er ganze Tage damit zubrachte, mit seinen Lieferanten zu telefonieren oder Kisten von einer Seite des Lagers auf die andere zu schaffen, schien die Weltflaute die Berliner Bekleidungsindustrie härter und empfindlicher getroffen zu haben als jede andere Stadt. Da war eine Frau, mit der er gelegentlich schlief, eine ziemlich imposante Erscheinung wie aus den dreißiger Jahren, die außerordentlich warmherzig war und – zur Beruhigung seiner ererbten Normen – auch noch leicht jüdisch aussah. Nach etlichen Tagen fruchtloser Überlegungen rief er sie an und sagte, er sei vorübergehend in der Stadt. Nur für ein paar Tage, sagte er; vielleicht auch nur für einen einzigen. Er hörte sich an, wie sehr sie sich darüber freute, daß er wieder da sei, und lauschte auch ihren milden Vorhaltungen über sein plötzliches Verschwinden; aber er lauschte auch den unklaren Stimmen aus seinem eigenen Inneren.

»Dann komm doch vorbei«, sagte sie, nachdem sie damit fertig war, ihn auszuschimpfen.

Doch er tat es nicht. Es war ihm unmöglich, das Vergnügen zu billigen, das sie ihm vielleicht schenken könnte.

Aus Angst vor sich selbst eilte er in einen eleganten griechischen Nachtklub, den er kannte und der unter der Leitung einer kosmopolitisch klugen Frau stand. Nachdem es ihm gelungen war, sich zu betrinken, beobachtete er, wie die Gäste die Teller nur allzu bereitwillig in der besten deutsch-griechischen Tradition zerbrachen. Am nächsten Tag fing er ohne allzu viele Vorbereitungen an, einen Roman über eine jüdische Berliner Familie zu schreiben, die nach Israel geflohen war und dort wieder die Zelte abgebrochen hatte, weil sie sich nicht mit dem abfinden konnte, was im Namen Zions getan wurde. Doch als er sich ansah, was er geschrieben hatte, warf er seine Notizen in den Papierkorb und dann aus Sicherheitsgründen ins Feuer. Ein neuer Mann von der Bonner Botschaft flog ein, um ihm einen Besuch abzustatten, und sagte, er sei der Nachfolger seines Vorgängers: Falls Sie mit Jerusalem sprechen möchten oder sonst irgend etwas, wenden Sie sich an mich. Offenbar ohne sich zurückhalten zu können, ließ Becker sich mit ihm auf eine provozierende Diskussion über den Staat Israel ein. Und er hörte mit einer außerordentlich beleidigenden Frage auf, von der er behauptete, er habe sie aus den Schriften von Arthur Koestler, die er aber offensichtlich seinen eigenen Befürchtungen angepaßt hatte: »Ich frage mich, was soll aus uns werden?« sagte er. »Ein jüdisches Vaterland oder ein häßliches kleines spartanisches?«

Der neue Mann hatte harte Augen und wenig Phantasie, und die Frage ärgerte ihn offensichtlich, ohne daß er begriff, was sie eigentlich sollte. Er hinterließ etwas Geld und seine Visitenkarten: Zweiter Wirtschaftssekretär. Was jedoch bedeutsamer war: Er hinterließ eine Wolke von Zweifeln, die Kurtz' Anruf am nächsten Morgen offensichtlich zerstreuen sollte.

»Was, zum Teufel, soll das heißen?« fragte er bärbeißig auf englisch, sobald Becker den Hörer abgenommen hatte. »Wenn du jetzt anfängst, das eigene Nest zu beschmutzen, dann komm doch nach Hause, wo jedenfalls kein Mensch auf dich achtet.«

»Wie geht es ihr?« fragte Becker.

Möglich, daß Kurtz' Antwort bewußt grausam ausfiel, denn das Gespräch fand zu einer Zeit statt, als er selber ganz tief unten war. »Frankie geht's einfach gut. Seelisch und im Aussehen, und aus irgendeinem mir unerfindlichen Grunde läßt sie sich nicht davon abbringen, dich zu lieben. Elli hat erst neulich mit ihr gesprochen und den deutlichen Eindruck gewonnen, daß sie die Scheidung nicht für bindend betrachtet.«

»Scheidungen sollen ja auch nicht binden.«

Doch wie gewöhnlich hatte Kurtz auch darauf eine Antwort. »Scheidungen sollen einfach nicht sein, Schluß.«
»Also, wie geht es ihr?« fragte Becker mit Nachdruck.
Kurtz mußte sein Temperament zügeln, ehe er antwortete. »Falls wir von einer gemeinsamen Freundin sprechen, so geht es ihr gesundheitlich gut, sie wird geheilt, und sie will dich nie wiedersehen – und mögest du immer jung bleiben!« Kurtz schloß mit einem ungezügelten Brüllen und legte auf.
Am selben Abend rief Frankie an – Kurtz mußte ihr aus Bosheit die Nummer gegeben haben. Das Telefon war Frankies Instrument. Mochten andere Geige, Harfe oder *Schofar* spielen – für Frankie war es jedesmal das Telefon.
Becker hörte ihr eine ganze Weile zu: ihrem Weinen, worin sie unvergleichlich war, ihren Schmeicheleien und ihren Schwüren. »Ich werde sein, was immer du willst«, sagte sie. »Sag's mir nur, und ich bin es!«
Doch jemand erfinden, das war das letzte, was Becker wollte.
Nicht lange nach diesem Telefongespräch kamen Kurtz und der Psychiater zu dem Schluß, daß es an der Zeit sei, Charlie wieder ins Wasser zu werfen.

Die Tournee lief unter dem Titel »Ein Strauß Lustspiele«, und das Theater diente wie andere, in denen sie bereits gespielt hatte, als Treffpunkt für Frauengruppen und Spielschule und in Wahlzeiten ohne Zweifel auch als Wahllokal. Es war ein erbärmliches Stück und ein mieses Theater und kam am unteren Ende ihres Niedergangs. Das Theater hatte ein Blechdach und einen Holzfußboden, und wenn sie mit den Füßen aufstampfte, kamen ganze Staubwolken aus den Ritzen. Sie hatte damit angefangen, nur noch tragische Rollen zu übernehmen, denn nach einem nervösen Blick auf sie war Ned Quilley davon ausgegangen, daß sie nur Tragödien wolle; Charlie selbst war es aus nur ihr bekannten Gründen genauso gegangen. Doch sie kam rasch dahinter, daß ernste Rollen, falls sie ihr überhaupt etwas bedeuteten, zuviel für sie waren. Sie schrie oder weinte an den unpassendsten Stellen, und ein paarmal war es sogar vorgekommen, daß sie einen Abgang hatte vortäuschen müssen, um sich wieder in den Griff zu bekommen.

Häufiger war es jedoch die Bedeutungslosigkeit, die ihr zu schaffen machte; sie hatte einfach keine Lust und – was schlimmer war – kein Verständnis mehr für das, was in der westlichen Mittelschicht als Schmerz galt. So kam es schließlich, daß die Komödie doch die geeignetere Maske für sie war, und durch diese Maske hatte sie zugesehen, wie ihre Wochen abwechselnd zwischen Sheridan und Priestley und dem allermodernsten Genie vergangen waren, dessen Darbietung im Programmheft als ein mit widerborstigem Witz angereichertes Soufflé bezeichnet wurde. Sie hatten es in York gespielt, Nottingham aber Gott sei Dank ausgelassen; sie hatten es in Leeds und Bradford, Huddersfield und Derby gespielt; und Charlie wartete immer noch darauf, daß das Soufflé aufging oder der Witz übersprang; wahrscheinlich lag jedoch die Schuld bei ihr selbst, denn in ihrer Vorstellung leierte sie ihren Text runter wie ein trunkener Boxer, der entweder böse Schläge einstecken oder für immer zu Boden gehen muß.

Hatte sie keine Proben, hing sie herum wie ein Patient im Wartezimmer des Arztes, rauchte und las Illustrierte. Doch als der Vorhang heute abend wieder aufging, trat anstelle der Nervosität eine gefährliche Trägheit, und am liebsten wäre sie eingeschlafen. Sie hörte ihre Stimme die ganze Tonleiter hinauf- und hinuntergehen, spürte, wie ihr Arm dorthin griff, ihr Fuß jenen Schritt machte; sie machte eine Pause an einer Stelle, an der es für gewöhnlich einen todsicheren Lacher gab, rief jedoch statt dessen eine verständnislose Stille hervor. Gleichzeitig traten ihr Bilder aus dem verbotenen Album vor Augen, von dem Gefängnis in Sidon und der Schlange wartender Mütter an der Mauer; von Fatmeh; vom nächtlichen Schulungszimmer im Lager, in dem sie die Schlagworte für die Demonstration auf T-Shirts bügelte; vom Luftschutzbunker und den stoischen Gesichtern, die sie ansahen und sich fragten, ob sie vielleicht Schuld daran habe. Und von Khalils behandschuhter Hand, wie sie mit dem eigenen Blut rohe Klauenzeichen an die Wand malte.

Die Garderobe war gemeinschaftlich, doch Charlie suchte sie in der Pause nicht auf. Statt dessen stand sie draußen vorm Bühneneingang im Freien, rauchte und zitterte und starrte die neblige Straße hinunter und überlegte, ob sie einfach fortgehen und immer weiter gehen sollte, bis sie hinfiel und von irgendeinem Auto überfahren wurde. Sie riefen ihren Namen, und sie hörte, wie Türen zuschlugen und Füße liefen; doch es schien das Problem der anderen zu sein, nicht ihres, sollten sie sich damit befassen. Nur ein letztes – ein allerletztes – Gefühl von Verantwortung brachte sie dazu, die Tür aufzumachen und wieder hineinzugehen.

»Charlie, um Himmels willen? Charlie, verdammt noch mal, was ist denn los?«

Der Vorhang ging auf, und sie stand wieder auf der Bühne. Allein. Langer Monolog, während Hilda am Schreibtisch ihres Mannes sitzt und einen Brief an ihren Geliebten verfaßt: an Michel, an Joseph. Eine Kerze brannte daneben, und gleich würde sie bei der Suche nach einem weiteren Blatt Papier die Schreibtischschublade aufreißen und – »Oh, nein!« – den nicht abgeschickten Brief ihres Mannes an seine Geliebte finden. Sie fing an zu schreiben, und sie war in dem Motel in Nottingham; sie starrte in die Kerzenflamme und sah Josephs Gesicht, wie es sie über den Tisch in der Taverne bei Delphi anblinzelte. Sie sah noch einmal hin, und da war es Khalil, der mit ihr in dem Haus im Schwarzwald an dem rustikalen Tisch aß. Sie sprach ihren Text, und wunderbarerweise war es nicht der von Joseph oder von Tayeh oder von Khalil, sondern der von Hilda. Sie zog die Schreibtischschublade auf, steckte eine Hand hinein, verpaßte einen Takt und zog völlig verwirrt ein mit der Hand beschriebenes Blatt hervor, hob es in die Höhe und drehte sich um, um dem Publikum zu zeigen, wie es aussah. Sie stand auf und trat mit dem Ausdruck wachsenden Unglaubens bis vorn an den Bühnenrand und fing an, laut vorzulesen – so ein geistreicher Brief, so voll reizender Anspielungen. Gleich würde John, ihr Mann, im Morgenrock von links auftreten, auf den Schreibtisch zugehen und *ihren* eigenen unvollendeten Brief an *ihren* Liebhaber vorlesen. In einer Minute würde es einen noch witzigeren Querschnitt aus ihren beiden Briefen geben, die Zuschauer würden sich ausschütten vor Lachen, bis sie nicht mehr konnten und geradezu in Ekstase gerieten, wenn die beiden verratenen Liebhaber, einer von der Untreue des anderen angeregt, einander wollüstig in die Arme fielen. Sie hörte ihren Mann eintreten, was für sie das Zeichen war, die Stimme zu erheben: Empörung tritt an die Stelle der Neugier,

als Hilda weiterliest. Sie packte den Brief mit beiden Händen, drehte sich um, machte zwei Schritte nach vorn links, um nicht John zu verdecken.
Und da sah sie ihn – nicht John, sondern Joseph, ganz deutlich, er saß dort, wo Michel immer gesessen hatte: erste Reihe Mitte, und starrte mit dem gleichen schrecklich ernsten Interesse zu ihr hinauf.

Im ersten Augenblick war sie wirklich überhaupt nicht überrascht; die Trennwand zwischen ihrer inneren und ihrer äußeren Welt war schon zu ihren besten Zeiten eine ziemlich klapprige Angelegenheit gewesen und hatte neuerdings praktisch aufgehört zu existieren.
Er ist also gekommen, dachte sie. Wurde aber auch Zeit. Orchideen, Jose? Keine Orchideen? Und keinen roten Blazer? Goldmedaillon? Schuhe von Gucci? Vielleicht hätte ich doch in die Garderobe gehen sollen. Und dein Briefchen lesen. Dann hätt' ich gewußt, daß du kommst, oder? Und hätt' einen Kuchen gebacken.
Sie hatte aufgehört, laut vorzulesen, denn es hatte ja wirklich keinen Sinn mehr, überhaupt noch zu spielen, auch wenn der Souffleur ihr ungeniert den Text zuzischelte und der Direktor hinter ihm stand und mit den Armen fuchtelte wie jemand, der einen Schwarm Bienen abwehrt; irgendwie konnte sie beide sehen, obwohl sie ausschließlich Joseph anstarrte. Vielleicht bildete sie sich die beiden auch nur ein, weil Joseph endlich so wirklich geworden war. Hinter ihr hatte Ehemann John ohne jede Überzeugung angefangen, irgendeinen Text zu erfinden, um ihr aus der Patsche zu helfen. Du brauchst einen Joseph, wollte sie ihm stolz sagen; unser Jose hier schreibt dir einen Text für jede Gelegenheit.
Zwischen ihnen war eine Wand aus Licht – nicht so sehr eine Wand, eher eine optische Trennung. Da sie zu ihren Tränen noch hinzukam, wurde ihre Sicht von ihm immer mehr beeinträchtigt, so daß sie schon den Verdacht hatte, er sei doch nur eine Fata Morgana. Aus den Kulissen riefen sie ihr zu, sie solle abtreten; Ehemann John war bereits hinuntergestapft – klonk, klonk – und hatte sie als Vorspiel freundlich, aber fest beim Ellbogen gefaßt, ehe er sie dem Souffleur-Kasten übergab. Sie nahm an, daß sie gleich den Vorhang für sie fallen ließen und dieser kleinen Nutte – wie hieß sie doch

noch gleich, ihre Ersatzspielerin – die Chance ihres Lebens gäben. Ihr jedoch ging es darum, Joseph zu erreichen, ihn zu berühren und sich zu vergewissern. Der Vorhang fiel, doch sie stieg bereits die Stufen zu ihm hinunter. Die Lichter gingen an, und ja, es war Joseph, doch als sie ihn so deutlich sah, langweilte er sie; er war nur ein Zuschauer. Sie ging den Mittelgang hinauf, spürte, wie sich eine Hand auf ihren Arm legte, und dachte: Ach, wieder John – hau doch ab! Das Foyer war leer bis auf zwei altersschwache Herzoginnen, die vermutlich die Manager des Ganzen waren.
»Ich würd' einen Arzt aufsuchen, meine Liebe«, sagte eine von ihnen.
»Oder erst mal tüchtig ausschlafen«, sagte die andere.
»Ach, schenken Sie sich's«, riet Charlie ihnen glücklich und benutzte einen Ausdruck, den sie noch nie benutzt hatte.
Kein Nottinghamer Regen fiel, kein roter Mercedes wartete auf sie, und so ging sie und stellte sich an die Bushaltestelle, wobei sie halb erwartete, daß der junge Amerikaner im Bus saß und ihr riet, nach einem roten Lieferwagen Ausschau zu halten.
Joseph kam die leere Straße herunter auf sie zu. Er war sehr groß, als er auf sie zukam, und sie stellte sich vor, wie er plötzlich loslaufen würde, um seine eigenen Kugeln auf sie zuzutreiben, doch das tat er nicht. Er blieb vor ihr stehen, ein wenig außer Atem, und es war klar, daß jemand ihn mit einer Nachricht geschickt hatte, wahrscheinlich Marty, vielleicht aber auch Tayeh. Er machte den Mund auf, um die Nachtricht loszuwerden, doch sie ließ ihn nicht soweit kommen.
»Ich bin tot, Jose. Du hast mich erschossen, weißt du nicht mehr?« Sie wollte noch etwas über das Theater des Wirklichen hinzufügen, darüber, daß Leichen nicht einfach wieder aufstehen und davongehen. Aber irgendwie hatte sie es vergessen.
Ein Taxi kam vorüber, und Joseph winkte es mit der freien Hand heran. Es hielt jedoch nicht; was kann man schon erwarten. Die Taxis heutzutage – die waren eine Sache für sich. Sie lehnte sich an ihn und wäre gefallen, hätte er sie nicht so fest gehalten. Ihre Tränen machten sie halb blind, und sie hörte ihn unter Wasser. Ich bin tot, sagte sie immer wieder, ich bin tot, ich bin tot. Doch es schien, daß er sie wollte, ob nun tot oder lebendig. Sie hielten einander um-

schlungen und gingen unbeholfen die Straße entlang, obwohl ihnen die Stadt fremd war.